我还是忘不了那天的感觉。

韦闹

学飞

幸闻 ◎ 著

湖南文艺出版社
HUNAN LITERATURE AND ART PUBLISHING HOUSE

博集天卷
CS-BOOKY

宗城微微扬着嘴角，

手从他后颈松开，

另一只手里的球杆稍稍斜着，朝他伸过来。

林迁西看着他站在灯光下的这幕，

忽然像被这一刻胜利的画面击中了，

笑起来，手里的杆递过去。

两支杆在一起，轻轻地碰了一下。

云下面忽然出现了张脸，

遮了他眼里的云，

冷酷的、没有表情的脸，

右眉是那条醒目的断眉。

林迁西眯眼，

思绪空了一秒。

云层之外
皆是阳光

目录

学飞

卷一

酷哥

手机上收到的林迁西的第一条微信——
我以后都不混了，
我学乖了，
我八中乖仔。

第1章

"嘀，嘀，嘀——"出租车的车载广播里响起整点报时的声音。

林迁西坐在后排，目光从左扫到右，转头看了看车窗外倒退的场景，又看回车里。这一路开了快半个小时，他就差不多这样看了快半个小时。

外面阳光晃人，沿途倒退的林荫路上尘灰裹着蝉鸣，喧闹又枯燥。林迁西抬起右手摸了把脸，这实实在在的触感很真实。车窗外吹过来的风，前面司机扎眼的"地中海"，全都相当真实。很可能司机今天吃的还是大葱馅儿饼，抱着方向盘跟着广播哼歌的时候，味儿都能漏出来。真，可太真了。

林迁西忍不住捏了下鼻子，歪头一靠，脑袋抵着车窗，闭上眼，听着广播里时间报完了，现在已经是下午四点。这世界，有时候是真奇妙。

开车的司机不哼歌了，忽然问："你去八中干什么？"

林迁西睁眼："什么？"

"你叫车的时候不是说要去八中？"司机斜着眼往上瞥后视镜，眼神透过镜子往他身上刮，"看你也不像是学生。"

本来是司机和乘客之间的闲扯，他这一眼却给人感觉莫名地鄙夷，像是看什么讨嫌货色。林迁西留心到了，扯了下嘴角："哦，去相亲。"

"不可能吧，你才多大？"司机怀疑自己听错了，腾出只手把广播音量调小，"跟谁相，女学生还是女老师？"

"谁说是跟女的啊。"林迁西往后靠了靠，跷起二郎腿，"快点儿吧，我未来老公就要放学了。"

"……"司机的话一下被堵住，古里古怪地看他一眼，动着口型嘀咕句"神经病"，转头继续开着大葱味的车。

裤兜里忽然一阵振动，振得人半边大腿都麻。林迁西伸手在裤兜里摸两下，摸了出来，是他的手机在振动，刚按亮，屏幕上蹦出两条微信。

——你人呢？

——我在医院到处找都找不到你！

林迁西看了眼发信人：秦一冬。就两秒，手指一动，按熄了屏。

屏幕黑了，他还盯着手机。关于这手机，他记得很深刻，便宜货，他过十七岁生日时买的，后来没过半年就报废了，是打架的时候被人一钢管给砸碎的。

当时多亏了这手机，不然那一钢管准砸他胯上，搞不好要落个半身不遂。当然后来差点儿半身不遂的是对面。现在它却是完好无损的，甚至算得上新，就是刚买回来不久的状态。

林迁西把手机收回裤兜，又想：世界可真是奇妙。

出租车停了。林迁西回神："走啊，不是说了我赶时间？"未来老公是谁不知道，今天的最后一节课就快开始了他知道，再耽误就赶不及了。

司机指着前风挡玻璃："这儿可过不去了啊，没看前头在修路呢？"

林迁西朝前路看，拦路的黄色塑料标志严严实实排了一排。印象里并不记得这段时间这条路是在修的。

不对，他这三天两头不去学校的人，会记得才怪了！"换条路走。"

"换条路要绕更远，你还是来不及见你老公。要不你下去找个摩的得了，路边不就有吗？"司机不想麻烦，语气也冲，比原先的大葱味都冲，一副不想搭理他这"变态"的模样，直接就"滋滋"地开始打发票了。

林迁西不是脾气好，是没空跟他耗，掏了车钱往座上一丢就推门下车。

路边的确有几辆摩托，但都是私人的，就停在人家店门口，根本不是跑摩的的。林迁西在四周扫了一圈，眼见着又过去了两分钟，烦躁地踢了一脚路边的树干。他今天还就非得赶去学校不可了！

这一脚下去叮叮当当响。林迁西低头看一眼身上，上半身吊儿郎当地耷拉着件薄薄的牛仔衫，下半身破洞牛仔裤，腰上丁零当啷地垂着好几条链子，浑身上下都写着"不良"两个字。难怪刚才出租车司机说他不像个学生，那嫌弃的眼神是真的。他早该想到的，他以前就是这么一副混混模样。

"西哥！"冷不丁一声呼唤，伴随着摩托轰鸣接近，几个人很快到了他跟前。

那是辆旧摩托，上面挤着三个人，前面骑车的人穿着校服，大大咧咧敞着怀，右胸口别着八中的校徽，一张脸黑不溜秋："听说你昨儿晚上又教了几条杂鱼做人，现在不是该在医院里浪吗，怎么到这儿来了？咱们正要去医院跟你会合呢！"

后面挤着的两个人跳下来，都张口叫"西哥"。

昨天晚上揍的是谁，林迁西毫无印象，也不关心。"王肖。"他看了看骑车的人，感觉很久没见过了，刚认出来。

"啊？"王肖抬着黑脸看他。

林迁西的眼睛已经盯上他胯下的车了。"回不回学校？"

王肖以为他说笑呢。"回学校干吗，好不容易才逃课出来的，当然是陪你找点儿乐子去啊！以前不都这么干的吗？"

林迁西伸手："不回车借我用一下。"

王肖莫名其妙，乖乖打了撑脚，站起来让位："这是要去哪儿啊？"

林迁西跨上车，单脚踩地，另一只脚用力一蹬，拉出一阵轰鸣。"回校。"

他身量瘦高，坐在摩托上，牛仔衫往上提出腰线，忽然连裤腰上那些丁零当啷的链子都变好看了一样。地上猛地拖出一阵烟，连车带人如离弦的箭冲出去了。

王肖还站在原地对着他那俊俏样发愣，突然反应过来："这是打架打傻了吗，林迁西也有主动回校的时候？"

八中高二（8）班，今天下午最后一节课，是班主任周学明要求开的总结班会。

铃声响过了，教室里还闹哄哄的。有人走上了讲台，周学明还没来，先由班长章晓江主持。

章晓江老实巴交，也不敢开口叫大家安静，拿着点名簿就这么点名。按拼音排序，一个个来。该吵的还是吵，特别是最后两排，就没消停过，其他同学的喊到声也断断续续地被淹没了。L排序不算靠后，所以"林迁西"这个名字很快就被叫了出来。

"林迁西！林迁西！"章晓江叫了两声，没人答应。他托了一下鼻梁上的"酒瓶底"，抬头看，果然最后一排中间的位子是空的。

后排的男生里有人起哄："别叫了，林迁西不可能来了。昨天他又在校外跟人打架，还住着院呢！"

另一个说："我听王肖说了，他就没伤，住院的是被他打的那几个，他就是故意不来的，摆明早就不想上了。"

前面不知哪个女生嘀咕："不会吧，那班草就要没了。"

那男生顿时不爽："咕哦，果然女生就知道看脸！"

四周一阵哄笑。

进入高二的最后一个月了，老班周学明早就放了话，这学期班上敢缺席逃课超过十次的，一定要上报给校方，勒令其退学。章晓江手上这份点名簿上，林迁西已经逃课了九次。

其实远远不止，其他时候章晓江都不敢记，他怕林迁西。毕竟林迁西进八中两年，就祸害了八中两年，打架逃课，惹是生非，除了学习什么都干，谁不怕？所以很多人都在私底下说，这规矩就是周学明为他准备的，8班的老师们都巴不得他早点儿滚蛋了。

那俩男生又起哄："等什么呢！赶紧告诉老周赶人啊！"

章晓江犹豫了一下，拿着笔准备往纸上打叉。回头报给周老师，再上报学校，

以后都见不着了，应该不用怕了吧……

"轰"的一声，教室门被撞开了，也可能是被踢开的，太快了，没人注意。

林迁西一手拎着自己的牛仔衫，喘着气站在门口。

全班瞬间鸦雀无声。

林迁西谁也没看，进了教室，直直走到最后一排，坐下，把衣服在桌上一按，喘两口气，才开口："来了。"

章晓江的脸随着他的走动生生转了半圈，蒙到这会儿才回神，笔赶紧放下来，埋头接着往后点名，舌头都有点儿打结，叫错了好几次。

后排的哄笑声没了，鸦雀无声。只有前排几个女生不断回头往他身上瞅。

林迁西口袋里的手机忽又开始疯狂振动。他摸出来看，微信里还是秦一冬一条接一条发来的消息。

——护士居然说你回学校去了！

——怎么回八中了也不跟我说一声啊，我还以为你被昨天那几个拖走寻仇了，吓死我了！

——回话！快回我话啊！！！

林迁西沉默地看了一会儿，单手打字：以后还是别联系了。

点了发送，拉黑微信，他把手机塞进桌肚子里，脑袋搁在桌子上，开始想这短短一小时里发生的事。

这一小时就是分水岭，往前差不多是他的一生。那一生很短暂，他成天打架惹事，逃课缺课，终于在高二那年被最后一个愿意收容他的学校八中勒令退学，混成了社会街头的一员。不出三年，在同龄人都已经成为大学生前途似锦的时候，他却走上了一条不归路，断送了别人，也断送了自己。

那是彻头彻尾的断送……林迁西记忆里的最后一秒都是腥风血雨，再睁眼，原来是场梦，自己还在十七岁的这年。这年他高二，刚跟人打完架，借机待在医院里逍遥。

世界多奇妙，仿佛覆水又收回来了，时光又倒流了。林迁西几乎分不清那到底是梦，还是自己根本就是重来了一次。

他在医院的长椅上捱了一下时间，想起错过这节课就有可能重蹈梦里的覆辙，什么念头都没有，爬起来就跑出医院，拦了辆车……

走廊传来脚步声，班主任周学明跟人闲谈的声音由远及近："……可以安排来我班上，没问题。"

"你班上不都满员了吗？"

"马上就空出一个了。"

"哟，那个林迁西终于要退学了？"

"肯定的，他不想学就把学习机会让给想学的……"

教室后门被推开，林迁西抬头，正赶上周学明一手端着茶杯、一手托着鼻梁上的眼镜进门，一时四目相对。

"周老师，"章晓江小跑过来，悄声汇报，"林迁西今天赶上点名了……"

周学明盯着林迁西。

林迁西稍微动了动腿，想证明自己是个活的，大可不必这样惊奇，他是正儿八经赶过来的。

大概也就几秒，周学明低头喝口水，茶杯一盖，转头出去，把刚跟他说话的那位老师叫住了："那条'好鱼'还是安排去你班上吧。"

"怎么着？"

"钉子户没拔掉。"

第 2 章

——绝了。

——听说今天西哥突然杀回 8 班，威风凛凛，气势不凡，老周眼球都要掉了！

手机上弹出这两条微信时，林迁西刚从学校回到家。

发消息的是之前借摩托给他的王肖。看到这两条消息，林迁西才记起原来他们还有个微信群。群里连他一共就四个人，另外两个今天也跟着王肖一起在他面前出现过了。

在那段梦一样的记忆里，三年后，因为他混得越来越社会，越来越离谱，这个群销声匿迹了，里面的人再也不联系，但现在还很热闹。

林迁西还有印象，王肖管他叫西哥主要是因为自己帮他打过一回架，从此就有了这么个群。群里另两个都是跟着王肖一起玩儿游戏的哥们儿，正好大家都是八中的，后来经常在群里通风报信、逃课约架，渐渐地就都叫他一声西哥了，三个人都算跟他紧的。现在王肖一开腔，其他两个的消息紧跟着就弹了出来——

薛盛：西哥牛啊！

孙凯：牛！

薛盛：我说西哥怎么那么积极地要回校呢，原来是为了整老周。

扯王八蛋呢！林迁西假装自己不在群里，也假装不记得当时周学明故意不回避他说的那句"钉子户"了。

钉子户就钉子户吧，反正他的学籍暂时保住了。做了这么久的混世魔王，他还真不在乎被寒碜两句，只要不重蹈覆辙，脸皮是什么玩意儿？

后来周学明回到讲台上，洋洋洒洒地又讲了半个小时，全程没提到过林迁西一句，当他不存在。能当林迁西的班主任的都不是常人，老周的心理素质没的说。

天还没黑，但楼道里已经黑黢黢的。林迁西走到尽头，朝面前的家门看一眼，掏出钥匙开锁。

门打开，如他所料，冷冷清清。屋里弥漫着一股浓烈的烟味，玄关铺着脚垫，上面四个字母拼成一个"HOME"（家），丝圈儿被踩得已经秃了，旁边歪七扭八地横着几只女鞋。是他妈的鞋，看来林女士出门前在家抽了不少烟。

林迁西也习惯了，进门时先用脚把那几双鞋踢正了点儿，把钥匙、衣服一股脑儿地随手搁下，突然就觉得肚子饿了。

是真饿了，感觉已经很久没吃过东西了。他这个人，什么感觉都来得特别快，觉得饿的时候就一只手捂住了肚子，另一只手里手机还在振。

——这还不是最精彩的，听说老周想接手个转校生去 8 班，本来指望着西哥给那货腾地儿的，结果呢？

——西哥又回来了！

王肖还在继续说，也不知道他一个外班的从哪儿打听到的 8 班的消息，还这么全面。"围观群众"反响很热烈——

薛盛：是哪个不长眼的，西哥的地方也敢占？

孙凯：没搞清楚谁的地盘儿吧，什么杂鱼都敢来八中了。

林迁西只扫了一眼，也就看了个大概，突然想起老周嘴里那条"好鱼"。他嫌那一声一声的提示音烦，直接开着微信把手机搁桌上，一手捂着肚子进了厨房。

开冰箱前做好了心理准备，打开后也就没太意外，果然只有几根蔫不唧唧的青菜、两包方便面。林迁西没心情开火，一只手往冰箱角落里摸，还真给他摸出一袋面包来。看包装日期还新鲜，他用嘴叼着，关上冰箱，先对付了这顿再说。

出了厨房，桌上手机仍亮着。林迁西咬着面包，顺手捞起一瞧，王肖他们还在聊，一半戏谑一半吹捧。他本想退群，让他们自己嘚瑟，手指刚动，群里冷不丁冒出一句新消息。

——林迁西是谁？

王肖马上发了一个问号。

——这谁啊，连西哥都不认识？怎么进的群？

林迁西也刚刚注意到，群名后面的括号里数字从 4 变成了 5，多了个人。刚冒头问话的那位头像是只可可爱爱的小花猫，乍一看感觉是个萌妹。

薛盛冒头解释。

——是我拉的，上周玩儿游戏认识的小伙伴儿，听说我是八中的，说想了解一下八中情况，我就顺手拉了。

王肖对林迁西是有点儿"狗腿子"的，开口就骂，打字跟机关枪一样，枪枪对准薛盛。

——你有病吧，这是个游戏群吗？什么人都往群里拉！

——你是不是打游戏打傻了？这是西哥的群，不认识西哥的人拉进来干吗？

——西哥不要面子的啊？

薛盛都被喷蒙了，连发一串下跪表情告饶。好一会儿，那只可可爱爱的小花猫才又吱声。

——那西哥是谁？

突如其来的冷场。

林迁西嚼着面包，觉得不能就这么退群了，王肖他们都习惯了把他当中心，越是这样，就越好像在把他往那条老道上拉，让他浑身不舒坦。他手指一点，发了个句号。

王肖刚发出一串代表无语的省略号，看到冒出一个句号，霎时就安分了。不只他，那个句号下面，薛盛和孙凯谁都没接话。说是西哥的群，他说话也的确管用，一个句号就终结了他们的谈话。

林迁西又打了行字。

——这个群解散，以后都用不着了。

说完直接退群，消停了。

林迁西想找口水喝，脚刚动，手机又振，这回是连振带响，有电话进来了。他瞥了一眼，是个陌生号码，按通了放到耳边："喂？"

"你拉黑我！"秦一冬的声音很气愤，还带点儿委屈，"我问你，别联系是什么意思？你这是要跟我绝交啊？"

林迁西还真没想到是他打来的，听到他声音的瞬间安静了一秒，然后才说话："对啊。"

"你脑子有洞吧！好好的跟我绝交？我惹你了？咱俩都这么多年了……"

"别别别，"林迁西打断他，"别说得跟咱俩有故事似的。"

"少打岔，咱俩从幼儿园就在一起玩儿，就是穿一条裤子的亲兄弟都比不上，那不得比谁都铁？"秦一冬很激动，"你是不是打了一架，脑子被打坏了啊！那几个菜鸟都没碰到你手指头，还能捶到你头啊！"

秦一冬说的是实话，他俩从幼儿园开始就在一个班。直到初中，林迁西展露问题学生的"天赋"，从这个学校流浪到那个学校，被各个学校踢皮球，俩人才不同校了，但也一直玩儿在一起。在今天之前，他们俩都是最好的哥们儿、发小，能交一辈子的那种，结果就来了这么一出。

林迁西揉着额角，脑子里一丝一缕窜着往事，忽然有点作痛，脚下往房间走，无所谓地笑道："得了吧，再好的朋友也有散的时候，不想联系就不联系了呗，你还啰里八索个没完。五中没人跟你玩儿了吗，非缠着我个八中的干吗？矫情！"说完挂电话，拉黑，一气呵成，一头扑到床上。

是因为头实在有点儿疼，再说下去也怕秦一冬哭，有时候那小子比小娘们儿还煽情。这下是真消停了，手机再没有动静。

林迁西被这通电话搅得不太舒服，头晕晕乎乎，很快就趴在床上睡着了。

今年夏天来得太早，房间小，窗户紧闭不通风，又热又闷，他睡得也不踏实，迷迷糊糊的就开始做梦。梦里又回到那段漫长又真实的经历，黑漆漆的大街上，他在狂奔，脚步却始终很沉。

因为背上压着个人，那个人身上不断有血在流，浓重的腥味往他鼻尖里钻。

林迁西一边跑一边喘着气喊："冬子！秦一冬，你给老子撑着，马上就到医院了啊！撑着啊！"喊完又骂，"你是个傻子吗？你冲上来挡什么挡？那群是什么人，是你能挡住的吗？"

秦一冬没反应，血还在流，黏糊糊的，温热的，漫过他的脖子，浸透他的衣服，滴滴答答淋了一地……

林迁西猛地醒了。他直勾勾地盯着天花板，快有一分钟，才发现房间里早就亮了。阳光从窗帘缝里钻进来，一直拖到他手指边上。这一觉居然整整睡了一夜，人就跟几天几夜没合眼似的累。他抬手摸一下脖子，黏糊糊的，温热的，那是汗。

"靠……"林迁西回魂了，扶着脖子坐起来，身上好几处针扎似的疼。他清清嗓子，又自言自语一句："爽。"出汗总比流血强。

得洗个澡，难受死了。林迁西深吸两口气，起床，趿着拖鞋走进洗手间，为了提精神，故意人来疯一样哼哼着歌："天空飘来五个字儿，那都不是事儿……"

管那是梦还是真，只要现在还有机会重新来过就都不算事儿。反正那样的后果，他是再也不想经历一回了。

等站到镜子前，他才知道为什么身上扎得疼，敢情腰上那几条链子还没卸呢。林迁西掀了衣服一瞧，他皮肤天生白，都给扎青了，淤了好几块在腰上。

"啧。"他对着镜子左照右照，又抓了抓头发，拨了下耳朵。左耳上三个孔，套着两个亮闪闪的耳钉。头发挑染了好几撮，一撮一个色，再凑俩色都可以整一彩虹了。

林迁西一手撑着洗手池，另一只手翻来覆去地拨着头发，对着镜子里的自己看了又看，忽然痞痞地笑了一下，为什么以前不觉得，这到底是个什么狗屁审美？

第3章

问题学生就是问题学生，以前是一点儿都不管时间规划的，以至于这家里连个钟表都没有。林迁西洗完澡出来看了手机，才发现今天是周日，不用去学校。

八中的规定，升上高二后就得是六天制，周日才能自由安排。他还能记得这规定也是难得。那正好，他换了身衣服，打算出去一趟。

到了门口，听见钥匙声响，门被人先一步推开了。他妈林慧丽刚从外面回来，手里提着个方便袋。两人一进一出，撞个正着。

林迁西看着林慧丽，对他而言，一切都是重新开始，总感觉他们母子已经太久没见了。记忆里的最后一面也是在那个漫长的梦里，她狠狠甩了自己一巴掌，骂了句："滚吧，我早受够你了。"差不多就是失望透顶，母子决裂。

不过现在还没有到那种地步，所以林迁西很快转开了眼，顿了一顿，还是张嘴叫了声："妈。"有种太久没叫，都陌生了的感觉，本来平时也几乎不叫。

林慧丽在便利店工作，二十四小时营业的那种。刚下夜班回来，她头发有点儿乱，穿着一身宽松的长衣大褂，乍一看连女性特征都给遮掩了。

其实她长得一点儿也不差，四十岁的人了，五官还是能看出美来，林迁西的肤白俊俏都是随了她。

林慧丽把塑料袋放在门口柜子上，也没看林迁西，自顾自地低头换鞋："饭给你带回来了，自己热热吃了。"语气没多热切，不太像母子，但也不至于冷淡，倒有点儿像是房东跟房客，熟悉，又带着距离。

林迁西没应声。

　　林慧丽这才看了他一眼，一眼过后又多打量了两眼。

　　林迁西换了件白T恤，中袖直到臂弯，穿一条卡其色的旧裤子，普普通通很正常的打扮。但就是因为太普通太正常了，林慧丽才多看了好几眼，紧接着就看到了他手里的钥匙，她问了句："干什么去？"

　　林迁西一手抄抄头发，揪着那几撮挑染的毛："去剪个头。"人都说"从头开始""改头换面"，他得去搞一下不是？

　　林慧丽忽然脸色冷了许多，没吭声。

　　林迁西心里有数，以前每回他往外跑都不干正事儿，这回估计她还以为是找借口，八成不信。说不定他这回打架的事儿也传她耳朵里了。他也不多说，钥匙在兜里一揣，带上门就走了。

　　以前去的那些店是不能再去了，林迁西决定跟以往那糟糕的审美彻底拜拜。他双手插着裤兜，不紧不慢地走了三条街，看准了一家开在对角的新理发店，朝门口那旋转的三色灯柱走去。

　　走到一半，听到一声熟悉的声音："怎么着，你很嚣张啊，也不打听打听林迁西是谁！"林迁西脚步一停，朝声音来源看。

　　巷子口，王肖半边身子露出，侧着的黑脸挺凶，正在那儿对着手机讲话："已经给够你面子了啊，连西哥都不放在眼里，信不信咱们弄死你！"

　　他的旁边围着两个人，薛盛和孙凯。大块头的薛盛夹着根烟在抽，正好一眼扫到林迁西，立即推推王肖，又踢一脚蹲在边上的平头孙凯。

　　王肖嫌烦地扭头，正好看到了林迁西，脸色顿时又好了，打着电话朝林迁西走过来："你完了，我西哥来了，有种别挂，给我等着！"

　　林迁西手插兜等他到了跟前，直觉没好事儿："搞什么呢？"

　　王肖一手捂住手机。"巧啊西哥，咱们揪出那个想占你地方的小子了，本来想跟他玩儿一下的，结果他就一尿包啊，怎么激都不肯出来！一新来的，这么不懂规矩，这你不得教他做人？"他把手机拿到嘴边冷笑，"听到了吧，西哥一定弄死你！有种自己跟西哥说啊！"说完一下把手机递到林迁西耳边。

　　林迁西稍稍回避地歪了歪头，两手还插在兜里没拿出来。那手机依然离他耳朵很近，里面忽然传出一道男声："哦，我等你来弄死我。"

　　林迁西瞥一眼手机，这是遇到挑衅后下意识的反应。那道声音低，尾音利落，自然而然地往下沉，语气不带一丝波动。光这一句也听得出来，电波那头的显然不是什么善茬，至少肯定不是什么尿包。

　　但马上他就反应过来，他已经不是以前的他了。什么教做人，他林迁西金盆洗手，不打架了。林迁西咧咧嘴，痞笑一声："免了，哥哥对弄你没兴趣。"

手机里倏然沉寂，几秒内，只剩下微弱的电流声。然后"嘟"一声，对方挂了。林迁西又瞥一眼手机，挂了？

忙音清晰，对方还真挂了。他抬下肩，扫一眼王肖："闲得无聊就去自娱自乐，少没事儿找事儿了，我可没叫你们揪人。"说完依旧两手插兜，转身走了，继续剪头发去。

剩下王肖回头看看薛盛和孙凯，一脸蒙：西哥今天怎么了，这么好说话？

理发店里的洗头小哥正坐在门口凳子上玩儿手机，一见有客到就热情洋溢地站起来："帅哥，剪头还是洗头？"

"剪。"林迁西说。

"那想剪个什么样的？"小哥一边请他进去洗头，一边询问他想法。

林迁西想了想，在洗头椅上躺下时说："剪短点儿，有颜色的都给我染回来。"

洗头小哥不认识他，闲扯说："看你还是高中生吧？听说现在的学校可严了，都不让染烫的，你这花……"听着像是想说"花里胡哨"，硬是改了口，"颜色还挺多的，是要染回来的。"说着又很专业地推荐，"剪短没问题，太短就不适合你了，你长得太漂亮了，真的。那种很短很短的头发就适合比较酷哥一点儿的。"

林迁西笑一声："我不酷？"

"酷的酷的，就不是那种外表的酷，性格酷也是酷嘛！"洗头小哥嘴甜得很，可能也是看他这头发不像是个好惹的，一双手熟练地在他头顶抄水，打着泡沫。

林迁西闭上眼睛："无所谓，给我弄正常了就行。"

洗个头十分钟，等坐到镜子跟前，理发师被叫过来上剪刀的时候，二十几分钟就过去了。林迁西隐约还能听见王肖的声音，他们居然还在附近没走。

耳边只剩下剪刀"咔嚓咔嚓"的声音游走。林迁西偏头配合，脸正朝着理发店的窗户，忽然感觉眼前一暗，有人从窗户外面走了过去。他眼皮一掀，只来得及看到个身影，那身影穿一件黑T恤，个头很高的样子，从他眼前很快就过去了。

"这能不能借我用一下？"

忽然听到说话声，林迁西循声动眼，往门口瞅，才发现那黑T恤身影在门口停住了，正在跟守门的洗头小哥说话。

"这个啊？"小哥说，"可以啊，随手扔那儿的，也没用，你想用就拿去吧。"

"谢了。"对方伸了下脚，鞋背挑起三色灯柱边上一根圆粗的木头棍子，微一弯腰就握住了，在手里掂了两下，像在试多重。

林迁西头上还在动剪刀，不能动弹，始终看不见他脸，看得最清楚的是他下半身，穿着深色牛仔裤，一双腿既长又直。

刚才他弯腰那一下倒是让林迁西瞥到了一眼他的发型，头发很短，贼干净利落。男孩子之间也会互相比较，林迁西心想，这可能就是先前洗头小哥说的那种酷哥了。

酷哥走了。林迁西继续剪头，一边回味了一下，总觉得这酷哥说话也挺有酷劲儿，跟没什么情绪似的。

理发师干活很麻利，也不像很多服务行业的那样喜欢跟顾客扯闲话，就专心干自己的活。眼看着剪完半边了，林迁西抬头看镜子，正打算欣赏一下这半边头的成果，忽然看见镜子里在门口玩儿手机的洗头小哥抬了头："什么声音啊？"

他下意识听了一下，好像是有点儿动静，在外面，隐隐约约的，挺乱。

下一瞬，陡然传来一声叫喊："西哥！"是王肖，他在喊。

林迁西心想：又玩儿什么花样？

紧接着却听他喊得更大声了："西哥！那小子找过来了！"

"……"林迁西瞬间反应过来，解了身上的围布就冲了出去，"我靠！"

那不就是打架的声音！

第 4 章

声音就是从之前撞见王肖的巷子那儿传过来的。林迁西跑到地方，一眼看见薛盛和孙凯跌出巷子，像是被人踹出来的。王肖在后面，和人拉扯到巷口，几下就变成被人一把揪住后领扯回了巷子。

扯他的人一闪而过，穿一件黑 T 恤，另一只手里握着根圆粗的木头棍子。那个酷哥。

林迁西瞬间回过味儿来，难怪听他说话有股酷劲儿，当时居然没在意，那不就是跟电话里一样的调调？

这么短的时间里能把王肖他们打得喊人，只有一个可能，那就是他完全是上来就干，几下就把人给打蒙了。

巷子里王肖正在那儿骂："王八蛋……"话没说完就断了。

林迁西脑子动得飞快，脚下半点儿没停，这一句话的工夫已经冲进了巷子。

说是巷子，其实就是附近居民楼处理旧杂物的地方，乱七八糟的，还暗。那位酷哥背朝巷口，揪着王肖，另一手的木棍别着王肖一条胳膊反卡在他背后，抬脚往他膝弯里就是一下，他当然说不出话了，只能单腿跪在那儿龇牙咧嘴地吸气。

林迁西二话不说直扑酷哥后背，一手去扣他脖子，另一手贴着他腰边往前一穿，去卸他手里的木棍。

打了太多架，看到这场面的本能反应就是要动手，但他既然说了不再打架就绝不会打。不能打架，那就只能拉架了。

这一招儿又快又准，林迁西左手在上一把勒住对方，右手走下路就是一记手刀击在他手腕上。酷哥显然没留心后面会蹿出个人来，手里的棍子脱手而落。可林迁西也没能因此就轻松，他自问个头不矮，酷哥的个子却比他还高了小半头，这就处于劣势了。

果然，酷哥手里的棍子刚落地，马上就一个旋身。林迁西想收回扣他脖子的胳膊已经来不及，迅速贴到他身上，另一只手死死抓住他裤腰，才不至于被他来个过肩摔。

王肖看见林迁西大喊："就他！干他啊西哥！"

林迁西哪有空理王肖，摔是没被摔到，可是酷哥已经反抓住他那只胳膊，人也趁机挣脱了控制。紧接着酷哥反身一记胳膊肘就抵住了林迁西胸口，直把他推到了巷墙上，一条腿往他膝盖上狠狠一压。

两个人四目相对，这场拉架才算终止。

林迁西总算看到他的脸，这人长得确实酷，还挺帅，一张脸棱角分明，还有一双抓人的眼，最引人注意的是他的眉毛，他右边那条眉毛居然是断眉。

林迁西盯着他，他也盯着林迁西，两个人都喘着气。然后他开了口："就是你想弄死我？"

林迁西说："别乱说，我明明白白说的是'哥哥对弄你没兴趣'。"

酷哥脸上没什么表情，一双眼睛却压着："没兴趣你们这么激我出来？"

林迁西都被他的话给弄笑了。"不是你自己找过来动手的？"说着也不笑了，膝盖顶他一下，眼神往下沉，"我要真想动手还会这么客气？别跟我说你没看出来。"

酷哥看他两秒，显然也是个明白人，松开了腿，胳膊也拿开了："那好，人呢？"

"人？"林迁西莫名其妙。

酷哥说："没必要装傻，我怎么找过来的，你该有数。"

林迁西听出不对了，瞅王肖。王肖刚从地上爬起来，阴着黑脸，看那架势就想往酷哥身上扑，也来个背后突袭。

酷哥霍然回身就是一脚。

林迁西挑一下眉。不是吹嘘，他打架很厉害，以前打谁都没输过。但是眼前这个不一样，真动手可能会有点儿麻烦。

酷哥把王肖又踹趴下了，回头看着林迁西："怎么说？"林迁西是他们的头儿，不看他看谁？

林迁西被强行带出场，比窦娥还无辜，但事儿就在眼前，也不能干看着。他两手往裤兜里一收，坦然看回去："揪你出来的不是我，但起因在我，我不会推，有什么事儿咱俩解决，今天就到此为止行不行？"他这话说得干脆，还有点儿江湖气，是有担当的。

酷哥盯着他又上下看一遍，也干脆，点了个头："行，咱俩解决。"

林迁西却觉得他这么干脆是因为根本不怕自己，要干就随时干的意思。

王肖这次爬起来没干吗了，"呸"地吐出一口灰。

林迁西朝他递个眼色。

动静闹得不小，不过好在是在巷子里，附近有人听着声探头出来想围观也没找到地方，也就作罢了。王肖跟着林迁西出了巷子，薛盛和孙凯也跟了过来。

林迁西问："到底怎么回事儿，他怎么忽然就找过来了？"

王肖有点儿没面子："也没什么……"

林迁西烦躁："不说实话滚，我还懒得给你们擦屁股。"

"不是那么回事儿……"说话的是薛盛，他替王肖说，"咱们也就不爽玩玩儿他的，谁知道这小子会这么爆。"

林迁西说："我没耐心，给我总结一下，要五分钟内说完的那种。"

孙凯说："算了算了我来吧！西哥，就那天在群里问你是谁的那货，你还记得吧？"

林迁西有印象，那头像是个可爱小花猫的。"又关人什么事儿？"

孙凯说："你当时不是退群了吗？咱们都以为是那货不会说话惹你生气了，就去找那货算账，后来还有了个意外发现。"

林迁西正有火呢："不要卖关子，五分钟啊，快到了。"

孙凯赶紧说："不卖不卖，我接着说。就那货，说是自己哥哥刚转来了八中，所以才进群来了解八中情况的。咱们几个轮流一套话，他哥不就是那个想占你地方的？！所以咱们就把那货约了出来，顺便想找他哥玩玩儿。"

林迁西懂了，他们把人约了出来，扣住了，然后从人手机里翻出了人家哥哥的号码，准备来个钓鱼上钩。偏偏对方死活不上钩，彼此还冲上了。

"还有！"王肖忍不住了，"你知道我当时打电话让他过来领人，他说什么吗？"

他学着酷哥的腔调，贼冷酷无情地复述，"滚……"

林迁西想象了一下，代入那酷哥的口吻、表情……果然很欠抽，可这仨货也没好到哪儿去。

"我差点儿没被他给噎死！不然咱们能在电话里说要弄死他吗！"王肖一个激动扯到伤胳膊，龇了下牙，不说了。按他意思，本来林迁西过来，正好可以一起整那小子的，结果林迁西压根不想揪人家，就这么剪头去了。

孙凯主动背锅："我的我的，是我没爽到，又打过去，放话说以后都不会让他安生，每天给他来一出，他就被激出来了。"

到这儿林迁西就全明白了，酷哥本来没把他们当回事儿，之所以会主动出现，明摆着就是想一次性解决以后所有的麻烦。他真是有点儿无语，不过看看三个人被揍得灰头土脸的模样，又有点儿不忍心打击。"人呢？"

薛盛指了一下斜对面："好歹跟我一起打过游戏的，不就玩儿一下，又没真把人怎么样，玩儿不起……"

那儿有家奶茶店。林迁西过去，没几步，感觉后面有人，往后看，酷哥跟上来了。

刚才他就在巷子里等自己跟王肖他们说话，林迁西是知道的，故意站了一下，往前歪了歪头："你先。"

酷哥也不废话，越过他朝店那儿去了。

林迁西在后面跟着，到了门口，看见里面坐着的唯一客人是个白白净净的男孩，看模样是初中生，正塞着耳机，在那儿专心打手机游戏，应该就是那小花猫头像的主人了。

酷哥在他前面一步，直接走过去，屈起手指在桌上敲了两下。

男孩抬头，一下摘了耳机站起来："哥，你怎么来了？"

酷哥懒得多说一样，转身就走。"回去说。"

男孩追出门。"等下，我手机还在薛盛那儿呢，他让我给他打游戏，借我手机打电话去了，得换回来。"说着就看到了林迁西，"这谁啊？"

"林迁西。"

林迁西瞥一眼酷哥，是他报的名字，就有点儿像是故意的，仿佛表示这名字他记住了，以后得注意点儿。

"你就是西哥？"男孩挺惊讶。

没等他惊讶完，酷哥从口袋里掏出刚从王肖那儿抢回来的手机丢了过去，又劈手夺了他手里薛盛的手机抛给林迁西。

林迁西一只手就给接住了，瞥他一眼，心想挺会支使人啊！

酷哥也看他一眼，大概是觉得他身手还不错。

"你的呢？"林迁西忽然说，"报了我名字，不得留下你自己的？"

酷哥又看他："宗城。"看着看着，忽然看了眼林迁西的头顶，那条断眉微微一扬，嘴角似乎动了一下，什么也没再说，转身就走了。

男孩看了看林迁西，追了上去。

林迁西反应了一秒，伸手摸头发，才想起头剪了一半："靠！"

第 5 章

那天林迁西把手机还给薛盛后，到底还是完成了剪头大业。剪完之前王肖他们就走了，实在是偷鸡不成蚀把米，没玩儿成酷哥反被抽，太没面子，留不下去了。后来林迁西回到家，林慧丽还在补觉，他的新发型也就没被他妈看到。

直到周一，林迁西一早要去学校，母子俩在客厅里相遇，林慧丽才留意到他的变化，停下来看着他。

林迁西拨着染回了全黑的头发："剪得还可以吧？"

林慧丽那眼神更像是没想到他真会去剪头一样，好半天才"嗯"了一声。可等眼神瞥到他胸口，她脸就又绷起来了，越过他进了厨房，再没搭理他。

林迁西低头看一眼，起初没看出哪儿不对，又看一眼，才发现是怎么回事儿。他今天穿了件宽松的短袖衫，衣领稍微往下拉点儿就能看见胸口有一块青紫。是那位酷哥宗城用胳膊肘把他抵墙上留下的杰作。

难怪，估计他妈以为他又打架了。林迁西"啧"了一声，居然还是个暗伤，到现在才青起来了，算他倒霉。这点儿小伤当然不算什么，但混到今天，能在他身上留下痕迹的还没几个。林迁西心里记下了。

高二（8）班，最后两排就是学渣聚集地，全班最浑的混子都在那一块了。

早读都要开始了，才有人晃晃荡荡地来。来了桌上也没书，不是煎饼油条就是豆奶可乐，吵得堪比菜市场。

林迁西是踩着铃声进的教室。他比铃声管用，一进后门，班上先安静了三秒钟。

走到最后一排中间的座位，看到桌上堆着几只方便袋，吃剩的半块煎饼和油条还在里面，油沾在桌子上亮渍渍的一条，他往左右各看一眼："谁的？"

左边座位的男生正在低头玩儿手机，抬头看到他，吓一跳："我的妈，林迁西？你怎么变这样了？"

林迁西朝桌子抬一下下巴："谁的，弄干净了。"

坐在右边的张任笑着过来拿走了。"不是丁杰的，是我的，不知道你今天也会来。"

林迁西又抬一下下巴："还有油，都擦干净了。哥以后每天都会来，少往我桌上瞎丢垃圾。"

张任惊讶地看了看他，又看看丁杰，以为他说笑呢。

丁杰连手机都不玩儿了，兴致盎然地凑过来："怎么着西哥，玩儿老周呢？"

林迁西说："嗯，一起吗？一起玩儿的话就做得像点儿，把你那臭鞋穿上，老子隔夜饭都要吐出来了。"

张任用面巾纸擦不干净桌子，前面一个叫陶雪的女生主动借了自己的抹布给他。他拿过来给林迁西擦桌子的时候直嘀咕："借给我的时候绝对没这么好说话。"

林迁西看他擦得差不多了，才放下书包坐下来，掏出书。

丁杰还真把鞋穿上了，转头看到林迁西，又嚷嚷："哟嗬，你来真的啊，西哥的书包里居然有书！"

张任也凑过来围观："发生什么了，玩儿老周用得着装这么真吗？"

林迁西翻开书："不玩儿滚，老子一个人玩儿。不要以为你们俩那天怂恿章晓江记我缺席的事儿我不知道。"

丁杰和张任脸上顿时都有点儿挂不住。的确那天林迁西紧赶慢赶来学校前，在后排一直起哄说他住着院呢，不可能来了的就是他俩，谁知道他后来居然来了。

"早知道不该跟王肖他们吹牛，什么都捅你那儿去了。"丁杰抓抓头，继续埋头玩儿手机去了。

张任也赶紧还抹布去了。

早上连着两节语文课，班主任周学明的课。周学明心理素质虽好，今天进了教室也不禁多看了林迁西一眼。

林迁西短袖长裤，染回来的头发黑漆漆的，衬得他皮肤就更白了。不过老周还是淡定，看了也当没看到。

林迁西坐得很直，眼睛也看着黑板，但是他明显感觉得出来，周学明不管他。

周学明之所以能做林迁西班主任这么久，很大原因就在于他不管他，要搁别的老师带这样的学生，估计能气吐血。以前林迁西喝酒、抽烟、打架、染头、逃课，周学明都不管他，看着他造，仿佛吃准了他混不下去迟早会滚一样，还不如让自己省省心。

可是林迁西偏偏又滚回来了。

手机在振。林迁西本来没想看，但是一直振，还是从裤兜里掏了出来，掏出来的时候就有感觉，果然猜得也八九不离十。

一条陌生号码发来的短信。

——今晚八点，老地方见。——秦一冬

林迁西把书竖起来点儿挡着，低着头盯着那句话看了很久，跟上次打过来的电话是不一样的号码，姓秦的还挺执着。他吸口气，犹豫了一下，回复。

——什么老地方，忘了。

那头回复很快。

——你拉倒吧，玩儿了快十年的地方，你忘了你家门都忘不了那儿。

——实不相瞒，我失忆了。

——去你的，你失智了。

——行，我失忆加失智，晚期了，别救了，就这样吧。

回复完又是一气拉黑，已经熟练了。林迁西收起手机抬头，左边的丁杰朝他竖了竖大拇指："牛啊西哥，装得到位，现在玩儿个手机都藏起来了，这么尊重老周？"

林迁西没理他，心里想着事情，压根就没在意他说什么。

"吵什么！"周学明在讲台上瞪丁杰，对林迁西还是视而不见。班上的问题学生不止一个，就只有林迁西享有这种待遇——被彻底放弃的待遇。

下课铃响了，周学明把书本一合："出操，今天有升旗仪式，没穿校服的自觉去操场后面。"

周一全校有升旗仪式，林迁西坐了一会儿，看班上同学都套上了校服，才想起这茬。他今天没穿，完全给忘了，毕竟以前就没怎么参与这种活动。

丁杰拿自己的校服给他："西哥，要不要，借你继续装？"

林迁西拒绝："滚，你太味儿。"

"啊？"丁杰自己套上了，还闻一下，"不要拉倒。"

林迁西跟着人流进了操场，自发自觉去了后面，看见王肖、薛盛和孙凯都在那儿，他们一样没穿校服。

"西哥？剪了个头，变化这么大！"王肖穿着长袖，左手臂垂着一动不动，实在是那一顿被揍狠了。

"帅就完事儿了。"林迁西插着口袋说，精神总算又回来了。

"帅，就是少了五颜六色和铁链子的西哥我不敢认了。"

"滚蛋！"林迁西半点儿不想回顾以前的自己，本来要踹他，但看他这模样也下不去脚了。"怎么样啊？"

"别提了，"王肖本来就黑的脸更黑了，"伤没什么，就是太没面子了，跟你一起进进出出八中这么久，就没这么掉面子的时候，居然被一个新来的给揍趴了。"

林迁西说："少嘴贱手贱，就不会有这事儿了。"

薛盛凑过来："西哥，不对啊，这不符合你以往的作风啊！"

林迁西笑了一下，自言自语似的来了一句："你摸不到哥的作风，哥哥长大了。"

薛盛还想说话，旁边王肖忽然拉了他一下，眼睛盯着林迁西身后，脸色已经不大好看了，接着又推一下孙凯，三个人往后面边角去了。

林迁西一回头，先看到一道人高腿长的身影，再看对方脸，就看到了那条贼酷的断眉。他心想操场这么大，两个人站的地儿还不到一平方米，怎么偏偏他俩就处在同一个平方米里了。

酷哥也没穿校服，穿了件黑色的长袖衫，扣得挺严实，衬得他这人肩宽背直。周围不少女生都在瞅他。大概他也是走过来才看到林迁西，眼神多少有点儿意外。

于是两个人就这么并排站着，互相看。

林迁西忽然想起那天他临走前的眼神，抄了一下头发问："怎么样，今天这发型不错吧？"

宗城那条断眉轻微地动了一下，开口说："还行。"

要不是跟他动过手，林迁西绝对会觉得他是在装范儿，现在知道了，他就是这种人。越是这样，还就越要逗他了。林迁西扬着脖子，一根手指钩着自己短袖衫的领口往下一拉，勾着嘴角痞痞地笑："你挺猛啊！"

他笑起来绝对是好看的，就是这种痞笑，在他脸上也不会让人觉得讨厌。宗城的眼神从他脸上到他白皙的胸口停留了一瞬，右手从裤兜里拿出来，解开袖口，往上一撸，露出一截结实的小臂，以及手腕上被他那记手刀击打出来的淤青："你也不差。"

林迁西："彼此。"

宗城："承让。"

前面开始奏国歌了，两个人暂停交流。一个把领口拉回去，一个把袖口系上，各自转开目光，仿佛什么都没说过似的去看国旗升起，比谁都认真。

第 6 章

太阳煌煌地晒人，课间操一结束，操场上的人就呼啦啦一下全散了。

8 班的隔壁是 9 班。宗城走到 9 班门口时，被一个扎着马尾的女生叫住了。

"宗城，你今天怎么没穿校服啊？"是 9 班班长刘心瑜。

宗城说："刚转过来，还没发。"

"哦对，我给忘了，回头我替你催一催吧。"刘心瑜笑笑，朝隔壁班看一眼，声音低了，"你今天在操场后面碰到的那个叫林迁西，他混校外的，不好惹，打架闹事儿常有的，听说以前把人手脚都打断过，你记得离他远点儿。"

宗城没说自己跟那位已经动过手了，那三个跟班也被自己一顿狠的给打趴了。说林迁西混校外他没太大感觉。混校外的都跟社会扯点儿关系，的确不好惹。但那天林迁西也没对他怎么样，除了那一记手刀，顶多算是……骑了一下他的背。

他这人从来不会被外人意见左右，不过别人是一番好意，没必要多说什么："知道了，谢谢。"

刘心瑜看他的眼神关切："我听说你是自己转过来的，没有父母在身边，怕你被他霸凌。"

宗城没说什么，仿佛没听见。

刘心瑜以为他话少是刚来不适应，还想再找个话题聊下去，刚好看到 8 班的班主任周学明从走廊上经过，就不说了，叫了声"周老师"，进了教室。

周学明夹着教案经过宗城身边，脚步停下："宗城是吧？"

宗城脸朝向他："是。"

周学明上下打量他，少见地温和："你转来前我们几个老师都看过你成绩了，私底下都开玩笑管你叫'好鱼'呢。本来我是希望你来我班上的，结果……"

宗城抬眼，等着他往下说。

老周托了托眼镜，不想提起某只浑球："算了，8 班 9 班老师都一样的，我也带你语文，以后你有什么问题就跟我提。"

宗城很客气："谢谢老师。"

林迁西从操场回教室，嫌热，一路走一路扯着短袖衫，朝这儿走过来时正好看见这一幕——

宗城站在 9 班的后门口，逆着走廊窗户的阳光，半边身躯都给晕出一道边来，那张侧脸在强光里走线如刻。老周站他对面，比他还稍矮了那么一小截，在那儿跟他和和气气地说着话，慈眉善目。这和谐程度，说两人是父子都不为过。

等林迁西走近，老周也刚好转身，一看到他，脸就挂起来了，教案往身后一背，直直越过他走了。

林迁西停下看看他走远的背影，又看看那头站着的宗城，自嘲地咧了下嘴角。怎么觉得自己是个被冷暴力的"怨妇"，老周就是那个"渣男"？放着本班的学生视而不见，对新来的嘘寒问暖，真是家花没有野花香。还不能怪老周，因为"怨妇"一贯德行不好，就好像是报应。

"野花"旁边忽然多了个人，是他们班的丁杰。丁杰拖着校服从走廊窗户那儿闪过来，往林迁西这儿走，经过宗城身边，故意把校服往他身上甩一下，挑衅一样说："下午厕所碰一下？"

宗城看他一眼，没什么表情。

丁杰认为话说了就是定了，顶着一头卷毛，拎着校服，几步走到林迁西身边嘀咕："林迁西，看到没？这新来的货还挺装啊，跟我女神说半天话了，有没有点儿自觉？"

他女神是9班班长刘心瑜。每只癞蛤蟆都有颗想吃天鹅肉的心，8班的"癞蛤蟆"也是。丁蛤蟆下了课间操回来就在窗户那儿盯着外来户呢，早不爽了。

林迁西很"怨妇"地说："关我屁事。"

丁杰跟他说，是以为能拉他一起搞一搞外来户的，结果看他没那意思，顿感无趣："忘了西哥今天要演好学生呢，成吧。"说完先进了教室，还不忘瞪一眼站在那儿的宗城。

林迁西跟在后面，一脚就要踏进8班教室的门，后面传来一声很低又很冷漠的"哎"。

他回头，宗城站在那儿，还在9班门口没进去。林迁西看看左右："叫我？"

"这儿好像没别人了。"快上课了，其他人都进教室了。

林迁西往他跟前退一步："哥没名字？"

"正常来说，我们应该今天才认识。"宗城说。

还挺讲逻辑。林迁西往门口墙上一靠："那哥哥也不叫'哎'。"

宗城看着他："那叫你什么？'不差'？"

林迁西挑眉，发现自己小看他了，看着是个没情绪的，原来口才可以啊。"那我还得叫你一声'挺猛'呗？"

宗城的断眉耸了一下，忽然不说话了，是觉得这一番对话挺幼稚的。他往林迁西身后的 8 班教室递了一眼："刚才那个也是你的人？"

林迁西总算知道他为什么叫住自己了，他问的是丁杰。"不是。"

丁杰和张任他们都是"自由奔放派"，哪儿都混混，哪儿也混不出去，有时候甚至还敢给他这"大混混"使使小绊子，这种人通常叫作"搅屎棍"。

宗城点了个头："知道了，那这次不用'咱俩解决'了。"

他说话咬字出奇地干净利落，后头那四个字尤其清晰，说完的同时眼光在他身上一带而过，转头就进了 9 班教室。

"什么玩意儿？"被区别对待的林迁西这会儿看他不是很顺眼，被他这一眼看得就更不顺眼了，转身就走，"谁跟你'咱俩解决'！"你不是猛？自己解决去！

宗城也坐后排，位置靠窗，是因为个子高。今天刚来，桌上也就放了几本书，他回去时发现书上压了只黑色的台球。

前面坐着的男生回过头来拿了球："我的，刚收拾课桌随手放这儿的，你玩儿吗？"

宗城看一眼球："偶尔。"

"可以啊，我知道这附近哪家台球室不错，约一场？"男生说完不忘自我介绍，"我叫姜皓。"

男生之间就是简单直接，这就交上朋友了。

"今天不行。"宗城拉一下袖口，露出手腕。

姜皓倒抽口冷气："这是怎么了？"

宗城没表情地胡扯："断了，我要请假。"

姜皓看得皱眉："看着就疼，那改天再约，你快回吧，我替你请假……"

林迁西今天一直规规矩矩地在上课。

到了下午，又是连着两节数学。数学老师徐进，四十来岁，跟老周不是一个类型，向来雷厉风行，可能今天心情不好，上来就是一张试卷。

说实话，这一天的课下来，林迁西大部分时间都感到迷茫，对着试卷时，迷茫感直接就到达了顶峰，简直要炸。他不会，完全看不懂。

果然想学好不是说一句就行的，现实就是这么骨感，决心下得再足，不会还是不会。以前没学的东西，总不会因为你一个决心就自己塞进你脑子。

林迁西拿着笔对着试卷，忽然感觉很挫败，就好像以前那种无望的人生又一次向他挥手说"嘿"了。嘿，你就不是个上学的料，坐这儿装什么样呢？

裤兜里手机在振。林迁西又有预感，果然，拿出来又是个新号码。

——晚八点，老地方。——秦一冬

林迁西烦躁地拨一下头发，这是包了个营业厅的号码来对付他的吗？他动动手指打字。

——没空，在测验。

"我靠，林迁西又入戏了入戏了……"右边的张任不做试卷，就在那儿看好戏，"演得妙啊西哥！半晌没挪窝了。"

丁杰不在座位上，逃课了，可能是去搞宗城了，所以没人给他回应。但是张任自己就很兴奋，小声在那儿讲单口："西哥今天演技满分，我都要相信西哥学好了，来人，给西哥报个奥斯卡。"

手机上秦一冬的消息过来了。

——？？？

——你能找个站得住脚的理由吗？

——你林迁西是个会乖乖做卷子的人吗？

林迁西像被戳中了难堪之处，手机往桌肚子里一扔，"哐"一声响。

张任被这动静吓了一跳，低头去看试卷，不讲单口了。

"后面干什么？"徐进从讲台上抬起头，眼神凌厉地瞪过来，往最后一排扫，"那个……新同学？"

"噗！"张任疯狂憋笑。

徐进指指林迁西："你，新来的是吧？"

林迁西站起来，配合地做自我介绍："老师好，大家好，我叫林迁西。"

瞬间全班哄堂大笑。

"林迁西！"徐进认出来了，好脸色一秒剧变，"又作什么妖呢你？不考就出去！"

张任在那儿小声做总结："好了，林影帝今天可以收工了。"

下课铃就在这时候响了。林迁西看了眼面前的白卷，疲惫不堪，东西随便一收，书包一拖，出教室。他想学好，但是这条路开头就撞了墙，跟条死路一样。

出门正好遇上回教室的丁杰，他吃了一脸瘪的模样，看到林迁西就抱怨："那货压根没出现！耍老子开心呢！"

林迁西直接越过了他。

丁杰察觉出异样，贱兮兮地追上来："怎么，西哥这就装不下去了？"

林迁西头都没回："滚，再废话我弄死你！"

第 7 章

　　宗城一只手拎着书包出了学校，看到路边的人行道上蹲着个人，正在树荫底下塞着耳机打游戏。他走过去，拿脚踢了踢那人的鞋。

　　蹲着的人抬起白白净净的脸，看到是他，摘了耳机："哥？你这就出来了？"

　　宗城说："不是要送你走？"

　　"不用送。"他手伸进口袋里掏出张高铁票递过来，"我车票都买好了，自己走就行了。"票上面印着他的名字：顾阳。

　　宗城拿过来看了一眼时间，还早，还给他："那走吧，去吃饭。"

　　顾阳接了塞回口袋："你后面的课不上了？"

　　"请假了，"宗城往前走，"反正都学过了。"

　　顾阳跟上，老气横秋地说："我早说了让你不要转过来的，那个八中没你以前的学校好，这小地方也不行，而且你都要高三了，不适合这个时候转学……"

　　宗城没回头："想想吃什么。"

　　顾阳被顺利带偏了，举一下手："吃顿好的吧，不管怎么样你也是新到个地方了。"

　　宗城把书包搭肩上："行。"

　　林迁西离开学校后就回了家。

　　楼道里弥漫着饭菜的香味，从别人家里传出来的。不知道是楼上还是楼下哪家在炒菜，锅碗瓢盆乒乓作响，跟要砸了似的。他拧着钥匙打开家门，却是一片安静，一个人没有。他妈今天应该没班，但依然不在家。

　　林迁西把书包随手扔进门里，换鞋的时候听到隔壁邻居家里吵吵闹闹，女人骂孩子的声音尖锐刺耳："一天到晚就知道看电视！作业也不知道写一写，看你还能学点儿好吗！老娘都不知道怎么生出的你这么个玩意儿……"嗡嗡嗡的，跟要炸了一样。

　　他把门一摔，鞋也不换了，直接往厨房走。

　　冰箱里还是约等于空，他妈真就把他当房客，早习惯了对他放养。林迁西按上冰箱门，摸了一下裤兜里剩下的钱，又出了厨房。家里没点儿烟火气，隔壁还吵得烦人，他不想多待，还是决定出去。

出门的时候刻意又摔了一下门，"砰"一声巨响，隔壁可能是受到了震慑，安静了那么一瞬。

天就要黑了，但这小城市的夏天到了天黑的时候正当热闹。林迁西不紧不慢走了几条街，也没想好要吃什么，都说不上自己到底是不是出来觅食的了，不知道的还以为他是出来遛街的。

走到老城区的一条街上，看到路头上一家大排档的灯牌上写着"快餐、烧烤、小龙虾"，他不走了，过去就在门口随便拣了张桌子坐下。

"西哥。"

林迁西扭头，旁边冒出张黑不溜秋的脸，是王肖。薛盛、孙凯都在，他们三个人就在旁边那桌。王肖招呼他拖着凳子过来："正吃呢，一起得了。"

"行啊。"林迁西拿起菜单又勾了俩菜，跟他们拼桌。

"今天就想叫你来这儿呢，结果放学等半天没看到你人。"王肖找了个一次性杯子给林迁西倒了杯啤酒，往他跟前推了推。

"我提早走了。"林迁西没说自己被徐进给赶出来了。不是觉得没面子，这种事儿在王肖他们眼里不算个事儿，还当骄傲呢，主要觉得没必要。别人没他那经历，也不知道他在想什么。

薛盛说："也没看到那尿包，听说丁杰想跟他在厕所碰一下，他还跑了？"

林迁西笑了："都快把你们打废了，还管人叫尿包呢。"

"西哥你这一盆冷水浇的……"薛盛肩膀抖两下，做出"透心凉"的架势。

"少丢人现眼了，"孙凯踢一脚薛盛，不想再提那出，太没面子，"他那人连咱们都不搭理，会搭理丁杰？"

林迁西只顾吃自己的，顺带灌了一大口啤酒，冰的，贼爽，把这一天的迷茫都给冰走了。他又灌了一口，才拿眼去看孙凯。这街边的灯火都暗，打在他白瓷似的脸上，他灌了两口冰啤，眼睛看人都像带着点儿冰气。

孙凯一个男的看得都给惑了一下："我要长你这样，我绝对身后跟着十个八个妹子，哪儿还用得着看'理论知识'啊！"

王肖又狗腿子了："那是，西哥就是不愿意，不然要什么妹子没有？"

林迁西没接话，嘴里嚼着肉串，手上捏着竹扦敲敲桌子："吃不吃，不吃我走了啊！"

王肖说："这就走了？"

"不走干吗？跟你们在这儿废话？"林迁西问，"你们就没别的事儿干了？"

"咱们的事儿不都是跟着你干的吗？"薛盛插话。

"……"林迁西差点儿无语，"找点儿正事儿干吧。"

"你有什么正事儿啊？"忽来一句。

林迁西转头，眼前多了个人。那个人像是刚走到他跟前，穿一身蓝白间色的校服、干干净净的球鞋。再一抬头，看到秦一冬板着个脸没好气地盯着他。

"你有什么正事儿干啊林迁西，三请四邀都不能见一面？"

"……"林迁西看了他两三秒，站起来就跑。

"你还跑！"秦一冬早防着他呢，一把就抱住了他的腰。

"靠，干吗呢你！"林迁西没被男的这么当街抱过，还不好对他动手，"要点儿脸啊秦一冬！"

"谁不要脸，你有种好好说话，谁乐意抱你！"

王肖老跟林迁西混，以前是见过秦一冬的，但是一看情况不对，肯定也是向着林迁西，上来就拉秦一冬。

林迁西看旁边几桌的人都拿了手机准备拍他们，爆了句粗口，抓着秦一冬胳膊一掰，猛地一推。王肖接个正准，把秦一冬往旁边拽。

秦一冬长得斯文，确实也不是那种动手动脚的料，刚才是林迁西让着他罢了，被王肖一拽就撞到了旁边的空桌子上，一头趴了个满桌。

这一趴打翻了桌上的瓶瓶罐罐，酱汁乱淌，糊了他一身。他爬起来，又被王肖按住一条胳膊摁在了桌边，侧着半边身，扭头就骂。

王肖摁着他，催林迁西："跑啊西哥，你不是要走吗？"

林迁西却没动，眼睛盯着秦一冬，像出了神。秦一冬身上应该是沾了一堆的番茄酱，黏稠的，鲜红的，在街灯的映照下，遍布胸口、面部，直往他眼里钻。

他脑子里有画面在翻涌，一幕一幕，最后只剩下秦一冬压在他背上的画面，那顺着他脖子流淌的阵阵温热，也是黏稠的、鲜红的，一直在流淌……

"我靠……"林迁西嘴里喃喃地念了一句，往后退两步，忽然掉头就跑。

秦一冬在后面骂："林迁西，你有毛病吗！"

宗城面前煮着老火锅。

就他跟顾阳两个人，但是菜点了满满一桌。顾阳拿着筷子在锅里涮，一边看了看他："我就这么走了，有点儿不放心。"

宗城低头看着手机，头也不抬地说："我是小学生吗？"

"你不是，我是，我代表小学生担心你行不行啊？"顾阳拿筷子又涮一下，声音软了，"哥，你以后一个人在这儿真没事儿吗？"

"没事儿。"宗城抬头，把手机翻过来给他看，上面一张刚出单的飞机票，"给你换成了机票，比高铁快。"

顾阳说："你是要我赶紧走啊？我虽然比你小，可我会办事儿啊，你看我还加个群去了解八中情况，本来还想认识一下那个西哥呢，说不定能让他以后照顾一下你。"

宗城把手机搁桌上，解开袖口，胳膊搭上椅背："林迁西？他照顾我？"

"你没听过强龙压不过地头蛇吗，大哥！"顾阳瞥到他袖口解开处的手腕，"你看，地头蛇给你的伤不还没好？本来可以没有这伤的。"

宗城没搭理顾阳，这伤本就没什么，而且还是靠它才骗到的假。他转头去看外面，冷不丁冒出一句："靠……"

顾阳抬头看他，发现他看着玻璃外头，也扭过头去看，顿时吓了一跳："这是干吗！"

一个人在外面，一手撑着玻璃，一手捂着肚子，脸白得像鬼，忽然"哇"地张嘴就吐了。

顾阳下意识就扔了筷子，皱眉看着他，突然认出来了。"这不是那个西哥吗？"他拍拍玻璃，"西哥！林迁西！"

林迁西一口气跑出去老远，停下时都不知道在哪儿了，就感觉周围挺亮，八成是在人家店外面。太阳穴突突地跳，梦境在脑子里翻滚，胃里一抽一抽地难受，不知道是心理上的还是生理上的原因，他捂着肚子，一手扶着玻璃，猛地就吐了。

"西哥！林迁西！"

好像有人在叫他。林迁西抬头，一个白白净净的男孩子在拍玻璃，往旁一扫，看到坐在对面的宗城，他胳膊搭着椅背，正盯着自己，面无表情。

完了，他心想，别人好好地吃着饭，他跑来就吐了，怎么看都好像在针对他俩似的，得走。他撑着玻璃要站起来，还没站直，胃就像狠狠中了一箭，又坐下去了。

"哐"一声，不知道哪儿来的声音，反正离他脑壳挺近的。他觉得被蒙住头脸了，世界熄灯了，周围全黑了。

第 8 章

那"哐"的一声，是林迁西的脑袋磕到玻璃的声音，然后他就一头栽在角落里不动了。

顾阳拍玻璃的手一顿："他干吗？"这动作太突然，乍一看还以为林迁西是在自残。

宗城说："晕了吧。"

"晕了？"顾阳一下站起来，"那快去帮忙啊！"话没说完就跑出去了。

宗城看向林迁西，他脸贴玻璃栽在那儿的样子就像只雏鸟，黑漆漆的头发乖顺地遮着额，脸大半埋在阴影里，只能看清一只紧闭的眼，眼下是垂下睫毛映出的一小片扇形阴影，跟他清醒着的时候可不一样。

宗城默默坐了一秒，两秒，抬起只手按了按后颈，从座上站了起来。

火锅店里的服务员听到动静也跑出来看情况，就发现有人在店外面吐了，当事人倒在半米外的角落里。

顾阳在那儿拉林迁西，但是晕死的人出奇地沉，他拉了好几下也只是让林迁西往他那儿歪了歪。"我天，这么沉，他瞧着挺瘦的啊……"再使劲儿他脸都要涨红了。

宗城结完账出店，走了过来，把手里的书包抛给顾阳，一手拖着林迁西的胳膊往自己肩上一搭，拎着他腰就把他扶了起来。

顾阳让开两步，抱着书包在旁边感叹："哇哦，这位西哥什么命啊，我哥这副肩膀我都没靠过，今天'第一靠'就给他了。"

宗城扫他一眼："你自己去机场？"

"对不起我错了，"顾阳往大路上小跑，"我去给你打车吧。"

宗城架着林迁西走到马路边，车也拦好了。顾阳先进后座，帮忙托着林迁西的脖子，宗城将人送进去，人跟着坐进车里。

三个人挤在后座，中间那位耷拉着脑袋，身上弥漫着一股啤酒混着烧烤的诡异味道，左右两个人一时都有些沉默。

"他……"顾阳歪头看看林迁西的脸，又看宗城，"我还没遇到过这种事儿呢，哥，怎么弄？"

司机也在等他们发话去哪儿。

宗城转头，林迁西头耷拉的方向朝着他，离了半指的距离悬在他肩膀上，下巴被车里的黄灯镀出一道细润的弧线，人慢慢往前倾。他腿一伸，把这随时会倒的人抵在了座椅里。"就这么带着吧。"

"那好吧。"顾阳很细心，打开怀里宗城的书包，从里面拿出了他的外套，搭在林迁西的身上。

林迁西后来是被吵醒的。

起初他做了个梦，梦里还是那个看不到光亮的夜晚，在那条街上，他背着醒不过来的秦一冬奔跑，双脚就快麻木……黏腻又濡湿的腥味漫过他的脖子，像一双手扼着他的咽喉。

快窒息的时候，他听到了嘈杂的声音。很多很碎，人说话的声音，滚轮碾过地面的声音，好像在什么空旷的地方，有着明显的回响。他睁开了眼睛，眼里看到一只手，那只手骨节分明，五指微张搭在膝上，手腕上一截熟悉的淤青。

林迁西顺着那手往上看，旁边的人在低头看手机，耳侧推铲干净的短发，突出的眉骨和山根，鼻梁挺直如削，仿佛连头发丝里都写着"别惹我"仨字，不是宗城是谁？

他脑袋卡壳一秒，我是谁，我在哪儿，为什么跟他在一起？

周围是亮如白昼的大厅，无数人推着行李在走动，广播里平静的女声在播报："亲爱的旅客朋友们请注意……"高大的落地玻璃外，闪着灯亮儿的飞机张开巨大的机翼轰鸣着划过夜空。林迁西眼珠动了动，忽然意识到，这是机场？再低头看看自己，他刚才就歪头靠在休息区的椅子上，一只手揪着自己领口，抓着盖在身上的一件衣服。

宗城从旁边转头看了过来。

林迁西脸上明晃晃地写着一个问号，脱口就问："我怎么来的？"

"我带来的。"

"你干什么？"

宗城看他的眼神仿佛在剥开他脑壳看他智商，齿缝里吐出三个字："我抛尸。"

"……"林迁西和他互看了一瞬，前情回想起来了：他跑到人吃饭的地方，吐了，然后没意识了。这么尴尬吗？

林迁西缓缓坐正一点儿，拨了两下头发，哑着嗓子说："行吧，要是你跑我吃饭的地儿吐，我也会想把你抛尸。"

宗城说："哦。"原来你知道自己干的事儿啊！

"不过正常操作不该是去医院吗？"林迁西指着自己鼻尖，"我晕倒了，倒地了哎。"

"啤酒，烧烤，吐了，"宗城看着他还有点儿发白的脸，"正常管这叫断片儿。"

"……"林迁西没话接了，主要他这样跟喝断片儿确实没差，不然都没法解释那行为，没醉上人吃饭地方吐？找抽呢吗？

"我还要送人赶飞机。"宗城又说。要送人，又不能把他丢大街上，干脆就一起带来，不是挺合情合理？

　　林迁西实在不知道该说什么，任谁在这地方醒过来都会蒙。他手指又拨一下头发，人往后靠上椅背，抬手摸了摸额头，有点儿疼，应该是晕那会儿磕的，大概率是红了，他也懒得找个镜子照一照。身上的衣服滑了下来，他看了眼，深色长袖外套，直觉是宗城的，搭在两人中间的座椅扶手上。

　　宗城只扫了一眼，一只手在身侧摸了下，把什么东西递了过来。

　　等林迁西再看过去时，就发现中间的衣服上多了一把巧克力，五颜六色地堆在那儿。他古怪地瞅着宗城，没办法把这把玩意儿跟这个人联系在一起。

　　宗城掀了一下眼皮。"顾阳给你的。"说完补充，"我弟。"

　　林迁西想起来了，当时那个拍着玻璃叫他的男孩子，不就是宗城他弟？他从小学起就不吃这种甜腻玩意儿了，但还是拿了一块，当领个情。

　　宗城又朝旁边伸了下手，这次拿过来放在衣服上的是瓶果粒橙。"还是顾阳给你的。"

　　林迁西感觉莫名其妙就被投喂了，只好用另一只手拿住。

　　宗城手又朝旁边伸去。

　　"哎你……"林迁西想说，你就不能一次都给我吗，非得这么逗我是不是？

　　宗城回头看他，伸出去的那只手把快掉的书包扯了一下："怎么？"

　　"……"林迁西说，"没什么。"打扰了，是老子自作多情。

　　宗城放好书包，拿着手机拨了个号："顾阳，别浪了，你该准备走了。"说完就挂了。

　　林迁西才知道是他弟要走，拧开果粒橙喝了一口，看他："你姓宗，你弟姓顾？一家人两家姓？"

　　宗城两只手转着手机："不行吗？孩子跟妈姓不也是一家人两家姓？"

　　林迁西说："哦，我就跟我妈姓。"

　　宗城手停下，看他一眼。

　　林迁西又喝一口果粒橙，人缓过来了，从椅子上起来："哪儿有厕所？"

　　宗城指了一下上方的指示牌。

　　林迁西心想，酷哥本色，能不说话绝不开口，一边往厕所走，一边掏出了手机。屏幕上挤着几条微信消息，他用手指滑开，都是王肖发来的。

　　——西哥，秦一冬回去了。

　　——他到处找都没找到你。

　　——你当时那脸色不太对啊，跑哪儿去了？

林迁西走到厕所，进了一个隔间，闩上门，关了微信，又看到十几条陌生号码的来电提示。手机开了静音，这十几条来电无声无息。他手指对着屏幕点了几下，又切回微信，给王肖发了条消息。

——你那摩托还有油吗？

王肖回复得特别快。

——有，怎么了？

林迁西发了机场地址给他。

——来接我一下。

王肖那边寂静了快三秒才来消息。

——西哥你这跑路，选的是马拉松路线吗？

顾阳回来时手里又拎了个纸袋，没看到林迁西，问宗城："他人呢？"

"厕所。"宗城低头在手机上看航班信息，没有延误。

"我还给他买了个汉堡垫肚子呢，他吐过，醒了肯定会饿，你也不关心一下新同学啊！"

"别人的事儿自己有数。"宗城说，"小学生别管太宽。"

顾阳坐下来："交个朋友啊！我看他挺有意思，还没见过哪个校霸是他这样的。"

"你关心得够多了。"宗城站起来，"证件给我。"

顾阳知道他是要给自己办值机，乖乖把证件都交给他。

林迁西洗了把脸，从厕所回来，就看见自己坐过的椅子上坐着那个白白净净的顾阳。

"西哥。"顾阳主动跟他打招呼。

林迁西看了看周围，没看到宗城，指了一下椅子上剩下的巧克力和半瓶果粒橙："今天的事儿谢了啊。"

顾阳挺机灵："你这是要走了？"

"嗯。"林迁西挥一下手，尽量不去想在他们面前丢的人，摆出潇洒的姿态。

"哎，等等。"顾阳叫住他，掏出手机，"加个好友吧，马上我走了就没机会了。"

林迁西想想，好像也没理由拒绝，拿出了手机。

加完了，顾阳又提议："要不等等我哥吧，反正他也要回去。"

林迁西心想还是算了，人家兄弟在这儿送行，他撞进来已经是多余，还跟人一起送弟弟，算是怎么回事儿？"不了，有人接我。"

"好吧。"顾阳说，"以后我哥在这儿……"

"嗯？"林迁西看着他。

他又不说了，笑笑："唉，没事儿，以后再说吧。"

林迁西刚走，宗城就回来了。

"你回来晚了。"顾阳坐那儿，指指航站楼大门的方向。

宗城把登机牌递过去："不就人走了？"

"你知道？"

"他醒了肯定会走。"林迁西去厕所他就有数了。

顾阳接了登机牌，看一眼大厅里电子屏上的时间，不作声了。

宗城说："注意安全。"已经是道别的口吻了。

顾阳看看他，又露了笑："哥，既然都来新地方了，就别想以前了，多交点儿新朋友吧。"

宗城"嗯"一声，很低。

顾阳伸手："那临别你不跟我抱一下？"

"滚。"宗城很干脆。

顾阳笑嘻嘻地开玩笑："算啦，你今天碰过西哥了，我就不凑热闹了。"

宗城没理他。

顾阳把现场收拾了一下，行李简单，几乎是空手，又看宗城，不笑了："哥，我下次再来看你吧。"

"能不来就别来了。"宗城忽然说，在弟弟面前站了好一会儿，还是伸手在他头顶按了一下，"去吧。"

第9章

林迁西看着镜子，额头上果然是红了一大块，都肿高了。他叹口气，撕了个创可贴按上去。真成，不打架了还天天落伤，这是什么命？还都是在宗某人面前落下的，丢人！

洗手池上手机亮着通话，王肖把他送到家就走了，这会儿又打了电话过来，他刚进洗手间就直接开着免提放那儿了。

王肖说："西哥，我把你人接回来了，就不能告诉我你到底是怎么去机场的？"

林迁西说："别问。"

"不是，那你总不可能是一个人跑去的吧，是不是跟谁一起啊？"

"别问。"林迁西吓他,"问就翻脸!"

"成吧。"王肖只好投降,语气一改,提议说,"反正都这个点儿了,要不别睡了,咱们找个场子玩儿,我给薛盛、孙凯打电话。"

"不去,"林迁西说,"我要上课。"

"……"电话那头跟被打了一拳似的没了声。

"回头付你油钱。"林迁西把电话掐了。

小城市是没机场的,他被宗城带去的机场是邻市的,离得是不远,但对王肖那旧摩托来说可就远了,抄近路一个来回都够呛,以至于赶到现在这个点儿,没俩小时天都要亮了。

其实也不是头一次这个点儿回家。以前这样,差不多都是他在外面混了个通宵,回来倒头就睡。这次可能是在机场睡够了,他现在无比清醒。

花五分钟冲了个凉出来,林迁西躺到床上,摸出手机,把秦一冬那十几通陌生号码的来电又看了一遍。

搁以前,有事儿可以跟秦一冬说一说,可现在,跟秦一冬的事儿,没人可说。他又盯着屏幕看了两秒钟,涩涩地咧了下嘴角,扯了毯子蒙住脑袋。

到后来还是凑合着打了个盹儿,再睁眼的时候,天彻底亮了,客厅里断断续续有说话声。

林迁西爬起来,拉开房门,看见他妈在客厅里打电话,她身上穿着条宽松长裙,散着头发,少有地打扮了一下。

"起来了,嗯……"林慧丽讲话的语气很温软,侧脸贴着手机,"昨天谢谢你送我回来了……不用,不用来接我上班,别人会说闲话……"

挂了电话,她拿着包往门口走,转头时看到了房门口的林迁西,站住了:"夜里回来的?"她脸色又冷淡了。

林迁西忽然感觉有点儿说不清了,其实也不是那么回事儿,但和上次那伤一样,阴差阳错,看在他妈眼里就是他的问题。

"嗯。"他也不反驳,应了一声就要回房间,关门前忽又回过头,指了指她手里的手机,"这次这个多久了?"

林慧丽眼光闪了一下,口气还是不冷不热:"便利店你李阿姨介绍的,一周了,先处着看看。"

"哦。"林迁西点点头,关上房门时想,难怪之前她不在家。

以前就老这样,他妈一个独身女人,找对象也没什么,无非是一次次地找,再一次次地继续找罢了。

教室里，距离早读课开始只剩下一分钟。

后排的张任看着黑板上的挂钟，边啃煎饼边对翘脚在那儿玩儿手机的丁杰说："我猜今天林迁西是不会再来了。"

丁杰轰着手游里的炸弹说："说他装不下去了吧，还给我脸色呢。"

话音没落，听到林迁西的声音："我说什么来着？"

张任一扭头，煎饼差点儿没掉地上。

林迁西又是踏着铃声进来的，他手指钩着书包，朝自己的桌子抬抬下巴。

张任反应过来了，他说过别再往他桌上丢垃圾，只好转头找面巾纸再来给他擦桌子。"大意了，没想到西哥说到做到，以后真不在你桌上吃东西了。"

"林迁西，还是用这个吧。"前面一个女生递来抹布，是上次借抹布给他的那个陶雪，说话轻声细语的。

张任"啧啧"两声，接了抹布。

林迁西冲陶雪说了声"谢了"，就在旁边抱着胳膊等张任擦完，忽然感觉窗户外面有人经过，瞥了一眼，瞥到那头熟悉利落的短发。

宗城单肩背包，比他来得还晚，大概有所察觉，转过了头。

两个人视线一碰，昨晚光辉事迹历历在目，林迁西先不动声色地移开了眼，强行当作无事发生，余光瞥见宗城往前去9班了。

旁边丁杰当场骂了句"那屄货！"，一边拿胳膊肘抵抵林迁西："看到没，今天我一定要搞他一波！"

林迁西嫌烦地回了他一胳膊肘："滚，谁管你，要搞别带上老子。"说完书包一扔，坐下了。

丁杰差点儿被他一胳膊肘撞翻，愣一下："又演？"

宗城进了教室，前排的姜皓正等他，朝他招招手，又指指他桌子："你真倒霉，刚来就被8班的丁傻子给盯上了？"

桌上的几本书被扔得乱七八糟，有的上面还有鞋印，旁边桌面被人用小刀刻了俩歪七扭八的字：屄货。

"我今天进班的时候看到丁杰刻的，刻完就跑了。"姜皓说。

宗城只看了一眼，坐下来问："他很难缠？"

姜皓想了一下："他就一傻帽儿，经常为咱班长吃醋找事儿，挺烦人的。"

"行。"宗城随手拿了本书，把那几个字挡了。

姜皓好奇："行是什么意思？"

宗城说："就是我会处理。"

姜皓被他轻描淡写的口气弄得愣了一下，忽然笑了："懂了，看你这样肯定没少被缠过，追你的妹子肯定很多，对付情敌都有经验了，我酸了。"

"没有。"宗城昨晚送人弄到太晚，回去没怎么睡好，说话也有点儿漫不经心，也不知道这是在回他哪一句。

班长刘心瑜借着查人从前面走了过来，叫他一声："宗城，丁杰做的好事儿我知道了，8班的跑来破坏9班公物，你不用管，我会告诉老师的。"

姜皓笑着说："别了大班长，你出头不是让宗城更受刁难吗？您老就别掺和了吧。"

刘心瑜脸一红，扭头回座位去了。

宗城冲姜皓看一眼，后者机灵地比了个"OK"的手势，意思是"给你挡回去了，自己处理吧"，转回头去早读了。

宗城坐了几秒，起身出教室。

"刺刺！"张任忽然发出怪声。

林迁西斜睨一眼过去，张任指指丁杰，意思是叫丁杰。

"丁杰！看外面！"张任又喊。

林迁西顺带往外瞥，身高腿长的一道身影站在后门口。他不禁多看了一眼，这是干吗？

宗城站在那儿，一手插在裤兜里，看了他一眼，又看向他左边的丁杰。

"还敢过来找我。"丁杰站起来，凳子一踹就往外走。

宗城看他出来就动了脚，转身沿着走廊走了。

"林迁西，他俩你怎么说？""相声演员"张任找到了新戏码，很兴奋。

林迁西说："傻帽儿。"

"是吧，我也觉得，哪有主动送上门来的。"

"我说丁杰。"

张任一愣。

"林迁西。"班长章晓江刚从外面进教室，叫了一声。

林迁西抬头。

章晓江对上他眼神，声音瞬间又小了："数学……老师叫你过去一下。"

林迁西站起来，不知道徐进是不是觉得上次赶他还不够，又想怎么着他了。

办公室在走廊对面，林迁西走到一半，听到一阵古怪的声音，扭头往厕所看，看了两眼，又看了看对面的办公室，他脚下一转，朝厕所走了过去。

还没下课，厕所里很安静，走进去都是鞋底摩擦瓷砖的刺溜声。一排的小便池空空荡荡，往里的隔间忽然"铿"一声响，像有人在里面踢了一脚，冒出几下"呜呜"的声音。林迁西听这声音已经知道怎么回事儿了，走过去，一眼看到最里面的隔间门外站着个人——

宗城肩膀抵着门，一条长腿也压在门边上，低着头在那儿刷手机。察觉有人，他抬了头，嘴里还叼着支烟。

林迁西挑眉，歪头看他，就差没吹声口哨：可以啊，弟弟刚走，放飞自我？

宗城面无表情，仿佛什么事儿也没有，眼神黯淡在烟雾里。他这样的脸、这样的人，忽然就多了点儿难以言喻的东西。

"林迁西！"徐进可能是到现在没等到人，在叫了。

林迁西朝宗城勾着嘴角笑一下，什么也没说，怎么来的，又怎么出去了。

第 10 章

徐进的办公室里没有别人，就他自己坐在桌后面，正大马金刀地改试卷，一手捏笔，一手捻卷子，一会儿一张，速度飞快。

林迁西进去时就看到这么一幅画面，怀疑他是不是私底下学过印度飞饼。

徐进抬头看到了他，嘴里发出响亮的一声"哼"，笔停下了："你挺有意思啊林迁西。"

林迁西说："啊？"

"你这次测验想干吗呢？"徐进把笔一抛，点点试卷。

林迁西指了指自己："我想干吗？"

"对啊，你想干吗？"徐进抽出他那张卷子，手指重重戳了两下，"来你看看，这是一张白花花的试卷对吧？但是这里，你填了名字和学号，而这里，你打了个鬼都看不懂的草稿，是什么意思？"

不等林迁西说话，徐进猛拍一下桌子："你居然摆出一副想考试的样子啊！"

"……"林迁西都给他说无语了。

徐进捏捏并不戴眼镜的鼻梁："你们班主任老周一直跟我说，不要管你，管不了你。可我就不是那种不管事儿的，我跟你说，你要跟我玩儿花样，我就一定管到底，管你是不是外面威风八面的西哥！"

林迁西摸一下鼻子，把那阵无语给摸下去了："我要是说我真想考呢？"

"那你的成绩呢？"徐进说，"喊个口号谁不会啊，别人喊还好说，你喊的，谁信？"

"我靠……"林迁西嘀咕。

徐进敲敲桌子。"哎哎，文明点儿啊！"话到这儿，他眼睛瞅了瞅外面，忽然抬高声音，"那谁……宗城！"

林迁西往外瞥，对面走廊上的人停住了，身后是厕所。

"来，你进来！"徐进招两下手。

宗城从对面走了过来，一直走到林迁西旁边，两人心照不宣地对看一眼，他身上还留着一股来不及散去的淡淡烟味。

徐进上上下下地看他："他们都说你是'好鱼'，特别是老周。我就看到过你人，还没见识到你的本事呢，昨天我在9班测验你怎么不在啊？"

"我请假了。"宗城回答。

"那难怪。"徐进雷厉风行不是说着玩儿的，顺手就把试卷递了过去，"来，你现在写给我看看。"

宗城还是第一次遇到提这种要求的老师，看他两眼，才伸手拿了。"就快下课了，我能不能直接写最后三大题？"他忽然问。

最后三大题，那就是三大难。徐进都被他问得愣一下，点点头："行啊。"说完还站起来给他拖了把椅子，把自己的笔也给了他，背着手，一副在旁边等着看的样子。

宗城坐下来，翻到试卷最后一页开始做题。

林迁西就这么被冷落在了一边。训话中途忽然插播一场现场考试，也就徐进这样神奇的大脑想得出来。他动了动脚，脸朝着门："没我事儿了吧？"

"你等着！"徐进直接把他想走的话给截掉了。

"靠……"林迁西从牙齿缝里挤出一句吐槽。

徐进还是听到了，两眼炯炯地瞪他："文明！请你文明！"

林迁西闭上了嘴。

外面不知道是谁喊了一声："那个同学，你干吗的？！"

"谁啊，上课时间吵什么吵！"徐进听得皱眉，走到办公室门口去关门，忽然脸朝外一声暴喝，"丁杰！你干什么弄成这个鬼样？是不是打架了？！跟谁？！"

林迁西眼神朝外面飘了过去。没看到人，只听到从厕所方向传来丁杰一声不甘心的吼，都带上哭腔了："9班的宗城！"

"你再编！"徐进手伸出去训他，"人宗城在我这儿做卷子呢，头都没抬！能把你打这样？"

林迁西往宗城身上看，他还真是头都没有抬。他就跟没听见外面的动静似的，坐在那儿写他的题，头微微偏向一边，耳侧短发根根分明，舒展开的肩背又宽又正，浑身上下都透露着一股"我是好学生"的光明气质。

林迁西倚在桌边，一手翻了翻他旁边的试卷，忽然头稍歪，靠近了点儿，轻声说了俩字："牛啊！"

宗城转头，那条断眉似乎往下压了压，眼睛盯着林迁西。

林迁西被他盯得站直了，提起唇角，转过头去摸了摸嘴，心想，这什么眼神，怎么着，夸你牛还不乐意了？

门口那边消停了，徐进这会儿才算把丁杰给训走，迈着步子到他刚刚维护住声誉的"好学生"身边来。

宗城站起来，放下了笔："写完了。"下课铃也正好响了。

"这就好了？"徐进坐回桌后面，"我看看。"

那张试卷被他拿在手里，他看得特别快，一边看一边点头，嘴里一迭声地说："可以，可以……可以可以……"

林迁西眼睁睁看着他改了刚才的大呼小叫，成了个复读机。

徐进也不说别的，就说"可以"，似乎这就是他能想到的最好措辞了，说完抬头问："你怎么做到全对的？"

宗城说："这些题我都做过了。"

徐进张了张嘴，可能是被打击到了，半天才憋出一句："是吗……"他对自己的教学水平还挺自豪的，自己出题搞的测验，打倒了一片8班、9班的学生，结果人早就做过了。"林迁西！"徐进不爽，矛头又对准了他。

林迁西抬眼："啊？"

徐进甩着那张试卷："你看看，你看看，这才叫考试！"

林迁西忽然看见试卷上露出他的名字和学号，反应过来："这是我的试卷？"

"是啊，怎么了，写你试卷上都便宜你了！"徐进一手按下卷子。

宗城也才发现，看他一眼："我以为是新试卷。"

林迁西瞪过去，动动口型：你故意的？

"白卷！跟新试卷有什么区别！"徐进果然吼了，吼完又和颜悦色地看宗城，"好了，你先回去准备上课吧，回头我再看看你以前学的课程，有什么再说。"

宗城又看一眼林迁西，转身离开了办公室。

徐进目光转到林迁西身上，口气马上又变了："林迁西，西哥！你看看人家，好好学学，不比你装模作样地做戏给我们看强？"

林迁西已经不想解释了，甚至还笑了一下："好，行吧。"学他把丁杰揍一顿，捆了塞厕所？就没看到他学习过，鬼知道他怎么全会的，拿头学！

徐进把那张试卷扔给他："拿人家做的回去好好反省去！"

林迁西一手接了就走。

徐进又想起来喊一句："哎！你回头别找人家麻烦啊！"

"不找，我可不想跟他一起去厕所！"林迁西的声音飘远了。

徐进被他的话弄得抻头追问："什么厕所？"

林迁西早走了。

宗城回到座位上，姜皓翘首企盼半天了。

"怎么样，你处理好了？"

宗城"嗯"一声。

姜皓问："怎么处理的？"

"让他以后都别再来烦我就行了。"搞事儿不算什么，他不喜欢纠缠，跟上次王肖他们一样，如果纠缠个没完，那就一次打服，就这么简单。

外面有人经过。宗城偏了下头，看到林迁西的身影，一闪就过去了，手里好像还拿着那张试卷。

林迁西手里捏着试卷，还没到班级门口，就已经听到班上的热闹，都在议论刚回到教室的丁杰。手机忽然"嘟"地一振，他停下，预感又来了，心思已经转到秦一冬那头，等他掏出来，跳出来的却是微信消息。

——西哥！

——是我，顾阳。（微笑）

林迁西记起来了，加过好友。微信名是一串莫名其妙的英文，头像是张没见过的风景照，拍的好像是某处的灯塔。加的时候居然没注意，他记得原来的头像是只可可爱爱的小花猫。

——你换头像了？

顾阳回复了一串哈哈笑的表情。

——换了个微信号用，上次加你们的群被我哥教育了，原来的号暂时没用了。

——对了，我哥在学校怎么样？

林迁西不自觉地"啧"一声，回了一句话。

——你哥，那可是太牛了。

第 11 章

自己的哥在学校里怎么样这种问题，怎么会要问别人？林迁西不是很理解顾阳的思路，他谁都不问就来问自己，自己看起来跟宗城走得很近？

顾阳那头回复了一串"……"，大概不确定林迁西是不是在开玩笑。

林迁西手里还拿着他哥写了三大题的试卷，就没心情聊，看他也没发什么实质内容，回了句：上课了，再说吧。

就当是结束语，发完进了教室。

丁杰在后排拿书蒙着头趴桌上，看着是在睡觉，但身上衣服皱得不成样，背后一个若隐若现的脚印，想自欺欺人都难。

张任看到林迁西回来，拢着嘴小声八卦："回来就没动弹过，跟蔫了似的。"

"哦，他成长了。"林迁西坐下，把手里那张卷子按桌上，去看最后那页上密密麻麻的解题过程。

让丁杰"蔫"的那位，就连数字都写出了一种凌厉的感觉，居然能看出笔锋。可惜，除了这点，其他什么都看不明白。林迁西盖上试卷，脑子里那个声音仿佛又钻出来：嘿，你真不是个念书的料，学不好的。

他林迁西是打架的料，是混迹四处的料，可能就不是能学好的料。又看两眼，他把那张试卷折了两道，塞进了书里。

当天下午放学钟声一响，林迁西就提上书包出了学校。出了传达室那道门，已经有人在朝他招手。

"西哥！"王肖正等着呢，走近打量他神情，"不高兴啊，果然上课的日子不适合你吧。"

林迁西停下，看他一眼。

王肖没看出他这一眼里不爽的意味，黑不溜秋的脸上还有笑："今天有安排带着咱吗？"

林迁西看了看他后面等着的薛盛和孙凯，点头："有。"

王肖问："什么？"

"滚回家写作业。"林迁西指着校门，"要么就去跟住校生一起上晚自习。"

"……"王肖呆住，看着他从眼前走了。

林迁西是打算直接回家的，但是走一半就想起来，家里什么吃的都没有了。被放养要有被放养的自觉，他改了方向，决定自己买点儿东西带回去。

　　他妈工作的便利店开在市中心附近，坐四站公交车能到。林迁西从车上下来，走进店里，从前门看到货架，没看到他妈的身影。

　　柜台后面有人在对账，听到有客抬头，看到是他，一句"欢迎光临"卡了壳。

　　"李阿姨。"林迁西叫她一声。

　　"哎哎，是迁西啊，差点儿认不出来了，怎么到这儿来了？"李阿姨应着话，先把收银柜的抽屉给推上了。

　　林迁西看了眼她的动作，眼光动一下，当作没看到："来买点儿东西。我妈在吗？"

　　李阿姨回："不在，你妈今天没班。"

　　林迁西"哦"一声，随手拿了个购物篮，去了货架后面。拣最容易做的东西买，西红柿、鸡蛋、简面，怎么方便怎么来，能应付平时的三餐就行了。

　　等林迁西拎着一篮子吃的去柜台结账，李阿姨才舍得开那收银柜。"来找你妈有事儿啊？"她带着笑跟林迁西寒暄，虽然笑得不大真诚。

　　林迁西说："我就来买东西的，没事儿。"

　　"我还以为是学校又叫你妈过去呢。"李阿姨带着那僵笑，把东西装进方便袋，又问，"留着等你妈来结？"

　　"不用，我自己结。"林迁西付了钱，拎上袋子就走。

　　临出门，他瞥见一排货架，又退回去，到了那货架后面。那一排都是女人用的东西，大众品牌的护肤品、化妆品，连五颜六色的发圈儿都有。林迁西对这些不了解，就是忽然想起他妈现在开始打扮了，也许对这次处的对象挺满意的。

　　看半天，拿了盒香水，是想起他妈抽烟，万一那男的不喜欢她身上的烟味，还能遮一下。准备放进购物篮的时候看到了价格，他摸下口袋，又掏出手机点开，看了看自己的账户。

　　林迁西有个自己的账户，林慧丽定期往里面打生活费，不会多一分，也不会少一分。明明母子俩就住一个屋檐下，但一直是这种模式，从他上高中以来，连当面递个东西都难得，更别说钱了，那是最能区分关系亲疏的东西。

　　账户里还有钱，不过不多了，林迁西算了下，干脆再多买点儿西红柿鸡蛋得了，后面几天吃什么不是吃？就带着吧。拿了那盒香水，他又顺带拿了支护手霜，一起塞进购物篮里。

　　"刚才走的那帅哥是慧丽姐的儿子啊？"

　　林迁西听到说话声，透过货架缝隙往柜台那儿看，多了个年轻的女柜员。

　　"走了吗？"李阿姨抻头往门口看一下，才说，"是啊，换了个打扮都要认不出来了。"

女柜员又问："慧丽姐去哪儿了，不是有她的班吗？"

"去接孩子了，就我给她介绍的那对象，有个特别乖的儿子，上小学，比她自己的这个可强多了。"

李阿姨说着"啧啧"两声："就她这儿子，我看到都怕，大混子，有回被几个人追到咱们店，那几个都被他打得浑身是血了，你说他什么人？看他进门我都得把钱柜看紧了。所以啊，林慧丽现在就得赶紧找个人成家，往后还能有个依靠，给人接儿子好好培养感情是对的，靠自己生的这个，指不定哪天就进去了……"

话戛然而止，因为林迁西从货架后面走了过来。他把手里刚拿的东西放柜台上。

李阿姨整个人杵那儿，脸色一阵青一阵白，尴尬一笑："哟，迁西，还没走呢？"

林迁西朝收银柜努努嘴："再算一下。"

"啊？好……"李阿姨埋头算账。

女柜员可能觉得尴尬，去旁边理货了。

很快，林迁西迎着李阿姨讪讪的脸扫了付款码，拎了袋子要走，忽然回头，一手拍上收银柜，"砰"一声响："李阿姨。"

李阿姨吓一跳："啊？"

林迁西勾着嘴角："其实我这样的一般都抢银行，您这小店看不上的，放心吧。"说完看一眼她青红交替憋不出话的脸，扭头走了。

出了便利店，林迁西的笑就没了，直走到马路对面，上了公交。

车启动的时候，他看见对面马路上走来了熟悉的身影。他妈穿着早上见过的那身长裙，带着个穿小学校服的男孩朝便利店走，路上还不忘伸手把男孩往马路里侧带了带。

林迁西看了看那孩子，有点儿拘谨的样子，让怎么走怎么走，也不作声。他无声地笑笑，别人家的孩子，是挺乖的。原来他妈不在他跟前的时候，也是挺有母性光辉的。

他背过身去抓住拉环，车门玻璃上映出他的半张脸。林迁西盯着自己一只眼睛，在心里说：多不多事儿啊你，林女士跟人家感情好着呢，用得着你替她操心？

公交车停下了。林迁西下车，脑门一凉，伸手一摸，摸到一滴水，抬头看一眼天："靠！"下雨了。

他就近瞄准一家人少的店门口，百米冲刺过去。刚站下躲雨，身后门里传出响亮的一声"啪嗒"，林迁西回过头，看到里面暗暗的灯光、几张台球桌。

靠里的一张桌子边站着个人，穿短袖黑 T 恤，背对着门，在拿巧粉擦杆头，灯光从他头顶倾泻，铺在他短发上，一层亮黄的光晕。是宗城。

旁边还有个人，刚打完一杆，从桌上爬起来，9班的，好像叫姜皓，嘴里说："我以为你住校呢。"

宗城放下巧粉："我习惯不好，不适合住校。"

"什么习惯？"

"学习习惯，"宗城说，"我习惯自己安排时间。"

"这还有习惯？"姜皓笑说，"我都是瞎学。"

林迁西看了两眼，心想世界可真是小。不过再想想，这小地方可不就是小？巴掌大的地方，抬头不见低头见。本来不想看的，但余光瞥见宗城伏下了身，他的头还是转了过去。

宗城手架着杆，压下肩膀，瞄住桌面。

在林迁西看来，这是个很刁钻的角度，看起来桌上四散的球离他这个方位更散了。

"啪！"他忽然就出手了。

"嗬！"姜皓立马发出一声惊呼，"牛啊！"

桌上的球散得非常完美，这一球居然一次让两球落了洞，但有一颗挨了边。可惜，林迁西心想位置再找好点儿，后面就能一杆全进了，嘴里忍不住"啧"了一声。

明明这声也不高，台球桌边的俩人却几乎同时转头看了过来。林迁西一个措手不及就暴露了偷看的事实，在门口动了一下脚步。

"林迁西？"姜皓有点儿惊奇，上下看他，"怎么，你也会这个？"

林迁西不禁笑了："玩儿的东西还有我不会的？"

姜皓觉得他口气太踮，眼神就有点儿不痛快。"那你刚才那声咂嘴是什么意思？"他把手里的杆子朝门口递，"你会这么多，要不你来一局？"

"不来。"林迁西转身，"忙着呢，路过。"说着就要潇洒地迈脚，又停了。潇洒得不是时候，雨还没停。

姜皓知道林迁西太多事迹，对他评价不好，转头跟宗城嘀咕："他怎么来了？"

宗城扫一眼门口的人影："这又不是私人地盘儿。"

姜皓还要嘀咕，身上手机响了，他拿起来接了，匆匆说了两句就挂断，放下杆子说："我妈找我呢，今天先到这儿，改天继续啊。"

"嗯。"宗城拿了他的书包递过去。

姜皓接了书包出门，经过林迁西身边，迅速地看他一眼，还有点儿不服的样子，拿书包遮着头顶跑了。

林迁西没理他，往门里看。

宗城低头擦着杆，忽然抬头朝他看过来，伸脚钩了只塑料凳子，往他方向踢了踢。

林迁西愣了一秒，看了眼自己被溅了一圈水的裤脚，拎着东西走进去，就在那只凳子上坐下了。

里头一个服务员扯着嗓子问："帅哥几位？怎么玩儿啊？"这是要收费的意思。

林迁西还没开口，宗城说："他跟我一起，算我的。"

"好嘞。"服务员又自动隐身了。

林迁西挑眉："早知道不进来了，连杆都没拿还要钱？"

宗城指一下桌上的杆："那你拿。"

"不。"他说。

宗城看他一眼，转头摆球去了，一副随你便的架势。

林迁西坐在离他不到一米的地方，看着他一个人在那儿摆球，擦杆，准备又要来上一杆的样子，忽然觉得挺奇怪的，俩人别的话也没有，搞得就像在独自欣赏他似的。林迁西扭头朝外看，不管雨了，站起来说："我走了。"

宗城没回头："嗯。"

林迁西想起什么，忽然从袋子里往外拿东西："我也不白坐你这儿几分钟，送你点儿东西好了。"

宗城回头。

林迁西拿出那盒香水。"这个，就当赔偿那天我在你面前吐了。"然后是那支护手霜，"这个，就当你手写了我卷子辛苦，给你擦手了。"

两样东西全放他手边的台球桌上。林迁西猛地一抬眼，恍然大悟一样："对，就是这样，这就是送你的！"说完不给他拒绝的机会，直接出门。

宗城一直看着林迁西的背影消失不见，才去看桌上留下的东西，莫名其妙了一瞬。他拿起那盒香水，嘴里不咸不淡地低语一句："这品味？"

桂花味的。

第 12 章

晚饭林迁西吃的就是西红柿鸡蛋面，特地多加了个蛋。他小时候要是有点儿不舒服，吃饭就会要求多加料，多个鸡蛋，多个鸡翅，都可以，仿佛这样就什么都满足了。

现在也是，他吃完了面，洗碗的时候都在哼歌。林慧丽还没回来，家里就他一个，歌声从灯光昏黄的厨房飘到客厅，到处都是他想到哪儿就哼到哪儿的调，显得家里很热闹的样子。手机就在这时候响了，在洗碗池边的台子上一阵一阵地振。

林迁西歌声一停，歪头看，一串陌生号码在屏幕上浮动闪烁，振得手机往他手边蹦，仿佛在催他接。振到第三下，不振了。他关了水龙头，甩两下手，看着手机，秦一冬这回居然自己挂了？

但马上这条号码又浮现了一下，进来了条短信。林迁西拿起来点开，看见上面的话。

——我马上再打给你，你这次一定要给我接！

怪不得挂了，他居然还特地先通知一声。林迁西想这风格真是很秦一冬，那货有时候就一傻白甜。

傻白甜的电话果然又来了，感觉比上一通更急，铃音夹着振动响个不歇。林迁西看着那号码，到底还是按下了接听。

电话里起初没声，只有秦一冬不平的呼吸，好几秒他才开口：“林迁西，我受够了，明天我就去你们学校找你，咱俩把话说说清楚，你要是敢再跑，我就……”他可能在想什么威胁最有杀伤力。兄弟之间最有用的威胁不就是绝交？可林迁西本来就要跟他绝交了。

“我也受够了。”林迁西说。

那头似乎愣了下：“你受够什么？”

“谁被这样电话骚扰不烦？”林迁西干干地一笑，“你就不能干脆点儿，追个没完干吗？”

“我就想知道为什么，人情侣分手还有个理由呢，你说绝交就绝交，不得给我个说法？”

林迁西换只手拿手机，一脚踢上池子下面碗柜的门，边往外走边说：“就嫌弃你了行不行，要你有什么用，打沙袋我都嫌你不够劲儿。”

“你……算了，我说不过你。”秦一冬气冲冲的，“反正我就把话撂这儿了，明天我铁定去你学校，你给我等着！”

电话挂断了。

林迁西把手机拿开耳边，抓了抓头发，泄气般低低骂了一句，怎么忘了傻白甜还很执着？

林慧丽还是没有回来，应该是接完人家孩子就直接去店里上夜班了。林迁西刚被歌哼回来点儿的心情又被这通电话折腾没了，进了房间，打开书包，试图收心，思考着这个点儿，自己应该像其他正常的高中学生那样学习。

怎么学，是不是需要做点儿什么来准备明天的课？思考半天没有参照，他忽然想到了宗城，结果只想起他在台球厅里打台球的画面。

林迁西一头仰躺到床上，睁着眼睛盯着发白的天花板，好一会儿，忽然笑了。"那一杆要是我在旁边……"他自言自语地抬手，比画了个压杆的角度，眯起一只眼，"一定全进。"

早上，宗城拎着书包进教室的时候，早读课都快下课了。

但是没人管他，班长刘心瑜甚至还转头冲他笑了一下，可能还是将这归结为他初来乍到不适应。

姜皓从前面回头，开口就问："昨天我走后，你跟他打了吗？"

宗城看他一眼，才想起他问的是林迁西，坐下说："没有。"

"真跩。"姜皓嘀咕。

宗城从书包里往外拿书："他不想打。"

"他也就是随口吹的吧，不就是仗着能打架唬唬人吗，搞得谁都要怕他似的，我就看不起这种痞子混混。"姜皓翻了个白眼，"看不起"三个字都快写到脸上了。

宗城没接他话，把书堆桌上，刚好从书包里带出那盒香水，昨天和那支护手霜一起随手收里面的，马上一把塞回去了。

"那是什么？"姜皓已经瞥到了，抻着头，还想看看清楚。

"没什么。"宗城"刺啦"一声拉上了书包拉链。他当时怎么没想到直接扔了，还给顺手收起来了？

下课铃响了，姜皓没再接着追问。

刘心瑜在前面站起来，抬高声音通知："今天有化学课，要去实验教室里上，大家别忘了。"

班里顿时爆发出一阵哀号，都不乐意的样子。

姜皓又回头跟宗城说："靠，去实验教室，那要跟8班一起上了。"

林迁西提着书包，一阵风似的从后门闪进教室。班上的人都拿着书往外走，他进去时刚好遇上张任出来，差点儿没撞一起。

"哟哟，还以为你今天是故意不来的，怎么这个时候过来了？"张任往旁边让个道。

林迁西说："我乐意。"

他今天其实出门特别早，是故意来得晚，为了避开秦一冬的上学时间，后来又在学校附近转了一圈儿，确定没有看到秦一冬的身影才进了学校。

张任指丁杰的座位："那位听说今天化学课要跟9班一起上，已经溜了，我也打算溜，你溜不溜？"

林迁西在书包里翻了一下，翻出化学书："在哪儿上？"

"啧啧，连实验教室在哪儿都不知道还要去，今天又是被你演技折服的一天啊西哥！"张任指指窗户外面，"那儿。"

林迁西把书包扔桌上，拿着书出去了。

8班和9班共享老师，有些课为了方便，就会把两个班安排在一起上。林迁西进实验教室的时候，整个教室都已经坐满了。

化学老师他至今不知道名字，就有点儿印象，还年轻，三十岁不到，戴着个黑框眼镜，这会儿正在讲台上面抱着个盒子喊："把你们的手机都交上来，做实验的时候不要玩儿了。"

林迁西趁着他喊话的间隙悄然进门。

"你！"化学老师叫住他。

林迁西回头。

老师好像在认人，看他半天。他只好主动提醒："林迁西。"

"林迁西？"化学老师托一下眼镜，上上下下打量他两圈儿，好像才对上号，指指后面，"去最后面，正好单一个人。"

林迁西往后走，一直到最后一排靠边角的位置，摆着酒精灯、试管的桌子后面，坐着短发利落的身影。

不是宗城是谁？他正在关手机，抬头看到林迁西，眼光互相碰一下，站起来让路。

林迁西越过他到里面，在他旁边坐下来，瞥见前面姜皓回头迅速看了他们一眼。

"两个人一组，把实验做完，填好表格交上来，这个到时候是要算你们期末成绩的啊！"化学老师在上面说。

宗城把手机传了上去，接了前面姜皓递来的实验表格，写上自己的名字，又推给林迁西。

林迁西刚要拿过来，想起自己连笔都忘了带，又推回去："顺手帮我写了吧。"

宗城看他一眼，拿着笔在自己名字旁边唰唰写了"林迁西"三个字。

林迁西瞅了瞅，比他写的好看，好看多了。

宗城把表压桌上，问他："哪些步骤归你？"

林迁西反问："有什么区别？"

宗城顿一下，换了个问法："你就说你会什么。"

他说："我会思考。"

宗城眼角一动："那就是什么都不会。"

"靠……"林迁西被噎了一下。

裤兜里的手机忽然一振，他往前看，其他人的手机都交上去了，化学老师没留意他这里，于是掏了出来，手机上来了新短信。

——林迁西，你到底出不出来？

是秦一冬。接着又是一振，来了一条新的。

——我被你仇家堵在你们学校外头了！

林迁西低骂一句，手机一收就要站起来。

"去哪儿？"宗城抬头。

"有点儿事儿。"林迁西站了一半又坐回去，眼神已经变了，看一眼前面的化学老师，低声说，"让我过一下。"

宗城腿一伸，直接把路挡了："实验还没做完。"

"你一个人做也一样。"林迁西低声催，"让我出去！"

"我没有义务帮你做。"

林迁西看着他，口型都要蹦出一串"芬芳"的词了，抿了抿，忍了："别磨叽，让一下，我真有事儿，不然你别怪我……"

"不然怎么？"宗城盯着他，口气不冷不热，下颌线绷紧。

林迁西心里蹿出一股无名火，要搁以前早动手了，现在还是忍住了。真动手了这也不是个善茬。"你让不让？"他冷脸问。

宗城脸也冷了："你自己去跟老师说不跟我一组，爱去哪儿去哪儿。"

林迁西直接站起来，一脚踩上桌面，从他眼前桌上跨了几步过去，一跃到地上。

桌上留下几个明晃晃的脚印，试管晃了几下，差点儿摔了。前面的人纷纷往后看。

化学老师也朝这儿望："怎么了？"

林迁西大步走过去，拿着自己手机丢进讲台上的盒子里。"我交手机。"然后脚步不停地往外走，"请假去个厕所。"说完出了门，瞬间跑起来，直冲校门那儿去了。

第13章

宗城看着他跑的，回头把试管架好，顺手拿了他留下的化学书，直接摁在桌上当抹布擦掉了那几只张狂的脚印。

姜皓回头小声问："你俩刚才干吗了，打架？"

"正常交流。"宗城扔开林迁西的书，声音还冷着。

"反正跟林迁西一组，你算是被坑了。"姜皓看看自己同桌，是同班的一个女生，当时随到随坐的，现在也不好意思中途变卦去跟他一组，只好说，"不知道今天是要两个人一组，不然也轮不到他坐这儿。"

"没事儿。"宗城说，"我自己也可以。"就是不爽林迁西那态度，说走就走，自己的事儿推给别人。他又是个最讨厌麻烦的人。

姜皓看见前面刘心瑜和几个女生都在往这儿看，像是在看戏，又像是在看宗城，开玩笑说："还不知道他什么时候回来呢，我看想代替他跟你一组的挺多的。"

宗城随手推一下表格："反正都定了。"表格上他的名字笔锋毕露，特别是钩挑，形同利刃出鞘，旁边"林迁西"三个字也是一样的走势，仿佛还真有字面上那种向西而迁的狂味。

姜皓吐槽："真有他的，连名字都是你写的？"

林迁西这人真是绝了。

上课期间，学校里安静得像是闷在口锅里。林迁西已经跑到学校门口，但不能这么正大光明地出去，他还不清楚外面的仇家是谁，来了多少人，这种事儿也得讲策略。

他左右一看，往学校院墙边走，凭记忆就找到了以前自己经常走的"备用路线"，这一段带铁尖的围栏最少。

往后退几步，他活动一下脚腕，然后一个快速助跑，起跳，攀住院墙，轻轻巧巧地就翻了过去。

院墙外面连着一小块草坪，前面就是马路，但从这儿到校门口都没看到有人。林迁西担心秦一冬是不是被拖走了，脑补越多，脸都绷了起来，脑子里不停盘算，脚下先动，迅速朝学校后面跑过去……

结果直到化学课下课的时候，林迁西也没有回到实验教室。姜皓听到铃声响了，回头看："算你倒霉，我说是被坑了吧。"

宗城左手收拾着试管，右手拿笔填表，忙到现在，压着两眼，满心不爽地"嗯"一声，声沉到嗓子眼里了。

讲台上那盒子里收的手机发了下来，从前往后一个个传。姜皓拿了自己的，把盒子给他放桌上。

宗城伸手进去拿，摸到两个，抬头看，除了他的，里面还剩了一个手机。

化学老师正在讲台那儿看这里。"林迁西这一个厕所上到现在也没回来？"一副

"没救了"的表情，摇摇头，"有些人，碰到做实验就跑，等上了高三全是对着书本，到时候想做实验都没机会！"

"表格交上来。"年轻老师懒得管问题学生，拿了教案准备走人，指一下宗城面前的盒子，"你俩同组，他的手机你给他带一下吧。"

姜皓顿时回头："坑到底了，敢情还得你负责'送货上门'？"

宗城拿了那手机，更不爽，一脸没表情地站了起来，出教室。刚出门，手机忽然振了一下。宗城低头看，一串陌生号码发来的短信，就飘在屏幕上。

——最后面那条小街！你……

不着调的一句话，因为锁屏没显示全，他直觉跟林迁西跑路有关。最后面的小街是吧？宗城抬脚就走。

学校后面全是小街，是挤了太多老楼的缘故，比较偏僻，平时只能走走人遛遛狗，外面被卖小吃的摊子堵得密不透风，里面盘得如同羊肠小道。

林迁西早就到了，刚把这一带找了个遍，一个像他仇家的人也没看到。他喘着气往周围望，忽然想到最后面还有几条小街，拔脚就跑了过去。

七拐八绕地钻了几条小巷，到了另一条小路上，林迁西一眼看到墙根底下蹲了个人。对方穿着蓝白间色的五中校服，刚刚收起手机，不耐烦地站起来，视线对上他，愣一下。

林迁西几步走过去，警觉地看他周围："人呢？"没看到有别人。

秦一冬斜着眼看他："行啊林迁西，你终于舍得出现了啊！"

林迁西想着先离开再说，有什么事儿自己来顶，抓着他袖子一拉："走。"脚还没迈出去，忽然反应了过来，又停下来看看周围："什么意思，你是蒙我的？"

"我不这么说你肯出来？"秦一冬说，"你不是要跟我绝交了吗，还挺讲义气啊！"

林迁西一把甩开他胳膊，吼了声："你有病啊！"

秦一冬被他吼得蒙了一下，跟着嚷嚷："谁有病，看到我就跑的不是你吗，你才有病吧？"

林迁西吸一口气，推开他："拿这种事儿来吓人很好玩儿是吗！"

秦一冬跑两步挡前面，防止他跑："我吓什么人了，我要吓也得吓得住你，你一边要跟我绝交，一边又跑出来救我，'双标'啊！"

"少废话！"林迁西嫌烦，踢一脚路边树干，"秦一冬，我跟你说，这真不好玩儿，再有下次我抽你信不信！"

秦一冬脸都气红了，胸口一阵起一阵伏："那你把理由说了，说清楚，你要没个理由，找事儿的就是你。"

"真够事儿的。"林迁西越过他要走。

秦一冬拽住他衣领。

"撒手。"林迁西火了。

"说啊，"秦一冬瞪着他，"你平时不是嘴厉害得很吗，怎么连个理由都说不出来了？"

"我说了你也不明白。"林迁西冷着脸，"撒手！"

"少找借口！"秦一冬攥得他衣领紧紧的，"你也别在我面前威风，我跟你多少年玩儿过来的，还不知道你吗，你要没事儿会突然发这人来疯？是我怎么你了啊，我哪儿对不起你了吗？我……"

林迁西觉得头疼，像有只手在他喉咙上掐，胸口堵得发闷，快要炸了，耳边一连串的话音都虚幻了起来。

秦一冬还扯着他的领口不放，这只手曾出现在他颈边，不过是无力垂着的，秦一冬整个人也是无力的，伏在他背上一动不动。只有血，不停地在流……他想救他，一直跑一直跑，可是没能跑出那条街就来不及了……

"我把你害死了！"他忽然吼出声。

秦一冬愣住。

"靠……"林迁西低低骂一句，眼睛没看他，按住额角，声音低下去，"这下可以了吗？"

秦一冬回过神："你说什么啊？你把我害死了，那我怎么还站这儿呢？"

"都说了你明白不了。"林迁西一把从他手里扯出自己的衣领，往后退两步，又按额角。

"讲玄幻故事呢，你在哪儿害死我的啊？"

林迁西咬牙："梦里！"

"梦里？林迁西，你还很封建迷信啊。"

"对，我这人特别迷信，我贼信！"林迁西猛地推他一把，"你以后能不能离我远点儿，我看到你硌硬，烦！"

秦一冬被他推得一个趔趄，跌在墙根，摔得半天没动。"你认真的？"

"我贼认真！"林迁西指着自己，"我，林迁西，要跟你秦一冬绝交，够真了吗？"

秦一冬撑着地爬起来，脸发白，憋着股劲儿，像是已经憋了好几天，咬牙切齿："这话是你当面说的，好，绝交就绝交！"他扭头就走。

林迁西没看他，紧咬牙关："早该这样了……"

秦一冬忽然回头，对着他小腹就是一拳："去你的！"

林迁西弯腰。

"还手啊！你平时不是很能打吗？"秦一冬拽住他衣领，眼眶红了，"反正都绝交了，讲什么情面，你还手啊！"

林迁西笑一声："就你这小胳膊小腿儿，都没感觉，老子用得着还手吗？"

秦一冬又是一拳，还不够，照着他腿也踹一脚。

林迁西单膝着地，一手按着小腹，咬着牙没吭声。

"滚你的……"秦一冬又踹一脚他背，瞪着通红的眼看他黑漆漆的头顶垂下去，喘着气，什么也没说出来，终于还是转头走了，脚步飞快，拐进了曲折的巷子就不见了踪影。

林迁西一手撑着地，听到他脚步声远了，一歪躺在了地上，翻过来，仰面看着天。打吧，这是欠他的。那个梦境最后的长夜里，秦一冬扑上来为他挡了刀，他欠他一条命。

太真实了，一切就像昨天才发生过的一样，那一滴滴黏腻的、浓稠的鲜血，还带着温度，漫过他的脖子……

他自己长在尘埃，烂在市井，拿青春去博一时的痛快，那都是他的选择，可是不能牵扯上别人，还不起。何况那还不是别人，而是他最好的兄弟。走吧，别跟他有瓜葛了，他这样的人。

天有点儿阴，飘着一两朵不知所谓的云。林迁西茫然地看着云，胸口堵得发硬。如果他早点儿学好，就不会断送自己，也不会断送秦一冬。现在就是怕，怕梦境里的一切会成真……

云下面忽然出现了张脸，遮了他眼里的云，冷酷的、没有表情的脸，右眉是那条醒目的断眉。林迁西眯眼，思绪空了一秒。

宗城双手收在裤兜里，两条长腿停在他旁边，眼睛盯着他："起来。"

第14章

林迁西没动，在想他是怎么来的，来多久了，甚至觉得他出现得有点儿不真实。

宗城踢一下他脚："死了？这回也要我抛尸？"

"我去……"林迁西终于动了，一手捂着肚子坐起来。

秦一冬打他那几下是真狠，可能都使出了吃奶的劲儿，其他地方没什么，他小腹却是实打实挨了两下，胃都皱了起来。但他不能表现出来，要脸。

他把捂肚子的手拿开，吐口气，抬眼说："我故意躺这儿看天呢，你打扰什么，有没有点儿情调了？"

"没有。"宗城掀眼瞥了下上空，"看出明天什么天了？"

"……"林迁西斜睨他，至少有三四秒，说，"泥石流、洪水、台风、冰雹，明天世界末日了。"那口气仿佛在说：干脆一起死吧。

宗城不为所动："这就是你不做实验的理由？"

实验。林迁西想起来了，扯一下嘴角："你要因为这个来找我算账得排队，我现在没有心情。"

"找你算账还管你有没有心情？"

林迁西听着不对，以为他这是要往下互刚了，猛地抬头，却见宗城一只手从兜里抽了出来，把什么东西往他这儿一扔。他一把接住，是他的手机。

宗城半句废话没有，手又收进兜里，转身就走。

"嗯？"林迁西莫名其妙，这人什么毛病，不爽还特地来给他送手机？他手在地上用力一撑，咬着牙站了起来，随手拍了两下身上，看看宗城，他已经快走到一条小巷子里了。

到了巷口，宗城不走了，回过头："回学校最近的路是哪条？"

林迁西咧了咧嘴角，心想你刚才不是挺酷吗，然后慢吞吞地走过去："你怎么过来的？"

"听着你声音来的。"

"就我的声音？"林迁西不自觉挑了下眉。

宗城说："就你声音最高。"

林迁西马上又问："都听到什么了？"

宗城朝前面曲曲折折的羊肠小巷歪了下头："你自己过去听听，看能听清楚什么。"

林迁西瞥两眼前头，放心了，反正就不乐意被他看见自己的落魄，可能是因为在他跟前落魄的次数够多了。"行啊你，第一次来就看出有近道了，走啊。"林迁西故作轻松地往前带路，拐了个方向，进了另一条小巷。

这条巷子出去就正对着学校后门，刚到外面，扑面而来的就是整条街上小吃摊的香味。林迁西看看手机，差不多是饭点儿了，往后瞟："你饿不饿？"

宗城跟在后面，看他一眼。

林迁西边走边说："咱俩也别刚了，我请你吃东西吧，就当谢你给我送手机了。"

"去谢化学老师。"宗城贼冷漠。

"爱吃不吃……"林迁西埋头往前走。这人酷是真酷，也是真的硬，但一点儿小摩擦至不至于？不吃拉倒，他自己吃。

林迁西自顾自地走到一个凉面摊子前，还没点单，冷不丁面前蹿出俩追着打闹的小孩，打头那个"嘭"一下，脑袋直直撞到了他肚子上。

"我——靠！"林迁西双手抱腹，顿时弯下了腰。

那小孩子顶多四五岁，自己也给撞得摔了个屁股蹲儿，坐在凉面摊的车轮那儿，看到林迁西的反应，吓一跳，一骨碌爬起来就跑了。后面那个追着他一溜烟也没了影。

"我……"林迁西又想爆粗口，但疼得闭了嘴。

凉面摊的老板娘抻头问："你没事儿吧？"有点儿担忧的样子。

林迁西猜八成就是她家孩子，不然没这么好心，肚子疼得一抽一抽的，没说出话来。

旁边伸过来一只手，抓住他胳膊一拉。林迁西被拖着站直，任人摆布似的坐到了一只塑料凳子上，瞥见胳膊上那几根修长有力的手指松开了。

宗城松了手，拿脚拨了只凳子，在他对面坐下，对凉面摊的老板娘说："给他杯温水。"

"行。"老板娘果然很好心，扭头麻利地拿一次性塑料杯倒了杯温白开过来，放在两人面前的小折叠桌上。

林迁西端水喝了一口，稍微缓过来点儿，继续抱着肚子闭紧牙关。

宗城盯着他，早发现他不对了，他刚才躺那儿时就不对，现在额前的碎发已经汗湿了，脸白得像纸，这模样不用说也知道是干吗了，百分百打架打的。他回想一下："那个看着不像是能把你打成这样的。"

林迁西立即松了牙关问："你说谁？"

"来的时候遇到个穿五中校服的，从你那方向走的。"宗城说。然后到了那条小路上就看见林迁西躺地上，并不难联想。

林迁西没想到他看见秦一冬了，就是不想承认："打个毛线，我早不打架了，刚才那小孩撞的，我才这样，别是练过铁头功吧！"

凉面摊老板娘适时地在旁边装死，埋头认真地择香菜。

宗城也没往下说，他不想说就算了，反正跟自己也没什么关系。就是没想到还能有人把他打成这样，宗城觉得自己出手都未必能把他打成这样，除非是他单方面敞开了挨揍。

林迁西忽然扭头，冲老板娘说："来碗凉面，要全套。"

老板娘不择香菜了，看看他对面："几碗？"

林迁西瞥一眼宗城，改口："两碗。"顿一下又说，"我的那碗还要额外加个蛋，不，两个！"

宗城的眼神又转到他脸上，他这会儿脸上血色回来点儿了，像是什么事儿都没有过似的，表情痞痞的，漫不经心。

那痞痞的眼神对上宗城。"反正我点了，吃不吃随你，又不能喂你吃。"说着往旁边老板娘身上瞅一眼，他忽然问，"你看我这样还能吃吗？"

宗城对着他那眼神，跟他互盯几个来回，脚一收，踏在桌脚上，掀了掀眼皮："不能，你被撞这下挺重的，最好去拍片子。"

林迁西说："那还是得吃，被撞伤了没人负责，就吃个饱，待会儿去医院扯个食物中毒的单子，就有人负责了。"

老板娘从推车后面哭笑不得地看过来："别，对不起您了还不行吗？小孩子不懂事儿，犯不着这么整人的，我这就是小本生意。"

林迁西看过去："大人懂事儿就行了啊，早点儿道个歉不装死不就完了？"

老板娘只好赔笑："行行行，是我不该装死，两碗面请你们了。"

林迁西掏了手机付钱。"知道道歉就好，不白吃你的，钱照付。"说完朝对面宗城看一眼，这拨配合打得还挺好。

"我不要香菜。"宗城说，又看他一眼，配合得好是好，但不爽还是不爽。

老板娘接话："行。"

面端上来，果然林迁西那份料加得足。他掰开一次性筷子拌了拌，提口气，心想好好吃一顿，秦一冬这茬就算过去了。这世上就没什么是过不去的。低头刚要吃，忽然发现对面宗城没动，他抬头看，就见宗城眼睛看着自己身后。

林迁西转头往后看，路头上一个穿汗衫的光头小青年探头探脑的，好像在朝这儿望。他回头问："你认识？"

宗城说："不认识。"说完低头吃面。

林迁西没再管，继续吃面，又忽然看到宗城抓筷子的那只手，动了下胳膊，仿佛被他抓的那一下还在，心想劲儿真大。

面吃几口，旁边多出了个人影。林迁西偏头，就是刚才那光头小青年，到了跟前，眼光看着宗城，带笑不笑地问："宗城是吧？"

"不是。"宗城放下筷子，站起来看林迁西，"先走了。"

林迁西嘴里嚼着鸡蛋，斜眼看了看那小青年，点头。

宗城就这么走了。

光头小青年问林迁西："他不是宗城吗？"

林迁西说："不认识，我俩拼桌的。"

"拼桌他临走还跟你打招呼？"

"嗯，这有什么，我刚被撞了，是他拉的我，不信问老板娘。"

推车后面的老板娘抬头，看看林迁西："是他拉的。"

"什么鬼，搞错了？"对方扭头走了。

林迁西朝宗城走的方向看一眼，又看一眼那光头小青年的背影，心想什么玩意儿。

第 15 章

要换个好管闲事儿的人，可能会当场揪着那光头小青年问怎么回事儿，找宗城干吗。但林迁西不是，他没那么多事儿。他自己也烦那种好事儿的人，何况宗城不也没问他跟秦一冬的事儿？

最后林迁西一个人吃完了面，丢下筷子，离开了凉面摊。回学校继续上课，该干吗干吗，什么日子不是照常过呢。

手机上不再有陌生号码打来的骚扰电话，也没有人威胁说要去学校再蹲他了。事实提醒他，他跟秦一冬彻底绝交了。

——西哥，早上好呀。

手机上"叮"地再有声音响起时，都是第二天了。

林迁西一大早就起了床，过了一夜，肚子不太疼了，今天特地穿了件白短袖，下身浅蓝长裤，整个人收拾得积极阳光，出门去学校，这样显得他心情好。他嘴里叼着块面包，肩上搭着书包，一手锁门，一手拿着手机看这条进来的微信。灯塔头像，不认识的英文名，是顾阳。

——好，哥今天好得很。

回完这句，他像是不尽兴，给顾阳又发了个大笑的表情。顾阳的回复弹出来。

——哥你今天很高兴啊。

林迁西在门口停一下，看两眼那条微信，打字。

——别乱叫，我不是你哥，你有哥。

顾阳不愧是热衷游戏的好手，打字超快。

——多个哥哥多个家，哥哥不要拒绝我。（可怜）

林迁西挑眉，他算是发现了，这小子跟他哥一样，口才都是藏着的。

——玩儿泥巴去，我可不想要弟弟。

打出"弟弟"两个字时，他居然想起了他妈带着的那个小男孩，干笑一声，手机一收，脚步故意放轻快下楼，咬着面包哼起了歌。

已经快两天没看到他妈了，这两天她连着夜班，时间都跟他错开了。空闲肯定也有，不用想也是给人家了。大概是忙着接孩子吧，然后再跟那男人一家三口似的约约会吃吃饭，说不定他真的很快就要有个"弟弟"了。

林迁西想到这儿已经出了小区，歌忽然哼不出来了，踢一脚路边水泥剥落的花坛，低声说："去他的弟弟……"

"西哥！"后面来了摩托声。

林迁西回头。

王肖骑着他的旧摩托过来，身上穿着个背心，肩上搭个校服，毫无形象。

"走吗？"林迁西问。

"走啊。"王肖停车，站起来主动给他让位。王肖跟薛盛、孙凯都喜欢看林迁西骑摩托，觉得他骑车的样子贼帅，把自己这小破车的档次都衬高了，一度夸他能跟当年港片里骑摩托的刘德华比，可能脸蛋儿还要更漂亮点儿。

林迁西把书包丢给他，跨上去戴头盔，一边说："往后坐。"

王肖举着两手跟投降似的："我不碰你。"

"少废话，往后点儿，我没带过人，不习惯。"

"行行行。"王肖往后挪，把他跟自己的书包都隔中间。

林迁西总算坐稳了，一踩油门，轰了出去，路人都朝他这儿望。

半路上，王肖坐在他后面扯着喉咙问："西哥，听说你昨天去学校后面的小街了？"

林迁西的声音闷在头盔里："你是包打听吗，怎么知道的？"

"你最近不都好好上课的吗，忽然逃课了，咱们都以为出了事儿。"王肖说，"薛盛昨天去学校后面看了，说是看到那个宗城了，你俩碰了？"

"碰个屁！"林迁西想，被他拉了一把算不算碰？"说了不打架了，我以后跟谁都不碰。"

王肖早觉得古怪了："怎么了？"

"没怎么，"林迁西说，"学点儿好吧王肖，薛盛和孙凯也是。"

王肖没听清楚，拍拍他肩："停了西哥，到学校了。"

林迁西骑得太快了，十分钟的路他一般只要五分钟。他在校门口刹车，自言自语一句："刚才的话白说了。"

王肖下了车，把书包递给他，搭着校服过来推摩托，忽然往校门里看一眼，朝林迁西挤挤眼："西哥，老周！"

林迁西摘了头盔，正拨着头发进校门，一抬眼，看见周学明站在前面文化墙那儿，就跟他离了几米，背着两手，看着这儿。也可能不是看这儿，林迁西觉得以老周无视他的操作，可能是在看别人，转头看看，也没其他人经过。那就是在看空气，在思考人生，谁知道呢。

林迁西朝教室走，从文化墙那儿过去。

"林迁西。"周学明忽然开口。

他脚下一停："我幻听了？"

周学明托了托鼻梁上的眼镜，转身说："过来一下。"

林迁西跟上去，怎么了这是，"渣男"居然不冷暴力他了，还主动搭理他了。

一直到教务楼那儿，拐了个弯，在楼梯口，周学明站住了。他掏出包烟，掂两下，忽然递过来："来一根？"

林迁西没拿。"这什么圈套，钓鱼执法？"

老周收起烟，从口袋里掏出茶杯，拧开喝一口，才说："好几天了，你打算什么时候收手呢？"

林迁西说："咱们能不能进行一场人与人之间正常的交流呢？"

老周点头："行，我直说吧，从你赶回来上课就不对劲儿，谁都看得出来你是要整我，但要整我最多也就装个一两天吧？现在好几天了，还没消停，你是不是计划玩儿个大的？"

林迁西发现教语文的跟教数学的就是不一样，想象力太丰富了，还玩儿个大的！他问："你看什么叫大的？"

"这我怎么知道你。"老周又喝口茶，"要搁别人我不会这么想，你不一样，别人惹是生非都没你凶，也不像你那样九头牛都拉不回来。我以前家访、劝你、逼你，都没用，现在放弃了，你忽然这样，能让我怎么想？"他叹口气，看破了红尘似的，"师生一场，好聚好散不行吗？"

"不行，"林迁西说，"我现在才发现你是个人才，我要留下来。"

老周看看他，自己是很认真地在跟他说这些，可是听他说的感觉都是浑话，就是没法相信。"那随你，反正理科班到高三要重组，倒数的学生要裁出去另组一个班，到时候那个班可能连班主任都没有，怎么混都行，你去里面再待一年，毕业证都不一定拿得到，还不是散？"

林迁西愣一下："你怎么才告诉我啊？"

老周皱眉："什么叫我才告诉你，这事儿整个高二谁不知道？你在这个月之前有几次好好来学校的？会知道才有鬼了！"他茶杯盖一拧，觉得话到头了，转身就走。

林迁西看着他的背影，越想越不对劲儿，要真进了那种班，跟辍学有什么区别，最后还不是回到以前那种街头混迹的日子？"靠！"他立即去教室。

教室里正在收作业，林迁西进去时，小组长陶雪刚好收到他座位那儿，弯着眼冲他笑了笑，什么也没说就走了。丁杰和张任都还没来，后面两排几乎没人交作业。

林迁西叫住她："昨天有作业？"

陶雪回头，轻声说："有的，老师让班长布置的。"也没说要收他的。

林迁西扔下书包，走到班长章晓江的座位前面，拍一下他桌面："你跟我出来一下。"

章晓江正在吃早饭，抬头看到他脸就白了："为什么……"

班上的人都在朝这儿看，教室里都安静了。

"出来。"林迁西转头出门，走了几步回头看，章晓江还是乖乖跟出来了。

一直到男厕所里，林迁西在洗手池那儿一站，问："昨天什么作业？"

章晓江个头小，长得又瘦，贴在墙边，"酒瓶底"后面的眼睛垂着，蚊子哼似的说："没有……"

"什么没有？人家不都有？"

"你可以没有……"

林迁西听得费劲儿："什么意思，我不是 8 班的吗？"

章晓江头垂得更低，往后退，仿佛下一秒他的拳头就会砸下来似的。

林迁西说："叫你出来就是叫你别搞区别对待，我以后都要写作业，正常学习，你快把作业告诉我！"他可不想沦落到三不管的班级里去混日子。

章晓江没作声，好半天也没抬头，肩膀开始一抽一抽。

林迁西看出不对，扒一下他肩膀。"我去，你……"居然哭起来了。"你干吗啊？"哭什么哭啊，他不就问个作业！

有人从外面走了进来。林迁西一转头，对上宗城的脸。

宗城一手收在口袋里，一手按着后颈，看到这幕，眼光动了动，淡定地走去了里面隔间，"砰"一下关上门。

"……"林迁西回头看看还在抽泣的章晓江，觉得自己真是威名远播，还没干什么呢，就搞得人哭成这样了。他呼出口气，脚蹭一下地，强迫自己压低声音："我现在进去放个水，你自己……平复一下心情，好吧？"说完转身朝里走。

章晓江果然赶紧跑了。

林迁西往里走到一个隔间门外，用力一推，门开了。

宗城在里面背朝着他，转过头："干什么，我好像没打扰你。"他人都没动一下，话说得冷冷淡淡。

林迁西盯着他："你们昨天什么作业，跟我说一下。"8班和9班老师一样，作业肯定也一样。

宗城扫他一眼："没见过把抄作业说得这么清新脱俗的。"

"谁说要抄，我就问一下。"

宗城又看他一眼，说："等一下。"说着转过来，手上一动，轻轻地"刺啦"一声拉上了裤链。

他下意识朝宗城腰下看一眼，再抬头，宗城正盯着他。他勾了勾嘴角："你有的我又不是没有，还不能看了？"

宗城看他几秒，面无表情地说："我有的你还真不一定有。"

林迁西反应了一两秒，陡然明白过来，你在炫耀什么呢！

第 16 章

宗城这人就这样，好好说话就跟你说人话，要说骚话，也照接，还接得特别淡定。他本来就没什么情绪似的，说什么都带着股不在乎的意味，现在眼皮半掀地看着人，那感觉就仿佛在说：来啊，又不是玩儿不起。

林迁西拿眼神刚他，要骚还能骚，但好歹记着正事儿，不骚了，一只手拍拍门板："算你牛，告诉我作业是什么再牛。"

宗城拿脚踢踢他挡路的脚："出去。"

林迁西让开："干吗，不能在这儿说？"

"你以为是小学作业，几句话就说完了？"宗城去洗手池那儿洗了手，往外走，"要有耐心就在外面等我。"潜台词是没耐心就算了。

林迁西跟出厕所，慢了那么几步，宗城已经领先了一大截，转个弯就不见人了。

"这么快?"林迁西嘀咕着走快点儿跟上去,看他进了9班教室,又一路跟去9班。

说实话,上学这些年他就没等过谁,更没这么一路跟过谁,还跑别人班级外头晃悠,所以快到人家班门口时就感觉有点儿怪。他摸一下脸,觉得9班的人看到他在门口出现肯定也会奇怪,脚下转开,干脆往窗户那儿一站,远离人家教室的门。

大概半分钟不到,就听到一声:"拿着。"

林迁西回头,迎头飞来一个东西,一伸手接住了,是个纸团。

宗城站在9班门口,抛纸团的手刚收回去。"你还真等着。"

"我像说假的?"林迁西说,"我贼真!"

宗城眉峰一耸,有点儿不信似的看他一眼,转头又进了教室。

姜皓刚坐下来,看到宗城回来,朝门口看,也没看见谁,问:"怎么了,忽然问我昨天作业做什么,你不是不用写的吗?"

宗城回到座位上,随口说:"了解下大家的进度。"

姜皓笑了:"你还要了解进度?我那天看到你桌上的题库册,都做完全本了,说真的,你经常迟到是不是晚上都在做题呢?"

宗城说:"不全是,一般做几小时。"

姜皓羡慕:"你这精力可以啊,要我早困了。"

"还行。"他精力是挺好的。

姜皓提议:"既然精力这么好,放学再去台球室杀两局?"

宗城掏出手机看一眼:"今天不行,晚上我有事儿。"

"行吧,"姜皓遗憾地打趣,"说有事儿就有事儿,还挺神秘啊。"

宗城没说话,刚在林迁西那儿说话挺多的,现在不想说了。

林迁西已经回到教室,先看一眼章晓江,他到现在都还在课桌后面垂着头。旁边还有俩同学在小声安慰他,看到林迁西进来就都不吭声了。

服了。林迁西觉得自己脑门上"霸凌"两个字是摘不掉了,随他们便吧,捏着纸团回座位。

陶雪从前排回头叫他一声:"林迁西。"

林迁西凳子一踢,坐下来:"嗯?"

陶雪小声说:"听章晓江说你问作业,要把我的作业给你吗?"

没想到还有送上门来给他作业抄的,不过就是误解了他的意思。他对着人家一个女生也不好说什么,只能说:"不要。"

陶雪意外地看着他。"那好吧。"她头转回去了,很快又转回来,"你要有什么事儿就问我吧,章晓江……比较怕你。"

"我能吃了他？"林迁西低低吐槽一句，低头打开纸团，惊了，上面居然列了大半张纸。他拽出书包到处找笔，没想到这么多。

后排的人陆续来了，张任咬着个包子，看见林迁西埋头趴桌子上写着什么，凑过来看，差点儿喷出口包子屑："林迁西你也太入戏了，还有完没完了？"假装听课还好演，做作业就有点儿过分了啊！

丁杰刚打开手机上的游戏，也凑近看了一眼："走火入魔了你。"

林迁西头都没抬一下："滚，忙着呢。"忙着写语文作业，起码字都看得懂，先写能看明白的。他一边写一边又去看那纸团，忽然停下，站起来，往前走。

本来是朝着章晓江的座位，但那位这会儿还缩着，林迁西可不想看他在班上哭，便走到了陶雪那儿。

陶雪抬起头："找我吗？"

林迁西问："《精练全集》是什么？"

"是咱们班订的试卷集。"陶雪想了想，"你那会儿不在，所以没订吧。"

这是纸上列的，数学作业就那上面的，林迁西又问："现在还能不能订到？"

陶雪诧异地看着他："可能得去书店买了。"

"行。"林迁西记住了，又回了座位。

张任冲他"啧啧"两声，小声揶揄："这是什么撩妹新技能，人巴巴看着你，你上去就问哪儿买试卷？"

林迁西不搭理张任，坐下来又拿起笔。

张任也不当回事儿，看他又开始写了，琢磨一下说："林迁西，你老实说是不是最近缺钱花啊，做样子给你妈看呢，想多要点儿钱是吧？有用吗，做再好看也没用啊，你妈不是压根不管你吗？"

林迁西笔停了，抬起头："你再说一句试试。"

张任被他眼神吓住了："干吗？"

林迁西拿笔指着他："你再嘴碎一句我妈，我让你不认识你妈，你信不信？"

张任看出他不是玩笑，闪着眼神嘀咕："什么啊……"身体倒是很诚实地挪远了一大截。

林迁西冷着眼转回头去了。

这一天的课枯燥又乏闷。直到放学铃声响，学校才沸腾，教室里的人陆续跑空。

林迁西作业到底还是没补完，把剩下的一收就走，肩搭书包，下了教学楼，一路小跑着出了校门。

"王肖，车借我用用！"

王肖正蹲在校门口摆弄他的旧摩托，站起来应："行啊，随便用。"

林迁西过去跨上车，"轰"地一踩，旧摩托疲惫又急切的嘶鸣声拉出来，他车把一拧就走了。

二十分钟后，摩托停在了老书店外面。

刚放学不久，这会儿书店里的人很多。林迁西进门，从一群帮孩子买书的家长当中挤过去，转着头看书架上的书。

一只手轻轻拍了拍他。林迁西回头，一个抹着口红、打扮很漂亮的女生在看他。"小哥哥，找书吗？"

"《精练全集》，知道在哪儿吗？"林迁西看她年纪跟自己差不多，也许知道，就说了。

"我帮你找吧。"女生往前面挤两步，到了书店的查询机器前，在磨得快要看不出字母的键盘上敲字，"《精练全集》是吧？是经常的经，还是精彩的精啊，这么写吗？"

林迁西看看发绿的老旧屏幕，这都有默认输入关联出来了，还用问？嘴里说："《精练全集》的精。"

女生笑："小哥哥真幽默。"

谦虚了，没你幽默。

查询结果弹出来，灰色的两个大字：售空。

"没了。"女生抬头说。

"烦……"林迁西低低骂一句。

女生掏出手机："我帮你再问问别人吧，加个微信，有我告诉你。"

林迁西转身走人："我没手机。"

出了书店，他直奔停摩托的地方，打算再去下一家看看。

几个小年轻叼着烟，从路对面过来，说着粗话跟他擦肩而过。已经过去一大截，忽然其中一个停了下来，盯着他看，看了好几眼，猛叫一声："林迁西！"

林迁西转身，打量对方，一共四个小年轻，四张陌生的脸，不认识。他转身继续走。

那叫人的追上来直接把路拦了："想跑？你上次揍了我的账还没算呢！"

林迁西又看他两眼，看着像学生，还背着书包，也不知道是八中的还是五中的，还是没印象。他以前揍过的人多了去了，谁能都记得，又不会拍照留存。不过他从不打没原因的架，打的就没无辜的，半点儿不愧疚。

"别挡我路，不想打架。"他从旁边越过去。

"你小子落单还这么嚣张，老子今天带了人还怕你？"这人嗓门大脾气躁，扔了烟头拿脚一踩就上来了。

林迁西往边上一让，他一拳挥个空，那边跟他一起的三个人也过来了。三个块头还挺大，有一个过来时还故意把短袖往上撸，露出发达的肱二头肌，恶狠狠地瞪着林迁西，看着还挺唬人。

"啧！"林迁西烦躁，一手撑着路边铁栏一跃，朝路对面的小公园跑了。

宗城从路边的小餐馆里出来，手里拎着份打包好的外卖。

刚走到附近的小公园里，手机响了，他掏出来，看到名字，按了接听。

"哥，"顾阳在那头叫他，"说好今天跟你通视频的呢，没放我鸽子吧？"

宗城说："还没回去。"

"没关系，在哪儿都一样，能说话就行。"顾阳雀跃，"彩姐也在呢，想看看你周围环境。"

宗城把外卖就近搁在一张旧长椅上，说："等一下。"他挂了电话，低头点视频通话。

忽然身边一阵风似的擦过去一个人。宗城抬头，看到一道熟悉的身影，黑漆漆的短发随风扬起，一眼就已经跑出去几米远。

那身影忽然紧急刹住，回头看他："你怎么在？"

紧接着一个人就冲了过来，对着宗城狠狠一撞，他手机被撞得甩了出去，"啪"一声掉地上，后面一个人跟上来就揪住了他书包："这儿还有个帮手！"

宗城看着自己摔那儿的手机，又看揪自己书包的人，连撞他的，还有跟来的，一共四个。他脸冷了："松手。"

"横个屁啊！你敢帮林迁西，老子先撂了你！"小年轻追林迁西追得气喘吁吁，正冒火，书包一扔，矛头就对准了他。

宗城抬腿就是一脚。

林迁西不跑了，已经没有跑的必要了。

宗城踹出去一脚后都没给人反应机会，扯着自己的书包带子一拉，反手就给那位乐于展示肱二头肌的兄弟一记顶肘。

另外两个简直是送的，一个一脚解决，一个上来就被他书包糊了脸，带着摁下去就是一摔。

林迁西站在旁边看，主要他动手太快，也只能看。自己跟他动手那会儿没这感觉，现在旁观才发现简直跟看动作片似的，宗城这人是有点儿狠的。

四个人从站着变成趴到地上，没用多久。宗城脸还冷着，拎着自己书包拍了拍灰，把手机捡起来，又拎了自己的外卖。

那小年轻坐地上，对着手机喊："快来！这儿两个人……"

"有完没完了！"林迁西恼火，对宗城说，"走！"

小年轻扑上来拽住他书包，不依不饶地对着手机喊："快来！东街书店那儿！"

"……"林迁西知道这种狗皮膏药难缠，也不急着挣脱，转头朝宗城"嘶"一声。

宗城掀眼看过来。

"会不会？"他说，一只手拿出摩托的钥匙。

宗城看他往一个方向使个眼色，脸色依然不好，但还是说："给我。"

林迁西把钥匙抛给他，转头拉着书包就是一甩。小年轻被甩开，还想去拖宗城不让他走，刚爬起来又被林迁西扯回去了。

远处有人在喊："哪儿呢？"

"这儿！"小年轻积极回应。

林迁西没想到他们的人就在附近，难怪这么不要脸地扯着不让走。

摩托的轰鸣声很快就来了。

林迁西转头，看见宗城骑着那辆旧摩托冲了过来，速度飞快，唰地滑了个弯停住，朝他歪下头。

算是白问了，他何止会，他简直太会了啊！林迁西踹开小年轻，立即往他那儿跑，经过那小年轻的书包，忽然又停住了。

"你上不上来！"宗城已经没什么好脾气了。

林迁西蹲下，手伸进那书包。

小年轻无能狂怒："你个王八蛋还想抢老子的钱！你……"

林迁西从他书包里拿出了一本试卷集，《精练全集》。"这打个折卖给我。"

"嗯？"

林迁西用两秒算了个账，两秒掏钱扔出来，然后冲到摩托那儿，一跨坐上去："走！"

宗城脚重重一踩就带着他冲出去了。

第 17 章

风张扬地吹，摩托疾驰在路上，沿途街景在耳边呼呼倒退。林迁西迎风眯眼，在想刚才自己干的事儿，已经脑补出一场戏——

哭哭啼啼的小年轻去报案："阿 Sir，我被打劫了！"

阿 Sir 很严肃："快说，被打劫了什么贵重财物？"

小年轻："我的试卷集！可是他又给了我钱……"

"哈！"林迁西脑补到这儿笑出了声。

摩托"吱"一声重重刹住，他顿时一头扑向前，脸猛贴上宗城绷紧的背，握在座后的那只手惯性使然往前一抓，抓到宗城的腰。这一下是实打实一脸埋上去的，他抬头就捂住了鼻梁："干吗，你故意的？"

宗城脚在地上一撑："就是故意的，难道还能随便停？"

林迁西捂着鼻梁看他后脑勺，忽然留心到周围，旁边有几栋楼，是个居民区，有点儿年头了，楼房建得都挺古朴。他反应过来："你住这儿？"

宗城没否认，偏头往腰上看一眼："松手。"

林迁西才发现自己这一手刚好抓他裤腰那儿，还是个往自己跟前扯的态势，跟要扒人裤子似的，便松了手，撑着后座一跃下来，站在旁边看他。

宗城利落地一踢，打了撑脚，掀腿下车，甩了书包在肩上就走。

"哎。"林迁西叫他，又摸下鼻梁，"至于吗？"

宗城停下，看着他。

林迁西说："这就是个意外，我不知道会遇上你，没想把你扯进来。"

"那就算我倒霉。"宗城语气冷淡，还压着火气，往那几栋老楼走。

林迁西看宗城就这么从身边过去了，扯一下嘴角，也不好说什么。这事儿说起来简直是宗城给他免费当了打手，换作他肯定也不乐意，凭空飞来的一桩麻烦嘛不是。那几个小年轻也是，惹谁不好，惹这么尊佛。

他在路边站了会儿，直到看宗城进楼了，忽然回过味儿来，作业！还没补完呢！他跨上摩托就要走。

大腿忽地一麻，是手机在裤兜里响了。林迁西摸出来，上面闪着个完整的名字：林慧丽。他看了两眼才接通放到耳边，主要是没想到他妈会给他打电话。

"喂？"林慧丽的声音隔着电波还是不冷不热的调子，"你今天回来吗？"

林迁西更意外了，他妈居然会问他回不回家，伸手去拧摩托钥匙，嘴里已经答："在路上了。"

"晚点儿回来。"他妈忽然说。

林迁西停住，听她接着说："今天你李阿姨要来家里吃饭。"

她顿一下又说："你上次去便利店吓了她一回吧？她心脏不好，不敢见你了。"

林迁西听明白了，咧咧嘴角："是吗？"那天听李阿姨跟人寒碜他的时候可没看出心脏哪儿不好。

林慧丽说:"晚几小时回吧,反正你也经常晚回来。"

林迁西想说他要补作业,最后也没说出口,话在嘴里打了个转,改口问:"那位也一起去家里吃饭?"当然是问跟她处对象的那位。

"嗯。"林慧丽说完,挂了电话。

林迁西把手机拿离耳朵,默默在车上坐了会儿,脸上无所谓地笑了笑,心想行吧。钥匙一拧,撑脚一打,脚下一踩,摩托开了出去。无所谓,不回就不回,去哪儿不是待?

轰鸣着的摩托远去了,在楼上都能听见。宗城关上门,把书包扔桌上,掏出手机按亮。摔的那下磕了手机的一个角,还好屏没碎,他重新点开视频通话。

才两秒的工夫就接通了,顾阳的脸从屏幕里跳出来:"哥!你说等一下,怎么这么久?"

宗城又想起林迁西,活动了一下揍过人的右手:"有点儿事情耽误了。"

"算了,看到你就行了。"顾阳问,"你吃饭了吗?"

宗城一手掀开桌上书包看了眼,当时走得飞快,外卖直接塞里面就上了车,现在早被压成了一坨不可名状的玩意儿。

"吃了。"他盖上书包,敷衍过去,拿个杯子给自己倒了杯凉水,灌一口,端着往里走,一边问,"你在那边怎么样?"

"我挺好的。"顾阳举着手机给他看四周,"你看,这是彩姐给我准备的房间,好看吧?"

视频里的房间不大,但很温馨,墙壁刷成了淡淡的灰蓝色,开着灯,射出暖黄的光,有种新奇的对比效果。墙角摆着新买的一张木床,上面是新铺的方格床单,连旁边一张书桌也是新的。

宗城"嗯"一声:"挺好的。"

顾阳的脸旁忽然挤过来另一张脸,一张化着浓妆年轻女人的脸,笑得眼睛弯似月牙:"怎么着,顾阳在我这儿你还不放心啊?"

"放心。"宗城说,"麻烦你了,荠菜。"

"去你的,我叫季彩,不叫荠菜!也不叫姐,没大没小!"

宗城充耳不闻,翻过手机,把靠窗的椅子上的几本书丢开,坐下来,又仰脖灌了口凉水,觉得之前动手带来的那点儿不爽差不多清空了,才把手机又翻回来,对着屏幕说:"下次争取记住。"

季彩敲敲屏幕,那感觉就仿佛是敲了敲他的门:"哎城儿,这周末去看你吧。"

"不用了，"他懒洋洋地说，"这小地方没什么好玩儿的。"

"我又不是去玩儿，就去看看你。"季彩不由分说，"就这么定了啊，不要推三阻四，再见！"说完人一下闪出画面不见了。

顾阳的脸重新占据屏幕："彩姐一直念叨呢，说你来的时候只带我没带她，她有意见，要不周末我跟她一起去吧？"

"别来，"宗城看着他，"你才回去几天？安分点儿，我说过，能别来就别来。"

顾阳只好说："好吧。"

宗城看着他垂下去的双眼，又有点儿不忍心，手指在屏幕上点两下，提醒："不是还有话要说吗？快说。"

顾阳抬了头，声音轻了许多："爸那边……有找过你吗？"

宗城忽然想起那天和林迁西一起吃凉面时遇到的那个光头小青年，脸上没有一丝波动，很平静地说："没有。"

顾阳居然像是松了口气："那就好。"

两个人都沉默了几秒，宗城看一眼时间："挂吧。"

"这才几分钟啊，"顾阳抱怨，"我还一堆话没说呢。"

"我得做题，下次再说。"宗城催他，"你先挂。"

"唉，学霸的世界只有题，没有弟弟，你还不如西哥热情。"

宗城听到那称呼就抿了下嘴角。

顾阳手指戳到屏幕上："那我挂啦？真挂啦？"

"嗯。"

"嘟"一声，屏幕黑了。

宗城收起手机，扭头看窗外渐渐黑下来的天，这小城市什么都是灰旧的，住的这栋楼、外面的街，甚至连天都是。他伸着只手在椅子下面摸，摸到本题册，看了眼，扔开了，重新摸，又摸到一本写了一半的，拿起来，还是放下了，起身去桌边，把那压成一坨的不可名状的玩意儿拎了，开门出去。

下了楼，把东西扔进了垃圾桶，宗城一直走，离开了那几栋老楼，又沿着路走出去很远，才想起看一看路上还有什么地方能买份饭解决了这顿。

他站在空荡荡的十字路口，眼神漫不经心地顺着对面的红绿灯往前一扫，忽然停顿。离了大概几十米远，停着那辆旧摩托。

宗城多看了两眼，他不是明明白白听见林迁西走了？

林迁西就在路边一座昏暗的屋子里。

这屋子一共两间，横连着，一间卖居家杂货，一间摆着二十世纪才有的老旧游戏街机，还有台球桌、麻将桌等各种桌，反正都是玩儿的东西，也不知怎么就组合得那么奇怪。他就坐在麻将桌旁边，跷着二郎腿，桌上摊着那本从小年轻那儿强行买来的《精练全集》。

卖给他是对的，小年轻压根没做过这个，里面全新，单在封面上涂了鸦，画了个大胸女，还画得歪嘴斜眼。林迁西早把封面撕了扔了，太丑了，这怕是要打一折，丑得他都觉得亏了，钱给多了。

从卖杂货的那间屋走来个穿人字拖、黑背心，三十来岁的男人："你居然跑我这儿写作业？秦一冬呢？你俩不是总把我这儿当你们的'老地方'吗，他怎么没跟你一起来？"是这儿的老板杨锐，这么多年也挺熟了。

林迁西眼睛从试卷上移开，故意说："问题太多，拒绝回答。"秦一冬的问题就这么回避过去了。

这"老地方"秦一冬上次约他来他没来，现在绝交了，他料定以秦一冬的脾气以后都不会来了，所以才想起过来，正好离得也不远。

杨锐塞个牙签在嘴里："随你便，就是有阵子没看到你了，干吗去了？"

"上课。"林迁西说。

杨锐停下看了看他，嘴里嘀咕："稀奇，又上课又写作业……"也没管他，在旁边桌上拿了个鸡毛掸子，又回卖杂货那屋去了。

林迁西以前喜欢来这儿就是因为这儿随意，谁也不管谁，爱怎么就怎么。他顺手把笔塞嘴里叼着，翻到作业布置的那份试卷，笔又拿回手里，硬着头皮去看题。

宗城走到门口时，就看到林迁西坐在一张麻将桌后面，两眼盯着摊开的试卷一动不动。

好一会儿，林迁西忽然转头，手上一掷，"嗒"一声，一支飞镖直插他身后墙上的一个飞镖盘。"棒啊西哥，这次一定行！"林迁西嘴里喊一句，接着低头去看试卷。

宗城面无表情地看着，这哪出？

林迁西对着试卷写了几下，停了，皱着眉抖两下腿，忽然抓了桌上一支飞镖，往后又是一丢。"太帅了西哥！帅爆了！你就是这条街最靓的仔！这次还能再战一题，你可以！"说完低头继续写试卷。

宗城算是看明白了，这是在给自己加油打气！他往墙上的飞镖盘看了一眼，也就随便一眼，断眉轻轻一动，有点儿没想到。那盘上的镖插了四五支，还以为林迁西就是乱扔的，居然大都插在了正中的红心上，有两支没中，也才离了一格。

宗城不禁又看一眼林迁西，想起那天他在台球室外跟姜皓说过的话："玩儿的东西还有我不会的？"没想到真是挺会的。

"买东西吗？"杨锐抻头看出来。

宗城想走已经来不及，只好进了杨锐那屋，对着冰柜说："拿瓶水。"

等他拎着一瓶冰过的矿泉水再回到门口，林迁西已经看着他了："你怎么又跑这儿来了？"

宗城一手插兜，晃一下手里的水，反问："你还不走干什么？"

林迁西拍了拍试卷："补作业啊。"

"在这儿补？"

"在哪儿不能补。"林迁西一脸镇定，眼睛又看题，"做完我就走。"

宗城就在门口看他看题。

林迁西的眼神变得直勾勾的，半天没动过。又过两分钟，他还是没有下笔。

宗城拧开矿泉水喝一口，淡淡地说："你是要住这儿了？"

"嗯？"林迁西抬头，盯他好几秒，说，"得亏我现在不打架了。"

宗城掀眼，冷着声说："怎么，我还得感激你放过我？"

林迁西被他口气一激，一下扔开笔："你就是今天替我打了一架不爽，也别现在针对我，有种等我写完再说！"

宗城忽然几步走过来，垂眼看了看那题，是道几何题，伸手拿了他的笔在那图形上画了道线："这很难？"

林迁西愣一下，看他："你干吗？"

"你不是要写完再说吗？做完这题顶多也就五分钟。"宗城用笔尖指着自己画的线，"透过这条线看它空间，几何就讲空间，能写了吗？"

林迁西低头看看那图，又看他，皱了眉："你是真想跟我干一架是不是，这么拼？"

宗城看着他脸，忽然扔了笔，转身就走。是有点儿拼，他居然在这儿教林迁西做题，莫名其妙。

林迁西一直看他出了门，不见了，才意识到他就这么走了。"发什么疯……"他看着空荡荡的门口，又看了眼面前的试卷，专程来教他做题的？

第 18 章

后来林迁西终于还是补完了作业。等他离开那老地方的时候天早就黑透了，杨锐这个当老板的都走了，连店门都是他给锁的。

回到家后也没看到有人在，他妈、李阿姨，以及那个男人，都没看到。倒是有人来过的痕迹，客厅里还留着来人喝过水的杯子，桌上还有菜，用个防苍蝇的网罩罩着，不知道是不是给他留的。

林女士可能是去送他们了，也可能是吃完饭又接着去上夜班了，反正没有告诉他行踪。林家人就是这么独立，独立得仿佛没有关联。

林迁西在门口站着，对着空荡荡的客厅笑一声："嘿，我们西哥今天真是很棒！都，写，完，了！"一字一顿地说完，他哼起歌，愉悦地关门进屋，该干什么干什么，仿佛已经跟家里分享过完成作业的好消息了。

"这是干什么？"正常上课的上午，学校的下课铃响了没几分钟，办公室里，徐进的桌上多了几张试卷。他抬着头看着桌对面。

办公桌前站着林迁西，双手插在裤兜里："我的作业啊，来补交。"

徐进眼睛上下打量他："又玩儿什么新花样，你西哥也有写作业的一天啊？"

林迁西说："为了庆祝您老六十大寿做个作业表示一下，可不可以？"

徐进就听不了他这种鬼话，手指敲敲桌子："能不能正常点儿，我有那么老吗？"

"那还能是什么花样？庆祝祖国富强，庆祝世界和平，庆祝今天多云转晴？反正就是来交作业的。"林迁西已经被怀疑得麻木了，爱怎么说怎么说吧。

徐进被他这一串跟炮仗似的话弄得居然没接上茬，捻住那几张试卷。"是你自己写的吗？"没等林迁西说话，他就跟想明白了似的说，"行了，光看错多少我就知道了。"

林迁西无所谓："那你看。"对错不知道，反正是努力写完了。

徐进翻看试卷，手速很快，一边看一边摇头，忽然嘴里"嚯"一声："这题你居然做对了。"

林迁西垂眼，是宗城画了线的那道几何题，他眉头挑起来，自己也意外："我做对了？"

徐进听他这口气就觉得不对头，招手说："来你给我讲一下你的解题思路。"

"什么思路？"林迁西自己都蒙着呢，"不会讲。"

"用嘴讲，有什么不会的。"徐进干什么都是说来就来，一转头，正逮着进办公室里来给周学明送点名册的章晓江，"来来，正好你们班长来了，让他来教你怎么讲。"

章晓江看到林迁西在，磨磨蹭蹭地走了过来。

"来，章晓江，8班就你数学最好，你来讲一下怎么解这题。"徐进完全没注意到他的不情愿，手指戳戳那题。

章晓江托一下鼻梁上厚厚的"酒瓶底"，低头只看试卷，不看林迁西，蚊子哼一样说："先看题目要求……"

林迁西真怕他在办公室里也哭，主动退开点儿。

离他半米远，章晓江的语言系统通顺多了："直角梯形的一个内角为45度，下底长为上底长的二分之三，这个梯形绕下底所在直线旋转一周所成的旋转体全面积是……"

林迁西眉心都拧起来了，耳朵里听到的完全是另一种版本："先看题目要求……全面积是……"

章晓江花了有七八分钟，停顿了两回，终于结束了："老师我说完了。"

徐进点点头："好，挺细的，你回班吧。"

章晓江头都没抬就走了。

徐进觉得自己找的示范不错，接着来讲那题："你看，这是人家解题的思路，你都做出来了，怎么不会说？"

林迁西听得头脑发昏，他就是顺着宗城画的那道线做的，谁知道就对了。什么乱七八糟的玩意儿，他心想还没宗城讲得好，人明明一道线就解决了。

"不会讲，答案是我蒙的。"林迁西说话的声音在慢慢往外飘。

徐进感觉不对，一抬头，发现他已经开溜了，一闪就出了办公室，一声"哎"都没来得及喊出来他就没了踪影。

林迁西溜到教室外面的走廊上，脚步才慢下来。徐进这人没完没了，还是老周够淡定，语文作业交了就交了。从那天一番话之后，老周就是一副看破红尘四大皆空的嘴脸，连他要玩儿个大的都想得出来，收个作业算什么。

到了9班教室附近，迎头一个人从教室门里出来，差点儿跟他碰上，对方让开道，他看了一眼，是姜皓。

看到是他，姜皓脸色就不太好，刮他一眼就从旁边走过去了。

林迁西也不搭理他，不过平时老看到他跟宗城一起，现在只看到他一个人，走的时候就下意识看了眼9班教室。没看到宗城，教室最后排的那个座位也是空的。他心里悄悄琢磨了一下：没来？

宗城可能真是没来，反正一整天在学校都没见到人。

林迁西起初还没太留意，直到放学的时候听到丁杰跟张任吹牛："难怪我觉得今天空气特别清新，原来是9班的那货不在。"

张任收着书包只想赶紧跑，嫌他啰唆："拉倒吧，那货都让你萎了，有他没他你都清新不了。"

"你丫能不能说点儿人话？"丁杰梗着脖子，还想努力找回点儿颜面。

林迁西不想看俩菜鸟互啄，凳子一拖，拿书包先走人。

陶雪在后门口站着，看到他出来，轻声问："林迁西，今天周末，你知道什么地方比较好玩儿吗？"

听她说了林迁西才想起来今天是周末。"好玩儿的地方？"

陶雪说："就是想去玩儿一下，觉得你应该知道，想请你给个意见，如果方便的话，能带个路更好。"

林迁西以前玩儿的地方都杂，怎么适合这种乖乖女去？他多少能听出她是要约着一起玩儿的意思，强行装不懂："不知道啊，我周末都在家睡觉的。"说完就走了。

口袋里的手机在路上振了好几回。林迁西摸出来看，都是王肖发的，不用猜也知道肯定是约他去玩儿，到了周末他们三个都想来跟他组团撒欢。他没仔细看，边走边打字回复。

——不去，回家了。

头抬起来，刚好要经过商业街。林迁西在街边站着等红绿灯，又想起自己做对的那题，想想徐进那声"嚯"，心情还挺好，老实讲这种感觉以前还没有过。他看着上面的灯跳着数字，咧着半边嘴角，忽然看见街边一家店的玻璃门被人一推，走出个熟悉的身影。

主要那身影个高腿长也显眼，不是宗城是谁？他手里拎着几个购物袋，走出来，跟林迁西碰个正着。四只眼睛互相看着，谁也没说话。

最后还是林迁西先笑了笑，是想起了在那老地方补作业的情景："干吗啊，现在总不至于还想找我打架吧？"

宗城眼睛动一下："我没那么闲。"

"那就好，你当时那样……"林迁西想说他当时像是心情不爽就想找个人打一架似的，最后还是不提了，看看他模样，"啧"一声，"特地请假出来逛街？"大男人还有这爱好？

宗城还没说话，那玻璃店门又开了，走出来个身材高挑的姑娘，扎着一条高马尾，浓妆红唇，直直走到他身边来。

她一眼就看见了林迁西，问宗城："你朋友啊？"

宗城瞥一眼林迁西："差不多。"

林迁西这个"差不多"的朋友才发现他原来不是一个人。他看了看面前的两个人，男的酷，女的也飒，挺像一对，心想难怪他没去学校，约会呢！

想到是约会，林迁西就待不住了，他还没当电灯泡的嗜好，转头就要走。"我先走了。"

"帅哥！"姑娘喊。

林迁西脚都迈出去了，又停住，看着她。

姑娘说："既然是城儿的朋友，也就是我朋友，我们刚好要去吃饭，一起吧，走！"

林迁西瞥宗城，没想到她这么热情。

宗城看他一眼，往前走："那就来吧。"

姑娘过来催他："走呀，一顿饭而已，在哪儿不是吃。"

林迁西是被她推着上路的，都惊了，没想到这姑娘不只自来熟，劲儿还大。

把他弄到路上了，姑娘才想起自我介绍："对了，我叫季彩，这周末来看城儿的。"

她说太快，林迁西没听清："什么，荠菜？"

季彩看宗城："你教他的？"

"没有。"宗城偏头看林迁西，字正腔圆地读一遍，"季彩。"

林迁西看着他薄薄的两片嘴唇说："哦。"

宗城又对季彩说："这林迁西。"

"他就是顾阳说的西哥啊？"季彩打量林迁西，"我们家顾阳跟你挺投缘啊，老说起你。"

林迁西这下就更确定他俩是一对了，都"我们家"顾阳了。

他们选的吃饭的地方就在这街上，没几步路就到了。林迁西完全是被强行带来的，还是不大自在，坐下来的时候朝对面的宗城挑了下眉毛，指指自己，又指指门。

"是季彩请你，跟我没关系。"宗城说，"她挺犟的，看你顺眼就非要请客，那就让她请。"

季彩去洗手间了，不在场。林迁西心想老子好有面子啊，嘴里说："你不尴尬？"

"不尴尬。"

他就闭了嘴，人自己都不尴尬，他尴尬什么。

季彩从洗手间回来了，笑着说："点菜了吗？别等我呀。"

宗城把菜单递给她，她拿了直接送林迁西跟前来了，人也挨着他坐："你来点吧。"

林迁西看了看她跟自己的距离，又看看对面的宗城，菜单推回去："你点，女孩子比较会吃。"

"你这嘴也太会说话了吧，比城儿可强太多了。"季彩笑弯眼，"那我点啦。"一边点还一边问他，"你喜欢什么口味，有忌口的吗？"

林迁西说："我都可以。"又看宗城，眼里就快浮出问号，搞什么啊，你女朋友这么热情的吗？

宗城在低头看手机，对此视而不见。

林迁西觉得不对头，不知道的还以为季彩是自己的女朋友，凳子都坐一条，对面那个才是电灯泡。这诡异的氛围让人更不自在，只能转头去看窗外。看着看着忽然看到个人，林迁西立即去看宗城，桌下踢了他一脚。

宗城瞬间抬头，碰上他目光，也往外看。

看了快有五六秒，宗城站起来："我出去一下。"

季彩正好点完菜，交给了路过的服务员。"哦，去吧。"

林迁西看着宗城出去的，他直接走到那人跟前，说了什么，两个人就往角落去了，看不见了。那人是那天他们吃凉面时碰到的光头小青年，没想到又出现了，难道一直盯着宗城？

"看什么呢西哥？"季彩在旁边打趣。

下一瞬，只听"哐"一个重物倒地的声音，伴随着闷哼，从外面不知道哪个角落里传过来，好像还有杂物哗啦啦落地的声音。

林迁西低低说了句："我靠。"他太知道这种动静是怎么来的了，宗城肯定又动手了。

季彩本来笑着的脸一下不笑了，朝窗外看。"城儿呢？"她起身出去，"你先吃吧。"

谁还有心思吃饭，三个人跑了俩。林迁西觉得自己坐这儿像个傻子。

都犹豫着是不是该走了，宗城的身影出现了。林迁西从窗口看着他直到进门。

季彩追在他后面，又低又快地问："你不是跟顾阳说你爸没来找你麻烦吗……"

宗城已经回到桌边，她话就不说了。

他坐下来，看一眼林迁西："吃吧。"就跟什么事儿都没发生过似的。

季彩像是憋了话没法讲，转头说："我去找服务员催菜。"

林迁西站起来。

"去哪儿？"宗城问。

"你说呢？"他压低声说，"当然是走啊。"要这点儿眼力见儿都没有，他就白混这么大了，摆明了今天氛围不对，他是多余。

宗城说:"照吃就行了,没事儿。"

"没事儿个屁,什么都很怪。"林迁西用腿抵开凳子。

"哪儿怪?"宗城还是很淡定。

林迁西停顿一下,想说那个光头小青年,看季彩模样好像不该提,于是只能说季彩:"我不想绿你行不行?"

宗城盯住他:"什么?"

林迁西站到他身边,踢踢他坐着的凳子的腿:"装傻呢,你女朋友想泡我,你冤大头啊!"

第 19 章

其实这话就是林迁西故意当着宗城面说的。他不喜欢跟女孩子牵扯太多,刚才季彩那样弄得他很不舒服。说时也想好了后话,假如宗城因为这话跟季彩生气了,他就马上说:"好吧,是我想多了,你女朋友没想泡我,是老子自作多情。"

他可没想破坏人家情侣关系,就想下次还能再见的话,季彩会因为这话注意点儿分寸,正好还能当个借口走人。

这话也确实有点儿尴尬,说完都寂静了那么一下,然后林迁西就看见宗城的嘴角慢慢提了起来。他眼睛都要转开了,头又甩回去,嗯?这人是在笑吗?

"她是想泡你,"宗城提着嘴角说,"不想泡你谁第一次见面就请你吃饭?"

林迁西怀疑自己听错了:"你知道?"

"知道。"宗城抬起胳膊搭椅背上,掀眼看他,忽然问,"你看她像多大了?"

林迁西想了想:"二十?"反正感觉比宗城大那么两三岁的样子。

"二十六。"宗城说,"长得显小,她是我老师。"

林迁西愣了:"什么老师?"

"体育老师。"

"嗯?"

宗城看他还没回过味儿来,只好直说:"不是我女朋友。"

"你等等……"林迁西捋了一下,"她不是你女朋友,你一开始就知道她想泡我,然后你还叫我来,是这意思吧?"

"嗯,"宗城说,"怎么?"

"你拉皮条的啊！"林迁西觉得自己被耍了，转头就走。

这次宗城没拦他，看着他手往兜里一收，抿着嘴唇，快步直直走出了门，看得出来他是真不爽了。

没一会儿，季彩一手拿着手机走了回来："林迁西呢？"

"被你吓跑了。"宗城答。

季彩在林迁西的位子上坐下，冲他笑："那真可惜，他那款就是我的菜，痞帅痞帅的，就年龄小了点儿，你看他喜欢姐姐型的吗？像我这种跟他年龄差距大的有没有戏？"

宗城看了看她眼神："不知道。"林迁西喜欢什么型的姑娘，好像想象不出来。

季彩很轻地说了声："好吧。"

两个人一时没话，直到放在桌上的手机突兀地响了起来。宗城拿了，看见来电名字是顾阳，扫了眼季彩："你告诉顾阳了？"

季彩神情认真起来："你说呢，你们的家事不该告诉你弟弟？你还想一个人扛？"

宗城没再说什么，按了接听。

"哥，"顾阳在那头的口气很急，"你怎么骗我啊，彩姐都告诉我了，明明有人找上你了！"

宗城平淡地说："没事儿。"

"哪能没事儿，彩姐说那是个混混，爸居然找这种人来对付你，他怎么能这样……"

宗城打断他："你别管，我这儿的事情都跟你没关系。"

顾阳在电话里顿一下。"不行，我还是不放心。"他忽然想起什么似的，"要不咱们找个人帮帮忙吧？"

"我说了你别管，你只要过好你的生活就行了。"宗城直接掐了电话。

季彩在对面端着杯子喝了口水，眼睛一直看着他，似乎有很多话要说，好一会儿，却只是轻松地笑了笑，问："这顿饭还吃不吃了？"

"吃。"宗城把手机按桌上，"别在意，这些对我来说根本不算事儿。"

季彩朝门口看，也不知道是为了缓和气氛还是怎么，遗憾地说："该把西哥留着的，人家别是被你的事儿吓到了吧？"

"这点儿事儿还吓不到他。"宗城说。

林迁西端了碗泡面，坐在临街一家小超市靠窗的塑料桌那儿，低头吸溜了一大口，吐出口气，觉得这比刚才身边多个姑娘吃得爽快多了。

吃了好几口，又想起刚才宗城那模样，还有季彩说的那句"你不是跟顾阳说你爸没来找你麻烦吗"。其实他都听到了，装没听到而已。一个当爸的要找自己儿子的麻烦，天底下还没听说过这种事儿。林迁西吃着面，对着玻璃窗户笑了笑，心想算了，好奇什么，这关他什么事儿啊。

手机"叮"地响了一声。林迁西的思绪被打断，叼着半根面条从书包里找出手机，是顾阳发来了微信。

——西哥，有个事儿想请你帮忙。

林迁西忙着吃面，一指戳字。

——准奏。

顾阳那头显示正在输入，半天没发出来。林迁西心想这什么大事儿，至于这么难开口吗？低头继续吃面。

超市门口的塑料挡条被人掀开，落下时"哗哗"两声响，走进来几个男生。林迁西吃着自己的面，忽然感觉有人在看自己，转头看过去。

秦一冬站在立式的饮料冰柜那儿，身上穿着件球衣，手里拿着瓶刚取出来的水，眼睛看着他。

林迁西默默嚼着面，什么声也没有。

刚才进来的几个男生都跟秦一冬穿着一样的球衣，像是刚打完场球过来，个个满头大汗。有一个剃着板寸头的，肩上背着个用网兜兜住的篮球，在那儿问其他人："拿好了吗？今天秦一冬请客啊。"

秦一冬的眼神才离开了林迁西，板着脸，多看他一眼都不高兴似的，扭头说："我请了，买了就走吧。"

板寸头说："肯定得你请啊，今天你那一个球传得太好了，传完我正好接个三分，这场赢得真是爽炸了！得庆祝。"

秦一冬去柜台那儿付钱，再没看过林迁西一眼。几个人说说笑笑，喝着饮料出了超市，还在比画着之前打的球，声音慢慢远去了。

林迁西的面吃完了，在凳子上坐了会儿，已经听不见那阵声音了，站起来走到冰柜前，拿了瓶跟秦一冬刚才买的一模一样的水。

他去柜台结了账，走到门口，拧开盖子，对着秦一冬离开的方向晃了下瓶，就像跟空气碰了个杯似的，勾着唇角，在心里说：恭喜啊冬子，赢球了啊！

这不是挺好的，身边的同学朋友都挺积极阳光，比他强多了。要是还跟他一块儿混，可能去个书店都会被一群小年轻给堵了，哪有现在好啊是不是？林迁西喝下一大口水，静静站一会儿，去塑料桌那儿拿了自己的书包，出门回家。

走的时候他就感觉好像遗漏了什么，一直没想起来。直到进了家门，他放下书包，顺手掏出手机，一下想起遗漏什么了，顾阳之前给他发微信呢！

林迁西进了房间，打开微信，果然顾阳的消息早就发过来了。

——西哥，我听薛盛说过你经常混校外的，肯定在当地挺有势力的吧？是不是很多事儿都能摆平啊？

林迁西开了灯，坐到床上，又看一遍，心想什么鬼，敢情输入了半天就输入了这么两句话？

他对着"势力"那两个字琢磨了一下，怀疑顾阳是不是看过老港片古惑仔，这说法有点儿可笑。距微信发出的时间已经过去了四十多分钟，也不知道顾阳到底是要干什么，这四十几分钟下来也没其他动静了，就这么没头没尾的两句话飘在屏幕上，也许是看他现在都没回，以为他不打算回了。

林迁西想了想，低头打字，很认真。

——你搞错了，我以后都不混了，我学乖了，我八中乖仔。

发完他把手机扔床上，进洗手间去洗脸。

等再出来，手机又"叮"了一声。林迁西以为顾阳要反应会儿的，没想到回得这么快，抹一把挂满水珠的脸，往床上的手机看，对话框里弹出了一个问号。

他心想这是什么意思，不信啊？还没等他回复，紧接着又是一条——两个问号。

两条微信三个问号挂对话框里。林迁西甩一下手上的水，拿了手机按下语音："你小子什么意思啊，不相信我还是嘲讽我？"

微信安静了一下，弹出一条两秒的语音。林迁西点开，听到一道无比熟悉的声音："林迁西？"

他蒙了一下，按下重听一遍，是那道巨冷淡的声音。他按住语音键："宗城？"

发出去后，他又特地退出来看看头像，还是那个灯塔，名字还是那串莫名其妙的英文。没错啊，顾阳呢？宗城不是在跟季彩一起吃饭吗，还能瞬移到顾阳那儿？

语音又弹出来，林迁西立马点开，又听见宗城的声音："顾阳没告诉过你他的微信号被我扣了吗？这是我的微信。"

林迁西脱口而出一句："我靠！"

天黑了，宗城站在街边上，手里拿着还亮着屏的手机。

顾阳之前加薛盛的群被他教育后，微信号被他扣了，顾阳就登了他的微信号用。反正他不怎么用微信，也没几个联系人，给顾阳用也无所谓。

刚才吃完了饭，他回想起电话里顾阳的口气，不想让他没事儿找事儿，就登上顾阳微信号，改了密码，没想到就收到了林迁西的微信。

季彩提着白天扫荡用的购物袋过来，看了看周围，没看到再有人跟着，叫他："走吧，我回酒店。"

宗城收起手机，跟她一起往前走。

季彩看看他脸："刚才回微信呢？"

宗城"嗯"一声。

"很少看你联系人。"季彩拎着购物袋，踩着路灯下两人被拉长的影子，忽然问，"哎，我今天那样，你有什么感觉吗？"

宗城看她："哪样？"

"对林迁西那样啊。"

"没有。"他说。

季彩哀叹一声："不知道是喜是悲，悲的是你对我没意思，连点儿醋都没吃，喜的是还好我看上了林迁西。"

宗城说："恭喜。"

季彩又问："你对别的女孩子呢，也是这样？"

"嗯。"

季彩看了看他，好一会儿没说话，沿着路灯下的人行道慢慢走出去很远，才说："说真的，城儿，这条路挺难的，你已经很难了。"

宗城踩着人行道上凸起的地砖往前走，没说话。

季彩忽地又笑出声来，恢复了先前的爽朗："哎，不提了，我在说什么呢，当我说胡话吧。"

路上来了出租车，她伸手拦了，拉开车门时说："我自己回去了，要不你帮我要个微信？我要去找我相中的西哥。"

宗城淡淡地说："引诱未成年人犯法。"

"能的你！"季彩瞪他一眼，坐进车里，"砰"一声关上车门。

宗城看着车开远了，才重新去看手机。来了新语音，他点开。

林迁西："这真是你微信？"

到现在他还没全信。宗城一只手翻看着对话框里他说过的话。没有顾阳跟他的聊天记录，所以第一条就是他那句莫名其妙的宣言。宗城看了好几眼，把手机举到嘴边回复。

"嗖嗖"两声，林迁西就坐床上等着呢，听到语音来了立即点开。宗城那巨冷淡的声音三百六十度无死角盘桓在他的小房间里——

"你刚说你是八中什么？"

"乖仔？"

第20章

这一句反问，林迁西听到的时候几乎都能想象出宗城的样子。一定是酷得没边地站着，眼皮半掀地看着手机，百分之百不信，说不定还有不屑。他手机拿到嘴边回："怎么，有什么问题吗，'好鱼'？"最后两个字着重强调。

隔了几秒，宗城的语音回过来："没有。"有点儿不清楚，像混着街头的风声，还带着些微的含糊。

林迁西本来还想问一问顾阳找自己到底什么事儿，被他弄得也没问，嘴里"呵"一声，心想算你识相，把手机扔一边，找了本书出来，要用事实证明自己要好好学习的决心。

十几分钟过后，林迁西脸上盖着物理书，躺在床上。艰难……

他看了，但是太慢了，不知道哪儿是重点，一点儿东西就要看上半天，还没法全看懂。林迁西拿开脸上的书，盯着天花板计算了一下时间，距离期末考试不远了。又想起老周的话，绝对不能去那个三不管的班，绝对不能走老路。

"不能这样，"他自言自语，"得想个办法……"

这一晚林迁西硬生生看了两小时的书。到后来觉都没睡好，仿佛梦里都有人用那种反问的语调喊他："乖仔？嗯？就你？？？"

不知道什么时候，他被吵闹声惊醒了，还伴随着一阵摔盆砸凳的声响。林迁西睁开眼，听见隔壁邻居家又在用万年不变的老话骂小孩："从来不写作业，一天天的就知道玩儿！你还能不能学点儿好了！老娘今天打死你算完！"

看看窗户外面的光亮，好像都快到中午了，这一觉睡得够久的。"烦死了……"他抓着头发，被吵得头疼，爬起来开门出去。

旧房子隔音不好，邻居家这动静就跟要掀了整栋楼似的，连带他家的门都在震。林迁西大步走到玄关，拉开门就吼了一嗓子："着火啦！！！"

整个楼道都安静下来，不知道什么地方有人在问："哪儿，哪儿着火了？"

他甩上门，骂了句："毛病，总算消停了。"回过头，闻到一阵烟味，林迁西才发现家里是有人的。客厅靠阳台的旧沙发上坐着他妈，正在抽烟。

林慧丽又穿着那身宽松的长衣大褂，好像是下班回来后一直没换衣服，整个人周围都缭绕着烟雾。

林迁西有好几天没见到她人了，看了她好几眼才说："原来在家啊。"

"嗯。"林慧丽烟没离过口，都没看他一眼。

林迁西进洗手间里去洗漱，过一会儿出来，用漱口杯端了杯水，随手一放，搁在了离沙发近的桌上。好像听人说过，抽烟的时候放杯水在旁边会好点儿。他妈今天烟抽得有点儿凶。

"吃饭吗？"林迁西问，脚已经朝着厨房，问完想起什么，笑笑，"还是你今天也要出去跟那位一起吃？"

林慧丽抽着烟，声音冷冷地说："我以后都用不着跟他吃饭了。"

林迁西的笑没了："怎么了，又分了？"

可能是"又"这个字戳到了林慧丽的痛处，她忽然看他一眼，眼眶似乎有些发红："是，又分了！"

林迁西看着她的模样，看着看着，脸色变了："他是不是对你怎么样了？"

"他没对我怎么样。"林慧丽垂眼吸口烟，说，"他能对我怎么样？我有你这样的儿子，他吓都吓跑了，还敢怎么样。"

林迁西听明白了，沉了脸："分手是因为我？"

"你说呢？"林慧丽又狠狠嘬了口烟，吐出来，"人家打听了一下你的名声，就说算了。"

他的名声？林迁西咧咧嘴角："是吗，看来我光晚回家不见他还不行，是不是还得跟你断绝关系才行啊？"

林慧丽抬头死死盯着他，眼眶好像充血更严重了，越发地红，紧紧抿着嘴，没说出话来。

林迁西被她这种眼神盯着，像是被明明白白地吊那儿嫌弃似的，心凉了半截："怎么着，他还真提了是吧？"

林慧丽还是没说话，手指夹着烟微微抖，是被他气的。

"行吧，你也别气。"林迁西指指自己鼻尖，"怪我，都怪我行了吗？是我连累你了，害你想嫁都嫁不出去。"

"林迁西！"林慧丽从沙发上站了起来。

林迁西扭头就走，拉开门又猛地甩上，"嘭"一声，他往楼梯口走。

隔壁邻居不知什么时候又开始骂孩子："还玩儿！现在这个鬼样子，以后就跟那个痞子一样到处混！"

林迁西脚步一停，冷眼转头，痞子，哪个痞子？他盯着邻居家门，听着里面的吵闹声，霍然上去对着门就是一脚。

"咚"一声巨响，门直接被踹开，"哐"一下直撞到墙，邻居家的女主人吓了一跳，发出一声刺耳的尖叫。林迁西已经双手插兜下了楼。

　　漫无目的地游荡了半条街，头顶阳光一晒，路上灰尘一吹，林迁西清醒了，才意识到自己只洗漱完就跑了出来。看看身上，上身一件盖到胯下的宽松白T恤，腿上一条过膝的大短裤，整个人就是刚从床上爬起来的模样，毫无形象。

　　他对着街边橱窗用手指抄了两下头发，好歹挽回点儿脸，忽又对着橱窗自嘲地笑了：还要什么形象啊，再人模狗样还不是被嫌弃，连你亲妈都嫌你拖累了她……

　　这个想法冒出来，林迁西的喉咙忽然就像是被堵住了。他深吸口气，抬起头，迎着灰蓝的天眯起眼，好半天，终于喉咙通畅了，哑着声骂了句："少矫情了林迁西，这就是你欠的旧债。"接着头一低，沿着路走出去。

　　差不多走了得有半小时，林迁西到了他的老地方。

　　杨锐正坐藤椅上看他那间卖杂货的小店，见他这么一副模样走进来，马上说："我这儿不是旅馆，不让睡觉啊。"

　　"让玩儿吗？"林迁西问，"赊账的那种。"

　　"你别是被扫地出门了吧，我就知道会有这么一天。"杨锐指隔壁，"随你，再去写作业都行。"

　　写个屁，什么都没带，想写也写不了。林迁西去了隔壁。

　　杨锐接着看店，没一会儿就听见隔壁传出台球碰桌的声音了。就这么点儿动静，其他什么声也没有。

　　二十多分钟过去了，还是这样。杨锐想抻头看一眼他什么情况，正好看到门外头的街上有人朝这儿走，就不看林迁西了，朝着门打声招呼："今天也来买东西？"

　　宗城走了进来，一只手拿着手机在打字，收进裤兜里才抬头说："嗯。"

　　"要买什么自己拿。"杨锐给他指放货的两排货架，顺嘴寒暄，"你住附近吧？我经常见你经过。我这儿东西便宜，以后要买东西就来我这儿。"

　　宗城没说好，也没说不好，走去那儿拿了两支黑色水笔的替芯，过来付钱。

　　隔壁突然一声响，"嗒"一声，清脆利落。

　　宗城已经走到门口，鬼使神差朝隔壁看过去，看到台球桌边一闪而过的身影。

　　他只看到个大概，穿着那么肥大的衣裳，应该不是林迁西，总不可能今天他也在这儿补作业。转头要走，隔壁传来声音。

　　"等等！"林迁西说，"回来，我已经看到你了！"

　　宗城脚步停下，发现自己判断错了，东西收进兜里，转身朝那儿走了过去。

　　林迁西拿着杆站在台球桌旁，看着他走到跟前，抽了一支杆抛过来："杀一局。"

　　宗城接了，从头到脚看一遍他的穿着："晨练？"爬起床就晨练，晨练到中午？

林迁西知道他是故意的，这人一张嘴就在自己跟前稳中带毒，还贼淡定，手上一边摆球一边说："对啊，这就是乖仔的作息。"

宗城想起昨天微信上的话了，转头把杆放一边。

林迁西停下看他："不敢跟我杀啊？"

"我习惯自己挑杆。"他走到桌尾，在那儿重新选了一支，拿在手里掂了掂，又走回林迁西旁边，"来。"

林迁西斜睨他，勾了唇，被他这个字激发出了斗志："来就来。"

杨锐本来是想在藤椅上眯一会儿的，结果一会儿一声"啪嗒"，一会儿又是一声"啪嗒"，台球碰撞的声音变激烈了。

他抻头朝隔壁看，见那俩人站一块儿，嘀咕一句："怪不得不跟秦一冬一块儿来了，换伴儿了。"

宗城伏低身子，瞄着杆，牢牢盯着前面的球。

"啪"一声，沉闷的进洞声，他这一杆打得很流畅，球已经差不多快清空的时候才停，站直身。

林迁西看了眼桌面，在他对面找了个角度，架起手。

"啪"，球撞着球，滚进洞里。桌上他的球剩得更少。他站直了，提着杆，冲宗城挑下眉，痞笑着说："打哭你。"

"是吗？"宗城盯着他，手里的杆换个手，走两步，重新选择角度，"你试试。"

谁也不让谁，杀了不止一局，双方各有胜负。的确林迁西赢得多，但也没能把宗城打哭。

林迁西倚着台球桌，看宗城又压下了杆，眼睛一转，瞅他神情。他神情专注的时候更显得酷，又酷又冷，甚至看上去有点儿不近人情。林迁西盯着他右边那条断眉，忽然问："我早就想知道了，你这眉毛是天生的还是特意赶时髦修的啊？"

宗城送杆的手顿一下，扫他一眼："小时候打架留了个疤，就这样了。"

"这也行？"林迁西挑事儿似的笑了笑，"好鱼？"小时候就打架，好个屁好。

宗城一杆打出，直起身又扫他一眼。

换林迁西俯身压下了杆。

宗城站在侧面拿巧粉擦杆头，眼睛看向他。林迁西白白的侧脸对着他，下颌那条线柔畅又有棱有角。宗城忽然留意到他黑漆漆的头发下露出的耳垂，上面几个小黑点儿，一看就是打耳钉留下的，心想这还真是符合"乖仔"气质。

杨锐在隔壁说："还打着呢？不管你们了，钥匙留这儿了，我有事儿先走了。"

林迁西直起身，浑身都是汗，这几局下来，衣服都湿透了。

宗城比他稍微好点儿，但背后也印出了汗迹。

杨锐走了，安静了一瞬，林迁西的肚子忽然叫了一声。

宗城看着他。

他装作毫不尴尬地说："看啥，正常人都会有的情况好吧？"

宗城说："正常人饿了都会吃饭。"

林迁西把杆在桌上一架："算了，不打了，找东西吃去。"

他走去隔壁，很快回来，手里拿了两袋面包、两瓶水，放台球桌上："算我账上了，随便吃。"

宗城根本不饿，看了看他，早看出他今天不对劲儿："为什么不回家吃？"

林迁西笑了声："这儿自在啊。"说着咬着面包往里走，绕过几张乱放的桌子，不知道从哪个角落里找了件旧背心出来，拎在手里。

宗城问："你干什么？"

林迁西抬头，拿开嘴里的面包："换衣服，我身上都湿透了，借杨锐的穿会儿，得把自己这件洗了，不然要臭了。你要不要换，我再找件给你？"

宗城往台球桌边一坐，看一眼那背心："不用。"

"随便你。"林迁西拿着背心在那儿推一扇小门，半天才推开一道小缝，嘴里低低抱怨，"这破地方杨锐什么时候能修修……"他不推了，几口吃完了面包，把背心搭旁边桌上，站那小门边脱衣服，准备就这么换了。

宗城抬眼就看到他掀起了白 T 恤，露出一大片白花花的腰。少年的腰，紧窄而劲瘦。

抱着胳膊掀衣服的林迁西像是忽然反应过来了，停住看过来。

对视两眼，林迁西感觉到了不妥，乖仔怎么能随便打赤膊？这是他以前的痞子派头，痞子只会招人嫌弃，于是手又往下拉。

有人一脚进了门："城儿！可以走了吗？"季彩在外面就看见宗城坐在这儿的台球桌上，进门一眼看见林迁西在往下拉衣服。她莫名沉默了一瞬，过几秒，夸张地轻声说了句："哇哦！"

第 21 章

"哦"字尾音还在，林迁西已经到了旁边一张桌子后面，手上衣服拉到底还又扯了两下。

季彩看看坐那儿的宗城："我这是来得巧还是不巧？"

林迁西拿了那件背心，往隔壁走："我去那边。"

季彩看他过去了，走到宗城跟前："这是害羞了？"

宗城说："他就不是那种人。"害羞怎么可能跟林迁西沾边。

季彩问："那就是在躲我？"

宗城没发表见解，算默认。

季彩看他脸，想观察一下他刚才坐这儿什么神情，结果宗城垂眼拿了桌上一颗台球在手里玩儿，头都没抬。她顺势看向台球桌，有点儿意外："这局半道停的吧，打得漂亮啊，再一杆全进了，你的？"

宗城才抬头，朝隔壁看一眼："他的。"

季彩惊讶："他挺厉害啊！"

宗城指一下墙上挂着的飞镖盘："他自己说玩儿的东西他都厉害。"

季彩看了周围一圈，目光落回他脸上："你俩玩儿到现在？"

宗城口气平淡地说："碰上就对杀了几局。"

林迁西在货架后面半遮半掩地迅速换好了衣服，走出来没一分钟，季彩就过来了。

"别介意啊，我跟宗城约好了这个点儿走，来叫他的。"她笑着说。

林迁西勾着嘴角说："没事儿，你别介意才是真的，我可不是故意要在他跟前脱衣服的啊。"

季彩好笑："跟我解释这干吗？"

"你不是老师吗？"林迁西说，"这不得注意点儿？"

季彩一顿："他是这么告诉你的？"

"嗯。"林迁西想起宗城说她是教体育的，怪不得劲儿挺大，能把他拽去吃饭呢。

"无情啊这人，就说这个啊？"季彩说，"我上学那会儿是宗城妈妈资助的，毕业后当了老师，教过他几年，现在早不当了。所以我们认识很多年了，顾阳现在也住我那儿。"

林迁西听懂了，那就是交情深的意思，关系不一般。宗城说得那么不痛不痒的，明明在人家姑娘这儿可不是那么回事儿。

"走了。"宗城的声音从隔壁传过来。

"马上来。"季彩说完又冲林迁西笑，"其实你不用特地解释啊，男孩子之间这不是很正常吗，扭扭捏捏的才不对头呢。"她看一眼外面，小声说，"你看我们城儿，多正直一人啊，能有什么。"

林迁西眼珠动一下，搞什么，特地告诉他那人正直干吗？

季彩已经挥手往外走了："这次来吓到你了，下回我注意。"

林迁西走到门口，宗城从隔壁走出来，经过他身边说："我去送她。"

"嗯。"林迁西还站在小店门口没动。

宗城停一下："你还不回家？"

林迁西说："我有事儿，马上不是还要洗衣服吗。"

"不能回去洗？"

"我省水费。"

宗城看他两眼："哦，这也是乖仔作风。"说完往前跟上季彩，两人一起沿着街道走了。

"你大爷……"林迁西一直看着他走远了，还在门口百无聊赖地站着。他看了看天，刚才杀那几局的时候什么都不用想，现在只剩他一个人了，现实就又摆到了眼前。无处可去，只能继续在这儿待着。以前倒是有很多可以去的地方，浪个几天几夜都行，现在都不会再去了，说学乖就要言而有信。

林迁西不站了，转头进了小店，熟门熟路地在里面找了杨锐用的塑料盆、洗衣粉出来，还真洗衣服去了，反正也没事儿可干。

后来他不仅洗了衣服，甚至还帮杨锐卖了几小时的东西，赚了一百来块。直到天完全黑了，路灯亮了，不能再待了，才锁了小店的门，到底还是到了该走的时候。

身上什么都没带，住外面没可能，他死要面子没跟宗城说实话，也不想叫他帮忙。谁愿意告诉别人自己被亲妈嫌弃了？开不了那个口。

林迁西游荡在街上，最后还是只能踏着自己的影子往回走。踩着楼梯回到那栋楼上，经过邻居家门口，他瞥了眼自己踹过的门，已经换过新锁了，这会儿他们家倒是安安静静、一家和睦了。

他越过去停在自己家门口，对着门站了快半分钟，手终于还是抬起来敲了一下。门框上头被这一敲震得掉下把钥匙，落在他脚边上。林迁西弯腰捡起来，就知道他妈肯定是出去了。

开门进去，黑灯瞎火，果然没人。他点亮灯，在门口柜子上看到张字条，上面写着"最近几天都夜班"，干笑了下，看来林女士已经主动把空间让出来了，时间错开大法好。

林迁西扔下字条去洗手间，想跟以往那样哼歌，可是毫无兴致，就这么沉默地走了进去，扯了毛巾擦了把脸，抬头看到镜子里的自己。

"啧……"居然还穿着那件旧背心，自己的衣服晾杂货店那儿忘拿回来了。镜子里的人背心大短裤，还真有点儿痞子样。这想法像根刺似的在林迁西胸口扎了一下，他盯着自己的眼睛，挑衅似的抬抬下巴："什么痞子，老子会学不了好？我还就不信了！"他把毛巾一摔，走了出去。

进了房间，在床上找到手机，一按亮，上面已经积压了十几条微信，全是王肖发来的，问他周末干吗去了，怎么不回消息。

林迁西又回想起跟宗城在那昏暗的小屋子里对杀的情形，那几小时是爽快的，是他这一天最痛快的时候，流的汗都是恣意的味道。他手指点着屏幕打字。

——台球桌上教做人去了。

发完他退出去，找到那个灯塔头像的微信，都想约宗城下回再打一场了，手指打了一个字，还是删了，估计那人正在送季彩，这会儿没空，还是不发了。

周末过去了，学校的课还得照常上。

早上，宗城拎着书包经过街上，被人叫住了："等一下。"

他转头，看着杨锐从那间杂货店里走出来，手里拎个塑料袋递到他跟前。

"林迁西衣服晾我这儿没拿，帮忙给他带一下。"

宗城接了，看一眼，没想到林迁西还真在这儿洗衣服了，拉开书包塞进去。

杨锐打量他："昨天被林迁西教做人了？"

宗城抬头："教谁做人？"

"你。"杨锐说，"王肖那个爱打听的跑来问我林迁西跟谁打台球了，说跟他打的那个被教做人了，我看你俩有来有回的，不像。"

宗城把书包搭肩上，往前走时一脸冷漠："他在说梦话。"梦里能教他做人。

林迁西今天一进教室就感觉有点儿不同。

他抬头往讲台那儿看，发现老周端着茶杯在前面站着，黑板旁边多了块方方正正的牌子，上面写着几个大字：距离期末考试还剩20天。"20"两个数字加粗加大标红，醒目得不行。

"还有二十天，"周学明拧着茶杯盖说，"有些人可能就做不了同班同学了，咱们以后也不再是师生了。"

林迁西觉得他镜片后的眼睛好像就对着自己，这话说得很有针对性。

"最后二十天，珍惜这段缘，就这样吧。"老周手一背，走了。

"林迁西！"张任喊他，朝那牌子努努嘴，"看到没？还有二十天就解放了，到时候重分班，咱们能一起去新班享福了。"

林迁西到这会儿眼睛才从那俩数字上挪开："谁跟你一起？"

"你啊。"张任又指那边一大早就在蒙头睡觉的丁杰，"还有那个，咱们后排这几个没跑了。"

"要去你自己去，别带老子。"林迁西听得火大，书包往桌上一扔。

张任听这话有点儿不服气："演归演啊西哥，考试是真的，你那成绩……对吧，心知肚明，不去也得去啊。"

林迁西转头盯着他。

张任就受不了林迁西这眼神，他眼睛生得是漂亮，就是眼尾天生有点上扬，给他整个人都加了丝锐气，脸一冷，眼睛一沉，像有刀割。

"老子绝对不可能去什么新班。"他说。

张任比画口型悄悄骂了句粗口，小声说："你要能留下，我头给你当球踢。"

"我听见了啊。"林迁西手在他脖子那儿比画一下，"洗干净脖子等着。"

"……"张任闭嘴了。

林迁西懒得跟他再扯，起身出了教室。

宗城进了9班，在座位上打开书包，一眼看到那件衣服。准备拿去给林迁西的时候就想起他那狂言了，教他做人？他手伸进去拿衣服，看见包底一样留了挺久的东西——林迁西送他的那盒桂花味香水。

姜皓在前面整理课桌，好一会儿，忽然扭头问："什么味道啊？"

"香味。"宗城拿塑料袋迅速套上衣服抓在手里，另一手捏着香水包装盒一揪，扔到了后面的垃圾桶里，嘴角似乎扬了一下，出教室去了。

林迁西去上了个厕所，沿着走廊回来，迎面碰上从9班出来的宗城。他停下，看看宗城："季彩走了？"

"走了。"宗城说，"走之前还惦记你。"

"滚蛋吧，还不知道惦记谁呢。"林迁西低声说，转头要走。

宗城手拿出来："等等。"

林迁西回头，一把接住他扔过来的塑料袋。

"你的衣服，给你带来了。"宗城转身回9班，"不用谢。"

林迁西看着他人进了教室，想起来了，肯定是杨锐叫他顺路带的，拿着塑料袋回到座位，打开一看，果然。他把衣服拿出来，一股冲鼻的气味直冲脑门，鼻尖一痒，猛地就是一个喷嚏。

张任看了过来。

丁杰刚醒，凑近嗅一下，往后直退："不愧是西哥，衣服上喷这么浓的桂花香水，论骚还是你骚！"

林迁西又打一个喷嚏，捂着鼻子看那衣服，那上面一大摊香水痕迹。他的声音闷在手指里："我去，会玩儿啊！"

很快到了出课间操的时候。宗城一边去操场一边低头看季彩发来的微信，知道顾阳现在一切都好，才收起手机。

陶雪从8班那儿过来，轻声细语地说："宗城是吗？周老师叫你去一下办公室。"说完就走了。

姜皓在前面催他："走啊。"

宗城说："你先去，我去一下办公室。"

"好吧。"姜皓先走了。

宗城往办公室走，其他人都去了操场，现在楼里空空荡荡。直到楼道拐角，忽然迎面扑过来一道身影，抓着件衣服直接盖了他一脸。

宗城反应快得很，顺着衣服抓到那人胳膊，用力往旁边墙上压。对方也不是吃素的，灵活地避让，两个人从拐角一直拉扯到楼梯扶手处。宗城脸一抬，终于从蒙他的衣服里挣出来。

林迁西的脸正对着他："好闻吗？"

衣服夹两人中间，一股腻人的桂花香味冲人脑门。林迁西下好了套在这儿等着呢。宗城胳膊肘抵着他直接压楼梯扶手上。

林迁西动腿，宗城的腿一拦，又抵住他膝盖。

"老子不打架了注定吃亏，又是这招儿！"

"这招儿对你最有用。"

林迁西喘着气，宗城也在喘气，胸口你一阵我一阵地起伏。两个人忽然安静了一下，像有感应一样，同时扭头。

"林迁西！"徐进踩在楼梯上，瞪着这儿，"被我逮到了啊，你在欺负宗城！"

第22章

林迁西看看自己，又看看宗城，这到底谁欺负谁？

徐进已经两步并一步地过来："撒开！快！"

宗城松了手。

林迁西扯一下自己衣服，心想这下总该叫他看明白了。

徐进眼里没旁人，就看着林迁西："你，跟我来办公室。"

"……"林迁西指宗城，"你没看到是他松开我的吗？"

"我就看到是你欺负人家！"徐进说，"走不走？不走就告诉老周让你写检查，去全校跟前念！"

"我靠？"林迁西斜睨宗城。

宗城看着他，不说话。

"走啊！"徐进催。

林迁西可不想真弄个检查什么的，那样不就跟以前一样了？他又看一眼宗城，把自己那件沾满香水的衣服绕手腕上一揪，才跟徐进走。

宗城退半步，给他让了道。

徐进对宗城说："没事儿，我来处理，你先回去。"

宗城说："谢谢老师。"

林迁西回头盯着宗城。

"你那什么眼神？"徐进留意着他呢，"快跟我走！"

林迁西用眼神刚过了宗城才转头走人。

到了办公室里，徐进在椅子上一坐，指指自己旁边："你就给我在这儿站着，什么时候知道错了，什么时候走。"

林迁西迈脚："我错了，我走了。"

"站住！"徐进拍桌子，"有没有点儿诚意了！"

林迁西说："我还有事儿，诚意先放一放。"

"你能有什么事儿？"

"大事儿，期末考试不是就剩二十天了？"要不是宗城忽然来这出，他还在想办法呢，反击一下还半路杀出个拦路虎来，哪有空在这儿耗。

徐进说："你拉倒吧，剩两天你都不在乎，还二十天。你必须站着反省，不然我还得告诉老周。"

"什么玩意儿，"林迁西忍不住说，"你明明看到宗城压着我呢，别装傻啊！"

"那也肯定是你的问题，人家成绩这么好，会欺负你吗？"

"成绩好就干什么都对啊？"

徐进想一下，点头："是啊！"

"……"

徐进看他一脸无语，又拍桌子："我跟你讲，别不服，在学校就是用分说话，你知道宗城成绩有多好吗？"

"知道，"林迁西回，"'好鱼'的好。"

"好到你无法想象的好！"徐进哼哼两声，骄傲得很，跟在炫耀自己儿子成绩似的，打开抽屉，从一个文件夹里抽出张纸来。"来，别的我不给你看，就给你看他在以前学校的排名吧，顺便说一下，人家以前那学校可是大城市的省重点啊。"他把那张纸放桌上，手指点了点，"你看看，他的世界里别的数字没有？"

林迁西看了一眼，一排的"1"。

"他的世界只有1，第一的一，懂吧？那可是干掉一个省重点的第一，几千号学生呢！你呢？"徐进没好气地哼一声，把纸一把塞回抽屉，"你的分全加起来都没有人家一个零头多！你要成绩好，你也能干什么都对，但现在就是你欺负他！"

林迁西被那一排"1"震到了，其实他瞥了一眼后面的分数，就看到两三科，乍一眼都是140往上，没记错的话满分是150。

他摸下脸，知道宗城成绩好，对那好的认知也就停留在试卷上那三大题，没想到好得这么逆天，这是真实存在的人类吗？他分不如人，无话可说。

徐进觉得打击到他了，才放话："那就是八中的标杆，警告你这回，别再有下次了啊。"

林迁西逮着机会了，扭头一个箭步就冲出了办公室。

"我让你走了吗！"徐进远远地喊。

林迁西不走不行了，他都快被那一串的"1"给弄焦虑了，走到教室那儿，全身都是"1"的某人拎着书包从9班教室里走了出来。

"你干吗？"林迁西停下看着他。

"被你打伤了，我要请假。"宗城说。

"你还要不要脸？"林迁西动手解手腕上缠着的"香衣"，差点儿要给他再来一下。

"借你当个理由。"宗城越过他，"9班今天自习多，我要回去自己学。"

林迁西听到他要说自己学，目光追着他背影转过了身，脱口问："怎么学？"

宗城回头看他一眼："用脑子学。"说完走了，腿长步大地很快就走出去一大截。

"……"林迁西觉得他等于没说，把手腕上缠着的衣服解下来，烦闷地抓成一团，进了8班教室，一把塞进桌肚子里，又看一眼教室前面那块写着"20"的牌子。

出操的同学都陆续回来了，陶雪回到座位，拿了张试卷过来："林迁西，我话给你带到了吧？"是说替他叫宗城那事儿。

林迁西回神："啊，带到了，谢了。"

陶雪把手里的试卷给他："这是今天的作业，章晓江要我给你的。"不敢不给了，章晓江怕再被他叫去厕所。她说完小声补一句："以后作业都由我给你吧。"

"行。"林迁西心不在焉的，拿了试卷，忽然问她，"你知道期末考试要复习哪些吗？"

陶雪最近老听他问这些跟学习有关的问题，居然都有些习惯了，想了想说："老周说没有范围，学的都要考。"

林迁西就怕听到这种话，他不就是以前没学才想缩小点儿范围的吗？"没事儿，我随便问问。"他在座位上坐下来，拿书出来从头看。

陶雪走了。

张任听到他刚才跟陶雪说的话了，回了座位就在瞥他，嘴贱地笑两声："为了拿我头当球踢也不能这么拼啊西哥。"

"你算个屁。"林迁西冷着脸，"我现在没空理你，你洗干净脖子等着就行了。"他打开语文书，翻到要背诵的课文那儿。心里很清楚，光靠自己是没可能了，这些天试过了，没多大用，只能走别的路子。

什么路子？一整天的课余时间都在想这个了。下午时候起，林迁西的手机振了好几次，他都没看，直到放学时又振，他才拿出来，王肖给他发微信说在校门口等他。

林迁西现在脑子里盘桓的都是"20"，没其他心思，没回就下了教学楼。

王肖果然在校门口等着，薛盛和孙凯一人一边站他后面，三个人跟保镖似的，看到林迁西出来就一迭声地叫："西哥。"

林迁西脚步没停："别叫了，今天也不玩儿。"

王肖跟上他："不是快考试了吗，我们仨就快跟你一个班了，是不是得庆祝？"

林迁西脚一停，都气笑了，看在交情的分儿上，忍耐着没发作："你们就没人想待在好班里吗？"

王肖黑不溜秋的脸笑出来："谁不想待好班啊，那也得看成绩啊。"

"还没考你怎么知道一定好不了？"林迁西说，"回去复习啊！"

孙凯拨开王肖挤过来："不对啊西哥，你这是想留在好班里面啊？"

薛盛说："这也太有理想了。"

"我这不是理想，是一定要留。"林迁西转头说，"都回去吧，我找路子去了。"

剩下三个人傻站着，没明白他说什么路子。王肖愣半天说："我算是看出来了，西哥真是变了。"

林迁西沿着学校院墙走，看到路边有人在派小卡片，派的人肩膀上插个旗子，蓝底的旗面上印刷着几行白字："××教育机构，多位名师，一对一辅导，助你门门高分不是梦想。"教育机构的名字因为旗卷边了，没看清。

林迁西以前见过这种发小卡片的，都是在学校附近出没，但以前他那样，发卡片的都绕着他走，一看他就不可能是潜在客户。

今天他是了！林迁西几步过去，伸手："给我张。"

对方一中年大叔，戴眼镜，看着挺有知识，见他主动要，两手呈上卡片："同学你来的时机太对了，我们正搞优惠呢，现在加入最划算。"

林迁西看了眼卡片："有给高二补课的吗？"

"有有有。"大叔伸手指了个方向，"我们学校就在那儿，你去现场报名吧，这卡片上有我名字，里面的老师看到就会给你打折。"

林迁西把卡片揣兜里，往他指的方向走。

指一下很容易，走却花了老半天。后来林迁西终于在一栋看起来快要拆迁的老楼上看到了跟那大叔身上一样的旗子，飘在大概五层的某扇窗户上。

他低头进去，也没电梯，一层层爬了楼梯，找到了地方，迎面的玻璃门上贴着那教育机构的标牌。

门口站着的也是个中年大叔，胖乎乎的，同样戴眼镜，看着比先前那个派卡片的还有知识。一看到林迁西，胖大叔就热情地打招呼："同学，来报名吗？"

林迁西把兜里卡片递给他："有没有辅导高二的，二十天速成的那种？"

胖大叔看一眼卡片，脸上笑容堆出好几层，眼睛快成一条缝："原来是张特级老师介绍来的，那就是我们的内定会员了，来来，进来说。"

"……"林迁西还是第一次听到"张特级老师"这种称呼。"张特级老师"每天看样子能派个八百张小卡片，他们家的内定会员真不少。他忍下吐槽，跟着进去。

玻璃门像模像样的，里面坐了三四个男的，都是戴眼镜的"知识分子"，没看到学生。胖大叔把林迁西一直领到最里面那间，在办公桌后面一坐，脸色就沉重了："同学，你这个情况很难啊，高二都要结束了，还要二十天速成，这……"

林迁西说："你们不是有'特级老师'吗？"

"有，就是贵点儿。"胖大叔拿了旁边的计算器过来算账，"咱们特教费用高，我给你找个最好的，二十天包你成学霸的那种，算一下，一共一万八，看你是张特级老师介绍来的，给个优惠，一万五吧。"

林迁西拖了只凳子在桌旁坐下来："多少？"

"一万五啊。"

林迁西打量一圈，说："你们有成功的例子吗？拿给我看看。给我安排的哪个老师，资格证书有没有？"

胖大叔说:"放心吧同学,这还能蒙你?"

林迁西不跟他废话,一万五对他来说是天价,是随口一报就能给的吗?他站起来:"拿不出来算了。"

"你别走!"胖大叔喊,"先把定金交了。"

原本在外面坐着的那三四个男的忽然站起来,齐刷刷到了这房间门口,把门给堵死了。

林迁西这一天都在想出路,真心实意过来的,结果遇上一群骗子,肺都要气炸了,转头拿了桌上一个花瓶就往桌上一砸,"啪"的一声,他握着块碎片指着胖大叔:"你们看我姓什么,姓傻吗?"

胖大叔看他打扮挺普通,还以为就是一普通学生,没想到是个狠的,脸吓白了,没动弹。

林迁西捏着碎片出门,那几个挡门的也没吱声,眼睁睁看他走了。

"靠!"临走他还踹了脚那玻璃门,顺带把门外头的机构标牌给扯了。

天黑的时候,杨锐从杂货店那屋转到隔壁屋,发现麻将桌的后面又坐着林迁西。"什么时候来的,怎么又来我这儿写作业?"

林迁西面前摊着白天拿到的试卷,笔夹耳朵上,坐那儿不吱声。

杨锐看他身后,那墙壁上飞镖盘的红心都插满飞镖了,瞅他一眼:"怎么着,今天加油也没用?"

林迁西说:"没油了。"

"惨。"杨锐表示同情。

外面开来一辆旧货车,一直开到门口才停。杨锐看到货车上下来的男人,跟林迁西说:"路峰来接我了,我走了。"

路峰已经进门,看到了坐那儿的林迁西:"你小子在这儿。"

林迁西抬头。

路峰剃站桩头,跟杨锐一样穿黑背心,一条胳膊上文了个烂大街的青龙,左脸还有个疤,看着挺吓人。他打量林迁西的穿着和头发:"很久没见你了,变人样了。"

"见不到我了,"林迁西说,"我学好了。"

路峰看看他面前的试卷:"学好有这么简单?"

林迁西不吭声了。

"走了。"杨锐催路峰,掏了钥匙丢麻将桌上,"我改天给你在这儿安个床好了,你真跟那酷哥说的一样要住这儿了。"

路峰出去开车,俩人一起走了。

林迁西被杨锐的话一带，又想起宗城。他看着试卷，想着上次那轻巧的一道线，还有徐进发现他做对时那声惊叹的"嚯"。章晓江说半天都听不明白，那人手上一画就让他做对了，人和人的差距太大了。

"他是真的会……"林迁西抓了抓头发，满脑子都是那天宗城站这儿随口几句教他的情景。

学好哪有这么简单，可是他没退路了。老路不能走，兄弟已经没了，不学好连亲妈都嫌弃，他眼前就这一条道，哪怕是死路也得硬钻出条出路来。林迁西抹把脸，对着空无一人的屋子吐出口气，自言自语："我得豁出去了。"

第二天早上，宗城和平时一样，早读课的铃声都敲过了才到学校。

进了校门，去教学楼的路上，耳里忽然听到一声："过来。"他扭头，看向院墙角落，拎着书包走过去，一眼看见林迁西坐在那儿的院墙上，嘴里叼着根烟。

宗城看着他："堵我？"

"对。"林迁西爬这么高当然是要堵他，等半小时了。

宗城活动一下手腕，以为还是昨天的事儿："还要再来一次？"

林迁西没说话，吐出口烟，捻灭扔了，脚底下的草丛里躺着好几个烟头，都是他刚坐这儿抽的，已经很久没抽过了。他手一撑，从墙上跳下来，拍两下身上，想把烟味拍散了。抬头看着宗城，看了四五秒，他冷不丁开口："我还是忘不了那天的感觉。"

宗城断眉动一下，看他表情又不像是玩笑。

林迁西说："教我道题。"

第 23 章

话说完他停顿一下，又说："不对，不是一道，我是想让你以后都教我做题。"

宗城看着他，一脸平静地听完，转身走人。

林迁西脚一跨，挡前面拦住了路："什么意思啊？"

宗城停下说："你别玩儿我。"

林迁西指自己："我哪个字在玩儿你？"

"每个字。"

"我……"林迁西才发现他根本就不相信自己说的，"你又不是没见过我补作业，那难道还能是假的？"

宗城想了一下："嗯，真的。"

"那你……"

"不教。"

"为什么？"林迁西脱口问。

"麻烦，"宗城说，"我也没那么闲。"

"……"林迁西抓一下头发，还没理由反驳，看着他，"不能商量一下？"

宗城把书包搭到肩上，朝身后看："你去跟那儿商量。"

林迁西一回头，教务楼那儿过来了个检查的老师："那边的同学，干什么呢！大早上堵人吗！"

"……"等他再转过头来，宗城已经走了，进了教学楼，他连忙追过去，没追上，宗城上楼就进了9班。

"啧……"林迁西泄气，没想到刚开口就被拒绝了。季彩说得对，这人是真无情，半点儿情面都不讲。

铃声响了，早读课都下课了，林迁西只能先回8班。

班上的同学拿着书陆陆续续地离开教室。他刚坐下，陶雪回头小声提醒："林迁西，今天的化学课还是去实验教室上，化学老师要集中给大家讲考试重点。"

林迁西抬头："还是跟9班一起？"

陶雪"嗯"一声。

林迁西忽然笑了，那人总不至于课都不上吧？他找出化学书，起身出了教室，一阵风似的从窗外过去了。

丁杰听到要跟9班一起上就不想动，没办法，今天章晓江通知了都得去，看到林迁西跑这么快，简直莫名其妙："林影帝今天打的什么鸡血？"

张任说："打什么鸡血都没用，这次就是如来佛祖都保不了他留下！"

实验教室里人快坐满时，宗城才走进去。他习惯性往最后走，到上次坐过的座位，眼一撩，看见位上已经有人。林迁西坐在那儿，眼睛早就盯着他，一只手朝自己身边空着的座位拍了拍，意思是：来坐，位子给你留好了。

姜皓跟在宗城后面，看他不动，探头看："怎么了？"

宗城跟林迁西默默对视两眼，走到他前排坐下，放下手里的书。

姜皓看了眼后排的林迁西，和宗城坐在了一起，小声问："你俩有事儿？"

"没事儿。"宗城翻开化学书，没表情地转了转手上的笔。

林迁西在后面盯着他后脑勺，离这么近，都能看清他根根分明的头发丝，可惜话没机会说。他想拿笔戳一下他背，手还没伸出去，宗城就往前坐了点儿，肩背挺直，离了一大截。这也行？林迁西把笔放下了，服气。

最后丁杰磨磨蹭蹭地坐到了他旁边，主要这儿没人敢随便坐，其他地方也没座位了。

化学老师来了，教室里安静下来。"期末考试关系你们的分班啊，好好记笔记，考砸了可没机会重来。"

上面开始讲重点，下面的人唰唰记着笔记。

宗城一直没回头，虽然听的是自己早就记住的东西，但还是保持着认真听讲的姿态。

旁边姜皓忽然低低地说："咦，他居然在记笔记。"

宗城瞥了眼姜皓看的方向，在自己身后，说的是林迁西。他手上笔又转一下，稍微往后偏了下头，扫到一眼林迁西漆黑的头顶，是真的。

整整一节课，宗城往后看过几眼，林迁西都在记笔记。直到老师宣布下课，他拿着书站起来，立即要走，发现姜皓座位这儿的路被堵了。

姜皓没能挪动凳子，回头看才发现，是丁杰，他趴桌上睡觉，半边桌子挪得靠前，人就趴个桌边，腿伸老长，直接一只脚死死踩着姜皓的凳脚，睡熟了一样，纹丝不动。

姜皓叫他："醒醒，下课了还睡，拦什么路啊！"

丁杰不动。

"丁杰，"林迁西忽然开口，"你快给人让路。"上面化学老师还没走，林迁西知道丁杰是仗着有老师在故意搞花样，这种小学生招数也就他还玩儿。"听到没有？"他踢一脚丁杰小腿，"收腿。"

丁杰还是不动。

林迁西叫不动他，直接伸手扯着他后领往后用力一拽。

丁杰连人带凳子往后退一大截，连忙两手扒着桌子才没摔着，脚一下缩回来了，瞪着无比清醒的两只眼睛看林迁西。

林迁西松开他，对宗城说："你过。"

宗城看他一眼，一手拿书，走出座位，跟姜皓一起走了。

丁杰没好气："林迁西，你胳膊肘朝外拐，你跟谁一个班啊？"

林迁西收书走人："跟对我有用的人一个班。你就是被打轻了，还想让他把你腿打断了才舒服。"

丁杰可能是回忆起了宗城的恐怖，没吱声，就是死要面子，还瞪林迁西。

林迁西哪有空理他，匆匆走出教室，但还是晚了一步，宗城早走了。

姜皓走到9班门口，才问宗城："林迁西刚才干什么，帮你忙啊？"

宗城睁着眼睛说瞎话："同学间互帮互助。"

"这话怎么可能在林迁西身上体现，搞笑呢？"姜皓真被逗笑了。

化学课后就没有两个班的大课了，林迁西再没逮到宗城。

下课时他特地在9班门口徘徊了几次都没逮到，这人也太硬了，不教就是不教。林迁西上课烦考试，下课烦宗城，脑袋挤得疼。

最后一节课的下课铃响了。他收起手机，拿了书包，迅速离开教室。经过9班的时候他瞅了一眼，太贼了，果然又走了。

宗城走在路上，手机响了一声。他一只手在肩上书包里掏了掏，摸出来，点开。微信默认头像，名字就是西哥，林迁西发来了消息。

——能不能给个机会？

宗城一手收在裤兜里，一手懒洋洋地打字。

——能不能去找别人？

林迁西回复很快。

——不能。

——别人都没你好用。

宗城不自觉压低眉峰，手指点了三个问号发出去。

林迁西又回复过来。

——这是在夸你。

宗城心想：我谢谢你。

"酷哥！"有人喊。

宗城转头。

杨锐在他那小店门口站着，穿个背心，踩双人字拖，手里拽着个东西，叫他："帮个忙。"

宗城收了手机走过去，看他在搬折叠床，不知道从哪儿弄来的，有点儿旧了。宗城伸手帮忙抓了一角，往放台球桌的那间屋里送。

杨锐嘴里叼个牙签，边走边说："我给林迁西准备的。"

宗城多看了一眼那折叠床："他要住这儿？"

杨锐笑了："这不是你说的话吗？他最近老来我这儿写作业，我看不下去了，怕他哪天要么睡台球桌，要么睡麻将桌了。"

宗城帮他把床靠墙放了，平时根本不会开口，今天还是问了句："他以前就这样？"

"以前？"杨锐拿掉嘴里的牙签，"你说林迁西以前啊？怎么可能，他以前就是个浑球，从来不写作业，连学校都爱去不去，你去三教九流的地方找一找，他准在。这阵子不知道怎么了，忽然变样了。"

宗城记起了手机上收到的林迁西的第一条微信——我以后都不混了，我学乖了，我八中乖仔。

杨锐看看他："我还以为你俩很熟，他的事儿你都知道呢。"

"他有什么事儿？"宗城问得很顺口，虽然觉得自己该走了。

杨锐说："也没什么，差不多有家等于没家吧。"

宗城没再问了。

"对了，"杨锐想起来问，"还不知道你怎么称呼。"

"宗城。"

"哦，记住了。"他出去了。

宗城在台球桌边站着，手机又响起了微信提示音。他拿出来，手指滑开看，果不其然还是林迁西。

——在哪儿？咱俩面谈。

林迁西蹲在那几栋老楼外面，看一眼擦黑的天，又想抓头发，手指摸到头发，忍住了，伸进兜里掏了手机出来看。没新消息来，只有明晃晃的时间在提示他一分一秒的流逝。

他抬眼看天，看到两颗星星，心想这玩意儿能许愿吗？要能许愿，他就许愿宗城赶紧被他攻克，他快急吐血了。

手机忽然一振。林迁西拿手机的手跟被电了一下似的，立即点开看。不是宗城发来的，是一个好友申请，头像是一只可可爱爱的小花猫，备注写着：西哥，我终于把你加回来了！

林迁西想起这是谁了，马上点了通过。微信的对话框里弹出消息。

——西哥，还好我把你微信号回忆出来了，可算加上了。

——没把我忘了吧？顾阳啊！

林迁西怎么能把他给忘了呢，手指飞快敲字。

——见外了弟弟，叫什么西哥，叫哥哥就好。

顾阳发来一个惊悚的表情。

——你不是不让我叫哥哥吗，今天又让啦？

林迁西打字更快了。

——让，以后我就是你哥。

——就是有个事儿。

——能不能让你亲哥多帮帮你新哥啊……

很快，顾阳结束聊天，帮他游说亲哥去了。

林迁西蹲久了，站起来，活动一下酸软的腿，看一眼那几栋老楼，没看到几盏灯，抄抄头发，自言自语："我这辈子的耐心都交待在这儿了……"没等到宗城，他只能走了。

快晃到杨锐小店那儿时，前面有人站着。林迁西抬头，看见宗城一手拎着书包，一手拿着手机贴在耳边，嘴里简短地回复着："嗯，嗯……"眼睛已经盯住他。

林迁西叹气："我真是望穿秋水。"

宗城挂了电话："有你的，拿顾阳来给我打感情牌。"

林迁西说："是，我无耻，请你以后教我，让我做个好人吧。"

宗城盯着他。

他也盯着宗城。

两个人在街上隔了一米互相看，谁也没有退让的意思。

终于，宗城先转开目光，手里有一下没一下地转了两下手机，收进兜里，重新看向他："你真想要我教你？"

林迁西说："对。"

宗城点了下头，嘴角若有似无地往上一扯，脸上风平浪静："一道题一声爸爸。"

"啥？"林迁西看着他。

宗城说："叫爸爸。"

林迁西的目光落在他脸上，眼珠动了动，没作声。

宗城拎着书包越过他身边，知道他叫不出口，终于不用再扯皮了。

"爸爸。"

宗城回头："……"

林迁西两手插兜站那儿，冲他挑挑眉："说话算话，教我。"

卷二

八中乖仔

那双痞笑的眼睛黑漆漆的，
像一汪深不见底的泥潭，
火苗在里面跳跃，
他却像是看见了繁星。

第 24 章

宗城就是抱着不教的心才说这话的，本来以为林迁西绝对不可能叫出口，没想到他不仅叫了，还叫得又快又顺，简直刷新了自己对林迁西脸皮的认知。不，这人就没脸没皮。

"走啊！"林迁西书包都背上肩膀了，"我都准备好了。你别想反悔啊，反悔我追你到天涯海角，你看我眼神是不是玩笑。"他指指自己的眼睛，一本正经。

宗城看着他那双黑白分明的眼，好一会儿，书包搭回肩上，嘴里冷淡地吐出个字："靠……"

五分钟后，杨锐那小店里又多出了两位熟客。

宗城斜坐在台球桌边，一条腿靠桌屈着，另一条腿伸着，绷得修长笔直。他低着头，手里拿着书包在往外抽一支笔，嘴里漫不经心地问："哪题？"

林迁西拖只凳子坐他旁边，从书包里拿出昨天没做完的试卷作业，看他："真就一声一题？"

宗城说："后悔了就说，不讲价。"

"开业大酬宾没有吗？"林迁西说，"叫三声送五题那样的。"

宗城抬头，盯着他："谁想开这个业？"

林迁西嘴角提起来。"我，我想让你开的，行了吧？"知道他这会儿大概还有点儿不爽，所以见好就收，不提了，把试卷翻到最后一大题，递过去，"这个。"第一声"爸爸"已经叫了，不能亏，要问就问最难的。

宗城看了两眼，又是数学试卷，连卷子都没接，不拿笔了，伸手从书包里拿了本题册，翻到某页，折了一道，按台球桌上："我折的这道题跟你这一模一样，就语句和数字换了换，上面有我的解题过程，自己看。"

林迁西将信将疑地拿起题册。

宗城放下书包，起身出去了。

结果两道题还真是类似的。林迁西把凳子拖近点儿，趴桌上看他的解题过程。宗城这人解题其实并不细，真要讲也绝对不可能像章晓江那样一讲七八分钟，但是他写的都是关键，辅助线、公式，怎么去怎么来，简洁清晰。

林迁西看了个大概，没能全搞明白，只能从头一步步地看，忽然旁边探出个身影来。

"嚯……"他太入神了，被吓了一跳，扭头瞪过去，"干吗呀！"

杨锐站在旁边，看了看他，指一下墙角的小床，"看来我安床还不够，还得再给你装个亮点儿的灯呗？"

"你弄个台灯也行。"林迁西说。

"美不死你。"杨锐朝外面努努嘴，"怎么回事儿啊，他刚教你呢？"

林迁西拿起笔，在书包里翻找草稿纸："是啊。"

"他肯啊？看着就不是爱管闲事儿的人。"杨锐看人的眼睛是很毒的。

林迁西停一下，指指自己鼻子："我可是付出巨大，还撬不动他。"

"什么付出？"

"……"林迁西找到纸了，眼睛看题，"没什么好说的，反正我也不容易。"都叫"爸爸"了，还是一题一声的那种，付出能不巨大吗？

不过林迁西也不在乎，是真不在乎，本来就是抱着豁出去的心态来找他的，有什么不能叫的。宗城这么说的时候，他甚至在想：就这？叫就叫，多大事儿。能改命的事儿，谁还在乎一点儿脸，痞子的脸又不值钱。他叹口气，对杨锐发表感慨："你知道吧，这世上能干成大事儿的，都不要脸。"

杨锐说："那你一定能干出一番惊天伟业。"

"……卖你的东西去吧，我做题了！"

杨锐不闹他了，踩着人字拖去了隔壁。

这边人刚走，林迁西的手机就响了。"又是谁……"他一把扔下笔去掏手机，要看看是谁打扰他。拿出来点开，是顾阳发来的消息。

——怎么样，我哥答应了吧？

林迁西看是他就不说什么了，这是功臣。

——好弟弟，军功章必须有你的一半。

顾阳发了一串龇牙笑的小人儿脸。

——放心吧，我哥对我特别好，我开口求他的事儿，他不情愿也不会不管的。

林迁西挺意外，手指打字。

——是吗？

明明那么不讲情面的一个人，又冷又硬，想不到他还是个好哥哥啊。

顾阳回复神速。

——真的。

——不骗你，我哥真的特好。

林迁西看着"特好"两个字，在研究哪儿好，顾阳紧接着又发来一条。

——先不打扰你了，你肯定在请我哥帮忙了，等你完事儿再说。

林迁西回了个"行"，收起手机。顾阳这孩子懂事儿又机灵，都不用他提，自己先撤了。他接着看题。

宗城从外面回来了，出去了这么会儿也不知道干什么去了。

林迁西看过去，他一只手上下翻着手机，垂着眼，看不清脸，利落的短发被门外的路灯逆照着，周身都描了层昏黄的边，把他的酷劲儿都给淡化了，看起来居然多了点儿神秘的味道。翻完了手机，他抬起头，眼睛看过来："还没好？"

林迁西撞上他的视线，指了指他的解题过程："这儿，还有这儿，这两步我需要深入指导。"

宗城走过来，对着那两步看了看："你只需要看书。"

林迁西一愣："书上有？"从书包里找出数学书。

宗城看了眼那书，几乎是本新的，封皮都还带着新书的光泽，又看他一眼："这就是'乖仔'的书？"

林迁西严肃地说："它很快就会旧的。"

"哦。"宗城从他手里拿过新书，翻到地方，按他面前，"公式就在这儿。"

林迁西低头去啃了。

宗城转身走开，看了眼手机上的时间，又看林迁西。这么晚了，还没吃饭。

林迁西像是感觉到了他的眼神，一下抬起头，想起这茬了："你吃饭了吗？"

宗城收起手机："我有操守。"

"什么操守？"

"当一题的爹就做一题的事儿。"他说，"等你写完这题我再回去吃。"

林迁西心想你小子占起老子便宜来好轻巧啊，笑了声："那我要写不完你就不吃？"

宗城面无表情地说："这叫弑父。"

"……"

杨锐在隔壁问："你俩说什么呢？"

林迁西忍住了反击的话，怕被听见，用笔指他一下："我现在贼尊重你，真的。"谁叫他对自己有用呢。

宗城眉头轻微地一动，还以为林迁西会忍不住的，可能还会直接翻脸，那就不用教了。没想到他忍住了。一瓶桂花香水都忍不了的人，这会儿居然这么能忍了。

"杨锐！"林迁西忽然喊一声。

"干吗？"杨锐在那头应。

"有饭吃吗？"林迁西摇着笔说，"赊账的那种。"

杨锐回："做了土豆烧鸡，待会儿分你点儿。"

林迁西看一眼宗城："分俩，我带着一个呢。"

宗城不想麻烦别人，过来台球桌拿书包，打算直接走了。

"别走，我还没写完。"林迁西趴桌上继续看题去了。

他拿书包的手只好松开，随手拿了本书出来，转头又出了屋子。

林迁西啃完了解题过程，啃完了书，终于有点儿明白了，脑子里像有个进度条，"刺刺"地加载到了百分之六七十。他拿着笔去做试卷上的那题，磕磕绊绊。那也得做，边想边做。

过十来分钟，杨锐喊："吃饭了！"

林迁西搁下笔，走到门口的时候正好撞上回来的宗城。

他问："这回写完了？"

林迁西说："反正是按你的方法写出来了，就是不知道答案对不对。"

宗城看了眼手机上的时间，忽然说："三十六分钟。"

"挺快了吧？"林迁西觉得这次算快的了，他今天都没投飞镖加油就做出来了。

"顾阳今年初一。"宗城忽然说。

"……"林迁西莫名其妙地看着他。

他接着说完："我教他的话，顶多半小时。"

"你什么意思？"林迁西盯着他，善意提醒，"题可做完了啊！"你不是多了，注意言辞！

杨锐又叫了："吃不吃啊？"

宗城看看他，转身去了隔壁。

林迁西跟过去，那边一张小饭桌上果然摆了土豆烧鸡，杨锐在桌边摆了三张小板凳。他看看那装土豆烧鸡的外卖盒子，下面还压着外卖的条，问杨锐："你说这是你做的啊？"

"是啊，我嫌淡，多加了两勺盐，可不就成我做的了。"杨锐理直气壮地说。

"行吧。"吃人的嘴短。林迁西把凳子往外拖了拖，看一眼站着的宗城，说："坐，你习惯一下，以后这样的日子多着呢。"

宗城抿住唇，脚钩开一张凳子，在他旁边坐下来。

杨锐"吧嗒吧嗒"踩着拖鞋过来，在俩人面前各放了一碗饭，忽然朝外看了一眼："那不是冬子吗？"

宗城刚拿了筷子，旁边的林迁西忽然站了起来，一下就往门外跑了，快得在他旁边带出一阵风。他看向那阵风跑出去的门口，外面街上，两三个男生骑着自行车经过，穿着蓝白间色的五中校服，其中一个停了下来，自行车在路边一放，朝这儿走过来。

"锐哥。"

他一进门，宗城就认出来了，是那个当时把林迁西揍得脸都白了的，虽然林迁西不承认。

杨锐朝他点下头："好一阵不见，以为你以后都不来了。"

"有事儿。"秦一冬看了眼坐着吃饭的宗城，问杨锐，"这是你亲戚？"

杨锐笑："你去问林迁西。"

秦一冬脸色不好看了："我跟他绝交了，以后别提他了。"

"绝交了？"杨锐不太信。

"真的，绝交了，我不是来找他的，来买东西。"秦一冬在货架那儿站了一会儿，最后拿了盒口香糖，看着好像是随便挑了样东西。他拿了东西要走，又看了看宗城："你认识林迁西？"

宗城说："同校。"

秦一冬看到了他旁边的另一碗饭，还有筷子，怀疑地看周围："他在这儿？"

杨锐没吭声。

宗城也没说话。

秦一冬走到隔壁看了看，很快走回来。"认错了，那儿放着书和作业呢，不是他。"接着又对杨锐说，"还好不是，下回再来我先问你，他要在这儿我就不来了，有他没我。"说完他去路上推了自行车走了。

他走了，剩下的两个人就都很沉默，感觉突如其来得知了林迁西的一个大八卦，当事人还跑得无影无踪了。

杨锐坐凳子上说："我真没想到这俩人都能绝交。"他知道宗城不认识，拿筷子指指门外人刚走的方向，"那叫秦一冬，林迁西的发小，俩人一起长大的。"

宗城说："那他绝交什么。"

"谁知道他。"杨锐看看他，"林迁西现在走得近的好像也就你了。"

第 25 章

林迁西没跑多远。他知道秦一冬只是经过，跑到附近街上就不跑了。其实绝交了也没必要躲，但这回不一样，是在熟人的地儿，回忆往事一大堆，是怕秦一冬在老地方看见他会硌硬。

一个人在那街上溜达了二十多分钟，他估摸着秦一冬应该走了，才又回到了小店。

杨锐正在收拾小饭桌，看到他回来，指指剩下的饭菜："给你留了，赶紧吃，都凉透了。"

林迁西只看见杨锐在，转头看了看周围，没看到别人，又退到门口朝隔壁看。

"别看了，"杨锐说，"人酷哥早走了。"

林迁西问："就这么走了？"

"你自己一溜烟就跑了，人家不得走啊，还坐这儿傻等你？"杨锐说着出去丢垃圾了。

林迁西心想也是，宗城肯定觉得他这人挺莫名其妙的。想到这儿，他忍不住自嘲地扯了扯嘴角，坐下来，干脆拿了筷子大口扒饭。

杨锐很快回来，到这会儿才问："跟冬子掰了？"

林迁西低头扒着饭，含混不清地"嗯"一声。

"算了，你自己的事儿，自己不后悔就行了。"

林迁西专心扒饭，没作声。

杨锐是真不管，连原因都不问，转身干自己的事儿去了。

林迁西吃太急了，停下缓了缓。跟秦一冬的事儿没后悔，后悔都留在前尘梦境里了，绝交就是为了不再后悔。现在还没有变好，还是离他远点儿更好。不想了，林迁西去想试卷，一想顿时又吃快了，几口吃完了剩下的，站起来就去了隔壁。

杨锐从货架那儿扭头看他，嘀咕："中邪了。"刚才还因为秦一冬不吱声，这会儿又来了劲头。

试卷还在台球桌上摊着。林迁西过去，拿起来看自己写完的那题，本来是想再看一遍，忽然发现上面被人用铅笔圈出了三个地方，旁边分别写着：72页，58页，91页。最后还有几个字：看完重做。那笔锋一看就是宗城的。他脱口而出一句："我靠！"

杨锐从隔壁抻头出来："被电了？"

林迁西已经背上书包小跑出门，半边嘴角都是扬着的："我果然没找错人！"

宗城居然给他做了检查，还把他不对的地方该看什么都标出来了，他要赶紧回去看书重做了。他忽然发现宗城的好了。这人是又冷又硬，但是负责啊，要么不教，教了就要教好。

没看走眼，林迁西想，真是好用，好用极了！

宗城看着微信。

上午八点不到，学校刚敲完第一节课的下课铃，他才进9班的教室不久，这条微信就进来了，一张试卷题目的照片。发信人西哥，下面紧跟了一句话。

——再看看？

宗城点开照片。林迁西拍了他重写的解题过程，有点儿乱，好几个地方涂改过，可能重做了不止一次。宗城还以为他遇到那个秦一冬跑了，不会有心情再做题了，没想到他回去还是写了。试卷是拿在手里拍的，林迁西的一只手入了镜头，手指细长白净。

"哎！"姜皓忽然回头叫他一声。

宗城手一点，图片缩小回去，抬头问："怎么了？"

"放学约一局啊？"姜皓做了个压杆的姿势，"好久没打了，手痒，反正你这水平也不用准备考试。"

宗城垂眼看微信，刚进来了新消息。

——放学等你。

当着姜皓面，他只动了下手指，发过去个问号。林迁西的回复"嗖"地弹出来。

——什么都别说了，我懂。

——爸爸。

目光扫到的瞬间，宗城手指迅速一抓，拢住屏幕，防止姜皓看见。

"去吗？"姜皓还在等他回复。

"不去了吧，"宗城说，"你留着精力复习，等考完试再说。"

"好吧。"姜皓就是好说话，头转过去了，又回头问，"你打台球挺久了吧，有过对手吗？"

宗城手还牢牢抓着手机："以前没有。"

"那就是现在有了？"姜皓笑着说，"下次叫出来，我跟他切磋一下。"

宗城点头："下次。"现在肯定不行，那位忙着呢，正在叫他爸爸。

姜皓头转过去了。

宗城松开手指，林迁西那一声"爸爸"还在上面，可能是他一直没回，下面又追问了句。

——人呢？？？

宗城盯着他发来的话，手指在按键那儿点啊点，莫名其妙地嘴角动了动，觉得自己都快被他的赤诚感动了，打了几个字出去。

——等爸爸。

林迁西等着呢。一直等到下午，最后两节课之前，他已经把自己的试卷和作业都收拾好了，就等放学去跟宗城碰头。不会的还有很多，时间一点点变少，他现在身上像装了根发条。

下午有两节课对调了一下，最后这节课变成了体育课。8班不爱运动是出了名的，班上的同学树懒似的往外走。

林迁西东西收拾好了，看一眼快空了的班级，自言自语一句："麻烦。"他以前喜欢体育课，因为不用干坐在教室里，现在却巴不得哪个老师来抢了这课才好，就是上自习也行啊。都要考试了，还上什么体育课，浪费时间。

最后还是站起来，踢开凳子去操场。走到门口，听见跟后面的丁杰骂："真烦，又是跟9班一起。"

林迁西一听，马上回头，从桌肚子里拿了份卷子折了折，塞口袋里。

去操场的路上果然看到了几个9班的人，8班的懒鬼们都在半道的小超市里买水。林迁西也去了一下小超市，里外都特地看了一下，没看到宗城，接着去了操场。

体育老师他算熟的，也就知道个名字叫吴川，别看是教体育的，不是那种孔武有力型，而是又黑又瘦，绰号"黑竹竿儿"。黑竹竿儿在操场上含个哨子猛吹，催大家，还是嫌人来得慢，一口吐了哨子用嘴喊："快点儿！今天考试！体育就不重要了啊？"

难怪两个班一起上，原来是这学期最后一节体育课，用来集中考试的。林迁西站在操场上，转着头找来找去，终于看到9班的大部队来了。

宗城有身高优势，在人群之中太显眼，短发干净利落，穿着灰色短袖T恤、黑色休闲裤，老远走来出挑得很，想不看见都不行。离了有十几米远，他眼睛一转，精准地朝林迁西这儿看了过来。

林迁西冲他挑挑眉，还眨了个眼，眼神跟打暗语似的。

姜皓在那儿问："你看什么呢？"

"没看什么。"宗城一手收进裤兜，盯着林迁西的目光收回去，若无其事地转过头。

吴川把男生和女生分开排队，根据学号来。林迁西时刻关注宗城，他的姓是Z打头，站在最后，离自己一大截，低着头像在看手机。

"嘟"一声，口袋里手机振了。林迁西摸出来，点开微信，灯塔头像发来了简洁有力的两个字。

——上课。

"……"林迁西瞥他，这不上着呢，怎么上个体育课还不准东张西望啊。

"考试了！"吴川喊一声，"800米和1000米用上个月跑的成绩，今天考4×100米。"

一般高中体育考试，女生跑800米，男生跑1000米。吴川不是，他不仅要跑这些，还喜欢搞团队协作，硬是多加了一项4×100米接力跑，算加分项。8班的懒鬼们在哀号。哀号也没用，男生女生们分开，已经开始组人了。

林迁西找到机会，悄悄溜达到了最后边。

宗城在那儿站着，忽然感觉自己后腰被什么东西轻轻捅了两下，伸手一抓，抓到瓶水，还带着冰气，扭过头。

林迁西勾着唇角在后面看他，把那瓶水塞他手里，动动口型："讲一下题？"来的时候去小超市特地买的，够意思了。

宗城看一眼手里的水，看了看左右，低声说："不是叫你上课。"

"谁等得及啊！"林迁西说。

可惜被吴川打断了："男生们也准备了……干吗呢你，跑那么后面溜达！"

"靠……"林迁西被逮到了，只好又回到原位。

宗城手里还拿着那瓶水，没处放，先收进裤兜里。

姜皓在前面回头，惊讶地问："他来找你的？"

宗城说："来组队的。"一边把裤兜里那瓶水按了按，扯一下T恤盖住。

姜皓又问："你同意了？"

宗城随口答："听老师安排吧。"

结果吴川安排得很随便，林迁西被他叫回去之后，他直接拉了三个8班的就凑了个组。三个队友，一个丁杰，一个张任，一个章晓江。

林迁西看着三人说："杀了我。"

丁杰和张任是搅屎棍，章晓江是弱鸡，他一拖三，想死。

吴川没听清："你说什么？跑不跑啊？"

林迁西问："不跑影响期末考试的总分吗？"

"不影响，但影响我对你的好感。"吴川实在人。

林迁西指自己："我林迁西，老师你对我有没有好感？"

吴川好久没见他，这下才认出来："嗬，是你！"

"没有是吧？"林迁西从他口气里都听出来了，"那不跑了。"他直接坐跑道外边去了，从口袋里掏出了试卷。

吴川不管他，回头朝那三个摆下手："算了，你们重组吧。"

姜皓看见，回头对宗城说：“不愧是林痞，踱上天了。”

宗城早看到林迁西手里的试卷了，知道他在干什么，又看姜皓一眼：“要跑了，别总议论他了。”

姜皓意外地看他一眼，不说了，转头去问老师组人。

林迁西坐跑道外边，一个人把体育课上成了自习课。要不是指望宗城早点儿完事儿来教他，他早就走了。他做了试卷上几道选择题，也不知道对不对，抬头去看宗城进行到哪一步了。

宗城正在做准备，把自己的手机连同他给的那瓶水都放在了跑道边的临时收纳盒里。9 班班长刘心瑜领着一群女生在围观，连 8 班好几个女生都在。吴川安排好了，让宗城接最后一棒。

林迁西看了一眼宗城的队友，顿时无语：“真是绝了……”

除了姜皓，另外俩队友，一个丁杰，一个张任。可见 8 班也没人组他俩，吴川直接给安排到宗城这儿了。

四个人就位，吴川发令，开跑。林迁西看着，姜皓第一棒还行，后面两棒不用说了，一塌糊涂。

早猜到是这个结果。张任没那么讨厌宗城，但他体育根本不行，行也不会好好跑。丁杰不仅不会好好跑，还讨厌宗城，这队友简直是来“谋杀”宗城的。宗城站在最后一棒，都没有动脚的机会。

吴川喊停，过去朝宗城招招手：“你新转来的是吧？以前的体育成绩都没有，再来一次吧，这把要是跑得好，我就直接算你过，跑得不好也没关系，下课补个 1000 米，我一样算你过了。”

宗城看一眼那边坐地上的丁杰和张任，眼神有点儿沉：“行。”

林迁西一下从地上站起来，什么玩意儿，下课还要补 1000 米？下课的时间他已经预定了好吧！

重新开始。宗城朝最后一棒走，脸冷着，很明显。

连姜皓都看得出来他被针对了。

宗城冷着脸，走到丁杰身边，停一下：“我就说一次，好好跑。”

丁杰可不想再被堵厕所，梗着脖子说：“我也想，没办法，就这水平啊。”

“那你就超水平一回。”宗城冷冷说完，朝最后一棒的位置走了。

吴川还以为他们是在磨合，喊了声：“跑吧。”

姜皓第一个冲了出去，把接力棒递给张任。

张任接得挺好，就是跑得不上心，纯粹敷衍，没有半点儿紧迫感，一个人能耗总时的一半。快到丁杰那儿，接力棒也是爱递不递地往前送。

忽然身边一阵风似的冲出道人影，劈手夺了他的接力棒，直接越过丁杰跑了过去。

跑道边围观的人都看愣了，陶雪先出声："林迁西啊！"

林迁西抢了第三棒，风一样跑向宗城。

宗城也没想到，盯着他冲到跟前，眼神还定在他脸上。

林迁西把接力棒塞他手里："跑啊！"

宗城转头就跑了出去。

第26章

吴川一把按下计时器，跑完了。

他看看时间，又抬头看看前面刚跑过终点的宗城，还有点儿不可思议，然后想起了关键，扭头去看那个半道杀入的程咬金："林迁西，你干什么呢？哪有这样跑接力的啊？"

林迁西这一跑实在太快了，笑着说："报告老师，我还是想让你对我有点儿好感，决心来拿个成绩，反正有的人不想跑，你也没说不可以这么跑啊。"

吴川质问："你早干吗去了？"

"过了？"宗城远远问了句。他从终点往回走，胸口因为刚刚的疾跑还在起伏，眼睛看着这里。

吴川又看一眼计时器，冲他点了下头："过了，肯定过了，光你俩就把速度拉回来了。"

"那就不用补1000米了是吧？"林迁西放心了，没白跑。他指一下那边被甩在跑道上还傻站着的丁杰："老师，你看那个才是真不会跑接力，要不给他补个1000米吧，成绩没了怪可惜的。"

"哎哎，林迁西！"丁杰在那边嚷嚷。

吴川看丁杰："你叫什么叫，过去，等会儿就去跑。"

丁杰脸都要绿了，瞪着林迁西，不甘愿地去了操场边上。

林迁西往他那儿小跑几步，快擦肩而过的时候停下来，冷着脸，低声说："我知道你是仗着快分班了各种搞事情，但是别惹宗城，他现在被我盯着呢，你给老子懂点儿事儿，以后再坏我事情我饶不了你。"

丁杰一愣："林迁西你护他？"

林迁西说："我不护他，我就送你去厕所跟他碰，你自己选！"

丁杰知道刚不过他，眼睁睁看着他从旁边走了，小声骂一句，跟前又来了另一个。

宗城经过这儿，脸上没有表情地看着他："想上厕所吗？"

"你，你俩……"丁杰转头就跑了。

宗城看他尿成这副鬼样，懒得去追。

姜皓喘着气跟上来，小声问："林迁西怎么会冲过来？"

宗城说："不知道。"是真不知道，他刚才看到林迁西飞一样奔向他的时候都怀疑自己看错了。那种景象不知道该怎么形容，林迁西的身影像风又像箭，自由，充满了少年锐气，在那个瞬间，任谁的双眼都只能注意到他。

"没想到他跑步这么快。"姜皓朝林迁西走远的背影看了一眼，"是真快。"

宗城知道林迁西跑得有多快，也不是第一次见了，昨晚还因为秦一冬见过一次。"你现在见识到了。"

林迁西回到跑道外边，坐下来缓了缓，忽然看了一眼自己的脚脖子，感觉不太对劲儿。"我靠。"他低低骂一句，一只手撑着地站起来，直接往操场外面走。

一群女生从旁边过去，都在瞅他，走后面的陶雪还冲他笑了笑。

林迁西心想今天可能是一不小心出风头了，本来没想出的。他找了一下，宗城还在跑道那儿拿自己的东西，低头掏出手机，点开那个灯塔头像，给宗城发了条微信过去。

——校门外面等你。

"林迁西！"吴川脖子上挂着口哨，手里拿着计时器，追了过来。

林迁西回头，无奈地说："我下次不这样了行吗？跑个接力还跑错了我。"

"谁要跟你说那个，我找你为别的事儿。"吴川走过来，上下打量他，"你体能不错，要不要进校队啊？"

"什么校队？"

"田径队、篮球队，各种大球小球的，随便，反正你会玩儿的也多，我早听说了。"

林迁西问："进了给期末考试加分吗？"

"做梦呢，当然不加。"

"哦，那不进。"他转身就走。

吴川还想追问，刚好看到要补1000米的丁杰想跑，又回头截丁杰去了。"别跑！"

林迁西趁机走了。谁要进什么校队，耽误他学习。先回教室拿了书包，再出教学楼，一路又是上楼又是下楼，等到了学校外面，林迁西就在路边上站着不动了。他低头看了看自己的右脚，嘴里不耐烦地"啧"一声。

下课铃到这会儿才响。林迁西抬头，怀里正好被塞了一瓶水，一把接住。

宗城单肩背着书包，已经出来，之前送他的那瓶水，现在又还回来了。

"怎么样？"林迁西晃一下那瓶水，咧嘴笑笑，"我今天这速度，是不是快得没话说了？"

宗城说："嗯，当然是你快。"

林迁西一下回过味儿来："你不要这时候跟我嘴骚啊，男人不能说快。"

"你自己别骚就行了。"宗城一脸淡定，转身走人，"还去杨锐那儿？"

"嗯。"林迁西把水随手塞进书包，跟在宗城后面。

宗城回头看他一眼，又忽然看一眼他脚："你干什么？"

"走路啊。"林迁西说，"怎么了？"

宗城又看一眼他脚，走过来，忽然拿脚踢了一下他右脚踝。

"我——靠！"林迁西一下弹起来，拎起右脚，金鸡独立地瞪着他，"干吗啊你！"

宗城指一下他右脚："提起来看一下。"

林迁西被他踢这下还疼着，有点儿没好气："我知道，肯定是跑之前没活动，跑太快给抻了一下，待会儿去杨锐那儿找个膏药贴一下就完了。"他一边说一边低下头，一只手提起裤脚去看，弯下腰的时候忽然脚脖子绷得一痛，跟被几根钢针一下扎进去了似的，"嘶"一声，比刚才被宗城踢那一下还痛，紧接着就看了脚脖子的景象。"这么严重？"居然肿高了一大块，馒头似的，又青又紫。

宗城看他一眼："就这你还觉得没什么？"

林迁西放下裤脚，皱着眉，他这不是赶时间吗，居然没感觉到。

"你上次骑的那摩托呢？"宗城忽然问。

林迁西说："那是问王肖借的。"

"那就再问他借一次。"宗城指他那脚，"你这样走不了。"

林迁西只好往路边的小花坛挪了挪，拿出手机给王肖发微信。

王肖很快回复了微信。他看完了，指校门右边："车在那儿，他这车经常借人，后备箱下面粘着把备用钥匙。"

宗城过去了。

林迁西看见校门里陆续出来了好几个班上的熟面孔，不想叫他们看见自己前一秒飞人，这一刻就折了翼，拖着右脚离校门远了点儿。

宗城很快骑着摩托过来，"吱"一声刹在他旁边："走了。"

林迁西上下看他一眼，他刚跑完步，额头上还有一层汗，短发往上抄，额头完全露出来，那条断眉更显眼了，坐在车上，两条长腿撑着地，突然给人感觉特别有型。

"行吧，再让你当回司机。"林迁西欣赏地挑挑眉，想抬脚跨上去。

宗城看了一眼："侧坐，你脚别抬了。"

林迁西看看他，僵住了："侧坐？那是女人坐的姿势！"

宗城从车上转身，胳膊搭把手上看他："那你就伤脚踩地，抬左脚跨过来；或者左脚踩地，抬你的伤脚跨过来，只要你不嫌疼。"

林迁西站在原地挣扎了一瞬，发现两样都疼，还是决定不浪费时间了，低声说："算老子倒霉。"他把书包背好，拖着脚，侧坐到后座上。

宗城踩了油门："坐稳。"没给他适应时间，摩托就开出去了。

林迁西伤脚不敢受力，半搭在脚踏板上，正好抵着宗城的小腿，又为了稳住重心，一只手抓住后座，身体往前移，就像靠着宗城的背。他忽然感觉不太自在，这姿势给人感觉好羞耻，仿佛他就是那小鸟依人的小鸟。"还没到？"他忍不住催，盯着宗城的后脑勺。

宗城瞥了眼后视镜，看到他的表情，嘴角提了一下："走大路好了，人多，还能多走二十分钟。"

林迁西两根手指顶住他背："我这是把刀你信不信？"

宗城脚下淡定地加速："动手吧，去找个新爹教你。"

"……"林迁西说，"你再这样我跳车了。"

宗城良心发现了，不说了，很快就减速刹车。"到了。"

林迁西才发现他并没有绕路，旁边是那几栋老楼。不等宗城打起撑脚，他已经一只脚跳到地上，往杨锐小店的方向看了看："还去不去了？"

宗城锁了车，把钥匙扔给他，拿了自己的书包："你这脚不是张膏药就能解决的。还能不能爬楼？"

林迁西回过味儿来，这是要他跟进楼的意思，稍微动了一下脚说："大概行的吧。"

宗城往前带路。

林迁西跟在后面慢吞吞地爬了几层楼，到了他住的地方。

宗城在前面掏钥匙开了门，先进屋里按亮了灯，回头把门拉开了点儿。

林迁西跟进去，打量一下里面，屋子不大，一个人住正好，家具也不多，空了很久的样子，有股樟脑丸的味道。靠墙的地方摆着一只很大的拉杆箱，大概是宗城来的时候带过来的，就那么放着。

宗城把那拉杆箱往边上一挪，朝窗边的椅子那儿偏下头："去那儿。"

林迁西挪到椅子那儿坐下，感觉有点儿微妙。他以前跟秦一冬关系那么铁都没去过秦一冬的家，这还是第一回到别人家里，而且就两人。

窗户是飘窗，很大，能看见外面傍晚的天、没几个人的街道。窗台也就他小腿的高度，下面堆着的全是书，一本一本直接铺到了椅子腿的下边。旁边一张小桌子，跟窗台齐平的高度，桌上压着一沓纸、几支笔、一本摊开的题册。

林迁西看了两眼就知道这肯定是宗城平时写作业的地方，还以为像他这样的学霸，学习的环境一定都很严肃，没想到这么随意，就这么一张小桌，书也到处放。这样就做到世界里只有"1"了？

他随便看了看，把书包放小桌上，转头去看宗城，差点儿撞上宗城的脸。他愣一下，往后靠上椅背。

宗城就在旁边，低着头，手上拿着什么，"嗞"地朝着他的脚脖子喷下去。

林迁西脚脖子一凉，顿时倒抽口冷气，跟被打了一拳一样，疼得变了脸，脚一动，腿却被按住了。

宗城说："别动，没好。"

林迁西眉毛都拧起来了："这什么?!"

"喷雾。"宗城摁着他腿继续喷，"顶多半小时就见效，不然一直疼。"

林迁西将信将疑："你家里还准备这个？"

"嗯。"

林迁西被刺激得受不了，来拨他手："我怀疑你是故意的。"

宗城按着不放，干脆腿一沉，拿膝盖压住他小腿，腾出手来挡住他那只不安分的手，继续喷药："你不是八中乖仔？喷个药都要动手？"

林迁西被他控制得明明白白，靠椅子上吸着气说："我是真的乖，不然你家现在已经被我掀了。"

宗城还是坚持喷够了量才松开他，站直看他一眼："现在乖了？"

"……"林迁西有气无力，先缓一缓再说。

宗城把盖子一盖，回头放喷雾去了。

林迁西看看自己被喷得湿淋淋的脚脖子，小心挪到一边架着，忍着刺激的药物反应，伸手进书包去拿试卷。他还没忘了正事儿。

宗城转头看到，问："今天哪题？"

林迁西拿着试卷说："快来吧，我等一天了。"

宗城走过来，看了眼，物理试卷。

他把小桌往两人跟前拖了拖，从桌下面拿了个垫子随手往地上一扔，坐下来，看了那题，十几秒的事儿，拿了物理书出来："给你标页码，自己看，看完再做。"基础根本不牢固，宗城不明白他为什么还坚持让自己教，没几个人能在一片茫然里坚持太久。

林迁西这会儿很认真，笔已经拿在手里了："行。"

他做题的时候宗城都不打扰，走开了。

林迁西姿势诡异，一条腿伸着，架着脚脖子，土财主似的，上半身却趴小桌上看书做笔记。

差不多快看完的时候，手机响了。不是林迁西的手机铃声。他循着声在旁边宗城的书包下面找到了声音来源——宗城的手机。

宗城从阳台进来，拿了手机，看了屏幕一眼，又看一眼林迁西："你写，不用管我。"

林迁西朝他手里还在响的电话抬抬下巴："你不接？"

"接。"宗城说着按下了接听键，放到耳朵边，人往门口走，到门口时他停了一下，嘴里说，"来了。"

林迁西觉得他这一声说得有点儿冷，停笔看一眼。

宗城一手拿手机，一手从门背后摸了根棒球棍，在手里轻轻掂一下，开门出去了。

林迁西忽然觉得这场景无比熟悉，像在哪儿见到过。算了，做题。他埋头写题，十几分钟后，忽然听见门被"哐"一声撞响，错愕地转头。

忽然反应过来了，宗城出去可能没走远，就在外面。林迁西把笔一放，慢吞吞地带着自己的伤脚过去，一把拉开门。一个人随着门开摔进来，倒在林迁西脚边，挺眼熟，是那个光头小青年，没想到他又出现了。

可能是看到有人出现，光头忽然从嗓子眼里喊出一句："宗城！你他妈还钱！"

还钱？林迁西抬头往楼道里看，好几个人杵楼梯那儿，没敢上来。

宗城拖着棒球棍挡那儿，回头看了一眼，眼里还压着一股狠劲儿。他看到了开门看出来的林迁西，目光动一下："说了不用管我，你写你的。"

"……"林迁西看他好几秒，说，"哦，行。"那只好脚把光头往外一端，门又给他合上了。

第 27 章

林迁西不仅关上门了，回去后还坐下来继续做起了题。刚开始没注意到还好说，现在已经知道外面的情形了，动静就忽略不掉了。

"铿"一声，不知道是砸到了什么的声音，隔着门送到他耳朵里。林迁西猜，外面应该是动手了。

一阵很乱的脚步声，夹杂闷哼和咒骂，像是在爬楼，又像是刚爬上来就被踹下去了。老楼里没其他动静，这些声音就像是闷在了这里，怎么都传不出去一样。他看着题目上的伏安、电阻，手指夹着笔晃了晃，干脆人往窗户边上挪了挪，离门远点儿。

没什么用，外面的响动照样听得明明白白。那个光头小青年的声音最响亮，他在骂宗城，满口生殖器官乱喷，脏得没法听，但紧接着他就杀猪似的号叫起来，骂不了了。然后是其他人的喝骂、更乱的脚步声，不知道什么东西被摔在地上，"啪"一声粉碎。从头到尾没听见宗城说过半个字。

应该没事儿吧？林迁西不自觉咬了下笔头。外面那群人他了解，看着就是街头混混，光头小青年这种的来一个肯定是没问题，宗城能打得很，但是这回明显来得有点儿多。算了，接着写。

"哐！"又是巨大的一声响。林迁西刚写几笔，手一拖，差点儿把纸给戳破了，皱着眉去看门，一把扔下笔。

不行！他还是不放心，可别把宗城打坏了，万一打坏了他上哪儿再找个这么好用的来教他？不允许！林迁西扶着小桌站了起来，门一下被推开了。

宗城走了进来，手里的棒球棍随便朝地上一扔，敲在地板上"咚"的一声响。

林迁西留心看了眼他身后，光头小青年躺在门口的地上，捂着嘴，手指缝里都是血，旁边还横七竖八地躺着好几只看得到脚的。

宗城一把甩上门，垂着眼，拇指抹过嘴角，搓了一下，那儿破了一块。

"你别以为躲得了！"光头在门外尖着嗓子骂，"不还钱就还带人来，听到没有？快还顾志强的钱！老子人多的是，还干不过你？"

宗城忽然又捡了那根棒球棍，回头一把拉开门："来，让他自己来问我要！"

光头一下爬起来，逃也似的跑了。其余的人才反应过来似的，连忙跟在光头后面往楼下跑，踩着楼梯的脚步声像一步赶不及一步，一连串地跑下去了。

林迁西盯着宗城拉开门的背影，眼光检查似的上下扫视一遍，还好，除了嘴角破了点儿皮，没打坏。

宗城又把门关上，扔了棒球棍，转过身来，看他一眼："你已经见过了，找事儿的。"

林迁西说："这种事儿不止一回了吧？光那小光头我都看到过几次了。"

"嗯。"宗城站桌子那儿，拿了个杯子，倒了杯水，灌了一大口下去，才又说，"以前都在外面，这回第一次上门。"第一次上门就叫他撞上了。

林迁西知道不该问，犹豫了一下，但看这情况都明晃晃摆在眼前了，还是忍不住开了口："不是说是你爸找你麻烦吗，怎么那光头又叫你还钱？你欠那个顾志强的钱啊？"

宗城端着杯子，忽然扯了下嘴角，看他一眼："没明白吗？顾志强就是我爸。"

林迁西愣一下，顾志强，顾阳，对，都姓顾。

"啊？你爸找你麻烦，就是为了让你还钱啊？"

"没人欠他钱。"宗城放下杯子，低着头，扯一下自己身上被拉皱的T恤，没半点儿情绪起伏地说，"他就是想要钱。"

"问你要？"林迁西打量他，"你很有钱？"这是不是搞反了？老子问儿子要钱？

"我没钱。"宗城抬头，"我妈有。"顿一下，又说，"以前有。"

林迁西想起来了，季彩说过她上大学都是他妈资助的，那说明他妈可能真是很有钱。以前有是什么意思，是说现在没了？"那你爸也不该追着你要钱啊。"林迁西觉得这里面逻辑不对，"他就是真想要钱，也该去问你妈要吧？"

"那他就做不到了，"宗城说，"我妈去世了。"

林迁西一下没声音了。

"好几年了。"他淡淡补充。

"⋯⋯"林迁西摸一下鼻尖，忽然觉得不该问，果然还是不该多事儿，听到这儿都不知道该说什么好了。

宗城像没事人儿一样，转头又倒杯水，仰着头一口喝干了，放下杯子，走过来，看小桌上的试卷："你题做完了？"

林迁西顺着他目光看一眼题，正好跳过刚才的对话："嗯，还差点儿吧，刚才外面太吵了。"

宗城拿了题看一遍，又拿了物理书说："还是不行，你这样今天可能是做不出来了，还得再看，我再给你标几页。"

"行。"林迁西盯着他垂着的眼，心想他怎么还能做到淡定地给自己讲题，又看到他嘴角，那儿现在青起来了，伸手指一下，"你这儿，得处理一下吧？"

宗城把要看的书页给他折起来了，抛小桌上，又拿拇指按一下："那光头拿胳膊肘撞的，没事儿，家里有药。"

林迁西忽然知道他家里为什么有那喷雾了，而且不只有喷雾吧，这是一早准备好了的。"算了，我回去做吧。"他忽然说。

宗城看他："不在这儿做了？"

林迁西是想让他教题，不过看现在的情况，明显不太方便，他还挂着彩呢，刚又提了他家里的事情，再让他没事儿一样教，会觉得自己是个禽兽。他动手收拾："还是回去写吧，你这儿今天有暴力活动，不适合待。"

"太暴力了，不适合'乖仔'。"宗城居然还有心情开玩笑，就是脸上还是没表情，顺便又看一眼他脚，"要送你吗？你这能走？"

林迁西活动一下右脚脖子，喷雾确实有效，到现在还真没那么疼了。"能，我自己骑摩托走，你这会儿最好别冒头了。"混混还能没帮手？至少今天晚上别出门溜达了。

宗城点一下头："回去不懂的再微信问好了，这题的爹总得教完。"

林迁西看他一眼，忽然很佩服这人的心理素质，难怪能万年第一。"我写完再找你。"

他背着书包走到门口，拉开门就被外面的景象给震撼了一下：一塌糊涂，地上还砸碎了好几只花盆，都不知道是哪家的，土撒了一地。"走了啊。"他回过头说。

"嗯。"宗城站在小桌边上，微低着头，没有看他。

林迁西挑着地儿跨出去，顺手把门给带上了，隔住了宗城站屋里的身影。

他慢慢下了楼梯，一离开那栋楼，就忍不住低骂了句："我可去他的吧！"长这么大没听过这种奇闻，当爸的居然跟儿子要钱，还动用混混来上门闹事。什么人啊，真是绝了。连带他等了一天等教题的大事儿也给打断了。林迁西想想都有气，都不知道是在替宗城气，还是替自己气。

他把书包搭上摩托，左脚踩响了油门才坐上去，抬头要走，远远地看到前面路上有几个人在晃，抻着头朝这儿张望。林迁西又回头看一眼那栋老楼，这个角度看不见宗城家里的灯光。

他把摩托开出去，故意从那儿经过，扫了眼那几个人，都蹲在路边抽烟，嘴里骂骂咧咧的，浑身写满"不务正业"，脸上身上都不干净，被打的痕迹都还留着呢，居然还没走。

林迁西想还好没让宗城送，看到这群货他更有气，就他们害得他题没做完就走了。他加速开过去，转了个向，直接开去杨锐那儿。

杂货店里亮着灯。林迁西直接骑着摩托冲到门口，喊："杨锐！"

熟悉的拖鞋声"吧嗒吧嗒"传过来，杨锐很快出来："干吗？这么贱，骑车上不下来？"

林迁西说："我现在脚不方便。路峰来了吗？我有个事儿要找他。"

"没来。"杨锐问，"你找他干吗？"

"有点儿急事儿。"林迁西坐摩托上不耐烦，"你找找他，就你叫得动他。"

"等着。"杨锐掏手机，拨了个号出去，按了免提，一秒就通了，"哎，你来一下。"

路峰那边有点儿吵："在吃烧烤。"

"你就说来不来吧！"杨锐没好气。

路峰说："来了。"

"哎哎，"林迁西插话，"没必要跑来，电话里说就行了。"多耽误时间，他还要回去做题呢。

杨锐又对电话说："行，那你不用来了。"

路峰那边离开吵的地方了："我车钥匙都拿了。"

"放回去呗，别来。不是我找你，林迁西找你，就电话里说。"

"那算了，不来了。"路峰回。

杨锐把手机递给林迁西。

林迁西拿了，把免提按了，放到耳边："路哥，几个混混，街头上的，请你解决一下行不行？"

路峰问："怎么解决？"

"随便，叫他们以后别再来烦宗城就行了。"林迁西知道他有路子。路峰不混街头，但他就是有路子，比很多混的还强。

"行，叫什么，再说一遍。"

"宗城。"

"好，记住了。"路峰挂了电话。

林迁西把手机还给杨锐。

杨锐打量他："酷哥得罪人了？你不学好了吗，怎么又替他张罗呢？"

林迁西都转了车把要走了，坐摩托上停一下，回头说："那不一样，没他我学不好啊，现在谁动他都妨碍我！"说完摩托一蹿就出去了，飞一样走了。

第28章

路峰办事是很高效的。当晚林迁西回到家后草草吃了个晚饭，一头钻房间里看书写题，也就过了两三个小时，刚刚放下笔，就接到了他的电话。

"你居然会给我打电话？"他故作惊讶地喊一句。路峰平常只给杨锐电话，别人想找都找不到他。

"事情办妥了，来告诉你一声。"

林迁西往床上一坐，对着电话回："谢了啊路哥。"

"别客套了，你也就有事儿才叫我哥。"

林迁西"嘿"地笑一声。

路峰忽然问："你跟那个宗城走得很近？"

"近啊。"林迁西说完感到奇怪，"怎么了？"

"他挺绝的。"路峰在电话那头停顿一下，"我也是去疏通时才听说，他带着他弟跟他爸决裂了，他爸那边去找他的人每次都被打得很凶，这回就花钱找了一群街上的去对付他。"

林迁西听着没作声，不知道他这个"绝"是夸是贬。

路峰说："才一个高中生，不仅绝，还狠。"

林迁西这下听出来了，是贬。他想起在宗城那儿见到的场景，就挺不爽的，觉得这说法有点儿过了："那不一定，他爸有问题。"

路峰笑了声："你还挺维护他。"

"我……"

电话挂了。

"……"林迁西盯着手机，还没说完呢！他想说他亲眼看到的啊，这种上门要钱的爸，不决裂才怪了。

他坐了一会儿，看看手机，又想一遍路峰的话。决裂了，意思就是他一个人带着顾阳过？难怪顾阳现在跟着季彩。不知道这是什么时候的事情，林迁西仔细想想，忽然有点儿佩服宗城了，这人做事儿也太有魄力了，连家也不要了？

宗城拿着支笔，就坐在林迁西写过作业的那张小桌边。

手机响了，是视频通话的声音。他拿起来，看见顾阳的名字，摸一下自己挂了彩的嘴角，按了挂断。顾阳的消息很快跳出来，这次发了微信。

——哥，怎么不接我视频？

——不是说好一周至少视频一回？

宗城低头把面前放着的题册摆正，翻了两页，对着空白的一页，拿手机拍了张照片发过去。

——在做题，没空，打字说吧。

顾阳发了个笑嘻嘻的表情。

——吓死我了，还以为出什么事儿了呢，就怕有混混再去找你麻烦。

——那我可就真要去找西哥了。

宗城看着他发来的表情，默默转一下笔，用右手的手指敲字。

——没麻烦，放心好了，什么事儿都没有。

顾阳接着给他发来几张照片，都是平常拿手机拍的，自己上学的教室、做的作业，甚至还有一张是碗里的早饭，黄灿灿的煎鸡蛋盖在两根烤肠上，又鲜又嫩。

——你看，我在彩姐这儿过得多滋润！

——老师同学都对我很好。

——最近也很少打游戏啦，怕被你骂。

宗城用手指一张张滑着看，全都看完了才回。

——很好。

顾阳很快回复过来。

——要是能跟你在一起就更好了。

——你一个人在那儿，爸那个人……我担心你。

顾阳停一下，又发出一句。

——挺想你的哥，真的。

宗城默默吐出口气。

——少肉麻，快滚，我做题了。

顾阳发了个撞墙的表情过来。

——无情学霸，弟弟心碎，再见！

宗城看的确没消息再来了，才退出对话框，点出季彩的微信。

——谢谢。

转账过去。

——这个月顾阳的生活费。

季彩回过来。

——又是这么多？每次都这样，你自己不过了啊？

——难怪你爸总想要你的钱。

宗城嘴角冷冷扯了一下，手指在手机上点着。

——他一分都别想要到。

发完手机随手抛在小桌上。

安静了没一会儿，手机又响起了微信提示音。宗城扫了一眼，以为还是季彩，重新拿过来，点开，默认的微信头像，西哥的名字弹了出来。

——我写完了，能不能营业？

下面一张物理试卷的照片，果然写完了。宗城被这说法弄得笑了一下，手指快速点了几下。

——能，挂牌了。

说完坐正，点开照片看。林迁西的消息紧跟着就发过来。

——错了的告诉我，我再改。

——你要是不想现在给我讲，再找时间也行，我善良得很。

宗城已经迅速地看完了，打字。

——你写对了。

林迁西那边停一下，显示正在输入，一会儿消息才过来。

——真的假的？

宗城提着嘴角，心想这人平时挺狂的，这会儿没自信了。

——爸爸还能骗你？

那边"嗖"地发来条语音，他点开。林迁西的声音听起来有点儿愉悦："我这题做对了，说明了什么？"

宗城把手机举到嘴边回："说明这题不难。"

对话框里蹦出一串"……"。林迁西："给你个机会，快说我有潜力。"

宗城："爸爸要睡了。"

林迁西不回了。

宗城想：生气了？应该不至于。

林迁西欣赏自己的试卷呢。他瞥一眼手机，心想白帮你了，连句好话都不会说。他转头对着房间里的灯把试卷又看一遍，一头倒在床上，咧嘴笑起来。"嘿，我们西哥就是棒！"房间里飘起久违的哼歌声。

以前哪知道写对一道题就能让人这么高兴啊，现在知道了。

早上，宗城出门比平常早。出了那栋老楼，他往路上看了一遍，没看到有混混的踪影。那光头被揍的时候放了话要继续，他以为他们肯定会留人在这儿蹲着堵他，现在却没看到。

他拎着书包走出去，经过杨锐的小店外面，看到路边停着辆旧货车，一个剃站桩头、穿黑背心、左脸有疤的男人正坐在杂货店门口的小板凳上吃早饭，一条胳膊上还文了个青龙。

杨锐端着碗从店里出来，看到了他，指一下他嘴角："弄这样了？难怪林迁西昨晚赶得那么急。"

宗城嘴角破的地方擦了药，贴了个创可贴，透明的，但他这脸酷劲儿太足，多个这种东西太显眼了，还是能一眼看到。他伸手摸一下："没事儿。你刚说林迁西怎么？"

"他昨晚来给你打点了，"杨锐指坐门口的那位，"请路峰出了面，现在没小混混再找你事儿了吧？"

宗城第一反应是顾阳找的林迁西，但是顾阳根本不知道他这事儿，那就是林迁西自己帮他的。他消化了一下这个消息，看了眼坐那儿吃饭的路峰："没人找事儿了，谢了。"

路峰正在打量他："林迁西开的口，别人的事儿我一般不搭手。"

宗城点点头："我记住了，还是谢了。"走出去时，听见杨锐跟路峰小声说："看到没，我就说是个酷哥。"

路峰说："挺帅，还能一打一群。"

宗城走远了，没再听见后话。

进学校的时候，刚好碰到姜皓，他也一眼看到了宗城嘴角的创可贴："你这儿怎么了？"

宗城说："发炎了，肿了一块。"

姜皓完全没有经验，半点儿没看出来他是胡说，还关心了一下："那你注意点儿，得吃药。"

"嗯。"宗城进了教学楼，经过8班外面，朝里面看了一眼，没看见林迁西。他掏出手机，点开微信里跟"西哥"的对话框，还没想好要不要发消息过去，出奇地巧，对话框里有消息先一步蹦了出来。

——爸爸！

宗城往前看一眼走路的姜皓，单手打字。

——在哪儿？

林迁西秒回。

——东边厕所最后一间。

姜皓已经进了教室，忽然察觉后面宗城没跟上，回头问："不走吗？"

"去一下厕所。"宗城往厕所走了。

林迁西在男厕的最后一间里打草稿，打到第三遍的时候，门"咔嗒"一声被推了一把。他左脚伸过去，抵住门，外面有人轻轻踢了一下他左脚："让爸爸进来。"

"你早说啊。"林迁西一把拉开门。

宗城侧身闪进来，门又关上了。

他看看林迁西："躲这儿干什么？"

"那能去哪儿？我临时遇到个难题，找不到地方，反正马上要上课了，没人来。"林迁西把手里的题册递给他，"这儿，这道！"

宗城拿了，看一眼他右脚："你脚不疼了？"

林迁西说："没什么感觉了，你那喷雾确实挺神的。"

宗城于是放心地用胳膊抵他一下："那让开点儿。"太挤了，宗城个儿高，林迁西也不矮，两个人缩在一平方米不到的地方，就只能挨在一起。

"还能怎么让？"林迁西还得让脚下一个坑，再往边上退点儿，就贴着隔间的墙了。"将就点儿吧你。"

宗城只能贴着墙站，半边胳膊跟他挤在一起，低头看题。

林迁西歪着头一起看，不自觉地往宗城这儿凑。

宗城感觉手里题册上的阴影重了，一抬头，鼻尖蹭过林迁西的头发，闻到一股洗发水的味道，有点儿像薄荷味。他看了看眼前黑漆漆的头发，转过头，把题册也拿开了点儿。

林迁西的目光还追着题册，反应过来，抬头看他："干吗，讲啊！"

"就讲一遍，能记住吗？"宗城问。

"能，你先讲吧。"

宗城刚要说话，忽然打住了，林迁西也一下没了声音，两个人对视一眼，同时看着门。

厕所里安安静静，顶多两三秒，宗城忽然把题册往林迁西怀里一塞，拨着他肩朝墙上一按，自己挡在前面，一把拉开道门缝。

外面丁杰正在疑惑地张望，正好对上宗城的眼睛，张口就是一句："靠！我还以为谁在里面呢。"

"我。"宗城扶着门，冷冷地说，"等你呢，终于肯来上厕所了？"

"……"丁杰立马跑了。

第 29 章

宗城看他跑了，等厕所没了动静，把门一关，回过头说："你还说没人会来？"

"我……"林迁西正盯着宗城，动一下被宗城按墙上的肩，觉得都给磕疼了，小声说，"谁知道丁傻子今天抽的什么风，他以前就没这么早来过学校！"就是不乐意被丁杰他们知道，他才躲着的。不然当他是个演员事儿小，被人知道了他私底下厚颜无耻地叫宗城爸爸，可就太跌份儿了。那不管是西哥还是乖仔，八中都没法待了。

宗城心里有数，看着他，有点儿想笑，没表现出来，低声说："先出去，万一再有人来。"

"麻烦。"林迁西没办法，拿着题册从他跟前挤出去，都快贴着他胸口了，忽然觉得不太对，瞅了瞅他，又退回去一点儿，"你先。"

宗城又闻到他头发上那阵淡淡的薄荷味，眼光在他身上一扫而过，转头说："下次选个好地方。"

林迁西在后面看着自己的肩说："下次你轻点儿。"

隔间的门拉开，宗城走出来，到现在书包都还在肩上搭着，关上拉门，出了厕所。外面没人，大家都在班上准备早读。他低头拿手机发了个微信。

——出来吧。

进了 9 班教室，姜皓回头看他："怎么一个厕所上到现在？"

"肠胃不太舒服。"他放下书包说。

"太惨了，快考试了，怎么不是发炎就是肠胃不舒服？"姜皓看他脸色，"你身体这么好，不应该啊。"

宗城坐下来："是挺惨的，就今天特别弱。"话刚说完，窗户外面，林迁西从厕所那儿过来了，两手插兜，腋下夹着题册，一路目不斜视，直直走去了 8 班。

丁杰居然真跑了，教室里他的位子是空的。

最后排只有张任坐着，盯着林迁西进了门，古里古怪地问："林迁西，你是不是去厕所了？"

林迁西把腋下的题册扔桌上："你厕所保洁员啊，赶着去打扫？上来就问人有没有去过厕所。"

张任吃了一瘪："丁杰在微信上说的，说在厕所听见你声音，和某人一起。"

林迁西知道丁搅屎棍嘴碎，没想到还真给他听见自己的声音了，眼睛斜睨过去：

"哪个厕所？他看见我了？和哪个某人？你把丁杰叫来跟我当面对质。"

"你吃炮仗了吧！"张任扭过头去了。

林迁西心里骂一句丁杰，坐下来，掏出手机，点开宗城的微信，上面还有他刚才发的那句"出来吧"，现在又发来了一条。

——等放学再说。

林迁西看看题册。

——我等不到放学，时间越来越少，我急。

宗城的消息跳出来，跟他的人一样无情。

——爸爸让你等。

"啧……"林迁西抓了下头发，一转头，张任正看着他。

"你肯定去厕所了。"张任说，眼里冒出探究的光。

林迁西招手："来，咱俩详细说说。"

张任拿本书往头上一盖，装睡觉去了。"我还就不想说了。"

"你神经病……"林迁西懒得理他，翻开题册，埋头钻研。

丁杰被宗城一恐吓，一直没回来，肯定是趁机逃课了。

快考试了，提前放弃的多的是，下午第二节课后，张任也逃了。

结果到了放学的点儿，最后一排坐着的人居然只剩下林迁西了。他拿着到最后也没能钻研出结果的题册，随便收拾了一下书包就出教室。刚出门，迎头差点儿撞上个人。

"西哥！"王肖正好走到门口。

薛盛和孙凯跟在他后面，三个人一起来的。8班仅剩几个还没走的人一看到这三个人跟林迁西聚在教室的后门口，就全都溜了。

"干吗？"林迁西看着他们。

王肖一张黑脸板着，朝9班门口看一眼："你跟宗城的事儿我们都听说了，来帮你跟他算账，新账旧账一起算。"

林迁西没明白："什么东西？"

王肖说："丁杰说了，他今天早上去厕所，听见你声音闷在隔间里，还看到宗城在，你现在不是不打架了吗，在他面前肯定是吃了亏，这事儿咱们知道了就不能光看着，肯定要搞他，不能随便过去。"

林迁西听明白了："你们想到哪儿去了？"

薛盛说："放心吧西哥，你不打架了也不能受这种气，今天咱们就是搞不过他也得搞他。"

林迁西摸一下鼻子，都给弄笑了。"行吧，你们都这么讲义气了，我就跟你们说句实话好了。"他指指自己,"我在厕所里不是被他欺负,是在学习。"

三个人一时沉默。王肖说:"没关系的西哥,你不想说不用说,反正咱们一定是站你这边的。"

"别傻了!"林迁西没好气,"我真是在学习,八中有人欺负得了我吗?你们也别动宗城,都给我对他客气点儿啊,不然我翻脸。"

王肖还是不太相信:"真是学习?去厕所学习?"

"怎么了?快考试了不知道啊!"

孙凯忽然想起来了:"原来西哥你上次说想留在好班,已经行动了啊?"

林迁西说:"太好了,总算有个人脑子转过弯来了。"

王肖抻头看一眼他们班黑板旁边挂着的倒计时牌子:"就这些天了,还来得及吗?"

"不知道,"林迁西实话实说,"但这次老周说的是要把理科班里倒数的摘出去,重组一个三不管的新班对吧?"

王肖回:"对。"

"来,我给你们分析一下好了。"

宗城从9班的教室里出来,就看见林迁西站在8班后门口,正在给面前三个人算账:"高二一共四个理科班,按一个班六十个人算,那最后每个班就会被摘出去十五个来组成那个新班,对不对?"

王肖回:"对。"

林迁西笑一声:"所以你以为我这些天能爬到前面吗?我现在就指望干掉8班的那倒数15个,抓着尾巴先留下来就行了!"

王肖想了想。"好像有点儿道理啊。"紧接着又说,"但还是难。"

"滚蛋,我不知道难啊?"林迁西不耐烦地说。

宗城看着林迁西,现在才知道他为什么这么积极地要自己教他,原来是为了分班。还不是说说的,他是真做过分析和规划。

"回去吧。"林迁西催三人,"闲得慌就去复习,别来了!"说完一转头,正好看见宗城。

他单肩背着包,倚在9班的门口,两手插兜,嘴角贴着个创可贴,没表情地看着这里。

王肖见了宗城脸色就不好,毕竟挨打的经历还在,眼神不太友善地扫视他一遍,朝9班的反方向走了。

薛盛和孙凯什么也没说,跟着王肖一起走了。

林迁西几步走过来:"快走吧。"

宗城站直，跟上他："不想被踢去新班？"

"废话，"林迁西说，"谁想去那破班。"

"那就剩差不多半个月了。"宗城问，"你有什么计划？"

林迁西停下："什么计划？"

宗城看着他："哦，你没有。"

"……"

宗城走到了他前面，一边下教学楼一边说："那道题先不讲了。"

林迁西在后面跟着："什么玩意儿，怎么说不讲就不讲了啊！"

宗城边走边说："爸爸有安排。"

"你……"林迁西忍住了。

出了校门，宗城问："杨锐他们有喜欢的饭店吗？"

林迁西愣一下："问这干吗？他就不爱下馆子。"

"知道了。"

宗城在路上拦了辆车，坐进去时对司机说："去超市。"

林迁西在车门口看着他："你要去买东西？"

"嗯，"宗城给他让个位子，"进来。"

林迁西莫名其妙地跟着他坐进车里。

车开到市中心的超市，宗城下车进去。林迁西跟到超市门口，就被他塞了个购物车："你进去买点儿菜，就买你们爱吃的。"

"我们？"林迁西问，"哪个我们？"

"你、杨锐，还有路峰。"

"为什么？"

"请你们吃。"宗城说，"去吧，我在收银台等你。"

林迁西提醒他："我不用你请吃饭，就等着你讲题。"

"那你就快点儿。"

"……"林迁西无语地推着购物车进去了。

最多花了十几分钟，他用最快的速度扫荡似的买了一堆吃的回到收银台。

宗城正在那儿低头刷手机，看到他过来，把车拉过去结账，干脆地买了单，自己拎了一方便袋菜，还有一方便袋留给他："你拎着。"

林迁西拎着跟上他："悠着点儿，我可不是拎包小弟啊。"

"快点儿，你不赶时间了？"宗城迈着长腿走在前面。

"我……"忍了。林迁西继续跟上。

快到公交站的时候，宗城忽然想起什么："那个路峰喝不喝酒？"

"不知道。"林迁西已经有情绪了。

宗城往路边一家便利店走，走了几步停下看他："你不来？"

林迁西停了下来，看着那家便利店，转过头说："你自己去吧，我就在这儿等你。"

宗城看了看他，转身进去了。

店里一个女柜员，宗城过去说："要瓶白酒。"

"你还没成年吧？"

宗城抬头看了对方一眼，正好看到她胸口的名牌，写着"林慧丽"，又打量一下她脸，是张上了年纪也很漂亮的脸，跟林迁西相像的样貌。

宗城瞬间就明白了，往店门外面瞅一眼，林迁西站得远远的，背对着这里，拎着一方便袋菜，不知道在看什么地方。他回头说："不是我喝，请人吃饭用的。"

林慧丽看看他："很多像你这么大的男孩子都这么说。"

宗城又看一眼林迁西的身影，说："那算了，不用了。"

转头要走，听见另一个年轻的女柜员在问："慧丽姐，你今天也夜班啊，就白天回家？"

"嗯。"

"那你们家儿子不得混疯了，家都不用回了。"

林慧丽说："随便他。"

宗城走了出去，林迁西已经在那儿不耐烦地用脚蹭地了。

"走了。"他说。

林迁西抬起头："我耐心真耗光了，你知道一天很快就要过去了吗？"

宗城到路上去拦车："说了爸爸有安排。"

"你最好别耍我，我现在心情不好，会炸。"林迁西压压情绪，又跟上。

到杨锐那间小店里时，天已经擦黑了。宗城把两袋吃的送到杨锐面前，杨锐看着笑起来："行啊酷哥，这么客气，还人情啊？"

宗城说："应该的，我的事儿麻烦你们了。"

"我去打电话叫路峰。"杨锐提着去厨房，一边说，"就我掌勺，不好吃别怪我。"

林迁西站在门口，这会儿才知道宗城要干什么。"那好歹也是我开的口搭的桥，你指挥我半天干这干那，把我的事儿给搁一边？"

宗城转身去了隔壁，书包在台球桌上一放，拿了张纸出来，又摸出支笔，拧开，站那儿开始写字。

林迁西追过去："别装聋啊，我今天那声白叫了啊！"

宗城说："急什么。"

林迁西是真的急，每天看到天黑，新的一天快来就特别急，这种感觉没人能懂。看见宗城还在写，就很来气，觉得放学到现在被他耍了几小时，沉着脸说："你能不能先把我的事儿解决了？"

宗城继续写："解决着呢。"

"你……"林迁西上去一把就抓了他写字的手腕，"我真有火了啊！"

宗城拿着那张纸一抽："你不是不打架了吗？"

林迁西一愣，手松了点儿。宗城反手就抓了他手腕往台球桌上一按，另一只手迅速拨过他背，连他人也按台球桌上，腿在他膝弯里一抵。

"靠！你阴我！"林迁西脸对着桌面。

"别还手，还手就是打架。"宗城说。

"松开！"林迁西一动，背上压了张纸。

宗城把他按那儿，就在他背上接着写。"别动！"

林迁西不可能不动，看准了时机一个扭头就要挣开他，忽然眼前拍下来一张纸。

宗城把刚写完的东西拍在他脸边："给你做了计划。"

"嗯？"林迁西仰头看他，"什么计划？"

"应付期末考试的计划。"宗城松开了他。

林迁西站起来拿了，看见上面写着每一门要写什么要看什么，列了一排。

宗城斜坐在台球桌边："算是谢你的。"

林迁西拿着那张纸，上下看他："你早不说，故意玩儿我？"

"我说了爸爸有安排。"

林迁西盯着他的侧脸，在心里说："一定就是玩儿我的。小事儿，不生气，以后少不了让你也叫我爸爸的时候……"

宗城的脸转过来："看什么？"

林迁西挑下眉，痞笑："没什么。"

第30章

正好，说要掌勺的杨锐端着个铜锅过来了，直接放在了麻将桌上，看了看台球桌边的俩人："你俩刚才什么动静？"

宗城说："爸爸打儿子。"

林迁西痞笑一收，顿时瞪他。

"什么？"杨锐擦一下手，还看着他俩。

"一个视频。"宗城扫一眼林迁西，"已经叫他别看了。"

"你今天不做作业了？"杨锐问林迁西，"有闲心看那些玩意儿。"

"我转换一下心情。"林迁西冲宗城咬着牙说。

宗城迎着他视线："转换好了？"

林迁西嘴角又咧起来，扬一下手里那张写满计划的纸："好了。"有了计划，忽然没那么焦躁了。

杨锐在那儿摆弄铜锅，往里面加木炭："好了就给我帮忙拿碗拿筷子去，别看什么破视频了。"

"行，没问题。"林迁西把手里的纸折一下，收进裤兜里，抓抓头发，哼着歌出去了。

宗城看着他出门去了隔壁，忽然觉得这人其实也挺好哄的，前面急躁成那样，一份计划做出来，又露笑了。

杨锐抬头看到他的表情，以为他听林迁西哼歌呢，笑着问："他唱得挺好的吧？"

宗城回头："什么挺好的？"

"林迁西啊，"杨锐指指麻将桌，示意他过来帮忙挪一下，接着说，"其实他挺聪明的，就学习不好，打台球、飞镖，玩儿什么都厉害，唱歌也好听。"说完忽然高声喊："林迁西！"

"别急呀，还没拿好！"林迁西的声音从杂货店后边的厨房里传过来。

杨锐大声说："点你首歌，免你两笔赊账！"

林迁西回："说吧！老板想听什么？"

"随你便！"

"好的，下面有请知名歌手林迁西先生为大家带来一首经典老歌——《爱拼才会赢》！谢谢大家！"说完自己还响亮地吹了声口哨。离了十几米远，歌声从角落里钻出来，往这间屋子里飘——

"一时失志不免怨叹，一时落魄不免胆寒。那通失去希望，每日醉茫茫……"

宗城刚帮杨锐挪了一下桌子，转头，目光往那边一扫。

"怎么样，没骗你吧？"杨锐笑着说。

"嗯。"宗城知道林迁西声音挺好听，歌却是第一回听见，没想到真唱得挺不错的，唱歌的时候声音都是痞痞的劲头，连闽南语的音调都咬出了味道。

外面开来了辆旧货车，噪声轰隆地停下，盖过了歌声。路峰走进来，看着麻将桌上的铜锅："要煮火锅吃？"

杨锐点点头："对，怎么方便怎么来吧，宗城太客气了，买了一大堆吃的来，我一道道做的话得到半夜了。"

路峰看了眼宗城："不想欠人情是吧？"

宗城看他一眼，没说话。

路峰也没说什么，心知肚明的模样，低头摸了烟出来，倒出一根，塞自己嘴里，看了看周围："林迁西没来？"

"厨房里。"杨锐说，"刚还在唱歌呢。"

歌声已经没了。杨锐对宗城说："这儿我来吧，你去看看那小子在干吗。"

宗城朝门口看了看，往那儿走。进了隔壁的杂货店，刚绕过货架，看见林迁西一手拿着把筷子，怀里抱着一摞碗，站在墙那儿盯着什么看。宗城顺着他目光看过去，墙上贴着几张照片，几张杨锐的单人照，还有一张是合影，一个七彩头、打耳钉、一脸痞笑的男孩和另一个穿校服的男孩一起站在店门口被抓拍下来的合影。

宗城起初没认出来，先看出那个穿校服的是秦一冬，才意识到那个七彩头滑稽造型的就是林迁西。难怪他不唱歌了，在这儿看照片。

林迁西盯着墙上照片看了一会儿，腾出只手揭了下来，转头发现面前罩着一片阴影，差一步就撞上去了。"吓我一跳！"他后退一步，盯着宗城，"干吗不说话啊你？"

"你这是在怀念还是在自恋？"宗城问，"拿这么久，在这儿看照片？"

"我不怀念也不自恋。"林迁西把筷子塞给他，"走吧，吃完我还要继续学习。"

宗城侧身让他先出去，看见他一只手把那照片塞进裤兜里去了。

"来了吗？"杨锐催。

"来了！"林迁西进去，把碗放下，从兜里摸出那张照片在手里晃一下，"这照片我拿下来了，不留了啊。"

宗城正好回来，听见杨锐说："你跟冬子以前在这儿拍的那张是吧？不留也好，我还担心他下回再来看到了会生气。"

"嗯，"林迁西拖了凳子坐下来，"我也是怕他看了生气。"

"你自找的。"杨锐派着碗说。

林迁西勾着嘴角，吊儿郎当地回了一声笑，忽然把那张照片一撕，直接开了铜锅下面装炭的小门，扔了进去。

杨锐抻头看一眼："这么绝？"

"都说不留了。"林迁西把小门合上，往后坐点儿，转开头说，"太丑了，上面我那样子就不能看，这是黑历史，不能留，影响我八中乖仔的声誉。"

宗城把筷子放下来，拉了张凳子坐了，一言不发，主要这事儿跟他也没什么关系。

路峰坐他对面，又在掏烟，看着林迁西："秦一冬是吧？那小子斯文，本来就不该跟你混一块儿。"

林迁西头转回来，笑笑："可不是。"

"你身边不是狠人都待不住。"路峰又说。

宗城忽然感觉自己脸上多了一道目光，一掀眼，林迁西正盯着他。

"来啊狠人，"林迁西拖着凳子过来，挨着他坐，从裤兜里掏出那张纸，"你跟我详细讲讲这个吧。"

路峰抽了根烟要扔，停住说："林迁西，你可真会岔话题。"

林迁西看向他说："我要专心学习了，其他的事儿不说了，烟也别给我。"

"我就看你能学多好出来。"路峰把烟给了杨锐。

宗城终于开口："有什么疑问？"

林迁西抖开那纸，指那上面列着的要做的东西："写的我都看明白了，就是不知道要从哪一步开始，你给我个头绪。"

"吃完再说。"宗城拿起筷子。

林迁西只好先折上纸："那快吃。"

杨锐给他递双筷子："吃吧，吃了这顿带着你黑历史的火锅。"

"……"林迁西拿过筷子，看他。

杨锐点两下头："行行，不说了。"

火锅其实没有吃完，路峰手上还有货要送，吃了一半就走了。

林迁西看他走了，自己也不吃了，把那纸又掏了出来："快说吧，我今晚先干什么？"

宗城放下筷子："你搞错了，没有先做后做，这上面每一门每一项，你每天都要做。"

林迁西愣了一下："那我时间来不来得及？"

宗城想了想："最后这半个月每天只睡三四个小时，应该来得及。"

林迁西嘴里轻轻吐出一句："我……"

宗城看他："你行吗？"

"是男人不能说不行。"林迁西重重点头，一边看着那纸一边说，"必须行！"忽然听见"咔嚓"一声，手机快门的响声。林迁西转过头，杨锐在对面举着手机正对着他这儿。"你干吗？"

杨锐抬头："偷拍。"

"有你这么理直气壮偷拍的吗？"

"以前你跟冬子那张照片不也是我这样拍出来的？"杨锐把手机翻过来，擦一下镜头，问他，"要不要洗出来？回头把这张新的贴墙上去，就当揭过你的黑历史了。"

"不要。"林迁西一口拒绝，皱了皱眉。

"也对，"杨锐说，"给冬子看见了更不高兴，回头发你吧。"

趁他俩说话，宗城站了起来，去台球桌边拿了书包。

林迁西看见，不跟杨锐闲扯了，跟着站起来："我也得走了，我得实施计划去了。"

杨锐低头看照片："去吧，好好学。"

宗城临走又对杨锐说一句："下回见到路峰，替我再谢他一回，他刚才走得急。"

杨锐点头。"行。"说完看着他出了门，跟落在后面的林迁西说，"年轻人太有骨气了，还是没融进来。"

林迁西看一眼宗城离去的门口，回头说："人为什么要跟你融？"

"算了，你真是有点儿向着他了，快走吧。"杨锐抬一下穿着拖鞋的脚，作势要踹他。

林迁西已经跑出门去了。宗城走得太快，他没赶上，最后想想赶上他干吗，还是赶紧回去学习要紧。

等他回到家，又过了半小时。林迁西数着时间似的，进房间，开灯，掏出那张写着计划的纸，展开又看一遍。宗城带着笔锋的字就跟自带紧迫特效一样，催促他抓紧时间。

他干脆找了胶带出来，把纸贴在了床头上。手机微信响了，林迁西叼着笔，一手拿着刚按计划表找出来的习题，另一只手在书包里摸了摸，才摸出手机来。是杨锐发来的，一张照片，下面还有他一句感慨。

——真帅，年轻真好，这张偷拍我很满意。

林迁西点开，嘴里的笔都掉了，用手一把兜住。"嗯？"他本以为杨锐拍的是他，照片里居然是两个人，是他和宗城坐一起时拍的。

宗城回去后洗了把脸，觉得还了个人情，了了桩事儿，才坐到小桌边开始做自己的题。路峰没说错，他的确不想欠人情，有就得还掉。

屋里没有声音，只有他一个人写题的下笔声。微信响了一声，接着又是一声。宗城直觉就是林迁西，猜他肯定是又卡在哪一步了，右手还在写，左手已经拿了手机过来，扫了一眼，对话框里是张照片。

——杨锐偷拍的，有你。

宗城点开，照片的中心是林迁西，手里拿着那张纸，侧着脸在跟他说话，嘴角的弧度微微往上。他的脸稍微偏过来，像在看林迁西。头顶的光照在他们脸上，林迁西的脸上多了种微妙的朦胧感。他又看了看林迁西后面发来的话。

——拍得挺帅的，发你一份，不客气。

宗城又点开那照片，看了好几眼，微微扯了嘴角，下了个修图软件，把照片导进去。现学现用，在上面压了行字，又给林迁西发回去。

林迁西还在进行计划里的第一项，给手机调了静音，等注意到屏幕亮了才拿过来，看到灯塔头像发过来的微信。

——这次不是黑历史了？

下面一张照片。林迁西点开，还是他发过去的那张照片，不过稍微多了点儿光晕，下面还多了行字。他两指放大，看清楚了，感到好笑地骂了句："靠，这也行？"

上面写着：学，爸爸看着你。

第 31 章

宗城是故意的，照片发出去，自己也觉得挺幼稚，放以前根本不会这么干，最近可能是被林迁西带坏了。他又把那张照片原图点出来，手机像素造成的朦胧感恰到好处，自己垂眼看着林迁西的角度也莫名和谐，仿佛所有眼神和注意力都落在了那个人的脸上。

宗城手指点一下，弹出了删除的选项，再看一眼，还是没删。其实林迁西没说错，这张拍得确实挺帅的，把他们俩的侧脸都拍得挺帅。删了有点儿可惜，还是留着好了。宗城放下手机，起身去倒水。

还没拿到杯子，手机铃声响了。他以为是林迁西的回击来了，返回来拿手机时都提起了嘴角，等看到屏幕上面一串没有名字的号码，那点儿笑瞬间全无，按下接听时脸已经冷了。

"宗城！是不是你在听？！"电话里顾志强的声音跟以前一样高了几度，简直炸耳。

"不用叫，是我。"宗城回。

"行，是你就行。"顾志强说，"你可真厉害啊，什么法子都弄不动你了，才去那儿多久，连街上的都动不了你了，以后你就能拿着你妈的钱想怎么样就怎么样了是吧？"

"我不想跟你扯，"宗城冷声，"麻烦你别挑事儿。"

"我挑事儿？"顾志强声音又高一度，"什么叫我挑事儿？我是你爸！你凭什么带着顾阳踹开我啊？你有什么脸！我跟你说城儿，你再怎么也改变不了是我儿子的事实，你这样是要被雷劈的！"

"别这么叫我，我跟你已经没关系了。"宗城说，"等雷下来，你跟我站一起，看看被劈的会是谁。"

"你行啊……"顾志强被气到了，在手机里喘着气，"我不跟你废话，你还没成年，摆脱不了我，你妈走了，这家里就得我说了算，你不配拿你妈的钱！"

"成年也就几个月的事儿，快得很。别把要钱说得这么好听。"宗城打断他，"这笔钱是留着给我和顾阳读书的，不是你的你别想，一分都别想要到。"

顾志强气得音调都尖起来了："明天就是你妈忌日，你这样对得起她吗？"

宗城沉默了一瞬，冷冷地说："我妈的忌日用得着你来提醒我？对不对得起她，也轮不到你来说。"

"宗……"

电话被掐断了。宗城站着，想起顾阳，低头在手机上点开他的微信，想问他有没有被顾志强找上。看了眼时间，又觉得太晚了，估计顾阳已经睡了，他退出对话框，把消息发给了季彩。

季彩还没睡，很快回过来。

——你爸不可能找顾阳，知道钱都在你那儿管着呢，何况不是还有我？

——他是不是又找你了？

宗城坐回椅子上，屈起双腿。

——找了，找也是白找。

季彩直接拨了语音电话过来，宗城接了。

"怎么样啊城儿，你那边要帮忙吗？"季彩声音很低，可能是怕吵到顾阳。

宗城往后靠上椅背："不用，没混混找我麻烦了。"

"解决了？"季彩问，"有人帮你啊？"

"嗯，一个叫路峰的，帮我疏通了一下。"本来该说林迁西的，不知道为什么，在季彩跟前他没提。

"有朋友帮你就行。"季彩笑了声，像是故意活跃气氛一样，"可怜我们城儿了，本来该是做大少爷的命，真不容易。"

宗城配合地跟着笑了一声，但声音低得约等于无："没那个命。"

季彩说："你放心好了，我一个搞体育的，身边都是练家子，你那个爹不敢到我跟前找顾阳。"

宗城就是知道这点才把顾阳交给她的，沉着声音说："顾阳没事儿行，你帮我照顾好他，等以后我再接他过来。"

"知道了，说多少回了你。"季彩声音放柔了，"早点儿睡吧城儿，别太辛苦了。"

宗城什么也没说，就"嗯"了一声。

季彩可能是听出他没再说的意思了，按了挂断。一般这个时间他都在学习，熟悉他的都知道他的作息，不会多打扰。

宗城正要搁下手机，一只手已经伸出去拿到了笔，眼睛发现了一条未读消息。早在他看照片的时候，林迁西就回了话过来。

——我！学！着！呢！

这感叹号，简直掷地有声。宗城看一眼手机上的时间，猜他可能还在学，嘴角轻轻牵一下，被顾志强弄坏的心情都给盖过去了。没想到他还挺听话的。

林迁西是真听话地学了。晚上最多睡了三个小时，早上六点半就起了床。起床后他先回头看一眼床头上贴着的计划表，马上踩着拖鞋冲进洗手间去洗漱。

等他出门的时候，嘴里叼着块面包，手里还拿了本语文必背手册，一边下楼一边含混不清地背着文言文，这也是计划表上的。

今天赶时间，他出了小区没遇上骑摩托经过的王肖，就爬上了公交车。

林迁西在车门那儿嚼面包，一边在心里背课文，以前完全没背过，这会儿就是硬往下记。间关莺语花底滑……滑……幽咽……水流……不是，幽咽泉流冰下难。下一句什么来着？

忽然听见旁边座位上有孩子在背古诗词的声音，林迁西看过去，一个扎小辫儿的小女孩在自己奶奶怀里摇头晃脑，奶声奶气地背"故人西辞黄鹤楼"，后面的几句一口气就背出来了。

奶奶拍着孩子小手说："乖乖真棒！"

旁边的乘客夸："这宝宝真聪明。"

林迁西一口面包默默咽下去，决定下次不坐这班车了，受刺激了，搞得他还不如一个半大孩子似的。还好很快到学校了，林迁西下了车，一个箭步冲向校门。

他背着书包半点儿没耽误，小跑着爬上教学楼，转过拐角的时候看见后面上来了背着书包的姜皓，脚步停一下，叫他："哎！宗城来了吗？"

姜皓抬头，古怪地看他一眼："你有事儿吗？"

"我找他。"林迁西抓着扶手追问，"来没来？"

"没来，"姜皓盯着他，"你找他干什么？"

林迁西觉得他看自己的眼神挺不友好的，这话说得也不客气，好像自己这样的人不该找宗城一样，便勾起嘴角笑："我就乐意找他，你有什么意见？"说完都没瞧他一眼就匆匆上去了。

今天确实来得早，教室里人就来了一半，丁杰和张任都还没来，后排只到了林迁西一个。他那篇文言文才背一半，书拿出来，接着奋战。

忽然有个人站到了他旁边。林迁西一扭头，吃一惊："干吗？"

周学明背着双手，刚从后门进来，正瞅着他。

"怎么着啊老周？"

周学明瞅瞅他，又瞅了眼他面前的书，也没回答要怎么着，保持惯常的淡定，背着手去了讲台上，手里的茶杯一放，拿了粉笔在黑板上写了两个大字：通知。

写完了，老周放下粉笔，拍拍手，回头说："今天下午休课，高二集体召开家长会，大家各自通知一下家长，等其他同学到了也互相告诉一下，还是关于期末考试分班的事儿。"

林迁西两只脚踏到前桌的板凳腿上，上半身不自觉地晃了一下，嘴里"啧"一声。期末考试前叫家长，好像是应该的，就是对他来说有点儿措手不及。

不知道老周是不是听到了，眼睛看着他这里："一定要叫来，不要以为还能跟以前一样蒙混过关，这是关系高三的事儿。家长没来的，下午自己也不用待了。"说完把茶杯一拿，出去了。

林迁西以前就是那个蒙混过关的，老周这话明摆着是说给他听的。

章晓江上去把刚才老周的话写在了黑板上面，方便通知新到的同学。班上的同学已经有不少都出去联系家长了。

林迁西把书翻过来一盖，站起来，离开座位。

经过陶雪座位，她抬头小声问："林迁西，你也要去通知家长了吗？"

林迁西笑了笑，没回答，走出教室，去了走廊上，掏出手机。他妈的号码其实早都记住了，他在手机上很快就点了出来，但是通话的次数一只手就能数过来。

林迁西犹豫了一下要不要打电话过去，怕他妈这会儿下午夜班，打电话不方便。最后对着那号码看了半分钟，还是拨出了号码。一直是未接通的忙音，在耳朵里响了一声又一声，直到林迁西都以为要自动挂断了，电话通了。

"什么事儿？"林慧丽的声音传来。

林迁西听到这一句才想起从那天吵了一架，他们好几天都没说过话了，昨天在便利店外面，看见宗城在她跟前买东西了，也当作没看见。他压着声说："今天下午你有空吗？学校通知要开家长会。"

林慧丽在那头像是忙着什么，窸窸窣窣的。"你以前从没有哪次提过要开家长会的。"她停顿一下，问，"是有什么别的事儿吧？这次是打了架还是别的事情，你们老师叫我过去是要赔医药费吗？"

林迁西沉默了一下，说："是开家长会。"

"我没时间，给你多转点儿生活费吧，如果真是要赔钱就自己赔。"林慧丽不咸不淡地说，"那天我也有责任，不该跟你吵，你别因为这就出去惹事儿，让人省点儿心吧林迁西。"电话里有人叫她："走吗慧丽姐？难得有假，就等你了。"

林慧丽说："我有事儿，先走了，挂了。"

林迁西听见挂断的声音，后面的话都没来得及说，拿着手机在眼前看了看，咧了咧嘴，重复一句："让人省点心吧林迁西……"大概也能猜到，他妈怎么可能把家长会这种事情跟他联系在一起，完全没可能，所以就是有假也不会来。

他拿着手机回教室，刚坐下，手机里跳出了转账的消息。他妈居然真给他多转了几百的生活费。林迁西没收，等它自动退回去，手机一把扔进书包，看都不想再看一眼。

其他人的通知明显顺利多了，上午几节课结束，中午刚放学，就已经有不少积极的家长到了。丁杰和张任一上午没来，有俩家长直接进来坐在了他们的座位上。

班上闹哄哄的，林迁西被这些积极的家长夹在中间，看着章晓江已经上了讲台开始准备点名了，书包拿出来，站起来就离开了教室。

一个家长会而已，没什么大不了的，还不如回去自己学习。

宗城在偏僻的十字路口边上站起来，面前是一堆焚化了的纸钱。人离开了原来的地方，连在去世亲人的忌日要纪念一下都没地方。

他拍了两下身上，沾上的烟火味道还是没散，转身往回走。

经过熟悉的街上，杨锐从杂货店里伸出头问："你今天没去学校啊？都这个点儿了。"

宗城看了看他："嗯，有点儿事儿。"

"那一定是重要的事儿吧。"杨锐笑了声，"我看林迁西这几天那模样，跟明天就要考试了似的，都急死了。"

宗城没说话，边走边掏出手机，林迁西今天居然没发消息过来，再翻翻，姜皓倒是给他发了两条短消息过来。

——今天下午有家长会，都得通知家长。

——你今天这假请得也太是时候了吧，完美闪避了。

宗城没回，收起手机。他转来的时候就跟老师说过自己的情况，家长会肯定没法参加，老师是点过头的。

今天天气不是太好，有点儿阴。宗城走到自己住的老楼外面，还没往里走，突然脚边飞来一小块面包屑，他顺着飞来的方向看，发现是从侧面花坛那儿丢出来的，好像有人在那儿。

老楼外面种了一片花花草草，花坛也有点儿年头了。一个人手臂搭着膝盖蹲在那边上，脚边放着书包，明显是刚从学校过来的。是林迁西。他手里拿着袋刚开了口的面包，眼睛盯着脚边："这么巧，你也一个人啊？"

宗城走过去看见这幕，莫名其妙，他在跟谁说话？

"我也一个人，来聊会儿吧，聊五块钱的。"林迁西手上撕着面包，一边撕一边说，"就聊五块钱的啊，我别的时间没有，还得学习呢。"说着撕了块面包一捏，往边上一抛，"来，汤姆，出来吧。"

一只脏兮兮的小狗从花丛里一下扑出来，叼住了。

宗城才知道他是在跟狗说话。为什么叫汤姆？汤姆和杰瑞的汤姆？那不是只猫吗？

"没人管你啊？"林迁西问小狗，"你也没伴儿？"

小狗不耐烦地对着他叫一声，急着要吃的。

"哟，脾气还挺躁。"林迁西又抛一块，往对面的树干那儿抛，嘴里说，"别不高兴了，谁不是呢，大家都一样。"

小狗往那儿扑，去抢了吃了。

宗城盯着林迁西，看他一小块一小块地扔面包碎喂狗，不知道他这种自言自语的习惯是怎么养成的，是没人跟他说话的缘故？也不能说是自言自语，毕竟他现在面前还有只狗，大概算是在一本正经地跟狗聊天。

"看，汤姆，哥哥厉不厉害？"林迁西勾着嘴角，揪着面包，捏成团，往地上一丢，骨碌碌往前一滚，又揪一块捏成团，往前再一丢，刚好撞上前面那一团。

小狗扑过去叼走了一个。

宗城眉毛动一下，抽什么风，这就已经跟狗称兄道弟了。

"来，哥哥再给你表演个林氏独门秘技。"

林迁西手里捏着最后一团大点儿的面包，捏来捏去想把它捏圆了，可能实在捏不圆，就不捏了，伸出手，眯下眼，仿佛朝那地上剩下的一团瞄准了一下，一丢，精准地撞了上去，推着那团往前滚出一段，在排水管道的砖缝边晃悠一下，一下落了下去。

"啧！"林迁西皱眉，"没计算好力道，不然该直接落洞啊，怎么还犹豫了一下……"他转头伸手，一手一只地抓住眼巴巴看着他的小狗的狗爪，合在一起鼓掌似的拍两下，捏着嗓子说，"西哥真棒！西哥帅爆了！"又松开一只手，单手握着它一条前腿上下晃了晃，"见笑了汤姆，下次一定让你见识我真正的实力。"

宗城知道他为什么打台球好了，确实有这方面的头脑，路径算得真准，就是现在像是喝多了，先是跟狗称兄道弟，再是人狗分饰两角，再过几分钟不知道会不会人狗合一。

"再见吧汤姆，五块钱的聊完了。"林迁西终于放开了小狗，拍拍空了的口袋，"下次再带十块钱的来找你。"

小狗"汪汪"叫两声，又钻回树丛里。林迁西依依不舍地盯着那儿，还不太想走的样子。

宗城转头走人，免得打扰了他的雅兴。

"谁啊！"林迁西已经发现有人，追了出来。

宗城走出去一截，还是被他追上了，手插着兜转过身："我路过。"

"你路过什么啊，"林迁西走过来，"我在这儿等你半天了！"

"你逃课了？"宗城忽然问。

林迁西被问得一愣："没有。"

宗城打量他，不是逃课，那就是家长会没去。忽然想起在便利店里见过的他妈，还有杨锐说的那句他差不多有家等于没家，多少有数了，是没地方去吧。宗城转身朝老楼走："我今天请假了，也不去学校。"

"怪不得没见到你。"林迁西跟上他。

一路跟进他家门，宗城把小桌先拖出来，顺手从柜子里翻出了个新坐垫，扔给他："这给你用。"

林迁西拿起来看了眼，上面一只米老鼠："这么卡通？你倒是给我买个酷的啊！"

"谁给你买的，"宗城说，"我给顾阳买的。"

林迁西笑一声："行吧，下次我自己买个酷的过来。"

"随你。"宗城问,"吃饭吗?"

"吃饭的时候能讲题吗?"林迁西拿着坐垫一放,在小桌那儿坐下来。

宗城说:"你能叫爸爸就能讲。"

林迁西低头翻题册:"你等等,计划表上的内容太多,我要看看攒多少题了。"

宗城在旁边拖了坐垫坐下来,掏出手机点外卖,想起了照片的事儿,无声笑了下:"你今天可以就叫一声,当面叫就行了。"

林迁西抬头:"你这人也太……"

"太什么?"宗城截断他的话。

林迁西想说也太会玩儿了,又看看自己面前一堆等着教的题,还是忍了,歪头看着他侧脸。

宗城低头在那儿选吃的,手指随便点了几样,刚想问他要吃什么,突然感觉林迁西的身影接近了,转过头。

"爸爸……"

宗城看着他,耳朵上还留着他的吐气刮过的一点儿痒,他的声音低得直往宗城耳膜里钻。

林迁西刚想小声搞个突袭就完事儿,没想到他一下转过头来,瞬间对望,两个人四只眼,一时没了声。

直到手机响了一下提示选餐服务的声音,林迁西一下回过味儿来了,低声说了句:"丢人……"这样喊真的贼羞耻。

宗城低头,又点两下手机,没看出脸上有什么变化,递给他:"吃什么,自己选吧。"

林迁西接过手机,不放心似的抬头问他:"我叫得怎么样,能教了吗?"

"听见了,"宗城看他一眼,"能。"

第32章

下午四点,林迁西还趴小桌上埋头做题,就这样在这儿做了几小时。

外卖早送过来了,也吃完了,在小桌边留了一堆方便袋、一次性餐盒。他点的是一份卤肉饭,完全是第一眼看到就点了,什么都没要,就多加了个蛋,反正今天就是特别想多加点儿料。

"下次换我请你。"他一边写题,一边还不忘说一句。

宗城拖了椅子在靠近阳台的地方坐着,离他半米远,叠着腿,一本题册放膝盖上,正做着自己的题,抬眼看了看他:"嗯。"

林迁西坐直了,把题册往他那儿递:"讲一下。"

宗城伸手拿了他那本题册,才离开了椅子,坐到小桌边上的坐垫上来,看了眼他往跟前凑的脸,手拖了一下坐垫,稍微让开了点儿地方。

林迁西抬头看到,盯着他脸:"干吗?"

宗城扫他一眼:"你不嫌挤?"

林迁西看了看自己跟他的距离,稍微坐正了点儿,想起了之前叫的那声"爸爸",还有那么点儿不自在。

"你做多少了?"宗城忽然问。

林迁西回神,去看题:"啊?反正晚上把我能做的都做了,做到后来直接睡着了。"

宗城瞥他:"这么拼?"难怪说攒了一堆不会的题在这儿。

"就最后这些天了,不拼能怎么办?"林迁西抓抓头发,"我豁上老命也得拼了。"

宗城本来想问他为什么这么拼,话到嘴边,改了:"要是拼了也没用怎么办?"

"嗯?"林迁西现在最忌讳听到这种话,一下抬起头,"有话好好说啊,这种话别让我听见第二回。"

"你激动什么,又不能打架,"宗城瞥他一眼,"乖仔!"

林迁西忍耐地冲他挑挑眉:"我可能哪天真会把你揍一顿,你现在快教我。"

宗城嘴角扬了一下就抿住了:"行,我等着,反正你也打不过我。"

林迁西一脚抵在他膝盖那儿,眼神都锐利起来了。

宗城把题册在他面前一按,看一眼他那脚,拿笔的手指朝他勾了勾,淡淡地问:"你不听了?"

"……"林迁西乖乖收了脚,想起了现在不是在乎一句挑衅的时候,不能被他玩儿了,便往他那儿坐过去,"听!"

讲题的时候林迁西是不会分心的,宗城那种巨冷淡的声音太适合讲题了,再深奥不懂的地方都不会让人打瞌睡,有时候他觉得这人以后就该去当老师,声音简直自带镇定效果。

一连讲了好几题,窗户外面透进来的光有点儿暗了,林迁西才转头朝外面看了一眼,发现时候不早了。

"我回去写吧,天都黑了。"他开始收东西,不然晚饭都得在这里解决了,那就有点儿像是赖在这儿了。

宗城朝外面看了一眼，目光落他身上："是回去还是去杨锐那儿？"

林迁西感觉被他戳中了心思，爬起来说："回去，我去杨锐那儿干吗，又不是没家回。"

宗城看着他："嗯，那你回吧。"

林迁西收了书包，走到他家门口，拉开门说："走啦。"说完就潇洒地出去了。

刚下楼，后面跟下来脚步声，他回头一看，宗城从楼上跟了下来，手里拎着他们吃过的外卖垃圾，冲他扬一下说："我丢垃圾。"

林迁西看着他去垃圾桶那儿丢了垃圾。

宗城又继续往老楼外面走。

林迁西忍不住问："你还要去哪儿？"

"去杨锐那儿买东西。"宗城说。

靠，这人故意的吧！林迁西闭嘴跟在后面，心想这下是必须回家了，不想回也得回，反正是没法去杨锐那儿做作业了。

宗城走在前面，忽然不走了。

林迁西埋头跟着，差点儿一头撞上他背，看到他小腿才站住，听见一个人喊："宗城！"

这声音是周学明的。林迁西往前看，果然看见老周从老楼外面的路上朝这儿走。还不止他一个，老周后面还跟着个徐进，俩人一起来的。

宗城迅速回头看林迁西一眼，朝那儿走过去。

徐进老远就对他说："今天家长会你没去学校，我跟周老师很关心啊，约好了下班来你这儿看看，就当是家访一下。"

林迁西背着书包打横过去，准备避开那俩人。

"你等等！"徐进脚步快，就要到宗城跟前了，已经看到他了，"林迁西？"

林迁西扭头，周学明也看到了他，托了下鼻梁上的眼镜，问："你怎么在这儿？"

"我路过啊。"林迁西脚步快得很，两手往裤兜里一插，往路上走。

"你这走的什么歪路？"徐进很怀疑，"从人家楼前面路过啊？"

"对，真是路过，我走了。"林迁西说走就走，一阵风似的。

徐进也就问了这一句话，他就已经到路上了。

徐进回头问宗城："他真是路过？"

宗城回："嗯。"

"随他吧，"老周说，"今天家长会也没来，装到今天也不知道图什么，反正要不了几天就考试了，下学期也不是我学生了。"

徐进摇了摇头："我以前觉得这小子挺机灵的，非不学好，就是装，现在也来不及了。"

林迁西在马路上走远了一大截，回头看一眼，已经看不见那三个人了。也真是万幸，晚一步不知道会不会在楼里遇见，那徐进不得又以为他欺负宗城呢，老周不得又以为他在玩儿什么大的呢？过去那么久一张张标签贴在身上，要撕哪儿那么容易。他对着空无一人的街道笑一声，踢着街边的小石子往前走，自言自语出两个字："林痞。"

杨锐那儿是不去了，他决定还是回家。走到家那栋楼里，熟悉的骂孩子的声音又钻耳朵里来了。林迁西今天忍着没管，没到影响他学习的程度，还能忍。

开门进去，家里居然有人。林慧丽正在晾衣服，手上忙着，旁边还有人说话的声音，是她的手机，开着免提放在沙发上，里面李阿姨的声音正在絮絮叨叨："……这回这个不错的，你快点儿，等你呢。听我一句，怎么着一个家不能不完整，你说对不对……"

林迁西关门的声音"啪嗒"一声。

林慧丽发现了他，停下晾衣服，拿了手机关掉免提，说了句："等会儿说，我就来。"说完挂了，看一眼林迁西，"你的房间自己收拾，我马上就出去。"

林迁西的房间她从来不进，母子俩各自的空间泾渭分明。

林迁西把身上的书包拿下来，看着她拿着的手机，李阿姨那话跟还在这屋里绕似的，叫人不舒服。他盯着那手机说："李阿姨这是办了个婚介所吧。"

林慧丽又看他一眼："我要找个对象有什么问题吗？"

"没问题，"林迁西说，"只要是你自己想找，爱怎么找怎么找，但别因为什么家庭不完整去找，找到了就能完整了？"

林慧丽转头去拿自己的包："人家那是好心，你不用管。"

"好心……"林迁西笑了声，"行。"自己的儿子不用管，别人的好心就可以。本来也是，这家里谁会管谁？谁都不管谁。

他抓着书包进了房间，关上门。白天家长会的事儿，就跟没发生过一样，没人提一个字。

林迁西把书包扔床上，就听见门响了一声，是他妈出门了。他对着房门站了一会儿，烦闷地往床上一躺。最多三秒，忽然针扎一样跳起来，转头往床头上的计划表看。

"躺个屁！"他嘀咕一句，低头从书包里拿书，找笔。考试越来越近，再烦闷的事儿也得靠边站，他还得继续奋斗。

宗城拎着书包进校门，今天没晚到，正常时间到校。

姜皓从后面追上来，拍了他一下："来了啊？"

他回了下头："嗯。"

"昨天放学看见老周跟老徐说要一起去找你呢，去了吗？"

"去了。"宗城被两位老师足足关心了两小时，才把他们送走。

"学霸待遇就是不一样，家长会可以不来，老师还主动上门。"姜皓开着玩笑说。

后面有人一阵风似的掠过来。宗城跟有感应一样往后看了一眼，林迁西穿着白T恤，背着书包，正跑进校门，一眼看到他，冲他挤挤眼，指了指手里的手机。

宗城去掏手机的时候，他已经从跟前跑过去了。西哥发来了一条微信消息。

——爸爸爸爸爸爸爸爸爸爸爸爸爸爸爸爸爸爸爸爸爸……

宗城眼皮一跳，嘴角不自觉一动，都没法数这一共有多少声，抬头看一眼姜皓，不动声色地把屏按灭了。这是昨天晚上又积压了一堆的题等他去教，不愧是林迁西。

"林痞又来这么早。"姜皓看到林迁西跑过去了，转头对他说，"你没来的时候他还找你来着，问他什么事儿也不说，古里古怪的，难怪有人传那些话。"

宗城问："什么话？"

"你不知道？"姜皓提醒他，"厕所啊，自己去看。"

宗城走慢几步，转头去了一趟厕所。

厕所里没人，他走到上次跟林迁西待过的最后一间，扫了两眼，后退一步，盯着门板，隔间的门板上被人刻了字，歪七扭八的，两个名字，竖着的，中间还有一个叉号。

宗城眯着眼，仔细地又看一遍，"宗城 × 林迁西"？

林迁西在位子上坐下，一边拿书一边嘴里轻轻念着句子。

张任今天倒是来挺早，坐在座位上，特地凑到他跟前来听了一下，吓一跳似的弹开："你居然在背书？还真越演越像了。"

林迁西看都没看他一眼，嘴里背的没停。

外面忽然有人叫了一声丁杰，林迁西才扭头看了一眼，叫丁杰的是姜皓。

趴那儿打游戏的丁杰嫌烦一样骂骂咧咧了两句，从林迁西身后走过去，出了教室。

林迁西继续背他的书。

姜皓把人叫出来了，就给宗城发了消息。

宗城给他回复。

——帮我守一下厕所的门。

丁杰晃晃悠悠地走到厕所附近，回头斜着眼问姜皓："叫我干吗？你想找事儿啊？"

姜皓指指厕所。

丁杰还没来得及回头，一只手就从背后揪着他后领一拖，直接进去了。

姜皓在外面等着，就听见里面丁杰的声音："不是我，这真不是我刻的，你别找我……"

"铲掉。"宗城的声调没有一点儿起伏。

没一会儿，里面还真传出了"刺啦刺啦"刮东西的声音。

过了几分钟，宗城从里面出来了。

姜皓朝厕所里看一眼，然后跟上他："牛，能把丁傻子弄得这么服服帖帖的。那玩意儿弄掉了？"

宗城说："嗯。"

姜皓感到好笑地说："看着是碍眼，你这种好学生怎么会跟林痞扯一块儿。"

正好经过8班外面，宗城眼睛朝里面一瞥。

那林痞正在动着嘴巴背书，忽然转头看到了他，眉毛一挑，又冲他动了动眼。

宗城低头拿出手机。

林迁西看着他进了9班，感到手机振了，掏出来，看到他发来的微信。

——耐心点儿。

行吧，耐心全花他身上了。林迁西放下手机，刚要继续背书，就看见丁杰顶着一头鬈毛，哭丧着一张脸回来了。

张任问："你干吗去了？"

"没干吗！"丁杰毛躁地嚷嚷一声，拿了书包就走人，临走还瞥一眼林迁西。

林迁西现在满脑子只有白居易、李清照，没空理睬他，不然今天一进教室，就得先跟他好好聊一聊那天厕所胡扯的事儿，还能让他快活？

"干什么，今天居然不等我就先逃了？"张任看丁杰逃了，自己也想逃了。反正班上后排的这几个最近就跟度假似的，说逃就逃，已经没人在意了。

姜皓今天又手痒，也可能是今天帮宗城提溜了一回丁杰后肾上腺素飙升，快放学的时候一直问宗城，要不要放学后去杀一局。

宗城坐座位上没动："说好了等考完试，也没多久了。"

姜皓无奈："你最近一直都挺忙啊。"

"嗯。"宗城又点开手机。

林迁西给他发了个定位。

——放学在这儿见。

放学的铃声响了。

姜皓拿起书包:"一起走吗?"

"你先走吧,我还有事儿。"宗城到现在打开微信都还能看见对话框里那一长串的"爸爸",今天的事儿多着呢。

林迁西在回去的路上找了个吃饭的地方,专门做学生生意的,小门小店,人不多,也不吵。

他抓着笔,埋头坐在靠窗的位置写着题,感觉有人进来了,抬头就看见来人一身黑,宽肩长腿,不是宗城是谁?

"等你半天了。"他把点好的一杯芒果汁推过去,"喝的我都给你点好了。"

宗城在他对面坐下来:"约这儿干什么?"

"说好的我请你。"林迁西说,"说到做到。"

"这么破费?"宗城话刚说完,就听见柜台后面的女服务员朝着门高声揽客:"同学,进来坐坐啊,今天饮料情侣杯半价哦!"他看了眼面前的芒果汁,又看一眼对面林迁西的手边,一杯一模一样的芒果汁。

情侣杯?两个人视线交会,宗城面无表情地把刚才的话重复了一遍:"这么破费?"

林迁西抓笔的手指刮了两下鼻尖:"也不要太在乎那些吧,那都是广告,口味好就行了。"

关键是便宜。点的时候明明服务员推荐得很好听,又好喝又便宜,两个人喝最划算,也没说会大声喊出来,搞得现在这么尴尬。

"它就是个芒果汁。"他强调。

宗城把书包一放,看一眼那杯芒果汁,什么也没说,推到一边,说正事儿,朝他伸出手:"题给我。"

林迁西马上把手里写的递过去。

服务员端着餐送上来了。宗城抬头,看着林迁西:"这也是你提前点好的?"

林迁西勾了下嘴角:"对,套餐。"

宗城看一眼送上来的意面、烤肠,都是双份的,断眉耸一下:"知道了,它就是份饭。"

林迁西点头:"它就是份饭。"

"听题吧。"少纠结饭了，宗城心想，低头翻题。

林迁西靠近点儿："你说。"

那一串"爸爸"果然不是虚的，攒的不会的是真的多，来的时候挺早的，讲完了天都黑了。

宗城也没想到林迁西是真的拼，每天都写那么多，他是真的在赶进度，不过不会的确实太多了。

"我去倒杯水。"宗城站起来，去柜台那儿。

"嗯。"林迁西头也不抬地趴桌上继续看他刚讲过的题，一边随手往嘴里塞上口还没吃完的面，早都凉了。

门外面一群人说说笑笑走过来，推开门进了店里。

宗城接了服务员拿一次性纸杯倒的一杯水，转头看了一眼，进来的得有七八个人，都要把这小店给站满了，全都穿着短袖的五中校服。他一眼就看到个熟面孔。

秦一冬在人群中间，斯文秀气，挺显眼，他已经看见林迁西了。

林迁西还趴在那儿做他的题。

有一个剃着板寸头的，臂弯里挎着个用网兜兜住的篮球，走过去叫了声："哎，哪个学校的啊？"

林迁西终于抬了头，看了一圈周围的人，目光落在中间的秦一冬身上。

秦一冬的眼神在他面前的书和他脸之间来回切换了几次，开口问："你这是干什么？"

林迁西咧咧嘴："做题呢。"

那个剃板寸头的回头问秦一冬："你认识啊？"

秦一冬板着脸："不认识。"

"不认识就行。"剃板寸头的又看林迁西，"哪个学校的啊？今天这儿是五中的场，走吧。"

林迁西坐那儿没动。

"听到没有啊？"板寸头可能觉得不对劲儿，又回头问秦一冬，"你真不认识？"

"不认识。"

宗城喝完一杯水，手插着兜走回去。

林迁西已经站起来了，收了一下东西，嘴边挂着痞笑，看着那板寸头："我八中的，林迁西，打听打听我名号，这回让你，下次没这么好运气了。"说完拿了对面宗城的书包，抛给他。

宗城接了。林迁西对他挤了个眼，越过面前的人，先出去了。

他没这么好说话，但林迁西走了，也没必要再留，跟在后面出去时扫了一眼那群人。秦一冬正在看他，大概是认出他来了。出门的时候，才听见那个板寸头小声说了句："那就是八中老大林迁西？他不是混社会的吗，在这儿干吗？不对啊秦一冬，不是听说你跟那个林迁西关系不错的吗？"

"你听错了吧，我跟他有仇。"

"那你说不认识？"

"仇人有什么好认识的。"秦一冬凉丝丝地说。

宗城跟在林迁西身后，不紧不慢地走了没多远，就到杨锐那间小店外面的街上了。店里还亮着灯，照得门口路面上一片黄灿灿的。

林迁西回头说："不去杨锐那儿了，我回去了，把你讲的再看一遍，还好多题要写呢。"

"嗯，"宗城越过他，往老楼方向走，"我也回去了。"

"行。"这回换林迁西跟在他后面了。

宗城拎着书包拐进老楼，在楼道外面站了一下，伸手在书包里掏钥匙。忽然感觉有脚步声，他往后面看，林迁西背着书包的身影一闪而过。他把刚掏出来的钥匙又塞回去，走过去。

"汤姆，"林迁西又蹲花坛那儿，"来，聊十块钱的？"

那儿路灯照不到，只看得到他一个模糊的轮廓。

"连你都不在？"他慢慢站起来，往路那儿走了两步，"真不在啊？我走啦？"

树丛花丛都没动静。

"你错失了一个跟我做好哥们儿的机会，你损失大了汤姆。"林迁西这回真往路上走了。

宗城看着他往前走了几步，又停了，身子在路灯下面拖着一道斜长的影子。影子没动，宗城站那儿也没动。快有一分钟，林迁西忽然抬手，手指迅速地挤了一下眼睛，哑着声低低骂了句："靠，干吗啊林迁西……"

宗城的脚边蹿过一只小狗，他低头看了一眼，又看林迁西。林迁西没有察觉，还在那儿干站着，肩膀在轻微地颤，这种模样以前没有过，反正不可能是因为一只狗。宗城往后退两步，低头掏出手机，点开"西哥"的微信。

林迁西又用手指挤了挤眼睛，手机忽然"叮"一声。他掏出来，看见灯塔头像发来了两个字。

——抽查。

林迁西盯着这两个字，突然间莫名其妙，发了个问号过去。

宗城回复过来。

——别装傻，我要随时抽查题目了。

这一句简直一针见血。林迁西反应过来了，什么情绪都给忘了，把手机一收，急匆匆地就跑了出去，再也不干站着了，还得学习。

第33章

学习就是跟时间对着干。要么在有限的时间里掌握能掌握的，要么被时间卷一卷，一转头就发现已经虚度了，什么也没留下。林迁西以前的时间太多了，多到一直在虚度，现在简直就是在还债。

面前是一份饭，还有一本书，手里是一支笔，还有一双筷子。中午十二点，林迁西坐在闹哄哄的学校食堂里，一边吃饭一边看书，一边还回想着那份计划表，在想还差多少，最后这几天还来不来得及了。

对面"哐"一声放下个餐盘，王肖坐了下来，张嘴就是一声夸张的鬼叫："西哥你居然来吃食堂了！"

薛盛和孙凯跟着在他旁边坐下来，眼睛都看着林迁西。

"我就说是西哥吧，"薛盛说，"你们还说是我看错了。"

林迁西看了眼对面的仨人："有什么好稀奇的，节省时间啊。"

孙凯打量他脸："西哥，你这几天睡觉了吗？"

林迁西抬头："什么意思？"

孙凯指他眼睛："你黑眼圈儿都出来了，这是熬几天了啊？"

林迁西往嘴里塞口饭，继续翻书："黑就黑吧，谁还在乎这个。"

"靠，长这样不知道爱护，真是旱的旱死，涝的涝死，我要长你这样，我得天天贴面膜。"孙凯笑着说。

"太拼了吧。"王肖凑近来看了看林迁西手底下的书，发现还压着一本题册，又是一声鬼叫，"你还做了这么多题？怎么做到的？"

林迁西扬起嘴角："不告诉你，哥有秘密武器。"

旁边的桌子又坐下几个人。林迁西瞥了一眼，有9班的两个人——姜皓端着餐盘，对面就是他的"秘密武器"。隔着个过道，宗城在对面看他一眼，坐了下来。

姜皓也朝他这桌看了看，古怪地瞅了眼他跟前的书，转眼又主动跟王肖打招呼："最近还打球吗？"

王肖在斜眼看宗城，听到这话才没看了，回话说："好久没打了，你还打不打了？"俩人以前一起打过球，是认识的。

姜皓说："我也好久没打了，现在专心玩儿台球呢。"

"嘿，台球，那……"王肖黑不溜秋的脸上挂满得意的笑，马上就要拉林迁西出场了，想说"那你跟咱们西哥打一场，让你见识一下什么叫真正的台球"，结果看到对面的林迁西正低着头在手机上打字。

"干吗呢西哥？"

林迁西抬头，根本没听他们说什么，拿了题册站起来："不干吗啊，我去端碗汤。"

姜皓朝他身上看两眼，转头又见宗城也刚刚收起手机，站了起来，跟着问："怎么了？"

"去拿个东西。"宗城说，转身离开了位子。

姜皓看宗城走远了，才想起来问王肖："你刚才说什么？"

王肖看林迁西走了，回头继续说："说什么？说打球啊！咱们西哥可厉害。"

"他？"姜皓不太信，"我知道他跑步快，别的谁知道。不过说真的，下回要再打的话可以叫上宗城，他个儿高，打球肯定好。"

"谁？"王肖没好气地说，"跟他？算了吧。"

薛盛也在旁边说："没人打也犯不着找他啊。"

姜皓问："怎么了？宗城是可以啊。"

孙凯拿胳膊撞撞王肖，示意他别往下说了，把当初挨揍的事儿说出来，那就丢人丢大发了。

王肖只好把话一憋："没什么。"

过了十来分钟，宗城回来了，在位子上坐下来，继续吃饭。

姜皓刚想问他拿什么去了，看见林迁西跟在后面走了回来，嘴角还勾着，腋下夹着题册，脸上的神情怎么看都有种心满意足的意味。

王肖看着林迁西："西哥，你的汤呢？"

"嗯？"林迁西坐下来，看看面前的餐盘，"不喝了吧，都要吃完了。"

"那你还说去端汤。"王肖嘀咕。

林迁西瞥了瞥在斜对面吃饭的宗城："嗯。"说着饭也不吃了，拿笔做题。

王肖嚼着饭，看着他这样，忍不住了："可怕，我忽然受感染了，都想回去看书了！"

薛盛感同身受："我也是。"

孙凯："我也是。"

林迁西说做题就做题，太投入了，真就有种感染力，好像做题多么有乐趣似的。

饭吃完了，姜皓那桌先离开食堂。林迁西到这会儿才抬头，看见宗城走了，马上也拿了东西走人。

王肖端起餐盘跟上："一起啊西哥。"

姜皓走到外面，看王肖他们也出来了，又接着前面的话说："下回有空约一场好了，别不信，宗城这样的，学习好身体好，打球肯定没的说，我跟他玩儿过台球，就这么说吧，看得你就想在旁边摇头鼓掌。"

王肖鼻子里哼一声，不是很买账："全才啊，有种去跟西哥打。"一边说一边去看当事人，没看到。

姜皓也想拉当事人出来表态，转头看一圈，也没见着人。"宗城呢？刚才不是一起出来的吗？"

王肖回头看："西哥呢？"

薛盛说："刚还走后面呢。"

食堂后面的小草坪上，宗城站在楼道口，手里拿着题册："你非得这么赶，一会儿一题？"

林迁西站他对面："急，能多学一题是一题。"

宗城低头给他改题。

林迁西忽然问："你不是要抽查我的吗，怎么还没抽？"从晚上他就等着呢。

宗城抬头："这么想被抽？"

"我就想看看我进度完成得怎么样。"他"啧"一声，"有点儿没谱。"

"那你等着吧。"宗城说，"晚上回去写试卷。"

"……"林迁西感觉给自己挖了个坑，吐口气说，"那行吧。"

过一会儿，题讲完了，宗城把题册递给他，先出去。

林迁西跟在后面出来，隔了几步，觉得这状态挺好笑，小声叫他："哎，觉不觉得我俩这样特别像在秘密接头啊？"

宗城手收在裤兜里，头也不回地淡淡地说："林同志，别出声，组织需要你保持警觉性。"

林迁西严肃起来："好的宗指导员，你保重，我放学后再跟你接头。"说完题册一夹，朝右边走了。

宗城往左走，不自觉笑了笑。

到了教学楼那儿，还剩姜皓一个人在楼梯那儿等他。

"干什么去了，还以为你失踪了。"

宗城说："忘了个东西在食堂，又回去拿。"

"难怪。"姜皓问，"吃饭时说的事儿你肯吗？就抽空跟王肖他们打球的事儿。"

宗城踩着楼梯上去："他们不会乐意。"

"为什么？"姜皓跟上他，"你们有过节啊？我看王肖他们那意思是跟你有过节。"

"嗯。"

"因为林疙？"姜皓笑笑，"毕竟他们都是林疙的人。"

宗城没往下说，直接回："再说吧。"

姜皓只好不说了。"好吧，反正最近也没空。"

越临近期末自习课越多，8班教室后排的人肉眼可见地减少。林迁西趴在桌上，时间都用来做题了。

"林迁西。"陶雪在叫他。

林迁西停下笔，抬头。

陶雪手里拿着把伞，放他桌上："外面下雨了，你没带伞吧？"

林迁西朝窗户外面看一眼，还真下雨了，这小城的夏天就这样，雨说来就来。他说："我有伞，谢了啊，你自己用吧。"

"你有啊，那好吧。"陶雪把伞拿回手里，又看看他，"我看你最近好像都在做题。"

"不是要考试了吗，"林迁西笑笑，"我做着玩玩儿吧。"能怎么说，反正说认真学也没人会信，都以为他在演。照这程度，今年的奥斯卡都是他的了。

陶雪笑了笑，拿着伞回座位去了。

林迁西又看一眼外面的雨，写题时没注意，现在才发现还下挺大的。他拿出手机给王肖发微信。

——放学摩托带我一下。

王肖很快回复。

——等你呢，西哥。

林迁西听他这么说了，就把东西收了收，赶紧走了。

王肖果然在校门外面等着呢，坐摩托上在路边的树底下躲雨，看到林迁西出来就习惯性地给他让位子。

林迁西跨到摩托上，一边踩响车一边问："没头盔吗？"

王肖往后挪了挪："忘带了，我以为你有伞呢。"

"没有。"林迁西从来不带伞，刚才在教室里是骗陶雪的，那是不想拿人家的伞。算了，骑上车也就一会儿工夫的事儿。他拧着把手冲出去，半道上远远看见前面有人，一个紧急刹车停住了。

王肖拿着自己的书包遮住头顶，见忽然停住，抻头看："干吗啊西哥？"

林迁西看着右边，公交站牌那儿倚着正低头看手机的宗城，他叫了一声："哎！"

宗城抬头，隔着雨帘看他。

林迁西问："没带伞啊？"

"嗯。"宗城说，"等雨停再走。"

林迁西拿过书包，低头翻里面："你等等，我给你找把伞。"

王肖在后面一愣："不对啊西哥，你不是说没带伞吗？"

林迁西没理他，在包里翻半天，翻出件衣服，朝宗城扔过去："给你。"

宗城一伸手接住，半掀着眼皮看他："你管这叫伞？"

"能挡雨就行了，别在这儿浪费时间。"林迁西做出口型：我——等——你——呢！接着一踩油门，急匆匆走了。

王肖在后面喊："西哥你干吗对他那么好！"

"你不懂。"林迁西淋着雨，眯眼往前冲，心想那是一般人吗？那是他的秘密武器，他的宗指导员！都恨不得拿摩托去带他。

他前脚刚走，后脚公交站牌后面就走出了姜皓，一边拍着身上沾的雨点儿，一边看了看宗城拿着的那件衣服："我没看错吧，林痞把自己的衣服给你了？"

宗城朝路上看一眼："公交车来了。"

这儿的公交都不爱等人，姜皓只能赶快上车，小声嘀咕了句："古怪。"

等他走了，宗城又看一眼那衣服，不，是林迁西的"伞"，是件牛仔衫，不知道他什么时候塞在书包里的，很旧了，塞久了还带了股书味，被压得全是褶皱，跟他现在的穿着明显不是一个类型，上面居然还有好几个破洞，可能更符合"林痞"这个称号。真是把"好伞"，充满林迁西的风格。

宗城真不知道怎么形容林迁西这个人，拿鬼才来比他都不够贴切。他扯着肩上的书包往上背一下，两手拿着那件衣服甩开，搭上头顶，沿着街道跑了出去。

也就一场阵雨，快到老楼附近，就转小了。宗城停下来，拎着那件淋得半湿的衣服甩一下，扯了扯自己淋湿了的肩头，忽然有人在后面猛地拍上他的背："这不西哥吗？"

他回过头。

几个染着头举止流气的男青年站在后面，身上还有淋过雨的痕迹，拍他的人站在几个人的前面，瘦不拉几，一双吊梢眼，一下看清他脸："哟，搞错了，我还以为是林迁西剪了个头呢，还想怎么长高了，原来不是。"

宗城看一眼背后，知道这一下绝对是故意的，换个瘦弱点儿的挨这一下都得往前趔趄好几步，冷了声说："拿开。"

"挺冲啊。"吊梢眼手还就不拿开了，故意似的，又在他肩上重重一拍，"怎么着，林迁西的衣服怎么在你这儿啊？"

宗城一伸手按住他那只手，反向一掰。

吊梢眼脱口一声尖叫，整个人都顺着他这一掰拧了个向，捂着胳膊就叫起来："妈的你想干吗！"

后面几个人听着声就围上来。

宗城掰着吊梢眼的胳膊说："别搞事儿，我就是个学生。"

"你给我先松手！"吊梢眼喊。

宗城松开他，转头就走。

吊梢眼哪能让他走，刚放松了胳膊就跟上去。

一个人风一样跑过来，一下横插到宗城和吊梢眼之间："干什么啊三炮？"

被叫三炮的吊梢眼不追了。"林迁西，变样了啊，这人你认不认识？"

林迁西刚在老楼外面等宗城呢，等半天没等到，往这儿走了一段就看到这几个人找上了宗城，马上跑过来了。他抬手拨了一下被雨淋湿的头发，看一眼宗城，说："认识，他跟我一起的。"

"跟你一起的？"

"对，别动他。"

三炮盯着宗城，揉两下胳膊，又看林迁西，笑一声："你说不动就不动啊？"

"你们要是觉得站这儿跟个学生拉扯传出去不丢人，那就动。"林迁西盯着他，"你刚才先动的他，我可看到了啊。"

三炮皮笑肉不笑，又看一眼宗城："就他这身手是学生？见鬼了。行，老子今天卖你西哥个面子，下回别让我碰上。"

几个人扭头沿着街道走了，嘴里还骂骂咧咧的。

林迁西回头，低声说："让他们骂几句，省点儿麻烦。"

宗城把那件湿衣服抛给他："冲你来的。"

林迁西接了："以前混的时候那'圈儿'里的，你懂的。"那一下要不是打在宗城背上，就是打他背上的，三炮故意的，他当然知道。说着又提醒一句："别惹他们，社会上的。"

宗城说："没人想搭理他们。"

林迁西看一眼手里的破衣服："对，它是罪魁祸首。"说着干脆揉成一团，塞进了路边的垃圾桶里。

宗城进了老楼，一直到家门口，回头看，林迁西还跟着。

"我来做试卷，你不说抽查吗？"他顶着头湿发说，"摩托骑太快，浑身上下就头发和肩膀湿了。"

宗城打开门："进来吧。"

林迁西跟进去，宗城丢了条干毛巾给他，指指小桌。

"好嘞。"他马上坐过去，一边擦了擦头发，一边把自己的书包倒了倒，里面的卷子一股脑儿掉了出来。

宗城站那儿，一份一份拿，用铅笔圈题，圈好一张就递一张给他："做我圈过的，全做来不及。"

林迁西找出笔："有诀窍传授吗？"

"当成期末考试去做，没别的。"宗城说。

没有英语，因为这么短时间想把一门语言提起来是没可能了，以宗城的推测，期末考试的口子林迁西要想突破，可能也就在数学和理科那两门。他数学还算学挺快，就是基础太差，语文靠背也有点儿希望，当然那是比较好的结果。

林迁西在做题，宗城进了洗手间。他按亮灯，对着镜子掀开衣服看了背后一眼，那个叫什么三炮的下手太重，背后直接红了一片。

宗城放下衣服，朝外面趴那儿做题的林迁西看一眼，不知道他以前到底混的什么环境，那都是群什么人。

每张试卷题都不多，林迁西也还是做了快一个小时。到最后一张的时候，外面的雨彻底停了，傍晚的天色映在窗户玻璃上，水洗过一样，黄灿灿的一片。

林迁西抬头看了一眼，忽然扭头，发现脚边上不知道什么时候居然趴着只小狗，脱口就喊："汤姆！"

那只他在老楼外边花坛看见的小狗，现在居然洗干净了，浑身白晃晃的一层毛，一条后腿上还包扎了纱布，大概是受过伤。

林迁西转头，到处找宗城，终于看见他从洗手间里出来了，身上换了件短袖衫，刚洗完一把脸。

"什么汤姆？"宗城说，"这是我的狗。"

"你的狗？别扯了，这是我先认识的！"林迁西心想还聊过五块钱的天呢。

宗城在小桌边坐下，拿了本题册放面前："流浪狗，我捡回来的，你认识有什么用？它受伤也不是你处理的。"

林迁西没话说了，回头看看那狗，又笑了："还以为不见了呢，没想到在你这儿看到了，来啊汤姆。"

宗城看他一眼："它不叫汤姆。"

林迁西抬头："那叫什么？"

宗城翻着题册说："叫乖仔。"

"……"林迁西说，"你再说一遍？"

"乖仔啊，怎么？"宗城眼神淡淡地看着他，"这名字你注册了？"

"反正它不能叫这个，"林迁西盯着他，"你别指望占我便宜。"

宗城问："我占你什么便宜了？"

"别嘴骚，往下骚我可不让你。"林迁西心想，你小子坏招儿多着呢，当我不知道。"就这么定了，我要给它另外取个名。"

"要取回去取，"宗城伸手抽了他的试卷，"写完就走，别想在这儿玩儿狗。"

林迁西还真想逗一下狗，手都伸过去了，知道不是时候，又抽回了那张没写完的试卷，爬起来说："这张我回去写，你别再叫它乖仔啊，我警告你。"

宗城看他一眼："我的狗，谁理你。"

林迁西背着书包闪出门，带上门时声音飘过来："就这么定了！"

宗城拿着那几张试卷，压在面前的题册上，又看一眼趴在那儿睡觉的狗。

狗是那晚自己跑出来的，林迁西走了，他看狗腿有伤，呜呜乱叫，最后就带回来了。以前从没养过这种东西，嫌麻烦，好几次都想送走算了。最后想顾阳喜欢，就当给顾阳养的好了。微信响了，他拿起手机，看见林迁西发来的消息。

——我要给它取名好鱼！

——你的狗，该随你。

宗城有时候真想看看林迁西脑袋里都装了些什么，一会儿一个花样，就没有吃亏的时候。他手指打字。

——它现在叫汤姆了。

林迁西回复过来。

——早点儿妥协不就完了。

宗城刚要抛下手机，忽然注意到对话框上的微信名变了，"西哥"变成了"八中乖仔"。宗城嘴角一动，想都没想，手指敲字，改了他的备注：乖崽。

改完盯着看了几秒，忽然觉得这种戏谑的称呼有点儿莫名亲昵，他低着头，手指在屏幕上点了两下，最后还是改回了那两个字：乖仔。

第 34 章

林迁西以前并没有多喜欢猫猫狗狗，他不是喜欢这些可爱玩意儿的人。这次不一样，跟那只狗聊过天，再见到就跟见了老朋友似的，是真高兴，还想怎么那么巧，就这么到了宗城那儿了，大概是缘分吧。

他没回去，又溜达去了杨锐那儿，哼着歌，拖张凳子在台球桌边一坐，开始写剩下的试卷。

杨锐在隔壁问："又来了？"

"嗯，"林迁西抬高声音，"我打算借你宝地做最后冲刺。"

"不得了，西哥要冲刺了。"杨锐踩着拖鞋"吧嗒吧嗒"地走着说，"那我给你满上一杯，算是为你饯行吧。"

林迁西听得豪情万丈："来！"一扭头，看他端着杯白开水过来，放在了台球桌上。

"不收钱，喝吧。"杨锐又踩着拖鞋"吧嗒吧嗒"回杂货店去了。

林迁西无语，还真端起来喝了一口，埋头继续写题。

花半小时写完了剩下的题，他把杨锐端来的水也喝完了，给试卷拍了照，发过去给宗城，后面还不忘附带一句。

——有空我再去看汤姆。

宗城回复得很快，像是手机一直在身边。

—— 等你考完了才叫有空。

林迁西自己明白着呢，手指打字，催他。

——那就快给我批试卷。

宗城试卷看得很快，没一会儿就把他错的几道题都发了过来。

林迁西现在养成习惯了，不用提醒，马上拿笔重做，只是看着那几道错题心里不太舒坦，总感觉分又危险了。

微信响一声，宗城又发过来一句。

——你有没有研究过 8 班的排名？

林迁西拿着手机看完，呼出口气，打了几个字。

——研究了。

宗城这次直接拨了电话，林迁西点下接听，听见他声音没有起伏地问："你跟倒数十五之间相差多少分？"

"多少分？"林迁西拿笔杆顶了顶鼻尖，自己都觉得好笑，"我以前考试都没考全过，怎么知道相差多少分。"

宗城巨冷淡地吐出两个字："漂亮。"

林迁西问："什么意思，你讽刺我？"

"意思是，你考的时候已经没必要在乎别人多少分了，"宗城语调还是没有变化，"因为你根本不知道自己能考多少分。"

"……"林迁西居然觉得还挺有道理的。

"你就没什么可以传授给我的吗？"有道理归有道理，他还是想要点儿实用的，对着手机说，"就比如怎么能考出高分。你们学霸不该像武林高手一样，得有个高分秘籍？"

"有，"宗城说，"你表示一下，我告诉你。"

林迁西拿开手机，看看屏幕，低低说了句"靠"，左右看看，低头往台球桌下探了半边身子，捧着手机在嘴边小声说："爸爸……"

说完他马上坐直了，又往左右看看，确定杨锐在隔壁没听到，才问："怎么样，告诉我。"

"嗯，"宗城的声音低低的，居然像带了点儿笑意，"听好了，就三个字。"

林迁西认真听着："你说。"

"好——好——考！"

"宗城！"

电话挂断了。

杨锐从隔壁探头过来："干吗啊，你俩煲个电话粥还这么激动？"

林迁西拿起书："学习，煲个屁电话粥！"

微信又"叮"一声，林迁西瞅手机，宗城发来了微信。

——组织有规定，最后两天不要接头了，减少做题。

林迁西手指噼里啪啦地打字回复。

——宗指导员不敢接头，是担心挨揍？

宗城的消息跳出来。

——揍我可以接头。

"硬茬。"林迁西心想真不是说说的，硬死了。没事儿，让你先得意着，将来叫我爸爸的时候再叫你得意。

最后两天减少做题其实就是为了免受错题带来的打击感，免得最后关头反而心灰意冷。但宗城猜林迁西没有这方面的经验，毕竟他以前连考试都没考全过。

小城里的阵雨下了一场之后，意味着真正炎热的夏天来了。时间不等人这句话是真的，考试的日子已经近在眼前。

最后两天别说接头了，宗城就连学校都是去一下就回，几乎是自己在家学。

大半夜的，他站在阳台上吹了会儿风，提了个神，回头进屋，给狗盆里倒点儿狗粮，再坐到小桌边写自己的题。看一眼桌上手机屏幕显示的时间，凌晨两点，看完低头接着做题，打算再做半小时再睡觉，迎接考试，手机铃声却突兀地响了起来。

宗城抬头，第一反应是林迁西，但林迁西在这最后两天确实没找他讲题了。他拿起手机看了一眼，马上按了接听。

是季彩，在电话那头急切地叫他："城儿，顾阳睡得好好的突然发高烧了，迷迷糊糊的，也叫不醒。"

宗城立即站起来："量过没有，多少度？"

"三十九。"

"他最近是不是有什么炎症？"宗城从柜子上拿了自己的笔记本电脑，打开，手上迅速打字，手机夹在耳边。

"前两天扁桃体发炎了。"季彩很担心，"要不要送他去医院？"

"家里有退烧药先给他吃了，让他多喝点儿温开水，头部冷敷，温水擦身体。"宗城语气冷静，在电脑上翻着地址，"我找到最近的医院了，现在就打电话。"

季彩立即说："好。"

电话挂了，他马上给医院拨电话。不知道是不是网上留的电话不对，一直打不通。宗城试了好一会儿，逐渐失去耐心，准备直接拨120的时候，季彩的电话回过来了，他立即接通："怎么样？"

"顾阳刚吃药的时候醒了，你放心。"季彩语速很快地说，"我就怕你太担心了，赶紧通知你。"

宗城松口气，在椅子上坐下来："他从小身体就不太好，容易生病，要麻烦你了。"

"没事儿，我身边都是身体好的，确实没遇到过这种情况，刚才有点儿慌，被你一通指挥没事儿了。我去照你的方法给他降温，有事儿再通知你，千万别太担心了啊。"季彩说完又挂了电话。

宗城抓着手机，靠上椅背，这突发的状况都让他忘了刚才在干什么。他点开微信，发信息给季彩。

——我手机随时通着。

季彩没回，应该是在忙着照顾顾阳。人不在现场，不知道顾阳现在具体怎么样，也只能等消息。题不做了，他一遍一遍地看手机。

早上六点零五分，尖锐刺耳的闹铃声叫起来。

林迁西一下从小折叠床上爬起来，张嘴就喊了句："我怎么在这儿睡了一觉！"旁边是台球桌，他人在杨锐的店里。

杨锐拿着个鸡毛掸子过来，看他一眼："你还好意思说，说在这儿冲刺还真在这儿冲刺，来个没完，昨晚上连家都不回了。"

"谁叫你真放个床在这儿。"林迁西站起来，嘴里嘀咕，"组织决定最后两天对我放养，我本来打算有什么需要就直接杀到指导员家里，这儿不是离得最近？"

"什么台词这是，你演谍战片？"杨锐听不懂他的鬼话，"你就是不想回家。"

林迁西没接这话，他是不想在考试前回家，邻居太吵，也不想看林女士奔波着相亲。他收拾了书包出门："我得赶紧回去了，要来不及了。"

被嘱咐最后两天要少做题，他就遵从指导，把以前的错题从头到尾看了一遍，然后就是背书背书背书，无止境地背书，背到现在有点儿错乱了，连时间都要赶不上了。

杨锐跟在后面一直送到门口："看你喊到今天了，这回是真要考了？"

"真！"林迁西出门就开始小跑。

"别考一半跑路啊！"

"你就说点儿好的吧！"林迁西的声音随着他快速的奔跑远去了。

一路冲回家，林迁西奔进洗手间，花五分钟冲了个凉，一分钟换衣服。洗漱完了，他连头发都只是用手拨了几下，就背着书包匆匆出门下楼，奔向学校。

校门口站着几个老师，在挨个检查进校门的学生。周学明端着他的宝贝茶杯在边上，看着看着，就见林迁西跑了进来，飞一样地朝着教学楼冲过去了，快得都能看出重影。

"老周，你们班那'钉子户'考试还挺积极啊。"旁边一个老师认出了那位"风云人物"，还开玩笑。

老周拧开茶杯喝口茶，保持镇定。

期末考试都是由各科任课老师自行监考。8班9班因为老师一样，理所当然地就一起在大教室里考。

上午第一场考数学，最后五分钟，徐进还没来，教室里两个班的人按随机打乱的顺序坐。

林迁西坐在最后一排，拿着笔的手一会儿握一下，一会儿又握一下，像在找知觉。这好像还是他第一次好好地坐下来考试，以前这个时候一般已经在想要怎么跑出学校了。

丁杰在前面一排摇头晃脑地戴着耳机打游戏，半点儿不当回事儿。

林迁西右边的张任在叫他："哎，丁杰，丁杰！"

丁杰没听见，不理睬他。

张任拿脚去踢他下面的椅子腿，故意制造声音："丁杰，叫你呢！你是聋了吗？"

林迁西伸腿就给了张任那椅子一脚。

张任被踹得身子一歪，差点儿摔坐在地上，瞪着眼睛看他："干吗啊林迁西？"

"你有完没完，今天什么日子不知道？"林迁西皱着眉，一脸不耐烦，是真来火了。

张任看他脸色不对，就蔫儿了一半，敢怒不敢言地嘀咕："你一个人演还要人陪你演。"

"要搞事儿过了今天慢慢陪你搞。"林迁西咬牙说，"给我安分点儿，今天是老子的大日子。"

"今天你结婚……"张任灰头土脸地坐回去。

徐进夹着试卷进来："考试了，手机、书都交上来。"喊完了开始发试卷，一个个从前往后传。徐进抬头朝最后一排看了看，看到了林迁西，背着手走过来，在他周围走两圈，最后特地过去把后门给关上了："都给我考，一个都别想跑。"

林迁西看他一眼，知道是防他，抽了草稿纸放面前，心想防什么防，这回就是赶他他都不跑。

徐进还真在看他，看他拿了草稿纸，又接了试卷埋头写名字和学号，将信将疑地回了讲台。

"怎么有剩的试卷啊，有人没来？"徐进回到前面忽然问。

铃声响了，林迁西开始做题，听到这话感觉有点儿不对头，抬头看一圈儿，9班的都坐左半边，姜皓在前三排，又看一圈儿，没看到宗城。怪不得到现在都没见到他，没来？

"那货没来？"前面的丁杰也发现了，刚交了手机本来人还奄拉着，一下来劲儿了，起哄地喊，"快考吧老师，都开始了，等什么迟到的啊！"

"关你什么事儿？"徐进骂，"开场半小时才不能进呢，管好你自己！"

丁杰小声骂一句，低头戳试卷去了。

林迁西想了一下，没想通宗城为什么没来，这两天没找过他，也不知道他那儿有什么事儿，别是又遇到三炮被堵了吧？手机交上去了，没法问，只能埋头写自己的试卷。

不知道过了多久，林迁西从一道题里回神，看见徐进在门口跟经过的一个老师小声说话："看见9班的宗城没有？半小时要过了，再不来我没法让他进了……"

对方说："没看到。"

徐进背着手皱着眉，又走回来，不断抬手看表。

"那货要零分了。"丁杰悄悄回头跟张任取笑宗城。

林迁西笔一放，站起来，插着口袋往后门走。

"你干什么？"正在看表的徐进一下看到了他身上。

林迁西拉开后门说："上厕所啊。"

"上什么厕所！开场半小时不到不准上厕所，年年考试的老规矩，你不知道啊？"

"啊？半小时还没到？"林迁西抓着门把手说，"我看你一直看表，以为到了呢。"

"没到！"徐进防他溜，到了也说没到，"你给我回来！快点儿！"

"行吧。"林迁西转头慢吞吞地走回来。有人朝这儿跑了过来，一把搭上后门，他一扭头，对上宗城的脸。

宗城喘着气，头发往上抄，额上一层汗。

"你睡昏了？可算来了！"林迁西低低说一句，顾不上问他干吗去了，匆匆坐回自己座位。

宗城看他一眼，跟进教室。

徐进已经拿着试卷过来了，压着声问："怎么回事儿，睡过头了？"

宗城低声说："家里有点儿事儿。"

"快写。"徐进把试卷递给他，"没剩多少时间了，抓紧。"

宗城接了就在最后一排坐了，在林迁西左边，跟他隔了两个座位，笔早在手里拿着，拧开就开始做题。

林迁西瞥他，以为他会来不及，结果看他从下笔就没停过，眼睛盯着试卷就跟沉进去了似的。林迁西自嘲地咧了下嘴角，干吗呀，还特地去给他拖一下时间，就他这水平还需要啊？哪怕这门就真是零分了，他这样的也不会被踢去那三不管的班，多此一举。

铃声响了，考试结束。林迁西交试卷的时候又看一眼宗城，他笔都收起来了。看吧？他自觉好笑，心想果然是多此一举。

宗城听见了他的声音，看过来，头朝外面轻微地一偏，站起来，先出去了。

林迁西看看周围，跟着站起来，走出去。

到了拐角，忽然一只手伸出来把他一拽，他猝不及防地被拽过去，差点儿一头磕上走廊的铁栏杆，又一只手及时捞住他额头往回推一下。

"我……"他捂着额头，抬脸说，"干吗啊你？"

宗城松开他，看一眼左右没人来，低声说："我拉你过来，没让你往栏杆上撞。"

"你倒是给我个心理准备啊。"

宗城看了看他脸："下次注意。"

"还有下次！"

"你考得怎么样？"宗城打断了他的话。

林迁西一下忘了别的事儿了。"不知道。"他是实话实说，"我感觉不出来考得是好是坏。"

宗城也没再问，考完了，再说这些没意义了，他掏出手机，递过去："你跟顾阳聊几句。"

"啊？"林迁西反问，"你觉得现在是聊天的时候啊？"

"你们关系不是很好？"宗城把手机塞给他，"随你聊几块钱的，哄哄他。"

"毛病，等考完试还差不多。"林迁西把手机还给他，要走。

宗城抓着他胳膊又拽回来，直接摁栏杆边。"帮个忙。"

"又来？"林迁西回身就撞他身上了，对上他眼睛，忽然看见他那薄薄的嘴唇动了动，低低开口说："他病了，生病的时候有点儿小孩子气，要人哄。"

"病了？"林迁西不动了，"那你不早说。"

宗城看着他，他昂着头，脖颈拉出柔畅的线条，白皙的后颈落在自己眼里，眼神动一下，松了手："没来得及说，你要跑了还不一定追得上。"忙一宿了，有点儿昏头。

"他病了我还能跑吗？"林迁西接了手机，"你就不能自己哄哄他？"说完上下看他一眼，"算了，当我没说。"一边低头，打开微信拨了通话过去。说废话呢，指望这么个酷哥哄弟弟，别把弟弟吓哭就好。

宗城往旁边站两步，手收进兜里，很快就听见他的说话声："喂，好弟弟，哥哥来问候你了……"

教室那头有人过来了，宗城走出去几步，撞见姜皓。

"还以为你今天来不及了。"姜皓看到他说，"我看着时间都过了，还好林痞打了个岔……"说着朝前面拐角那儿看一眼，发现了林迁西，又看看他，笑了笑，"我肯定是想多了。"

宗城瞅一眼林迁西，他手搭着栏杆，不知道在跟顾阳说什么，勾着嘴角在笑。"什么想多了？"他问。

姜皓还是笑笑，一边往前走一边小声说了句："林痞好像老追着你，我想多了。"

第35章

顾阳生了病，电话里的声音都是软绵绵的，他吸了吸鼻子，对林迁西说："哥哥，我头疼。"

林迁西叹口气："好弟弟，我也头疼。"

顾阳在那头好像愣了一下："啊？你也病啦？"

"我愁，"林迁西说，"考试让我头疼。"

顾阳一下笑了。

"你看，哥哥陪你一起疼，你是不是就觉得好点儿了？"

"好多了，西哥你可真会安慰人。"顾阳笑着说，"我从昨天起就脑袋昏昏的，干什么都没劲儿，还是听你说话有意思。"

"唉，怎么这么容易生病啊？"林迁西听他笑也跟着笑，"下次来这儿，哥哥带你锻炼身体，搞这么虚弱怎么行。"

"我不练，"顾阳又吸一下鼻子，"那多累，你去跟我哥练吧。"

"谁要跟你哥练，他那硬茬……"林迁西说话时转过了头。

硬茬不知道什么时候回来了，正站在旁边盯着他。

林迁西对着手机说："你就说我安慰你这下有没有用吧。"

"有用，"顾阳笑着说，"我现在舒服多了。"

"有用就好。"林迁西冲那硬茬挑下眉，又接着说，"什么都是虚的，好好保重身体吧，这玩意儿可不是随便能重来的。"说到这里，口气突然有点儿认真了。

"你怎么忽然这么感慨啊？"顾阳说。

宗城还盯着他。

林迁西一下回了神，又笑笑："这不担心你吗，好好养病啊。"说完把手机递给旁边。

宗城接了，拿到耳边嘱咐顾阳："按时吃药，好好休息。"

"冷漠无情，你这是哥哥还是医生……"林迁西在旁边小声吐槽。

宗城瞥林迁西一眼，又跟顾阳说了两句，挂了电话。"谢了。"他手上转了下手机，"以前我妈在的时候，都是我妈哄他，把他给养娇了。"他没做过这种事儿，只能找林迁西，毕竟顾阳说过林迁西比他热情。

林迁西听了，倚着栏杆说："那我不是免费当了回妈？"说完一转头，睁大眼看着宗城，"嚯，终于也轮到我占你一回便宜了？"

宗城淡淡吐出两个字："无聊。"

"嘿。"林迁西笑一声，站直了说，"准备下场考试去了。"

宗城跟着站直："下场考语文，给你个没太大用的招儿吧。"

林迁西回头指着他："你再说'好好考'试试。"

"别空。"宗城说，"不管你会不会写，都尽可能写上，一题都别空。"说完他先走了。

林迁西没想到他还真给自己支了个着儿，默默记了一下，跟着回去。

周学明提早了至少二十分钟，已经拿着试卷在大教室里等着了。

林迁西一进门就发现老周隔着眼镜片看着他，淡定地吹着自己茶杯里漂浮的茶叶。他故意往讲台那儿走两步："别看了老周，我是真舍不得你，我就不走。"最后四个字简直说得像要赖。

"……"老周看着他吊儿郎当地哼着歌去了最后一排，茶叶都忘了再吹。

宗城坐在上一场的老位子上，看着他回来，低声说："挑衅老师？"

"怎么了宗指导员？"林迁西坐下来，小声回，"我输人不输阵啊，不能辜负组织栽培。"

大概是听见了俩人小声交谈的动静，张任在右边往他俩身上看，前面的丁杰也一会儿回一下头，古古怪怪地瞅他们。

宗城拿了支笔出来，朝丁杰身上扫一眼。

"看什么看……"丁杰拿着东西，忽然就挪了个远点儿的位置。

张任看丁杰那怂样就笑，转头见林迁西看了过来，担心他又一脚踹过来，便没再看了。

下午四点，第一天的考试结束。林迁西交了试卷，拿着书包走到教室门口，回头看宗城。一开始是时不时看一眼，等教室里其他人走得差不多了，就直接正大光明地盯着他了，眼神热烈得快要在他脸上烧出俩窟窿来。

宗城把包搭肩上，迎着他视线走过来："看什么？"

林迁西刚要说话，忽然看见姜皓从前门出去，正朝这儿看，眼神还挺莫名其妙，于是避开那目光，往外走两步，才小声说："能不能对一下答案？"

"不对。"宗城出门往楼梯口走。

林迁西在后面紧跟着："为什么？我就想估个分。"

"别估了，明天还有两门要考，"宗城边走边说，"别妨碍最后两门的发挥。"

"有这么讲究？"

"服从组织安排，林同志。"宗城脚步快，几句话就已经下了教学楼，"我也没空。"

林迁西想起顾阳还病着，只好算了，跟上他的宗指导员，出了教学楼。

"林迁西！"远处有人叫他。

林迁西转头找一圈儿，看到了从教务楼那儿走来的体育老师吴川正在朝他挥手。

"又要干吗？"林迁西小声说一句，扯一下前面宗城的书包，先朝校门口跑。"我先逃一步。"

宗城回头，发现了在追他的体育老师。

"浑球玩意儿，我话还没说，跑什么跑！"吴川追不上他，停半道上了。

王肖和薛盛、孙凯三人扎堆在校门口等着林迁西，结果他一下就从眼前跑走了，都没来得及喊。紧接着宗城就在他们眼前走了出来，向着林迁西离开的方向走了。

"他俩一起出来的？"薛盛问。

"怎么可能，"孙凯不接受这个情况，"大门放这儿，你还不让人走吗？"

王肖抻头看林迁西跑远的背影："你看西哥这样是考得好还是不好啊？"

孙凯也跟着看一眼："不好吧，看着就不高兴，不然能跑那么快？"

本来王肖是提议晚上请林迁西一起出去吃烧烤的，看现在这样，反而不好开口去叫他了。

"看着就不高兴"的林迁西先到了杨锐那儿，结果到了门口他又不进去了，想想还是掉头往家跑。

杨锐都看见他了，坐藤椅上抻脖出来："你干吗啊，看一眼就跑？"

林迁西停一下说："跟你解释不了，刚考完今天的三大门，我要稳定一下情绪。"说完又继续朝前跑了。

杨锐嘀咕："完了，这是考砸了。"

林迁西回了家里那栋楼，到家门口的时候正好撞见林女士要出门，在门口停住了。

林慧丽正在锁门，看他回来，松开了钥匙。

林迁西扯扯嘴角："上夜班吗？"

林慧丽给了个模棱两可的答案："差不多。"

那就没必要问了，问了也没什么意义，反正林女士也不希望他管。林迁西伸手拧钥匙开门。

林慧丽可能是看时间不对，问了句："怎么这么早回来？"

林迁西停门口看她："今天期末考试了。"

林慧丽看了看他背后的书包，像在琢磨他是不是去考试了，似乎已经有了答案，挎了胳膊上的包下楼。"随你怎么混，好歹把高三上完，我对你也没别的指望了。"

林迁西看着她走了，回过头，对着门站了两秒，自言自语："没别的指望了？"好像是没有，一直都没有。

他进了家门，晃进房间里，把贴床头上的计划表撕下来，上面已经做满标记，现在暂时用不着了。他手指一抓，把计划表捏成了团，扬手一抛，精准地砸入书桌上只开了道缝的抽屉，自顾自地笑起来："进了呀西哥，真棒！等着吧，看看你到底还有没有让人能指望的吧……"

宗城回去后就开了视频，问了季彩，顾阳这会儿已经没什么要紧的了。

"早知道你今天考试，我就不打扰你了。"季彩拿着手机，一边说一边往顾阳房间走，"听顾阳说跟林迁西通了话，你怎么想到拉他来哄人的？"

宗城坐小桌那儿，拿笔在写顾阳平时生活需要注意的地方，准备一会儿给她发过去，一边说："想不到别人，顾阳在这儿也就跟他熟点儿。"

"你去之前我还担心你在那儿一个朋友都交不到，没想到现在走得最近的是个校霸。"

宗城心想，谁能想到他还做了校霸的"爸爸"。

视频里，季彩已经拿着手机进了顾阳的房间，把手机递给顾阳："快给你哥再看看你的情况。"

宗城放下笔，看着手机："药吃过了？"

顾阳坐床上，乖巧地点头："吃了。"

"嗯。"

"你俩能不能不要弄得像大夫跟病患似的？"季彩远远喊一句。

顾阳冲着屏幕笑了，笑着笑着声音低了下去，揉揉鼻子："哥，我发烧的时候做了个梦。"

"梦到什么了？"宗城隔着屏幕看他。

"梦到妈还在，咱们还过得特别好。然后妈走了，我身边的好东西都没了，爸非把我给送走了，我跟你分开了……"

"行了。"宗城打断了他，低声说，"生病了不要想这些。"

顾阳点点头，不作声了几秒钟，忽然问："西哥头还疼吗？"自己把话题给岔开了。

宗城问："他头疼什么？"

"考试啊，他说头疼。"

宗城觉得好笑，当着顾阳的面没笑："没事儿，头疼也就明天一天了。"

顾阳捧着手机问："等你们放暑假了，我能来看你吗？"

宗城看看他病恹恹的脸，点了下头："等你养好病吧。"

"没问题！"顾阳一下来了精神，"挂吧哥，我现在就去养病了。"

宗城看他这样就放心了，挂了视频。他想一下，搁下笔，伸手从书包里抽出明天要考的物理书和化学书，翻开大概看了遍考试前老师讲过的重点，又找出几本题册，挨个翻，比对着重点，凭着自己的推测，圈出了几道题，圈完了，又一道道拍了照，点开微信，给"八中乖仔"发了过去。

——全都做一遍，明天再去考。

林迁西的消息"嗖嗖"地弹出来。

——有用的？

——马上就做！

宗城手指点一下，发了个问号过去。

八中乖仔的消息又跳出来，特别干脆。

——爸爸！

宗城对着手机看了两眼，心想这下他就不头疼了。这做法其实有点儿押题的意思，宗城以前从不押题，风险太高，觉得太投机取巧，容易让人有侥幸心理。学习这种事儿会就是会，不会就是不会，根本不存在侥幸，这次算是破了回例。

林迁西处在没有结果悬着心的时候，不知道干吗，干等着考试到来，太容易焦虑，好在宗城的题来了。

他当晚写完了，自己在题册上找到答案对了对，改了错。没找宗城讲解，怕耽误他照顾弟弟，林迁西觉得自己有良心的时候是真善。

第二天还是听着六点零五分的闹钟起来的，这一晚的焦虑被几道题压住了，觉睡得算好。

林迁西出门后走了去杨锐那儿的路，刚到街上，看到路峰的旧货车在杂货店外面停着。

"去考试啊？"路峰从驾驶座里探出头来。

"是啊。"林迁西看着他，"一大早送货？"

路峰指指旁边座位："正好这趟活顺路，我送你一趟，省得你再平复什么心情。"

林迁西朝杂货店看一眼："杨锐肯定又夸张地说我了是吧？"

"没夸张吧，他说你考砸了。"

"……"林迁西想，这还不夸张？夸张得他都胸口闷。他绕到旁边去拉车门，还没坐进去，想起了他的组织、他的宗指导员，掏手机："等一下，你再带一个吧，别他今天又来不及去考试。"

路峰还没问带谁，就听他对着微信发语音："快来，专车接送，你要不快点儿我就去你家里把汤姆给偷走。"

"你偷什么偷？"说话的声音在身后。

林迁西回头，宗城已经拎着书包过来了。

路峰就猜到是带他，把车门推开："上来吧。"

林迁西先爬上去，回头催宗城："快啊！"

宗城站着看了一下，走过来，搭着车门跟在他后面钻进车里。

车门关上，林迁西一下被挤在了中间，问路峰："你这后面还有座吗？"

"后面都是货。"路峰发动了车，"仨爷们儿没必要讲究了吧，挤挤也就几分钟的事儿。"

林迁西只好挤着坐在中间。车往学校开。

"林迁西。"宗城忽然低低叫了一声。

林迁西转头："怎么了？"

宗城眼神落在他脸上，抿着嘴唇，没往下说。

林迁西转过头继续看着前路，一只手搭住仪表台，担心路峰这车速把他给当成面揉成一团。

车速是真的快，路峰赶着送货，大清早的路上没什么人，开得就没什么顾忌。过减速带的时候也没减速，林迁西坐得不稳，被猛地一颠，手脱了仪表台，身体往边上一歪，好在反应快，一把抓着座椅才没一头磕宗城脑袋上去。

宗城反应也快，一只手撑他腰上，没让他栽下来。

"别赶了路哥，这都要到了。"他扶着座椅坐直。

路峰看他一眼："我减速吧。"

"林迁西。"宗城又叫一声。

"嗯？"林迁西转头，看他眼睛又盯着自己。

宗城撑他腰的手推一下，抽走，垂眼看了看他坐着的地方："你到底有没有数？"

林迁西往下看，低声骂了句："我靠。"他以为坐中间呢，谁知道半边都坐宗城腿上去了，赶紧站一下，往中间挪。

宗城动一下腿，挪开。

"你早说啊。"林迁西莫名尴尬，感觉自己坐了人家大腿。

宗城拿书包搁在了腿上："我提醒过你了。"

林迁西想起来了，之前是叫了他一声，他又瞥一眼宗城的腿，勾了勾嘴角："我不是有意的啊，你腿……"他想说挺结实的，跟练过一样，话到嘴边觉得不太对劲儿，及时打住了。

宗城眼神淡淡地盯着他。

林迁西笑笑，手在嘴上拉一下，拉上拉链似的，彻底不说了。

林迁西冲路峰开口："你这车速冲得不是时候。"

"行了，都到了。"路峰停了车，前面就是校门了。

宗城看一眼，正好路上没人，先推车门下去："谢了。"

路峰冲他挥挥手，准备走了。

林迁西跳下车，关上车门时搭着车窗探脸进来说："路哥，我知道你不走常人路，你祸害杨锐就行了，别去祸害他啊，人未成年，还是我指导员知道吧，我指望他学好呢。"

路峰看他一眼，左脸上的疤都抖了一下："我看你现在满脑子除了考试也没别的了。"

林迁西笑两声，拍一下车窗，挥了个手，往校门跑。"跟你开玩笑呢，我不该只想着考试吗？我可是乖仔！"

第 36 章

宗城先进了考试的大教室，书包刚在最后一排放下，姜皓正好从前门进来，看见了。

"来这儿坐啊，"姜皓叫他，"你怎么又坐那儿呢？"

宗城又坐了昨天坐过的位子，旁边就是林迁西的座位，跟习惯了一样。他看了看姜皓，手上拿了书包，去了前面。

"你快成8班的了。"姜皓开玩笑说。

话刚说完，林迁西从后门走了进来，坐到最后一排，转头朝旁边的座位上看，找了一圈儿，目光扫到他们这儿，了然似的笑了一下，脸才转回去。

"他找你呢？"姜皓看见了，小声问宗城，"你俩一前一后，一起来的？"

宗城翻着化学书，抽出笔："你看是就是。"

姜皓听他这口气跟不想回似的，怕打扰他准备考试，摇摇头："我看没可能，还是我想多了。"

今天要考的是两门综合。8班9班都是理科班，上午第一场的理综是重点，最后一场是高二下学期必考的文综，那个比较简单，高考不会考，也不会被重点关注。林迁西的心思就在理综上了。

铃声一响，理科"三巨头"走了进来。年轻的化学老师在讲台上发试卷，英年早秃的物理老师守后门，还有个戴着眼镜木着脸的生物老师站窗口。

林迁西听见前面的丁杰说："这么恐怖，进地狱了这是。"

右边的张任瞅了一眼林迁西，然后问丁杰："跑不跑？"

林迁西看过去："你俩能不能安静点儿，我昨天说什么来着？"

"什么啊，又是你的大日子……"张任气急败坏地嘀咕，"今天你也结婚行了吧！"

试卷发了下来，林迁西又警告地看一眼张任，才埋头做题。

三个老师像巡逻一样来回在教室里穿梭，都了解林迁西以往的作风，经过他身边都得停留个几秒，重点关注一下。林迁西头都不抬，怕抬头浪费时间，做不完题。

直到听见结束的铃声响起，他才抬起头，一边伸出一只手交了试卷，一边转头朝宗城那儿望。

宗城在前面几排，也在交卷，没回头。

林迁西摸摸鼻子，脚尖点了点，手指摇着笔，没法跟他接上头，只好低头拿出手机，迅速开机，给他发了个微信。

——我做到了两道类似的题！

太激动了，没法不说。居然在试卷上遇到了两道跟昨天宗城让他做的题很像的，一道化学题，一道物理题。

宗城在前面低下了头，一只手在动。

林迁西有预感似的去看手机，果然他的消息回过来了。

——那你确定都写对了？

林迁西想了想，好像不确定，因为不是一模一样，只是类似。行吧，好像是高兴得太早了。一抬头，正好看见宗城转头看着这儿，眼神在他身上一扫就过去了，跟看穿了他似的。手机又振一下，林迁西低头，看见灯塔头像又发来一条。

——不对答案。

林迁西腹诽：冷漠无情的宗指导员。

第二场考试在中午十二点结束了，瞬间大教室里像炸开了花，丁杰和张任早跑走了。要搁以前，林迁西跑得比他俩还快，这回没有，考完了，也说不上来什么心情，毕竟还不知道结果。宗城还不肯给他估分。

"终于考完了，今天能去杀一局了吧？"

林迁西听见前面姜皓在问，看了一眼，宗城拿了书包准备走。他自己也收拾了书包，从后门走。刚到楼梯拐角，一个人正从楼梯下面上来，跟他顶头撞上。

"林迁西！"是体育老师吴川。

"我靠……"林迁西撑着墙从旁边一跳，直接跳下去两级台阶，飞速往下跑。

"你别跑啊！"吴川追下楼。

没办法，刚考完试，到处都是撒欢跑的人，林迁西在教学楼外面被人流堵住了，书包被赶来的吴川一把抓住，没跑掉。他无奈地回头："别问了老师，我真不进什么校队。"

吴川抓着他书包带子不撒手，一本正经地说："我特地在这儿等你考试结束呢！林迁西，暑假就要开始了，这个假期你不想充实一下自己吗？不想获得更高更快更强的前景吗？"

林迁西拧着脖子看他都觉得累："老师，你进了什么样的组织？最好赶紧出来，被逮进去的话自己的前景可就没了。"

"胡说什么，谁跟你开玩笑！"吴川拽着他书包往边上扯了扯，跟威胁似的，"加不加入校队？真对你有好处的。"

林迁西只能跟着他走了几步，站在道旁的梧桐树下面，"啧"一声："你就说给不给期末考试加分吧，不然没的谈。"

"加五分。"吴川忽然说。

林迁西一愣，眼睛都亮了，还以为他又要说不行，没想到居然可以！"你说真的？"

"真的啊！"吴川说，"不过我有个条件。"

林迁西指指他手："来，松开，咱俩和平谈判吧。"

吴川真松了手："是这样，今天下午四点有场学校的联谊篮球赛，你先找几个人来给我出个场，这就算进校队了，后面去哪个队我再给你安排。"

林迁西觉得古怪："篮球赛你找我？"

吴川叹口气，抹一把脖子上的汗说："原来的篮球队高考完就散了，高二这茬一直没选出人来，学校突然发个指令说要接受这次比赛，我能怎么办？就是找人应付也得上！我知道你行，你再给我找找其他人，可能还需要四五个。"

林迁西说："那五分可就有点儿少了。"

吴川不愧绰号黑竹竿儿，真跟一根竹竿儿似的杵他跟前："你知足吧，以前哪有加入校队给期末考试加分的？至少也得赢个几场正式的比赛才有可能吧，就这五分我还得打申请。你要不要，不要算了。"

"要！"林迁西只是想讨价还价一下，别说五分，一分也要，多一分就多一点儿留下的希望。"你刚说还缺四五个人是吧，等着。"他掏出手机，拨了王肖的电话。

王肖明显正无聊，电话一秒就通了，张嘴就说："西哥，考完了，晚上去不去浪？"

"下午四点，篮球场，浪不浪？"林迁西问。

"嚯，西哥居然要打球？浪浪浪！"

"叫上薛盛和孙凯。"林迁西说完，想一下，"好像人还不够。"

吴川在旁边小声问："几个了？"

林迁西指指自己，竖了四根手指，意思是加他四个。

吴川指示："最好再找两个，候补还是需要一个的。"

林迁西一听服了，这明摆着是要他直接拉个队，对着电话问王肖："还能不能再找两个？"

王肖跟被打了一针似的嚷嚷："对了，姜皓啊！那天在食堂他不是还说有空可以约一场？"

林迁西听到这名字，一下想起能找谁了，掉头就往教学楼上冲。

"林迁西！我在篮球场等你啊！下午四点！四点！"吴川在后面喊，生怕他不来，还不忘补充，"五分！你的五分！"

"你别喊了！我知道了！"林迁西的声音远远传过来，他早到楼上了。

吴川喊完了对着教学楼的楼梯犯嘀咕："诡异了，林迁西变得这么在乎分了……"

宗城刚出大教室，姜皓在旁边追问："今天能不能杀啊？"

"不一定有空，再给你答复。"他是担心顾阳还没好彻底。

"那行吧，知道你最近忙。"姜皓能理解，刚说完，手机响了，他掏出来接听："王肖？你说……叫我打球？"

姜皓听着手机，看看宗城："你要是让我找人的话，我只能叫宗城，就怕你们又不愿意。"

宗城看他一眼，摇了下头，自己先往前走了。

姜皓对着手机说："算了吧，人家自己还不乐意呢。"

宗城走下楼梯，这会儿人都走差不多了，只有他一个人的脚步声。忽然多出一阵急促的脚步声，一只手伸过来抓着他就往边上一拽。

宗城被拽过去，一手撑住墙，看着面前的人："你这是报复？"昨天拽林迁西一回，今天被拽回去了。

林迁西松开他胳膊，朝他身后看看，没看见姜皓。"我找你呢，下午一起打个球？"

"打球？"宗城站直，"你刚考完这么有精力？"

林迁西伸出一只手在他面前翻了翻："五分，吴川答应给我总分加五分，除了打架不搞，我现在打什么都贼有精力！"

宗城把被他拽歪的书包搭回肩上："那你叫我干什么，确定我会？"

"你不会？"林迁西打量他，忽然反应过来，"别扯了，姜皓都说你行，能别玩儿我了吗？"

宗城点头，转头往外走："好，不玩儿你了。"

林迁西看着他背影："那你答不答应？我昨天帮你哄弟弟，你就不能帮我挣五分？你就说你们家顾阳值不值五分吧！"

宗城停下脚步，嘴角扯了一下，林迁西就是林迁西，确实是欠他的，回头问："几点，在哪儿？"

林迁西顿时笑起来，朝他这儿小跑："我就知道组织没有放弃我！宗指导员，你的人性还在！"

宗城盯着他："说句人话。"

林迁西已经到跟前了，推推他："行行行，都答应你，快走吧。"

八中毕竟是小城市里的高中，没有专门的篮球馆，就一个露天的篮球场。

下午的时候，王肖、薛盛和孙凯先到，进了里面就嘀嘀咕咕地吐槽："西哥怎么会乐意在这儿打……"

学校的篮球场他们以前就没打过，都在校外的野球场混，跟姜皓也是在那儿打球认识的。野球场都是四周涂鸦，搞得花里胡哨的，看着就有激情。学校的不行，中规中矩的篮筐和塑胶场地，没半点儿花头。

三个人嫌弃了一阵，姜皓抱着个球过来了，身上还穿了白色球衣。"就你们仨？"他问。

王肖腿搭栏杆那儿做活动："还有西哥，说是体育老师让叫的，你别不是听到他名字就要跑吧？"

姜皓还真不太想跟林痞打球，但是被他这么一说，感觉要走就很没面子，随手扔下球说："体育老师没事儿找他叫人干吗？"

"都说了咱们西哥厉害，什么球都厉害，你非不信。"王肖狗腿子属性有点儿上来了。

姜皓没再往下说，因为看见林迁西来了，他一手插着兜，走路都像是带着痞气。

吴川紧跟着从另一头过来，脚步飞快，一头的汗，到了跟前惊奇地夸了句："可以啊林迁西，你真给我找了一个队啊！"

林迁西走进篮球场。"我人缘好呗。"说完看到姜皓，互相都没说话。姜皓嘲讽似的看他一眼，走开了。

吴川看看手表，又擦一下头上的汗，看了看面前这几个人："还有吗？是不是少一个？"

姜皓看了看王肖说："我帮忙叫了啊，人家真不来。"

林迁西说："还有一个，马上到。"几个人都看着他，他的眼睛看着篮球场的围栏外面。

宗城走了过来，一路进了篮球场，身上穿了件宽大的薄外套，看一眼林迁西："我来晚了？"

"没，还早。"林迁西给他让个地方，让他站过来。

吴川一下指着他说："对，我怎么把你给忘了！"

姜皓都愣住了，几步走到宗城面前，小声问："怎么回事儿，你不是不来吗？"

宗城看一眼还在等他过去的林迁西："听说是体育老师叫的，就来了。"

姜皓看看吴川，似乎信了。

吴川拿着脖子上的哨子吹一声，拍拍手，示意大家集合，有点儿无奈地说："临时凑了个队，也来不及训练了，反正是个友谊赛，怎么说呢，主要是人家来了，咱八中不能不露脸，输赢也无所谓了，懂我意思了吧？"

王肖感到好笑地说："咱们八中连篮球队都要凑啊？"

吴川有点儿冒火地说："可不是吗！本来咱们八中体育就不行，从上到下还都只知道榨体育课去给文化课，你们看看咱学校有一项比赛拿得出手吗？"

林迁西说："没有。"

"谢谢你，就不用回答了，这是二次伤害。"吴川说完掏出一把薄荷糖来，挨个发，"来，也别说老师亏待你们，一人一颗，提神醒脑，待会儿能打什么样打什么样吧，你们自己分配位置就行。"

"没队服啊？"王肖接了糖问。

"没有，"吴川回，"连队都是凑的，还要什么队服，自己随便穿着打吧。"

"寒酸。"孙凯忍不住在边上吐槽，"真就是一伙杂牌军啊，一颗糖就打发了。"

林迁西趁拿薄荷糖的工夫晃到吴川跟前，小声说："老师，你说你是不是不厚道，明知道咱们八中体育不行，还一心要把我搞进校队？"

吴川把糖摁他手里，小声回："那不一样啊林迁西，我看你是个好苗子。"

"……你是八中老师里面第一个说我是个好苗子的，我都要感动哭了。"林迁西抛一下那糖，又接住，"就是感觉自己被坑了。"

吴川说："五分？"

"行吧，被坑我也认了。"林迁西扭头回队，为了五分，也是拼了。刚回去，看见宗城没拿糖，正在脱外套，里面没穿球衣，就一件平常的宽松黑 T 恤。林迁西扯一下身上的短袖衫，他自己也差不多。

宗城留意到他的目光，抬头问："你打什么？"

"你打什么？"林迁西问，"让你先选。你这身高可以打中锋吧？"

"那就中锋。"

"那我控球后卫。"林迁西笑着说，"你就等着接我传的球吧。"说完转头，发现姜皓又在看他，眼神古里古怪的，但迎上他视线就转头做准备活动去了。

吴川在篮球架下接了个电话，说了几句，挂了之后高声说："来不及让你们试一场了，人家提前到了。"

王肖这会儿才想起来问："哪个学校的啊？"

吴川说："五中的。"

林迁西一愣。外面有一群人朝这儿走过来，老远就能看见穿着统一的蓝白球衣，说着话走向篮球场。

吴川出去迎接他们的带队老师，在场外彼此寒暄。

林迁西看着那群人走了进来，大多见过，为首的剃着板寸头，那天还在吃饭的地方问他是哪个学校的，赶他走人。

人群后面，跟着秦一冬，他早就看着林迁西了，脸板了起来。

王肖已经惊奇地看过来："西哥？"

林迁西没作声，没想到这五分这么难搞，还牵扯上了已经绝交的秦一冬。但也不奇怪吧，虽然一个叫五中，一个叫八中，但这小城里其实就这俩高中。

宗城也朝秦一冬身上看了眼，又看一眼林迁西，他们之间的事儿，和外人没关系，他也只能看看，很快就转头去做准备。

那个剃板寸头的居然走了过来，看了看他脸，冷笑了声："还真是那天的跟班。"

姜皓在旁边看见，以为他们认识，觉得奇怪："什么跟班？"

板寸头接话："跟你们八中老大的啊。"他伸手去指林迁西，头还没转过去，指尖"啪"地挨了一下，一颗薄荷糖精准地砸在他手指头上，痛得他手指一缩。

林迁西看着他："你说什么呢，再说一句试试？"这小子要不是个刺儿头就是个智障，上来就这么一句，林迁西担心他把宗城给惹毛了，还弄得在场的人都知道自己求宗城补习的事儿，想想都不是什么好情况。

"你别胡扯。"林迁西冷着脸警告他，"我也告诉过你我是谁了，今天这儿是八中的场了。"

外面寒暄的吴川朝里面看了一眼："怎么了？"

"没事儿！"林迁西自己喊一声，转头去场边活动手脚。

板寸头甩一下手，被同学拉回去了。

秦一冬也上来拉了一把板寸头，始终板着脸："打个球赛，跟他们啰唆那么多干什么？"

板寸头还在奇怪林迁西那一下怎么砸得那么准，捏着手指说："又没说错，跩什么啊……"

王肖这边三个人都莫名其妙，没作声，主要是没想到林迁西会维护宗城，又看林迁西在那儿做准备活动，不想搭理人的样子，也不好上去问。

宗城从头到尾都没说过话，板寸头挑这一句，可能是因为那天被赶离那店的时候他扫了他们一眼，让他们记仇了。

姜皓小声说："我现在有点儿摸不着头脑了。"

宗城拿了个护腕往胳膊上套，随口接话："什么摸不着头脑？"

"林迁西啊。"姜皓看一眼林迁西的背影，这阵子总觉得看到的事情不对劲儿，要么黏着宗城，要么帮他跑步，要么给他衣服挡雨，现在还维护他，不行了，越想越有问题。"幸好他是个男的，他要是个女的，绝对是喜欢你。"

宗城套护腕的手停了一下，瞥一眼林迁西："不可能的事儿别胡扯。"

第 37 章

吴川在场外边跟人家老师寒暄了一会儿，一起进了场地。

"你们就这么打？"对方体育老师看见现场这几个八中的连件队服都没有，少不了要问。

"别提了，听说你们五中昨天就考完试了，咱们可是今天刚考完的，这就被我拉来打球了。"吴川还挺会说，就这么把一伙杂牌军给合理化了。所以打得不好也是有理由的，因为刚下考场啊。

"早知道就另外挑个日子了，让你们赶时间了啊。"人老师还被说得不好意思了，捏着哨子说，"咱俩一起裁判吧，反正也是为了交流一下技术。"

"可以，没问题。"吴川说，一边去看自己的"队员们"。

林迁西在场边做好了准备活动，转头朝他看一眼，听到这话嘴角都勾了起来，还技术，连配合都不一定有。心里还没吐槽完，眼神就飘到了对面五中那群人身上。秦一冬正在做拉伸，从进场到现在就没个好脸色，林迁西默默转开了眼。

"开始吧！"吴川拿着哨子吹一声，指一下孙凯，让他先别上，做候补。

两方站到一起，开场前要背着手，互相鞠躬致意。林迁西的对面站着秦一冬。

秦一冬瞥了一眼他身边，林迁西的眼神顺着他目光往身边瞅，宗城站在他左手边，脸上没有表情，也没看他们。双方弯腰，头点下去，他听见秦一冬低低的声音："这特酷的帅哥是你新哥们儿？"

林迁西头抬了一下，直起腰时笑着低声回："他可不是哥们儿。"是什么也不能说，要脸。说完还小声补一句："我这人就不稀罕要什么哥们儿。"

秦一冬跟着直起腰，闭着嘴，绷着脸，没再说话。

林迁西瞥身边，宗城不知道有没有听见，反正始终没往这儿看。

哨子声响，五中的体育老师抛起球，瞬间开场。五中的确占了优势，才几分钟，板寸头已经抢着球想上篮，传球、防守都配合度很高。场中的人你追我赶，你攻我守。

林迁西在后方找机会。其实他最喜欢打的还是台球，之所以会打篮球，完全是因为秦一冬喜欢这个。以前他每次进篮球场都是因为和秦一冬一起玩儿，要说默契，在场的人里，可能也就秦一冬跟他有点儿默契。

带着球的板寸头要突进了。林迁西找准机会，一个过人，带走了他手里的球。

旁边有脚步声，他看到一道熟悉的影子，想都没想，手上跟有惯性一样把球抛了出去："接……"

球在半空中画出一个弧度，落向秦一冬。秦一冬好像也没想到，都没能第一时间去接。板寸头半道杀出来截了，把球又抢了回去。

"西哥！"王肖震惊地喊了一声。

"你在干吗啊！"姜皓回头瞪他。

宗城从旁边跑过，压着眉看了他一眼。

林迁西握了握刚扔出球的手，干巴巴地笑一下："是我没看清方向。"

板寸头把球传给了队友，马上上篮，二分到了手，还回头嘲讽："谢谢八中老大的助攻啊。"

五中的都在笑。秦一冬没笑，是想起了以前好几次这样的传球，他跟林迁西打球的时候都是这样去截别人的球，但也不是什么有意义的回忆了。他跑过去传球，看都不看林迁西。

吴川都忍不住说了句："好好打，开小差呢？"

林迁西脸上挂着丝干笑，什么也没说，也不知道该说什么，深吸口气，算是提了提神，又去截球。

五中一看就是有固定练习的，十分钟下来连续进了三个球。板寸头前面截到了林迁西的那个球，就跟解了气似的，劲头都足了，后面跑过来拦在他前面，专门盯他。

林迁西看了板寸头两眼，这小子现在挺得意，连眉毛都是扬着的，得亏是剃了个寸头，头发长点儿还不得飘起来？他心里嘀咕着，眼睛盯着球，看到球过来的瞬间就起跳去拦，没想到板寸头也跟着起跳。

旁边秦一冬也跑来拦球。

林迁西胸口忽然猛地挨了一下，是板寸头的手臂直接往他胸口撞了上来，他手没挨到球，人往边上摔。他第一反应是不想碰到旁边的秦一冬，脚一踩地往后边连退好几步，重心不稳，背撞到一个人身上，后脑勺"嘭"的一声，好像是撞到了对方的脸，俩人直接摔一起，砸地上。

"宗城！"姜皓叫起来。

林迁西的脑袋磕在对方身上，赶紧爬起来，看见宗城摔倒在他后面，一手捂着鼻梁，眼睛死死地盯着他。"靠……"他都来不及摸一下后脑勺，伸手就去拉宗城。

宗城一只手撑地，迅速站了起来，碰都没让他碰，皱着眉，捂着鼻梁看他一眼，眼神沉着，冷冷说："你要不想打就别打了。"

"……"

吴川吹了哨子，判定板寸头犯规一次。

林迁西看着宗城跑去了场边，明显感觉出他不高兴了，转头狠狠刮了眼板寸头。

板寸头好像不当回事儿，居然在笑，还跑过来继续拦他，故意似的小声说："看什么啊林老大，大不了犯规到下场，你们这几个也不见得能赢。"

"我只打球，不打嘴炮，希望你们五中也这样。"林迁西说。

板寸头挺不屑的，比赛继续，还真就死盯着他。

林迁西故意晃了个点儿，吸引他往左来拦，忽然往右跑，速度快得一闪而过。忽然小腿被绊了一下，他人往前猛地一个趔趄，还好没摔倒，但是火气已经起来了，转头就瞪板寸头，脚动了一步，差点儿上去。

吴川又吹响了哨子，再次判了板寸头犯规，也有点儿火大："别拉拉扯扯！"

宗城忽然打了个暂停的手势，中场暂停。他过去跟吴川说了两句，很快又返回场中，鼻梁上已经红了一道，脸上还是冷着的。

吴川在那头跟五中的老师交谈了两句，朝林迁西摆摆手，指指边上坐着的孙凯，这是要中途换人了。

林迁西看宗城，他还是没什么表情，额头上出了汗，头发又往上抄起来，把胳膊上的护腕往下拉了拉，怎么看，那种冷酷无情的模样都毕露无余。

林迁西只好走下场，本来说好了要给他传球的，结果球传到了秦一冬那儿，还连累他摔一跤，真干的不是事儿。

孙凯上场时经过他身边，还安慰他："西哥放心，那小子要搞事儿，我去弄他。"

"你弄什么啊，别犯规。"林迁西自己都是忍着的，要不然早给那小子好看了。

孙凯只好忍着跑进场里去了。

林迁西一下场，场里的局面就变了。板寸头失去了盯的目标，这次换成去盯宗城了。

宗城打中锋，好几次抢到了球，准备投篮。

林迁西眼睛不自觉地盯着他走位，盯着盯着，一下回过味儿来了，在场边站了起来。他得承认板寸头打球确实挺不错的，只是今天故意搞事儿，也不怕犯规，去拦宗城的时候又肢体接触了。

哨声吹响，吴川判定板寸头犯规，宗城获得了罚球的机会，还是三分线外防守犯规，罚球三次。

"我就知道！"林迁西小声地自言自语。

宗城是故意的，就是为了让板寸头盯自己，让他犯规，自己拿到罚球机会。

板寸头显然也意识到自己中招儿了，脸都拉长了，走开的时候还盯着宗城。

宗城接了球，站在线外，抬手投球，一投一中，一投一中，三次，直接追回三分。

连王肖都多看了他一眼，跟头一天认识他似的。

姜皓直接喊了声："帅！"

林迁西马上朝吴川举了下手，指指自己。

吴川看宗城投篮呢，眼睛是看到他了，却没搭理他。

林迁西咂了咂嘴，抹一把脖子上的汗，撑着膝盖等着。

秦一冬在场中奔跑，他没看，故意不去看，可能还更舒坦点儿，再让他上场，绝对能好好发挥。

一直到中间休息也没等到吴川发话。林迁西都快以为没机会了，下半场开始前，吴川朝他挥了下手。他一下就像通了电似的，迅速跑进场内。

板寸头看到他过来的瞬间，他人已经从眼前飞一样闪过去了。

球飞过来，林迁西一把拦了，在手里都没停留超过一秒，就往边上早盯着的身影抛了过去。

宗城一把接了，直接一个投篮。进了！分超了！

"哈！"林迁西笑了声，随手抹一把额前的碎发，从旁边跑过，爽到了。

"西哥这会儿正常了？"王肖边跑边跟薛盛嘀咕。

林迁西看见宗城投完篮朝自己看了一眼，笑着朝他挤了个眼，他也没什么反应，就那么看了一眼。转过头，扫到秦一冬的脸，不笑了，立即跑开，当作没看到。

板寸头觉得他们这分就是阴来的，现在专心去盯进攻的宗城了，可是还没过去，林迁西就杀了出来，挡住了他的路。

哨子声响，吴川喊："林迁西！犯规了你！"

"知道了！"林迁西吊儿郎当地拦着板寸头，刚才确实故意挤了他，学着他之前的口吻说，"看什么啊，大不了犯规到下场啊，来啊。"开玩笑，在林迁西面前耍赖？林迁西早该治他的，把他当秦一冬的朋友算是给面子了。

板寸头爆了句脏话，忽然就火大了，拿肩重重撞了上来。

林迁西反应快，一让就避开了，有点儿意外，以为他会顾忌一下场合的，没想到居然会直接硬刚。

"你跩什么，不就能混吗？欺负了秦一冬，当我也怕你？咱们五中是好欺负的？"板寸头骂。

"……"林迁西盯着他，目光飘到秦一冬身上。

"干什么！"吴川冲过来，直接拉开人。

五中的体育老师也赶紧过来。两方的人都一下围过来，王肖和薛盛在林迁西一左一右，都快直接动手了，被几下刺耳的哨子声给制止了。

"暂停！暂停！"吴川含着哨子急急忙忙打手势，"不打了！"还打个鬼的球赛，好好的联谊赛，直接打成了恶交赛。

林迁西转头离开场中时终于又看了眼秦一冬，他浑身是汗地站在五中的队伍后面，喘着气，脸色更不好看了。

最后就打了这么个半场，无疾而终。

"这交流的什么技术？"姜皓到了场边，小声嘀咕，"再交流下去就成交流拳脚了。"

宗城摘下护腕，拿了自己的外套甩一下，搭肩上，什么都没说，直接出了篮球场。

林迁西看他二话不说走了，摸一下鼻子，还是跟了过去。

秦一冬看着林迁西走了，回头问板寸头："邹伟，你干什么，今天打这屎样？"

被叫邹伟的板寸头说："那不是你仇人吗，跩得跟二五八万似的，一来就对付我。咱们五中这么多人还怕他一个八中老大啊，没事儿，正好给你报仇。那没表情的跟班也让人不爽，还耍心机，骗罚球。"

秦一冬脸色一阵青一阵白："那是我仇人，跟你有什么关系，谁让你对他下手了！我是来打球的，你是来打架的？"

邹伟被他骂得愣了一下："我把你当朋友才给你出头的。"

"真把我当朋友就别这么干。"秦一冬拿了东西气冲冲地先出了场地。

林迁西一路追着宗城离开学校，愣是没追上。那人出了校门不知道拐去哪儿了，就这么不见了。他只好改变思路，往指导员的老巢赶。

经过杨锐的杂货店，他进去到冰柜那儿拿了两瓶农夫山泉，说了句："赊账啊！"人就急匆匆跑了。

杨锐追出来："你这是干吗去了？"

"别提了，我都不知道自己是干吗去了！"林迁西边跑边远远留下一句。

杨锐不禁又嘀咕："完了呀，这还是考砸了。"

林迁西跑到老楼外面，就在楼道口坐了，开了瓶矿泉水，仰脖灌了一大口，咽下去时又想起篮球场里的事儿，有点儿恼火，又有点儿欣慰。好歹证明那板寸头对秦一冬还不错吧，换句话说，冬子也算交了个挺义气的朋友，在他这"混社会的八中老大"面前都敢出头，是挺不错的了——虽然那小子弄得自己挺不爽的。

"挺好的啊，冬子，好好珍惜吧。"他拎着矿泉水瓶在手里晃着画了个圈儿，自言自语，就像秦一冬还在跟前听他说话似的。

手机忽然响了。林迁西一下回神，从左边裤兜摸到右边裤兜，摸了出来，按了接听。还以为是吴川打电话来教训他呢，他都做好心理准备了，还没开口，对面一片熟悉的嘈杂声，夹杂着脏得不能再脏的粗言粗语，三炮的声音响起来："哟，西哥，你们不是放假了吗？以前三天两头跑出来混，这会儿都放假了还不来报到啊？"

林迁西说："报什么到，我马上高三了你不知道啊，以后你们玩儿的地方都没我了。"

"什么玩意儿？"三炮骂，"你说梦话呢，高三跟你有什么关系？你他妈不是这几条街上响当当的西哥吗？那破课还要继续上？"

"上，以后别找我了，我学好了，听清楚了吗？"林迁西直接摁掉了电话。

他收起手机，又喝几口水，倒一把在手掌心里，洗了把脸，抹掉了汗，一抬头，总算瞧见那熟悉的身影了，马上站起来："跑那么快，以为你失踪了！"

宗城不知道从哪儿回来的，鼻梁上横着贴了块创可贴，看他一眼，直接上楼。

林迁西盯着他那创可贴，他鼻梁高，这一贴特别显眼，显得自己之前那一下贼没轻没重，心里都过意不去了，看着他从旁边过去直接上楼，就自发自觉地跟上了，把另一瓶水往他手里送，敲敲他手。

"我不是故意的，你别是真生气了吧？"

宗城没接，上着楼，淡淡地说："本来今天这事儿跟我们都没关系，大家凑一起也就是为了你那五分。"

林迁西拎着水，跟着他脚步，眼睛盯着他的宽肩："是的宗指导员，我今天脑袋发昏，发挥不好，不是弥补了吗？你就说我后面那个传球好不好吧！"

"我还得谢你是不是？"宗城已经停在门口，掏钥匙开了门，要进去。

林迁西挤过去，一脚撑着门框，拿腿拦住门："没这么小气吧，你真生气了？"

宗城看他一眼，俩人身上都是打球的汗，忽然挤在一起都是汗味，还混着身上的气味。

宗城偏了下头，问："你跑来就为了说这个？"

"我不是把你鼻梁给……"林迁西指指他鼻子，笑着说，"不来说不过去啊，我是有品格的人。"

宗城心想痞得不成样的品格，膝盖在他腿上一顶："让开。"

林迁西不让："你就说声没事儿，我就让了。"

宗城要是个这么容易受摆布的就不叫宗城了，就是没事儿他也不说，看着林迁西，忽然提了嘴角："你看我会进不去？"话音都没落，手忽然在林迁西小腿上一握。林迁西愣了一下，手里水一扔，下意识防摔，一手抓住他肩。

宗城抓到他脚踝就往门框边上一送，林迁西背抵门框，身前压着他胸口，直接撞出一声响，张嘴就是一句："我去！"

门已经开了，趁他吃痛收腿的瞬间，宗城瞥了眼他拧眉的脸，松开了他，推门进去了。

林迁西转了转被他抓过的脚踝，一手摸背，没摸到，咧着嘴角"嘶嘶"两声："太无耻了，你居然用这招儿，你是不是压我压上瘾了！"

宗城眼皮忽地跳一下，回头看他，没作声。

林迁西在他门口一蹲，没留意到话里的歧义，在那儿摸口袋，塑料袋哗啦啦响。

宗城不知道这一撞是不是真挺狠的，瞅他一眼，过几秒，又瞅一眼。

"汤姆！"林迁西忽然叫一声。

宗城抬眼，小狗从脚下撒爪朝门口跑过去了，张口叼住块他扔出来的面包。

林迁西蹲在门口看着宗城，冲着狗说："汤姆，这下撞得我要散架了，还不算还他吗？你说做人哪能这么小气啊是不是？"

宗城看他被撞那下是根本没事儿了，就故意不说话，看他演。

"算了，谁让我今天求他办事儿呢，不理我就不理我吧。"林迁西站起来，叹口气，要走了。

"等等。"宗城开口。

林迁西扭头："终于良心发现了你？"

宗城朝他怀里看一眼："你给我把狗留下。"

林迁西怀里抱着刚诱拐到的汤姆，只能放下了，嘴里嘀咕一句"硬茬"，"嘭"一声拉上了他的门。

宗城看着关上的门，也不知道是被气的还是被逗的，摸了下鼻梁，没来由地又提了提嘴角。

第 38 章

林迁西就知道球赛的事儿还没完，果然，回到家没多久，吴川的电话打来了。他又是一个人在家，刚给自己下了碗面，一边吃一边把手机放耳边听着。

"林迁西，"吴川在电话里像头疼一样叹着气说，"不管什么校队吧，反正我算是看明白了，绝对不能让你进篮球队。"

林迁西嚼着面说："太好了，我就不想进篮球队，也不想再跟五中打什么篮球赛了。"

"还委屈你了？"

"不不，委屈五中了。"

"你知道就好，再打都成打群架了，你可太行了！我都不知道该怎么去向学校回话！"

林迁西没回嘴，主要还指望得那五分，要保持听话状态，显得自己贼真诚贼无辜，嘴里"嗯嗯嗯"地回，一边吸溜着面。

吴川忽然问："你平常还玩儿什么球，自己说一个吧。"

"我玩儿台球。"林迁西说。

"台球？"吴川笑出了声，笑声都能让人联想到一根黑竹竿儿在迎风直颤，"你还玩儿这么绅士的东西啊？"

"嗯？"林迁西吸口面，一停，"你什么意思啊？"

"什么意思你自己品品。"吴川还在笑，把电话挂了。

林迁西没好气地拿开手机，看一眼屏幕，"哧溜"吞下一大口面，心想笑个屁，他还就玩儿这绅士的玩意儿了，怎么着吧！

想到这儿，忽然很想玩儿一局。他放下筷子，手指点着手机，点出微信里的灯塔头像，对着对话框又犹豫了一下，还是没发。刚打了一场不太高兴的篮球，这会儿约他打台球好像不是时候。

林迁西笑一声，又想起了之前诱拐汤姆的事儿，在桌子底下不自觉地转一下被他抓过的脚踝，放下手机，哼着歌把碗送进厨房，又听见手机响了。

他把碗放进水池，走出来接，看了眼号码，拿了放到耳边，听见路峰的声音："林迁西。"

这声叫得挺严肃，林迁西回："怎么了这是，今天吹的什么风，你居然给我打电话啊？"

路峰不知道在什么地方，挺吵的，他压低声说："三炮找过你是吗？"

林迁西一下想起了之前三炮的那个电话，撇下嘴，感觉有点儿烦，换只手拿手机，贴耳边说："对，我跟他说过以后都不用找我了，我学好了。"

"他现在逢人就说你要学好了，还要找你本人，这事儿你知道吗？"路峰口气还是挺严肃。

林迁西沉默一秒，说："不知道，不过也猜到会有这种事儿。"

路峰说："我早跟你说过了，学好有这么简单吗？你要脱离的可是一个圈子。"

林迁西又换手拿手机，更烦了："我知道。"

"要我出面吗？"路峰问。

"别，路哥。"林迁西口气很认真，"上回让你帮宗城疏通就挺麻烦了，这事儿你帮不了，只能我自己解决。"

"行，你自己有数就好。"路峰挂了电话。

林迁西拿着手机，从左手抛到右手，最后直接抛桌上，抓两下头发，嘴里低低骂一句："烦……"从遇到三炮的那天他就知道的，这个圈子还在他身边，一直没走远，这一天迟早都要来。

台球厅里终日亮着昏暗的灯光，即使现在是下午，也非要营造出一种昏沉又颓靡的氛围，也没人知道是为什么。

姜皓在角落里的台球桌那儿站着，拿着巧粉擦球杆，一边看门口，看了好一会儿，终于看到宗城进门来了，立即招手："这儿！"

宗城走过来，自己选了根杆，走到台球桌边，半句废话没有，开始动手摆球。

"你鼻梁没事儿了？"姜皓问。

"嗯。"宗城鼻梁上的创可贴今天刚撕掉。

"我真是望眼欲穿地等到了暑假，可算约到你打台球了，"姜皓放下巧粉说，"反正再跟林迁西去打那种篮球我是不干了。"

"那天会打成那样也是对方要搞事儿。"宗城说。

姜皓看向他："你意思是说林痞就没责任了？"

"有，但不全是。"宗城看他一眼，"你没必要一直针对他。"

"我针对他什么，你转过来的不知道，他以前那样……"姜皓笑了笑，"算了，可能我就是天生看不惯这种人。"

"也可能只是你对他了解太少了。"宗城轻描淡写地说。

姜皓都要趴下去瞄球了，听了这话停下来，惊讶地看着他。

正好门外面有人进来，姜皓扭头去看，看到了王肖，还有跟他形影不离的薛盛和孙凯，冲宗城低声说："巧了，来了三个对你了解太少的。"

宗城掀眼看了看那三个人，拿巧粉擦杆，没说什么。

王肖已经看到他们了，隔着张台球桌跟姜皓打招呼："这么巧，你还真玩儿台球了啊？"

"真的啊。"姜皓指指对面的宗城，"你要不要跟他杀一局试试，让你现场感受一下呐喊的冲动？"

王肖打篮球那会儿是对宗城有点儿刮目相看，但还记着仇呢，不大卖面子："有那么神吗？"

宗城没管他们说什么，自己玩儿自己的，特地绕过去，背着他们，伏低身子送出第一杆。

"啪"一声，王肖对着他背影还是看到了，看到球一下散出去那架势，直奔洞口，嘴里小声蹦出句："哟嗬？"

薛盛和孙凯也在后面踮脚看了看。

姜皓挺得意，看他们仨："怎么样？"

"也就这样吧，比不上西哥。"王肖坚持狗腿子路线五百年不动摇。

"吹吧你就。"姜皓翻个白眼，去接宗城后面打第二杆。

等他们打完好几杆，那三个人还在，只是坐到了靠门的台球桌那儿。也不玩儿，就在那儿嘀嘀咕咕的，偶尔瞥一眼这边打球的宗城，用那种"也就那样，反正比不上咱们西哥"的眼神。

姜皓忍不住问："你们不打台球，跑这儿来干什么？"

"有人找我们。"王肖说着问薛盛，"人呢，怎么还不来？"

薛盛看门外，忽然站起来，脸色有点儿不对。

王肖去看，一下也变了脸，跟吓到了似的。

一群染着头、叼着烟的不良青年走了进来，浩浩荡荡的。最前面的是个精瘦的吊梢眼，进来就打量王肖："哟，几个小朋友被哄来了？听说就你们三个老跟在林迁西屁股后头是吧？"

角落里，宗城站直了，认出了这个人，是林迁西口中的那个三炮。

姜皓看出不对，悄悄问他："怎么了？"

宗城说："今天打不成了，你先回去吧。"

"那边……"

"走，"宗城打断他，低声说，"别待会儿走不掉。"

姜皓知道那群不是善茬，一看就是社会上的，来得有点儿多，前前后后至少有二十个人，直接把门口那块给堵了，他看看宗城："你不走？"

"我没事儿。"不是没事儿，而是知道自己走不脱，那个三炮应该还记得他。

姜皓只好放下杆，拿了自己的东西走人。

出门的时候被那群人看到了，三炮扭头看姜皓一眼，没看出什么，以为是个吓跑的客人，讥笑了声，回头指着王肖："给林迁西打电话，把他叫来！"

宗城站在角落里，看着王肖被上去的两个人拉扯着搜出口袋里的手机，强迫他拨号。

"喂，西哥……"王肖明显害怕三炮，黑脸都吓得泛白了，"三炮找你……"

三炮还拍拍王肖的肩，流里流气地笑："乖啊，真听话，老子就在这儿等他。"说完领着人朝里走。里面还有包房，快到门口的时候，三炮看到了角落里那张台球桌。

宗城一手握着杆，坐在桌边上，面无表情，就像这里什么事儿都不存在似的。

"你小子也在！"三炮果然一眼认出了他，长这么显眼，认不出来就有鬼了，顿时那双吊梢眼都要冒精光，说话跟磨着牙似的，手指着他，"正好，你跟林迁西一起的，多你一个他来得更快，等会儿一起算账。"

宗城就看了他一眼，连表情都没给一个。

三炮冷笑，要过去。"少在这儿跩，爷爷先给你松松筋骨也行。"

一个人迅速跑进了门。王肖立马喊："西哥！"

林迁西刚才恰好在附近，从接到路峰电话后就一直在防着，今天会被王肖叫来一点儿都不意外。他跑得太快，胸口还在起伏，站门口扫了一圈儿，目光落宗城身上。

三炮早盯着他，没再往宗城跟前去。"来得够快啊西哥。"

林迁西走到他面前："三炮，当着这么多人面，咱们的事儿咱们了，其他无关的人别扯进来。"

三炮脸色不好看，被打了一巴掌似的，这话就等于说他办事儿不漂亮，青着脸说："你不是口口声声说学好了吗？不这样能找你出来？"

林迁西说："其他人撤开，你要怎么样你说。"

三炮不买账："其他人凭什么撤开，撤开了我找谁算账？"

"算我头上。"林迁西脸上一点儿笑没有，"一个圈儿有一个圈儿的规矩，你讲点儿规矩。"

三炮指宗城："这小子上次掰我胳膊……"

"算我头上，"林迁西脸冷了，"我说话你是听不懂吗？"

宗城眼神动一下，默不作声，看着他。

林迁西没看他，眼睛就盯着三炮。来时就做好了准备，这事儿只能他自己了。

三炮点点头，龇着牙笑："行，不愧是你西哥，有种，真有种进来说。"说完领着人进了包房。

林迁西看一眼宗城，嘴一闭，来不及说什么，跟着进了包房，门"哐"的一声关上了。

王肖追到门口，又往回缩两步，嘴里低低骂："完了，这下完了……"

薛盛跟他后面，小声问："什么情况这是？"

"我怎么知道？早知道找我们的是这群人，打死也不来。"王肖瞅着包房的那扇门，"那个三炮，听说以前手上沾过血的，我每回看见他都要绕道走……"说着他忽然注意到了宗城，古怪地看过去，"你还不走干什么？我不知道你怎么得罪的三炮，西哥都给你扛了，你还在这儿待着干吗？你就别在这儿添堵了！"

宗城淡淡地问："你们还不走干什么？"

"关你屁事儿啊，那里面的是西哥，别人怎么说西哥我不管，反正西哥在咱们这儿讲义气，咱们就不能随便走。"

宗城点了下头。

"你点头什么意思？"王肖又瞅一眼那门，"你不懂道吧，你知道里面是什么人，水多深？以为西哥混这么久到处都是朋友呢，屁！这里头复杂着呢……"

"你怎么知道我不懂？"宗城打断他。

王肖愣一下，居然没接上话。

房里忽然传出砸东西的声音，"啪"一声稀碎。

"少废话，你以前得罪过的都在这儿了，以前管你叫一声西哥，是当你在这条道上还长着呢，有什么事儿可以睁一只眼闭一只眼，现在你说要学好了？逗谁呢？找你就是来算账的！"三炮在里面嚷起来，声音都尖厉了。

"行啊，那按规矩，一个个来。"林迁西的声音吊儿郎当的，"我不还手，别使诈就行，使诈可就别怪我了。"

王肖脸真白了："真完了，这是要清账了。"

薛盛小声问："要进去帮忙吗？"

"你怎么帮？那里头什么人，你进去帮忙出得来吗？没看西哥把咱们都撇清了？里头都要走规矩了！"王肖说话又低又快，跟机关枪似的。

薛盛和孙凯都没了声音。

里面的人忽然出来了几个，那个三炮走前头，看到外头几人还在，怪笑一声："挺义气啊，还不走？想待会儿抬你们西哥回去呢？"说着跟周围一群人笑起来。

王肖怕他，没吱声，忽然瞥见宗城站了起来。

宗城离开台球桌，走到角落里，放下手里的球杆，在那儿重新挑选了一支，在手里掂了掂重量。

"你还有这兴致？"王肖看得莫名其妙，对着他那张冰山脸更冒火，小声说，"神经病吧你……"不走就算了，这时候还想着打球？

宗城握着那支球杆走回来，并没有打球，坐在台球桌边，一手撑着杆在腿边，半个字没有，眼睛盯着站门口的三炮。

里面忽然一声闷哼，是林迁西的声音。三炮一脚蹬在门口一张塑料凳子上，斜着眼看那扇门，脸上皮笑肉不笑。

王肖他们越发没声音了，三个人站在一张台球桌旁边，互相交换眼色，像是在揣测里面的情形，脸上都很难看。

又是一声闷哼，伴随着林迁西的一声低低的咒骂："靠！"

里头一个人说："西哥，改口还来得及，你就不脱这圈子，该干吗干吗呗，有什么事儿大家还能再想到你。"

"别想起我了，"林迁西闷着声说，"我一点儿都不想让你们再想起我。"

"这你说的。"

再一次闷哼。脚步声和闷哼声在里面交替。也有几分钟一点儿动静都没有，像石头沉进了水底，水花都没有。然后接着又响起脚步声、闷哼声。

王肖在桌边上忍不住走两步，可能是觉得是自己把林迁西叫来的，有点儿不安，也可能是没见识过林迁西这样的会遭遇这种事儿，害怕了，直到被薛盛拉一把，没再动。

不知道过了多久，至少有半个小时，里面没声了，门开一半，一群人转着手腕出来。

三炮一脚踹开凳子："轮到我了是吧？"

"你他妈压轴！"一个人说。

三炮的手伸进腰那儿摸，笑着要进门："我故意的啊，我跟西哥的账多，得留后头好好算。"

宗城忽然站起来，朝那儿走过去，经过王肖他们身边时，他低声说："能跑就跑。"

王肖蒙了，还以为自己听错了，转过头一直看着他直直走去了包房门口。

出来的那群人往台球厅外走，三炮刚要进门，被一支台球杆挡住了。宗城拿杆拦着他："你手里的东西拿出来。"

三炮一双吊梢眼横看他："你小子放什么屁？"

"清账的规矩我懂，"宗城手里的杆指着他右手，冷淡地说，"该怎么样怎么样，别玩儿阴的。"

"你少顶着张死人脸在这儿放屁！老子早就想揍你了！"三炮一把推开杆，挥下手，叫后面的人对付他，自己就要进门。

宗城手里的球杆猛地朝他挥了出去。

"咔嚓"一声巨响，三炮陡然尖厉地叫起来，杀猪似的，捂着右胳膊一头栽门上，手里掉出一把小刀，落在脚边，都已经开了锋。

周围的人都呆了。宗城冷冷地站着，手里的球杆已经断成了两截。

"嗙"的一声，门被拉开，林迁西抓着门，一眼看到外面的情形，愣了一秒，一下冲出来，拽住宗城："跑啊！"

宗城一把扔了球杆，两道身影风一样地冲出了门。

刚跑上街头，后面就有人追上来了。速度飞快的林迁西忽然一顿，趔趄一步，捂了下肚子，弯了腰："靠！"

宗城转身，连最先追上来的人长什么样都没看清，直接踹了一脚，跑过去拉他一把："跑！别停！"

林迁西咬着牙又跑出去。

一头冲入狭窄的巷子口，天光都被遮掩，昏暗起来。尽头是一扇锁了的铁门，有点儿高。林迁西停了下来，扶着墙，喘两口气。

宗城回头看一眼，站到铁门下面，半蹲着，搭起手："你上去拉我。"

林迁西抹把脸，后退几步，一个起跑加速，踩着他手攀住铁门翻上去，稳稳骑着，朝他伸出手。

宗城抓着他手腕，被他一拉，往上一攀，很快撑着翻过去，跳下地，往上看他："下来！"

林迁西在上面又捂了下肚子："等等，我缓缓。"

"人来了，下来！"宗城盯着他。

林迁西听见了追来的脚步声，转头就朝他跳了下去。

宗城被他一下跳到身上，直接随着冲劲儿仰头倒了下去，"咚"一声，感觉背都能把地砸出个坑来。"你……"他手在身旁地上撑一下，牙关里挤出句，"我没让你朝我跳！"

"我没顾上！"林迁西从他身上爬起来，太急了，膝盖一下压到他大腿。

宗城又哼一声。

林迁西赶紧离开他身上，一只手抄到他后脑勺，摸到一把扎手的短发，上下都摸一下，喘着气说："还好，没摔出事儿。"没出血就没事儿。

宗城坐起来，一把拽下他那只手："别废话了，快走！"

赶在脚步声接近前，他们从巷子里跑了出去。

十分钟后，居民区和街道都甩在了身后，前面似乎已经是尽头，是条还在修堤坝的河，没别的路了。林迁西直接跑下河堤，差点儿直冲到河里，急忙停住，不跑了，一头躺下来，仰头对着天，大口大口地喘气。

宗城在他旁边坐下，一手搭着膝，伸了下腿，一样在喘气。

风在河面上呼呼地吹，天空罩下黄昏的光晕，没再听见追来的脚步声了。

"有烟吗？"林迁西忽然问，哑着声说，"我要平静一下。"

宗城看一眼他毫无血色的脸，伸手去摸裤兜，摸出烟盒，抽出一根，直接塞到他嘴里。

林迁西张嘴叼住，又问："火呢？"

宗城又拿了一支烟塞进自己嘴里，掏出打火机，拨了两下，打出火，递到他眼前。

火苗在风里飘摇，林迁西躺着不想动，拿了嘴里的烟伸去火上，半天对不上，忍不住说："你别抖啊！"

宗城一把抓住他那只手腕："你别抖！"

林迁西愣一下，才发现是自己的手在抖，笑一声："我挨了一顿揍，挨伤了。"想抽身哪有那么容易，那包房里的每一拳每一脚都是前尘旧债。

宗城看了眼他被自己抓着的那只手，手上有血迹，不知道是他的，还是自己的，分不清。甚至连前半个小时自己干了什么，都有点儿分不清。风里像是也飘着丝血气。宗城松开了手，低下头，搓一下手指，拢着火递到自己嘴边。

忽然手被两只手一把捧住了，他掀眼，林迁西坐了起来，捧着他的手，叼着烟，歪着头，凑过来，和他烟对烟伸到眼前的同一簇火苗里。

点着的刹那，林迁西抬了头，迎上他目光，嘴角轻轻勾起来。"欢迎我吧，"他痞笑着说，"我还是从那里面出来了。"

宗城忽然感觉四周风声远了，忘了点烟，眼里只有林迁西的脸。那双痞笑的眼睛黑漆漆的，像一汪深不见底的泥潭，火苗在里面跳跃，他却像是看见了繁星。

卷三

新班

干脆给他个痛快吧!

痛快地告诉他,

是不是学好这条路真的就是条不通的死路!

什么空子都钻了,什么分都争取了,

是不是连要撬开道缝都没可能!

来吧,痛快点儿吧……

第39章

天黑了，楼道里也是黑黢黢的。踩着楼梯的脚步声从下往上，一声一声的，有点儿乱，然后"砰"的一声，门被撞开了。两道人影摸着黑一头冲进门里，跌撞着，搀扶着，就跟喝醉了似的。

地板上"咚"一下，是有人直接躺下了，林迁西的声音响起来："你开灯啊，好黑。"

"等等。"宗城的声音回答。

过了得有十几秒，他终于把灯给点亮了。屋子里一下亮起来，林迁西果然就在地板上直接躺着，喘着气说："我都不知道怎么撑到你这儿的，恨不得就躺在河那儿不走了。"

宗城抹了把脸上的汗，闻到股铁锈一样的血味，走开了一下，过了会儿回来，丢了两件衣服在他身上："去冲个澡，别躺着了。"

林迁西不想动："我太累了。"

宗城弯腰，抓着他胳膊硬把他拽起来："快去。"

林迁西只好一手抱住那两件衣服，爬起来："行了行了，去了。"

等他进了卫生间，宗城去厨房水池那儿洗手，才发现自己手上破了好几个地方，之前看到的血原来是他自己的。可能是爬铁门的时候割破了，也可能是被林迁西跳身上那一下摔的。他洗干净了手，又洗了把脸，湿了的手抄起头发，扶着水池缓了缓，又转头走回客厅。

林迁西忽然在卫生间里喊："怎么就这两件衣服，只给外面的不给里面的啊！"

宗城站柜子那儿找东西，听见声朝卫生间看一眼，牵起嘴角淡淡地回："要找我的内裤给你吗？"

"我……"林迁西好像没听见，在里面小声骂着，东西哗啦啦一阵响，像是人摔倒了。

宗城立即回头看着门。

差不多得有一分钟，门拉开了，林迁西走了出来，一只手扶了把墙，拖着步子走到小桌那儿，又一头倒下了，头发还是湿的都没管。

"好了，我活着出来了……"他一身湿漉漉的水汽，身上穿着宗城的黑T恤、宽松长裤，比他自己的衣服大点儿，显得整个人瘦一圈儿。没听见回音，林迁西拿眼去寻宗城在哪儿，还没寻到，肩膀被一把抓住了，才发现宗城已经在旁边蹲下。

他拿了坐垫坐下，在林迁西肩膀上的手忽然用力抓紧了。"你这回别乱动。"

"啊？"林迁西还没明白他在说什么，身上衣服就一下被掀了起来，小腹一凉，听见"嗞嗞"的声音，药水的味道弥漫开来，嘴里顿时叫："又是喷雾！"

宗城按着他肩，一条长腿一伸，故技重施，搭他膝盖上压着，另一只手在喷，垂着眼说："不是上次的，这是活血化瘀的，比那个刺激多了。"

"我谢谢你还特地告诉我！"

"不客气。"宗城一边喷一边看他的肚子，看不出伤，拳脚落在肚子上是最不容易看出来的，只有挨的人知道难受。

他停了手，又看见林迁西因为疼在吸气，白花花的小腹收缩，两条隐约的人鱼线没入长裤里，眼皮垂低了点儿，一把拉下黑 T 恤。

"好了？"林迁西"嗞"一声问。

宗城拿开腿，抓他肩膀的手拍一下："趴过去。"

"还来？"

"不想明天爬不起来就照做。"

"……"林迁西自己也知道挺严重，只好乖乖翻个身，跟条咸鱼似的，翻完就不动了。

宗城把他背上的黑 T 恤也掀起来，眼神凝一下，这回不是在肚子那种软地方，而是从肩上到背上，再到腰上，都是一块青一块紫。他低头，手里拿了块毛巾，先把喷雾喷上去，嘴上问："在那里面挨了多少下？"

"多少下？"林迁西下巴搁自己胳膊上，趴那儿蔫巴地说，"谁还数那个，那群人都自比关二爷在世，算讲规矩的，我跟他们不是深仇大恨，几拳几脚不错了，只要不妨碍到我家里，也不妨碍我以后，挨两下也没什么。也就三炮那混蛋麻烦……嗞！"

腰上忽然一痛，林迁西才知道宗城为什么要问这些，是在故意打岔呢，腰上已经多了块毛巾，刺激的药物反应得他都想扭。

宗城的手隔着毛巾按他腰上，重重一推。

林迁西咬住牙关才忍着没哼出声，忽然瞥见宗城按他腰上的手，手背上有几道口子，残留着血迹，还没处理，小臂绷紧，拉出线条，是真用了力。耳朵里听见他又低又淡的声音："至于吗，你这么能打，还这么怕痛？"

林迁西眼神没来由地晃一下，悄悄转开眼，紧着牙关，突然觉得这人真是酷到天花板了，一身烈性血气，而他就会喊痛，所以坚决不喊了。

至少花了半小时，宗城才处理完他背上的伤，拉下他身上的黑 T 恤时，眼神在他起伏的腰线那儿一扫而过，低头收拾了瓶瓶罐罐的药，起身去了厨房。过了会儿，声音才飘出来："吃什么？"

林迁西听见，终于松了牙关："不想吃。"肚子难受着呢。

里面有开灶火的声音。林迁西"啧"一声，还问他什么意见，根本都不照做，霸道。他保持着趴着的姿势，真是一点儿都不想动。

胳膊上忽然扫过毛茸茸的毛，有点儿痒，他一转头，看见白白的汤姆挤了过来，在舔他的手指。林迁西笑笑，摸它一下，还是不想动。"唉，汤姆，看到你真好，别看我这会儿挺惨，其实我高兴着呢。"

汤姆"呜呜"两声。

"呜什么啊，都说我高兴着呢，我离他们远一点儿，就离变好近一点儿，知道吧？"林迁西低低地跟它说话，"快说知道。"

汤姆忽然"汪"一声。

"嚯，不愧是学霸养的，你通人性了！"林迁西都想搂它。

等宗城端着碗饭出来，他还趴那儿，姿势都没变过。"吃吧。"饭放小桌上，汤姆闻着香味蹦跶，被宗城一把捞起来放到了旁边。

林迁西捂一下肚子："说了不想吃。"

"吃，除非你不想好。"宗城看着他血色还没回来的脸，"快点儿，我不想动手。"

林迁西只好慢吞吞地爬起来坐起来。"你动什么手，你还能动手喂我啊？"

宗城嘴角轻微地动一下，眼睛还盯在他脸上："都吃完。"

"……"林迁西服了，拿了筷子，手臂搭小桌上，开始吃饭。

宗城低头看一眼自己身上，现在才发现早不成样了，转头进了卫生间。

等他冲了个澡，换了衣服出来，发现林迁西耷拉着脑袋坐那儿不动了，盯着他黑漆漆的后脑勺，走过去，原来他就这么拿着筷子趴小桌上睡着了。汤姆在下面划着小短腿想扒他碗都没能把他扒醒。

宗城低头拿开他面前的碗，看着他闭着眼的脸，睡着的林迁西是真的乖，本来想叫醒他，也不想叫了，看他好几眼，一手捞起汤姆，直起身，走开了。

没一分钟，他又走回来，拿了个毯子盖在了林迁西身上，另一只手拿着手机，翻了翻，看了眼时间，又看一眼睡着的林迁西，转身走到门口，轻轻带上门，出去了。

杨锐正准备吃晚饭，就在杂货店门口摆着小折叠桌，放了两盘菜，问坐凳子上的路峰："喝啤酒吗，给你拿一瓶？"

"喝，来一瓶。"

"算了，你还是别喝了，待会儿还得开车呢。"杨锐又自己打住了。

路峰刚要回他话，就听见一阵脚步声，转头看街上，看到了那熟悉的又高又酷的身影，映着灯火，露出利落干净的短发、没表情的脸。

"路哥。"

路峰顿一下，有点儿意外："你叫我什么？"问完就反应过来了，"是不是有事儿要找我帮忙？"

宗城"嗯"一声："我不熟悉这儿的门路，想请你带我去见一下三炮。"

杨锐惊讶地说："这是出事儿了？"

路峰好像有数了，站了起来，饭也不吃了，跟杨锐说："我去看看。"说完走到宗城跟前，点个头，示意他跟自己走。

宗城跟着他，去了街头上，站一起低低交谈了一会儿。很快路峰掏了车钥匙，去路边上发动了他的旧货车。

宗城跟上车，坐到副驾驶座上。

路峰把车开出去时说："待会儿见到三炮我去说，你可能会吃亏，心里要有数。"

"我明白。"宗城没半点儿情绪地回。

车七拐八绕的，最后停下来的地方是条脏乱的老街，周围挤着洗头房、洗脚屋，闹哄哄的，老远就能听见麻将馆里麻将牌敲桌子的声音，嗒嗒地响。

路峰下车，先进了麻将馆里，过了会儿，走出来，叫了声："宗城。"

宗城从车旁走过来："能进去了？"

路峰看一眼里面："最里头。你够狠，他右胳膊都断了。"

宗城什么都没说，低头走了进去。

路峰在外面等着，点了支烟，没抽几口，听见三炮鬼叫的声音："你还敢来，老子卸你一条胳膊信不信！"整个麻将馆都因为他的鬼叫安静了几秒。

宗城的声音很冷："那就左胳膊，右胳膊我还要用。"

"你等着……"一通脏得不能再脏的问候，尖锐地刺入耳膜。

路峰烟抽大半截，里头人出来了。

宗城一手扶着胳膊，对他说："可以走了。"

路峰看了看他，转头去开车。

宗城去了车那儿，右手拉开车门，坐进去。

路峰看一眼他始终垂着的左臂："挨了几下？"

"两下。"宗城靠上椅背，说，"我让他拿杆砸回来，他说找不到球杆那么硬的，非要添一下才解气。得谢你出面，不然应该不止。"

"那不至于，你今天那下让他的阴招儿在大家面前露了出来，他自己也没脸，不然我去说也没那么容易，肯定还要咬林迁西，这会儿只提挨你捧的事儿。不过以后还是尽量避着他，那不是什么好货，没规矩，什么事儿都干得出来。"

"知道了。"宗城当时看其他人都在里面清账，只有三炮故意走了出来，就猜他是想玩儿阴的，才留了意。那一杆挥出去的时候就想好后果了。

路峰发动了车，也没急着开，又看一眼他手臂："严不严重，要不要去医院看看？"

"不用，他力气不行。"宗城声音沉沉的，"你这儿有木条吗？夹着正一下就行，还没断。"

路峰回头在装货的车厢里摸了一阵，摸出两根木条，拿给他看。

宗城说："短点儿，四十厘米左右就够了。"

路峰折了两段，把边上的毛刺在车垫上磨两下，磨到不扎手了，又从车座底下找了两根旧布条出来。

宗城坐正，把左臂完全露出来。路峰才留意到两道重重击打的红紫的痕迹，都淤了血，把木条按上去。宗城自己扶住了，那条断眉抽动一下，脸上终于露出隐忍的表情。

"你有种，还敢主动找回来。"

宗城自己扯着布条拉紧，腮边咬紧一下，又松开，淡淡地说："我嫌麻烦，不想纠缠，林迁西也是。"林迁西要出那个坑。

路峰点点头，他想得长远，不然以三炮的为人，真会没完没了，眼下至少这茬算揭过了，虽然闹得不太好看。他看宗城手法挺熟练，连要求都很专业，问了句："你还会医啊？"

"家里有个弟弟要照顾，该会的就得会点儿。"宗城绑上布条，口气还是没什么起伏。

"这回照顾的还多了个林迁西是吧？"路峰问。

宗城把手臂小心放好，又靠上椅背："他给我扛一回，我给他扛一回，挺公平的。"

路峰又点了点头，把车开了出去。

回到杂货店外，也就过了个把小时。宗城下车后说了句"谢了"，人就沿着街道走了。

路峰回到杂货店里，杨锐抻头看了出来："他回去了？"

"回去了。"路峰朝路上看一眼，回头说，"我没说错，这小子是真狠。"

"比你年轻时候可狠多了。"杨锐笑着说。

"不止。听说他成绩不错？"

"什么不错，好着呢，林迁西天天围着他转没看到吗，能教林迁西的那种，能不好吗？"

"幸亏成绩好，"路峰感慨，"不然要是去街头上混，这儿的老大可能就是他了。"

林迁西醒过来的时候又感到一团毛茸茸的玩意儿在拱自己，睁开眼睛，是汤姆在他怀里拱。他反应了一秒才想起自己在哪儿，一下坐起来。"我就睡这儿？"就躺那小桌边上呢，身边还多了条毯子。

他转着头找宗城，找了一圈儿，宗城才从卧室里出来，好像也是刚醒，眼皮半耷着，还带点儿惺忪。

"叫什么？"宗城的确刚醒，声音都哑着。

林迁西盯着他："你就让我睡这儿，自己睡房间？"

宗城说："那没办法，我也挪不动你。"其实是昨晚回来后只有右胳膊还方便，没法动他，只能让他那样睡着了。

林迁西信了，揉两下肩膀，试着活动身上。他还是厉害，打不死的小强，一晚上就好多了，把怀里的汤姆挪开，撑着小桌站起来。

正好手机响了，林迁西先看宗城，宗城朝洗手间歪下头："你的。"

他走进去，在里面翻了一下，从自己换下来的脏衣服里找到了手机，接通了，是王肖。

"西哥，没事儿吧你？"王肖在手机里说，"我们到杨老板这儿了，你要是没事儿就赶紧来让我们看看，真要吓死了。对了，那个宗城，你要能叫也一起叫上。"

林迁西拿着手机一边出来，一边看宗城："太阳从西边出来了？"

王肖说："真的，你能叫就叫，我们没二话。"

"行。"林迁西挂了电话，叫宗城，"去杨锐那儿，去不去？"

宗城看他一眼："等会儿。"

林迁西回洗手间去洗漱，弯腰在抽屉里找他这儿有没有新牙刷，刚要问，忽然瞥到他在客厅里单手系着身上长袖衫的纽扣，微低着头，下颌棱角分明。他起来就穿着件宽松的黑色长袖衫，看着整个人又冷酷了好几个档次。

"你穿这么严实不热啊？"林迁西忍不住问。

宗城扣着最后一颗纽扣："不热。"

"好吧。"林迁西不问了。

等到了杨锐的店那儿，王肖已经在门口晃悠了。"西哥你……"他冲过来迎接，刚起个头，就盯着林迁西身上的黑T恤看，又看后面跟的宗城，才回过味儿来，这衣服好像更符合那位的风格。"你这是从哪儿来的啊？"

"问那么多干吗？"林迁西故意不回答，越过他，叫两声，"杨锐，杨锐！"

杨锐踩着拖鞋晃出来："有事儿？"

"我待会儿去找三炮，你叫路峰给我把个关，我担心他再给我使黑手。"林迁西进门就说。

杨锐看一眼他后面走过来的宗城："不用找了，路峰找过三炮了，你俩暂时扯平了。"

"……"林迁西问，"我不是跟路峰说过让他不要出面吗？"

"扯平了呀，废话怎么这么多呢你。"杨锐回。

宗城在门口看了他们一眼，转头去了隔壁。薛盛和孙凯正站台球桌那儿，台子上摆着他们带来的烧烤和啤酒。

"今天咱们请客。"孙凯冲他说。

宗城随便扫了一眼，用脚钩张凳子，不远不近地坐了下来。

王肖走过来，看着他说："之前的事儿翻篇吧，以前是咱们小看了你，昨天你那一下太爷们儿了，咱们三个都服了。"

宗城看他一眼，没接话。

王肖一本正经的。"我说真的，你肯那么帮西哥，还叫咱们跑，得谢你，以后咱们都不会再提刚见面那会儿的事儿了，只要你也不计较就成。"说完他还嫌不够似的，"你这么爷们儿，以后咱们就管你叫城爷好了。"

宗城又看他一眼，这绰号取的，再给自己升几个辈分都有可能。"翻篇吧，其他就不用了。"

林迁西走了进来，皱着眉，还没搞明白路峰怎么出的面，看到现场这气氛，有点儿惊奇："你们仨终于倒戈了？"

薛盛把张凳子放林迁西旁边："没啊，来坐西哥，以后都是朋友嘛。"

"……"林迁西都有点儿不习惯，走过来坐下，看看旁边并排的宗城，感觉有点儿诡异，这什么造型，跟要拜他俩似的，就这两眼，他忽然看到了宗城的手。"你这儿，"他指一下，"还没处理啊？"昨天就看到了，还以为他当时就弄好了，居然没有。好几道口子，是不流血了，就是还肿着，挺难看的。

宗城看了眼，心想还好不是指左胳膊。"没事儿。"

林迁西笑了声。"我的责任，等着。"一边说一边站起来，对王肖说，"愣着干吗，开吃啊，我马上就来，昨天没胃口，今天饿着呢。"

王肖拖了凳子过来开动，先拿罐啤酒给宗城："来，城爷，敬你的。"

"……"宗城忽然有点儿明白王肖为什么对林迁西这么狗腿子了，天生的吧。他这人脸上越没表情越酷，越酷越显得硬茬，王肖又给他献上一根烤串，聊表敬意。

林迁西很快就回来了，凳子一踢，坐下来，把几片创可贴拍宗城怀里："贴上吧。"

王肖担心他身上有伤，不敢挨他太近，抢着串挤到对面去了。

孙凯吃着还夸他："西哥真是牛，昨天挨那一顿，今天生龙活虎。"

林迁西没好意思说自己昨晚被宗指导员的"推拿术"治疗过，随口"嗯"一句，觉得更要报答宗指导员了，转头催他："贴啊。"

宗城右手拿了，左手搭腿上，没表现出来暂时不能动。"我说了没事儿。"

林迁西嘴里刚叼根串，看着他，又看他左手，会意了似的，歪头过来小声问："你肯定是没说实话，昨天摔那下摔到胳膊了是吧？"

宗城断眉挑一下："嗯，被你发现了。"

"早说啊。"林迁西把凳子拖近点儿，拿回那几片创可贴，手在自己腿上拍了拍，低声说，"放过来。"

宗城看一眼对面正在开啤酒的三个人，易拉罐的声音"刺啦刺啦"地接连响起。他动了下腿，右手伸过去，搭在林迁西的膝上。

林迁西一只手里还有串，扯了一片创可贴，直接用牙咬着撕开，贴在他手上割破的地方，又扯一片，咬着撕开，再贴另一个地方。

王肖打算跟对面俩人碰个杯庆祝"劫后余生"，一抬头看到那俩人都低着头，看看林迁西，不知道在看什么地方，再看看宗城，微微垂着眼，好像是看着林迁西的侧脸。"你俩干吗呢，怎么不吃啊？"他莫名其妙地问。

"啧！"林迁西正专心干活，没好气地抬头，"吃你自己的不行吗，吓我一跳！"

"吃了。"宗城说，一边坐正了，手也抽了回去。

第 40 章

他们在这边吃吃喝喝，杨锐也不管，过了半天，才在隔壁问了句："你们就没别的事儿干了？吃完给我把垃圾带走啊！"

王肖大声回："放心吧杨老板，走的时候保证跟来的时候一样干净！"还不忘回问一句，"你要来两串吗？"

"我多大人了，还跟你们一群小屁孩厮混？"杨锐说。

"马上都高三了还小屁孩……"王肖嘀咕。

林迁西咬着串，正盯着宗城手上那几片创可贴欣赏自己的手艺，听到他们的话忽然停一下，想起了什么："不对啊，今天几号？"

王肖说："管他几号，待会儿吃完咱们就去找个地方好好玩儿一下，缓解一下受惊的心情。真的西哥，我真是吓死了，你要有什么事儿，我得去撞墙谢罪！这样，待会儿我先去探路，反正得躲开那个狗三炮。"

宗城看一眼林迁西，丢下手里的一根竹扦："今天出成绩。"

林迁西一下站起来："我就说！"难怪听到杨锐问有没有事儿总觉得不对，昨天挨一顿揍，差点儿把这大事儿给忘了！今天是拿成绩单的日子！

对面三个人一起抬头看着他。"那还玩儿吗？"薛盛问。

"玩儿毛啊，你们不去学校我可要去了。"林迁西心都悬着好几天了，串也不撸了，马上就往外跑，跑到门口回头看宗城，"你不去？"

宗城在他问来不来杨锐这儿时就想说了，就猜他是弄忘了，站起来说："去，一起。"

"那快点儿。"林迁西都开始原地踏步了，恨不得百米冲刺出去。

杨锐从隔壁藤椅上幽幽探出身来："林迁西……"

"闭嘴！"林迁西扭头盯他，"你不要说话，你要再说我考砸了我翻脸！"

杨锐笑了声："没，我就想说你今天这身衣服真帅，去吧。"

林迁西看看自己身上的黑 T 恤，回头看见黑 T 恤的主人出来了，不废话，立即出发。"快走。"

王肖他们在收拾桌子，嘴里喊："哎，等等西哥，一起去！"

等他们追出去，林迁西和宗城早走了，人影都看不见了。

林迁西脑补了一路，进学校的时候以为会看到十几位老师郑重其事地站在教学楼那儿，拿着大字报似的排名表，把结果直接招呼到他脸上来。

可事实是学校里一片平静，他上了教学楼，也没看见几个人。

宗城跟在后面，左手一直收在裤兜里，看他在前面一声不吭地走，开口叫他一声："哎。"

林迁西回头："干吗？"

宗城右手指指他要进的门："你的教室在前面。"

林迁西回神看一眼门，咧开嘴角："太激动了我，那我去前面了。"

宗城看着他进了 8 班，才进 9 班。

姜皓正好要出来，差点儿撞上他，上下看他两眼，奇怪地去看走廊："刚才那是林迁西？他穿着谁的衣服啊，怎么看着像是你的？"

宗城没回答，走进去问："成绩单发了吗？"

"没有。"姜皓跟过来，"学校的通知你没看到吗？"

宗城站在座位旁，没坐，看一眼班上，就没几个人。"什么通知？"

"说是为了分班公平，期末考试的阅卷不在咱们学校，试卷都送去外面的友校给人家老师批改了，咱们自己的任课老师都接触不到，到时候出了分和排名，就直接分班了。"

宗城听完朝窗户外面看一眼。隔壁 8 班冷不丁响起林迁西的声音："老周你是想玩儿死我吧！"

姜皓古怪地看出去："他干什么？"

宗城往前走，从前门出去，走到 8 班的后门口。周学明正好端着茶杯从前面的前门出来，回头看一眼教室里面，那眼神就跟姜皓刚才的差不多，然后扭头走了。

宗城转头看门里，林迁西从门里出来了，抬头看到他，低声骂了句："靠，白跑一趟，这是要吊着我一个暑假啊！"

宗城说："不然你去打听一下试卷送去哪个学校了，晚上我们翻墙进去看看你的卷子多少分。"

"嗯？"林迁西盯着他，眼睛亮起来，才一秒又皱起眉，"你也玩儿我？"

宗城几不可察地笑了一下："那能怎么办，等着吧。"

林迁西抓两下头发，忽又一停："对了，我还有五分呢！"

"这儿呢！"有人接话。

他转头往后看，吴川正大步朝这儿走："找你呢林迁西，你该开始训练了。"

林迁西看着他："什么训练？"

吴川走到跟前，真像一根黑竹竿儿晃到了跟前："你傻啊，高二的暑假是给你玩儿的吗？说好的更高更快更强呢，你进了校队不得训练？"

"你给我定了？"林迁西问，"哪个队啊？"

"田径队！"吴川理所当然地说，"这还用说，毫无疑问的。"说完看一眼旁边的宗城，"你说他适不适合田径队？"

宗城看看林迁西："适合。"

"你看是不是？"吴川对自己的安排很得意。

林迁西瞅瞅宗城，看他这回不像玩儿自己，应该是真的，朝吴川伸出一只手："五分？"

"记着呢，走啊，训练去。"吴川转头，明显就是特地来叫他的。

林迁西垂下手，没动："今天不行。"

吴川停下："为什么？"

林迁西动动肩膀，又瞥宗城："昨天受了点儿伤，要是跑步肯定不行，得过两天。"

"哎你！"吴川没好气，"你又打架了是不是？"

"没有。"林迁西立马否认，想了一下说，"我不小心摔的。"

吴川指指他，也不知道他说的到底是真是假，无奈道："算了，我勉强信你一回，走吧。"

林迁西问："说了不能训练，还走什么？"

"叫你走就走，你那天不是说玩儿台球的吗？"吴川先走，教体育的，多少带点儿风风火火的架势，不喜欢慢吞吞的。

姜皓从9班出来找宗城，正好听到这话，顺嘴问："台球？"

吴川看看他："你会啊？"

姜皓说："会啊，不过没他玩儿得好。"他指宗城。

吴川转头看宗城，仔细看两眼："听说文化课老师们都管你叫'好鱼'，吹得厉害，你会的东西还很多啊？"

"老师，人厉害着呢。"姜皓及时捧，都不用宗城开口。

王肖、薛盛和孙凯那三个人也赶过来了，还以为有什么事儿，好奇地看他们："干吗？又要打球赛啊？"

吴川一看都是打篮球的那几个，干脆招招手："正好，你们都过来吧。"

宗城看一眼旁边："站这儿也等不到你的分，走吧。"

林迁西真是一下被他戳中心思，拧着眉跟吴川下教学楼。"算了，吊死我得了！"

宗城因为左胳膊有伤，今天一直在后面不紧不慢地跟着。

姜皓走过来，小声问："后来出事儿了吗？就我约你打台球时，他们被那群社会分子围住的事儿。"他朝后面的王肖几个人递个眼神。

宗城低声说："没事儿了，过去了。"

"是吗？看那样子挺吓人的。"姜皓其实也担心一天了，"你呢，没事儿吧？"

"没事儿。"

姜皓想想还是往后走，去问王肖他们。

王肖看有个体育老师在前面，不好说太大声，又低又急地分享当天的见闻："那群人是冲着西哥来的，但是城爷……"

"谁？"姜皓打断。

王肖指宗城，看着他："他啊，我给他取的新外号，不霸气吗？你不是跟他很熟吗，不会不知道他什么人吧，真男人！跟咱们西哥有一拼。"

姜皓看着他们三个人，跟见了鬼似的，说那群青年是冲着林迁西去的一点儿不意外，扯上宗城就很奇怪。"你们没事儿吧，忽然态度对他一百八十度转弯？"

"算了，你不懂。"王肖找不到分享的快感，不想说了。

吴川把人带去器材室，那是个年头很久的老平房，推开门都是一股太久没进人的涩味。

"林迁西！"他回头叫。

"来了。"林迁西跟进来，一眼看到屋里摆着张台球桌，架着几根杆，好像刚刚擦过，桌沿还留着抹布抹过却没抹干净的几道痕迹。

"学校还真难找这玩意儿，我好不容易从仓库里找出来的，就这么一张。"吴川过去拍拍桌子，"你不是说自己能玩儿吗？玩儿给我看看，摔伤了不会连这都打不了吧？"

姜皓他们跟进来，看到一张台球桌放着，都很意外。王肖说："上啊西哥，好久没看你打球了。"说完去看姜皓，"正好让他震惊一下。"

姜皓不是太相信，瞥了瞥林迁西，学王肖那天的口吻："有那么神吗？"

吴川没管他们闲扯，问林迁西："你有没有陪练或者搭档？先来一局，我了解一下情况。"

林迁西欣赏着球桌，绕着看了一圈儿，听到这话抬头，直接看向宗城："有啊，他，就跟他打我才爽。"

宗城从进门就没走太近，因为知道自己今天不能上场，左手还收兜里。"我打不了。"

林迁西一下想起来了："哦对，他也受伤了。"

吴川看着宗城："怎么回事儿，你俩一起摔的？"

宗城看林迁西，林迁西看他，彼此眼神交换了几次，一个闭着嘴，一个继续看球桌，都默不作声。过几秒，林迁西才说："反正陪练就是他了，我就找他做搭档。"

宗城在旁边放哑铃的架子上随意坐下，没说好，也没说不好。

姜皓忽然说："那不行吧。"

林迁西看他："什么意思？"

"你凭什么让人家陪你练球？"姜皓都不想提"球"这个字，提球又想起那天的篮球，没什么好记忆，林迁西这个人从以前就没给过他什么好记忆，他看看宗城，"我跟他经常在外面约球，他算我球友，陪你练球去了，我以后找谁打球去？"

林迁西手里抓着个台球，抛了一下，眼睛看着他，眉头挑了起来："你在跟我抢人啊？"

宗城本来想叫姜皓少说两句，还没开口，听到这句，眼睛朝林迁西看过去。

王肖看热闹不嫌事儿大，在旁边说："西哥，露一手，这必须要露一手了！"

林迁西手里又抛一下球，走去桌边上，看着姜皓："你不是会玩儿吗？正好没人开局，我跟你打一场，让你好好看看我凭什么让他陪我练。"他还真不怕挑衅，尤其是在球桌上，越挑衅越有劲头。

姜皓既然来了就不怵上场，打量两眼他那张痞气横溢的脸，走过去拿了支球杆。

林迁西问："打什么让你选，八球、九球，还是英式？你随意，我都行。"

姜皓光听着都觉得他狂，又瞥他一眼："八球。"

"行，那就八球，速战速决。"林迁西也选了支杆，还朝宗城看一眼，笑起来，"等着啊指导员，马上你就是我陪练了。"

宗城看着他，毫无波澜地说："是吗，我等着。"

"嘿，你还不信我了。"感觉他不信，林迁西更有斗志了，换只手拿杆，准备把姜皓打哭。

吴川在旁边看着，忽然问："你刚叫他什么？"

其他人也疑惑地看过来。

林迁西一下回过味儿来，刚才叫太顺口了，"指导员"这称呼就出来了。"没什么啊，随便叫着玩儿的呗，不行啊？"

"你怎么那么多花样。"吴川站去了旁边，看看表，"开始吧。"

球摆好，开场。这不是在台球厅或是杨锐那儿，还能挑一挑球桌。学校这张唯一的台球桌是专打英式球的，球桌大球袋小，偏偏八球的球又比较大，要打进就很难。但是林迁西这么多年都是随心所欲玩儿过来的，根本无所谓。

他一手拿着巧粉擦杆，冲姜皓抬抬下巴："开球权让给你。"

"跩什么啊……"姜皓嘀咕，都看不下去他这德行了，提着杆压下去，表情认真，决心杀杀他威风。清脆的一声，一球打出。

林迁西看了眼球桌，无犯规，有进球，手上还在擦杆，并没有什么特别的反应。

姜皓自己倒是很满意，抬头看他一眼，发现他还是那么吊儿郎当的，有意无意笑了笑，让了开球权，别后悔就行。接着趴下去，打第二球。

又是一下击出去，球四散，"嗒嗒"几声轻响，尽管没进，但球局被打乱了，他已经领先一截，站起来，看林迁西："轮到你了。"

林迁西放下巧粉，拍两下手，拿着杆走到他对面，看了一圈儿，选了个很诡异的角度，弯腰，撑起手，压下杆。

宗城忽然站了起来，不动声色地走过去，站在墙边上，看着他伏低下去的黑漆漆的头顶，自己的黑T恤在他身上偏大，露出一截后颈，隐约还能看见一块青紫的伤。

"啪"一声，球撞出去，一道球闷着滚进洞口的声音"笃"地响起。林迁西站直了，眼睛盯着球，猖狂地说："接下来你可能摸不到球桌了。"

姜皓看到这一球后的桌面皱眉了，轻轻松松就破了局，球也做得太漂亮了，就是觉得他太跩，握着杆说："狂什么，至少也要两杆才能打最后的黑八，你有这机会吗？"

"一杆，"林迁西说，"我只要一杆。"他停住了，又伏低身，瞄住白色球。

一下，起身，调整位置，又一下。一球又一球进了洞口，连续的一杆一直没中断，直到他又俯身，压着杆，已经对准了黑色八号球。

"不可……"后面的"能"字还在姜皓嘴里没出来，重重的一声"啪嗒"响起。姜皓忽然说不出话了，吃惊地看着桌面。

周围甚至安静了几秒，然后王肖一下喊起来："西哥牛爆了！"

一杆，桌面上林迁西的球清了。

连吴川眼里都露出了震惊，走近又看两眼，不可思议地看着林迁西，跟刚认识他似的。

林迁西直起腰，嘴边勾着抹笑，绕桌走半圈儿，眼神早看到倚墙站着的宗城，手里的球杆伸出去，在他胸口轻轻点了两下："怎么样，他现在归谁了？"

宗城感觉胸口轻微的两下，仿佛都有回声，垂眼看了眼那杆，抬眼去看他脸，那张随便又轻浮的脸，低声反问："归谁？"

"这不明摆着吗，搭档！"

对，是搭档和陪练。宗城盯着他。

林迁西抽回杆，杆头指了指自己，嘴边的痞笑更深了。

第 41 章

也就过了两三个小时，杨锐从杂货店里的藤椅上看出去，瞧见自己的小店外面，那群人又回来了。

王肖一边走一边拍着一个男生的肩膀："哎，我早跟你说过了，你非不信，这下被打蒙了吧？"

那是姜皓，脸到现在都还僵着，一句话也没说。后面跟着薛盛和孙凯，最后面才是林迁西和宗城。

林迁西两手插兜，半边嘴角扬着，轻轻哼着歌，优哉游哉晃到小店的门口来。

"笑得挺开心啊，"杨锐打量他，"你考好了？"

听到这一问，林迁西脸上的笑顿时没了："别提了！白跑一趟，成绩单还没出。"

杨锐拿眼神询问后面的宗城。

宗城走过来，看着林迁西："高二的暑假不会长，学校肯定会提前开课，你应该也等不了多久。"

林迁西看看他："说得对，我好受多了。"

果然好哄，宗城心想，扯一下嘴角，目光从他脸上转开，看了眼站那边的姜皓。

"多等等也好，磨磨你的脾气。"杨锐朝姜皓递个眼色，"那边怎么回事儿？"

林迁西又笑了："我们体育老师拉我进了校队，还给我弄了个台球桌，懂了没？"

"是吗？"杨锐挺意外，都从藤椅上坐正了，又看看那头的姜皓，小声说，"又台球桌上教做人了？"

林迁西点点头，还挤了个眼。

"皮。"杨锐说。

林迁西朝旁边的宗城抬抬下巴，小声回："谁让他跟我抢人。"

宗城眼睛看回林迁西身上，胸口上被他球杆点的两下仿佛现在都还在，没说话。

杨锐冲他笑起来："林迁西，你这张嘴实在太骚了，以后别吃亏。"

"你第一天认识我？"林迁西扬眉，"谁能让我吃亏啊？"

宗城淡淡地说："说不定，迟早的。"

"……"林迁西没想到他也这么说，扭头看他。

宗城不看他了，眼睛又看着姜皓，轻描淡写地劝一句："那就是随便打一场，不用太当真。"

林迁西也跟着看一眼姜皓，王肖还在继续劝他。不是劝，那完全是在补刀，重复性伤害——

"早点儿信我的话不就好了，我能骗你吗？西哥在台球桌上教做人的人可多了，你也不是第一个，看开点儿……"

姜皓看一眼宗城，转头说："算了，我回去了。"

"哎！"林迁西叫他，"你都这么不爽了，还加入干吗？"

在这之前，姜皓跟他打完那一局，居然跟吴川提了自己也要加入他们，成了他们台球组里的一员。正好刚组队也没人，吴川就答应了，还能给林迁西多个人练球。林迁西当时没发话，宗城说可以，他就进了。

"跟你又没关系，我跟着宗城进的不行吗？"姜皓说完转身就走了。

林迁西笑着说："搭档，看来我今天还是客气了，他还没服，下次得真把他打哭。"

"你别刺激他了。"宗城说。

"你俩成搭档了？"杨锐问。

"对啊。"林迁西朝隔壁的台球桌看了看，又回头说，"我宣布你这儿以后就是我们的校外训练场地了。"

杨锐摆摆手："要打球下回来打，自己没点儿数吗，到现在都不回家，总漂外头还上瘾了？"他一眼就看出林迁西昨晚没回去，肯定是在宗城那儿待了一宿。

王肖耳朵尖，听见了，马上问："西哥漂外头了？今天到底是从哪儿来的啊？"

"少问啊你，屁话那么多。"林迁西嘴上凶归凶，杨锐的话还是听得进去的，看看宗城，手插着兜就要走人。"行了，我回去了。"虽然知道家里不一定有人等他，但总归还是要回去的。

宗城"嗯"一声。

林迁西走两步，又回头看他，扯了扯身上黑 T 恤的领口，悄悄比画口型：明天。

宗城轻微地点了下头，懂了，是说明天还给他。

林迁西转头叫王肖那三个："走了！还待着干吗，走，一起走！"

王肖、薛盛和孙凯都乖乖跟上他。孙凯还挺贴心地安慰一句："放心吧西哥，你都那么用功了，成绩肯定会没事儿的。"

"就你说话好听点儿。"林迁西的声音远了。

宗城看着他走远了，也打算回去。

杨锐叫他一声："你胳膊怎么样了？"

宗城停住，猜是路峰告诉他的，稍微动了一下左手："至少得养几天。"

杨锐笑笑，从藤椅上爬起来："几天肯定不止，你这种人一看就是能扛的。等等啊，我拿瓶老药酒给你。"

"不用了，"宗城不想麻烦，"我那儿该有的都有。"

"拿着吧。"杨锐已经拎着瓶药酒出来了，居然是用白酒瓶子装着的，递给他，"你肯定会用，我就不教你了，用了能快点儿好起来，难道要林迁西等不到你陪他打球啊？"

宗城这才用右手接住了："谢谢。"

杨锐觉得他还是太客气了，也没说什么，挥挥手，一边看向街上。

宗城拎着药酒朝路上走，眼睛顺势看到街上，才明白他为什么在看那儿。

秦一冬正从街上走过来，早就盯着他。两个人一来一走，互相看了一眼，像认识又像不认识，就这么擦肩而过。

宗城沿着街道，往住的老楼方向走了。

"锐哥。"秦一冬回过头叫杨锐。

杨锐时间掐得太好了，刚才赶林迁西就是因为收到秦一冬发来的消息说要来。

秦一冬跟他说过，下次来就提前发消息给他，林迁西在就不来了。"又来买口香糖？"他故意问。

秦一冬低头走进店里，这回拿了瓶饮料，一边付钱一边问："那帅哥叫什么？"

"你问宗城？"杨锐一秒钟就把"帅哥"这个词跟宗城联系在了一起。

秦一冬记一下："没事儿，我就上次跟他打过一回球，才问一下。"

"我也没问你是为什么问啊。"杨锐笑，往嘴里塞了根牙签，"这不挺正常的吗，换我也会问一下林迁西身边现在玩儿得好的是谁。"

秦一冬朝宗城离开的方向看一眼，手上拧着瓶盖："林迁西说那不是他哥们儿。"

"确实不是吧。"杨锐说，心想刚还成搭档了呢。

秦一冬站了会儿，觉得来这儿光说林迁西了，没劲儿，还不如不来，出了门就要走。

"冬子，"杨锐叫住他，"我也不知道林迁西跟你到底怎么回事儿，但是林迁西吧，现在跟以前不太一样了。"

秦一冬板着脸，手里瓶盖拧了半天。"随便他，那又关我什么事儿。"说完还是走了。

上午，太阳晒到床的点儿，林迁西才醒，从家里床上爬起来。前一觉睡宗城家地板，没睡舒坦，回来后这一觉一直睡到现在，终于睡够了。

果然跟想的一样，家里真是没人等他。林女士可能还是上夜班，空闲时间也可能还在忙着四处相亲，昨晚一样没回来。

林迁西从洗手间里洗漱完出来，活动着胳膊，摸摸后颈，觉得身上好受多了。心里想起他妈，忽然就想到了什么，到床边，往下一趴，手伸进床底去扒拉。

好一阵，扒拉出来一根旧球杆，他拿在手里吹了吹灰。是他小时候玩儿的东西，现在也就只有他一只手臂长了。这还是他妈当初买给他的，也可能不是买的，只是人家随手给的旧玩意儿，拿回来给他的。

有多少年了？林迁西歪着头回忆了一下，没回忆出来。也不知道怎么就想起来了，可能是因为现在多了个搭档，打台球多少得比以前认真点儿了。

他妈好像一直都不知道他能打台球。想到这儿，他笑着自言自语："知道你这么多事儿干吗，让人省点儿心吧林迁西，林女士希望你让人省点儿心……"

他找了张旧报纸，把球杆重新裹起来，找地方放好了，爬起来。过一会儿，又去阳台上看了看昨晚晾上去的两件衣服，宗城的黑T恤和长裤，发现都干了，收下来，拿个黑色塑料袋一装，也没吃饭，哼着歌就出了门。

半路上才掏出手机，点开微信里那个灯塔头像。

——搭档，准备迎接，我来给你送衣服。

发完有一会儿，搭档也没回他。林迁西一手提着塑料袋，看了几回，没等到消息，收起手机不看了。

到了老楼外面时候，太阳还不算太烈，没到一天里最热的时候。林迁西刚到楼底下，听到一声热情的呼唤："西哥！"

这声音挺熟悉，他一抬头，一个人影正好从楼梯上下来，小跑着到了跟前，抬着张白白净净的脸冲他笑。

林迁西意外："这不是我的好弟弟吗，你来了？"

是顾阳，笑着说："是啊好哥哥，我来啦！"

"什么时候到的？"

"就刚刚。"

"怪不得。"林迁西昨天还没看到他呢，往他后面看，宗城跟着下了楼，今天还是穿着深色的长袖衫，袖口照样系得好好的，右手拿着手机，朝林迁西看了眼，手机抬一下，意思是这会儿才看到他的微信。

林迁西把手里的塑料袋拎给他看："我来送衣服的，你们要出门啊？"

宗城说："拎着吧，我带他去买点儿东西。"

"什么衣服啊？"顾阳凑过来看。

宗城扯一下他后领："走了。"

顾阳只好不看了，拽拽林迁西："走啊西哥，一起去。"

林迁西一边跟上，一边吐槽："你们这是什么家族传统，季彩来要去逛街，弟弟来也去逛街？"

顾阳替宗城回答："是我的提议，我哥什么都无所谓，家里都没几样东西，我要去给他买点儿。"

林迁西看看宗城，点头："明白了，真是贴心好弟弟。"他在那家里住过，好像是这么回事儿。结果拎着个塑料袋来的，就又这么继续拎着跟兄弟俩逛街去了。

到了街上，顾阳走着走着就走去了前面。林迁西跟宗城一起走，打量他背影："他是不是长高了点儿啊？"

"长高了两厘米。"宗城说。

"你记得这么清楚？"

"他是我弟弟。"宗城口气稀松平常。

林迁西不禁看一眼他脸，有点儿没想到，他还真够负责的。对，他确实是，连教题都很负责。

顾阳走得快是有原因的，居然还从口袋里掏出张纸来，要买什么都列好了，路上看到家超市，直接往那儿去，回头说："哥，就去那儿吧。"

宗城说："随你。"脚下已经跟上。

进了超市，顾阳拉了推车就照单买东西去了。

林迁西跟在顾阳后面逛进超市，忽然又觉得不该来，他又不是人家家里人，跟着一起逛街算是怎么回事儿。有点儿古怪，来的时候被顾阳一叫，太自然而然了，居然没留意到。

他站在货架前不走了，随便翻了翻架子上的东西，想着待会儿要不就随便买个什么，显得他也是有购物需求才一起来的。余光瞥见宗城的身影走了过来，林迁西一转头，肩膀上搭了个东西，下巴扫到一片绵软，然后那东西被直接塞他怀里了。

是个坐垫，他拿在手里看了看，抬头问："干吗？"

宗城手刚收回去，就跟随手拿了塞过来似的："你不是说过要给你买个酷的吗？"

"嗯？"林迁西反应了好几秒，才记起是有这么回事儿，是之前在他那儿学习的时候说的，都快忘了。

"这么好？"林迁西说，"我本来还打算自己买。"

宗城看他一眼："不要就算了。"

"要啊，"林迁西抓在手里，扭身一让，"不要白不要。"

宗城目光在他脸上和坐垫上扫过，嘴角似乎扬了一下："跟你还挺搭的。"说完转身离开了货架。

林迁西又看那坐垫，灰灰的，是挺酷的，还挺符合宗城的风格，翻过来，才看到没花纹，但是边角有装饰字，好死不死，绣的是个"乖"字。"我靠……"难怪说跟他搭。他拿着坐垫跟出去。

顾阳在喊："我买好了，你们好了吗？"

"好了。"宗城的声音不远不近地回。

最后坐垫还是买了。除了这个，顾阳还买了一堆吃的。

林迁西一手拎着装衣服的塑料袋，胳膊下面夹着坐垫，另一只手帮顾阳拎着东西，又和他们一起返回老楼里。

宗城只有右手提着东西，左手还是收在口袋里。开门的时候，他特地把东西放下来，才用右手掏钥匙开门。

林迁西在旁边看着，问："你还没好啊？"

"很快就好了，我是特地没动它。"宗城推开门，"不会妨碍跟你打球。"说着他朝后面跟来的顾阳看一眼，又看看他。

林迁西点点头，明白他是不想让顾阳知道，低声说："不说了。"

"西哥,"顾阳跟过来进门,"你留下来吃饭吧,我买这么多东西就是要跟你一起吃饭的。"

林迁西还没说话,他又说:"好哥哥,不答应就是塑料兄弟情。"

"啧,你怎么一套一套的,"林迁西只好说,"行吧。"

汤姆扑上来扒拉他腿。"干吗呢汤姆,让让。"他伸脚挡一下,把东西放下。

顾阳看了看他,跟着宗城把东西先送进厨房。"哥,"他小声问宗城,"西哥手里的衣服是你的吧?"

宗城没回答,也没表情,手上一件一件往外拿刚买回来的东西。

"我看阳台上还晾着两件衣服,不是你的,是西哥的吧?"顾阳朝外面看一眼,又说,"小狗也跟他熟。"

"嗯,"宗城说,"怎么?"

顾阳看他脸上一丝波动都没有,吐吐舌:"不怎么,这么酷干吗?我就是没想到,以前没人能离你这么近的,除了弟弟我。"

宗城心里想,林迁西还叫他"爸爸"呢。

林迁西拿着那坐垫放到小桌边上,还特地摆在了自己最常坐的地方。没一会儿,就看顾阳捧着个电磁锅来了。他是个心疼弟弟的好哥哥,马上过去接手:"我来吧。"

顾阳看着他把电磁锅放到小桌上,又回头去端了洗干净的菜出来,忽然笑起来:"我想起那回你晕了的事儿了,那会儿我跟我哥正在吃火锅呢,你就吐了。"

林迁西刚替他把插头插上,听见黑历史被翻出来,脸都变了:"干吗提这个,你还让不让人吃了?"

顾阳笑得眼睛弯弯的:"吃啊,我就喜欢吃火锅,你知道为什么?"

林迁西看着他,他跟宗城完全两个风格,也就眼睛像点儿,他干净温和,没有一点儿他哥的硬茬和酷劲儿,嘴里问:"为什么?"

"因为热闹呀。"顾阳坐下来,"所以你别走,我跟我哥两个人吃,怎么都没有三个人吃热闹。"

林迁西觉得他是说真的,咧了下嘴角,心想就算两个人那也比他一个人在家强。没说出来,觉得太矫情,于是打岔问:"这次来待多久啊?"

顾阳说:"我生病那会儿跟我哥说好了来看他的,彩姐过几天就来接我了。"

"哦。"林迁西想了想说,"那你在的时候我都带你玩儿,够不够意思?"

"够!"顾阳朝他这儿挤了挤,"哥哥太够意思了。"

宗城端着菜从厨房出来,看他们一眼。

顾阳看到他,又坐回去了。

宗城在两人中间坐下来："吃吧。"

顾阳往锅里涮东西："吃啊西哥。"

汤姆已经馋得忍不住在三个人脚底下绕圈儿了。林迁西暂时没动筷子，一手搂住汤姆，有心让顾阳先挑自己喜欢吃的，忽然看见旁边的宗城也没吃，捞了一勺刚煮熟的虾，在低头剥虾。

顾阳爬起来去了厨房。"怎么没拿醋啊，我去找醋。"

林迁西没留心，还在看宗城剥虾，因为没见过这场面，眼神都不对了。宗城的手指长，看着出奇地有力，左手搭在桌边不怎么动，主要动右手，那手背上还剩了一个创可贴没揭。这只手一球杆把三炮都抢趴下了，现在居然在剥虾？太诡异了，他觉得这种事情跟这个人完全不搭。

宗城已经剥了好几个，注意到了他的眼神，抬头问："你看什么？"

林迁西低低地说："我在看你是不是被什么东西附身了，你居然会干这种事儿啊？"

宗城朝厨房里找醋的顾阳歪下头："他不能碰虾头，只要处理不干净就会过敏，只能我弄好。"

"还有这毛病？"

"娇气病吧。"宗城淡淡地说。

林迁西盯着他手："那你怎么就能弄干净啊？"

"好好上生物课。"宗城说。

"……"剥个虾这么深奥吗？

宗城又看他一眼，垂眼剥了手上的虾，忽然手一伸，放到了他碗里。

林迁西一愣，看看碗，又看看他，怀疑出现了幻觉，又轻又慢地吐出两个字："我——靠？"给自己的？

宗城眼神动一下，站起来："不吃就扔了。"说完去厨房帮顾阳找醋了。

林迁西又低头看看碗里的虾，还是捏起来塞进了嘴里，一边嚼一边看厨房。好惊奇，他居然有一天会吃到宗城剥的虾。

第 42 章

顾阳这一瓶醋找了得有十分钟，最后还是宗城进去在柜子上给他拿到的。他拿着醋出来，看到桌上有剥好的虾，就往宗城身上看："我还以为今天吃不到了呢。"

宗城走出来，坐下时说："喜欢吃也得少吃，再想吃就自己剥。"

顾阳端过去："唉，无情。"

林迁西瞥宗城，刚才剥的时候也没说什么，这会儿又酷起来了。这人是闷骚吧，明明对自己弟弟又负责又照顾，偏偏嘴上什么都不说。

宗城感觉到他的视线，看了眼他面前的碗，发现虾没了，又看了眼他脸，就猜他应该是吃了，拿起筷子，脸上还是那样，什么也没说。

林迁西故意咂一下嘴："味道还行。"

宗城涮着菜："不用谢。"

顾阳在对面吃着虾，看两人："你们在对暗号吗？"

林迁西笑一声："哥哥们的世界你不懂。"刚才的一只虾好像成了个秘密。

电磁锅煮着菜在汤里翻滚，汤姆蹦跶得停不下来了。林迁西只好站起来，把它抱远点儿，送到装着狗粮的狗盆那儿，问那弟俩："有热水吗，我给你们加点儿汤吧。"

宗城站起来："我来拿就行了。"他过来，去桌上拿水壶，手机忽然响了，声音在他裤兜里。

林迁西接了水壶。"接电话吧你。"说着拿去小桌那儿，一边往锅里加水一边问顾阳，"要淡点儿还是浓点儿啊？"

顾阳抱着碗说："无所谓了，我差不多饱了。"

"你这怎么行，吃这么少，难怪容易生病。"林迁西就跟大哥似的，放下水壶，手指点点桌子，"多吃点儿，听到没？"

"我怎么觉得又多了个哥哥管了。"顾阳小声说，一边去看他亲哥，忽然问，"怎么了哥？"

宗城拿着手机打开了屋门，铃声没响了，但手机屏幕一直在闪，显然他调成了静音，但还没接，往外走时说："我出去接。"

林迁西看他一眼，是他声音太冷，让人又联想起那天混混上门的事儿了。但也不应该，那群混混不可能还敢来。

"西哥，"顾阳叫他，笑着说，"你吃吧，我出去看看我哥。"

林迁西听他说要出去，就担心有那万分之一的可能还是那群混混来了，别叫他给碰上了，那不得吓坏了，放下水壶说："就接个电话，能有什么事儿，我去替你看看好了，你还担心你哥那样的？"说完不等他说话，直接走到门口，开门出去了。

宗城并不在门外面。林迁西左右看一遍，没找到人，也没看见什么混混来找事儿的迹象，往楼梯口那儿走了几步，忽然听到又低又冷的一句："你有完没完？"

是宗城的声音，在楼梯上。林迁西踩着楼梯下去几级台阶，看到宗城拿着手机贴在耳边，站在拐弯的平台那儿，眼睛对着窗户，背对着他，留给他一个短发漆黑利落的后脑勺。

"这次又想怎么样？我说过了，你一分钱都别想要到。"宗城说的话一句比一句冷。

电话虽然在宗城耳边，但林迁西能隐约听见漏出来的喊声，够尖厉的。

"别提我妈，也别提顾阳，你没资格。"宗城说，"要耍什么花样随便，还怕我玩儿不起吗？"

林迁西好像又听见电话里漏出来的声音了，要是开着免提，估计能把这楼梯间给掀了。林迁西拧拧眉，抓着扶手看了看宗城，佩服他还能纹丝不动的，被这么吼不嫌难受吗？

好像不该在这儿听人家讲电话，林迁西摸下鼻子，转头打算回去，刚往上走两步，发现顾阳还是出来了，就乖巧地在楼梯口站着，一点儿声音都没发出来。

林迁西突然感觉有点儿尴尬，那种撞到人家家庭纠纷的尴尬。看顾阳一动不动地站着，白白净净的脸上一点儿笑容都没有，猜他是听见了。那电话里毫无疑问是他爸顾志强。林迁西故作轻松地笑笑，伸手搭住他肩，把他往回带，小声说："走吧，看你哥那样太凶了，别待会儿逮到我们俩揍一顿。"

顾阳跟着他往回走，脸上笑了下，就是看着有点儿勉强。

回到屋里，桌上的电磁锅已经关了，剩下的香味还在屋里飘着，汤姆又在桌底下转悠。

林迁西松开顾阳的肩："不吃了吗？"

"吃饱了。"顾阳说。

林迁西有心转移他注意力，走去桌那儿说："那就不给你哥留了，来收拾了。"

顾阳走过来帮忙，低着头，一根一根拿筷子。"西哥，我哥跟你提过吗？电话里那个是我爸。"

林迁西看看他："我也就知道一点儿吧。"

顾阳冲他笑了笑："你一定觉得我们家挺奇怪的吧？"

林迁西停一下："干吗这么说？"

"有这么个爸……"顾阳扯两张纸巾，擦着桌子，一边说，"你要是见过我爸，肯定会这么想的。我爸这个人，肠胃不太好。"

林迁西莫名其妙："啊？"

顾阳抬头："吃软饭。"

"……"

顾阳接着说："我妈以前家里是做生意的，做得很大、很厉害，她自己也厉害，就是那种女强人。后来跟我爸结了婚，我爸什么都不干，也不需要他干什么，靠我妈养就行了，用老话说，他就是那种上门女婿，入赘的，所以我哥跟我妈姓，姓宗，后来生了我，才跟我爸姓顾。"

林迁西恍然大悟，难怪他俩不一个姓。他听得有点儿沉进去了，自然而然地问："后来呢？"

"后来我妈生病走了，"顾阳低着头，还在擦桌子，一下一下地来回抹着，"我爸那样的，撑不起来她留下的生意，我们家就这样了……他自己也大手大脚惯了，连养家都成问题，跟我哥关系又不好，再后来就把我送走了。"

林迁西一愣："送走？送哪儿了？"

"送去给别人家养了。"

"我……"林迁西眼睛都睁大了，下意识一句粗口就要脱口而出，说一半，生生忍住了。怎么会有这样的爸?!

"后来是我哥到处找我，把我找回来的，从那以后他就不认我爸了。"顾阳终于不擦桌子了，那一块都擦得发亮了，他抬头看看林迁西，又笑笑，"这故事挺精彩的吧？"

林迁西不知道该说什么，总不能回答说"精彩"，哪儿是精彩啊，简直是超出了他的想象。

"我哥肯定不会自己说的，"顾阳又说，"我是怕你们误会他这个人六亲不认，连自己爸也对着干，才告诉你的。其实我哥这人特别讨厌麻烦，完全可以拉黑我爸，就是不想让我爸找到我这儿，才一回一回接他电话被他烦。"

林迁西张了张嘴，说："没，我没觉得他六亲不认。"

"我哥真的特好。"顾阳吸了下鼻子，"他要是不去找我，我现在就不知道待在哪儿了。"

林迁西想起来了，顾阳以前就说过他哥特好，当时没弄明白那人哪儿"特好"，现在知道他说的是什么了。

"他就是因为躲你爸才转来这儿的？"

顾阳丢了手里的纸巾，看了看他："不是，我哥不怕我爸的，还有些别的事儿……"

门"咔"一声开了，宗城推门走了进来。林迁西跟顾阳一起扭头看着他。

宗城看着他们，手机收进兜里，问："你们吃完了？"

林迁西先勾起嘴角，像什么事儿都不知道似的说："谁还等你啊，接你的电话去吧，饿死你算了。"说完端着电磁锅送厨房里去了。

顾阳有点儿意外地看了眼林迁西，走到宗城跟前来："哥，没事儿吧？"

"嗯。"宗城除了脸上冷了点儿，其他一切如常，这又不是第一次应付顾志强了，什么都不算事儿。

林迁西从厨房出来了，拎着刚洗过的湿漉漉的两只手，看着宗城："哎，要不要去打一局啊？"

宗城看他："现在？"

"对啊，不然窝这儿多无聊？"林迁西走到门口，拉开门，"带上顾阳一起，走。"

宗城看一眼顾阳："去吗？"

顾阳点头。

"那走吧。"正好他被这通电话弄得心烦，还真不想待在家里。

林迁西也是想找点儿事情打个岔，下楼的时候都在瞥宗城，不知道顾阳嘴里的那几年他是怎么过来的，要想下去，居然觉得挺不是滋味的，反正就想把他拉出去，别兄弟俩对窝着更不舒服了。

顾阳出来了，情绪好像也缓和不少，在后面问："你们要去哪儿打啊？"

林迁西说："就前面，那儿我们老去。"

"嗯，"宗城说，"老地方。"

林迁西听到这三个字转头看他一眼。以前只跟秦一冬把那儿当老地方，没想到有一天那儿会成为他们俩的老地方。

"怎么了？"宗城看到他看自己了。

"没什么。"林迁西转头继续走。

杨锐拿了块抹布从杂货店的隔壁出来，正好碰上他们过来。

"就知道你们今天会来，"他说，"桌子我都给你们擦干净了。"

"辛苦了，杨老板。"林迁西笑了笑。

杨锐看着顾阳："这小帅哥谁啊？"

"我弟啊。"林迁西回头把顾阳拉过来，"一直藏着没告诉你，你看，像不像我？"

杨锐指宗城："他弟。"

"嗯？"林迁西问，"你怎么知道的？"

"就你这德行，能有这么乖的弟弟？"杨锐笑着说，"狠人才能教出乖弟弟。"

"……"林迁西松开顾阳，往隔壁走，"不跟你废话了，打球去。"

顾阳跟进来，看到里面那混搭的风格，觉得很神奇："你们就在这儿打台球啊？"

"对啊，多好的地儿。"林迁西去拿了支杆，回头看宗城，又瞥一眼到处望的顾阳，小声问宗城，"你这胳膊，现在能不能打啊？"

宗城反问："不动这条胳膊就不能打了吗？"

"怎么打？"

"看情况试吧。"他说得挺轻巧的。

"我看你怎么试。"林迁西转头在桌上摆球。

还没摆好，杨锐从隔壁拿了几听冰可乐过来，放旁边桌上，主要是招待今天刚见到的顾阳。

顾阳很客气，还没接就说："我付钱吧。"

"请你了，我跟你哥也很熟了。"杨锐拿了一听塞他手里。

顾阳只好拿住，走到台球桌边看林迁西摆球："西哥，你跟谁学的打台球啊？"

"学？"林迁西抬头，眉一挑，"这玩意儿还用学？"

顾阳咋舌："不用吗？"

杨锐在旁边笑一声："跟我啊，刚开始他在我这儿看着我们打，后来就能自己上了，再后来到处混，到处打，瞎玩儿，总的来说，还是我启蒙的，林迁西，是不是？"

"你说是就是吧。"林迁西无所谓，他以前就是奔着玩儿拿的球杆。那些混的地方也总有人打台球，不知道为什么，也许是混混们都觉得这东西高大上吧，很多台球厅里一半打球，一半打架，都是常有的。他自己也忘了到底是怎么学来的了，也可能是这个看看，那个看看，哪儿都学了一点儿。

宗城去旁边选了支杆过来，右手握着，站在桌边。

杨锐打量他："你这起范儿就像是正儿八经学过的，跟林迁西不一样，家里肯定很有钱。"街头上的台球跟正儿八经的台球没法比，这本来是项高雅运动，杨锐对这些还是知道的。

林迁西听到这话，下意识看一眼宗城，又想起了顾阳告诉他的话。

宗城口气毫无起伏："以前家里还行。"

杨锐看看旁边低头不作声的顾阳，多少有点儿数了，这意思，基本上等于家道中落吧，也不问了："你们打吧，我看店去了。"

顾阳看他走了，看看手里的可乐，还是跟了过去，想付钱给他。

林迁西指台球桌："指导员，你都这样了，开球权就给你了。"

宗城说："那我就不客气了。"他提着杆，找了位置，左手臂搭上桌，没动，就借着架一下杆，发力都在右手，伏低，瞄准母球，"嗒"一声开了局。清脆的一声，进了球，下一杆还是他的。

林迁西看着桌面，球的位置被打开，成了这样，左臂要还是刚才那样是没可能进球了。"要不去玩儿个别的好了。"他觉得自己也是不该，干吗提议来打球啊，只是刚才没找到好理由。

"不用，打高架杆就行了。"宗城忽然问，"要练一下配合吗？"

林迁西来了精神："可以啊，怎么练？"

宗城指角落："拿支高架杆来。"

林迁西过去拿了支带 X 型头的高架杆来，放在桌上。"然后呢？"

"往左一点儿。"

他挪一下。

宗城把手里的杆架上去："你用左手帮我固定，我用右手打。"

"这样也行？"林迁西以前没这么玩儿过。

"把我的右手当你的右手，你的左手是我的左手，"宗城说，"我们不是搭档吗？"

林迁西点两下头："可以，那来吧。"话刚说完，肩膀被抵住了，林迁西转头，是宗城的胸口，他站得近，就贴上了。

"顾阳把我的事儿都告诉你了是吗？"冷不丁的一句。

"啊？"林迁西愣一秒，反应过来了，"我……你人精吧……"

宗城打电话时听到了点儿动静，开始还没想到是他们去过楼梯那儿，看他积极地叫自己过来打球，才有点儿回过味儿来。他抓着球杆，眼睛看着球："林迁西，你别同情我，我不需要。"

"谁同情你？"林迁西有种被抓包的感觉，又觉得确实没必要同情，没好气地"啧"一声，"不是练配合吗？练啊！"

宗城沉默一秒，才说："这个球要打进最远的角袋。"

林迁西配合左手调整角度，宗城的头往下低了点儿，身体往前推，压迫他的肩。林迁西都能感觉出他身上的力道，忍不住，头又转一下。

"认真点儿。"宗城提醒，眼睛始终瞄着母球。

他头摆正："我认真着呢。"

"啪嗒"一声，球滚动，果然进了角袋。宗城把杆递给他："这次换你来打，我帮你固定。"

林迁西接了杆，看他走到自己另一边，想了想，还是说了句："我没同情你啊，我说真的。"他握着杆，擦起巧粉，"我就觉得你爸挺不是个东西的。"

宗城看着他，轻微地点了下头："那就行了。"他不想要同情，尤其是林迁西的。

林迁西看看他脸，决心不说这个话题了，拿着杆搭上去："诀窍就是默契度呗？"

"嗯，把我这半边想象成是你自己的身体在操控。"宗城的声音近在咫尺。

林迁西笑了："这什么比喻，把你想象成我另一半得了。"

宗城忽然偏过了头，看着他。

林迁西完全是随口一说，眼睛开始瞄准了，连眼睫都一动不动，稍微倾点儿身，就靠近他身上了，这么配合确实接触在所难免，似乎感觉到了他的视线，动了动嘴："干吗啊？"

声音太近，就低了很多。宗城又提醒一句："麻烦你认真点儿。"

"我知道啊，你认真点儿吧。"林迁西回。

宗城眼睛看向球，没错，认真点儿。

顾阳还是付了两听可乐的钱，跟杨锐聊了好一会儿天，再回到隔壁，那两个人还在打。看样子像是绕桌打了一圈儿，跟他想的不一样，是一人一只手地在配合着打，衣服背后都有出汗的痕迹了。"你们这是怎么玩儿啊？"

林迁西看到他回来，停下来站直，肩膀又抵到宗城身上，看了一眼旁边的侧脸，手上不自觉把玩了下球杆："还打吗？不打我带他玩儿会儿好了。"不知道为什么，两个人打比一个人还累，他身上都出一层汗了。

顾阳走过来："我不行，我会的没我哥多。"

"有什么关系，我带你玩儿啊，不然冷落你了。"林迁西说。

宗城也觉得该休息了，把杆放顾阳面前："玩儿吧。"说完走到旁边，单手开了听可乐，在台球桌边一放，给林迁西，回头又开一听，拿着出了门。

杨锐在隔壁调电风扇，看到他身上的汗，笑了声："才打多久，这么多汗，那里面很燥吗？"

宗城喝口可乐，没往隔壁看："有点儿吧。"

第 43 章

林迁西收拾着巧粉和球杆。玩儿了半个多小时，顾阳这会儿已经玩儿够了，在旁边低头摆弄手机，刚带他打球的时候，他就在旁边举着手机拍啊拍的。

林迁西问："你干吗呢？"

"发朋友圈呀。"顾阳把手机给他看，几张缩小的照片挤在一起，这屋里的场景，台球桌上的球，还有一张是林迁西拿杆的一个背影，还只拍了一半。顾阳不满意地叹气："可惜没拍到正脸，你老围着球桌转，我拍不到好的。"

"拍我干吗，我又不认识你的朋友，还要被你挂朋友圈里去啊？"林迁西把球杆拿到角落放了，一边说。

顾阳说："没别人看，也就彩姐看吧。"

"那还好没我，"林迁西想起季彩的热情了，往外面瞅一眼，"挂你哥的照片去吧。"

"我哥不喜欢拍照，连跟我一起拍照都很少。"顾阳捣鼓着手机说。

林迁西心想还有这事儿，上回他俩被杨锐偷拍过一回，照片都还在手机里呢，这么说那张合影还挺难得的了？他笑笑，没告诉顾阳，看到旁边放着听开好了的可乐，拿着喝一口，走出了门，一只手抹着脸上的汗："人呢？玩儿够了，弟弟还给你了！"

宗城从杂货店里走出来，手上拿着可乐罐捏扁，扔进路边的垃圾桶里，回头看他："今天就到这儿了？"

"嗯。"林迁西看看他左胳膊，"还是等你好透了再打吧，不然还得一直那么配合着打啊！"

"你也没跟我练出默契来。"宗城盯着他。

"我……"林迁西想说这么练容易分心，练成这样就不错了，看到杨锐正好出来，话打住了，"我觉得还行吧，不是挺默契的吗？"

宗城说："马马虎虎。"

"嗯？"林迁西有点儿不服，还要怎么样才叫有默契？

杨锐插了句话，问宗城："怎么还没好，我那老药酒一般一天就见效了啊。"

"差不多了，也就这两天的事儿，已经没什么妨碍了。"宗城说，又看林迁西，"既然结束了我们就回去了，回头要打再联系我。"

林迁西点头："行吧。"

宗城从他旁边过去："走了。"

"嗯。"林迁西顺手把后面跟出来的顾阳往他身边送一把，看着兄弟俩一起走的。

顾阳乖巧地跟着宗城，这对兄弟走在一起的画面都这么令人舒服，怎么会有当爸的不珍惜。他搞不懂，摸一下脖子，还是一手的汗，回头问杨锐："你那里面能换个电风扇吗？"

"我改天给你们装个空调吧，"杨锐说，"不然打个球，你们一个比一个燥。"

"真的？"林迁西厚颜无耻地赞成，"装啊！"

杨锐喷他："滚，没钱。"

"那你说个屁。"林迁西又钻进隔壁去了。

宗城胳膊的事儿一直没让顾阳知道。

顾阳回去后也没看出异常，直到这天帮他收衣服的时候才觉得奇怪，怎么这衣服晒了好几天也不收。他拿着林迁西的那两件衣服，回头问："西哥的衣服还在啊？"

宗城坐在椅子上翻看他写的暑假作业，抬头看了一眼，想起是那天忘记给林迁西了。"嗯，放着吧，回头再给他。"

顾阳把衣服放起来，抱起汤姆玩儿，问他："哥，你怎么肯养狗了，不是最嫌麻烦的吗？"

"替你养的。"宗城头也不抬地说。

"你以前都不答应让我养狗养猫的，我只能微信头像挂个猫解解馋。"

"现在满足你了。"

顾阳半信半疑："那它怎么叫汤姆啊，你取的？这也不像是你取的名字。"

宗城没回答，把作业看完了，合起来："自己订正。"

顾阳只好不问了，放下汤姆，乖乖坐到小桌边上来："订正完能出去玩儿吗？"

"等你订正完。"宗城进了洗手间。

灯开到最亮，他关了门，解开衣服，对着镜子露出左胳膊，活动几下，上面被三炮的人打的那两下已经消了肿，留下的淤青也淡了。本来还想避开顾阳上个药，现在也不用了。宗城把衣服穿回去，系着扣子出了洗手间。"好了吗？"

顾阳错得不多，放下笔，站起来："好了好了，走吧。"

宗城拿了钥匙出门，刚要下楼，听见后面顾阳发语音："西哥，快来，你不是说好了要带我玩儿的吗？"

他回头看，语音"嗖"一声回过来，顾阳点开，林迁西的声音响起来："来了，说到做到，等我。"

顾阳拿着手机，看看宗城："他跟我说好的。"

"嗯，"宗城下着楼说，"叫吧。"

林迁西今天正打算问候一下指导员的伤情，还考虑要不要再去杨锐那儿，可以的话顺便来几局切磋球技，正好顾阳的微信就来了。

他从公交上下来，手插着兜走到约好的地方，看到那对兄弟已经坐在路边的冰淇淋店里了。

林迁西推门进去，顾阳正好抬头，睁着双大眼睛冲他笑："怎么才来啊西哥，我们一局游戏都要杀完了。"

旁边宗城拿着手机，掀眼看着他，一只手指了下旁边的座位。

林迁西走过去坐下，看了看他俩的手机："你们坐这儿打游戏？"

"我暑假作业错得少，我哥就答应陪我打一局游戏。"顾阳停下，舀一勺面前的冰淇淋塞嘴里，"平时我想玩儿都只能忍着。"

林迁西看宗城："这是你们家的奖励机制？"

"嗯。"宗城放下手机，一局已经结束了。

顾阳问："西哥要吃什么口味的冰淇淋，我去帮你买。"

"我不吃这玩意儿。"林迁西不喜欢这种甜腻腻的东西，看一眼宗城，他面前也没冰淇淋。

"我也不吃。"看到林迁西的眼神，他说了句。

顾阳捧着冰淇淋的杯子，把手机递给林迁西："那你玩儿一局游戏吧，你俩干看着我吃，我会打嗝的。"

林迁西拿过来，摆弄了一下，又放下："没意思，我从来不玩儿这种东西，别把你号给玩儿砸了。"

宗城站了起来："出去吧，让他吃完了来找我们就行了。"

顾阳点点头："嗯，好。"

林迁西站起来，跟着他一起出去。到了外面，林迁西总算能问了："你这胳膊没事儿了吧？"

"好了，今天也要打球？"宗城问。

"不了吧，球什么时候都能打，先紧着你们家顾阳高兴吧。"林迁西指自己，"你看我，是不是心地善良？"

宗城看着他："你想让我夸你吗？"

"……"林迁西直觉这句反问不太妙，"算了，你还是别说了。"

宗城忽然提起嘴角，笑了一声。

林迁西多看了他一眼，还没见过他这么直接地笑出声，这是心情不错啊？

说着话已经走出去一截，离开了那个冰淇淋店，路上有人经过，忽然叫："宗城。"

林迁西走在前面，回头看，是9班班长刘心瑜，扎着马尾，穿着连衣裙，不知道从哪边小跑过来的，还有点儿喘，手里提着个方便袋，跟宗城打招呼："这么巧在这儿遇到你。"

宗城说："带我弟弟来的。"

刘心瑜正好看到林迁西，还奇怪他俩怎么在一起，听到这话就当成了巧合，把手里的方便袋给他："正好我买了点儿小蛋糕，碰到了就送给你弟弟吃吧。"

宗城没接："我弟弟马上初二了，不吃这些东西了。"

林迁西心想顾阳吃啊，还在里面吃冰淇淋吃得很欢呢。

刘心瑜手还是伸着："那就给你吃吧。"

"我不吃甜的。"宗城让开，客气地说，"谢谢。"

刘心瑜到底是当班长的，看了看他，东西没送出去也没见尴尬，手收回去："那算了，还有人等我，先走了。"

宗城往前走，仿佛什么都没发生过。

林迁西就隔着一米远参观了全程，看刘心瑜走了，才跟上去。"丁杰如果看到他女神给你送蛋糕，又得搞你。"

宗城说："随便。"

"她送别的还差不多，偏偏你不吃甜。"林迁西吊儿郎当地点评，还在想不知道刘心瑜什么意思，这算是对宗城示好吗？不然大街上跑过来送点儿吃的，还有这么热心肠的同班情谊啊。

宗城往后瞥他一眼："谁说她送别的就行了，你哪位，管这么宽？"

"……"林迁西顿时看向他，他在前面头都没回。干吗啊，说句话怎么就成管得宽了？林迁西莫名其妙被说得一肚子火，招他了吗？

没一会儿，顾阳吃完他的冰淇淋追过来了，到了跟前他就说："哥，那边有个超市，我想再买点儿吃的带回去，回去还能再煮两回火锅吃。"

"都行，你想吃什么就买什么吧。"难得他在这儿待几天，宗城都依着他，掏出手机给他转账。

"那我去买啦，买好了再来找你们，你们俩走慢点儿。"顾阳朝超市那儿走了。

林迁西看了看宗城，也不知道自己刚才那句话是不是说错了，还是识趣点儿，不说了吧，别他又给自己顶回来一句。他撇撇嘴，转头沿着马路往超市方向走，陪顾阳买菜去得了，反正他也是为了陪顾阳才来的。

不远就是个十字路口，隔着条马路，对面很吵闹。林迁西本来也就是经过，并没有在意，忽然听到一道熟悉的声音，才转头朝那边望过去。那儿旁边就是个野球场，还能听见里面几下篮球砸地"哐哐哐"的声音。场地外面，两群人相对站着，在互相拉扯，看着是已经吵起来了。

林迁西看见秦一冬就在人群里，那个板寸头也在。秦一冬的声音传来："邹伟，别跟他们扯了，走了！"

"你走去火葬场呢走！"对方看着也是一群学生，不知道是不是他们同校的，张口就骂。

"你骂谁！"叫邹伟的板寸头本来就是个暴脾气，当场反击。

"骂你，怎么样！"

邹伟这边跟着就有人回骂："打球打不赢还好意思吵，再骂一句撕烂你嘴！"

"我撕你全家！"

这一骂就像是根导火索，忽然间也不知道谁先动的手，两边的拉扯直接升级成了互殴。秦一冬在人群后方，刚打起来就被推着往前挤，眼看就要被一个人扯住了，对方手挥了一下，没挥到他身上。

周围路过的都在避让，也没人去拉架，还有的甚至远远站着掏出手机来拍，都是看热闹的。

林迁西脚瞬间就动了，走出去一步才想起不行，停下了，回过头。

宗城就在后面，明显看到了，眼神落在那个方向。

林迁西看看他左胳膊："你胳膊是真没事儿了对吧？"

宗城"嗯"一声，眼睛看住他："怎么？"

"确定没事儿了？"

"确定。"宗城又问，"干什么？"

"那你……"林迁西指一下那边，说完了后面的话，"能不能去帮个忙？"

宗城看着他："去帮什么忙？"

林迁西朝那边望，眼睛找着秦一冬，嘴里说："我说过不打架了，绝对不打，那边挺突然的，你能不能去帮五中个忙，主要帮那小子，看到没？那个！那个叫秦一冬的！"打架都是拉来扯去，才一会儿秦一冬就被扯到旁边去了，眼看着背上就挨了一下。林迁西小声吐出个脏字，马上回头又看着宗城："行不行？"

宗城站着没动，眼皮半掀地看着他，薄薄的唇启开："那跟我有什么关系？"

林迁西说："跟你没关系，是我请你帮忙，你那么能打……"

"我能打就要出手吗？"宗城打断他，那条断眉往下压，眼神似乎都锋利了点儿，"你真在乎就自己上，我是你什么人，你的打手吗？"

"不是……"

宗城直接转身走了。

林迁西看宗城就这么走了，又转头去看秦一冬，他已经被拖拽着按到地上了，不禁握紧了拳，有一瞬间都想自己上了，想想还是忍住没有迈脚。

不能开这个头，他要学乖，不能破例。但秦一冬真不是个能打的，他就担心又出现难以预料的情况，像记忆里的那样，到无法收场的地步，想想就觉得难受，攥着的手心都疼。

忽然响起几声呵斥，野球场里跑出来了一群人，去拉在那儿打得难舍难分的两群人。"神经病啊，打个球还动手，你们玩儿个屁球！"有人在骂。两边人被拉开了，都灰头土脸的。

林迁西握着的拳松开了，心里一块石头落了地，抓一下头发，吐出口气。差点儿忘了，这不是像他以前那样牵扯到社会不良分子，没那么糟糕，就是一群高中生打个架，是他太当回事儿了。

那个邹伟在朝周围看热闹的人喊："滚走！拍什么！有什么好看的！"

秦一冬被拉着站起来，拍了拍身上的衣服，喘着气回到了五中的人群里，朝四处看，突然看到了林迁西，停顿住，板着脸，眼神有点儿不好。

林迁西知道他是觉得在自己面前丢了脸，没笑也没说话，转头就走，省得他再不高兴。低着头走了一阵，想起今天为什么出来了，他抬头，看见前面超市门口，顾阳已经出来。

宗城跟在后面，手里拎着购物袋。

"西哥，走了，去下个地方。"顾阳兴致依然很高，"然后我们就回去再煮火锅吃。"

林迁西看着宗城，刚才那事儿过了，现在有点儿不知道该说什么。

宗城脸上没有表情，扫他一眼，转头对顾阳说："他不来了，我们自己走就行了。"

第 44 章

林迁西眼睁睁看着他们走了，有那么一瞬间都想开口说"别啊，我来啊"，愣是没说出口。宗城的背影很快离开了他的视野，他眼睛才从那个方向转开，手指摸了把脸，默默塞进口袋里，转过头，踢一脚路上丢的塑料袋。有点儿烦，没想弄成这样。

一群人说着话从路头上过来，林迁西抬头又看见五中那群人。

那个板寸头邹伟嘴里还骂骂咧咧的，一脸不痛快，几个人一起打这条路经过。秦一冬在后面跟着，身上那件短袖被拉扯得领口都耷拉了，看了眼林迁西，忽然走过来，从他旁边过去，进了路边的小店。"你们先走，我去买瓶水就来。"

其他人都看到了林迁西，那个邹伟神情不好，但现在有让他更不爽的目标，嘴里还在跟同伴儿喷那群人，没管林迁西，直接过去了。

林迁西看一眼路边的小店，决定走了，还没转头，秦一冬就出来了。他抓着瓶水，看着林迁西："今天又赢球了，他们那是不服气，我们这么多人还怕他们？"

林迁西回："哦，是吗，我刚才也没太注意，都不知道你们在干吗呢。"

秦一冬把自己耷拉的领口往上拉一把，冷着脸说："打架，打就打呗，我身边这么多人，帮我的多着呢，那几个算什么。"

林迁西又一脚踢开路上那个塑料袋，笑着说："对，我看到他们帮你了，你都被摁地上了。"

秦一冬不服气地看着他："关你什么事儿！"

"不关我事儿。"林迁西转头走人。

秦一冬往旁边走了，应该是去跟他的朋友们会合了，听着脚步声挺快，跟再不想理睬他似的。

林迁西打小就觉得这小子跟个小姑娘似的，小情绪多着呢，还能不知道他那点儿心思？知道他是故意来自己跟前说这几句的，林迁西一边走一边都在笑。身边的人多，帮你的人也多，这都是好事儿啊，刺激不到我的，傻子啊你，我就希望这样啊……

一直晃悠到杨锐的杂货店门口，林迁西不走了。他钻进隔壁看了看，台球桌那儿毫无疑问空无一人，又走去杂货店里。杨锐坐藤椅上摇扇子，三十来岁的人，有时候状态就跟五六十岁老大爷似的。

林迁西问他："看到那对兄弟了吗？"

"海尔兄弟？"杨锐看他一眼。

"谁跟你开玩笑，我说宗城和他弟。"

杨锐扇子指外面："从这儿过去的，早回家了，他弟还在我这儿买了瓶酱油。"

林迁西朝路上看，两只手收在口袋里，没吭声。

"干吗了这是？"杨锐看了看他脸，"你要有事儿找他们就去他家里，又不远。"

林迁西在他面前站了一会儿，还是没去。"算了。"现在不能去。说好了陪顾阳的，结果弄成这样，他去了都不知道该说什么。他也不想被杨锐追问，低着头出了杂货店，往自己家的方向走了。

天快黑的时候，宗城在家里，看着顾阳涮火锅，这回吃的人就他们两个。

"真不叫西哥啊？"顾阳边涮边问他，"你俩不是好好的吗，是我去买菜的时候出什么事儿了吗？"

"没什么。"宗城的口气就这样，别人想听出点儿什么都没可能。

顾阳还是没搞明白发生了什么。

门被敲响了。顾阳立马放下筷子："一定是西哥，我去开！"他在这儿几天就没见过有人来敲他哥的门，除了林迁西也想不到其他人了。

宗城坐着没动，眼睛往门口看。

顾阳把门拉开了，叫了句："彩姐？"

季彩提着一只简单的小包进了门。"干吗这么惊讶，当我是谁啊？"一边说一边放下包，看宗城，"我来接顾阳的，刚到。"

宗城站起来："怎么不通知我，好去接你。"

"有什么好接的，你干吗对我一直这么客气啊。"季彩走过来看看锅里，"这么巧，刚来就有吃的，量挺足啊，是你们两个人吃的吗？"

宗城说："不是正好你到了？"

"能的你，都能未卜先知了。"季彩也不客气，去厨房洗了手，自己拿了筷子和碗出来。

顾阳拖个坐垫给她："这么快就来接我啊。"

"那你想待在这儿不走了？"季彩放下碗去拿坐垫，看了一圈儿小桌旁边，"连坐垫都正好三个，还真是准备好的啊。"

宗城看了眼那坐垫，灰灰的，边角上绣了个"乖"字，"嗯"一声。

"顾阳这几天待得开心吗？"吃饭的时候，季彩问。

"开心啊，挺开心的。"顾阳捏着个小骨头喂给脚底下的汤姆。

季彩看见那条小狗，看宗城的眼神都变稀奇了："你养的？"

"流浪狗，看着可怜捡回来的，反正顾阳喜欢。"宗城夹了肉片放进锅里，"吃吧。"

季彩笑着说："难怪顾阳说开心了，我看到他发的朋友圈了，你们还打台球去了啊？"

顾阳吃着刚煮熟的肉片说："西哥带我玩儿的，他很厉害的。"

宗城又往锅里加了点儿肉片，没接话。

很快，窗户外面的天黑透了。锅里还在煮，顾阳和季彩吃得慢，边吃边聊。

宗城一手捞到乱钻的汤姆，站起来，送去阳台，把门拉上了，省得它再进去捣乱，让他们吃不好。汤姆就在他脚边转，呜呜地乱拱乱舔。宗城随它去，倚在阳台边，摸了下裤兜，掏出了手机，低着头，左手翻着微信。

汤姆终于在脚边安分下来的时候，他看到了季彩说的朋友圈，顾阳发的，就是那天打球的情景。有一张是林迁西拿着球杆的一个背影，应该说一半背影，有点儿糊，不熟悉的都看不出那是林迁西。

拉门打开了，宗城按灭手机，抬头看一眼出来的季彩。

"我们吃完了。"季彩走过来，站他旁边，身上的香水味都混上火锅味了。"你跟林迁西走得很近了吧？"她问得挺直接，没有半点儿铺垫。

宗城说："一般近吧。"

"感觉比我上次走的时候要近多了。"季彩看着他，"顾阳也喜欢他，他是挺招人喜欢的。"

"也有很多人讨厌他，排斥他，是你没见到。"宗城手搭在阳台栏杆上，手指一下一下地点着熄屏的手机。

"怎么了城儿，"季彩笑笑，"我怎么觉得你不太想提他啊？我还不能说一说我相中的帅哥？"

"没什么好说的，"宗城口气轻淡，"我身边也有其他朋友，不止林迁西一个，我有数。"

"你有什么数？"

"我做什么都有数。"宗城站直了，不想再说，进了客厅。

顾阳已经拿着行李包，在乖巧地往里头塞自己的衣服了。

宗城把小桌上收拾一下，进了厨房，听见季彩跟顾阳说："你晚点儿收东西也行，我可以先在酒店住着。"

顾阳闷闷地说："下次来又要好久。"

"下次还是放假来啊，你哥都要高三了，又没几天暑假能过。"

宗城拧开水龙头，感觉裤兜里手机好像响了一声，混着哗哗的水流也没听清。他关了水，拿出手机，确实有消息进来，点开，是姜皓发来的，通知他说吴川定了时间，让他们到时候去一下学校。

宗城没回，也没问什么事情，看完就收起了手机。

吴川来电话给林迁西的时候，他正好要出门，一边接电话一边锁门。

"林迁西，来学校训练！你这一跤摔多久了，还没好吗？快来！"

林迁西听着黑竹竿儿的催促，无奈回道："好了好了，来了来了。"家里没人，一个人待着像游魂，他情愿出去，去训练也好，又不是出去鬼混，留着白天的空间给他妈回来补觉。

林迁西下了楼，怕黑竹竿儿又来电话轰炸他，搭了个公交，尽可能快地赶到了学校。

吴川就在操场里面等着，脖子上挂个哨子，手里拿着秒表，胳膊下还夹着个本子。

林迁西到了操场，只看到他一个人在，转头看一圈儿："就我跟你啊？"

吴川说："可不是吗，给你特训啊，你快高三才加入校队，很多东西得追。"

"这么复杂？"

"你以为呢？体育就是无脑的吗？"吴川指指跑道，"看来我要改变你的观念，让你彻底爱上体育。"

"我只想要分。"林迁西说，"五分五分五分！"

"知道了！"吴川吼，"烦死了！"

林迁西到跑道那儿做准备活动。"行了别烦了，我跑了。"正转着脚脖子，活动上肢，他一转头，看见道熟悉的身影。

宗城从操场外面走了过来，又穿上了短袖的黑T恤，没之前几天包得那么严实了，一直走到这条跑道边上，看了看他，没说话，转头看吴川。

林迁西停了准备活动，盯着他。

吴川过去，把自己的秒表给他："叫你来帮个忙，给他计个时，百米跑，盯着他跑够十次……"说着看看林迁西，"算了，第一次训练，跑够八次就行了，你们还有台球要练。反正每次的成绩都记一下，回头我去器材室找你拿成绩，现在我要赶时间去开会了。"

宗城拿了秒表，又接过他手里的本子："知道了。"

吴川临走又看看林迁西："停着干吗，准备活动做开，不然拉伤了疼死你！"

林迁西目送他走了，接着做准备活动，眼睛看宗城。

宗城拿着笔，垂眼在本子上填他名字，没看他。

林迁西趴下去，故意说："我跑啦？"

"嗯。"宗城拿着秒表抬起头，终于看向他，眼神淡淡的，就是一副公事公办的态度。

林迁西抿住嘴唇，一个起跑，飞快冲出去。太阳在头顶烈烈地照着，跑道上都能晒出烟来。他跑出去时余光还能瞥见宗城往他跑的方向看了眼，然后低头看秒表。

这么冷淡？林迁西心想，这完全就是代替吴川的意思啊。

一口气跑到终点，他又从终点跑回来，直接冲到宗城面前："不能说两句话吗？"

宗城低头记着成绩："跑步的时候少说话，影响发挥。"

"……"林迁西在起点重新俯身，接着跑第二趟，"那我又要跑了啊。"

"嗯。"宗城再次按下秒表。

身影像风一样又冲出去了。

很快第二趟回来，林迁西喘着气跑回起点，又问："这回能说话了吗？"

"你还没跑完。"宗城垂眼，记第二遍的成绩。

林迁西低低骂一句，重新在起点准备，又一次开跑。

直到最后一次跑完，他已经一头的汗了。林迁西抹了把脸，盯着在那儿记成绩的人。

宗城记完了，把笔夹本子里抓着，看他一眼，往操场外面走："跑完了，我的任务也完成了。"

林迁西跟上去："跑完了还不能好好说几句吗？"

宗城边走边说："你想说什么？"

"我也不知道该怎么说，"林迁西跟着他，"这事儿就说不清。你还气着呢？"

宗城腿长脚步大，走得快，林迁西刚跑完步，跟得急，喘得更急，也没听到回音，这人冷酷起来简直让人招架不住。

"哎，"林迁西黏着他，"宗指导员？搭档？酷哥？城爷？还要我叫什么？你搭理我一下行不行？"

已经到了器材室门口，宗城推开门，林迁西一脚跟进来，"哐"地甩上门。"难道还要我叫你一声'爸爸'才行啊？"

宗城回过头。

林迁西盯着他，张开两只手："要不我让你打一顿吧，你不是说我让你做打手吗，我让你打，只要你消气就行。"

宗城说："你以为我不敢？"

林迁西咧开嘴角笑笑："你敢，来吧。"

宗城忽然把本子一摔，扯着他衣领，抬腿朝他小腹上就是一顶。

"我靠……"林迁西缩一下肚子，没多痛，就是吃惊，抬头看他，"你连点儿准备都不给我？"

"不是你让我打的吗？要不爽就还手，我让你还手，你在我跟前不用不打架。"宗城松开他衣领，转身走去台球桌边。

林迁西忽然冲上去一把攀住了他肩，一条腿狠狠往他膝弯里撞。"我不打架就不能治你了吗？"

宗城腿一弯，往前倾，一只手抓住台球桌，迅速回头，另一手抓着他一条胳膊，往身前一拽。

林迁西自由的那只手及时抓住他腰，抓得死死的，隔着层薄薄的T恤都能感觉到自己抓的是一片紧实。也没时间发表感慨，还以为这下宗城该拽不动自己了。宗城忽然一条胳膊搭到他肩上，猛地一锁，身体一转，仗着高一截，用自己身体的力量迫使他撞到桌沿，自己也跟着一起撞上去。

两个人侧着身，都撞在桌边，一个抓着对方腰，一个扣着对方肩，谁也没占上风。

林迁西"哑"一声，看他那条断眉也抽动一下，笑了："你到底在不爽什么？"

宗城盯着他脸："我没什么好说的，你要真那么在乎那个秦一冬就别跟他绝交，弄成这样给谁看？"

林迁西笑没了，变了脸色："你知道什么，我是做给你看的吗？我必须绝交！"

"我什么都不知道，"宗城声音也冷了，"我有必要知道吗？那是你的事情，扯我干什么？"

"你非得这样？"林迁西紧盯着他。

"怎么样？"宗城说，"要动手是吗？不是叫你还手吗？你在人家面前憋，在我面前憋什么？"

林迁西咬了咬牙："我算看出来了，你对我情绪大着呢，就想跟我干一架是吧，我早说了，迟早得揍你一顿。"

宗城锁着他肩一扣："行啊，麻烦下次有事儿别再把别人扯进来。"

林迁西真动手了，抓他腰的手用力一推，腿顶过去，还了他小腹一下。"你跟我练配合的时候不是我左右手吗，这会儿又成别人了？"

宗城抓着他肩用力一撞，仿佛都能听见他喘息时的心跳，低低地说："那不一样。"

"哪儿不一样！"林迁西也一把锁到他肩，"谁把你当打手了，我就想让那小子没事儿就完了，有那么难吗！"

他是真来火了，宗城拽不住他，被反压到桌沿，背一下撞到桌上，宗城没有说话，脸还冷着。什么叫就想让那小子没事儿就完了？

林迁西在喘气。就这么点儿事情而已，只要秦一冬没事儿就行了，当时哪想那么多。

宗城猛地一用力，忽然又抵着他压回去，"嘭"一声，两个人同时摔在桌上，球乱滚，桌子都被撞出去一点儿距离。

"哑……"林迁西吃痛，用力锁着他，死死不放，一转身，两个人一起摔下来，跌在一起。

"有完没完了，我知道你出手肯定能办好才找你的，除了你我还能找谁啊！换别人我还不找呢！"他吼了句。

宗城的腿压着他，眼神轻微地动了动。

林迁西被他扣得动不了，自己也不放手，突然就被这模样给逗笑了，觉得自己可能是憋久了，居然被一激，真跟他动了手，真是傻了，都不知道这人是不是故意激他的。他人往宗城跟前挤过去，态度放软了："来，让你打吧，我这下真不还手了，让咱城爷好好消消气，来吧来吧，你打吧。"

宗城停着没动，他早就不想打了，头稍稍往后仰，是林迁西挤得太紧了，这人没脸没皮的劲头又上来了。"你要赖？"

"是，我要赖，原谅我吗？要不原谅我还耍。"林迁西喘着气笑。

宗城垂眼盯着他脸："你别挤。"

"嗯？"林迁西看着他，忽然感觉自己再挤就等于是送他怀里去了，就往后退了点儿，不挤了。

门忽然被人从外面推开，姜皓拿着巧粉走了进来，看到里面两个人互相拧着磕在台球桌下面，一看就是打起来了，愣了愣，回头看一眼，急忙说："你们怎么打架了？快松开，吴川来了！"

林迁西和宗城互相看着，宗城先挪开腿，林迁西松开了手。

姜皓走过来，把宗城拉起来，有点儿忌惮地看了看林迁西，问："你俩怎么了，不是要练台球的吗？"

"没事儿。"宗城甩一下手，把腰上被抓皱的那块扯开，"现在就练。"

林迁西爬起来，抬手揉一下肩，过去拿两支球杆，抛了一支过去。

宗城一伸手接住了。

他笑起来，瞥宗城，若无其事地说："没事儿啊，我跟我搭档能有什么事儿啊？"

第 45 章

吴川紧跟着进了门，进来就看见姜皓和宗城正在把歪斜的台球桌挪正，宗城一只手里还拿着支球杆，旁边的林迁西也拿着球杆，瞧着都觉得意外："让你们练球，也没让你们打这么激烈，连桌子都给打歪了？"

林迁西跟宗城互相看一眼，心照不宣地一起闭住嘴。

姜皓也不好说什么，对着他们两个看来看去，就觉得今天这两人都很古怪。

"成绩呢？"吴川问，"林迁西跑步的成绩呢？"

宗城提着球杆，弯了腰，从角落里捡起本子和秒表，是他之前动手的时候随手扔在那儿的，一起递过去："我刚不小心弄掉了。"说完又看一眼林迁西。

林迁西在旁边咧开嘴笑，觉得他这理由找得也太随意了。

"你笑什么呢？"吴川看着他，手里拿着翻开的本子，招下手，"成绩我看到了，过来，我要跟你好好说一说。"

林迁西只好走到他面前站好，眼睛还时不时地瞥向宗城。

吴川指着上面的八次成绩给他分析，宗城记得很清晰，带笔锋的字特别显眼："你看，你这成绩一次和一次之间都存在起伏，尤其是这两次，差了两秒这么多，这说明你跑步速度虽然快，但还存在不稳定性，这就要求……哎哎，你看哪儿呢！"

宗城在台球桌上摆着球，朝那边看一眼。

林迁西的眼神跟他撞上，晃开了。"啊？听着呢，你再说一遍，我一定好好听。"

"我给你分析是为了你好，林迁西，你这样的条件要好好训练才会发挥出最大的优势，你懂不懂，给我认真点儿！"

"好的吴老师，我认真了，你说吧。"

吴川拿他这流里流气的脾气没辙，接着给他分析："你这不稳定性包括很多因素，也有可能是跟跑步时的情绪有关系……"

林迁西心想他跑步时的情绪是不怎么样，一心想着跟宗城弥补关系呢。

"……还是需要系统的训练，就是专业运动员也是需要训练才能培养出来稳定的心理素质。"吴川前后讲了快有十分钟，又说，"你听我的没错，自己好好悟一悟，回头再训练的时候肯定会有收获。"

"哦。"林迁西在想能有什么收获，他现在最想要的还是那五分吧，有那五分和留在原班，就是最大的收获。

吴川把本子收回去，摆两下手："开始第二部分的训练吧，台球。"

他管这叫第二部分的训练？林迁西转头去球桌边，自言自语："我进个校队还成大忙人了。"

"这不比你以前干的事儿好？"吴川耳朵尖听见了。

林迁西想一下，挺有道理的，自己都笑了："是比以前好。"

他拿着杆站到桌边，不知不觉又站在宗城旁边，眼睛瞥过去，小声问："现在爽了吗？""八中乖仔"可是真不打架了，也就在他跟前才这样，破例了都，这下总该让他消气了吧？

宗城瞥他，抓着杆，嘴边提一下，低声回："你猜？"

"……"这怎么猜？林迁西心想玩儿他呢？

宗城朝旁边递个眼神，不说了。

吴川已经抱着胳膊站旁边了："打吧，林迁西，你那天那一局挺漂亮，就是不知道能不能再打出一回了，我要看看你的台球稳不稳定。"

"那可是太稳定了。"林迁西手里的杆一抛，一握，"别的小瞧我没事儿，这个你小瞧我，不允许。"

姜皓看看宗城，想去拿球杆，还不是怕他俩又不对劲儿，想顶上，结果看到宗城的模样又停了。

宗城已经先一步拿着杆站到桌边了。

林迁西看到他那架势就有劲头了，故意打他旁边过，歪下头低声说："来，球桌上再打一场。"

"刚才不也上球桌了？"宗城也低声回。

"刚才是我们人上的，现在让球上就行了。"林迁西笑。

宗城视线从他笑脸上扫过，眉峰挑了挑："来打，别嘴骚。"总有一天得把他的嘴骚给治了。

"啪嗒"，球碰撞的声音开始在器材室里响起来。吴川的眼神从左看到右，又从右看到左。

姜皓拿着杆在旁边看，眼神也是转来转去，因为这两个人打得实在太强势了，简直跟之前打架的场面不相上下。

"你们今天打得还真挺激烈啊。"吴川眼睛没离开桌面，那两个人你来我往的，谁也没让谁，球杆送出去的时候都像是铆足了劲儿，他教体育这么些年，也很少见到能把台球打得这么火花四射的。

林迁西笑了声，一杆送出，母球撞着一颗子球入了袋，轻轻巧巧，站直后看向宗城："要打就要打爽啊。"

宗城慢条斯理地拿巧粉擦着杆头，放下后观摩球桌，看他一眼："嗯，我让你打爽。"

很快，桌上球又撞击出去，重重的一声，清脆震耳，这次是宗城反击的一杆，下了力道的一击。

吴川眼看着战况升级了，转头叫姜皓拿本子来，要给他们计分，一边瞥宗城。上回没看到他出杆，今天看到，才发现这小子也是个厉害的。

几十分钟了，胜负还没见分晓，球桌边的两个人已经绕球桌好几圈儿了，汗迹开始在背后显露。林迁西又一次趴到桌上，压杆，瞄准目标。

吴川看到现在，居然也有点儿进入状态了，这会儿才回神："林迁西，你这一杆差不多要到头了，桌面上都成战场了。"

林迁西笑一声："看不起我吗？"说话时调整角度，又是"啪"一声送出。

吴川眼睛亮了，没到头，居然又进了一球。

姜皓在旁边看见，不禁往前走了一步去看桌面，看完后闭着嘴看看林迁西，又想起上次被他打败的场景了，那会儿的球桌上可远没有现在的球局复杂。

林迁西站直后故意问："怎么样？"

吴川身为老师，得端着，不能让他骄傲："行了，别狂了你。"

终于到了要分出胜负的时候。林迁西拿着杆，隔着球桌看对面的宗城："这一球如果我先进，就得听我的，怎么样？"

吴川还以为这话是跟自己说的："什么？什么听你的？"

林迁西不作声，盯着宗城，他懂就行了。

宗城把杆伸出去，搭桌上，点一下，拿起来。

林迁西笑了，伸出杆，也搭桌上，点一下，彼此就算达成协议了。他深吸口气，对着球桌调整一下状态。

桌上局势胶着，一球定输赢的状态，林迁西运气好，抢到了先机，只要打进去，就是他赢。他伏低身，压住杆。

"城儿！"外面有人叫。

"啪嗒"一声，他刚好送杆，忽然被打扰，力道没用全，一下直起身："靠！"

球撞到桌沿，没进。林迁西扭头，看见有人探身到门里来看。

吴川和姜皓都一起转头朝门口看。

季彩扎着马尾，还是涂着红唇的一张浓妆脸，正看着他们这儿："没打扰到你们吧？"

吴川疑惑地问："这是？"

季彩大大方方地走过来，朝他伸手："你好，是宗城的老师吧，我来找宗城的。"

吴川跟她握一下手，又疑惑地看宗城。

宗城说："她是来找我的。"

季彩抬手跟林迁西打招呼："西哥，好久不见了啊。"

"啊，是好久不见了。"林迁西没想到她会突然出现，看看宗城，又可惜地看了眼自己的球。本来打算赢了就跟宗城说：听我的，咱俩那事儿算揭过了，你也别不爽了，就这么定了！多好的时机，结果没进。他越想越不甘心，忍不住皱了眉，嘴里低低"啧"一声。

吴川看他们都认识，来的还是个美女，也没什么意见了，总不能不让人来，对宗城说："你要有事儿的话就自己安排吧。"

宗城看一眼球桌，放下球杆："等我回来再打。"

季彩也走过来看，看到桌面上的局势，意外地看了眼林迁西，又看宗城，明眼人都知道这一局打成这样很难得。

姜皓看着球桌说："没悬念，这一球必进的。"

宗城已经离开球桌，往外走，对季彩说："走吧。"

季彩临走冲林迁西笑了笑，上次走的时候说好了以后在他面前会注意，不能再跟上次一样热情得吓到他了，这次说到做到，还真没干吗，也就冲他笑了好几回。她一边跟着宗城往外走，一边还对吴川说："这位老师，你这儿有这么厉害的人，还不送去打比赛啊？"

吴川还以为她是女的不懂这个，目送她出门："你能看明白？"

季彩从口袋里掏出个证件给他看一眼，又收起来。"我做体育指导员的，咱们也算同行，我看人准着呢。"说完就出门走了。

吴川抻头看他们走远了，回头问姜皓："那不会是宗城的女朋友吧？"

姜皓看了一眼外面："不知道，没听宗城说过有女朋友啊，那个看着还比他大。"

"没早恋就好。"吴川转头去看球桌，发现剩下的那位已经放下球杆，准备走了，马上问，"你去哪儿？"

林迁西擦着手上沾上的巧粉："我马上来，我就去上个厕所，顺便悟一悟你今天的分析。"

"你真得悟啊！"吴川目光追着他。

"悟！我悟完就回来！"林迁西说着话就从他眼前小跑出门了。

宗城跟季彩一起出了校门，顾阳就在学校外面马路上等着，肩上背着个双肩包，站在树荫里。

"闷闷不乐一天了。"季彩对宗城小声说，"还是舍不得你。"

宗城朝顾阳招下手。

顾阳走过来，往他身上挤了挤："我走了，要跟我拥抱一下吗？"

"别肉麻了。"宗城轻轻拍一下他后脑勺，"多大人了。"

"唉，我还不如去拥抱西哥。"顾阳刚说完就看到了从校门里走出来的人，一下跑过去，"西哥！"

林迁西边走边说："我听到了，来，我抱你。"说着还真张开了手。

顾阳扑上去抱了他一下。

林迁西抱完他，还故意在他头发上揉了两下："我就知道是你要走了。"

看到季彩他就知道是顾阳要走了，顾阳提过季彩会来接他，还真是。林迁西之前陪他的事儿给搞砸了，也挺不好意思的，追出来看看，没想到正赶上他们来跟宗城道别。

"我们顺路过来的，本来直接走了，哎别揉，头发乱了。"顾阳赶紧保护住发型，跑回宗城身边。

宗城盯着林迁西。

林迁西往他跟前走了几步，又停住了。

季彩已经拦好了车，看见他过来，笑着说："西哥特地来送我们啊，那我也能抱一下吗？"

林迁西隔着好几米，笑笑："这不太好吧？"

季彩打趣："开你玩笑呢，你喜欢什么样的姑娘啊，能透露一下吗？我可以为你改变啊。"

宗城转身，把车门拉开，拍一下顾阳的肩膀，先把他送进去，又让季彩进去。

季彩坐进去，隔着车窗又看那边站着的林迁西，他在擦脖子上的汗，笑着回："不知道。"

她看看宗城，小声问："不知道是什么意思？"

宗城说："我不知道什么意思。"

季彩笑笑："城儿，你俩刚才在比球呢？打得那么凶，带着情绪啊。"

"嗯。"宗城知道躲不开她的眼，毕竟她是做体育工作的。他看一眼顾阳："路上注意安全。"

季彩知道他这是不想说了，冲他挥两下手，也不笑了，想起他说有数，那就信他，摇上了窗户。

林迁西站得不远不近，看见宗城站在那儿，跟车里的季彩说话，漫无目的地就想到刚才器材室里吴川问姜皓的话，看来也不是他一个人会误会，这两人看着的确是很般配吧，三个人一碰面，就跟一家三口似的。他又看两眼，自己莫名其妙笑了，管人家像不像一家三口，联想这些干什么？

车在眼前开走了。宗城看着车离开视线，才回过头，又往学校里面走。

林迁西跟过去："我知道那一球是输定了，但你也别这么硬了吧，我真不想咱俩成这样。"

宗城边走边说："是吗？"

林迁西说："是啊。"

宗城没说话，很快又进了器材室里。

林迁西看着他硬茬的背影，默默跟着。

吴川去喝水了，只剩下姜皓在，就站在台球桌边。

"你们一起回来的？"

林迁西没心情搭理，站到桌边，看桌上的球："来吧，把这局打完吧。"给他个痛快。

宗城重新拿杆，俯下身，瞄准了球。

姜皓说:"不用看了,这肯定进……"

轻轻一声"嗒",话都还没说完,宗城球杆一推,球打着转出去,停在了袋口边。

林迁西已经做好输的准备了,看见结果,一愣,猛地抬眼看着他。

"靠!"姜皓比谁都激动,"这怎么可能啊,都这样了,还能不进啊!"

宗城放下球杆,看一眼林迁西:"可能是我力道没用好吧。"

第 46 章

半小时后,训练结束。姜皓留下来关器材室的门,看了看先出门离开的那两个人,感觉比之前更古怪了。

宗城走出校门,扯一下汗津津的黑 T 恤,往旁边看:"你笑够了吗?"

林迁西两手插着裤兜,不紧不慢跟在旁边,扬着半边嘴角,从那一球之后就是这种痞笑的表情,跟了好处似的。"我还不能笑了吗?"

"有什么好笑的。"宗城说,"不就是一球没进?"

林迁西本来是真做好了输的准备,甚至都已经在想要怎么继续磨这硬茬了,结果那一球居然生生到了袋口都没进。除非他是傻子,否则不会看不出里面的门道。"你在让我。"他说。

宗城也不否认,让得那么明显,想否认也否认不了。"知道你那一杆没发挥好,我就是赢了也没什么意义。"

林迁西踢一下他脚:"非要这样说话是吧?你没进就是没进。"

宗城踢一脚回去:"我没进,你也没赢,我也不用听你的吧。"

林迁西收脚躲开一步,盯着他:"我发现你真是有一百种方法做个难啃的硬骨头!"

"你别啃,把你牙崩了。"宗城手收进兜里,往前走。

林迁西又笑了,追上去,逗他似的,伸手往他后脑勺一抄:"我不管,反正你球没进,这事儿就过去了,我宣布你还是我的宗指导员、搭档,不准讨价还价!"

宗城看着他一阵风似的往前跑了,抬手摸了把后脑勺,那儿的头发短,都扎手。无赖操作,他看着那背影想,手收进裤兜,跟上去。

林迁西先到了杨锐那儿,满头的汗,想去他店里拿两瓶水,等后面的宗城到了分他一瓶。哼着歌，刚走到门口，看见那儿停着熟悉的旧摩托，朝里头喊了声："王肖？"

顿时店里钻出来三个人，可不就是王肖他们仨。"西哥，听说你今天训练去了？"

王肖问他的时候，宗城正好也到了，看人都在这儿，走了过来。

他又问："城爷也一起去了？"

林迁西说："是啊，跟你们的城爷一起去了，你们仨在这儿干吗呢？"

"等你们去玩儿啊。"王肖叹气，"真倒霉，我还以为暑假可以放长点儿呢，至少也放他一个月啊，结果就这么几天，打发谁呢，都没凑够半个月，明天就要去报到了！那咱们不得抓紧时间出来浪一浪。"

林迁西听得一愣："你说什么玩意儿？什么报到？"

"就是报到啊，说是成绩已经出来了，分好班了，这不是刚出的通知吗？"王肖拿手机出来，翻给他看，"我看一下，喏，下午三点才出的，还新鲜着呢，就是你训练的时候吧。"

林迁西拿出自己的手机，手指滑着上下翻了翻。"为什么我没收到？"他抬头看宗城，"你有吗？"

宗城还没说话，手机响了，他掏出来，看了眼号码，接通放到耳边，背过身走开一步。"徐老师……好的，我知道了……谢谢。"电话挂了，他回头说，"是明天报到，徐进刚通知我了。"

"我的妈呀，不愧是你城爷，居然还有老师专线通知。"王肖黑脸上都是震惊，晃晃手机，"咱们都只有一个群发消息。"

林迁西抓着毫无动静的手机："这什么意思，为什么没人通知我啊？"

王肖也不知道为什么，想了想，找到个理由："一定是你们班那个仄货班长章晓江干的好事儿，故意把你给漏了。"

薛盛从王肖身后晃出他的大块头："咱们来的时候碰到丁杰了，他也没收到通知，还高兴呢，说不用去看成绩了……"

孙凯及时拦住他，往后推了推："你胡说什么呢，把狗嘴闭上！西哥能跟丁傻子一样吗？"

杨锐从店里走了出来："你们都站外面不热啊？"

林迁西收了手机，转头就走："我先回去了。"

"干什么你这是？"杨锐刚在里面看到他来的时候还一脸的笑呢，这会儿一声招呼都没打，头也不回地就走了，转头问宗城，"他怎么了？"

宗城看着林迁西走远的背影："还是担心分班的事儿吧。"

王肖和孙凯同时扭头瞪薛盛。薛盛也知道自己说错话了："我不是那个意思，我本来就是想安慰一下西哥。"

"别叨叨了，快闭嘴吧你！"两个人同时喷他。

林迁西回家的速度很快，小跑着上了楼，还没到门口，手上已经掏出钥匙，迅速开门进屋。

门一关，他就在门口的柜子上埋头翻找，又一路找进房间，翻遍抽屉，结果都找不到班上任何一个人的联系方式。本来还打算去质问一下章晓江，是不是真把他给漏了，结果发现自己过去那么久，除了一起混的那几个人，根本就和学校里的同学没有联系。

他坐在床上，两手撑住额头，身上又出一层汗。出成绩这么大的事儿，他都等到今天了，怎么不通知他，跟丁杰一样？这到底什么意思啊？

丁杰连考试都不想考，早想着进那三不管的班了，那种班连班主任都不一定有，可能确实是不用通知……

"滚蛋……"这想法像让他触了下电似的，他马上掏出手机，给吴川打电话。

电话接通，吴川在那头问："怎么了林迁西，打电话来是不是悟透我给你分析的话了？"

林迁西开口就问："老师，我的五分你给我加上了吗？"

"你这人怎么回事儿？"吴川口气不好了，"怎么一天天的就知道分，那几分有那么重要吗？"

"你就告诉我加上没有？确定加了没有？"林迁西口气比他还不好，"这对我可太重要了！"

"加了加了！我一个老师还能骗学生吗！"吴川气冲冲的，"要我把盖章的申请给你看吗？浑球玩意儿！"

"行，我浑球，只要你给我加了就行。"林迁西放了心，被骂也没关系，挂了电话。

手机熄屏，他又按亮，再熄屏，又按亮，还是没通知来。怎么回事儿，难道那五分加了也根本不顶事儿？林迁西有点儿坐不住，站起来，从房间走到客厅，对着空荡荡的屋子，又默默走回房间。

去训练的时候也没发现学校有什么动静，成绩出来了，到底在哪儿出的啊？他都在认真思考有没有渠道去提前看一眼了。

手机忽然响了，是语音通话的响声。林迁西一直拿着手机，都没来得及看是谁就按了接听："喂？"

"是我。"巨冷淡的声音，除了宗城还能是谁。

"靠，我还以为通知终于来了……"林迁西闷声说，"原来不是。"

电话里有汤姆呜呜的声音，狗粮倒进狗盆"哗啦啦"地响，宗城应该是回家了，他在那头问："你给他们留过电话吗？"

"啊？"林迁西问，"什么意思？"

"我问你给你们班留过你的号码吗，你确定你们班群发消息能通知到你？"宗城说。

林迁西停顿一下，仔细想了想："不确定，我好像是没留过。"

"那你急什么，没有通知到你不是正常的？"宗城低声说，"傻不傻？明天学校见。"

电话"啪"一声，干脆地掐断了。

林迁西把手机拿到眼前看，对啊，他以前学校都爱去不去的人，怎么可能留号码给班上，太着急了，居然把这茬给忽略了。

明天，还得等明天。林迁西歪头倒在床上，拉着毯子，一把盖住脑袋。干脆给他个痛快吧！痛快地告诉他，是不是学好这条路真的就是条不通的死路！什么空子都钻了，什么分都争取了，是不是连要撬开道缝都没可能！来吧，痛快点儿吧……

这一晚想睡好觉是没可能了。训练了一场，前头还跟宗城打了一架，林迁西其实本来挺累的，但真的睡不着，脑子里盘桓的都是阿拉伯数字，那是他胡思乱想猜测的分。

后来不知道几点才终于睡过去。好像也就睡了一会儿，他睁开眼发现天亮了，马上爬了起来，进了洗手间。

"不要激动，稳得很，西哥。"洗漱的时候，他对着镜子自言自语一句，给自己套上一件纯白短袖，拉了拉衣领，吐口气，可算是平静点儿了，转头出去，特地去厨房下面填饱肚子。

他自己吃了一碗，又留了一碗在锅里，也不知道他妈下夜班会不会回来，回来后看到了会不会吃。做完这些，出门去学校。

平静，要平静。林迁西一路走一路给自己灌鸡汤，什么干大事儿的人得沉得住气，什么平和淡定才有未来，再想一想宗城那巨提神醒脑的声音，好多了，平静地到达校门口。

有很多人已经到了。林迁西进校门的时候看到了戴着厚厚"酒瓶底"的章晓江，就想过去求证一下是不是真没给他发通知。谁知道章晓江一看到他转身就走了，连走带跑，进了人群，像只受惊的麻雀似的。

"什么毛病……"林迁西真没欺负过他，不知道他为什么总这么怕自己，也懒得去追，还得去看成绩。

头顶上，学校大广播里发出一道刺耳的电流声，然后有老师的声音传了出来。林迁西仔细一听，是老周的声音——

"请已经到了的同学去公告栏自行查看成绩，领取成绩条和分班信息，去各自班级报到。再说一遍，请已经到了的同学去公告栏自行查看成绩，领取成绩条和分班信息，去各自班级报到……"连续重复了三遍，广播没声了，好像是循环播放。

林迁西一个冲刺出去，比训练时都快，朝着公告栏跑过去。去他的平静，平静不了！

公告栏就在教学楼下面，一整面刷白的墙。林迁西一口气冲到那儿，到处都是人，但是他个儿不矮，看着不费力，踮着脚看上面贴的好几张打印出来的排名表，放大了十几倍，占了整面墙，一半是文科班的，一半是理科班的。

"啧啧，西哥来了。"四周吵吵闹闹的，张任的声音在笑。

林迁西转头看到他那一脸贱笑，直接拨开人过去，太急了，脾气也上来了："让个路！"

乱挤的人一看是他，很多都主动回避。张任看他过来的脸色不对，往旁边挤出去点儿："干吗，我又没说什么。"

林迁西抬头看墙，都没给他个正眼，到处找自己名字："看到我的成绩了吗？"

"没有。"张任说，"你直接去问新班是哪个不就行了，搞那么麻烦。"

林迁西转过头，冷冷地看他："给你两秒，有多远给老子滚多远。"

张任不敢离他太近，怕他真抽上来，认怂地挤出去一截，到了人堆外面才回头说："我的脑袋你踢得到吗？在新班等你啊西哥。"

林迁西又扭头看过去，他已经嘴贱完溜了。

新班，去他的新班！林迁西转头继续找成绩，忽然发现旁边两个女生手里拿着打印出来的排名表，A4纸大小，比墙上的清楚多了。顺着她们过来的方向往前看了看，走去最前面，看到那儿摆着一张长条桌，几个老师坐在那儿。

周学明坐中间，手边放着他的茶杯，还有个话筒。他身边是徐进，两人面前就是那一摞一摞码得齐齐整整的排名表，表旁边是一个贴着"8班"标签的盒子，里面一大堆码好的字条。

林迁西走过去，伸手在俩人中间抽了一张排名表。

"林迁西！"徐进看到他就喊，"你还来挺早啊！"

老周托着眼镜看他一眼，依然很淡定，咳一声，清了清嗓子，在盒子里一大堆字条中翻了翻，找到了他的名字，拿了递过来："个人成绩条，拿着，看自己在哪个班就过去报到，让后面的同学过来拿。"

林迁西一手捏着排名表，一手捏着自己的个人成绩条，就像是捏了两张决定了生死的诊断书似的，紧闭着嘴，转头走了。

一直走到教学楼的楼梯下面，旁边安静了，他才低头去看。先看个人成绩条，等了很久的成绩条，别的什么都没看，一眼看到总分那儿，拇指按着那里，都不忍心挪开，挪半天，看到一个打头的数字"3"，后面紧跟着个"2"，最后一个数字是"0"。

理科班不算文综那科成绩，语数外加理综，三大门一门150，理综满分300，总分750分，他考320分，连一半都没有。

林迁西对着这总分也说不上来是好是坏，因为这已经是他有史以来考过的最高分数了。再去看排名表，四个理科班的人数，密密麻麻的名字，要翻到背面往下看才有他名字出现。

他快速看了看，并没有8班的班级排名，就是一个全年级的总排名，头疼的是这年级排名也就排到100，往下就不显示数字了，除非他去挨个数，他是一百多少还是两百多少，到底有没有干掉8班那倒数十五个，也不知道。

"这什么垃圾排名……"他几乎是咬着牙在吐槽，想起老周的话，又拿着成绩条再看一遍，看到班级那栏画了个黑色条杠，还写了个数字8。

下面一个星号，标着相关说明：没被划去新班的学生也都重新分了班级，因为是打乱随机的方式，划分时用不同颜色和数字标记，加上新班在内，一共五色五数，去教学楼上找到对应班级报到就行了。

林迁西对着那个黑杠和数字8，没来由地笑了一下。台球里打八球，最后将黑色8号球击入袋，就获胜了。这可真是个有意义的数字，他原来也是在8班，都不知道是不是好事儿。

他拿着表上了教学楼，挨个找着班级，忽然想起什么，展开那张排名表又看一眼，直接看到最上面，目光都凝结了。"我……"

排名：1；姓名：宗城；总分：731。

林迁西把那分数又看一遍，嘴里还是说："我……"怎么做到的，分数全部加起来就扣了19分？他又一次被那人震惊到了。不愧是他找上的人，光是牛这个字眼已经没法形容了。

林迁西不忍心再看自己那点儿分，目光都飘忽了，飘来飘去，看到了旁边的班级，门上贴着张A4纸，画着条很粗的黑杠，下面数字8。是这儿了。他从后门走进去。

"西哥!"

林迁西抬头,看见王肖、薛盛和孙凯,三个人一个不落地坐在倒数第二排。

"跟你一个班了!"王肖先走出座位,兴奋地给他拉好最后一排的凳子,推他过去坐下,"坐啊西哥,太激动了!"

林迁西目光从他脸上扫到薛盛脸上,又扫到孙凯脸上,心凉一截,又看一圈儿这个班,现在还没有几个人,但是他懂了。果然,还是没成。

孙凯看出不对,拉一下王肖,朝林迁西身上递眼色。

王肖才反应过来,笑变成了讪笑:"西哥,不是,其实咱们考试前也看书了,真的。"

孙凯也说:"是啊西哥,你不是跟咱们分析过吗,只要干掉自己班上的倒数十五个就行,咱们那会儿都被你感染了,而且咱仨原来那个班的差生又多,觉得也能试试吧,就真复习了,所以这也不一定就是那个三不管的班吧。"

林迁西就没在意听,也不知道该说什么,脑子空了,胸口像是被堵住了。真的还是不行,学好的路不通,还是没有撬开那道缝。"靠⋯⋯"他捏着那成绩条,捏得太紧,手指都快捏发白了。

"你们都在啊?"有人进来了,是姜皓。看到一堆熟人都在,他很意外:"都一个班?"

王肖看到他也惊讶:"你也这个班的?"

林迁西看他一眼,扯了下嘴角,想笑也没笑出来,眼睛转开,忽然瞥见又有人进了门,转开的眼一下甩回去。

宗城一只手收在口袋里,从后门进来,朝他这儿走,另一只手里捏着成绩条,翘着边,露出上面一个醒目的黑色条杠。

林迁西眼睛都睁大了,怀疑自己出现了幻觉,一直看着他走到自己旁边,盯着他脸,那条断眉,确定真是他本人,像是被一下拍醒了,猛地站起来:"我靠!!!"

其他人都看过来。

宗城伸脚钩开他旁边的凳子,坐下,看着他,声音低低的:"看到我这么高兴吗,乖仔?"

卷四

搭档

手里的杆递过去。

两支杆在一起，

轻轻地碰了一下。

第 47 章

林迁西何止是高兴，都快高兴哭了，抬手摸一下嘴，笑起来，嘴角上扬的弧度根本都收不住。他坐下来，把凳子往旁边拖："我……我都恨不得现在把你抱起来抛一圈儿！"

宗城那条断眉往上挑，嘴边轻轻动了一下，露了笑："就你，可能抛不动我。"

姜皓古怪地看着林迁西的反应："怎么回事儿，你怎么高兴成这样？"

"你不明白，"王肖说，"西哥这是苦尽甘来了。"

孙凯笑着说："我说对了吧，这就不是那个三不管的班。"

林迁西还在笑，摸一下嘴，又摸一下脸，看着宗城的眼睛里都是光："要不是在教室我就真试试，我叫上他们一起抛你！"

宗城断眉又一挑："……"

王肖嘿嘿笑两声："别吧西哥，不敢抛，别把年级第一给摔了。我的妈，城爷你那分怎么考出来的，我第一次见到有人总分是 7 开头的。"

姜皓在他旁边坐下来："可怕吧，他第一场数学还差点儿迟到，比人家少半小时，非人类的分。"

"太非人类了。"

宗城又扫一眼林迁西的笑脸，回答说："我在原来学校的进度要比你们快一点儿，试卷上的基本都是熟题。"

"你就别谦虚了，爷。"姜皓说。

班上陆续有其他同学来了。林迁西缓过来了，悬着的心终于放回肚子里，直到这时候，才把一直憋在胸口的那口气吐出来，但心还在怦怦地跳，太激动了。

他随便扫了几眼新来的人，看到几张熟面孔，陶雪从前门进了这个班，看到了他，好像没想到他会在这里似的，接连看了他好几眼，找座位坐下后又看一眼。章晓江跟在陶雪后面进的门，戴着他的"酒瓶底"，看到后排，脸就变了，直接在最前排坐下了。

其他来的几个都不认识，到后来刘心瑜拿着成绩条走了进来，一进来就看后排，看到宗城，挥手打招呼："巧啊，宗城，我还在猜你在哪个班，原来就在一个班。"

宗城看那儿一眼："巧。"一边拿出手机，低头翻了翻。

王肖拿着排名表嘀咕："牛啊，第一第二都在这个班了。"

林迁西看了一眼，看到刘心瑜就排在第二，又看总分，她考了 670，要是没宗城，她就是第一了，但是现在比宗城足足少了 61 分。

看到别人的成绩，他才想起自己的，低下头，把自己那张成绩条折了折，刚才捏得太紧了，都捏皱了。旁边伸过来一只手，抽走了他的成绩条。

林迁西转头："干吗？"

宗城拿着他成绩条展开看，低声说："检查成果。"

林迁西看看他侧脸，又扬唇笑起来："反正我没被踢去新班，怎么都行。"

宗城瞥他一眼，看完了他的成绩条，眼神没有变化，折两下，连自己的成绩条一起收进了裤兜里。

外面又响起广播声："请所有同学进班级准备报到。"换了个老师的声音，应该是成绩单都发完了。

上课铃跟着就响了，班上吵吵闹闹的声音小了点儿。走廊上有一串的老师过来，一个个从窗户外面过去了，去了前面的班级。最后面跟着周学明，端着他的茶杯，慢吞吞地一拐，从后门进了班级。

林迁西一眼看到他，下意识冒出句："嗯？"

老周打最后一排过，眼睛看看宗城，又看到他身上，抿着嘴，去了前面讲台，把杯子一放，托下眼镜，扫视下方："以后我就是你们的新班主任了，可能在座的有一些以前是我班上的，但是现在进高三了，跟以前的要求肯定不一样了，希望最后一年你们好好把握……"

林迁西在下面低低地说："孽缘。"老周是注定摆脱不掉他了。

打了会儿官腔，老周喝口水，开始上紧箍咒："我可以明确地说，有一些人能进这个班也是运气好，管好自己，珍惜机会，不然的话，给新班加几张桌子也有可能。"

王肖忽然往后看："西哥，我怎么觉得老周好像在看咱们这儿啊。"

"把'好像'去掉吧你。"林迁西说，那就是在看这儿！他都能感觉到前面王肖他们三个的头上已经被分别插上了运气一号、二号、三号的标签，加上自己，四个运气分子。

例行讲话结束，再例行点一遍名。老周拿着 A4 纸上打印出来的名单，按拼音排序来，一个个念："……林迁西。"念出这个名字的时候似乎不自觉地停顿了一下。

"到！"林迁西在后排高高举了一下胳膊，冲他咧开嘴笑，从眉毛、眼睛到嘴，整张脸都张扬得很，仿佛在说：怎么样，我还是留下了！

老周看他好几眼，低头继续点名，直到最后一个名字："宗城。"

宗城说:"到。"

老周把名单一折,拿了杯子往外走。"你跟我出来一下,其他人可以散了。"

林迁西看着宗城站起来,往外走,又看看班上其他人,好像都在看他出门,这年级第一的地位太明显了,没人不注意他的。

"城爷太牛了,"王肖在前排拿着排名表折飞机,"为什么有的人能打还能考,我想不通。"

林迁西说:"那是。"

姜皓回了下头:"你那么得意干什么,跟你的分似的。"

"他的分我也得意。"林迁西想,那说明他眼光好,选的指导员对,如果不是选对了人教,能到这个班来吗?

姜皓看他的眼神古怪程度升了一级。

老周把宗城叫到走廊窗户那儿,口气跟刚才在班里完全不一样,很温和:"你这成绩一出来,现在就是全校关注的焦点了,咱们八中从来没有出过这么高的分,所以我对你也要特别关注点儿。"

宗城不是第一回听到这种话了,知道这时候也不用回答,听着就行了。

老周说:"本来学校是打算完全按成绩来分快慢班的,但是现在上头不让弄得太明显,一边要应试一边又要素质教育,说实话咱们八中的师资力量也有点儿跟不上,所以除了新班,还是随机分了,你旁边坐的那个……"

宗城看他一眼。

老周就直说了:"林迁西,他这回能考出划分线谁都没想到,体育那边居然还给他加了五分,又走运,抽到这个班,你要是嫌他妨碍你,我可以替你调座位,位置随便你选。"

宗城说:"不用调,位置是我自己选的,他不会妨碍我。"

老周看了看他,有点儿意外:"你确定?"

"确定。"

老周点点头,既然他愿意,也不好说什么:"那如果他影响到你,你随时可以跟我提。"

林迁西瞅着教室门口的牌子,才知道为什么分班信息上那个黑杠后面写的是数字8,这就是8班,高三(8)班。果然黑8是个好意思。

班上人都走差不多了,王肖叫了薛盛和孙凯,连姜皓都叫上了,回头催他走:"西哥,走,去庆祝啊,咱们都在一个班了,必须得庆祝啊,这下你总不会再推了吧?"

林迁西笑着说："不推，庆！必须的！"一边说一边往窗户外面看，"你们先走，我马上来。"

"行，那我按以前的样去办吃的？"王肖走的时候问。

"去吧，我请客。"

"哟嚯，西哥今天太高兴了，我还没见你这么高兴过。"王肖笑着推一下姜皓，带着他的两个好伙伴儿一起出了教室。

他们走了，宗城才回来。林迁西等他呢，站起来，顺带问："老周跟你说什么了？肯定提我了。"

"没说什么。"宗城觉得那些无关紧要的话没必要复述一遍，把桌上留着的排名表随手塞进桌肚子里，"走吧。"

下了教学楼，林迁西走前面，对着外面深吸口气，觉得这一天过得就跟做梦似的，简直心潮奔涌，大起大落，忽然看到一个人走在前面，顿时冷笑一声。

宗城走到旁边，看他："笑什么？"

"没事儿，我去收个账。"林迁西把插兜的手拿出来，大喊一声，"张任！"

张任一回头看到他，跟见了鬼似的，撒腿就跑。

林迁西一下冲出去追，快得不像话，直接一跨，过了碍事儿的花坛，就在校门那儿等着拦他了。

张任眼看要被他逮到，马上又掉头跑。刚跑几步，面前又多了另一个身影，后领忽然被一把扯住了。

宗城一只手拽着他后领，另一只手还收在兜里，都没费劲儿，直接拽着他往校门口走。

"你要干吗！"张任歪着半边身体想挣开，愣是没挣过他的手劲儿，硬生生被他拖着跌跌撞撞地过去。

"接着，给你爽。"宗城把人一把送到林迁西跟前，直接越过去，出校门了。

林迁西接个正着，真是爽到了，拽着张任的衣领，拖出校门，到了马路边上，"啪啪"拍他脸两下："怎么样，脖子洗干净了吗？"

张任脸都白了，知道他以前的作风，不敢再嘴贱了，手扒着旁边树干："你牛行了吗？"

"你就是把自己脑袋捧下来请老子踢，老子都嫌烦。"林迁西说，"以后有我的地方你就自己滚，有多远滚多远，别让我再看到你，听懂没有？"

"懂了……"张任刚白的脸又憋红了，丢脸丢的。

"懂了就行，来，现在正儿八经给老子赔礼道歉吧。"

宗城已经走远了，真就让林迁西自己爽，连后续都没听。

半小时后，杨锐杂货店的隔壁又热闹了。王肖和薛盛一人拎一只大方便袋，里面都是装满烧烤的一次性餐盒，还在冒热气，孙凯跟姜皓也一人提了一包，看着就像把人家烧烤店搬来了似的。

宗城刚走进杂货店，林迁西跟着来了。

"爽了？"他问。

林迁西扬扬眉："爽翻！"

杨锐从货架后面走出来，拖鞋直响："怎么着，动静这么大，是有好消息啊？"

林迁西指指自己："成了，我俩现在一个班了。"

杨锐不太信："真的假的？"

宗城点头："真的。"

杨锐看他说才信了，笑了声："行啊林迁西，去后面拿酒吧，今天你们的啤酒我包了。"

"杨老板好人一生平安！"林迁西跑进去，拎了扎啤酒出来，拿去了隔壁。

杨锐看他走了，才对宗城说："你可以啊，能把他这烂泥扶起来。"

宗城往隔壁走："他自己也不笨。"

"是吧，我早就说了，他挺聪明的。"杨锐跟他一起过去。

麻将桌又做了餐桌，一群男的凑在一起，战斗力太可怕了，没一会儿就一片狼藉。

姜皓吃的时候对着那张台球桌看，问旁边的宗城："听他们说林迁西以前就在这儿打球？"

宗城没坐凳子，就坐桌边上，手里拿着罐啤酒："嗯。"

姜皓扭头看一眼坐对面的林迁西，低声说："他怎么练出来的……"

杨锐今天没嫌他们是小屁孩，凑热闹在旁边吃了两根串，拿着竹扦当牙签，问林迁西："你进了现在这个班，就没什么想说的吗？"

"有啊。"林迁西想了想，手里的串一丢，抓着啤酒站起来，对着麻将桌一碰，"这张桌子，我写过作业。"又去台球桌那儿碰，"这张我写过试卷。"接着走到墙那儿，和挂着的飞镖盘碰一下，又碰一下角落里的折叠床，"这儿是老子的加油站，这里我还躺过……"他拿着啤酒罐，转了一圈儿，向这间屋子举一下，就跟那些摆设都是活的人一样，"谢谢大家，我说完了。"

杨锐被他弄笑了："你嘴里能不能说点儿正常话了。"

林迁西咧着嘴笑。

王肖喝得有点儿多了，居然还给他鼓掌："好，西哥说得好！"

宗城看着林迁西那玩世不恭的样子，把啤酒罐拿到嘴边，笑了笑，只有他想得出来这些话。忽然那人就到跟前了，嘴边的啤酒罐被轻轻碰了一下，宗城的手停顿住，看着林迁西站在自己面前，拿着啤酒罐，又跟自己手里的碰一下，笑着说："喝啊。"说完他自己先仰头喝了一大口。

宗城看着他白皙的脖子在吞咽，喝完后露出双发亮的眼，跟着掀手喝了一口，酒的涩气到了舌根，喉结滚动，咽了下去。

杨锐去隔壁看店了，一个小时不到，王肖就抵不住了。薛盛一手架他，一手架孙凯，往路上拖。姜皓只好去帮忙推王肖的那辆旧摩托。

他们都走了，林迁西把剩下的两罐啤酒拿着，出门说："走，一路喝回去。"

宗城扔了手里的空罐："你还没喝够？"

"我八中乖仔很久没碰酒了。"林迁西一手拿一罐，朝路上走了。

宗城怀疑他也喝多了，跟上去。

林迁西抛给他一罐，自己拿一罐，一路走一路喝，刚到老楼那儿，愣了，摇摇手里的空罐："嗯？这就没了？"

宗城把自己手里的那罐递过去："要吗？"

林迁西说："不用，我自己去买。"他小跑着往前面的店去了。

宗城觉得他像是在找酒喝，可能真是喝多了，想想还是跟上去。

一直走了一条街都没看到人，他还以为林迁西已经回去了，再往前走一段，看到林迁西坐在马路对面漏着夕阳的树荫里，手里果然又拎着啤酒，一手一罐，好像喝上了有一会儿了。喝上瘾了他？宗城要走过去，忽然看到他嘴在动，又站住了，知道他老毛病大概又犯了。

林迁西喝完一罐，低头，对着空罐子说话："秦一冬，想不到吧，老子学好了，路走通了，至少吧，也是开始学好了……"声音灌进去，闷闷的，好像还有回声，但只有他自己能听见。他把罐子捏扁，往后抛，"啪"一声，进了垃圾桶。

他拿着剩下的那罐，又仰头喝完，低头，对着空罐子说："林女士，我也没那么差吧，对我有点儿别的指望吧……"手指一捏，扁了，再往后抛，又"啪"一声，进了垃圾桶。

林迁西拍拍手站起来，对着没人的街道笑笑。杨锐问他的时候他在胡扯，这才是他想说的，可惜没法说。刚要走，忽然看到对面有人过来，他吓一跳："你从哪儿冒出来的？"

宗城走过来，把手里的酒抛给他。

林迁西一把接住："来给我送酒？"

"嗯。"宗城看看他，又转身走了。"奖励，你应得的。"

林迁西看着他背影："你是不是听到什么了？"

"没有。"宗城就这么走了。

林迁西看着他，直到再也看不见，又看看那酒，笑起来，特地追来奖励他的？

第48章

说实话，林迁西长这么大就没拿过奖励，惩处倒是拿到手软。他都没想到人生第一次拿奖励居然是从宗城那里拿的。虽然也就是一罐啤酒，但那是又跩又酷年级第一的城爷追了老远送来的，礼轻情意重啊。

林迁西回到家，先进厨房，拉开冰箱，把啤酒放了进去，塞角落里。"西哥太牛了，宗指导员特以酒鼓励！"他对着嗡嗡作响的老冰箱自夸一句，欣赏够了，合上冰箱门。奖励嘛，得珍藏。

报过到了，意味着学校也提前开学了。早上，林迁西收拾好了书包，准备出发去他的高三（8）班，嘴里都哼起了歌。临出门，忽然想起什么，他又转头进了厨房，走到锅那儿，揭开看。

报到当天留给他妈的面居然还在，到现在也没有动过，已经放坏了。好像也是意料之中的。林迁西无所谓似的笑笑，心想浪费粮食，真是不该。他端起锅，把面都倒了，到水池里去清洗。

快洗完，外面屋门响了。林迁西把锅架那儿沥水，提着湿漉漉的手走出厨房，看见他妈回来了。林慧丽胳膊上挂着一方便袋菜，一只手在包里拿手机，停在客厅："你在家？"

"在。"林迁西拿了书包，"学校开始上课了。"

林慧丽打量他："你去报到了？"

林迁西听她口气，想起上次她说只要他能把高三上完就行了，没别的指望了，干巴巴地扯扯嘴角："报了。"

她不咸不淡地点头："那就好。"

林迁西想说他现在不仅上课，班级还很不错，可是她连家长会都没去过，班好不好，根本也没概念。

林慧丽把拿出一半的手机塞回包里，继续说："还以为你不在家，刚要打电话给你。"

林迁西看她买回来的菜挺多，她身上又穿了裙子，水红底白碎花的那种，就觉得跟平时不同，平时她也不会给自己打电话。"有事儿啊？"

林慧丽看了看他，放下方便袋和包，避开了他的眼神："上次不是说了相亲，想让你们见一见。"

林迁西明白她为什么买这么多菜了，换只手拿书包，走到门口，才说："这回这个居然愿意见我啊？"

林慧丽把菜拎进厨房里，声音还是那样："相亲时说好了，人家肯见，你要是也愿意就晚上早点儿回来，一起吃个饭。"

林迁西开门，走之前说："行，那就见吧。"难得有个主动见他的，他也得为他妈想想，说不定这次这个会不一样呢。

学校里只有刚升上高三的提前开了课，也就教学楼里有动静。林迁西进教室的时候，看到班上正在发东西，一人一张纸，从前往后挨个在传。

王肖拿着一张回头，正好看到他进门："西哥，我昨天醉成狗了，今天差点儿起不来。"

"你活该，太菜了，酒量这么差还喝那么多。"

林迁西还没过去，面前又递过来一张，是陶雪，她从前面拿了一张送过来："林迁西，以前在班上给你递试卷递习惯了，这回又给你留了一张。"

以前章晓江怕他，作业和试卷都是陶雪给他，林迁西伸手拿了，扬一下："谢了啊。"

"别客气。"陶雪回座位了。

林迁西走到座位上，王肖把拿过来的纸又拿回去了："西哥魅力太大了，发个东西都有专人送。"

"闭嘴啊。"林迁西知道女孩子面皮薄，不爱听这种玩笑，坐下来看那纸，抬头写着三个大字：计划表。

旁边有人坐下了，他一转头，宗城刚放下书包，看着他手里的纸："这什么？"

王肖刚拿的那张终于有地儿送了，放他桌上："给你了城爷，刚发的，说是每个人都要填。"

林迁西看那上面分了几栏，写着几个空洞的标题——意向、目标、理想，莫名其妙地说："不知道啊，这什么啊？"

宗城已经看明白了："给高三学生紧迫感的东西，好让人有目标。"

林迁西问他："那要怎么填？"

宗城一手拿出笔，一手拿着那张纸，侧过去，背对他："自己填自己的。"

"不能给我抄抄吗？"林迁西站起来点儿，抻头越过他肩膀偷看。

宗城抬手，笔往林迁西肩膀上一敲："抄什么，你跟我目标一样？"

"靠……"林迁西坐回去，找了笔出来。

王肖从前面又转过来，主动献宝："西哥，要不你抄我的？"

林迁西凑过去看他写的，先看到一行狗爬的字：目标——修车铺老板。

"这就是你的目标？"

王肖说："对啊，我老头开的修车铺等我继承呢，这不算目标吗？"

林迁西想起他们家是开修车铺的，所以那旧摩托总能续命呢，好像也没什么毛病，只要不混，正正经经养活自己，又没什么不对，可他没法套用。"我家可没什么铺给我继承。"

王肖把纸拿回去："那你还是自己想吧。"

姜皓回头："你们没事儿吧，什么修车铺老板？高三的表，这明摆着是要填分数、专业、想考的学校档次这种的。"

"要不然给我看看你的？"林迁西真诚地问。

姜皓转回头："看我的干什么，你自己不知道自己吗？"

林迁西还真不知道，他这别的都好说，学习就是半路出家，难道坐这儿就能预估自己的分数、什么专业？学校档次就别提了，他听过的学校都不多。他又看旁边，宗城已经坐正了，表放进了桌肚子里，肯定是填好了。

铃声响了，开始早读。宗城拿了英语书出来，摊开放桌上。

林迁西有样学样，也拿了英语书出来，放桌上翻开。

宗城看了会儿书，掏出了手机，好像是来微信了，偏头过去看。

林迁西瞥到个熟悉的小花猫头像，就知道是顾阳，好机会，趁他看手机，伸手进他桌肚子里。手在里面摸了摸，摸到了纸，林迁西往外一点点拿，一边瞅宗城正在翻看手机的侧脸，就快拿出来，忽然碰到个障碍，手指钩了一下，钩上了，觉得触感不对，一转头，瞬间跟被电到了一样，马上把手拿出来了。

宗城正一只手伸进桌肚子里拿东西，不巧得很，刚才林迁西钩的是他的手指。他转过头来看林迁西。

林迁西既尴尬又好笑，一不好意思就想摸脸，刚抬手摸了一下，想起手指刚跟他手指缠了那么一下，就又放下了，总觉得哪儿怪怪的，眼神晃一下，看了看前面，打商量似的小声说："我就看一眼，真一眼，做个参考就行。"主要看看他写的是不是真像姜皓说的那样有分有学校。

宗城眉峰动了下，表情没变，说不出来什么意味。"为了看一眼要偷我的表？"

"不是偷，"林迁西笑着解释，"就看一下。"

宗城把那张表拿出来，被林迁西这一弄，都有点儿皱了，在手里甩一下："真想看？"

"想。"林迁西坐近点儿。

宗城把纸放他面前："你看，看了也没用。"

林迁西低头，一愣："你玩儿我！"表上一个字都没有，他刚才有模有样地忙半天，根本就没填。

姜皓听见动静回头看，看到了宗城的表，一点儿不意外："反正他不交都行，他这样的，老师根本就不会管。"

宗城拿了表，折两下，夹到书里："目标在脑子里，有什么好写的，这就是给学校看的东西。"

林迁西扔下笔："算了，我也不写了。"

表也没急着收，今天第一天上课，各班都忙着选班干部，一堆的杂事，安排的课不多，很多任课老师都还没见着。

下午最后一节课，章晓江上去，在黑板上写了几个名字，说是班主任周学明拟的名单，让大家投票，根据票数定职位。

林迁西中间出去上了个厕所，回来时看到了，居然没看到宗城的名字，以老周对他的关注，不应该啊。

宗城坐那儿打字，跟顾阳聊微信，看他一眼："看什么，老周找我谈话的时候就说好了，我不做班干部。"

难怪。林迁西也想象不出他当班干部的样子，章晓江那种的才适合，笑着说："挺好的，别当了，你这种狠人别领导全班，领导领导我就行了。"

宗城发现他嘴又开始骚了，掀眼问："我领导得了你吗，你连我表都偷。"

"打住！别说了，放过我这回吧指导员，"林迁西脸都要红了，"我想重新做人！"

"那你就做个人。"宗城终于放过他了，收起手机，低头去写投票。

林迁西跟着写了个投票，随便写了个不认识的，丢他桌上："没我事儿了，我待会儿就先回去了。"

宗城拿了他的票一起递给前面的姜皓，然后问："着急回去？"

"家里有点儿事儿。"林迁西想着跟他妈约好的，说完就走了。

回到家，时间不早不晚。林迁西怕耽误林女士的好事儿，一路小跑着上了楼，经过隔壁邻居家，听见他们家骂孩子的话又开始炸楼了，反反复复就那几句——

"不学好，迟早坑的是你自己！"

"垃圾东西，撒泡尿都比生你这东西强！"

"你看你还有点儿出息没有！"

过去不知道多少次都是听这些话听过来的，他是真的烦这样骂人的，经过她家门口，停下朝里面冷冷看了一眼。门开着，穿着睡衣的女主人骂得正凶，看到他突然变了脸色，过来"嘭"一声关了门。

林迁西翻个白眼，拿出钥匙，开门进屋。

一进去，看见家里沙发上坐着个男人，看到他进门，也没打招呼，先朝厨房里喊："这就是你儿子啊？"

林慧丽从厨房里走出来，身上系着围裙，看到林迁西，点头，然后指点他说："叫人，这是葛叔叔。"

林迁西看看那男人，长得其貌不扬，五短身材，坐那儿整个人陷沙发里都找不着，最显眼的可能就是脖子上一根手指粗的金链子，太显眼了，五里地外大概都能看见。

他放下书包，走过去叫："葛叔叔。"

"唉，好。"葛某人应了，也没什么表示，自顾自坐沙发上翘着脚玩儿手机，整个见面过程，屁股就没离开过沙发。

林慧丽在旁边说："能吃饭了，我去端菜。"

林迁西没说什么，葛某人倒是不客气地回了句："去吧，饿死了，等半天了都。"

他顿时就扭头看了过去，嘴抿住了。

"林迁西，"林慧丽在里面叫他，"帮我挪下桌子。"

林迁西才没再看这男的，过去自己一个人挪桌子。

林慧丽一样一样往上端菜，也就他们母子俩忙，这屋里好像没有第三个人似的。

都端好了，葛某人不玩儿手机了，也不要人请，自己就坐到了桌旁，拿了筷子，叫林迁西："来吃啊，丽丽跟我说你今年十七了？"

林迁西被"丽丽"这称呼恶心到了，看看他妈坐了下来，没什么反应，也就没说什么，"嗯"一声，转头说："我去洗手。"

洗手的时候听见葛某人在跟他妈说话，等他坐回桌旁，葛某人正说到兴头上："……十七岁顶什么事儿啊，家里还是得有男人撑着，不然哪能叫家啊是吧？"

林慧丽不怎么说话，她一向话不多，听他说，偶尔才回应一两句。

葛某人说："你就是这点不好，在我面前话太少了，以后要改改。"

林迁西把碗拿着在面前一放，一声闷响。

葛某人看到他身上，嘬一下筷子，目标转他这儿来了："听你妈说你上高三了是吧？"

"对，高三了。"林迁西挑他没夹过的菜下筷子，主要那嘬筷子的举动太让人反胃了。

葛某人是个话痨，话说个不停，关键自己好像还没意识到："听说你成绩不怎么样，高三毕业了我给你找个事儿，我有个表弟在下面镇子上开厂，每年都招学徒，到时候你去跟着他干，干个几年就能自立更生了。以后我跟你妈肯定是要再生个儿子的，你闲着的时候还能带一带你弟弟……"

林迁西筷子停了："你说什么？"

葛某人没注意到他语气不对："我说半天你没听啊？这孩子怎么回事儿啊……"

林慧丽插话说："你去阳台上帮我收一下毯子，挂太高了，我够不着。"

葛某人话被打断了不高兴，脱口就说："你别插嘴！"

林迁西一下扔了筷子，砸桌上两声响，眼盯着他。

"林迁西！"林慧丽提醒他。

葛某人瞪着他："干吗啊，干吗啊这是？"

林迁西看看他妈，到底还是忍了，站起来去了阳台。

葛某人还在里面问："他干吗？他刚才那是什么意思？"

林迁西在阳台上站到天都黑了，才把那个毯子收下来。他就不该抱希望，过去他妈那么多回相亲都没成，这回遇到的也不是什么好货，从见面第一眼就不顺眼，越看越倒胃口。去你的厂，带个屁弟弟……他拿着毯子进了屋，放沙发上。

桌上这会儿挺安静，葛某人没再啰唆。林迁西看他一眼，看到他在喝啤酒，一边喝还一边古里古怪地看自己，忽然看到那啤酒罐，立即走去厨房，一把拉开冰箱，放在里面的那罐"奖励"没了。

林迁西"嘭"地关上冰箱门，走出去问："你酒哪儿来的？"

葛某人正喝着呢，看看手里的啤酒："冰箱里的啊，怎么了，我刚拿的，你要啊？"

"我要你大爷！"

葛某人一下变了脸，站起来就骂："你说什么！你小子怎么说话！"

林迁西肺都要气炸了，转头进厨房，喘着气，随手拿到只碗就砸在了水池上，"啪"一声，四分五裂。

林慧丽走进来："你干什么？"

林迁西扭头，冷冷地看着外面，故意抬高声说："你没告诉他我以前干什么的吗？我看看他脖子有没有你上一个相亲的耐划！"

外面"砰砰"两下凳子倒地的声音。林迁西捡起个碎片走出去，葛某人已经跑了，门"嘭"一声甩上，人没了影。

他踹一脚地上翻着的凳子，回头看他妈："你找这种的？"

林慧丽脸色也不好："他来之前不是这样，说得挺好的。"

"说得再好也是要你一把年纪去给他生儿子！你就不能找个对你好的吗？我说了要为了这个家完整就别找，这家不可能完整了，我就不想要个蠢货当后爸！"林迁西走到门口，摔门出去了。

一直走到大街上，他才发现自己手里还捏着那个碗的碎片，手指都割出血印子来了，随手扔进了垃圾桶。他挠挠头发，吐口气出来，心想不该，差点儿乖仔名号就没了。低头又沿着街往前走，走到一家小店里，他买了袋面包塞在口袋里。

熟门熟路地进了老楼，林迁西一层层往上爬，找到那扇熟悉的门，敲了两下。

门开了，宗城看出来："你不是家里有事儿吗？"

"嗯，事儿结束了。"林迁西拿出那袋面包，"我来看汤姆的。"

宗城看着他，从头到脚看一遍。

林迁西说："真的，让不让我进啊？"

宗城拉开门："进吧。"

林迁西进了门，汤姆自己跑过来了，往他手里的面包袋子上蹿。

"别急啊，汤姆。"他扯开袋子，走到阳台，随便一蹲，撕成一小块一小块地喂它。

宗城拎了把椅子过来一放："你吃饭了？"

"吃了。"林迁西喂着汤姆说，"吃得贼香，你给我的那罐奖励都没了。"

宗城看他两眼，又进了屋，拎着另一把椅子过来，在旁边坐下，看他喂狗。

林迁西抬头看到他眼神，低低地说："我跟汤姆玩儿也要被你监视吗？"

"你来干吗的？"宗城看着他，"汤姆还小，你不要让它承受太多。"

林迁西把最后一块面包放汤姆面前，不蹲了，坐到了椅子上。

天黑透了，阳台上有风，夏天在过去。林迁西人往后仰，靠着椅背，两条腿翘着，搭上栏杆，看着黑黢黢的天，忽然问："你为什么学习这么好啊？"

宗城听到这莫名其妙的问题，沉默了几秒。

"说啊，我就想知道为什么，怎么做到的。"林迁西说。

宗城也往后仰，靠上椅背时有声轻微的细响。"你到底想说什么？"

林迁西"啧"一声，不好糊弄，学霸真不是盖的，只能笑一声："我也不知道想说什么，今天那个表，我填不出来，回去又被人踩了一顿，说我高中毕业后只能进厂里当学徒，我好像是因为这个生气了。"

对，是因为这个，那种高高在上踩他进淤泥的语气。他好不容易才没被踢去新班，凭什么就一定是这个出路了？努力了这么久才有了一丝改变，突然就有了不甘。

宗城偏头看他一眼，椅子挨着，彼此肩膀也挨着，能看到他漆黑的头发、侧脸的鼻梁线，胸口一下起一下伏。宗城转过头，也看着天，淡淡地说："没别的选择吧。"

林迁西好像没明白："啊？怎么说？"

"有别的路吗？"宗城说，"考试看分虽然残酷，但也公平，那是改变你命运的唯一途径。林迁西，你有别的选择吗？我没有，我想拿回以前的东西，只有靠学习。"

林迁西像是被打了一闷棍，压着声说："我也没有。"连他这样的都没有，自己这种从混混堆里爬出来的怎么会有。

"那不就行了。"宗城不说了。只剩下汤姆在俩人脚边转悠，刚才的面包还没吃够。

林迁西默默仰躺一会儿，忽然问："我这样的人，能跟你有一样的目标吗？"

宗城停顿一下，又转头看住了他，可能是因为"我这样的人"几个字，居然有点儿心软了，语气都不自觉地软了："你这样的人，想跟我有一样的目标吗？"

林迁西问："能吗？"

宗城沉默好一会儿，才说："你想就能。"

第49章

林迁西想，当然想，但是对着一个浑身上下都是"1"的人，都不太敢随便开腔，就觉得挺不自量力的。对着风吹了一阵，他才笑着说："你的目标肯定贼高。"

宗城说："我的目标就是大学，好大学，屌了吗？"

林迁西没吱声，眼睛看着漆黑的天空，半天也没找到一颗星星。大学这个东西，以前是他根本想都没想过的，感觉离了他十万八千里，不可能跟他有关系的。何况还是好大学，不是野鸡大学。他架在栏杆上的脚摇两下，故意说："你猜我屌不屌？"

宗城笑了一声，站起来，抬起条腿，对着他架那儿的双脚就是一踢："我为什么要猜，你跑来找我，还让我猜？"踢完腿一收，转身进屋去了。

林迁西脚一下被踢了下来，差点儿人跟着摔下椅子，一只手撑到地上，扭头去看宗城："干吗啊？"

宗城在他视线里进了房间。

林迁西好像被他这一脚踢醒了，站起来，看了看脚底下还在呜呜绕着他椅子转圈儿的汤姆，突然觉得挺奇怪的，自己离开了家什么都没想，就直接奔这儿来了，然后一股脑儿什么都在宗城面前倒出来了。他又看一眼宗城进的房间，咧嘴笑笑，心想自己好像有点儿太依赖组织了，不会被嫌烦吧……

宗城进了房间，坐在床边，屈着腿，拿着手机，点出季彩的微信，发过去一条消息。没几秒，季彩的语音通话就过来了，他手指点一下，放到耳边。

"城儿，你干吗啊，怎么忽然问我体育加分的事儿？你这样的成绩还要考虑体育那点儿分吗？"刚接通季彩就说，说话的语气都带着笑意。

宗城是忽然想到就问了，刚好她做体育工作，知道得比较清楚。"想了解一下，能不能详细跟我说说？"

季彩在那头说："这都要看具体情况的，还有一些等级划分，乱七八糟的，也不是一会儿半会儿就能说清楚的……"

"哎！"房间门口那儿忽然晃出来林迁西的身影。

宗城抬头。

林迁西看到他耳朵旁边的手机，声音放低了："哦，你打电话呢，那你先说吧。"说完转身离开了门口。

手机里季彩的声音停顿了一下，紧跟着就问："那是西哥的声音吧？城儿，是不是林迁西？他在你那儿吗？"

宗城实话实说："是他。"

"我就说，你不是自己要了解这些吧，是不是替他了解的？"

宗城语气没有起伏："早知道不问了，要问你个事儿变麻烦了。"

季彩的声音稍微低了点儿："我还记得你那天说你有数，你真有数吗？"

"嗯，"宗城说，"我有数，知道自己在干什么，挂吧。"

"你不继续问了？"

"不问了，累了。"宗城把电话挂了。

他收起手机，走出去，看见林迁西坐地板上，在有一下没一下地玩儿汤姆毛茸茸的狗爪，看到他出来，就爬起来了。

"你打完了？"林迁西说，"我就想跟你说一声我走了，行了，说过了，走了。"

说着话他人就走到门口了。

宗城看着他拉开门,倚着门问:"走哪儿?你有地方去吗?"

林迁西站门口,摸一下鼻尖,觉得自己又被看穿了,若无其事地说:"有啊,杨锐那儿不还有我一张床呢?"

宗城又问:"杨锐那儿有衣服给你换吗?"

"……"林迁西回过头,看着他。

宗城转头:"你上次的衣服还在,在这儿窝一晚好了。"他进了房间,过一会儿,真拿了林迁西的那两件衣服出来,放在窗户那儿的小桌上。

林迁西都快忘了自己还有衣服在这儿了,过去拿了,捧手里,看看他:"怎么窝?"

宗城盯着他,好几秒,转开目光:"上次怎么窝的还怎么窝,自己打地铺吧,要不然我把床让给你。"

林迁西目光在他身上转,勾了嘴角,是觉得诡异,这都不像是俩男的在说话。"我还以为你要叫我跟你一张床上挤挤呢,算了,我打地铺吧,反正也睡过一回了。"

宗城扫一眼他脸上的笑,又转身进房间:"挤不了,我没跟人挤过。"

"我也没挤过啊。"林迁西嘀咕,抱着他的衣服去卫生间了。

宗城拿了两条毯子出来,都放小桌那儿,看卫生间里灯亮了,返回房间,又收到了季彩发来的微信。他关了门,站在床边看,季彩发来了几张图片,拍的是体育加分方面的一些说明材料。

——不知道有没有用,你看看吧。

宗城一张一张翻看的时候,听见林迁西跟汤姆嘀嘀咕咕的声音,就知道他是洗完了。等放下手机的时候,外面已经没有动静了。

宗城拿了自己的衣服出去洗澡,开了门看见林迁西躺在小桌旁边,背对着他侧躺着,下面垫一条毯子,身上盖一条毯子,这么快就睡着了,不知道是不是气消了,居然睡得挺快的。汤姆就趴在林迁西脚边上,一人一狗靠一起还挺安稳。他放轻脚步进了卫生间。

过了十分钟,宗城擦着湿漉漉的头发出来,打算把客厅的灯关了,又看了眼林迁西,发现他翻了个身,脸朝着这边,才看出他睡得并不安稳,眉头都是挤着的。

宗城以为是汤姆妨碍了他,过去想把狗挪走,弯腰的时候看到他搭在旁边的手,手指上一道血印子,挺明显,好像是被什么锋利的东西割的,又看看他脸,没再管狗,转头去拿药。看来今天回家闹得挺激烈的。

很快,他捏着根蘸了药水的棉签过来,蹲下,往林迁西的手指上抹,刚抹两下,林迁西像是受了药水的刺激，挤着的眉头皱得更紧了，额头上都出了汗。宗城看见他嘴巴轻轻地在动，嘀嘀咕咕的，就知道他肯定是做梦了，这是说梦话了。

"我……"

宗城没听清楚，低下头去听。耳朵送到他嘴边，终于听清楚他在说什么："我才不去那什么狗屁厂……"

宗城觉得好笑，这得多气，梦里都在骂，嘴角不自觉提了起来，看着他轻轻动着的嘴还没停，坐直了，手里捏着棉签在他手指上又抹了下去，故意用了点儿力气。

林迁西手顿时动一下，肯定是痛到了，梦话里带着骂："靠……"他翻了个身，终于不再嘀咕了。宗城才站起来回房间。

第二天林迁西起来挺早，起来后先坐那儿拍两下额头。

做了大半夜的梦，没一个舒坦的，那个喝了他"奖励"的葛某人在梦里被他揍得够惨，但是一直骂他，骂他这种人注定没出息，就跟邻居家骂的话一样，叫他快点儿滚去厂子里当学徒吧，学不好的，就会连累别人，连累冬子，连累他妈……

他爬起来，小声自言自语："没事儿，就一个梦，我不认命……"

进卫生间之前，他先在房间门口停一下，看两眼关着的门，宗城应该还没起。他想还好打地铺了，昨天梦那么长，起来口干舌燥的，说不定说了不少梦话，要是被宗城听到了，也太丢脸了。林迁西走动的声音小了点儿，去洗手间里洗了个脸，出来后走到门口，又回头看看，开门走了。

到了路上，他才想起看一眼手，没什么事儿，才一晚上就结痂了。书包还在家，要上学还得先回去拿。

林迁西到了家门口，正好门开了。

林慧丽穿着长衣长裤，臂弯里挂着包，还提着只准备丢的垃圾袋，走出来，看到他回来，门就没关，也没问他这一晚是在哪儿过的。

林迁西看到了垃圾袋里碗的碎片，还有那"奖励"的空罐，心里对葛某人的火蹿出来，又压下去，忍耐着问："今天上白班吗？"

"白班后面还得补夜班。"林慧丽说，"本来是特地为昨天的事儿挪的时间。"

林迁西冷着脸："昨天我走了之后，那个姓葛的回头纠缠你没有？"

"没有，"林慧丽边说边下楼，"我跟他断清楚了，他昨天被你吓到了，不敢出现了。"

林迁西看着她下了楼梯，听到她说断清楚了，总算是舒服了点儿，没那么火大了，进门去拿了书包。

等他到了学校，已经快上课了。他搭着书包，往教学楼小跑，刚要爬楼，忽然听见吴川在叫他："林迁西！"他站住了，回头看，吴川从教务楼那边跑过来，看样子比他还急。

"可算来了，等你呢。"吴川不由分说，上来就推一下他肩膀，"走，跟我走一趟。"

"干吗啊？"林迁西拍拍自己书包，"我还得上课呢。"

"担心什么，我给你请假了，请了俩小时，回来你再接着上。"吴川又推他一下，"快啊，真有事儿！再不走来不及了。"

林迁西迈脚："什么事儿啊？"

"到了地方你就知道了。"吴川还卖关子。

林迁西跟着他出了校门，路边停着辆灰扑扑的大众车，吴川拉开车门让他上去。他问："怎么，还挺远啊？"

吴川把他推进去："不远，就附近，我通知宗城和姜皓了，他们应该已经到了。"

林迁西听说宗城也要去，才相信是真有事儿，坐进了车里。

吴川挺急，开车就像赛车似的，遇到红灯都是急刹车的那种，车一停下来的时候，人都能随着惯性甩出去。

等甩到第五下，林迁西都快忍不住想爆粗了，总算听到他说："到了，跟我过来。"

"终于……"他嘀咕着下车，跟着吴川进了路边上的一扇大门。

进门的时候看见门口竖着的白漆牌子上写着"市体育文化中心"，林迁西都没看完全，追着吴川的脚步直接进了里面一栋楼。

一楼有个大厅，老远就能听到里面的人声，混着"吧嗒吧嗒"清脆的响声。林迁西马上就听出来，那是台球撞击的声音。

吴川脚步快，走到前面，回头等他。

林迁西跟到门口，还没往里看，就被他推了进去。

"21号桌，去跟那边的人打一场球，快去。"吴川说。

林迁西看着里面，到处都是台球桌，每张桌子都有人，两两对阵，他转头问："这是干什么？"

"我想看看你在外人面前是什么水平，快去吧，别耽误时间。"吴川一边说一边挥手。

林迁西心想就这事儿，搞这么急？一边想一边进去了，走到21号桌那儿，随手放下书包，拿了球杆。

对面一个黑黑胖胖、五短身材的男生，穿着白衬衫，外面还罩着个黑色马甲，挺有派头。旁边站着个裁判，看他过来，就准备开球，嘴里说："打斯诺克，规则都清楚吧？"

"啊？"林迁西下意识疑问了一下。

"就是英式台球！"门口的吴川喊了句。

"哦，知道。"林迁西以前打球的地方都是些三教九流，没人说什么斯诺克，基本就说英式。

"那开始吧。"裁判宣布双方以抽签方式争夺开球权。

林迁西随便抽了一张，很好，开球权是他的。他都没跟对面的小胖交流，可能是因为对方身材老让他想起那个姓葛的，心情不好，拿了球杆就开始打球。

吴川在门口等着，一会儿看一下手表。

没一会儿，就听见重重的一声响，"啪"，林迁西从桌子边上站直了，裁判在他面前说："你赢了。"对面的小胖已经都不在桌边上了。

林迁西背着书包过来了："好了，可以走了吧？"

吴川很满意："很好，没看错你。你自己先回去吧，我去看看姜皓那边打得怎么样，还有点儿后续的事儿要弄。"

"你怎么管接不管送啊。"林迁西搭着书包往外走。

吴川往另一个厅走，想想追出来，又说一句："最近好好练球啊，尤其跟你搭档！"

林迁西随口"嗯"一声，走出大门，正好看到他搭档。

宗城好像也是刚从里面出来的，手指上还有巧粉，正在擦，转头看他："你什么时候到的？"

林迁西说："我还想问你呢，你什么时候出门的啊，我走的时候你还在睡呢。"

"我那时候已经出门了。"

林迁西愣一下："那你都不叫我？"

宗城转身往路上走："怕你没睡够。"不是做了一晚上不肯进厂的梦嘛。

林迁西跟上去，宗城已经在路边上拦了辆车。

"这么奢侈，打的回学校啊？"林迁西问。

宗城坐进后排，拍一下旁边座椅："你不想早点儿回去上课？昨天的话是随便说说的？"

林迁西胳膊搭着车门，歪头看他："我昨天说什么了啊？"

宗城坐正："关门，我走了。"

林迁西一下钻了进去，直抵到他肩，"嘭"地拉上车门，勾起嘴角说："记得呢，走吧，回去上课！"

比吴川请假的时间短多了，顶多一个小时，就回到学校了。正好是出操的时间，其他人都去操场接受暴晒了。

林迁西和宗城一前一后上的教学楼，走在空空荡荡的走廊上，看见周学明和往常一样端着茶杯从教室那儿过来，好像是要回办公室。

隔老远，老周就看过来了，但是镜片后的眼睛看的是走在前面的宗城，还冲他点了点头，边走边说："听说你计划表不打算交了是吧，不交就不交吧，自己有计划就行了。"

宗城回："嗯。"

等林迁西过去时，老周只看了他一眼，直接走了过去："其他人的还是得交。"

林迁西转头看着老周背影，一直看着他走了半个"回"字形的走廊，都到了对面的办公室门口了，忽然冒出一股冲动，就想把昨天的一肚子火都给泄了。他两手抓着栏杆，喊了声："老周！"

周学明在办公室门口看过来。

宗城也停在前面看着他。

林迁西跟要搞老周似的，提着气大喊一句："你说得对，我想玩儿个大的！"

老周顿时转过身来，没了一贯的淡定，那感觉像是一直担心的事儿成了事实，整个八中都要被"钉子户"搅和了，几步跑到栏杆边上，嘴里喊："林迁西，你等等！"

林迁西下一句话已经喊出去了，老周的话也正好喊过来，两句话一人一边，几乎是同时炸出来的。

"你不要冲动！！！"

"我要考大学！！！"

"啪"一声，老周手里的杯子不小心撞了一下，掉下去，摔碎了。

林迁西站直，才听清他说的话，挑起眉，看着对面。

对面的老周都探身出栏杆了，停在那儿，古怪地看着他。

这一刻，师生看彼此的眼神都好像在看智障。

第 50 章

"你要考大学？可以，林迁西，你真是可以，这都跟你们老师宣战了。"当天下午放学后，杨锐坐在杂货店里笑个不停。

林迁西在隔壁"啪"地投中一支飞镖，耷拉着肩膀去看笑声飘来的门口："笑够没有，你还有完没完了？"

"没完，太好笑了，我听宗城那描述，根本吃不消。你跟老师隔空对喊？这是在比谁的嗓门大吗？"杨锐一点儿面子不给他，继续笑。

"宗城！你快闭嘴吧，别跟他说了！"林迁西手一甩，又中一支飞镖。

宗城提着书包，从杂货店那间走了过来，似笑非笑："你敢喊还不能让人说？"

"我以后都不喊了，真不喊了，行了吧？"林迁西当时真是憋了一肚火没处发，喊完了是舒坦，就是后劲儿太大，谁知道老周会是那个反应，好像他马上就要把学校给点了似的，场面真是一度尴尬。

回教室后忍了一天，连王肖他们都没说，好不容易挨到放学，一来这儿就被杨锐问了句"今天上学怎么样"，然后宗城就像是故意要让他丢人似的，用那巨冷淡的声音跟杨锐描述了他跟老周喊话的场景。

杨锐在隔壁接着笑："林迁西太有理想了，居然要考大学，我真感动。"

"别笑了，我就要考！"林迁西扔下飞镖，拿了支球杆朝宗城抛过去，转移话题，"不说了，练球！"

宗城接住了，随手把书包扔麻将桌上，抿住嘴角，不笑了，怕真把他弄急了，走到台球桌边说："来吧。"

正摆着球，杨锐进来了，笑太久了，一只手都在按眼角："行了，不笑你了，有理想也是好事儿。你们打，我今晚有局，要跟路峰碰头去了。"说着掏了这儿的钥匙放台球桌上，人就出门走了。

"走了好，不然要笑傻了。"林迁西嘀咕一句，转头拿了块巧粉，想起早上被吴川拽去那市体育文化中心打球的事儿了，往正在摆球的宗城身上看："你今天那球打得怎么样？"

"一杆赢了对面。"宗城抬头问，"你那边呢？"

"我也是。"林迁西笑一声，"对面那位看我分刚超过他就气得走了。"

宗城把球摆好了，提着杆说："我觉得吴川应该是有什么安排。"

林迁西看着他："什么安排？他就叫我们好好练球，尤其是我跟你。"

宗城看了看他脸："我猜的，姜皓打了很久，可能他知道。"

他不说林迁西都忘了，姜皓这一整天都没回来上课，吴川这是带他打了多少场，也太久了。但是知道那小子还看自己不顺眼，林迁西也不打算问，擦过了杆，放下巧粉，拍拍手说："随便，先来一局八球，让你先开球。"

宗城也不客气，这把让他，下一把让回去就行了，挑了个角度，手里的杆压下去，一球打出，开了个漂亮的局。

刚刚开始，门外面响起一道打自行车撑脚的声音，紧接着一个人喊："锐哥！在吗？怎么给你发消息没回我？"

林迁西本来专心地看着球桌，听到声音顿时去看门口。

秦一冬进了门，看到里面的人，站住了。

宗城站直，握着杆，看一眼林迁西。

秦一冬穿着校服，空着两只手，是半道来的，明显没想到这里面就他俩在，看见他们手里都拿着球杆，不当回事儿似的问："这儿不做生意了吗？我来买东西都没人？"

林迁西手里的杆握一下，站那儿笑了笑，心想得理他，总不能晾着，也像没事儿似的回："老板不在，要买东西自己结账啊。"

"老板不在谁给拿东西？"秦一冬说，"我要一瓶水、一袋面包、两盒巧克力，找不到在哪儿。"

这小子找碴呢，这地方的东西他怎么可能找不到在哪儿。林迁西看他两眼，把球杆一放，往外走："行，我给你拿，我就是这儿的二老板！"

秦一冬在门口让开路，让他去了隔壁，才看这里面的台球桌。

宗城正站桌边拿着巧粉擦杆。

他这人长得帅是一回事儿，又人高腿长，穿一件简单的黑T恤，就衬得整个人肩宽背直，人冷话少，这简单的动作做起来也有范儿，整个人条儿顺得没话说。要不是这样，秦一冬也不可能私底下叫他一声"帅哥"。

帅哥一言不发，秦一冬自己从门口走了过去，主动开了口："你球打得挺好的？"

宗城放下巧粉，反问："你说篮球还是台球？"

"我问台球，篮球也见识过了……"说到篮球就想起那次友谊赛，秦一冬人斯文，脸皮薄，那天的球打成那样也尴尬，后面那句说出来的语气都不一样。

宗城还没回答，林迁西回来了，手里拿着面包、水、巧克力，到了跟前，一股脑儿放在麻将桌上。

"你要的东西都在这儿了，十四块五，钱放隔壁柜台上就行了。"

秦一冬看了眼："都没有袋子装？我骑自行车来的，这样拿不走。"

"……"林迁西用脚指头猜都知道这小子是故意的，但还是嘴一闭，转头去了隔壁，真给他拿了个塑料袋来。拿来了，还给他把东西全都放进去了。"这样可以了吧？慢走，我打球了。"他去桌边重新拿了球杆。

秦一冬没走，还站着："谁说要走了，我跟人说着话呢。"

林迁西看看宗城，搞不懂他俩能有什么话说，无奈笑笑，往旁边让两步，手往一张桌子上一撑，坐上去，抱着杆看着："那行吧，你说吧，我等着。"

秦一冬不看他，接着刚才的话问宗城："你打得怎么样？要不咱俩打一局？"

宗城掀眼，那条断眉微微动一下："你想跟我打？"

林迁西也愣了，看着秦一冬："你没事儿吧，就你那水平？"

"就我那水平怎么了？"秦一冬不服气地看他，"我跟你说话了吗？"

林迁西看他几秒，没好气地咧嘴一笑，从桌下跳下来，换只手拿球杆，走到宗城旁边，脸沉了下来："你要打是吧，来，我跟你打。"

"谁要跟你打？"秦一冬看他这架势不对，口气也跟着不好了，"我跟他打个球不行吗，来这儿的不是都能一起打球？按小时算，回头我给锐哥钱。"

林迁西把球一摆，直接挡宗城前面去了："别废话了秦一冬，你要打就跟我打，他不跟你打。"

秦一冬气得脖子都红了："你是谁啊，凭什么管他？他这么大人还不能决定跟谁打球了？"

"你打不打？"林迁西皱一下眉，"要打就别磨叽！"

秦一冬本来都准备拿杆了，被他弄得完全没了心情，拿了买的东西就走。"算了，不打了！"

林迁西看着他气冲冲地出了门，外面自行车撑脚打起来，"咔嗒"一声响，很快就走了。他扯扯嘴角，心想真是小孩子脾气。

"你干什么？"宗城忽然问。

林迁西转头，发现他盯着自己："怎么了？"

"你怎么？"宗城握着球杆竖在桌边，"为什么不让我跟他打？"

林迁西勾起嘴角："别了吧，我还记着你的话呢，又把你扯进跟他的事儿来，你要回头再跟我打一架怎么办？那也太难受了！"

宗城摸着手里的球杆："你想什么，打个球还不至于。"

林迁西反应过来："怎么，你还想跟他打啊？"

"不想，但是他如果确定要跟我打，那就打。"宗城俯下身，接着之前的球局，一杆捣开眼前的球，重重地"吧嗒"一声响。他站直了，又淡淡地说："可能会把他打哭。"

林迁西愣一下："他真会哭，他就一小媳妇儿脾气，脸皮薄着呢！"

宗城没什么表情："是吗？"又不是自己主动要打的。

林迁西心想还好这俩人没真打起来，就秦一冬那三脚猫的台球水平，完全是以前跟他随便学了点儿，在宗城面前还不得被打蒙。

他转头又看一眼门口，忽然想起来："我靠，他没付钱！"刚互顶了那几句，秦一冬直接拎着东西就走了，根本忘了这茬。林迁西又好气又好笑，放下球杆去隔壁杂货店。

到了柜台那儿，他熟门熟路地从下面找出杨锐记账的本子，拿了笔，往上写自己的名字，后面记上买了一瓶水、一袋面包、两盒巧克力，一共十四块五。一边写一边在心里骂秦一冬，不是为了这几个钱，而是骂他为什么非得找这点儿不痛快；看到他不爽就走好了，避开不行吗？故意跟他对着干，那不是更不痛快。

"你给他垫了？"

林迁西抬头，宗城过来了，肩上已经搭上书包，垂着眼，看着他手底下的记账本。

"嗯，我垫吧。"林迁西没想到他看到了，夹着笔合上本子，干巴巴地笑了笑，"我欠他的，欠他挺多的，也不是这十几块钱就还得了的。"

宗城看一眼他那笑，忽然想起当初被那个板寸头从吃饭的店里赶走时，他找着汤姆在花坛那儿颤着肩的画面，心想那还绝交干什么，但什么都没说，毕竟也不是自己能插手的事儿。"走了。"宗城转身出门。

林迁西抬头，本子一收，跟在后面出去："干吗，不打了吗？"

"不打了。"宗城觉得今天没必要再打了。

"哎，我还没开始……"林迁西一直跟到路上，听见旧摩托轰轰直响，转头往路上看，王肖带着姜皓过来了。

"西哥！恭喜你！"车都还没熄火，王肖就在喊，"还有城爷，恭喜你俩！"

林迁西听得莫名其妙："你说什么玩意儿？"他往路上看，宗城脚步太快，摩托来的工夫，他已经走了。

姜皓从摩托上下来，手里拿着两张纸，往店里看："宗城呢？"

"走了。"林迁西挺烦的，跟秦一冬吵了几句，跟宗城球也没练成。

姜皓找了一下，确实没找到宗城，只好过来把两张纸递给他："吴川让我送来的。"看样子本来是打算给宗城。

林迁西拿了，看见纸上写着"参赛资格证明"，下面密密麻麻的字。

姜皓说："上午打的那个球是比赛，吴川什么都没说，直接把咱们带过去就打了，那是初选赛，晋级的。你们俩直接打进前五十，一把晋级了。我第一把没过，后面就得打满场一级级升，到现在才回来。"

林迁西眼睛离开那张纸："那居然是比赛？"

姜皓看他一眼："对。"

林迁西想起宗城的话了，被他说中了，吴川还真有安排。

宗城不在，姜皓跟他没什么话说，已经要走了："其他事儿你问吴川吧。"

林迁西随他便，拿出手机，准备给吴川打电话。

姜皓走了，王肖还坐摩托上没舍得走："西哥，你看是不是要恭喜你跟城爷？"

林迁西太意外了，顾不上他，一边拨号一边说："别说了，不庆祝。"

"牛……"王肖刚打算提出庆祝建议，还没开口就被打回了，灰溜溜踩上旧摩托走人。

响了两声忙音，吴川那头接了。"林迁西，收到消息了吧？"一接通就听见他的笑声，风晃竹竿儿似的一阵，"恭喜你，一杆进入五十强！林迁西，为什么早没人发现你这么厉害！"

第 51 章

林迁西就是意外，没多少惊喜："难怪叫我们练球，你连说都不说一声啊，哪有这样打比赛的。"

"我觉得上次那个来找宗城的美女说得挺对的，该让你去打一打比赛，又怕你头一回上赛场会紧张，就没直说，你看，果然一把晋级了吧！"吴川语气挺得意，轻松把人送进五十强，当然得意。

林迁西"啧"一声，还是觉得没什么可高兴的："我是喜欢打台球，可现在打什么比赛，我都高三了。"

吴川语气一下变了："林迁西，我都快怀疑你是不是换了个人，你这满嘴好学生的口气是怎么回事儿？"

林迁西叹口气："没事儿，你会习惯的，要不然你去跟老周取取经，他比较有经验。"

吴川像是无语了两秒，才接着说："算了，不跟你扯，我不考虑你也得考虑宗城吧，早打听好了，知道你们刚开课，还没开始上高三的内容，这两天都在讲试卷呢，刚好比赛就这两天，占一下课问题不大，你这是瞎担心。"

林迁西手机贴着耳朵，脚踢着杂货店外边的路牙子，很真诚地说："可是我要考大学，打比赛给高考加分吗？"

吴川语气一股"我服了"的味道："你问我要分要上瘾了是吧？"

"加吗？"

"不加！"

"哦，"林迁西说，"那我打它干什么？"又耽误学习，又不加分，那都成了考大学的阻碍了，为什么要打？想打也要克制啊。

"唉，林迁西，"吴川也挺真诚，"台球比赛是不加分，可是你还有跑步这个强项，田径是可以作为体育特长生的高考加分项的。"

"嗯？"林迁西抓住重点，"那我不是该去练跑步吗？"

吴川忽然有点儿急了："你怎么说来说去都是高考，不会是想放弃这次比赛吧？"

林迁西说："不行吗？"

"别！"吴川说话速度都快了，"你再想想，考虑清楚了，明天早上到学校说，咱俩当面说行不行？我就怕你冲动，这真是个好机会，你又有天赋，多难得啊！"

林迁西听着他那语速，都担心黑竹竿儿闪了舌头，咧一下嘴角："行吧，我当面跟你说，省得你觉得我冲动。"

"你……"吴川可能是听出他还是想拒绝，话都说不出来了，气得当场就把电话挂了。

林迁西又踢一脚路牙子，手指插进头发里抓了抓，一只手拿着手机，点开微信，对着那灯塔头像看了看，还是没发消息，手机一收，转头去给杨锐锁门。

真不是时候，为什么要高三打比赛，他还要学习。台球可以不碰，但是学习一定要学，毕竟他现在唯一的出路就是这个了。

宗城翻着手机，看到了姜皓发来的微信。早猜到了个大概，看到后也就没有多意外。

他一边看，一只手还在往狗盆里倒狗粮，汤姆在他脚边呜呜地叫唤，蹦蹦跳跳，他随手摁了一下狗头，手指点出"八中乖仔"的微信。林迁西没有消息过来。

宗城上下翻一下，好像也没什么好发过去的，难道要互道一声恭喜？早知道就不走了，应该留着再跟他练一下球的。他手上点两下，刚要退出微信，季彩的微信对话框跳了出来。

——发给你的东西帮到西哥了吗？

宗城站起来，坐到椅子上，一只手打着字。

——谈不上帮，也就随便看看。

季彩很快发来下一句。

——这意思是他还不知道是吧，是你自己问我要的吧？

宗城没回复，他有时候不想说话就直接不说，熟悉他的人也了解，没必要回了，再回下去会没完没了。退出微信，发现手机上不知道什么时候进来了未读的短信，一点开，跳出来的那条来自没有名字的号码，和以前的内容大同小异——

"你凭什么！我是你老子，你有什么脸对我这样！你对得起谁？你这种东西……"

宗城冷冷扫了一眼，懒得去看后面说了什么，直接点了清空，按灭手机，随手扔在小桌上。

他这种东西，什么东西？这居然是个当爸的人骂儿子的话，真够讽刺的。更讽刺的是，这种话他已经听了好几年，每一次对上都像是仇人一样，可能以后还要无休止地被骚扰下去，否则顾志强就会去找顾阳。

宗城手指按了两下太阳穴，听见门被敲响了。他转过头，看着门。敲了三声，一声比一声轻，都能想象得出外面那人敲门时漫不经心的样子。汤姆已经往门口跑了，这是养成习惯了。

宗城站起来，走过去拉开门，外面的人晃一下肩，正烦着似的，手抬着，还打算再敲，转头过来，对上他的脸，才停住。除了林迁西，还能是谁。

"来上门报喜？"宗城问。

林迁西笑了："你已经知道了啊，那我不用说了。"

"知道了，一杆晋级，然后呢？"宗城说话时从门口让开。

林迁西却没进来，摸一下鼻子说："我不打算打那个比赛了。"

宗城看过去："为什么？"

林迁西轻轻"啧"一声："不是时候吧，这时候打台球，耽误上课，我还怎么考大学，又不给加分。"

宗城倚着门框，盯着他："你真不打？"

林迁西皱一下眉，又笑笑："不了吧。"

宗城沉默了几秒，忽然问："那个参赛资格证明表，姜皓说两张都给你了？"

林迁西想起来，把肩膀后面的书包拿下来，拉开拉链，从里面把姜皓给他的表拿出来。"在这儿呢。"

宗城抽了一张，转身说："你等一下。"

林迁西也不知道他要干什么，莫名其妙地等着，也没想起来要进门。

宗城走到小桌那儿，在椅子上一坐，拿了笔在表上迅速写了什么，然后拧上笔，又拿着那张纸走回门口，递给他："我签过名了，表给你，你自己决定，真要不打就撕了，要打就连你的一起交上去。"

林迁西接了，看到上面要本人签名的地方果然签上了"宗城"两个字，反应过来："你干什么，你让我定？我不打你也不打了？"

"嗯。"宗城说，"打个人晋级我没有需求，打二对二我没搭档，那我还打什么？"

林迁西有点儿蒙："你没有需求？"

"没有，这本来就不是我计划里的东西，所以你自己定，我看你安排。"

林迁西回味了一下，又摸一下鼻子，有点儿不对味儿："我忽然就犹豫了，怎么回事儿，这感觉怎么就像……你是为了我才打台球的呢？"

宗城看着他，目光淡淡的，看了几秒，手一拉，合上了门，声音隔着门传出来："不接待嘴骚的，没事儿你可以走了，我做题了。"

"嗯？"林迁西面朝门站着，咧了咧嘴，心想这话说得是挺骚的，人家凭什么为了你打球啊，真是太自恋了。他把表塞回书包里，又背到背上，下楼回去。

是真的，刚才拿到那张签过字的表时，他犹豫了，忽然就觉得该去打。

宗城没再问，完全交给林迁西决定。第二天早上，他还是跟平时一样出门去学校，远远的，还没到杨锐的杂货店外面，他就先往打台球的那间屋子看了一眼。

昨天应该是林迁西锁的门，现在门已经开了，一个穿着蓝白校服的学生背着书包，从那门口经过，进了隔壁的杂货店。离得远，但宗城还是看了出来，那是秦一冬，可能又是来找杨锐的。

杨锐昨天不在，今天开门早，正坐杂货店里吃早饭，听见一声"锐哥"，抬头就见秦一冬进了门，打招呼说："这么早来我这儿，有事儿？"

秦一冬从口袋里掏出一团皱巴巴的纸，递过来："我昨天走得太急，在这儿买东西忘给钱了，这里面是钱，你帮我给他。"

"给谁啊？林迁西？"

"就他，昨天他站店，我在他手上买的东西，当然给他，十四块五，不少他的，让他回头再跟你对账。"秦一冬把那团纸放他吃饭的小折叠桌上。

杨锐嚼着咸菜说："十四块五是吧，我看到账本了，他记自己名字下面了，你别给了吧。"

"我要他垫什么？"秦一冬顿时没好气，脸都涨红了，"他自己穷成什么德行不知道吗，我就来买个东西，该多少就多少，你替我给他。"

杨锐看他这样，就猜昨天八成是闹了不高兴，岔了个话："你昨天来的时候他在打台球吧？"

"嗯。"秦一冬嘀咕，"高三了，要打就打点儿像样的吧，说不定还能混口饭吃，在这儿打什么……"

"人可不打算混饭吃了。"杨锐说，"你还不知道吧，林迁西说要考大学呢。"

秦一冬愣一下，把桌上那团纸又推一下："随便他，现在民办学校分都不低，还贵，他那几分吹什么牛。钱给他，我要走了。"

杨锐眼睛正好看到了门外面，当即喊一声"宗城"，喊完手上拿了那团包钱的纸："正好，不用我给了。"

宗城远远过来，就这会儿工夫，都快走过去了，听到杨锐的声音，站在了路边上。

杨锐拿了那团纸出来："这个你带给林迁西。"他说着想把外面那层纸剥了，直接给他钱。

秦一冬从杂货店里追出来说："就这么给他吧锐哥，我怕钱太散会丢，你别把纸撕了。"

杨锐听了这话就没撕，把纸给宗城："带一下，反正你俩天天在一块儿。"

宗城听到秦一冬说钱就知道怎么回事儿了，本来不想掺和，何况林迁西都说是自己欠的，但杨锐冲他递眼色，悄悄往后面的秦一冬身上瞅，小声说："那小子有情绪，照顾一下。"

他只好拿了，揣进裤兜，什么都没说。

杨锐回店里继续吃早饭去了。

宗城刚要走，秦一冬走了过来，直走到他面前，他就又停了一下。

"昨天那样，挺不好意思的。"秦一冬说话表情有点儿不太自然，毕竟彼此还不熟，"我想看看你水平怎么样，才想跟你打一局，没有别的意思，可能是我当时口气不太好。"

宗城往前走："你想看我水平随时都行，我等着。"

秦一冬还没找到话接，宗城已经走远了。

到了学校，早读还没开始。宗城一进教室，看到林迁西坐在最后一排座位上，身上穿着普通的白短袖、牛仔裤，正往前趴着听人说话，短袖往上提，露出一道紧窄的腰线，衬着一头黑漆漆的头发，特别扎眼。

前面的王肖回头坐着，有点儿激动，还好压着声音没喊："西哥你那水平不去打比赛，想什么呢？你就该去教一教外面的小学生做人啊！"

"是啊西哥，去啊！"薛盛在旁边附和。

孙凯也说："去，西哥，打比赛有什么不好的？拿奖不爽吗？"

宗城走过去，放下书包，坐下来。

林迁西顿时扭头看他："真艰难，我昨天思考了大半夜。"

宗城说："不用跟我说，你决定。"

"……"林迁西又想起那张他干脆签字的表，不作声了。

姜皓从前面回过头，看着宗城："吴川都要急死了，就等你们俩了，到底怎么说啊？"

宗城朝林迁西看一眼："问他就行了。"

姜皓顿时看林迁西。

林迁西站起来："算了，我去见吴川了。"一个比赛，犹豫不决的，都让他心烦了。

"等一下。"宗城想起给他带的东西，从裤兜里掏出那个纸团，"秦一冬还你的钱。"

"……"林迁西接住，看看他。

宗城已经拿了书摊桌上，准备早读了。

林迁西不用想也知道那小子肯定去杨锐那儿还钱了，太符合那小子的脾气了。他把那团纸往兜里一揣，出了教室，先去了教学楼最边上的男厕所。

厕所里没人，林迁西踢开一个隔间，门一关，一边在心里面打着草稿，想着待会儿见到吴川要怎么说才能让他意识到高考的重要性要超过比赛，一边低着头，打开那团纸。

里面一张十块纸币、四个一块的硬币，还有个五毛的硬币，果然一分不少。他拿出那十几块钱，随手揣裤兜里，打算把包钱的那张纸扔进纸篓，忽然看到上面好像印着"台球"两个字，没急着下手，把皱巴巴的纸展开，看清楚了上面完整的字——

斯诺克台球锦标赛高中男子组地区赛报名表。

林迁西眼睛不动了，目光像定在了上面，好半天，翻过来看一眼，又翻回去，仔仔细细地再看一遍，冷不丁地咧了下嘴角，抬起头，像是后脑勺被猛敲了一下，闷疼。

"傻子吧……"他笑起来，含混不清地自言自语，"真是个傻子，多不多事儿啊，老子都五十强了，还用得着报名吗……"

难怪昨天跑去要打台球呢，秦一冬，真是傻透了。他胸腔里吐出口气来，把那张纸在裤兜里一揣，拉开门出去。

宗城在早读课铃声响起的时候看到林迁西进了门。他一阵风似的跑进来，到座位上打开书包，找出了那两张表。

"做好决定了？"宗城问。

林迁西说："跟吴川说过了，他说已经跟学校请好假了，让我们带上表直接去参赛就行。"

姜皓回头："这是要打了？"

宗城看着林迁西。

林迁西拿上书包说："打！"

比赛今天就得接着打，吴川急得不行，好不容易得到林迁西的肯定答复，就提前去赛场准备了。

林迁西和宗城去跟他碰头的时候，他正在昨天打比赛的地方等着，背后就是那快剥了漆的"市体育文化中心"大门牌子。

姜皓也来了，跟在两个人后面，抢先跑过去说："老师，我先不用上了吧？"

"你不用，这回主赛是二对二，你替补，主要打一下个人分。"吴川擦着头上的汗说。

姜皓松口气："那就行，我前面打一天累死了。"

吴川跟他说完就朝那两个人招手，往里面走："快点儿吧，为了等林迁西这尊大佛也太难了。"

林迁西跟上："不纠结了，我打了。"

"你个分奴！"吴川喷他。

"嘿。"林迁西居然还笑了。

里面那栋楼就是这小地方唯一像模像样的体育场馆了，但也又破又旧，走进去，头顶吊灯都是二十世纪的荷花造型，脚步重点儿都能被震得掉下来。吴川带着三个人上楼，到了三层，一直走到头，那里开着个门，里面的光不明不暗，忽然就有了台球厅的感觉了。

"这就是主赛场，带你们看一眼。"吴川从上衣口袋里掏出三个方方正正的参赛牌，一人发一个："戴上，隔壁是等待厅，里面有练手的球桌，你们去那儿等着，我还得给你们弄衣服去，急急忙忙的，什么也没准备好。"说完也不等他们说话，人就像黑竹竿儿一样匆忙晃走了。

林迁西把牌子收口袋里，看宗城已经进隔壁了，跟过去。一进门就是说话声——

"这小破地方真麻烦，来一趟折腾死了，干吗在这儿比赛？"

"好晋级啊，你去大地方打，第一轮就把你给淘汰了。"

"烦死了，我一来就上火，嘴里起俩大泡！邓康跟我住一屋，还被蚊子咬了几个大包，这儿蚊子真毒！"

两张台球桌边坐着一群人，都穿着白衬衫，外面套黑马甲，统一的衣服，脖子上挂着牌子，看起来是一起的。

姜皓找了张凳子坐下来，小声跟宗城吐槽："这是来了一群金蛋吧？"

林迁西在旁边拖了张凳子，看了那群人一眼，是挺像金蛋的，一看就是其他地方来的。

那群金蛋已经看着这儿了，主要三个人一起进来也显眼，何况穿得也随便，跟这里面是两个画风。

"宗城？"忽然有人出声。

林迁西看过去，说话的是个挺魁梧的男生，脸朝着这儿，盯着他旁边的宗城，看人眼睛斜斜的，乍一看，不太像个好蛋。

顿时一群金蛋都看过来了。林迁西直觉这男生的神情不大客气，转头低声问："你认识啊？"

宗城看了对方一眼，没搭对方话，只回答了他："以前学校的。"

"那些都是你以前学校里的？"林迁西有点儿没想到。

姜皓也意外："这么巧啊？"

"就他是，其他人都不认识。"宗城低声说。

林迁西"哦"一声。

"我说怎么见不到你了，原来窝到这小破地方来了。"那魁梧的男生还看着宗城，"没听说过你还打台球啊。"

旁边有人问："那是宗城？你们学校那个牛哄哄的宗城？"

宗城终于看了那儿一眼："你现在听说了。"

那男生又看向他旁边的林迁西："你们这样来比赛？是来搞笑的吗？谁是你搭档，就他？"

林迁西听到他的口气，眉毛就不自觉挑了一下，这是来找碴的吧。"那货跟你有仇？"他动着嘴皮子，低声问宗城。

"有病吧。"宗城淡淡地说。

"晚期了。"林迁西咧起嘴角。

"哎！"男生看到他嘴动了，立即问，"你笑什么？"

林迁西嘴角扬更高了："我笑还要你同意？"

对方忽然拿了球杆，走出来："有种来打一局。"

后边的人拽他一下："干吗啊邓康，马上都要比赛了。"

林迁西脚一收，刚想要站起来，宗城伸手在他肩膀上一按，又把他按回去了。

"干吗按我啊？"林迁西脸上笑出痞样，"我想当老师，去教小学生做人。"

"你坐着，"宗城说，"不要打场外球。"

"嗯？"林迁西问，"什么意思？"

"从现在起不要随便动手打球，留着精力打比赛。"宗城低声说完，站起来，看着那个邓康，"要打吗？我来。"

第 52 章

他站起来的瞬间，那个邓康明显愣了一下，看过来的眼睛像是更斜了："我眼花了吧，你还有这种时候？就为了这位？"

林迁西看见他那斜视的眼神落到了自己身上，下意识往宗城身上看一眼，因为那句"就为了这位"。

宗城走到台球桌边："眼花你可以坐回去。"

邓康自己开的口，当然不会坐回去，拿了球杆说："难得你能主动接战，我不打怎么行呢。"

宗城在对面拿了球杆，一句废话没有。

"啪"的一声，台球桌上开始碰撞，真是说来就来。球滚落进袋，这一杆是邓康的，旁边他的那些同伴儿早就围过来了，都在看着球桌。

林迁西坐的位置不偏不歪，正对着球桌，看得清清楚楚，他们打快球，想几杆就打出胜负。这个邓康打得挺凶，真是要么有仇，要么有病，每一球滚出去都要朝对面的宗城斜着看一眼，满脸写着不客气。

宗城拿着球杆，擦了两下巧粉，只看着球桌，根本没在意他那副模样。

一连十几分钟过去，又打进一球后，邓康才没再进球，停了下来，分已经遥遥领先了。

姜皓看了都小声念叨了句："居然有一手啊。"

邓康看着球桌上的局面，显然自己也很满意，往林迁西身上斜看一眼，又看宗城，拿球杆指着林迁西："等你输了，还是让他来。太菜了不敢上吗？那还来打什么比赛？"

林迁西因为宗城那一按，到现在都挺安分，这会儿眉毛又忍不住往上扬了。这人拿球杆指他，这就太不把人当回事儿了，是盯上自己了。他动一下腿，冷笑一下，看着像是随时都能出手。

面前伸来一截球杆，林迁西转头，宗城站在他右前方的球桌边，手里的球杆伸过来，直接把邓康指人的球杆挑了回去，口气无比冷淡："想跟他打，我同意了吗？"

林迁西眼神一动，不自觉就定他身上了。

宗城俯身，压着杆，猝不及防送出去，都没让人看清怎么发的力，"嗒"一声轻响，球就进了袋。

旁边一群围观的鸦雀无声，这一击迅速有力，充满反击感。

姜皓忽然在旁边瞥林迁西。

林迁西感觉到了，瞥回去："你看什么？"

姜皓又看一眼宗城，小声说："没什么。"

球桌上几乎没有停顿，宗城打一球，站起来，擦两下巧粉，再换角度压下杆，又是一球。

林迁西还没见他这样打过球，除了脸上没有表情之外，每一球都凌厉又张扬，好像比不客气的邓康更不客气。

最多十分钟，已经是最后一球，宗城伏低身。本来以为他会仔细寻找角度，但没有，他肩膀压低的时候就毫不犹豫地手一推，送出了球杆。

"嗒！"一声格外清脆的撞击，球干净利落地进入球袋，没有一丝拖泥带水。

围观的一群人更安静了，都没人说话。居然是一杆全杀。

宗城握着球杆站直。

林迁西看着他因为打球而舒展开的脊背，在黑 T 恤上映出宽肩的线条，一直看到他站在球桌旁笔直修长的腿，嘴里轻轻说了句："我靠？"一直知道他帅，但这一刻忽然感觉特别明显，觉得这人是真帅……

连姜皓这样老跟宗城打球的都觉得不可思议，站起来往球桌上看。

对面的邓康看宗城的眼神都变了，脸沉得像刷了锅灰，伸手拿了颗球往桌上一拍："再来！"

有个戴眼镜的男生拉住了他："邓康，行了你，要比赛了。"他说话好像还挺顶用，旁边两个人也过来劝邓康。

那个戴眼镜的把邓康推回凳子那儿，还冲宗城点了一下头："不好意思，我搭档就想跟你们交流一下，练个手，不要当真。"

宗城放下球杆，什么都没说。

刚好吴川回来了，脚步很快地走进来，手里提着几只方便袋。他看到宗城在球桌边站着，又看看里面那群学生，风风火火地说："别打了，马上就比赛了，放松放松，保存精力。"说完又朝林迁西这边招手，往外走，"你们都过来，该准备了。"

林迁西早想走了，打个比赛还要被迫跟一群金蛋待在一起，走出去时又看一眼邓康，发现那小子被人劝着还盯着他这儿，像是还不服气一样。

"走。"宗城忽然走过来，把他视线挡了，"不用搭理。"

"真是有病。"林迁西出门，往他身上看一眼，小声说，"你刚才在那儿……"

宗城看他。

"牛死了。"他痞笑着说完。

出去后，吴川把手里的方便袋发给他们，一人一袋："里面是打比赛的衣服，前面初赛无所谓，对着装没要求，后面得有点儿模样。刚才听说赛事调整了，待会儿先打个人晋级，胜部的五十强和败部十四强加一起打，晋级到三十二强，再晋级到十六强，然后才有资格组队二二打淘汰。明天全是二对二，先晋八强，再晋四强，后面直接打出冠军。"

姜皓接了方便袋说："场次安排得这么密集啊。"

"主办方怎么办，咱们就怎么打，再说林迁西不是就喜欢这样吗？"吴川故意说，"他不是就希望早点儿打完回去上课吗？"

"对，我喜欢。"林迁西拿了一只方便袋，"以后再有比赛一定要跟课错开啊。"

"……"吴川随便摆两下手，"行了，那边有厕所，你们去换衣服吧。林迁西你等一下，我跟你讲两句。"

宗城拿着方便袋先走了，姜皓跟后面追上去，一路小声问："你刚才怎么替林迁西出头了……"

林迁西还看了他们两眼，没听见后面的，就被吴川的声音叫回了头："林迁西，你说真的？真是想考大学是吧？"

"真的啊。"林迁西说，"我说什么都真，就是没人信我。"

"你好好打这次比赛，我信你。"吴川挨过来，拍他肩膀，一副谈交易的架势，"我跟你讲，只要你好好打，给我长点儿脸，回头我重点培养你，培养你做体育特长生进大学。"

"真的？"林迁西立马伸手，"来吴老师，成交了。"

吴川拍开他的手："成交了，赶紧换衣服去。"

林迁西笑一声，拎着方便袋往肩上一甩，朝厕所跑去了。

进了厕所，他特地找一下，没看见宗城，也没看见姜皓，随便进了个隔间，把袋子往挂钩上一挂，拿了里面的衣服出来换。

一件白衬衫、一条黑色西装裤，还有一件黑色西装马甲。也不知道吴川从哪儿买来的，布料搓两下都会皱，吊牌也没扯，那衬衫背后还贴着个纸标签，上面写着四个字：促销商品。吴老师很会过日子，这么短的时间还能买到这么实惠的衣服。

林迁西撕了商标吊牌，一件件换上，把自己的衣服塞袋子里，开门出去。一只手还在扯领口，没穿过这么正儿八经的衣服，不太习惯，刚到洗手池那儿，忽然看到站那儿的宗城，眼睛都亮了："你可以啊！"

宗城有个高腿长的优势，太适合穿这种衣服了，衬衫收在西裤里，外面套上马甲，平时藏黑T恤里的腰身都显出来了，唯一的缺点是衣服肉眼可见地廉价，但他一穿，站那儿还是跟换了个人似的。

宗城也早看到他了，眼神上下扫了一遍说："你也可以。"

林迁西笑笑，走去洗手池边照镜子，又扯两下领口，衬衫稍微肥了点儿，吴川买大了，但也不赖。他欣赏一下说："是可以，就是不太舒服，打个球穿成这样麻不麻烦。"

"打台球就是这样，这是绅士运动，你穿的已经很简化了。"宗城看他后面领口翘着还没发现，伸手进他后领往外翻着压了一下，又往下拉一把他衬衫，把多出来的那一片拉到他腰边，手指抵到他腰线，停住了，透过镜子看一眼他脸，拿开手说，"塞腰里。"

林迁西对着镜子看他一眼，手摸到腰，自己把衣服塞进了裤腰，再去看他，他已经在后面站直了。

"待会儿打个人晋级的时候也要绅士点儿，林痞。"宗城先往外走了。

林迁西转头看他出了厕所，不自觉伸手摸一下后领，又摸一下腰，想着他那声"林痞"，勾起嘴角，拿着袋子走出去。

个人晋级不难打，就是大浪淘沙，用来筛选人的。名单也是随机定的，但确定组队的搭档不会遇到，其余对手都是赛方从抽签箱里抽出来的，到了球桌边上才会知道。除了之前看到的主赛场那间之外，楼里其余的厅全都是打个人晋级用的，林迁西被安排在第六个厅里。

到十二点左右，已经连续打完两场。林迁西从球桌边站直，先看一眼竖在墙边的晋级表。他的名字先跳进三十二强，现在已经跳进十六强。

裁判递给他一个"16"的标牌："晋级成功可以先走了。"

旁边一张桌子"嗒"一道撞球的响声，也打完了，林迁西自然而然地看一眼，看到球桌上的场景，又朝站那儿的人看一眼，好巧不巧，就是那群金蛋里的一个，戴着眼镜，之前那个拉邓康的男生。

裁判也给他发了个"16"的标牌，林迁西扭头看晋级表，上面贴上了他的名字：罗柯。

看完回头，发现罗柯居然也在看他，还冲他礼貌地点了下头："你挺厉害的，我刚才看到你打球了，那个宗城是你的搭档吗？"

林迁西也是觉得他那球局比较漂亮才多看了两眼，听了夸奖也就笑笑，没太当回事儿。"对。"

罗柯说："他也厉害，以前就听说他成绩特别好，没想到打球也这么好。"

"那是，他什么都厉害。"林迁西听他夸宗城挺受用的，跟听夸自己似的，但也没继续跟他扯，拿着标牌往外走。现在可算知道那群金蛋为什么要来这儿打了，小地方杂鱼多，对手实力参差不齐，确实好晋级。

他出去后特地把经过的厅都看了一眼，没看到宗城。到了中间楼道，看到了竖那儿的总晋级表，才看到他的名字，毫无悬念，一样十六强。

吴川拎着瓶饮料过来找他，正好碰到，把饮料递到他手里："可以啊林帅哥，这身衣服一换有点儿味道了，要不要等会儿给你找个地儿眯一觉？你现在感觉怎么样？"

林迁西拧开饮料灌一口："放心吧，我有那么娇弱吗？我一定给你长脸，我给你把黑脸长成红的。"

"说什么你，你给我长成金的吧，我想贴点儿金。"吴川呛他。

林迁西"嘿"一声，转头找："我搭档呢？他们俩人呢？"

"一个还在打晋级，一个接电话去了，说是弟弟打来的。"

林迁西懂了，难怪不见宗城人。

"你先去吃饭吧。"吴川不知道从哪儿掏出张饭票，塞他手里，"食堂在后面，吃好点儿，吃饱了，但是别太饱，影响后面发挥。"

"你别这样吧。"林迁西拿着饭票，边下楼边吐槽，"你再这样我都要紧张了。"

吴川追到楼梯口说："不说了，你自由发挥。"

"早该让我自由发挥了。"林迁西的声音飘远了。

食堂里这会儿没多少人，到得挺是时候的。林迁西打了份饭，是挺丰盛，加了卤蛋和鸡腿。

一个人坐那儿差不多吃完了，忽然感觉有人看自己，他转头，看到斜对面那桌就坐着那个邓康，也是一个人，面前摆着打好的饭，没动筷子，正在往他身上看，用那种斜着的，仿佛被人欠了八百万的眼神。

林迁西没搭理他，现在看他差不多等于看一个有病的人，放下筷子准备走。刚站起来，邓康叫了声："哎！"接着忽然抛来个东西。

林迁西一只手就接住了，听见他笑着说："身手还挺快啊。"

那是只旧台球，刚接到手里，林迁西就觉得不对头，感到手心里有一股巨大的黏性，马上用最快的速度甩手，球勉强甩了出去，手指已经粘住了，手心都皱在了一起，整只手完全张不开。他瞬间反应过来，抬头看，邓康刚从手上扯下个透明的方便袋，盯着他笑："送你的，别客气。"

"去你妈的！"林迁西拔脚就往外跑。

姜皓刚好要进食堂，差点儿跟他撞上，往后退两步，没好气："你干吗啊？"

林迁西托着右手往外快走："我手上粘502胶了，得马上弄开，不然没法打球了。"

"什么？"姜皓愣了愣，追出来几步，都惊了，"怎么搞的你？"

"那王八蛋……我先弄好手再说。"林迁西急着处理手，奔去前面的楼，现在顾不上算账。

刚回到那栋楼里，姜皓就追了过来，手里拿着手机："你等会儿，我告诉宗城了，他马上就来。"

林迁西还托着手，刚站没两秒，一抬头，看到宗城从楼上下来了。

下楼的时候他正在收手机，眼睛已经看到林迁西，脚步顿时快了，几步走过来，一把抓着他右手看了看："真是502胶？"

"对。"林迁西左手抓住右手僵着的手指，"这玩意儿要怎么弄掉，我要直接扯开吗？"

"别动。"宗城抓着他右手摁一下，"把你手撕了，还打不打球了？！"

"靠！"林迁西骂一句。

"找找看有没有风油精，"宗城沉着脸，口气也不太好，"只能一点点搓掉。"

姜皓往楼上走："我去找一下吴川吧。"

宗城松开林迁西的手："邓康弄的？"

"就那货！"林迁西咬着牙，脸冷着，"我以前那么混都没遇到做这种醒龊事儿的，他就跟事先安排好的一样，熟练得很，我就不该接那球的。"

"就是很熟练。"宗城说，"他想搞你，除了这个还有其他方法。"

"牲口！"林迁西都想不管不打架的事儿，去揍死邓康算了。

"忍着，你还得打球，忍不住就中招儿了。"宗城口气有点儿冷，又冷又镇定。

林迁西托着右手闭了嘴，满心的火。他还真不怕搞事儿，要搞就搞，越是这样，他还就越要打这个比赛了，这是蹬鼻子上脸的挑衅！

姜皓从楼上返回来了，没找到吴川，手里倒是拿着一瓶刚找来的风油精，一边走一边喊："找到了，这儿有医务员。"

林迁西忍着气过去："我先去救手。"

宗城没跟过去，看着他上了楼，转身往楼外走，一只手解开领口扣子。

食堂里还是没几个人，邓康饭还没吃完，面前多了一只餐盘。

宗城在他对面坐了下来，看着他："就你一个人的主意？"

邓康一点儿也不意外，也没见慌："来算账的？就我一个人的主意啊，不就我看不惯你吗？"

宗城脸上没有表情："看不惯我冲我来，我可能还不一定来找你。"

邓康无所谓地笑："你吓唬谁呢？他不是你搭档吗，知道你以前那些事儿吗？知道你怎么来这小破地方的吗？我就是故意动他的怎样，一点儿胶水怎么说都可以，你们要敢搞出事儿来，那可就不一样了。"

宗城解着袖口："你也知道我成绩，我的分在这小地方很稀有，老师们都挺看重我，所以我这样的学生要是干点儿什么，肯定也不会被认为是故意搞事儿。"

邓康又斜眼看他了："你什么意思？"

"意思是我想揍你，现在就能揍。"宗城把袖口卷上去，一脚就踹了过去。

邓康一下趴桌上，"嘭"的一声，头上又挨了刚砸下来的餐盘一下……

林迁西待在二楼的医务室里，用了一整瓶的风油精，真是一点儿一点儿搓开的，搓完整只手都快失去知觉，右手那几根手指完全肿了。

医务员是个中年妇女，挺和善的，特地拿一次性纸杯端了温水过来，让他泡里面好好洗洗。"我们跟打比赛的经常打这种交道，搞体育的也不是都有体育精神的。"

有个屁的体育精神，林迁西冷着脸想。

"林迁西！"姜皓忽然一头冲进来，"快点儿，宗城在食堂跟人打起来了！"

林迁西愣一下，忽然反应过来，站起来就跑了出去。

一直跑到食堂，进去发现那群金蛋也来了，好几个挤在邓康吃饭的桌子那儿，但谁也没敢动。

林迁西一口气冲过去，看见宗城摁着邓康的后颈把他制在桌上，完全是碾压着在揍他。

"干什么，出什么事儿了？"外面有人来了。

林迁西转头看到是吴川来了。

邓康看到林迁西过来，冲起来就想反击，宗城挡在前面，一脚又踹了过去。

林迁西来不及，直接从后面一把抱住宗城的腰，低低地喊："快别打了！"

宗城低头看见腰上的手，回头看他一眼，停住了。

第53章

林迁西这一着急，手劲儿也大，抱在他腰上死死的，直到现在他停手了，才反应过来，下意识看一眼他背。宗城的肩线直，穿着西装马甲的背因为喘气一起一伏，林迁西胸口紧贴他背上，不自觉地也跟着起伏，鼻尖差点儿扫到他后脑勺上扎人的短发。

"人呢？"吴川的声音传了过来。

林迁西一秒松手。

吴川拨开那几个金蛋，挤进来一看，眼睛都瞪大了，看看林迁西和宗城，又看看歪在餐桌底下还没爬起来的邓康，那货头发上粘着饭粒，一身的菜汤，白着脸，明显比较惨。

"邓康呢？"紧跟着又来两个人，戴着跟吴川脖子上一个类型的带队老师证。

吴川看完现场，当机立断："都跟我走，有什么事儿去办公室说！"

那两个带队老师也生气，其中一个上去就拉住了邓康："起来！"

宗城拽一下领口，把身上的西装马甲脱了，拎在手里甩一下，转身就走。

林迁西冷脸看了眼一身狼狈的邓康，右手握了握，差点儿没忍住要上去补揍一顿，跟在后面出了食堂。

两位当事人被叫进了楼里的办公室，除了吴川和那两个带队老师，就连赛方的工作人员都惊动了好几个，前后一起进去了得有七八个人。

林迁西和姜皓没能进去，只能在外面走廊上等着。

"林迁西，宗城怎么老给你出头？"姜皓瞅着他，小声说，"我怎么不知道你俩关系这么近了？"

林迁西看他一眼，背靠着栏杆，心不在焉地说："你不知道的事儿多着呢。"

"……"姜皓又有看这俩人很古怪的感觉了，可要具体说怎么古怪，又说不上来。

没几分钟，吴川从办公室里出来了，脸色不好，急匆匆往这儿走。

林迁西看他出来，马上站直："怎么样，宗城没事儿吧？"

吴川没回答，到他跟前就说："把手伸给我看看。"

林迁西抬起右手。他本来皮肤就白，一双手修长白净，现在被502那种强力胶水一弄，手心都皴了，几根手指被搓得肿成了萝卜，左右手一对比特别明显，关键这还是要抓球杆的手，主发力都靠这只手。

吴川看到，直接就爆了粗："那王八羔子够毒的啊，这种损招儿都用！别说宗城，我都想揍他！"他黑竹竿儿一样气得晃一下，可能终于记起自己还是个老师，忍住了："我知道怎么回事儿了，还好你已经拿到了十六强，今天没你比赛了，你先回去，好好休息，让手恢复恢复，明天还有比赛。"

林迁西垂下手："宗城呢？他到底怎么样啊？"

"他暂时还不能走，还在里面处理。"吴川说。

"这事儿不是他挑的，你们不会处分他吧！"林迁西说，"让我进去说，我这手就是证据。"

吴川挡住他："我能不管他吗？他是谁啊，八中标杆啊！我带他出来都担着责任呢，他要是今天在这儿有点儿什么，马上咱们八中的校长都能过来你信不信？行了，你赶紧回去吧，好好护着手！别搀和了，我来处理！"

"……"林迁西又看一眼办公室的门，"那你好好处理啊。"

"知道了，快回去吧，你俩都回去，别在这儿杵着！"吴川又急匆匆地回办公室去了。

姜皓看一眼林迁西，皱着眉说："应该没事儿吧。"说完也没说要跟他一起走，自己先走了，主要宗城不在，跟林痞也没话可说。

林迁西看他走了，去存东西的地方拿了自己换下来的衣服，特地又回头来办公室外面看两眼，门关着，还是没有动静。他看看自己的右手，忍着把嘴一闭，下了楼。

回到家，肿的那几根手指也没见恢复多少。林迁西为了让它们快点儿好，尽量干什么都不用右手，连洗澡都是用左手单手操作，光是解身上那件西装马甲就花了不少时间。

洗完澡出来，他随便套了件宽大的短袖在身上，看看外面天都要黑了，赶紧找手机，找到了用左手拿着，点出那个灯塔头像，发了微信过去。

——你没事儿吧？

至少过了一分钟，宗城也没回复。不会真被处分了吧？林迁西都想给吴川打电话了，"叮"一声，消息回过来了。

——没事儿，明天赛场见。

林迁西反复看了两遍，还是有点儿不放心。

——确定能赛场见？

对话框里"嗖"地秒回。

——能，明天再说。

林迁西又看两眼，才把手机放下来，听他说明天再说，现在就忍不住想去准备明天的比赛了。他以前没打过比赛，也不知道这种事情会不会对比赛造成影响，万一要是影响到宗城的出场资格怎么办？就算不影响出场资格，影响他个人晋级排名也不是什么好事儿。

林迁西胡乱猜测，一边把穿过的那身衬衫和西装马甲都拿出来，明天还得穿，也不能洗，怕干不了，就找了衣架挂上。挂上了才发现衬衫和马甲的胸口那儿都皱了。他左手拉扯两下，想了起来，是抱宗城那会儿弄的，抱太紧了。

林迁西想起这茬，扯开嘴角自顾自笑笑，长这么大没这么抱过人，这第一次就抱了宗城这么个大男人，都还记得手臂箍着他腰的感觉，他腰够紧实的，肯定有肌肉。想法一顿，林迁西低骂一句："我去……"干吗呢，还回味起来了？

他又低头看看自己的手，坐到床上，想到那个邓康，半点儿好心情都没了。这口气不能忍，别说粘了一手胶，就是手断了，这个赛也得比。他现在只有一个想法，就是把那个邓康给打趴下，趴地上起不来的那种。

第二天早上，掐着七点准点儿，林迁西起了床。挂了一晚，那身衬衫和马甲都没那么皱了，他换好才出了门。

到了比赛的那栋楼还早，没看到有其他选手来，只有几个工作人员在调整横幅和晋级表，为下面的比赛做准备。

林迁西把右手收在西装马甲的口袋里，小跑着上楼，一直到三楼的主赛场那儿，看到宗城就站在外面，身上也穿着比赛的白衬衫和西装马甲，一个人倚着栏杆，低着头，有一搭没一搭地翻着手机。

林迁西走过去："你已经到了？"

宗城一下抬起头，像是刚刚在想事情，看到是他才回神一样。"嗯。"他收起手机，看林迁西的手，"你手怎么样了？"

林迁西从口袋里抽出右手，肿的手指好了那么一点儿，但是胶水留下的痕迹还在，一时半会儿消不掉，手心里好几个地方都是那种砂纸一样的纹路。"放心，老子还能打。"

宗城从口袋里掏出一只袋子给他："抓着，一直抓到比赛。"

林迁西接了，冰凉，里头裹着的是一小包冰袋，他掏出来，抓手心里握着。"你从哪儿弄来的？"

"来的时候问杨锐要的，他店里的冰柜有碎的冰，敷一会儿多少有用。"

林迁西不自觉地看他脸，没想到他还特地去问杨锐要冰，自己都没想起这个，但他脸上和平常一样没多少表情，酷得就不像是会干这种事儿的人。林迁西握着那冰，问他："昨天那事儿到底怎么说的？"

宗城忽然嘴角提一下："当然是处分了。"

"我靠，你真被处分了？"

"不是我，"宗城说，"邓康被处分了。"

林迁西挑眉："真的？"

宗城嘴角扬着："他不承认你手上的胶水是他弄的，食堂里也没别人看到，但是我先动手揍他一样没人看到。我揍他都是暗伤，他可给我留下明伤了，现在都认为是他主动打的我，我才还了手，吴川也说我不可能找人打架。"

林迁西问："你留伤了？"

宗城拉一下袖口，手腕上露出一道很淡的红印子，可能是动手时刮到的。"就这个，也够证明他想伤我手腕了，表示他想靠不正当手段妨碍我比赛。"

林迁西看了看那伤，又看他："挺有心机啊。"

宗城把袖口拉下来："对付脏的人就得用脏的，我没废他手算好了。"

林迁西又问："他什么处分？"

"个人晋级名次全消，从头开始晋级，"宗城说，"有他忙的了。"

个人晋级名次全消，对打比赛的来说够惨，何况还是带着被宗城揍的伤重新来。林迁西舒坦多了："还好你没事儿，不然我今天得多难受。"

宗城看他："你怎么难受？"

"你不是替我揍他的吗？"林迁西反问，"你要因为这个被处分，我能不难受？"

宗城站直了，又看他一眼，声低了点儿："谁让你是我搭档呢。"

林迁西想一下，笑笑，可不就是搭档吗。

"林迁西！"吴川在叫他了。

林迁西回头，看见吴川风风火火走了过来，有点儿焦急。

"手好点儿没有，还能不能打？"

"能啊。"林迁西故作轻松地说，"一点儿胶水就想把我弄掉，做梦吧，我们那交易还得继续。"

吴川放心了："没事儿就好，第一场二对二在十八号厅，快去准备，有情况你随时告诉我，我好申请让姜皓替换你。"

"不用替换。"林迁西想自己上。

吴川看他说行，觉得应该行，又看宗城："昨天那事儿，你应该没影响吧？"

"没有。"宗城看林迁西，"走吧。"

林迁西握着冰袋的右手揣口袋里，跟上他一起过去。

十八号厅里一进门就挂着抽签出来的比赛顺序，昨天个人晋级成功的十六强会组成八组打二二搭档赛，宗城和林迁西的名字贴在一起，顺序表上排在第三场，对抗的两个人名字没听说过，也不认识。

"这两个会不会也是那群金蛋里的？"林迁西坐门口凳子上等比赛的时候问。

宗城坐在他旁边，看了看说："应该是。"

"那还有什么好说的，打哭。"林迁西说，"老子要给他们连坐，一个都不放过。"

"宗城！林迁西！"里面响起喊名声，轮到他们了。

林迁西站起来，走过去，看到对面的两个人，凭仅有的一点儿印象认了出来，就是那群金蛋里的。

宗城拿了球杆，递给他一块巧粉。

林迁西放下右手里的冰袋，接了巧粉，问："怎么说？"

宗城口气淡淡的："打哭啊，不是你说的？"

林迁西笑了，就等他这句话呢。

半小时后，"嗒"一声响，宗城结束了最后一杆。

对面的两个倒是没哭，但是其中一个差点儿直接扔杆，被同伴儿及时拦住才没扔成，在裁判的目光里憋着闷气走了。打得太憋屈了，完全是被压着打的状态。

"他们是来打球还是来报仇的……"出门的时候他们都还在发牢骚。

晋级表上，宗城和林迁西的名字并列上移，进入四强。

吴川以为他们要打很久，再赶过来的时候，已经过了快两个小时，看到姜皓等在十八号厅外面，小声问："怎么样？"

姜皓指门口的顺序表："四强早就拿到了，现在里面已经开始打四进二了。"

吴川看到后门那儿站着昨天一起拉架的两个带队老师，就知道林迁西和宗城的对面还是他们的人。

"他们来了这么多人，是想来包奖的吗？"姜皓低声问。

"听说是大城市里的台球俱乐部,这次来比赛的都是他们那儿各个学校的台球精英,那肯定是想来包奖的,你看看三十二强里有多少是他们的人。"吴川带林迁西来也是抱很大期望的,想起昨天的事儿还有气,"人多了,什么样的货都有。"

话刚说完,林迁西从里面出来了,后面跟着宗城,两个人穿着西装马甲一起走出来,确实也扎眼,让人一眼就看到了。

"怎么样?"吴川立即问。

林迁西左手拿着个标牌,给他看一眼,上面一个醒目的"2"。

"二强了?"姜皓过去拍一下宗城,"这已经是定好了的亚军了。"

吴川非常满意,第一次带林迁西出来打比赛就有这个名次,马上说:"走,去吃顿好的,我请客。"

"别吃食堂了啊。"林迁西说。

"不吃食堂,我给你们弄点儿好的来。"

比赛不让随便去外面吃,吴川亲自出去买了几个菜回来,给他们在老师休息室里加餐。

林迁西坐到椅子上的时候,活动了一下右手,打了两场下来,一直在活动手。

"你手怎么样?"宗城拖着凳子在他旁边坐下来,看着他手。

林迁西又活动一下:"还行吧。"其实有点儿妨碍,打了两场淘汰赛下来,手里始终像有层胶在绷着,有时候会妨碍握杆,但他必须往下打。

宗城说:"下午决赛有状况你就说。"

林迁西点头:"行。"

姜皓又在对面看他们俩。

林迁西眼睛扫过去:"你看什么啊?"

"看都不能看了?"姜皓转头不看他了,递双一次性筷子给宗城。

吴川坐过来,放杯水在林迁西旁边:"下午的决赛就进主赛场了,除了裁判还有主办方,所有参赛的包括淘汰的人都会坐观众席,你们以前打球应该没有被这么多人盯着看过,要适应一下,有个心理准备。"

林迁西左手拿筷子戳了块肉,停在嘴边:"这么正式?我还以为这就一个小比赛呢。"

吴川说:"地区赛是不大,但夺冠肯定还是要重视的。"

宗城问:"另外一组二强出了吗?"

林迁西也想起来了,就知道埋头打,都没顾上另一组二强的对手是谁。

"还没出。"吴川刚去看了,"好像那一组拖了点儿时间,还在打。"

他们是分开打淘汰赛的，要看对手是谁，还得去看总晋级表。吴川指指自己买来的菜："你们吃，吃完了休息一下，回头再去考虑对手，不要太有压力。"

林迁西没打算休息，他现在精力充沛，主要是愤怒值满了，只要对手还是跟邓康有关的金蛋，就想照死打，不放过。

下午的决赛在两点，一点半的时候就可以入场。快到点儿的时候，吴川出去看了一回，回来休息室提醒："你们可以过去了，对面二强一个小时前出了。"

宗城站起来，叫林迁西："走了。"

林迁西从椅子上起来，刚要走，宗城又停下，转头上下看他两眼。

他跟着停住："你看什么？"

宗城把他衬衫往下拉，和昨天一样，多出来的那片拉到他腰边，手指敲一下他腰："塞进去。"

林迁西被这不轻不重的一下敲得腰上一麻，愣了愣，想起应该是刚才给坐成这样的，左手抓到那片衣角，塞进裤腰。

宗城转头出门，一边说："记得要绅士，林痞，到正式赛场里面，不能说脏话。"

林迁西跟上去："我要是忘了怎么办？"

"我提醒你。"宗城说。

终于进入主赛场那间，大概也是这里唯一像样的赛馆，中间放了张崭新的台球桌，里面有观众席，他们进去的时候，已经坐了不少人。

林迁西看到球桌旁边的对手席，嘴里顿时骂了句："靠。"

那儿坐着那个戴眼镜的罗柯，旁边就是邓康。

宗城也看到了，停在场边。

吴川走过来，朝两人招招手，挨近了说："那小子昨天被罚晋级全消后就申请当天重打了，从败部一直打到胜部，今天上午的时候他搭档旁边的名字都还不是他，你们打四强的时候临时把他换回来了，现在居然还打进了二强。"说到这儿又指一下他旁边，"他搭档，那个叫罗柯的，个人成绩很漂亮，他们俩应该是有配合的。"

林迁西瞅着那边："行啊，碰上了更好，我还怕遇不上这王八蛋。"

宗城看他一眼："忍耐点儿，裁判来了。"

林迁西忍了。

比赛就要开始，裁判已经站在球桌边上。吴川回到观众席，坐在姜皓边上，两个人一起盯着下面的球桌。

双方选手都站到球桌前，赛前要例行握手。邓康从过来时就一脸不爽，看看林迁西，又看看宗城，没有伸手。

正好，林迁西也不想跟他握手，不然可能会忍不住当场揍他。

"林迁西。"罗柯走出来，主动伸出手，低声说，"我听说你手的事儿了，替邓康向你道歉，他这人是脾气不太好，可能还是不服气才会这样，反正不管怎么样，这都不对，我也不希望比赛用这样的方式赢。"

林迁西还是没伸手，看了眼他旁边的邓康，冷笑了声："还好他没有遇到以前的我，不然你以为他还能竖着站这儿？"

罗柯听着他这口气愣了一下，看他不像玩笑，感觉有点儿尴尬，伸出来的手抵了一下鼻梁上的眼镜，又向宗城伸出去，一样说："不好意思。"

宗城伸手跟他握了一下，眼睛还冷冷看着邓康。

"啪"一声，球局开始。罗柯打了第一杆，开场就进了球。

邓康一直拉长着脸，像带着股戾气，全程只看球桌，接在他后面打，一球撞出来，没有进。

宗城坐在对手席上，低声说："他故意没进。"

林迁西活动着右手："我看到了。"

这一球很容易进，但是没进，是故意制造障碍。二对二讲配合，他们应该练过很久，难怪临时换回来还能打进二强。

裁判记了分，换人上场。林迁西握着球杆，走到球桌边，挑选好角度，俯身压杆，瞄准母球。母球贴近库边，落点不是很好，也是邓康故意牺牲进球留的陷阱。

宗城在旁边拿着巧粉擦杆，眼睛看着他。林迁西专注的时候脸上完全没有平时的痞笑，侧脸在灯光里像蒙了一层雾，嘴唇轻轻抿着，贴着桌边的腰线绷着，是一种进攻状态，他这次认真了，也可能是来火了。

"啪！"母球撞开目标球，几乎是从左右夹缝里冲了出去，"笃"一声，落进袋口。

裁判宣布得分，林迁西才站直让开，一边又握了握右手。

宗城放下巧粉，走过去，看了眼他手，在桌边压下杆。

清脆的一声响，"啪嗒"，球进了。赛场里鸦雀无声，从他们打的时候起，这场球局就是个胶着的状态，在场的都会打球，都看得出来。

墙上的钟指向下午两点半，胜负还没分出来。罗柯再上场时，已经是脸色严肃的状态，握着杆站到桌边，停顿了好几秒才弯腰瞄球。

邓康在后面，斜着眼往对手席上看。

林迁西一边活动右手手指，一边瞅他。

"不用看他。"宗城看他手，"你手还行不行？"

"行，"林迁西说，"必须行。"

球桌上已经连续进了几个很漂亮的球，比分还在拉扯。又轮到邓康出杆，他一球推出去，还是没进，林迁西和宗城拉回来的球局又被他故意打乱，打乱后还往对手席上看一眼，就像挑衅。

林迁西拿着杆站起来，去球桌旁。

宗城跟在后面，一直看着他的右手。越是打到难缠的时候，对角度和精准度要求越高，手心不舒服，抓杆也会不舒服。

钟上的指针又走了半圈儿，球撞击时"嗒"一声轻响，林迁西站起来，不自觉地甩一下手。

宗城走到球桌边，低声说："我给你铺路，你来打最后一杆。"

林迁西愣一下，看他："你要给我打辅助？"

"嗯。"宗城说完，压低杆，重重一球打出去。

没进，而是把对面的局面压制住了。打二对二的配合就是做球和反压制，他是要把对面拖缠的局面打掉，让林迁西一杆定输赢，不然拖得越久，他的右手越不舒服。但是很冒险，已经到赛点了，林迁西下一杆必须赢。

对面又上场了，这一次格外认真，赛场已经安静。

罗柯一球，邓康一球，两个人脸色都不太好，好不容易才在宗城的局里咬回了分，邓康最后一球却直接冲到林迁西设好的防线。

裁判计分，林迁西上场。他握着杆，右手换到左手，又换到右手，伏低，瞄准母球。

宗城站到一边，看着他。

仿佛整个赛场的目光都集中了过来，罗柯甚至在对手席上站了一下，又坐回去，邓康在他旁边不屑地斜着眼。

观众席上的吴川在叹气："没想到这么难打，林迁西第一次打比赛就遇到这种事儿，不知道能不能打出这一杆。"

姜皓看着球桌，其实看明白宗城给他铺路了，但是后面那个邓康又给搅和了，这跟他们平时练球可不一样，打比赛的不同就在这儿，瞬息万变。他嘀咕："不可能，这种球怎么进……"

林迁西压着杆，右手握杆的地方轻轻松一下，又握起，看一眼自己的右手，又看一眼边上的宗城。宗城站在旁边，看着他这儿，手里的杆抵在腿边。

得赢，不然他的辅助白打了。林迁西瞄住球，握着杆，忍着手心里的不舒服，毫无预兆地一击。"啪！"球撞上去的声音格外清晰。

安静了一秒，吴川惊喜地从观众席上站起来。

姜皓跟着站起来，情不自禁地喊了一句："林迁西牛啊！"

裁判宣布得分，赢了。林迁西握着杆站直，他怎么可能打不进去，脱口就想爆一句粗口，刚张嘴："我……"

宗城一手搭在他后颈上："嘘。"

林迁西一顿，转头，看见他看过来的眼。

宗城微微扬着嘴角，手从他后颈松开，另一只手里的球杆稍稍斜着，朝他伸过来。林迁西看着他站在灯光下的这幕，忽然像被这一刻胜利的画面击中了，笑起来，手里的杆递过去。

两支杆在一起，轻轻地碰了一下。

卷五

来啊，干了这杯

好一会儿，林迁西看着他坚定的眼睛，
嘴角勾了起来，手里的饮料杯伸出去，
跟他手里的碰了一下：
"来啊，干了这杯！"

第 54 章

吴川左胳膊搂奖杯，腋下夹获奖证书，另一只手里还拿着两个白色信封，从主赛场那间的大门里走出来的时候，脚底下都有风。比赛刚结束，两位冠军击杆庆祝后就离场了，他走出来了才在走廊上看见他们。

林迁西背靠着栏杆，到现在离了赛场，才有拿了冠军的感觉，刚才在里面，完全是铆足了劲儿打了最后一杆，没有别的念头，就是赢，如果不是那一瞬间跟宗城碰了一下杆，都觉得不太真实。他往身边看："哎，要是我最后那一杆没打出来怎么办？"

宗城靠在他旁边的栏杆上，和他并肩站着，断眉动了动："那就输，反正我没有需求，输的也是你。"

"……"林迁西心想这硬茬又开始了，勾着嘴角顶他一句，"看你那样给我铺路，我不忍心输啊。"

宗城看他一眼，提了下嘴角："是吗？"

"是啊。"

"你俩在这儿呢！"吴川走到了跟前，把手里拿着的那两个白色信封递过来，"来，这是给你们的奖励。"

"什么啊？"林迁西伸手拿了一个，撕开信封口打开，里面露出一小沓红色的钞票边。"钱？"他惊了，完全没想到，"打比赛居然有钱？"

宗城在旁边也撕开看了一眼，又看他："你傻？打比赛当然有钱。"

吴川笑着说："这算什么，这次比赛范围不大，冠军奖励才一人一千，以后要是打大比赛，奖金才可观。"

林迁西把信封揣兜里，"啧"一声："我刚知道打台球还能赚钱。"

"早让你来打，还不肯来。"吴川抱着怀里的荣誉先下楼，风风火火地说，"你俩回头好好奖励一下自己吧，我先向学校汇报好消息去了。"

林迁西站直了，要去换了这身参赛的衣服，忽然问宗城："你打算怎么花这钱？"

宗城说："给顾阳吧，你呢？"

林迁西咧嘴笑笑："没想好，这对我来说可是笔巨款。"

宗城也准备去换衣服："那你好好想想。"

主赛场的门口忽然有人一脚踹了下门，出来走了。林迁西朝那儿看一眼，是邓康，罗柯跟在后面想拉他，没拉住。他走出去的时候还朝这儿看了一眼，斜着眼，铁青着脸，先看自己，又看宗城，然后头也不回地走了。

"看他这样我就爽了。"林迁西勾着嘴角笑，说到做到，把他打趴下了，现在真是爽了。

宗城没说话，当邓康是空气。

"林迁西。"

林迁西已经走出去了，听到有人喊他又转身。

罗柯追了过来，手里拿着手机："我能加你的微信吗？"

林迁西还以为他有什么事儿，结果是加微信，莫名其妙地问："干吗？"

宗城站在前面看着。

罗柯戴着眼镜，穿着西装马甲，很有气质地站着，被两双眼睛盯着，笑了笑："你打球很厉害，想跟你交个朋友。"

林迁西下意识看一眼旁边的宗城，拿冠军的又不是只有他一个。"你要跟我做朋友？"

"是，"罗柯问，"有这个机会吗？"

林迁西看他两眼，笑笑，转身就走："我不用微信。"

罗柯一听就知道是托词，有点儿尴尬，看一眼宗城，点了个头。

宗城什么都没说，仿佛人不在现场，解着扣紧的衬衫领口，转过了身，也走了。

林迁西以前也不是没被人要过微信，不过一般是女生，但他从来没给过，也没当回事儿。他先换好衣服出了大门，到了马路边上，回头等宗城，姜皓在眼前冒了出来。

"林迁西，"姜皓开口就问，"你今天最后那一球是怎么打进去的？我还没见人这么打过。"

林迁西手插着兜，故意说："你想要我教你啊？可以啊，把你在观众席上喊我牛的那句话再喊一遍，我就教你。"

姜皓脸上有点儿挂不住，眼神闪了好几下，但还是说："你是挺牛的，别的时候我不提，但今天这场比赛我是服的，以前是我带着偏见，你别介意。"

林迁西打量他两眼，都没想到他会这么说，不禁笑了声："行，我原谅你了。"没想到打个比赛还把他给打服了。

宗城刚好换完衣服出来，身上又穿上了平时的黑T恤，正好听到这句，看了看两人。

姜皓看他出来，有点儿不好意思似的，岔开话题说："我已经告诉王肖了，他们三个说是找了个店给你们庆祝，地址都发来了，要去吗？"

宗城看林迁西："要去吗？"

林迁西踢开脚边的小石子，笑着说："那三个就这点儿本事最强，去啊，今天我可太高兴了。"

姜皓从手机上翻出地址："那走吧。"

王肖他们从学校放学出来，找了个吃饭的地方，毫无新意，又是烧烤店。三个人分工协作，一个点串，一个搬啤酒，一个开啤酒，刚忙好，林迁西就进来了。

"本地的烧烤店就靠你仨支撑了。"他一进门就吐槽。

王肖放下菜单，起立给他鼓掌。"热烈欢迎台球冠军西哥！"紧接着看到后面的宗城，又"啪啪"鼓掌，"热烈欢迎台球冠军城爷！"

林迁西看着小店里其他桌的客人都往这儿看了，走过来拍掉了他的手："少丢人了，想笑死人啊你？"

王肖缩回手，给他挪凳子，挪完又挨着旁边给宗城挪一张，俩冠军，自然得坐一起。

林迁西坐下来，右手搭在膝盖上，动两下。

宗城在他旁边坐下，看到问："还要冰吗？"

"嗯？"林迁西看到他看自己手才反应过来是问还要不要冰袋冷敷，抓了孙凯倒的啤酒说，"不用麻烦了，这就是冰的。"

宗城看了一眼就没再问了。

姜皓进来看他俩已经坐一起了，就在边上坐了。

王肖兴致勃勃地给他们递串："你们打得这么顺利啊，去一趟就把冠军拿回来了。"

姜皓说："顺利个鬼，你不在现场没看到，最后那一局刺激得很。"

"有西哥在肯定稳。"王肖已经狗腿子到无法自拔了。

姜皓看他感觉不到，就把当时现场的战况描述了一遍，别的不知道，反正当时黑竹竿儿紧张得在他旁边都要挠耳朵了，这是千真万确的。

林迁西自己打是一个感觉，听别人说又是一个感觉，咬着串说："被那么多人注目是挺刺激的。"

宗城拿了个鸡翅，看他："你以后再赢，还会有更多的人注目。"

林迁西扯开嘴角笑笑："像今天那个罗柯吗？"

宗城断眉挑一下，想起了那人要微信的事儿："嗯，差不多。"

王肖听完了姜皓的描述，把啤酒都往林迁西面前送："太牛了西哥，必须多喝点儿。"

孙凯提议说："这么高兴不能光喝，要不咱们玩儿点别的吧？"

林迁西问："玩儿什么啊？"

薛盛插话："手游？真心话大冒险？狼人杀？"

"玩儿那些干吗？"林迁西喝口啤酒，混着烤串咽下去，"你们就不能玩儿跟学习有关的？"

孙凯苦笑："干吗啊西哥，你不是留在8班了吗，怎么还这么念着学习啊。"

"你们懂个屁啊，"林迁西说，"我有目标。"目标考大学呢。

宗城听他们胡扯了一通，自己喝了一杯冰啤，忽然裤兜里响了一声微信提示音，他放下啤酒，掏出来，低头看，是季彩发来的。

——听顾阳说他昨天给你打电话的时候你在跟林迁西一起打比赛？

——赢了吗？

昨天确实顾阳给他来过电话，后来就出了林迁西手被邓康祸害的事儿。宗城单手打字，回过去的话言简意赅。

——打了，赢了。

季彩的消息紧跟着回过来。

——我今天查了一下那个比赛，参赛的有你以前学校里的，招惹你了吗？

面前忽然多了一只玻璃杯，林迁西肿了几根手指的右手抓在杯子上，递到他杯子这儿："这不也得碰一下？"

宗城看看他瘪笑的脸，又想起了那碰在一起的球杆，当时想都没想，球杆就递过去了，现在也一样把杯子推过去，"叮"地碰一下，端起来一口喝了。放下杯子，他收了手机站起来说："我去一下厕所。"

林迁西看他走了，才回头问王肖："刚才说的玩儿吗？"

王肖说："跟学习有关的能玩儿什么，成语接龙吗？"

姜皓看看林迁西："没事儿吧你。"

"你跟城爷玩儿去吧，学习咱们玩儿不了。"王肖又给他们分烤串，省得真被拉上玩儿学习。

林迁西"啧"一声，算了，不玩儿他们了。

宗城到了烧烤店的后面，在又窄又暗的马路边上站下，才接着给季彩发微信。他不想让她跟顾阳担心，基本上什么时候都报喜不报忧。

——没事儿，来的那个正好不熟。

季彩像是在等着他微信，回复得很快，发过来个小人儿长长吐气的表情，像是松了口气。

——那就好。

——城儿，以前的事儿都别管了，你在那边好好的。

宗城看了两眼，只回了一个"嗯"。刚要退出微信，季彩的消息又发了过来。

——你刚刚说赢了？

宗城低头打字。

——冠军，我跟林迁西。

季彩的消息这次隔了几秒才发过来。

——恭喜。

——你是为他打的吧？

宗城又不想回了，看着手机，好一会儿也没打字，干脆按灭了屏。也没别的想法，就打算在外面站一会儿再进去。

林迁西在店里灌了好几杯啤酒，看王肖又有点儿撑不住了，不能再喝了，站起来，也去找厕所。去找的时候刻意留心了一下，也没见宗城回来，还奇怪他怎么一个厕所上这么久。

这小破店不讲究，老板直接说出门墙根解决。林迁西到了后面，刚到那条小马路上，一眼看到几个人嘴里骂骂咧咧地经过，光听到声音先嘀咕了句："烦。"

领头的是三炮。林迁西两手插兜，扭头往回走，不希望再碰上。但是离太近，已经被发现了。

"哟，这不是西哥吗？"三炮旁边跟着的一个人先出声，对着他背影叫，"金盆洗手的西哥？"

三炮马上脚步噌噌往这儿走："我看看呢？"

林迁西没搭理他们，也不想把他们引到烧烤店里去，一闪身往黑的地方拐，反正能避就避。忽然一只手伸过来，扣着他肩膀往后一拖，拖进路口的小破胡同里。

"靠！"他抓着对方箍他的手臂一拉，转身就想伸腿朝对方端下去，听到宗城的声音："我。"

林迁西停住了，低声问："你在这儿干吗？"

"刚看到那几个。"宗城低声说。

路峰交代过他以后尽量避开三炮，他也不想再跟对方有什么牵扯，没想到林迁西正好也出来了，迎头跟那几个撞上。

"人呢？"三炮已经追到外面了。

林迁西听到脚步声的时候，忽然人被宗城整个往后一推，背抵上墙。宗城的背压上来，在自己前面挡住了。

林迁西都愣了，盯着昏暗里他半明半暗的肩背、漆黑的后脑勺，好像还闻到了他身上打完台球出了汗的气味，突然有点儿走神。

"是跑了还是看错了？"三炮也没进来，不远不近地骂了两句，"你他妈眼瞎了吧……"声音渐渐没了。

"走了。"宗城说，回过头，"怎么不出声了？"

林迁西回神，笑了笑："我可能喝多了。"

第55章

王肖他们还在烧烤店里等着俩冠军回来，想吃完了换地方搞第二场去，结果等半天，就看到宗城一个人回来了。

"西哥呢？"王肖往他身后转着脑袋。

"在外面，"宗城说，"喝得有点儿多了，我先送他回去，你们喝吧，账我结了。"说完也没等别人答话，直接就又出去了。

王肖不太信，还抻头往外看："不可能啊，西哥酒量好着呢，怎么可能会醉，他才喝多少。"

姜皓也往外看："宗城主动送他回去啊。"

王肖"啊"一声："怎么了，喝多了不该送啊？我上回喝多了你们不也送了吗？"

姜皓说不清楚："反正就觉得挺古怪的。"

"哪儿古怪了？"

"不知道怎么说。"

林迁西在外面马路上站着，摸了摸脸，早知道就不扯这一句了，弄得真被当成喝多了。

宗城出来了，往前歪下头说："走吧。"

林迁西猜他可能也是想走了，也不知道刚才在外面那么久是干什么，想着就问了："你刚出去真是上厕所去了？"

宗城手收在裤兜里，边走边说："去回季彩微信了。"

林迁西说："还躲起来回，怕被我看到啊？"

宗城看他一眼："你还有看别人隐私的爱好？"

"没有。"林迁西说不过他，埋头走路。

宗城走在他左边，脚下在昏暗的天光里拖出长长的一道斜影。林迁西正好踩着他的影子往前走，看了两眼那影子，又抬眼看他在旁边走路的样子，从他的背看到他的腰，又看他腿，自己在心里觉得好笑：看什么呢这是？

"你还能不能走了？"宗城忽然回头问。

"啊？"林迁西反应过来，"能啊。"

"那你半天不说话，到底喝了多少？"宗城以为他喝到妨碍正常行动了。

林迁西咧开嘴角，随口胡诌："还挺多的吧。"

一直到他家那老小区外面，宗城停了下来，是第一次来，对着小区打量了两眼："你就住这儿？"

"对，"林迁西说，"还比不上你那老楼。"宗城住的那老楼就是年头久了点儿，房子还是不错的，不像自己这儿，又乱又杂，什么人都有。

宗城手还是收在兜里，站路边上看了看他："那你进去吧。"

林迁西往里走，走了几步回头看一眼，看他还在，脚步停一下："你还不走？"

"看你进去，"宗城淡淡地说，"怕你醉得栽墙角。"

"……"林迁西自己扯的谎，还得自己圆，又看他两眼，才进了小区。再回头的时候，终于看到他动脚走了。林迁西转头，立马一路小跑着爬上了楼，脚步稳得很，别说栽墙角，都能原地起飞。

他在门口停一下，这不是挺清醒的吗？想完又笑，应该是喝多了还没上头呢，等会儿后劲儿就来了。没错，不然他怎么会这么不正常，居然会对着宗城发呆，那是他的宗指导员、台球搭档，还是个男的。

不对，可能是这两天被城爷帅到了。林迁西一边想一边有点好笑地掏钥匙开了门，进去后家里果然还是没人。

本来上楼的时候还想了一下，今天拿到了人生里从来没有拿到过的冠军，要是见到了他妈该怎么告诉她这个好消息，结果省话了。他关上门，决定找点儿别的事儿干，好醒醒酒，进了房间，一头躺倒在床上时，从口袋里掏出那个白色信封，把里面的一千块都抽出来，思考着到底要怎么用。

想给秦一冬买点儿东西，可是没法买，绝交了，买了也没立场送。该给林女士也买点儿东西，就买身裙子吧，让她相亲时穿，只要能找个对她好的，相多少次亲都无所谓。

还得再买点儿什么？林迁西想了一圈儿，最后算了算剩下没几百了，寻思着要不存起来吧，他要上大学，从现在就开始存学费吧。就快成年了，自己存学费也应该。

"叮"一声，手机响了。才早上六点，林迁西已经起床，都洗漱完准备出门了，一只手摸到手机，拿到眼前滑开看。

——恭喜西哥！

——听说你跟我哥一起拿了冠军！

是顾阳发来的。林迁西都能感觉到他在那边的笑脸，猜他应该也给宗城发了，迅速打了三个字过去。

——好弟弟。

回复完把书包甩到肩上，门一关，就快跑着下了楼。林迁西今天是特地起了个早，出了小区冲上一辆公交车，先去商业街。

小地方没像样的商场，也就两条商业街上卖东西的多点儿。可惜时间太早了，开门的店不多。林迁西到了地方，进了一家提早开门的女装店，里面正在做活动，一进门就是一大片挂着清仓大甩卖标语的区域。

他没往那儿走，就看中店正中挂着的一件白底印花的裙子，刚好还有点儿厚，马上入秋了也能穿，想了一下他妈的身材，原价就买下了。

买完半点儿没耽误，赶紧走了，去买别的。

等他到杨锐的店外面时，也就过去四十多分钟，一路赶时间太快，头上都有汗了。

杨锐早就在杂货店里看到他了，抻出头来："冠军！还没祝贺你呢！"

林迁西手里提着几只购物袋，跑进他店里来，一只手从裤兜里掏了两张红票拍他柜台上。

杨锐叼着牙签诧异："干什么这是，拿到冠军先来还赊账？"

"放你这儿，"林迁西说，"以后冬子要是再来买东西，你就别收他钱了，算我的。"

杨锐拧拧眉："你什么毛病，宗城说得对，这样还绝什么交。"

"上学去了。"林迁西不给他机会往下说，转头就出去了，出去两步又退回来，"宗城走了吗？"

"没看到。"杨锐说。

林迁西没再问了，又一阵风似的跑了。

还好，到学校还早，没迟到。林迁西单肩背着书包，两步一跨地上了教学楼，又顺着走廊拐去了教务楼。

办公室的门开着，他进去时正好没人，直接走到老周办公桌那儿，把手里一只购物袋打开，买的东西拿出来往他桌上一放，转头走人。

刚到门外面，没想到正好碰上老周回来。林迁西停住了，冲他笑："老周，我拿冠军了听说了没？"

周学明托一下眼镜："听说了，你拿冠军跑我办公室来干什么？"

可以，又淡定了，不愧是能跟他抗衡到今天的老周。林迁西朝办公室里偏下头，扯开嘴角痞笑。"上次你杯子不是摔了吗，我来送你个新的，一定要用啊。"他说着转头往教室跑，边跑边说，"你要是不用，我就还是玩儿个大的，能吓到你的那种大的！"

"……"老周看着他走远了，赶紧进办公室，还真在自己办公桌上看见一只带把的透明玻璃茶杯，拿起来一看，忍不住又托一托鼻梁上的眼镜。杯身的下半截居然还印了四个金晃晃的字：钉子户赠。

林迁西小跑到教室外面，不跑了，远远看到一道人影在对面走廊上，对方也看到了他，马上就掉头飞快地溜走了。那是张任。林迁西很满意，分班后揪到他那次，在自己面前都快磕头认错了，现在知道有多远躲多远了，舒坦。

"林迁西！"徐进正好从教室里出来，手里拿着备课笔记，看到他，几步走过来，"听说你这两天打比赛去了，怎么样，回来再看到我惊不惊喜，我还教你们数学！"

林迁西指指自己鼻子："那你再看到我惊不惊喜，我还被你教数学。"

徐进居然被他说无语了，手指在他面前点两下："很好，我没刺激到你，被你刺激到了。你来得正好，我问你，你期末考试那数学分是怎么考出来的？"

林迁西挺认真地说："我学习了。"

"你以前什么都不会，说学就学上来了？"

林迁西扯了下嘴角，故意半真半假地说："我有个好老师，我就开窍了呗。"

徐进干咳一声，看着好像还有点儿受用："你不要以为你夸我，我就好糊弄，你那分也就是比你自己以前的高，都没考及格，你以为你真学出样来了是吧？"

"……"林迁西心想你是不是误会了什么，谁夸你了？

徐进忽然看了眼他身后，招两下手："没事儿，你进你的，我跟林迁西谈话呢。"

林迁西一回头，"好老师"来了。宗城单肩搭着书包，沿着走廊过来，看他一眼，又看一眼徐进，从两人中间过去，进了教室后门。

林迁西的手背在他书包上擦了一下，然后不自觉地在裤腿上蹭了蹭。

徐进可能是看时间不早了，急着走，走出去一步，又停下说："我知道你现在练体育去了，练体育就不要分了？你有本事下次再考个像样的分给我看看，我还就不信了……"说完终于走了。

林迁西想你不信也得信，转身进了教室。

宗城坐那儿，正在跟姜皓说话。

"昨天林迁西是喝多了吗？"姜皓问。

"嗯，"宗城看一眼林迁西，"喝多了，蹲在路边吐得都不能走。"

"……"林迁西把书包扔桌上，就看宗城一本正经地胡扯。

姜皓听了这话已经开始打量他了。

王肖说："不可能，西哥没那么弱鸡，能喝着呢。"

宗城转头看林迁西："是吗？"

林迁西回答是也不对，不是也不对，干脆笑一声："你自己猜。"

宗城伸手从书包里拿出本书："不猜。"

林迁西坐下来："不猜就不猜。"

宗城停下又看他一眼："你复读机吗？"

"嗯？"林迁西忽然觉得是有点儿太幼稚了，今天这是什么对话。

上课铃刚响，老周进来了，手里捧着一沓试卷，另一只手里拿着杯子。

林迁西一眼看到他手里的杯子，就是自己买的那只，但是下半截多了个塑胶杯套，不长不短，正好把玻璃杯上那四个字给挡上了。他都看笑了，老周还是有办法，真是狡猾。他在买杯子的店里叫人把字印上去花了五十块呢。

老周反正是用了，把杯子往讲台上一放，特地看一眼最后排，把要发的试卷放讲台上叫班长发下去，没两句话就拿上杯子走了。

"那个杯子是你送的？"宗城忽然问。

林迁西扭头："你怎么知道？"

宗城指一下他桌肚子里放着的购物袋，外面就画着那杯子的样子呢，不然他能对着讲台那儿坏笑？

林迁西服了，低低地说："人精。"

宗城盯着他，已经听到了。

林迁西转移他注意力，朝前面努努嘴："发试卷了。"

班长刘心瑜，副班长章晓江，这是上次选出来的结果。两位班长在前面安排发试卷的时候，林迁西发现他们总往他这儿看，刘心瑜瞥他旁边的宗城，偶尔瞅他一眼，章晓江看他，目光闪闪躲躲的。班上其他人也时不时往这儿看。

"西哥，"王肖回头小声说，"今天早上公告栏贴你跟城爷打台球拿奖的消息了，你看，都在看你们，闪瞎他们的钛合金眼了。"

"我说呢……"林迁西嘀咕，以为自己脸花了呢，这么引人关注。

"西哥西哥！"王肖又叫他，神神秘秘的，把一份试卷递给他，顺便又塞给他一张折着的字条，"人家刚传过来给你的！"

林迁西拿了，往前看，陶雪从前面回过头看着他这儿，撞上他视线，立即转头回去了，露出来的耳朵好像有点儿红。他把试卷随手一放，打开字条，是张印花纸，还带香气，里面写了几行娟秀的字。林迁西看到字多的都没什么耐心，跳着看的，也就大概看到几句——

"……听说你拿到了台球赛的奖，恭喜你。

"有句话想对你说很久了，可能这么说有点儿突然，但我是认真的。

"林迁西，我喜欢你……"

林迁西一下揪起信纸，猛地抬起头，正好撞上宗城的视线，两个人四只眼相对看着。

"噢哟？"王肖拧着身子正往他手里的纸上看着，"西哥你收到了情……"

林迁西转头一脚端上他凳子。

"轰"一声响，王肖从凳子上摔了下去，爬起来，吓了一跳："怎么了？"

前面的人都在往这儿看。

林迁西看了眼坐那儿没回头的陶雪，又瞪一眼王肖，这一脚要晚点儿，"情书"两个字就喊出来了。

"乱喊什么你！兴奋个屁啊！你不知道老子现在想什么？"他压着声，脸也冷了，"以后少给我递这些，有种递试卷！"

王肖都蒙了，愣是没说出话来。

旁边凳子一拖，宗城站起来出了教室。

林迁西看他一眼，知道他刚才肯定是看到了，说不上来是尴尬还是怎么，把那张纸揪了揪，又看看前面的陶雪，她低头坐在那儿，半天没动过。

薛盛和孙凯都看着他这儿，姜皓也回头看，对刚才的事儿都还没搞明白。王肖现在也不敢吱声。

林迁西被这么多双眼睛看着，干脆什么也不说，从座位上站起来，也出了教室。他手插着裤兜走到男厕所，刚要往小便池那儿走，瞥见最后一个隔间的门没关严实，走过去，一脚踢开门。

宗城果然在里面，也没上厕所，就站着，一只手收在裤兜里，另一只手拿着手机。

林迁西怀疑他是奔这儿来打算偷偷抽烟的。

"干什么？"宗城看着他，脸上没表情。

林迁西一手扶着门，想了想还是问："你看到了是吧？"

"什么？"

"就那玩意儿，"林迁西说，"情书。"

"嗯，看到了。"宗城说，"不小心看到的，又不是故意的，总不能赔你。"

"你这什么口气？"林迁西不过是问问。

"没什么。"宗城忽然问，"那不是你喜欢的类型？"

林迁西看着他，知道他是看出来了，自己刚才那一脚那么明显，摆明了是不想接受。林迁西早看出陶雪对自己有那么点儿意思，能避就都避了，就是没想到她今天会忽然递情书，搞得措手不及。

"不知道。"林迁西拧起眉，有点儿烦。

宗城想起上次季彩问他喜欢什么样的女生，他也说不知道。"以前有过喜欢的女生吗？"他目光盯在林迁西脸上。

林迁西一下又对上宗城的视线，宗城的那条断眉太显眼，双眼皮褶子深，眼皮往下压，眼底的光仿佛都是沉着的，看得他都想发愣。还好没真愣，他勾了勾嘴角："没有，问这干吗？"

"不干吗，你要上吗？"宗城手机一收，走出来，"这儿让给你了。"

第 56 章

宗城说完真把隔间让给他就走了。

林迁西在原地站了一会儿，都快忘了自己是来上厕所的，本来也不需要隔间，回到小便池那儿，脑子里把刚才的话又想一遍。

以前真没有喜欢的女生，他一直都不喜欢跟女生有太多接触。曾经特别混的时候也有过一两个追他的，羞答答地给他递情书什么的，他看到后都没什么感觉，回应也跟现在差不多。他去洗手池那儿洗了个手，顺带洗了把脸，吐口气，出了厕所。

回到教室，座位旁边空着，宗城不在座上。

王肖这会儿挺安分的，看他回来盯着旁边，小声说："刚教导处有个老师来叫城爷了，好像还是打台球那事儿，肯定是去表扬的，怎么没叫你一起啊？"

林迁西无所谓："不叫就不叫呗。"教导处看到他都头疼，怎么会叫他。

王肖看他脸色挺正常，才紧跟着问："西哥你刚才到底怎么回事儿啊？"

林迁西往前看一眼陶雪，没见她往后看过，头依然垂得低低的，轻轻咂一下嘴，还是挺烦的，是烦这种状态，压下声音说："少说两句，跟你们又没关系。"

王肖还好不傻："西哥还挺心软的，不答应人妹子，还给人留面子。"

"知道你还不赶紧闭嘴！"林迁西瞪他。

王肖转回头去不说了。

姜皓在前面回了两次头，看了他好几眼，也没说什么。

林迁西不想老被盯着，低头去看前头刚发的试卷，原来是英语试卷，老周是替英语老师发的。

英语老师是高三换的新老师，是个女老师，可能是有事儿请假了，才会叫老周发卷子下来。林迁西看到那试卷上面写着去年期中考试的抬头，想起来，下一次考试就是他们的期中考试了。

他翻了翻试卷，英语从来没有好好学过，就没什么会的，先把卷子折起来塞进书包里。不管情书那些破事儿了，还不如操心操心后面那一茬接一茬的考试呢。

快下课的时候，宗城回来了。

林迁西被那一封情书弄得都不怎么抬头，不想接受别人的目光，就趴桌上翻书，看到他在旁边坐下，才转头看了一眼："叫你去说什么了？"

宗城坐下来，没表情地说："没什么，就叫我后面专心在文化课上。"

"哦。"林迁西回一句，忽然没话说了。

宗城也没再说什么。在厕所里的那几句话就跟没说过似的，谁也没再提。

直到放学，林迁西都没跟陶雪有半点儿交流，一听到铃声响，他就拿书包出了教室。

王肖在后面喊了一声："西哥！"

林迁西没应声，听见王肖又转了目标："算了城爷，咱们一起走吧。"

他自己一个人先走了，手里提着购物袋，一路走回住的那片老小区，踩着楼梯，爬上了乱糟糟的楼。

回到家，先把给他妈买的衣服拿出来，放在一进门的柜子上。林女士又跟他错开时间了。他想了想，担心他妈回来的时候不注意，会看不到，又拿着衣服放到了沙发上。

放好了，林迁西进了房间，甩下书包，拉链没拉好，里面那团揪起来随手扔进去的情书又滚出来。"啧。"他拿了扔进了垃圾篓，在班上没扔是顾及女生脸皮薄，要是被人看到肯定要被取笑得抬不起头来。

林迁西把书包拉开，抽出那份英语试卷，又拿了支笔，往床上一坐，打算好好做试卷。

没两分钟，他又站了起来。不行，不会，像看天书。他摸到手机，点开微信里那个灯塔头像的对话框，看了看时间，把笔往耳朵上一夹，试卷折起来揣裤兜里，又开门出去。

下楼出门，一路熟门熟路地往目的地走。天刚擦黑，到杨锐的杂货店附近，马路上的路灯坏了俩，一闪一闪的，硬是亮不起来。

林迁西从路灯下面过去，听见一声车喇叭响，扭头，看见路峰从路边的旧货车里探出带疤的脸，车发动着，看样子刚想走，正好遇上了。

"听说你小子打台球拿冠军了？"路峰问。

林迁西"嘿"地笑一声："你消息收到得也太晚了。"

路峰说："刚听杨锐说的，你这是往哪儿去？"

林迁西故意不说："不告诉你。"

"不说我也知道，到这儿还能去哪儿？"路峰在车里扒拉一下，拎出个塑料袋，"这给你。"

林迁西回头，那袋子直接扔他怀里来了，他两手捧着看了两眼，里面是一包散装的糖。"干吗？"

"车上没别的，就这，送给你们庆祝一下吧。"路峰说完就把车给开走了。

林迁西捧着那袋糖感到好笑，拿自己送的货当好人呢这是，在胳膊里一夹，继续往前走。

很快到老楼里了，他一手从裤兜里掏出那张折着的试卷，一边深吸口气，为接下来的见面做心理准备。

宗城刚刚回来，放下书包的时候，"哐"一声，他顺手推了一下，放好了，觉得自己力气太大了，有点儿烦，可又烦得没有理由。

汤姆跑了过来，在他脚底下转圈儿。宗城刚要过去给汤姆倒狗粮，它一下蹿到了门边上，嘴里开始"呜呜"地叫，紧接着门就被敲响了。

宗城看一眼门，又是那种不轻不重的几声响，敲得吊儿郎当，走过去，一把拉开。

林迁西一晃，从门边上露出来半边上身，脸冲着他，痞笑一声："爸爸？"

"……"宗城看看他耳朵上夹的笔，又看见他手里拿着的试卷，有数了，嘴角提一下，把门拉到底，"进来吧。"

林迁西立马走进来。

宗城关上门，指挥他："先把狗喂了。"

林迁西来求他教自己的，没二话，腾出只手，先去狗盆那儿给汤姆倒狗粮，跟它说话："来，汤姆，好好吃，我又来好好学习了。"

等他忙完汤姆的伙食，转头去看，宗城已经在窗户那儿站着了，手里拿着英语书在翻："英语试卷做不下去了？"

"嗯。"林迁西走过去,"我垫子呢?"

宗城停一下,弯腰从桌底下拿出给他买的那个坐垫塞给他。

林迁西把坐垫放桌边,坐下来,试卷放桌上:"这要怎么做啊?"

"又不急着交,你可以慢慢做。"宗城接着翻书,"先补基本点吧。"

"啊?"林迁西看着他。

宗城看他一眼,就知道他没明白:"你期末考试英语考了多少,还记得吗?"

"……"林迁西回忆了一下,"50?"

宗城从自己的英语书里拿出两张夹着的小条,抽了一张按桌上:"46。"

林迁西一看,是自己的成绩条,没想到他还一直收着,英语那栏写的果然是"46"。"你考了多少?"他下意识地问。

宗城把自己那张按他面前:"跟你分还挺像的。"

林迁西拿起来一看:"你管这叫像?"他英语那栏写了"146",自己就考了他一个零头,像个鬼,刺激人吗!

宗城把手里的英语书翻到最后两页,又抽了张夹着的纸出来,轻飘飘地抛桌上:"早给你计划好了,从今天开始照着这个补英语就行了。"

林迁西拿起那张纸,没急着展开,看他的脸:"你早给我计划好了?"

"嗯。"宗城心想,不然要他成绩条干什么,难道要回来欣赏他的"高分"?忽然对上他难以置信的视线,跟他对视两秒,伸手过去:"不要算了,还给我。"

林迁西一让:"要啊,谁说不要的!不要我刚才那声'爸爸'不就白叫了。"是太意外了,他没想到宗城给他把计划都做好了。不仅意外,都有点儿感动。林迁西不停地看他,摸一下鼻尖,不知道为什么,心底有个地方像被掀动了一下,就感觉这人居然是为他着想的,却一直没说。

宗城手收回来,和以前一样,不打扰他,先去厨房里看有什么吃的,进了厨房门,又回头看他一眼:"看你放学跑那么快,现在还有心思做试卷,真难得。"

林迁西目光追去厨房,看到他背影到了里面,听不出来他这没有情绪的语气是个什么意味,手指夹着笔摇两下,一边展开他给的那张纸:"为什么没心思,一封情书,又影响不了我。"

"如果人家妹子一定要你给个答复呢?"宗城在里面问,语气还是平淡,没有一丝起伏。

林迁西顿一下,往厨房里又瞅一眼,又有点儿烦了,低头看展开的纸,看到他那锋芒毕露的字:"再说吧。"

厨房里没声音了。宗城听完林迁西的话,在厨房里找了一圈儿,没找到什么吃的，去洗手池那儿洗了把手，甩着手的时候，觉得自己管得也是宽，干什么问这种问题，说到底也是林迁西自己的事儿，再怎么样也轮不到他来插手。

外面汤姆顶着空盆"哐哐"响，他听见了，转头出去。汤姆吃完了狗盆里的狗粮，正在围着林迁西的脚转悠，拉扯着他脚边的一只塑料袋哗哗响。

宗城拿了自己的书包走过去，看见林迁西正在按他纸上写的看音标，认单词，因为很多音不会，还拿手机查。

看到他过来，林迁西抬了头。

"怎么样？"宗城问。

林迁西从耳朵上拿下笔，撇撇嘴："难。"一边说一边把脚边的汤姆挪开，拎起塑料袋。是他带来的那袋糖，刚才随手扔脚边了，差点儿被汤姆咬坏，他赶紧拿起来放小桌上。

宗城把书包扔脚边，拿了坐垫在他旁边坐下，看了一眼塑料袋："贿赂我？还带糖来。"

"路峰给的。"林迁西把袋子往他面前推推，"就冲你给我做了这个计划，我也该贿赂你。"

"我不吃甜的，你又不是不知道。"宗城从书包里拿出笔和那张英语试卷，放他旁边，两人只隔了那一只塑料袋的距离。

林迁西想起来了，他是不吃甜的，但是就想给他，今天还真就打算贿赂他了，把袋子又往他面前推了点儿："你又没吃，怎么知道一定是甜的。"

"那你自己怎么不吃？"

"我单词都还没认几个呢，吃什么啊。"林迁西又低头去翻手机。

宗城没管那袋糖，坐旁边看他认单词，看他眉毛都拧一起了，也不打扰，就这么看着，手上的笔转了转，一直没开始写试卷。

林迁西翻着手机，学了一会儿，都有点儿乱了，手指点到了微信，刚好跳出了他那个灯塔头像，是出门前想发消息给他，点开就放那儿了。

宗城正好看到，扫了一眼。

林迁西抬头看看他，当着他面点出了他微信，有点儿傻气，还有点儿说不出来的尴尬，瞥两眼那灯塔头像和那英文的微信名，趁机问他："我就想问，你这微信名用的英文是什么意思啊？"

宗城又扫一眼："Elixir，意思是灵丹妙药，可以治愈一切的药。"

"干吗用这个词啊？"林迁西低头又看一遍，低低地说，"听着拗口，难记。"

"当时正好学到就拿来用了。"宗城伸手从袋子里拿了一颗糖，在手里剥开，想到了什么，微微地笑了一下，"你想记住吗？其实也不难。"

"怎么记？"林迁西下意识地问。

"张嘴。"宗城忽然说。

"啊？"林迁西一抬头，嘴里突然被塞了颗糖。

宗城的手指刚从他嘴边拿开："现在再记一遍这个词。"

"……"林迁西有点儿发愣地看着他，他说什么？记单词？

宗城对着他视线，眼神动了一下，搓了一下手指，把那袋糖都推他跟前："带回去慢慢吃，吃一颗就回忆一下，你以后都忘不了。"

林迁西含着那颗糖，看着他盯着自己的脸，心脏仿佛剧烈地收缩了一下，没感觉出糖是不是甜，也完全没听清他说什么，就觉得头脑里忽然蹿出一个声音：完了，林迁西，你完了……

第 57 章

宗城也知道刚才的举动有多亲密，手指又搓两下，觉得不能再这么坐着了，从桌边站了起来："我这儿什么吃的都没了，要出去买饭，你去不去？"

林迁西还没完全回过神来，眼神在宗城身上转一下："不去了，我回去按你写的这个继续学吧……"嘴里还含着那块糖，说话时下意识吮一口，终于尝出来是甜的，甜得腻人。他跟着站起来，手上又被塞了那袋糖。

宗城看着他："要回去就把这个带着，别忘了。"

林迁西拿着那袋糖，又看他一眼，才出门往外走，连汤姆跟在他脚边直到门口都没留意，就感觉宗城好像还在后面看他。

出了那扇门，下了楼梯，脚步和来的时候没两样，该怎么走还怎么走，一到出了那栋老楼，他一个箭步就冲了出去，跑得飞快。风在耳边呼呼吹着，一直跑到十字路口，天完全黑了，路旁的树掩着光，更黑。

林迁西停下，在树边蹲了下来，跑得太快，胸口还在一下一下剧烈起伏，深吸一口气，又吮一口嘴里的糖。怎么会有这种感觉？以前从没有过，连收到情书都没有过。

"叮"一声，手机在裤兜里响了。林迁西的思绪像被切断了，掏出手机，手指滑开，灯塔头像的微信对话框跳出来。

——你试卷不要了？

林迁西摸一下口袋，是没拿，脸都有点儿烫了，就觉得挺丢人的，怎么把这都给忘了，一只手抹了把脸，提提神，找了个理由。

——你让我带糖，给弄忘了，回头再带给我吧。

宗城那边停顿两秒才回复过来。

——知道了。

还好没让他现在过去拿。林迁西就这么蹲着，手上还拎着袋糖，对着他微信来回反复地看，也没急着退出去，忽然发现他微信名已经换了，那个英文单词换成了一个大写的字母"Z"，忍不住又打字。

——你微信名怎么换了？

不知道宗城有没有出门，消息回得算快。

——你应该已经记住了，就换了。

——不知道换什么好，随便换了这个。

他对这些是挺随便的。林迁西又嘬一口糖，打了三个字过去。

——记住了。

那一瞬间的画面实在太清晰了，嘴里的这颗糖，面前的那张脸，都记得太清楚了。林迁西蹲在路边吃完了嘴里的糖，没再有微信来了，才终于站起来。"你真完了，西哥，你都反常了……"他自言自语一句，拎着那袋糖往家走。

这一晚上都不知道怎么过的。埋头啃了几小时的英语书，记得最清楚的还是那个"灵丹妙药"，可能还有字母Z。

早上，林迁西从床上醒过来，睁开眼就看到放在床头边桌上的那袋糖，塑料袋已经皱成一团，又深刻地提醒一遍昨晚发生过的事儿。

他坐起来，轻轻拍两下自己的脸，确认一下，不是做梦，那感觉是真的，从头到尾都是真的。宗城给他喂了颗糖，喂到他心脏收缩。林迁西按一下胸口，从床上一下跳起来，把那袋糖塞进抽屉里。得打住，不能再想了。

刷牙的时候，听到客厅里有点儿声音，应该是他妈回来了。林迁西洗漱完，换好衣服，从卫生间里出来，果然看见林女士站在沙发那儿，手里拿着那件他买的裙子，看样子是刚回来，身上的长衣长裤都还没换下来。

看到他出来，林慧丽拿着那件裙子问："这是你买的？"

"嗯。"林迁西以前也给她买过一些东西，但都像那盒桂花香水和那支护手霜一样，没能送出去过，眼见这件衣服现在到了她手上，居然有点儿不习惯。他一边找自己的书包一边说："你穿穿看合不合身吧。"

林慧丽皱了一下眉："好端端给我买件裙子干什么，你是又出什么事儿了？"

林迁西听到这句，忽然发现习惯了，好像一点儿也不意外，停下来看她，笑了："没事儿，什么事儿都没，我打台球赢的钱，就买件衣服给你。"

"什么台球？"林慧丽把那件裙子放下来，脸色瞧着不太好，"你跟那些人打球，赢他们的钱，以后就不要还回去了吗？这裙子我不要，退回去，钱也还给他们，你别惹麻烦上身。"

"你想哪儿去了，我打的是正规比赛。"林迁西怕她不相信，把手机都拿了出来，"要不然你去问问我们体育老师，你以为我跟混子们打黑球吗？"

林慧丽目光上上下下地扫视他，像在看他话里是真是假，半天没作声，也没再拿那件裙子。

林迁西看她还是不信的样子，觉得很可笑，心都凉半截。"行吧，爱要不要，反正我在你眼里也没可能改变了。"说完拿了书包，拉开门就走了，没再看一眼林女士脸上是什么表情，看了估计也是失望。

挺好的一件事儿弄成这样，一路都心情不好，上教学楼的时候林迁西都没抬头。忽然一只手在他背后轻轻拍了一下，他扭头，陶雪在后面跟着，眼睛看着他，声音低低的："能跟你说两句话吗？"

林迁西看了看楼梯上经过的人，还好没认识的，爬上去，往走廊拐角走："能。"女生都到跟前开这个口了，他也只能答应。

陶雪跟过来，在他面前站着，头很低，没好意思看他。

林迁西跟她至少隔了有半米，看着她说："什么话你说吧。"

陶雪稍微抬了抬头，声音低得都快听不见："我懂你意思了，对不起，是我太自作多情了。"

要听她喷自己两句还好点儿，这种事儿还让人家说对不起，林迁西觉得挺不舒服的，咧了下嘴角："别这么说，你挺好的，可能是我不正常吧。"最后一句声音有点儿低，也不知道说给谁听的。

陶雪以为他说自己混，轻轻接一句："没有，你比以前好多了。"

林迁西也不知道该说什么了，挺尴尬的，忽然瞥见楼梯那儿一大群人上来了，王肖他们都在，赶紧对陶雪说："走了。"

陶雪低着头，转身走了。

"西哥？"王肖已经看见他了，瞅瞅刚走的陶雪，一脸八卦，"干吗呢？还追着你呢？"

"少胡扯。"林迁西走过去，一眼就看到宗城穿着黑T恤，拎着书包上来。

"你在这儿？"宗城看着他说，"吴川找你训练。"

"马上去。"林迁西正好需要个理由走人，一边往下走，一边又没来由地看他两眼，"那我去训练了。"

"嗯。"宗城伸手，"书包给我，给你带上去。"他说着朝楼梯下面歪下头，"吴川在操场等你。"

林迁西把自己书包递给他，看到他接书包的右手，手指干干净净，骨节分明，又想起就是这手往他嘴里塞的糖。

"看什么，还不去？"宗城抓着书包问他。

林迁西立马松了手。"没什么，去了。"说完几步往下蹿，小跑去操场。

王肖探头看了一眼："西哥今天不太对啊，被人妹子追太急了？"

孙凯说："我看那个陶雪不像那种妹子好吧。"

宗城已经上去了，一边走一边从自己书包里掏出林迁西落下的那张英语试卷，塞进他的书包里，像没听见他们说的话。

林迁西到了操场，吴川果然早就等着了。

"以后要定时训练，别再要我提醒了啊，你不得考大学吗？"黑竹竿儿拿着秒表很严肃地说。

"哦。"林迁西站到跑道边上。

吴川又跟他叮嘱一句："台球训练以后尽量在课间，利用你能利用的时间，宗城那边时间肯定很少了，你最好别指望，教导处都特地叫他过去提醒他专注文化课了。"

林迁西停一下："那我怎么打？"

"自己想办法，不是还有姜皓吗？"吴川说，"我回头看看能不能给你找找专门培训台球的老师。"

"没钱请老师。"林迁西很干脆地说。

吴川回了声"喊"。

林迁西没再作声，在跑道上做着准备动作，想了起来，教导处确实叫宗城去了，他那样的成绩，是没必要练台球，完全是占用他的精力和时间，跟自己又不一样。

在跑道上至少跑了十圈儿，早读课下课，吴川才结束田径训练。"今天就到这儿，你去练台球吧。"吴老师一边记成绩一边摆摆手。

林迁西满头都是汗，闷着声跑完了这十圈儿，一句话没有，一个人又去了器材室。

门开着，里面只有姜皓在，看着是下课刚来的，在整理球杆。"你来了？那天比赛的最后一球还没教我呢，今天能不能教我？"姜皓把杆递给他。

林迁西抹把头上的汗，接了球杆走到桌边："能啊，不过可能打不出那天的效果。"

"为什么打不出？"姜皓奇怪地问。

"我今天跑步太累了呗。"主要没那个心情。林迁西握着杆，到处找水。

"以前不都是这么训练的，也没见你说累。"姜皓嘀咕着出去了，"我去拿巧粉。"

林迁西在台球桌底下找到几瓶没开封的矿泉水，吴川买了放这儿给他们训练喝的，开了一瓶，灌了一大口，又倒了点儿在手上抹了把脸，才重新拿起球杆。他随便拿了颗球放在桌上，伏低，瞄准了半天，嘴里低声骂了句："烦人。"杆才终于送出去。

一只手在对面把球给拦了。林迁西站起来，看到他一愣。

宗城一只手拿着杆，一只手捞着那个球，一滚，把球滚到他面前来。"瞄半天就打这样？"

林迁西才知道他早就进来了，眼睛盯着他："你不是不来了吗？"

"谁说的？"宗城问。

林迁西顿一下："老师啊，说你要专注文化课了。"

宗城手里的杆提一下，走过来，在他旁边摆球："陪你练球的时间还是有的。"

林迁西看他低头看球的侧脸，唇角勾起来："真行吗？"

"学校不行，不是还有杨锐那儿吗？"宗城说，"只要我想，有什么不行的。"

只要他想。林迁西看着他侧脸，手指忍不住一下一下捻着球杆，捻得手指都有点儿麻，那种感觉就和被塞了糖一样，像过电，又说不上来是什么意味，他一只手又抹一下脸。

第 58 章

"笃"的一声，一颗球闷着滚落进洞，很快就练完一杆。课间时间不长，本来也需要打得快。姜皓拿着巧粉回到器材室，看见宗城抓着球杆站在台球桌旁边，林迁西刚刚收杆站直。

"这会儿能教我了吗？"看他们都开打了，他又问林迁西。

"能啊。"林迁西说，"来吧。"

姜皓打量他："你刚不还说怕打不出来吗？"

"打得出来啊。"林迁西笑，瞥一眼宗城，现在心情又好了呗。

宗城正好手机振了，放下球杆，掏出手机去门口那儿："我接个电话。"

"嗯。"林迁西看了一眼，猜又是顾阳，转头让姜皓摆球，一边又看他两眼。

宗城看了眼手机，的确是顾阳打来的，拿着贴到耳边："怎么了，这时候给我电话？"

"哥，"顾阳在那头说，"爸他……"

听到跟顾志强有关，宗城的声音就沉了："他怎么？"

林迁西在台球桌那儿刚伏低肩膀，转头看他。

"你快打啊。"姜皓催他。

林迁西只好又专心打球。

可能是怕宗城不高兴，顾阳犹豫了一下才接着说："爸把以前家里的东西都翻了一遍，能卖的都卖了，剩下一点儿东西寄到了彩姐工作的地方，说想见我，被彩姐挡回去了。"

"这不就是他经常干的事儿？没什么稀奇的了。"宗城声音低低的，不想妨碍那边两个人打球，"随便他干什么，反正那个家也不是我们的了，东西给你就收着，人别见。"房子早就被顾志强卖了，里面的东西宗城走的时候都没带，也没打算要。顾志强爱怎么翻怎么翻，爱怎么折腾怎么折腾，反正他拿东西变卖也不是第一回了。

"没事儿啊哥，我就告诉你一声，省得你担心，有彩姐在，我挺好的。"顾阳说，"我等会儿把东西整理一下，拍照片给你，你看看有没有你要的。"

"随便吧，我无所谓。"宗城语气很淡，说到顾志强更淡，本来就没兴致谈那个人。

"那就这么着吧。我好像听到台球响了，你们又在打台球吗？"

宗城看一眼那边压着杆的林迁西："练球。"

"又跟西哥一起练球呢？"听筒里忽然冒出季彩的声音。

宗城没想到她也在，"嗯"一声。

"彩姐你说吧……"顾阳声音远了，手机好像交到了季彩手里，她声音紧跟着又传过来，有点儿刻意地压低："又是比赛又是练球，这就是你说的有数啊？"

宗城眼睛扫过台球桌那儿的身影，直接出了门，到了外面才说："只是练球。"

"城儿，你说真的，你对林迁西不一样吧？说有数还是因为以前的事儿是不是？故意压着自己呢？"

宗城没说话。

"又来了，又不说话了。"季彩没好气地"嗤"一声，"你就是有意不搭理人的。"

"嗯，我有意的，挂了。"宗城说完真把电话挂了。刚转过头要回去，林迁西已经从里面出来了。

姜皓跟在后面，顺手带上了门。

"不打了？"宗城问。

"不打了啊，课间要结束了，都要上课了。"林迁西一只手扯着身上的短袖衫，出了一头汗，额前的碎发都湿了，半遮着黑白分明的眼。

宗城把手机收起来："那走吧。"

"顾阳跟你说什么了？"林迁西边走边随口问一句。

"没什么，随便聊几句。"宗城不想在他跟前说到顾志强。

林迁西识趣得很，看他不想说就不问了。

回到教室里，刚好上课铃响。宗城坐下来没一分钟，手机又振了，趁老师没来，他点开，是顾阳发来的微信，好几张照片，后面跟着一条消息。

——哥，你的东西都在这儿了。

他大概翻了翻，手指在一张照片上停顿一下，上面拍的是几张包装很好的光碟，他看了眼旁边刚坐下的林迁西，手指动着，敲字过去。

——这照片里的东西寄给我。

顾阳的消息回过来。

——你看，问你的时候你还说不要。

宗城看老师进门了，快速回了一句，就放下了手机。

——就要这个。

林迁西转头看他，他也正好看过来，两人眼神撞一下。"你开小差？"他说。

"没有。"林迁西小声回一句，笑笑，一边扭过头去看黑板。上课呢，谁开小差？也就是不自觉看了他一眼。

快到周日，难得今天放学早了点儿。最后一节课下课的时候，陶雪走了后门，经过林迁西的课桌，还冲他轻轻点了一下头。

林迁西看王肖他们都没看见，随意笑了下，算回应，之前的事儿不提了。笑完去看宗城，他正在收书，不知道是不是也没看到。

"去杨锐那儿吗？"林迁西问，声音很低，故意没让别人听见，只叫了他。

"你今天不着急回去？"宗城看过来。

林迁西又想起早上出门的时候跟林女士闹的那顿不愉快，干巴巴地扯开嘴角："不急，去不去啊？"

宗城站起来，看着他。林迁西就知道他是答应了，马上拿了书包，朝门外递个眼色，先跑出去了。

杨锐在杂货店里擦柜台玻璃，擦完出去晾抹布，正好看见那俩人一前一后过来，林迁西在前，宗城在后，俩帅哥走一起都招眼。

"来练球啊？"他指隔壁那间，"那里头灯坏了，要打先自己搞定一下。"

"我……你不会是特地等我们来弄的吧。"林迁西说。

宗城已经往那儿走了："我去看看。"

"你看看人家。"杨锐白林迁西一眼，进了杂货店。

林迁西看宗城进了隔壁，走到杂货店这间，想买两瓶水再过去。

杨锐站柜台那儿朝他招招手："你留这儿的那两百块动了。"

林迁西站冰柜前，看过去："他来过了？"当然是说秦一冬。

"来了，刚走一会儿，我告诉他你打台球拿了冠军。"杨锐指一下货架上的饮料，"他买的那个。"

林迁西看那瓶饮料，就是很普通的橙汁，但是瓶子上印着"冠军"的广告字样，不禁感到好笑："那傻子……"这算是庆祝吗？

"看不懂你们，我没告诉他是你的钱，就说是我给他免单的，怕他又来小脾气。"杨锐说归说，也不追根究底，他看得出来林迁西有自己的原因。

林迁西抿了抿嘴，没再说什么，也没问秦一冬听到他拿了冠军后说了什么，估计也就是特别有情绪地回一句关他什么事儿之类的，还不知道那小子？他边想边拉开冰柜，拿了两瓶水在手里。

杨锐在柜台后面故意叹口气："亏我以前还是个'冬林党'，想不到你俩现在成了这样。"

"什么玩意儿？"林迁西听得一愣，"杨老板，你别玩儿我好吧，我又不是文科生，不学历史，什么乱七八糟的。"

杨锐又翻白眼，捏着根牙签指他："秦一冬的冬，林迁西的林，冬——林——党，懂了吗？"

"……"林迁西无语了一秒，"你可真能扯。"

"谁还没点儿乐趣了，我就自己扯着玩玩儿不行吗？代表你俩关系好不行啊，刚好顺口嘛。"杨锐朝隔壁瞅一眼，"我现在是不是得做'城西党'了？"

林迁西这下反应很快："宗城的城，林迁西的西？"

"对啊。"

林迁西眼神飘一下，声音都低了："你可真成，净拿老子开玩笑。"

"你说什么？"杨锐没听清。

林迁西没理睬，拎着两瓶水去隔壁了。隔壁的灯果然有问题，宗城书包扔在麻将桌那儿，人站台球桌上，一只手在拧灯泡。

林迁西进去看见他绷直的腿，身上的黑T恤随着抬手往上提，一截腰腹若隐若现。手里的水忍不住转了一下，嘴里问："坏了？"

宗城说："接触不良吧，再试试。"说完松了手，从台球桌上跳下来，去墙边按了开关，亮了。

"牛。"林迁西抛给他一瓶水。

宗城接了，走到台球桌边："接着学校里的球练两小时，回去你还得学英语。"

"行吧，我都记着呢。"林迁西把水放下，拿了球杆，看了看他，忽然说，"要跟我比一比球吗？"

"不是要练球吗，比什么球？"宗城站他对面。

林迁西勾唇笑："想比啊，我赢了就回答我问题，来不来？"

宗城断眉一耸："你叫爸爸，我一样会回答你。"

"不是学习上的问题。"

宗城看着他那一脸的痞笑，也跟着动了下嘴角："那就要看我想不想回答了。"

"那我就打一杆清桌，你输了还有的选吗？"林迁西摆了球，信心十足地压下杆。

宗城杆一提，在旁边桌上坐下："你先打出来再说吧。"

林迁西说打就打，瞄准母球，杆一送，"嗒"，马上就有球落了袋。他打球真的讲气势，劲头上来了谁都挡不住，一杆一下，换个角度，又是一下。

声音太干脆利落了，连杨锐都从隔壁过来瞄了一眼："今天林迁西练球打鸡血了？"

宗城球杆靠着腿，眼睛看着林迁西伏低的背："可能吧。"

"少废话了，挨打吧。"林迁西又换一边，接着打下一球。

杨锐叽歪两句，回去了。

"啪"一声，接着又"咚"的一下，最后一颗球被撞出去落了袋。林迁西打完了，站直说："怎么样？"他想打一杆清桌，哪有打不出来的道理。

宗城说："行，问吧。"

林迁西抓着杆，倚在桌边上，眼睛落在他身上，闭着嘴，自己酝酿了一下才开口："你以前陪人这样练过球吗？"

"没有。"宗城回答得很干脆。

"那就是只跟我这么练过了？"林迁西嘴角又勾起来。

"嗯。"宗城站起来，拿着杆走到台球桌边，"你这是什么问题？"

"我赢了就随便问啊。"林迁西真的是随便问，完全是想到了就问了。脑子里有根弦拽着他说要克制，得练球得学习，不要想这些，另一根弦又扯着他开口，简直没有道理。他想了想，又问："你追过女孩子吗？"

宗城摆下母球，看他。

"干吗？"林迁西理直气壮，"你问过我差不多的问题，我还不能问你了？"

宗城眼神才看向球："没有。"

林迁西居然有松口气的感觉，看着他压杆瞄准母球了，摸一下嘴，有点儿心不在焉地说："那再换个，要是有了别的心思，会妨碍学习吧？"

"什么别的心思？"宗城"啪"一声送出杆，站起来换了个角度。

"那种心思，不该有的心思，教导处知道了会拎去写检查的那种心思。"林迁西一口气说。

宗城刚要放低肩膀，听到这话眼睛就看住了他："你的意思是指谈恋爱？"

林迁西想的都没他说的直白，眉头挑一下，迎着他的注视，声音低了点儿，一双眼睛又黑又亮："差不多吧，你觉得谈恋爱会妨碍学习吗？"

宗城缓缓站直了，脸上没有表情。林迁西前面问他有没有陪别人打过球，后面又问他有没有追过女孩，东一下西一下，不知道这些问题指向哪儿，该不会是之前跟陶雪说了两句话又改主意想接受人家了吧？口气淡淡地说："不知道，我又没谈过。"

"是吗？"林迁西说，"真没谈过？"这意思是，没追过别人，也没接受过别人？

宗城拿巧粉擦了擦杆，瞄着母球："林迁西，你好像在打听我的隐私。"

林迁西一愣："这是我赢球换来的问题啊。"

"那我要是也一杆全清呢？"宗城压低肩，准备送杆。

林迁西的杆一下伸过来，压在他的球杆上，拦着他的球："这么不想回答啊？"

宗城抬一下杆，他还死死压着不放。"你打流氓球？"

林迁西冲他笑："我以前确实挺流氓的，现在算乖的了。"

宗城放下球杆，去拿书包："这么乖就自己练吧。"

林迁西跟上去："你干吗？"

"陪练不负责感情咨询，走了。"宗城拎上书包出去。

林迁西跟到门口，看他真走了，"硬茬……"

第 59 章

"怎么了？"杨锐听到动静，从杂货店里出来问，"宗城走了？"

马路上已经看不见硬茬的人了，林迁西转过头，手指挠一下鼻尖："可能是我问了不该问的吧。"

"是不是又嘴骚了你？"

"这次可不是啊。"林迁西一个人去台球桌那儿拿杆练球了。摆球的时候，他又想起前面问的那话，怎么会说起谈恋爱的，明明那是宗城自己挑出来的，他本来想问的只是动了不该动的心思会怎么样。

"啪！"这一球撞出去特别清脆响亮。林迁西抓着杆，双臂搭在台球桌上，瞄着刚打进去的球袋，在想宗城会不会觉得他挺奇怪的，被一个男的问这些问题。

他自己都没想好要不要谈恋爱，只是知道自己有了那种心思。他这种人，怎么适合谈恋爱？半只脚都还在淤泥里。宗城全身都是"1"，要不是带着他学了这一路，跟他都不是一个世界的。

"咻，西哥，有你的……"想到这儿都自言自语地笑了，太会挑人问了，要么不挑，一挑就挑了个这样级别的。林迁西站直，放好球，再伏低，又是"啪"一声。只有打球能让他不想这些了。

差不多独自练了半小时，杨锐在隔壁叫他："林迁西，别练了，在这儿吃饭吧。"

林迁西确实饿了，放下球杆，拍两下手，走过去。

杨锐从里头的厨房往端了盘土豆丝出来："看你今天这样就知道肯定又是磨蹭着不想回家，跟你妈又怎么了？"

林迁西接了那盘菜放小折叠桌上，没事儿似的说："能怎么，就老样子呗。"

林女士看他是老样子，所以对他也是老样子，没什么，都习惯了。

"洗手去！"杨锐拍开他的手，"我可不想菜里吃到巧粉。"

林迁西去后面厨房里迅速地搓了把手出来，看见外面开来了那辆旧货车。

路峰下了车，拿着个湿毛巾在擦手，进门就坐了下来："你小子也在？"

杨锐又拿了碗出来，不多不少就三个，摆在桌上："等你呢，带他一个。"

林迁西看看他俩，拖张凳子坐到路峰旁边。

路峰看他一眼："这是干什么，忽然凑我这么近？"

林迁西看杨锐又进厨房里了，拿着两根筷子在手里玩儿："路哥，我问你，你是什么时候发现自己不走常人路的？"

路峰把擦手的湿毛巾搭桌上，打量他："怎么问我这个？"

"不能说吗？"

"没什么不能说的，"路峰说，"意识到的时候就发现了，就这么回事儿，那会儿也就跟你差不多大。"

路峰点了烟，吸一口说："你这样，以前混的劲头可又出来了，想怎么就怎么，还是那个痞子。"

杨锐端着最后一盘菜出来，话听到一半，坐下来就问："林迁西又折腾什么了？"

林迁西夹了一筷子土豆丝塞嘴里，边嚼边说："胡扯，我什么都不折腾，吃完我就回去学习，我八中乖仔不是吹的。"

"随你。"路峰拿起筷子。

杨锐朝俩人这儿看。

林迁西不说了，快速扒饭，不跟他们继续扯这话题，他们不插手就行，毕竟那是他自己的心思，人宗城可什么都不知道。都没五分钟，他就先吃完了饭，站起来把碗筷送进厨房，出来就走。"我回去了，学习去了。"

"你看这劲头，是不是还是没变，"路峰跟杨锐说，"说干什么就干什么。"

"他现在可是要上大学的人，"杨锐说，"有目标着呢。"

林迁西没听见他俩议论，已经从隔壁拿了书包跑上路了。是直接往家的方向跑的，特地没有经过老楼。

宗城在周日当天收到了顾阳寄来的快递。

送上门的邮递小哥在门口说："加急件，你看看里面的东西损坏没有，易碎物品，要当面拆，离开眼前坏了咱们可不包。"

宗城没跟他啰唆，就站门口直接拆了包装盒，拿出来，差不多七八张包装好的光碟，每一张都打开看了一遍。

邮递小哥等得不耐烦："好了吗？"

"好了，你可以走了。"宗城关上门，回头把光碟都拿去小桌那儿，又回房间拿了自己的笔记本电脑过来，坐下来，拆开张光碟塞进电脑，拷里面的内容。

拷到第五张，旁边的手机响了，来了微信。宗城拿过来看，顾阳发来了一条语音："哥，东西收到了吗？"

他按着语音回复过去："收到了，挺快的。"

顾阳又"嗖"发来一条："这么多东西你都不要，就要这几张碟干吗啊？"

宗城一手拷着碟一手按着语音回："我有用。"

回复完他退出对话框，翻了翻，聊天的人屈指可数，顾阳的下面就是"八中乖仔"，但是那天离开了杨锐的店就没说过话了。

宗城放下手机，一只手继续摆弄着电脑，回想着那天林迁西的问题，其实会走好像也不是因为别的，大概是他刻意回避了，不想再往下回答。林迁西会问他那些，让他根本没想到。

汤姆围过来，在他脚边转悠。"等会儿。"宗城一手挪开它，它现在大了，动不动就想出去。

等光碟上的内容都拷完了，他才站起来，叫汤姆："走吧。"

汤姆叫唤两声，划着小短腿跟上他出门。

宗城一般很少遛狗，还好汤姆是只老实狗，要求不多，难得出来一趟也很乖。

下了楼，汤姆就在他脚边上跟着。宗城往马路方向走，汤姆忽然不安分了，一下蹿出去，蹿到花坛。他快走两步追上去，看见狗已经扑到另一个人腿上。

林迁西就在花坛边上坐着，跟闲得在吹风似的，硬是被这一扑扯了出来。

宗城看着他，他也看过来，俩人对视两秒。"你什么时候来的？"最后还是宗城先问的。

林迁西弯腰捞到汤姆，往他跟前送一把，站直后笑了笑："刚来。"

看这样子也不像是刚来，宗城转身往回走："又遇到难题了？"

"嗯……算是吧。"林迁西跟上他，"我背了一百多个单词，英语试卷也做了一半，就是不知道对不对。"

"是吗？"宗城想，哪儿来的这么足的干劲儿？

"是啊。"林迁西跟着他脚步上了楼。

进他家门的时候，林迁西把汤姆捞进了屋，特地瞥两眼宗城，没感觉他排斥自己，那天问的话应该没叫他反感，才算放心。

其实林迁西早就来了，英语试卷都在裤兜里收了半天，愣是没上来，坐下边花坛那儿思索理由呢，没想到撞上他遛狗。

"你来得正好，"宗城说，"有东西给你。"

林迁西问："什么？"

"坐过来。"宗城坐到桌旁，把他的坐垫放旁边，拍一下。

林迁西坐过去，看他把桌上的笔记本电脑往自己跟前拨了拨，在一排视频列表里随便点开了一个。

"都是世界级台球大师的赛况实录，你看看，可以学球，还能顺便学英语。"宗城说，"这一场是希金斯的，世界第三。"

林迁西第一次看这种东西，惊奇地问："哪儿来的？"

宗城把没来得及收拾的光碟又放回包装盒里。"以前家里的，顾阳刚给我寄来。"

"你不是对台球没需求吗，他还寄这些给你干什么？"

"你不是有需求？"宗城挺自然地说，说完顿一下，抬头看他。

林迁西眼睛早盯着他了，眉头微微地上挑，连带眼尾都有点儿上挑。

宗城看他这眼神好像在揣摩自己的动机似的，手指在电脑上点两下："看不看，这是我以前很难才搞到手的，比你请一般的老师强。"

"看。"林迁西在想他干什么对自己这么好，这会让他多想的，他都压着多想的心背一晚上单词了。

"你的英语试卷呢？"宗城问。

林迁西伸手把试卷掏出来，放小桌上。

宗城大致看了一遍，拿了支笔给他圈错的地方："体育特长生也要文化分，拿你现在的体育条件评估，对比那些好大学的分数，你的成绩至少要排进班级十五左右才是稳的，期中考试至少要进前三十。"

林迁西的目光刚转到视频上，又看到他脸上："你怎么会知道这么多，在哪儿看到的啊？"

宗城没告诉他是从季彩那儿要的资料，随口说："找渠道了解了一下。"

"哎，你别……"林迁西一句话说半截。

宗城掀眼："我别什么？"

林迁西闭着嘴，手按一下心口，那儿好像莫名地多跳了两下，想起他的责任心，也许只是负责任，勾起嘴角，吊儿郎当地说："你别看不起我，期中考试要是考进前三十你请我吃饭。"

"可以。"宗城把他的试卷还给他，"真进了我就请你。"

"你等着吧。"林迁西把试卷拿了，又扭头去看视频，调高音量，强迫自己集中注意力在视频里的台球桌上，满耳朵都是赛场里纯正的英伦腔。

这的确是个好东西，录的每一场比赛都很关键，很多打球方式都是林迁西没见识过的，没一会儿他就看入神了。"嗯？这一球还能这么打？"

"注意听英语。"宗城的声音在旁边提醒。

林迁西转头看他一眼。

"看我干什么，看视频。"宗城站了起来，"你先看，我再带汤姆出去转一圈儿。"

汤姆还在俩人脚边蹦，刚才出去那一会儿根本没遛够。

"嗯……"林迁西看他带着汤姆又出了门，回过头，动手弹一下自己的脑门，疼得"咝"一声。所以说担心起了心思就会妨碍学习不是没道理的，他看宗城的次数都多了。

等希金斯的比赛看完了，林迁西都快忘了过去多久了，算是看得很专心，把看到的精彩球都记了下来。他关了视频，心里想着学习要紧，手里拿着笔，把那张英语试卷也订正完了，想找宗城讲解，转头去看门，他遛狗到现在还没回来。

林迁西又看看电脑上的时间，过去很久了，汤姆这是遛野了吧。他站起来，活动一下坐太久的双腿，开门出去。

一直找下楼，也没看见那一人一狗。林迁西往马路上走，都快放弃了，忽然听到很突兀的一声喊："宗城！"

真的是很突兀的一声，是个男人的声音，要不是这老楼附近僻静，肯定能吸引来一大串人注意。林迁西觉得不太对劲儿，循着声音往前面小跑一段，看到了宗城。他这趟遛狗都快到杨锐的杂货店附近了，现在就站在马路边上的路灯下面，对面站了个男人。

那是个穿得很光鲜的男人，脚上的皮鞋都是锃亮的。林迁西离得不近，就看到他一个大概的样子，能看出他上了点儿年纪，但是保养得挺好，没发福，身材在中年人里算得上有型。

"你就住这附近是吧，哪栋楼，带我过去。"男人一开口，就是刚才听到的那个声音，紧着嗓子，音拔得很高。

"带你过去干什么，这是我的地方。"宗城声音又低又冷，"你把东西卖完了，还要跑这儿来继续要钱？"

林迁西听到这句就有数了，那是顾志强，他居然找上门来了。挺突然的，没想到撞见这么一出。他往后退点儿，靠树干站着，不太好掺和人家的家里事儿，被看见了也不好。

"你说的是人话吗？"顾志强嚷，"那家是我跟你妈的，你又凭什么拿钱，本来就不该你拿，一分都不该给你！"

想不看都难，得亏现在路上没人，顾志强声音实在不低，跟以前在电话里隐隐约约听到的效果差不多。

"该不该轮不到你管。"宗城对他的出现没多惊讶，一点儿特别的反应都没有，从他身边过去，就想走了。

顾志强一把抓住他衣领，气冲冲的："你别走！我好不容易来一趟，你这什么意思？畜生东西！我管不了你了？"

宗城停在那儿："松开。"汤姆已经蹦跶着凶叫了。

"你凶什么，你还有脸凶？"顾志强手都扬起来了，恐吓似的，"你以为你翅膀硬了，我就不敢动你是吧？"

"你敢。"

林迁西看情况不对，飞快跑了过去，挡着宗城就去拉顾志强的胳膊。

顾志强正在气头上，一看有人帮忙拉宗城，手就不管不顾地甩了下来，"啪"一声，这下正好甩在林迁西的脑门旁边。

"我靠!"林迁西猛地扭头。

宗城一把将他拉到身后,盯着顾志强:"你打谁!"

顾志强已经在往路上退了,刚发现打错了人,气焰就灭了一半,又被宗城眼睛盯着,更没理了。顾志强知道宗城一般很克制,才会这么有恃无恐的,以前父子俩就是真闹到要动手都没被宗城这么狠狠盯过,没想到这回不一样,宗城那眼神盯过来就像要对他动手似的,他声音都虚了:"他自己冲上来的怪谁?"

远处传来杨锐的声音:"那边干什么了?"连那儿都听到动静了。

宗城没回,先转头看一眼林迁西,就这一下工夫,再去看顾志强,他就这么溜了。宗城冷着脸,低低骂了句:"靠……"

林迁西这下挨得猝不及防,耳朵都嗡嗡响,拿手摸一下,生气地说:"要不是看他是你爸……"不行,不是他爸也不能打架,倒霉,真得气死!

宗城看着他头,声音到这会儿还冷着:"知道是我爸你还冲上来干什么?"

"我看他想打你。"林迁西没好气地说。

"所以呢,"宗城眼神落他脸上,"林迁西,你在护我吗?"

第 60 章

林迁西被他问得愣一下,抬头看着他,紧接着又笑了:"是啊,怎么了,我不该护你吗?"不该护吗?论哪一点他都得护他。

宗城眼睛盯着林迁西,没说话。他不说话的时候看人目光特别沉,林迁西被他看得有点儿不自在,好像自己不小心越了界似的,忍不住又摸一下被打到的头:"我就护了,怎么了,做错了?"

宗城刚才没说话,是觉得这是他的家里事、私事,林迁西居然冲出来护他,他嘴上虽然没说,心里总觉得不一样。"算了,"他把林迁西摸头的手扯下来,"去杨锐那儿。"

林迁西悄悄摸一下被他抓过的手腕,才跟过去。

这儿离杂货店近,宗城才会提议过来。进了隔壁打球的那屋,他拨一下林迁西的肩膀:"过来点儿,我看看你头。"

林迁西随便靠坐在麻将桌上:"应该没事儿吧。"

宗城直接在他后脑勺上一摁,凑近看。

林迁西被这一下摁得差点儿撞到他身上，脱口就想要爆粗，但见他这会儿好像脾气不大好，跟被打的是他自己似的，又忍住了。

宗城手指拨了拨林迁西耳朵旁边的头发，挨的那一下在脑门边上，太阳穴旁边留了两道手指带过的红痕，还好没肿起来。

林迁西低着头，偏着脖子，眼睛一抬就对着他喉结，看见他绷紧的下颌线，感觉被他指尖刮过的耳边微微痒，眼睛转开，找话似的说："你别把我头发给弄乱了啊。"

宗城心里窝着火，本来这下是该自己挨的，手指穿过他头发，听到这话停顿一下。林迁西的头发很软，摸上去很顺，就是性格硬，说冲就冲上来了。"没事儿，以后别瞎冲出来就行了。"拿开手。

"我哪儿是瞎冲……"林迁西嘀咕一句，看见杨锐从杂货店那边探身看了过来，不说了。

"你们刚才在那边没事儿吧？"杨锐刚才抻头看他们好几回了，"要帮忙吗？"

"不用，没什么。"宗城口气还是冷着的，拿脚带一下跟着的汤姆，看一眼林迁西，"我要去看看他到底走没有，你在这儿坐着缓会儿。"

林迁西皱眉，他还要去找顾志强啊，那不又得剑拔弩张的，还没开口，宗城已经出门了，汤姆像个雪球似的跟在他脚边出去了。

杨锐看他走了，才回头问林迁西："刚才那大嗓门的到底是谁啊？"

"他爸。"林迁西说，"太奇怪了。"

"那你也真是不收敛，人父子俩的事儿你还凑上去挨一下？"杨锐指他脑门，早看到了。

"……"林迁西被那句"不收敛"戳到了，不理睬他，扭头去台球桌那儿摆起了球。

还好杨锐不是好管闲事儿的人，没再继续揶揄他。

林迁西摆好了球，回想着在宗城那儿看到的希金斯的赛况，拿了根球杆，照着记下来的球开始练。

练一球，回想个单词，再练一球，再回想个单词，中间甚至还背了首陶渊明的古诗。总得找点儿事儿分分心，不然可能又得忍不住去想宗城在他爸那儿吃亏没有。他那种狠人，应该吃不了亏吧。算了，练球，学习，别插手人家家事比较好。

"干什么这是，人走了你就疯魔了？"杨锐可能是听到球"啪嗒啪嗒"地响个不停，在隔壁喊了一句。

林迁西没回，找不到话来回。他其实也生气，好不容易才去找宗城学习的，结果顾志强早不来晚不来，偏偏今天来，把他这一天都毁了。

"嗒"最后一球进袋，林迁西收杆，两手往兜里一插，一声不吭地出门走了。

杨锐是后来过来收拾的时候才发现，他这回连招呼都没打一声就走了。"臭小子果然疯魔了……"

林迁西不知道宗城后来到底跟顾志强又碰上没，回去后也刻意压着没问。他想着反正第二天要上课，去学校见到再问也一样。

结果第二天等他一路小跑地进了教室，发现最后一排的座位上没人。

一早，班上又在发卷子。王肖拿了张试卷递到后排，叫他："来了啊西哥？"

林迁西接了卷子问："宗城没来？"

王肖回答："没，我还以为你俩一起来呢。"

姜皓回头看一眼，习以为常地说："又请假了吧，他成绩那么好，请假老周也不会说什么。"

林迁西拧一下眉，该不会是顾志强那儿有什么麻烦吧？

说着话上课铃声就响了，林迁西看看门，还是没人来，低头看刚拿到的卷子，是近期新学的高三内容的理综汇总练习。他一手拿卷子，一手从书包里摸出手机，犹豫了一下，还是拍了试卷的抬头，点开微信里的灯塔头像，发了过去。

——看到没，这就是期中考试的警报。

——我放了话要进班级前三十呢，指导员，你人呢？

等了两分钟，那个字母"Z"的微信名也没动静，宗城没回复。林迁西把试卷按桌上，真有点儿担心了。

手机就在这时候振了，一连振了好几下，他立即低头看。

——就按我给你的计划学。

——不会的题发我，回头微信教。

——再发一场塞尔比的台球赛视频给你，你上次应该没看完。

下面还真有个视频在慢吞吞地加载。林迁西手指滑着，至少来回看了两遍，头上都快冒出问号来。这几句话淡定得就跟没事儿发生似的，宗城居然还这么详细地教他怎么学习，实在看不出这人现在是个什么情况。

一直到下午，宗城的微信就停留在了那条发过来的视频。林迁西还真利用课间的时间认真看完了，看完也没能找到话问他人在哪儿、在干什么，想着要不要再问一下的时候，手机又振起来了。

是顾阳拨了个语音电话过来。没事儿顾阳不会拨电话过来，林迁西拿着手机出了教室，到了走廊上就按了接听："好弟弟？"

"西哥！"顾阳口气很急，"你知道我爸去找我哥了吗？"

林迁西猜也就是这事儿："嗯，知道了，你别急，没大事儿。"

"那你知道我哥现在怎么样了吗？"顾阳说，"昨天我爸找过彩姐，一会儿威胁说他要跳河，一会儿又说要找人对付我哥，就是想通过我传话给我哥，可我问我哥，他都说没事儿，你知道现在什么情况吗？"

"……"林迁西真是服了顾志强这种人，这真是当爸的人会干的事儿？

"你放心，我去给你看看。"林迁西挂了电话，回教室。

要放学了，姜皓一边收书一边回头问他："宗城不在，你今天还练球吗？去不去器材室？"

"今天不练，我有急事儿。"林迁西说着踢一脚前面王肖的板凳，"车钥匙给我一下，急用。"

王肖掏了摩托钥匙给他："干吗啊西哥，急得跟救火似的。"

林迁西都没来得及回，拿了钥匙，一手抓上书包就冲出了教室。

出校门的时候他就开始想宗城会在哪儿，按照顾阳的说法，顾志强一开始闹腾着要跳河，肯定会去河边，后面要去找人对付宗城，八成还是会去找那些街头上的混混。他找到王肖的那辆旧摩托，坐上去，重重一踩，往自己很久都没去过的地方开。

到了地方，是几条老街，又乱又窄，各种乱七八糟的小店面挤在一起，门脸儿都分不出来谁家是谁家。林迁西到底是混过的，有数得很，停好摩托，进了一条小巷子，往里面七拐八绕，别人要来走准迷路，他走得很清楚。

忽然听到突兀的一声叫唤："我不走！你凭什么让你老子走！"他站下来，隔着一道院墙往旁边望，那儿是家洗头房，这声音是顾志强的，没跑了，是这儿。

林迁西把书包往院墙上一搭，后退几步，一个助跑，两手搭着一攀，轻轻巧巧就翻了上去，踩在院墙上往那头看，一眼看到宗城。他就站在洗头房外面的路上，看上去也是刚来，几个人挡在他前面，气氛不大对。

林迁西迅速扫一圈儿，看到了以前见过的那个光头小青年，离宗城远远的，没看到三炮他们，那就没什么难办的。"哎！"他张口就叫了一声。

宗城立即掀眼朝他这儿看了过来。

挡着宗城的几个混混里居然有人认识林迁西，一个胖子朝他喊："这不西哥吗，干吗这是，你不是轰轰烈烈地扬言不混了吗？哎什么哎，要重新出山啊？"

林迁西蹲院墙上，垂着两手在膝头，看他一眼，有点儿印象，一只手指了下宗城，嘴边勾出痞笑："问问你们其他人挨过他揍没？别硬碰，要真想不开碰他，我现在就出山。"

宗城刚才已经在活动手腕了，听到这儿又看他一眼。看到了他脚边的书包，他是一放学就来了这儿，来找自己的？

林迁西蹲那儿吊儿郎当的，但是眼神尖利起来跟刀似的，盯着那群混混："我记得该打的招呼也打过了，做事儿别太过了。"当初路峰可是疏通过的。

那个胖子没说话，不说话林迁西也知道，站这儿挡人肯定是收了顾志强的钱。

宗城从林迁西身上收回目光，看看眼前几个没啰唆，觉得差不多了，直接就越过他们进了洗头房。

没人拦他，可能还是怕他，也可能是忌惮林迁西，那个光头小青年都溜得不见人影了。

也就十来秒的工夫，宗城从里面拖出了顾志强，一只手拽着他胳膊，一直沿着路往外拖，没走这方向。

顾志强想挣都没挣开，嘴里骂骂咧咧："你这种没大没小的东西，这么对你老子……"这回他声音小多了，外人面前还是要脸。

林迁西上回就看了一眼，没看清，这下蹲高了，可算看清楚顾志强的样子了。别看他人到中年了，脸还是好看的，顾阳像他多点儿，年轻时候应该能迷倒一大片的那种，难怪能娶到宗城他妈。看到这人林迁西就心情不好，又想起被他打的那下了，瞥了瞥刚才挡路的那几个人，看宗城拖着顾志强走远了，才跳下院墙，从另一头过去找他们。

宗城把顾志强一直拽到路口，他挣脱了，退到巷子里，看左右没人，嗓门又大了："你有本事啊，有人帮你是吧！"

宗城冷冷看着他："你跑来闹够了吗？"

"我闹什么了，我要我应得的！你自己是个什么东西！"顾志强倒豆子似的数落他，"你也不想想你妈当初病没了是不是你的责任，你自己干什么了才转到这儿来，还不就说明你是个冷血无情的东西！"

"哐"的一声，宗城一脚端翻了他旁边扔着的一只旧花盆，眼睛死死地盯着他："我就问一句，你到底走不走？"

林迁西从另一边绕到这边的路口，听到了俩人争执，没听清楚，就听到"哐"的碎裂声，后面就没声了。

过了得有一分钟，宗城出来了，脸上没有一丝表情，后面跟着顾志强。顾志强拉长着脸，这回倒是没要人拽，到了路上就扯被拉皱的袖子，果然还是要面子得很。

"帮我拦个车。"宗城对林迁西说，眼睛盯着顾志强，像看犯人。

顾志强脸色青白青白的，不知道是气的还是吓的，心不甘情不愿地杵在路上。

"行。"林迁西走出去一段，很快招了个出租车过来。

"还用我请你吗？"宗城盯着顾志强。

顾志强朝林迁西身上打量了好几眼，又看宗城，往两人身上看了好几回，拉开车门坐到后排，"嘭"一下甩上车门。

宗城看一眼林迁西："你先回去吧，我要看着他走了才行。"

"没事儿，你忙你的。"林迁西退开两步，这时候什么都不问，知道不该问。

宗城坐到副驾驶座上，车里马上又传出顾志强不甘心的声音："你不要以为这就完了……"

"开车。"宗城打断了他。

车开出去，林迁西才拍拍自己书包上沾的灰，走出这片老街。刚到停摩托那儿，顾阳的电话又打过来了。

林迁西看了一眼就接了："放心吧弟弟，你哥刚去送你爸走人了，圆满解决。"

顾阳问："真走了？"

"走了，我亲眼看着走的。"林迁西就不详细说了，宗城脸色那样，也不知道他们父子俩前面争执的时候说了什么，说详细了只会叫他更担心。

顾阳好一会儿没说话。

林迁西听见他在电话里吸了吸鼻子的声音，故意取笑他似的说："干吗啊，都担心得哭了？"

"没有，我就替我哥难受。"顾阳又吸了吸鼻子，声音软绵绵的，"你不知道，我哥以前被家里培养得多好，我妈对他指望可大了，当继承人培养的，结果我爸这样……他那时候差点儿什么都没了，还要到处找我。要是我妈还在，他肯定不是现在这样……"

林迁西抓着手机没作声，听他慢慢在那头倒苦水，心想是吧，要是他们的妈还在，宗城不会是这样，应该也不会来这小地方，跟自己可能也永远都不会碰到，应该彻底是两个世界的人。

这通电话打了很久，是顾阳拖得久，要挂的时候他都还时不时轻轻吸一下鼻子，声音里都有了哭音："没事儿，西哥，我就跟你说说，别让我哥知道了。"

"行，不让他知道。"林迁西说，"挂吧，你哥真没事儿，我看着他呢。"

"嗯。"顾阳终于挂了电话。

林迁西把手机揣进兜里，骑上摩托往回走，到岔路口，没往自己家的方向继续，半道停下，拐进一家小店买了点儿东西。

拎着方便袋出来，他跨上车，又往那几栋老楼所在的方向开。本来是应该回去的，但是听了顾阳的话，就改主意了。

天擦黑的时候，宗城才回来。他空着两手，垂着眼，脚步走得不紧不慢，快到老楼附近，停住了。林迁西坐在摩托上，等在路上。

"还没回去？"宗城问。

"等你呢，"林迁西拍一下摩托后座，"请你兜风。"

"没事儿吧你？"宗城看着他。

"那路上请你顺便教个题？"林迁西找了个比较正常的理由。

宗城走了过来，坐到后座："你骑吧，我看你往哪儿兜。"

"我瞎兜。"林迁西笑了声，脚一踩，带着他飞驰出去。

宗城随着车动一下，下巴挨到他肩，手差点儿握到他腰，在自己腿上撑一下，坐正了，抓在了座后。

差不多有二十分钟，两人都没说话，直到摩托停下来。林迁西打了撑脚，前面靠桥不远，旁边是河。

宗城下了车，迎着风吹了吹，觉得真是来兜风的了。

林迁西把书包搭在摩托上，手里提着那只方便袋，手抬一下，给他看："烟、酒，我买好了，请你的。"

"就教个题，怎么这么堕落？"宗城往河边走。

"你就当我贿赂你吧。"林迁西跟过去，"人送走了？"

"嗯。"宗城一个字就回答完了，路上怎么样，到底怎么送走的，一概没说。

他在河边的石头上坐下来，伸手："烟呢？"

林迁西把袋子给他。

宗城自己拿了烟出来，撕开包装纸，手里沙沙地响。"你今天怎么找到我的？"

林迁西跟着坐下："我是谁啊，只要我想找，还能找不到？"

"是顾阳给你电话了，还是季彩找过你了？"

"唉，你这人真是一点儿乐趣都没有！"林迁西劈手夺了他手里的烟，拿了一根，塞进自己嘴里。

宗城烟没点，把打火机抛给他："不然我也想不到其他原因了。"

林迁西接了打火机，咧嘴说："我就想找怎么了……"

宗城看他一眼："我不是说过叫你别同情我。"

"谁说这是同情？"林迁西自然而然地接话。

"那是什么？"宗城问。

林迁西一下没了声，趁机低头拨打火机，打着了火，点了烟。好像没想过究竟这是什么，听到顾阳的话后就觉得挺难受的，想让他心情好点儿。这是什么，是心疼吗？

林迁西一定是学好有进步，太久没抽烟了，都给呛到了，咳了一声，没头没尾地说："顾阳是给我电话了，也没说什么，就说你以前特别艰难地把他找回来了。"这人太精明了，瞒不过他，还不如说两句实话。

宗城瞥了眼他侧脸，垂了眼，看着被风吹乱的脚底杂草，从袋子里拿了罐啤酒，拉开口，喝了一口，才说："是挺艰难的，我当时不知道他在哪儿，就知道几个大概的地方，到了一个地方，一家门一家门去敲，问他们能不能把弟弟还给我。"

林迁西扭头，诧异地看着他。

宗城口气很淡，像在说别人的事情。

什么样的人都有，那一路遇到的人有些甚至是认识的，以前家里好的时候是笑脸，落魄了就是另一副嘴脸。他在找回顾阳的那段日子里，基本上都是低头求人，没人能帮他，只有他自己。

"后来找到了，费了点儿周折，把顾阳要回来了。"他语气依然淡，就这么省略了过程，什么周折，当时对方什么人家，全都没说。

林迁西看着他脸，想象不出他这么高傲的人也有这样的时候，忽然就明白顾阳为什么在电话里想哭了，他光是听了个大概都不舒服，咬着烟嘴，喉咙动了动，像堵了一样。

宗城在旁边默默喝完了一罐酒，抬头看着远处暮色里的桥。

林迁西看他一眼，又一眼，脸上堆起笑："你看你要怎么才能高兴点儿？"

宗城看着他，在想他这话的意思，没作声。

林迁西眼睛弯着，痞痞地笑着说："要不然摘朵云给城爷乐乐？"

说完他转头，拿开嘴里的烟，一口烟圈儿对着天吐出来，好像都连到了天边暗下去的云。他一伸手，捞住了，递到宗城眼前："喏，给你。"那只手松开了，烟飘出来，在眼前散开。

宗城的断眉压一下，眼睛看住林迁西，他还在痞笑。

"怎么样啊城爷？"

宗城看着他黑亮的眼，鼻尖好像还残留着淡淡的烟草味："我高不高兴有这么重要吗？"

林迁西眉挑一下，像是被问住了，在脚边捻灭烟，站起来，掏了车钥匙丢给他："算了，抽烟喝酒有害健康，不抽也不喝了。风兜完了，车替我明天还给王肖啊，我先走了。"

宗城看着他走了,没叫住他,站起来,走到河边上,蹲下,捞着水洗了把脸。水里还能映出天边的云和自己模糊的脸,看了一眼,抹去脸上水珠,像是压下了心底深处的一丝蠢蠢欲动,低低地说:"醒醒,宗城……"

第61章

一圈儿,两圈儿,三圈儿……林迁西在心里默数着圈儿数,直到跑到终点,停了下来,抹了把额头上的汗。

"行了,你今天来太早了,训练提早结束了。"吴川在前面朝他挥挥手,看了看表,和平常一样记下他的成绩。

林迁西二话不说,小跑出操场,回教学楼。

"嗒"一声,旧摩托的车钥匙抛到了王肖的课桌上。宗城刚进教室,还真替林迁西还了车。

王肖也刚到,拿了钥匙,奇怪地问:"这不是西哥骑走的吗,你俩昨天在一块儿啊?"

宗城放下书包,避重就轻地说:"车后来被我用了。"

"哦,我说呢。"

后门掠进来一阵风,林迁西紧跟着小跑进了教室,一头的汗,手里还抓着瓶水。

宗城转头:"你已经来了?"

林迁西看到他就停了,是想起了昨晚兜风那会儿的情景,扯开嘴角笑,一边拉着衣领擦了把脸上的汗:"对啊,都被吴川盯着跑完今天的训练了。"

孙凯回头说:"西哥今天来得可早了,你看他眼睛下面那黑眼圈儿,就快跟上学期猛磕书那时候一样了。"

宗城看了一眼林迁西的眼睛,坐下来:"这么积极?"

"还不是因为快要期中考试了,高三连课都是提前上的,期中考试肯定也提前啊。"林迁西理由很充分,拎着水坐到座位上,声音又压低了,看他,"我早上来了还背了五六十个单词,做了半张试卷呢,你要检查吗?"

宗城伸手:"拿来。"

林迁西从桌肚子里找到那张理综汇总练习的试卷递给他,看他接过去了,好像昨天他们就没见过，什么事儿也没有，手指挠一下嘴边，说不出是什么感受。

反正昨晚上回去后自己是没睡好，不停地背书、背单词、看公式，恨不得把大脑塞满才好，那样就不会老想着他最后问的那一句"我高不高兴有这么重要吗"，结果强迫自己学习到了大半夜。

今天一大早就醒了，来学校后就是跑步，吴川都说他精神头太足了点儿，还以为是自己的训练起了效果。

"这几题错了。"宗城拿着试卷递过来，低低地说。

林迁西回神，接了，挨着坐过去点儿："那你不该给我讲讲？要我现在就叫你啊？"

宗城眼神往前面一扫。

林迁西顺着他的视线抬头，姜皓正回头看着他俩。

"你们俩干吗，一来就在后面说悄悄话？"

林迁西噎他："怎么样，你要加入吗？"

姜皓转回头去："算了吧，谁知道你在干什么……"

林迁西看宗城。宗城低声说："练球的时候去器材室再说吧。"

林迁西只好先把试卷收起来。

也就出操的那段课间时间最长，下课铃声响起的时候，宗城先出了教室。

林迁西把试卷折了几道收在裤兜里，从后面出去，没两步，在走廊上碰到徐进和老周一前一后经过。老周手里还端着他送的那个茶杯，杯身上也依然牢牢地套着塑胶杯套，把"钉子户赠"四个字遮挡得严严实实。

"林迁西！"徐进一见到他就嚷嚷，"这回期中考试，我倒要看看你数学还能考多少。"

"你怎么还惦记我的分啊？"林迁西瞅老周，心想人家多淡定，就他咋呼，"不管多少吧，反正我这回要考进班里前三十。"

这话一说，老周都停下来看了他一眼。

"多少？"徐进都笑出声音来了，"你知道你现在第几名吗？"

"第几名啊？"

"倒数，除了你前面王肖那三个，就没什么人比你更低了，不是倒三就是倒四！"

"……"林迁西加快脚步，直接走人，"那又怎么样。"走出去了，还能听见徐进跟老周嘀咕："这谁给他的勇气，还要冲进前三十？"他心想：嘁，宗城给我的勇气！

到了器材室，外面大广播正好开始放课间操的音乐，一下就变吵了。林迁西进去第一眼没看见宗城的人，后领被扯一下，扭头才发现他站在门旁边，没在台球桌那儿。

"要练球吗？"宗城问。

"什么？"林迁西被吵得没听清楚。

"算了，先讲题吧。"宗城伸手问他要试卷。

林迁西把兜里的试卷给他，看他嘴动了，往他跟前凑："你声音高点儿，外面太吵了。"

宗城一转头，鼻尖差点儿扫到他黑漆漆的头发，才意识到彼此挨得有多近，手里试卷往他眼前送了点儿："现在呢？"

林迁西感觉他声音就在耳朵旁边，耳郭被他温热的呼吸弄得一麻，一只手立即按着门，怕会挨得更近，就保持现在这个能听见的距离吧，自己的声音反而低了："现在差不多，说吧……"

等到外面的大广播终于安静了，题也正好讲完了。宗城把试卷递回去："都记住了？"

"记住了吧。"林迁西强迫自己专心记住了，刚才一眼都没眨。

宗城脚下走开点儿，从他身边拉出点儿距离，伸手开门："回去吧，时间不够练球了。"

"嗯。"林迁西把试卷又收起来，看他出去了，才往外走。

刚去拉门，听见外面有女生的声音在叫："宗城。"

林迁西停顿一下，没急着出去，虚掩了一下门，往外快速看了一眼，看到扎着马尾的刘心瑜走了过来。这器材室挺破的，没事儿真很少有人来这儿，要不是练球，他们都不会过来，不知道她来干吗，出完课间操回教学楼也不经过这儿。

"有事儿吗？"宗城在外面问。

林迁西直觉有事儿，不然就直接开门出去了，这会儿停了一下，想干脆等他们走了再出去吧。

"是有点儿事儿，昨天就想找你，你没在，刚在班上又没看到你，只好专门来这儿找你，我就想问你句话，现在说话方便吗？"刘心瑜说。

林迁西听到她说是专门来找宗城的，不知怎么就想起了暑假时在路上遇上，她送宗城小蛋糕的事儿了，居然还记得挺清楚的，那会儿就觉得她对宗城有点儿意思。

"没什么不方便的，你说。"宗城说。

林迁西心想巧了，这是要听别人谈话了，转头看看台球桌，明明心里想着该去那儿回避一下，脚步却没动，耳朵听得比什么时候都清楚。

下一句，听见刘心瑜声音不高不低地说："我想问你，你有女朋友了吗？如果没有，我能不能做你女朋友？"

林迁西对着门，扯了下嘴角，果然，一点儿也不意外。年级第二追年级第一，都比别人有信心得多，上来就这么直接的一句。想看一眼宗城现在是什么表情，也不知道他会怎么回答，手抓着门，才发现外面没声音了，一点儿动静也没有，这是人走了？

林迁西无意识地用手指刮了刮门板，等着宗城的回答，一直没有等到。也许是真走了，去别的地方说了，毕竟他知道自己在这儿，可能是避开了吧。林迁西又扯了扯嘴角，心一横，拉开门出去，没两步，看到了宗城，他还在，没走，就在拐弯的地方站着。

刘心瑜在他对面，转头看到林迁西从器材室里出来，愣一下，脸腾一下就红了。

"靠……"林迁西低低念叨一句，还以为他们走了，没想到居然这么直接地撞上了，头一低，手往兜里一插，直接从他们旁边过去了，只能强行当作没看到。

等他走了，刘心瑜又稳住了，没表现出很尴尬，看看面前的宗城："你都考虑这么久了，能回答我了吗？"

宗城看了眼林迁西离开的方向，声音平淡，根本不像听到了告白，一丝波动都没："不用考虑，我不需要女朋友。"

刘心瑜脸色僵一下，像是没想到他会直接拒绝："为什么，你有喜欢的人了？"

"差不多。"宗城说完直接走了。

林迁西一进班里，就看见座位前面那几个人凑在一起窃窃私语，王肖最兴奋，黑不溜秋的脸上透着一股"我有八卦要说"的意味。"西哥，快来！"王肖看到他进门，连忙招手。

林迁西走到座位上，踢了一下凳子，坐下来。

王肖被这踢的一声惊到了。"怎么了，练球练得心情不好啊？哎没事儿，我跟你说点儿八卦你就心情好了。"他整个人都转过来，小声说，"以前老听人说高三头一个学期好多人都想谈恋爱，我还不信，现在信了。"

薛盛问："为什么？"

"你说为什么，下学期就要高考了，那些想表白的肯定也就这一个学期下手了啊。"王肖指林迁西，又指他旁边，"你看看西哥和城爷，这才多久，不是连着开桃花吗，不然刘心瑜能跑去找城爷告白啊？"

林迁西抬头："我靠，你怎么知道这事儿的？"

"知道啊，"王肖说，"大家都知道了啊，丁傻子追了他女神一路，亲眼看到的，就给传开了，还能有假吗？这会儿他都快气死了。"

林迁西无语了，丁杰这本事，该去做狗仔吧。

姜皓插话："不是什么新闻吧，高二我就看出刘心瑜对宗城有意思了，太明显了，从他转学过来第一天就盯着他了，其实我们班好几个女生都盯着宗城，就是没刘心瑜明显。不过我没见宗城对哪个妹子特殊过，好像也就上次来学校找他的那个姐姐和他关系近点儿，要说特殊……"他瞥瞥林迁西，心想还不如对林瘫特殊。

林迁西不想听这些八卦，从裤兜里掏出试卷，拿了支笔，埋头订正错题。

王肖本来还想跟姜皓深入探讨一下城爷的私生活，转头看到他这样，一脸惊奇："西哥你怎么对城爷的八卦一点儿都不关心啊？"

"少烦人，看不见我忙吗？"林迁西笔尖用力戳了戳试卷，"你们都不担心期中考试是吧？"

"不是……就眼前这会儿，不是更该关心城爷身上正发生的事儿吗？"

"随你们，别烦我就行了。"林迁西眼睛都没离开过试卷。

旁边凳子拖了一下，王肖转头已经堆出了一脸的笑："城爷，回来啦？怎么说啊，你状态变了吗？"

林迁西笔停了，往旁边看。

宗城坐了下来："什么状态？"

"就你还是不是单身啊？"

"不然呢？"宗城淡淡地说。

"哟嗬，这下丁傻子可以瞑目了，他女神告白失败了。"王肖打趣说，"西哥和城爷的眼光都高啊，一个也没接受。"

"我就说，他不可能接受。"姜皓跟着说。

孙凯叹着气感慨："唉，帅的都挑，你俩到底喜欢什么样的啊？"

宗城偏头，眼睛看过来。

林迁西跟他目光撞上，眼神闪烁一下，手里的笔转了转，勉强咧咧嘴，小声说："我不是有意的啊，以为你们走了，我才出去的。"

正说着，刘心瑜从后门进了教室，脸还红着，神情不太好看，经过最后一排时忽然剜了一眼林迁西。

毕竟事儿都传遍了，她一进门就被人看着了，王肖看得清楚，悄悄问："干吗啊，西哥，你得罪她了？"

林迁西一下反应过来，自言自语一句："她不会以为是我传开的吧？"毕竟就他在眼前明明白白撞见她的告白现场了。

宗城听见，看看他："没事儿，有事儿也是我的，我解决。"

林迁西嘴巴抿了抿，确实是他的事儿，别人掺和不了，手里的笔摇了两下，没忍住，还是问了句："那位也不是你的菜？"

"不是。"宗城回得特别干脆，眼睛一掀，又看他一眼。

"哦。"林迁西涩涩地笑笑，就算不是，以后也会被追走的，今天这幕不过是个开头，以后这种事儿还多着呢。想到这点，又低头去看试卷了，他得找点儿事儿做，摁着自己的头学，也比想这些事儿痛快。

一直到放学，林迁西都在跟试卷对着干。

王肖回了好几次头，都看他在做卷子，还不敢打扰他，就怕惹他不高兴，别被当成凳子踢了，临走的时候指指他，对着宗城比口型："西哥突然心情不好。"

宗城看着旁边，拿着书包站起来，还没开口，前面的刘心瑜回过头看他，他余光扫到了，没看回去。

"你还不走？"他只盯着林迁西。

林迁西抬头，又迅速低了头，把试卷和书都收起来，一股脑儿塞进书包："走了。"

宗城看王肖他们先走了，才开口问："你怎么了？"

"什么怎么，我没怎么啊。"林迁西感觉手机振了一下，往书包里塞的时候随便看了一眼，好像是顾阳发来的微信，也没顾上看，拎着书包站起来，"我要准备考试，急着回去写试卷呢，先走了啊。"说完都没看他一眼，就越过他出门了。

宗城抓着书包跟出去，只来得及看见他飞快拐弯的背影，一闪就下了楼梯。本来想问他是要去杨锐那儿练球，还是要去自己那儿做题，都没来得及说出口，居然就这么被甩下了。

第 62 章

林迁西回到了家，一头扎进房间，做的第一件事就是拿出试卷。什么都不想，埋头学习就完了。刚拿着笔坐到床上，书包里的手机"嗡"地振了一声。他眼睛盯着试卷，手摸出手机来，拿到眼前滑开，看见灯塔头像字母 Z 发来的微信。

——错题不用我教了？

林迁西干笑一下，才特地拉开了点儿距离，又被他提醒了这茬。当然想要他教了，但是这会儿要是面对面，总会想起刘心瑜追他那事儿。缓一缓好了，回头缓过来了，他还是自己的宗指导员。

——就微信里教吧。

他打了这句发出去，看着对话框，好几秒，宗城才回复过来。

——行，要教就发我。

林迁西看完，对着手机自言自语："宗指导员真是认真负责，珍惜吧西哥，别把这么好的老师给吓跑了。"吓跑了谁还能让他实现目标啊。

他退出对话框，忽然看到有条未读微信，是顾阳发来的，想起来放学那会儿急着走没打开看，留到了现在，手指赶快点开。

——西哥，我想让我哥来我这儿，你能不能帮我说服他？

林迁西愣住，反反复复看了好几遍，确认没看错，才打字。

——为什么要他去你那儿？

虽然间隔了很久，但顾阳回复得很快。

——我爸这回找过他，我老是不放心，想让他跟我在一个地方。

——你要是有机会就帮我劝劝他吧，让他不用藏着我一个人扛，兄弟俩在一起肯定比一个人强对吧？

林迁西手指悬在手机屏幕上，半天没有回，直到都熄屏了，干脆放下了手机。顾阳居然想叫宗城去他那儿？如果宗城去了，那不就是要再转一次校，离开这个地方了？林迁西被这突如其来的想法弄愣了："不至于吧……"

宗城坐在椅子上，小桌上摊着试卷，手里转着手机，"八中乖仔"的微信没有再响过，没有错题发过来。他放下手机，摁了一下脚边蹦跶的汤姆毛茸茸的狗头，低低地说："你那个乖仔兄弟最近很不对劲儿。"

汤姆呜呜乱叫两声，像回应似的。宗城靠上椅背，觉得自己可能是被林迁西传染了，都会跟汤姆说话了。

桌上"叮"的一声，手机响了。他立即坐起，拿了手机，滑开，不是乖仔发来的错题，是季彩的微信，她发了条语音过来——

"城儿，顾阳说想叫你过来的事儿，你知道了吗？"

宗城点着听完，按着回复了句："知道，他跟我提过一回。"顾志强闹腾着一会儿要跳河一会儿要找人对付他那天，顾阳打电话给他时说过这个，无非是担心他。

季彩回："我看他是认真的，你爸来找你这事儿叫他担心坏了，他都打算叫林迁西去劝你了。"

宗城马上按着语音回："让他省省，别找林迁西。"

季彩下一条语音声音低低的："干吗，顾阳觉得林迁西说话有用，你紧张啊？"

宗城手指在屏幕上点两下，按着回复："就快期中考试了，林迁西没空，别拿这些烦他。"

季彩那头停顿了一下，发了一条十几秒的语音过来："那我去跟顾阳说，这个提议你还是考虑一下吧，知道你是为顾阳好，但你爸那人你也知道，你要是真能过来跟我们在一起，也能有个照应。"

宗城想了想，才回："我自己跟顾阳说吧。"发完这条手机放下，不回了，坐正了，拿了笔开始写试卷。

他写试卷很快，八中的试卷比起他以前所在学校的要容易一些，很多都是写过无数回的熟悉题型，差不多半小时就把那张理综汇总练习的卷子写完了。

微信又响了，宗城这次先扫了一眼，看到了"八中乖仔"的微信名，才伸手滑开。几张图片，和以前一样拍的试卷，林迁西终于把错题发过来了。除了错题，也没别的。宗城一边翻到对应的题，一边拨了语音通话。

漫长的忙音，对面一直没接，他都准备好讲题了，才发现等待的时间太长了，盯着手机看了好几秒，感觉都快自动结束拨打，才终于接通了。

"干什么，找我讲题又不接电话？"他开口就问。

林迁西在那头流里流气地笑了声："没有，刚上厕所呢，没听到呗。"

宗城还以为他跟王肖说的一样，到现在还心情不好，听他语气好像又没事儿，问："有带图形的题，要开视频讲吗？"

"不用了吧，就这么说吧，我听着呢。"林迁西回。

宗城手都准备点视频了，又没点下去，拿了支笔，在手指间转一下，盯着他微信下面一分一秒在走的时间："那我说了。"

"嗯。"

几题全部讲完，大概用了四十几分钟，外面天早就黑透了。宗城站起来倒了杯水，刚端着喝了一口，回过头就发现微信已经挂断了。

他抿住嘴，整个讲题过程林迁西就没说过几句话，大多数时候就是"嗯，哦"地回应一下，现在连声招呼都没有就挂断了？好像有点儿刻意回避的意思，不知道是不是自己多想了。

早上七点不到，林迁西又是很早就到了学校，一头汗地跑完了十圈儿步，低头回教学楼。

王肖刚来，碰上姜皓，两人正站在教学楼底下仰头看刚贴上的公告，就看到他过来了。"西哥，"王肖叫他，"你又来这么早啊？"

"嗯。"林迁西随便应一声，"我认真学习啊。"

姜皓说："肯定是被你给念的吧，期中考试都提前了半个月。"

林迁西脚步一停:"啊?"

"啊什么,自己看。"姜皓指公告栏。

林迁西抬头看了一眼,还真是,本来整个高三教学进度就赶得快,这下居然又提前了。"怎么什么事儿都这样,全是说来就来!"他当场就骂了一句,踹了一脚旁边的垃圾桶,转头上楼。

王肖被他模样吓一跳,跟上去追问:"还有什么事儿啊西哥?"

林迁西不想回答,加快脚步,甩开他,几步就蹿上去了,刚到拐弯处,就看到宗城靠着扶手站着,右肩上搭着书包,看着像是正准备要上去。

林迁西看他一眼,一步一步踩着楼梯,放慢了脚步:"站这儿干吗?"

"等你,"宗城说,"你刚在下面说什么?"

林迁西笑:"没说什么,担心期中考试,说提前就提前,都不给个心理准备。"

宗城跟上他脚步一起上去:"按我给你做的计划学就行了。"

"行。"林迁西没再看他,低着头,看起来这个楼爬得无比专心。

宗城看了看他侧脸,往教室去的时候问:"顾阳找过你没有?"

林迁西才又看他一眼,刚才没提的事儿又被他提到了眼前,眼神晃一下:"找过,说想叫你去他那儿,后来就没找我了。"后来真没找他了,他一直没回那条帮忙劝人的微信,顾阳也没再找他。

"他是这么说的。"宗城淡淡地接一句,"这回挺犟的,非要我好好考虑。"

林迁西犹豫一下才问:"那你在考虑?"

"嗯。"

他差点儿要问"嗯"是什么意思,是要去还是不要去啊,刚好进了教室,班上闹哄哄的,又在发试卷,没能问出口。

"宗城,"刘心瑜走了过来,真不愧是当了好几年班长的人,居然还能大大方方主动过来找宗城说话,"期中考试提前了,你知道吗?"说着瞥一眼林迁西。

"知道了。"宗城放下书包,和平常一样该干什么干什么。

班上有一半的人都在看这儿了,林迁西被她这一眼看得想笑,要么还是误解自己传了他俩的事儿,要么就是嫌自己在这儿碍眼。他摸一下颈边还没干的汗,连板凳都没碰,扭头出了教室,让他俩说。

"西哥,刚来又去哪儿啊?"王肖跟姜皓正好到,在门口撞见他。

"厕所。"林迁西头也不回地沿着走廊走了。

王肖嘀咕:"我怎么觉着西哥这心情还没好转呢?"

林迁西在厕所里仔仔细细洗了把脸,湿手撑着洗手池,一会儿想着提前的期中考试，一会儿想着宗城可能会走，全是糟心事儿，刘心瑜那点儿事儿反而不算什么了。站了半天，听到了上课铃声，他把水龙头一拧，出厕所回去。

大家都回了座位，刘心瑜总算不在最后一排了。宗城坐在那儿，从他一进门就看了过来。

"回来了西哥？"王肖也回头看他，嘿嘿笑着，跟逗他开心似的，"你刚刚是因为刘心瑜占了你地儿才不高兴的是吧？放心，你刚走城爷就把她轰走了。"

林迁西还没反驳他前一句，就听到了后半句，看宗城："轰走了？"

宗城腿一伸，抵开他凳子，是让他坐的意思，轻描淡写道："没有，我就叫她以后别到座位上来说话，不然会妨碍某位乖仔学习。"

"……"林迁西心里忽然像是被什么给挠了一下，坐下来，找不到话来回。

"还不高兴？"宗城把英语书竖起来，挡着前面，忽然低低地问。

"啊？"他一下没反应过来，紧接着想起王肖刚才的话，才回过味儿来，"我没因为这个不高兴。"

"那你因为什么？"

"没什么。"林迁西嘴角一扯，堆出痞笑，"少听他们胡扯了，我就没不高兴。"

宗城看过来："不说算了，要不然我也给你摘朵云？"说到后面居然有点儿似笑非笑的意味了。

林迁西从桌肚子里拿出英语书，和他一样竖着挡在眼前，看他时脸上笑得有点儿漫不经心："别瞎扯啊城爷，云是乱摘的吗，你根本不懂，留着摘给别人吧。"

宗城嘴边刚浮出来的笑意没了，眼神扫到他侧脸。林迁西低着头，把书放低了，一副认真看书的表情，没有要再说下去的意思。什么叫他根本不懂，留着摘给别人？

"期中考试的时间提前了，大家都该清楚了啊。"老周不知道什么时候进来了，背着手，在前面强调这消息。

宗城眼神才转开，把书放平，翻了一页。

林迁西认真学习的劲头今天特别足，说了那几句之后，就没再跟宗城说过别的，课间的时候明明拿着他给写的计划在对照着学，也没有半点儿要问他本人的意思。

宗城本来话就不多，林迁西不开口，话就更少了。

到了快放学的点儿，宗城离开教室去了趟厕所。走出门的时候，姜皓跟了出来，在后面问："你跟林迁西吵架了？"

"没有。"宗城边走边回。

"没有你们这么安静，今天一天说的话超过五句了吗？"

"他在备考，没空说吧。"宗城给林迁西找了个理由。

"我以前怎么会想到林迁西也有这么认真的一天，"姜皓说，"就一个期中考试，跟月考差不多的程度，又不是上学期那种要分班的大考，至于这么拼吗？"

"他在乎。"宗城刚说完就听到了后面王肖叫"西哥"的声音，回过头，看见林迁西已经出了教室，手里抓着书包，提前走了。

又没等他。断眉不自觉往下压了压，他又想起那句"留着摘给别人吧"，没多想，林迁西就是在刻意回避他。

"林迁西！"杂货店里传出杨锐一声喊，他往外抻头的时候正好瞧见林迁西经过，才想起已经连着好几天没见到这小子过来练球了。"你这什么模样啊，失恋了？"

林迁西停在店门口，咧着嘴干巴巴地笑："我怎么了，就被你贴个失恋的标签啊？"

"我就随便一扯，你这反应，被我说中了？"杨锐看他后面，"酷哥呢？"

"不知道，我自己先回来的。"林迁西说完往路上走，没停留，杨锐在后面又叫了他一声，他也没搭理。

经过岔路口，他往老楼方向看了一眼，还是没过去。如果宗城最后决定去顾阳那儿，那以后也都不用去了。他没见宗城在乎过什么别的，也就在乎顾阳这个弟弟，如果真决定去，好像也不是没可能……林迁西不想了，脚步快了，往家小跑，耳边都是呼呼的风声，其他事儿就不用想了。

一路冲到家门口，他对着门喘口气，一边进去一边想还要背多少个单词，要做多少道数学题，再看多少页书，才能应付接下来的考试。糟心事儿再多，也至少让他好好把这个试考完吧。

他进了厨房，在冰箱里找到袋面包，拿了一片塞嘴里，一边掏出手机，点开微信，若无其事地打开灯塔头像的对话框。

——爸爸，到家了吗？今晚再教我一下。

发完觉得不够轻松，还补了两个带笑的表情，就跟以前一样。对话框上显示对方正在输入，但消息回得不快。

——还是微信里教？

林迁西在书包里找自己的试卷和练习册，右手噼里啪啦打字。

——嗯，这不挺方便的吗？

——今天教完，后面我就不找你了。

对话框里"嗖"的一声跳出一个问号。林迁西接着补了下一句。

——这不是你以前说的吗，临考前不要总做题，会打击信心？

这次他那边只发了一个字。

——嗯。

语音通话很快就拨过来了，林迁西接通，一边钻进房间。

"林迁西。"微信里宗城的声音还是老样子，没什么情绪，很突兀地响起来。

"啊？"林迁西回，"等会儿啊，我找一下先讲哪题。"

那边似乎停顿了一下，说："算了，先教你吧。"

林迁西才意识到他刚才叫自己那声可能是有话要说，看了看手机，那头已经没声音了，应该是在等他找题。最好是别说已经有决定了吧，有什么决定也别现在告诉他。他闷声拿出试卷和笔，才说："对，先教我吧……"

大概晚上十点才结束这场教学。这回还是林迁西先挂的通话，他盘着两腿坐在床上，手机放下，先摸了摸自己的脸，讪笑："西哥今天表现也挺好的吧，干脆得很，应该没什么出格的，很好。"

宗城的声音在他房间里盘旋了好几个小时，到现在似乎都还能听见。林迁西忽然想，以后要是都只能微信里教怎么办，就这么听着他声音学习吗？

"滚蛋！"他一下回神，拿着卷子往脸上一盖，"少胡思乱想了林迁西，给老子专心想考试！"

期中考试确实没分班考试那么受重视，学校为了不耽误课程，提前了一大截不说，语数外加理综，全都挤一起，一天就要考完。

宗城在家里喂了汤姆狗粮，站起来时，手指翻了翻手机，林迁西说到做到，的确没再在微信上找过他，这几天在学校碰见也是跟那天一样，放学没再一起走过。

不过也到头了，因为要考试了。他拎了书包，出门去学校。

快到教室门口，遇上王肖和薛盛、孙凯三人组在前面。一见他，王肖就羡慕地说："城爷，又到了你大显神威的时候了。"

宗城把肩上的书包拿下来，拎手上，问："你西哥到了？"

"到了啊，西哥现在考试贼积极，除了监考老师，就他最快。"孙凯抢话说，"刚一溜烟就跑进门了，都没搭理咱们。"

宗城听了，直接进了教室后门。教室里的座位已经全都拉开了，林迁西坐在自己座位上，正往后门口看。看了好几回，宗城进来了，视线跟他撞个正着。

林迁西立即转开眼，原本差点儿以为他这次考试又要迟到了。

宗城坐下来，座位拉开后，跟他中间隔了至少有一人宽，看他一眼："你什么眼神，以为我又要迟到？"

林迁西看了看他，笑着说："怎么可能，我等开考呢。"

宗城说："那你好好考。"

"那肯定，我还指望进前三十呢。"林迁西说完专心看讲台。

宗城看他那吊儿郎当的侧脸，接下来就没有半点儿要跟自己交流的意思了，拿着笔在手指间转了转，算了，考完试再说。

王肖他们都进来了，踩点儿进的，顿时就响铃了。

姜皓在前面嘀咕了句"麻烦"，收起书。

班上安静了，开始等考试。没两分钟，教英语的女老师于颖踩着高跟鞋"嗒嗒"地走了进来，第一场就考英语。

所有老师都习惯性关照最后一排，于老师也不例外，林迁西的周围至少被她高跟鞋转悠了四五圈儿，开考后，她还在宗城和他俩人座位间拉开的过道里穿梭了好几回。

林迁西不管，写自己的试卷，只偶尔在间隙里会瞥一眼旁边，瞥到宗城的侧脸。宗城头半低，写卷子很认真，侧脸那道下颌线特别显眼，是绷紧的，嘴也是抿着的，乍一看特别严肃。他低头写卷子，不看了。

于颖又过来他旁边溜达，把人都给挡了，想看也看不了。

第二场考数学，徐进来监考，又故技重施，发试卷的时候就先跑后面关后门，关完还特地在林迁西跟前停留一下，小声说："前三十？"

"……"林迁西竖起一只手挡着脸，不搭理他。

徐进敲一下他桌子："快考吧你。"

林迁西垂下手做试卷，没忍住，又瞥了几次宗城，两场下来，他都是差不多没表情的侧脸，很严肃，都要怀疑他是不是不太高兴。

终于考完，铃声响了，试卷都交了上去，徐进走了。林迁西坐到现在，起来去厕所，对考试的感受还是那样，分不出好坏，反正能做的都做了。

刚到厕所里面，后面有人跟了进来。他下意识回头看了一眼，宗城就在后面，眼睛盯着他。

"干吗？"林迁西看着他，"有事儿啊？"

宗城依然看着他："你这段时间到底怎么回事儿？躲我？"

林迁西还以为挺自然的，没想到被他看出来了，看看厕所门口，还好没人来，笑起来说："没啊，我那不是为了应付考试吗？"

宗城看了看他这一脸的笑，眼神还压着："是吗？"

"是啊。"林迁西故意问，"就这事儿？"

宗城眼神转开，不知道该不该信他，停顿一下才找到话，又看他的脸："是有件事儿，你一直躲我也没能说，汤姆能不能交给你照顾？"

林迁西脸上的笑没了："什么意思，你要去顾阳那儿？"

宗城说："嗯。"

第 63 章

林迁西沉默了至少三秒，嘴里低低骂了句："靠……"一扭头，人就出去了，什么都没说。

下一场理综已经要开考，王肖扭头看到他回来，八卦地问："西哥，你前面考得怎么样啊？"

林迁西坐下来，没搭理，拿了笔在手里，像是根本没听见他说话。

旁边凳子拖开一声响，宗城回来了，从他那边飘来一阵很淡的烟草味。

林迁西没看他，手指摆弄着笔帽，没事儿一样眼睛转来转去地看了看教室前面，强迫自己先别管在厕所里听到的消息，专心考试。

后面的试是怎么考完的，好像也不知道了。他只知道每一题都认真看了，能下笔的都认真做了，直到铃声响，交试卷，没分过心。

课桌被轻轻撞了一下，是宗城把桌子推回了原位，又跟他的座位拼到了一起。"你还没回答我，能不能照顾汤姆？"

林迁西抬头，宗城正看着他。他站起来，重重点一下头："能，我照顾。"说完拿了书包，直接就出教室走了。

"哎西哥，怎么又不等人啊！"王肖急急忙忙喊了一声，已经不见了他人影。

"啪！"闷着的一声台球撞击响。林迁西瞄准母球，在台球桌上压着杆，一杆推出去，狠狠击了球，旁边扔着他的书包。

他没去杨锐那儿，半路上随便进了家从没进过的台球厅，从进来到现在就一个人反反复复地在打球。

"帅哥，就你一个人啊？"台球厅里的服务员小哥在后面问。

"就我一个。"林迁西又猛地一送杆，"啪嗒"，球撞着进了袋。

"那多无聊，要找个人陪你玩儿吗？我们这儿的人都会玩儿球，一小时十块，也不贵。"小哥穿白衬衫黑马甲，随时可以上场打台球的样子，卖力兜售他们的陪玩儿业务。

"不需要，"林迁西握着杆换个角度，"我不需要人陪玩儿。"

小哥走近点儿说："要不就我陪你玩儿吧，肯定比你一个人玩儿有意思。"

林迁西眼睛看向他，吊儿郎当地站直："你？你会左右手配合着打吗？能给我打辅助吗？能一杆全清吗？"

小哥被这一串问题问蒙了："不是，帅哥，跟你玩儿个球要求这么高？"

"不会就别来，都说了我他妈不需要。"林迁西伏低，"啪"，又是一杆打了出去。

桌上的球都要清了，小哥灰溜溜走了。

"这一球，希金斯的……"林迁西打一球，走两步换个角度，又俯身打一球，"这一球，塞尔比的……没事儿，西哥，你以后一个人也可以练。"以后陪练和搭档没了，也没人再给他看世界大师的台球赛了，不需要人陪玩儿，不需要人陪练，他自己也可以。反正再怎么陪练，也没人能赶上那位。

"哦哟，这是西哥啊。"

林迁西站直，看见门外进来几个小混混，打头的烫着一头黄鬈毛，人五人六地朝他走过来。

"怎么不理人啊，西哥？不混了也不用装作不认识吧？"黄鬈毛没话找话。

"别搭理我，"林迁西说，"我现在心情不好。"

"哟，这么冲？"

林迁西一脚踹开旁边碍事的塑料凳子，抓着杆到他们面前。

黄鬈毛居然条件反射似的让开了，像挨过他身手似的。

林迁西压低杆，"啪"地打完最后一球，杆往桌上一扔，抓了书包就离开了台球厅。

天已经黑透了，都不清楚他在台球厅里到底待了多久。他走着走着，才发现又是朝着那几栋老楼的方向去。林迁西停下不走了，转头往自己家走。裤兜里的手机在振，他一边走一边掏出来，看了一眼，是王肖来的电话，本来不想接，怕挂了还一直打过来，还是接了。

"喂，西哥，你不是特别关心期中成绩的吗，怎么今天跑这么快？听说卷子考完就开始批了，不在乎啦？"

林迁西对着手机问："你知道我多少分？"

"啊？我不知道啊。"

"那你说个屁。"林迁西挂了电话。

"嘟嘟"的挂断声冒出来，王肖挤着薛盛坐在小吃摊的桌子旁边，对着手机"喂喂喂"了好几声，确定是真挂了，才朝对面说："城爷，没辙，还以为说这个能把西哥叫出来呢，刚起个头，电话就挂了。"

宗城坐在对面，面前就放着自己的手机，没亮过屏："嗯。"

姜皓坐他旁边，刚吃完一碗面，转头说："到底怎么了，你跟林迁西是不是真闹矛盾了？"

"什么矛盾？"孙凯跟着掺和。

"没有。"宗城站起来，拿了自己手机，"我还有事儿，先回去了。"

姜皓看着他人高腿长的身影一下就转弯不见了，嘀咕道："越看他俩越有问题。"

宗城一手拿着手机收进裤兜里，差不多有十几分钟，都是沉默地走路，一直走到杨锐的杂货店外面，才停了一下。隔壁打球那屋没人。

杨锐从杂货店里抻头出来："找林痞呢？"

"他来过？"宗城问。

杨锐摇头。"没，就那天见了一回，跟失恋了一样。"说到这儿冲他笑了一下，"我开他玩笑的。"

宗城点了一下头，沿着路走了，手指摸着兜里的手机。他没想到说要走林迁西会是这种反应。

走到老楼外面，还是掏出了手机，他翻出微信，对着那个"八中乖仔"的微信名看了很久，最后还是收了起来。

林迁西，有你的。他心想，已经让他看不透了……

一屋子乱七八糟的纸团。林迁西看了眼手机上的时间，早上了，昨晚就没怎么睡，找题出来做也不顺，打的草稿乱扔。

"干吗啊这是，这么颓废，还算什么八中乖仔……"他自嘲着从床上爬起来，一边套衣服一边进卫生间里洗漱。为了显示自己毫不在意，嘴里还哼起了歌。

就这么一路哼着歌去了学校，到了教室的后门口才不哼了。他站了一下，提一提精神，才走进门。

宗城不在教室里。林迁西走到座位上，看了眼旁边空着的座位。

只有孙凯来了，在前面跟他打招呼："西哥，上学才能见你了啊？别看了，城爷还没来呢，肯定又请假了吧，昨晚上就说有事儿先走了。"

"谁看了。"林迁西抿着嘴坐下来，心想都要走了，的确事儿挺多的吧。

"你黑眼圈儿怎么看着更重了，昨晚没睡？"孙凯问。

"少说废话，我去跑步了。"他放下书包，出教室，去操场。

天气最近转凉了，操场上有风，跑步的时候劈头盖脸地吹。林迁西跑完十个来回，也被风吹了十个来回，清醒多了。

吴川今天不在，他自己跑，自己记了成绩，估计也不够准。出操场的时候想，没什么，这不是挺自觉的，说明他以后只剩一个人了，也照样能继续努力追赶他的目标。

宗城快下午才去学校，出门的时候在门口的桌上放了只行李包。他拿着手机，边走边看，顾阳发了条微信过来，现在才看到。

——哥，准备好没有，我都等着了。

宗城回复得很简单。

——没什么好准备的，就几件衣服。

进了校门，他直接往教务楼走，上了楼梯，去老师办公室找老周。

"林迁西！"徐进老远在喊。

宗城朝办公室那儿看，林迁西穿着长袖衫、牛仔裤，懒洋洋地站在走廊上，手里好像还夹着个烟头，被徐进拦着了，反手在栏杆那儿一捻，紧接着就被叫进了办公室里。

"你可以啊。"一进办公室里，徐进就开口说。

林迁西跟在他后面进来，以为自己抽烟被抓到了，甩着手上沾的烟灰说："失误，意外，我很久不干这事儿了，我肯定不妨碍学习，真的。"

"什么事儿啊？"徐进在办公桌那儿拿试卷，看着他。

"……"林迁西反应过来，"你说什么事儿啊？"

"我说你这次期中考试啊！"徐进抽出张试卷，"你可以啊，还真考进前三十了。"

林迁西愣一下："真的？"

"真的，就是危险，正好挂在第三十，跟两个人分一样，并列的，要不是我数学有道题让你蒙对了，你也不可能。"徐进哼着声说。

"那怎么能说我是蒙对的？"

"解题过程都没有，就一个答案，不是蒙的是什么？"

"……"好吧，林迁西无话可说，是蒙的。虽然很勉强，但他真考进前三十了，居然也没什么激动的。他转头出了办公室。

"你这卷子……"徐进还想跟他分析一下他这分是怎么提高的呢，一抬头人都没了。

林迁西出办公室就几步，迎面一双长腿到了跟前，一抬头，看见穿着黑长袖的宗城。

"前三十进了？"他问。

林迁西看着他脸，咧开嘴笑笑："嗯，有你教，我哪能考不进呢。"

宗城的手指在他眼前指一下："那你这黑眼圈儿也算值了。"

林迁西又咧嘴笑笑，忽然看见他手里拎着的书包，又看一眼后面的办公室："你来找老周的？"

"嗯，刚好听到徐进说你成绩。"宗城把自己书包递给他，"帮我带一下，我在这儿等一下老周。"

林迁西接了他书包，懂了，是来说要走的事儿的，便转头回了教室。

宗城特地看了看他表情，他走太快了，很快就转弯不见，手指收在裤兜里握一下，又拿出来，要不是现在是在办公室外面，看他这样，都想叫住他再问几句了。

林迁西拿着宗城的书包回到教室，刚给他塞进桌肚子里，就被姜皓眼尖地瞅见了。

"宗城已经来了？"

"嗯。"林迁西说，"去办公室了。"意思是后面别问了。

姜皓听说去办公室就知道有事情，还真没问了。

下午的课都快结束了，铃声响了起来。林迁西一整天都压着不去想的事情，在见到宗城到了办公室门口的那刻，还是明晃晃地被拎到了跟前。可能这就是最后一节和他一起上的课了，这个座位才一起坐没多久，以后也会空着了。

要空着的座位上的人回来了，宗城脚钩一下凳子，坐下来："晚上请你吃饭。"

林迁西转头看他："啊？"

"我说晚上请你吃饭，"宗城说，"不是早说好的吗，你进前三十我请客。"

林迁西想起来了："对，差点儿忘了。"

"我记着就行了。"宗城看他一眼，"待会儿别提前跑。"

"……"林迁西扯扯嘴角，还跑什么啊，人都要走了。

"哇靠！我听到了，西哥进前三十了？"王肖回头，"那不得带上咱们吗？"

宗城看看他们，又看一眼林迁西："行，你们一起来吧，我做东。"

"城爷大气。"王肖主动把摩托车的钥匙按他桌上，"车给你骑了，放学你们先去，我跟孙凯去买点儿酒水带着，咱不能空手去给西哥庆祝是吧，也得有点儿表示。"

林迁西听着他们东一句西一句的计划，没什么参与感，好像在给别人庆祝一样。

放了学，王肖他们果然出去买东西了。宗城拿了摩托的钥匙，踢踢旁边凳脚："我们先走。"

林迁西站起来，跟着他下了教学楼，到校门外面，看着他坐到了摩托上，愣了两下，才坐到后座。

"你想吃什么？"宗城踩下车时问。

"随便吧。"林迁西手伸出去，碰了一下他腰边的衣角，又按在座上，"我都可以。"

宗城把摩托开出去："那你现在开始数，数到第三十家，是吃饭的地方就进去。"

"为什么？"林迁西下意识地问。

"你不是考了三十名吗？"

林迁西在后面扯开嘴角，看着他短发分明的后脑勺、宽正的肩线，被风吹得眯起眼，笑慢慢没了。以后大概再没有这么近看他的时候了。

是不是第三十家没数，最后停下来的地方是家挂着吃玩儿标牌的KTV。林迁西下了摩托，看宗城把他们俩的书包都塞后备箱里，钥匙抛了过来，一手接了，往店里走。

"这儿能吃饭吗？"宗城在里面问。

"能的。"跑堂小妹热情迎接，一边去柜台后面给他开包间一边看他，看着才十几二十岁，脸都红了。

宗城低着头，根本没注意，在给姜皓发消息，让他们别买酒水了，这种地方肯定不让自带酒水。发完他拿了包间的牌子，转头要叫林迁西走，才发现他在旁边瞅跑堂小妹，嘴边一抹笑。

"笑什么？"

林迁西跟着宗城往里走："人家在看你呢，让她多看几眼吧，以后就看不到了。"

宗城偏头看他，他嘴边还是那种无所谓似的笑，轻飘飘地扯着嘴角。

进了包间，服务员紧跟着就过来上菜了，都是搭配包间人数的套餐，想要别的再另点。也不是什么高档地方，里面装修很旧了，灯光暗暗的，菜也没什么特别的。

宗城拿了菜单给林迁西，在旁边坐下，又看了看他神情。

林迁西往后坐，跷起二郎腿，坐姿都是痞痞的，手上拿着菜单，忽然问："哪天走啊你？"

"明天。"宗城看着他说。

林迁西手指在菜单的纸边上刮一下，没抬头："这么快啊？"

"嗯。"

他手指又刮了刮纸边，好一会儿才又问："姜皓他们知道吗？"

"又不是什么大事儿，没什么好说的。"宗城说，"就你知道。"

林迁西没再问了，随便拿铅笔圈了几个菜，连菜单带笔按茶几上。好像也没其他话可以说了。

门被推开了，王肖他们一窝蜂拥进来："哟，选这么个好地方，连吃带玩儿啊，肯定是西哥挑的。"

林迁西没说话，拿了筷子，夹了个花生塞嘴里，一点儿一点儿咬碎，咽下去，喉咙好像有点儿堵。

"西哥，别光吃那个，喝酒啊。"王肖在里面买了酒，一下拎出一打啤酒放茶几上。

林迁西拿了一罐，拉开："来啊。"

王肖马上开了罐啤酒来跟他碰，还招呼其他人。"一起啊，不得庆祝西哥又进一步吗！"说着拿了一罐往对面扔，"接着啊城爷。"

宗城接了，一手拉开，伸手递出去。

林迁西刚灌了一口，看到他抓着酒递到眼前，伸出手里的酒，跟他轻轻碰了一下。

宗城拿回去，仰头喝了一口，喉结滚动。

林迁西转开眼，手里的啤酒罐就被其他人的一下一下碰上了。

"西哥牛啊，进步这么多，老周都得跌眼镜。"孙凯说。

"西哥要么不学，学了就厉害得很。"薛盛跟着说。

姜皓没那么狗腿子："你变化真够大的。"

林迁西笑笑，照单全收，仰脖灌啤酒，一口气都闷了。

"太牛了西哥，再来。"王肖又递给他一罐。

林迁西接了，"刺啦"一声拉开，感觉有眼睛看着自己，转头，宗城拎着啤酒，脸朝着他。看什么呢，可能是明天要走了，看两眼他一手教出来的成果吧。林迁西仰头又闷了一罐酒。

不知道是谁点了歌，包间里开始唱"苍茫的天涯是我的爱"，王肖喊："我的妈，谁放的，换一首行不行啊？"

桌上的菜被东一筷子西一筷子吃得乱七八糟。姜皓坐到宗城右手边，小声问："他没事儿吧？"

宗城眼睛就看着旁边，林迁西跷着二郎腿，没吃几口菜，一直在喝酒，面前的茶几上已经摆了一堆的空罐。

"你俩这样多久了？"姜皓说，"你别说我多心啊，我是真觉得你俩有点儿古怪，就那种……"

"哪种？"宗城低声问。

"就说不出来的那种……"姜皓瞅他一眼，"算了，你别生气，我就说说自己的感受。"

"嗯，没生气。"宗城把酒递到嘴边，也灌了一口。

菜都快吃完了，歌轰了十几首，连薛盛都跑上去嚎了两嗓子。王肖受不了了，终于发现林迁西一直坐沙发上喝酒，赶紧叫他："西哥，别喝了，来唱一首，你唱歌那么好，不来一首浪费了！"

薛盛听了，立即把话筒送到林迁西跟前："对啊西哥，快来唱一首，城爷他们肯定没听过你唱歌。"

林迁西到现在都没怎么听他们说话，看到面前的话筒才停止喝酒，看一眼旁边。宗城手里拿着啤酒，跟他差不多，也在喝。

两个人坐的只有一只手掌的距离，却诡异得到现在都没说过几句话。他不知道是不是有点儿醉了，感觉别人说话声音是虚的，宗城的脸也藏在暗光里，手里的啤酒一放，劈手拿了话筒："行啊，唱首给他听听。"

他站起来，去旁边点歌，像豁出去了一样，去他的，都要走了，唱首歌算什么。手指像是有自己的意识，"嘀嘀"按着选了首歌，还没想好要不要唱，音乐已经起来了。

林迁西举起话筒，声音响起，飘在小小的包间里——

"可不可不要这么样徘徊在目光内，你会察觉到我根本寂寞难耐，

"即使千多百个深夜曾在梦境内，我有吻过你这毕竟并没存在，

"人声车声开始消和逝，无声挣扎有个情感奴隶，

"是我多么地想她，但我偏偏只得无尽叹谓……"

是首粤语老歌，《暗里着迷》。可能是真有点儿醉了，他连自己的声音都听不太真切，眼睛往沙发上瞥。

屏幕上的光打在宗城脸上，薄薄的一层蓝，眼睛就盯着他，光太暗了，好像看他的眼底也是漆黑的。

林迁西眼神动一下，冲他勾起嘴角笑，若无其事，又好像什么都无所谓了。

"其实每次见你我也着迷，无奈你我各有角色范围，

"就算在寂寞梦内超出好友关系，唯在暗里爱你暗里着迷，

"无谓要你惹上各种问题，共我道别吧别让空虚使我越轨……"

唱完一段，林迁西拿开话筒，不想唱了，觉得胃不太舒服。

"怎么不唱了啊西哥，这么好听你唱完啊！"王肖嚷嚷。

姜皓都惊奇："想不到你唱歌也有一手啊。"

林迁西"嘭"一声抛下话筒："不唱了，喝多了。"说完从他们当中越过去，拉开门出去了。

外面有标志指着厕所位置，他一口气小跑过去，找到洗手池，拧开水龙头，直

接把脸凑过去淋了满脸，起来时，对着镜子抹了抹脸，扶着池边深深吐了口气。"行了林迁西，唱得可真好，行了……"他把打湿的头发也抹了抹，转身回去。

还没到包间外面，就在过道里看见了宗城，他正倚着墙，脸就朝着自己来的方向。林迁西停下了："干吗，等我啊？"

宗城腿伸出来，拦了路："你刚那歌有意义吗？"

林迁西胃里的酒精在翻涌，可能都已经翻涌到了脑海，有些神经都麻痹了，才会让他现在情绪冲到了脑门，堵了嗓子眼，连语气都冲了："有什么意义，你都要走了。"

宗城抿了一下嘴，下颌线绷紧："我走让你这么不舒服？"

"随便！你爱走不走！"林迁西情绪上头，直接去拨他肩，"让路！"

宗城抓着他胳膊，一扯，反手扣住了他肩。

"靠！松开！"林迁西忍够了，抬腿就去顶他小腹。

宗城扣着他肩用力一拽，避开了，背被他压迫着往后一退，撞开旁边一个包间的门，干脆把他扯了进去，一把摁在门上。里面黑乎乎的，没人，只有过道里的光漏进来。

林迁西确实喝多了，力气都使不上，任由宗城把自己按在门背上，喘两口气，他觉得真豁出去了，轻飘飘地笑了声。

宗城没说话，只剩下彼此的呼吸。

"西哥！西哥！你在吗？"外面王肖在喊，不知道是谁敲了敲背后紧压着的门。

宗城终于松开他，胸膛还在起伏。

"真喝多了啊？"姜皓在外面说。

林迁西忽然被他拽了一下，他开门出去，又关上了门。

"在里面。"他低低地说。

林迁西靠着墙，一只手按着飞跳的胸口，已经分不清是酒醒了，还是更醉了。

第64章

有光照在眼皮上，晃得人不舒服，头也很疼，太阳穴突突的。不知道几点，林迁西缓缓睁开眼睛，被窗外投进来的阳光刺激得眯起眼，好几秒才适应了，看见头顶熟悉的老旧天花板，认出是在自己的房间里。

就这么看了两三秒，他猛地一头坐起来，低头看自己身上，还穿着昨天的衣服，一下就记起昨晚在 KTV 里都干了什么，爬起来几步冲进洗手间里。

镜子照着他的脸，头发乱糟糟的，他盯着自己的嘴唇，下唇左边有点紫，拿手指按一下，还有点儿疼，眼角都抽了一下，昨晚的记忆更清晰了。他对着镜子轻轻舔了舔下唇，再想起来，胸口里又忍不住快跳，抬手按一下心口，深吸口气。

后来他是怎么回来的？好像从那包间里出去后就没看见宗城了，王肖说他去结账了，然后自己就稀里糊涂地被他们送了回来，再后来是什么时候睡着的，完全不记得了。

他揉揉太阳穴，酒彻彻底底醒了，忽然往外看一眼窗户上透出的亮晃晃的阳光，又马上冲出去找手机，终于在枕头底下找到，看一眼时间，都十点多了。

"我……"已经迟到了。他赶紧又跑回洗手间里，飞快地冲澡、洗漱。

等他换了身衣服，跑出家门，到了岔路口，又忽然停了一下，接着就换了方向，没有直接去学校。

杨锐的杂货店就在前面了，林迁西不跑了，脚步一下慢了下来，眼睛远远看着老楼所在的方位，其实也看不见那几栋楼，喘两口气，没再往前。

"林迁西，你来！"他转头，杨锐正在杂货店门口朝他招手。

林迁西又朝老楼方向看了一眼，才小跑过去："干什么？"

"你怎么才过来啊？"杨锐说，"宗城在这儿等了你半天，刚刚走。"

林迁西心沉了："他走了？"

"走了，听他说是要去弟弟那儿，又要赶车又要赶飞机的，再不走就晚点了。"杨锐掏出把钥匙递过来，"叫我给你的，他家的钥匙，让你照顾狗。"

林迁西接了那把钥匙，手指捏着，不知道该说什么，就这么走了，敢情昨晚就是最后一面了。真够可以的啊！

杨锐交完了钥匙就在门口的藤椅上坐下来，又想起什么："哦对了，他说叫你拿了钥匙就去喂一下狗，喂完记得拍个照给他看看。"

林迁西哼笑一声："行，我现在就去。"

他拿着钥匙往那几栋老楼走，心里什么都没想，脚步越来越快，后来上楼的时候也是跑着上的，对着那扇门站了站，手里的钥匙插进锁芯，拧开。

汤姆听着声就在门口等着了，林迁西一进去，一团雪球就上来扑住他的腿。他笑了笑说："汤姆，以后就我照顾你了，你得习惯。"说着过去找到狗粮，刚要往狗盆里倒，发现里面还剩了很多，明明早上是喂过的。

林迁西放下狗粮，转头看看这间屋子，发现也没什么变化，窗台那儿从小桌上

到桌底，到处都是堆着的书和练习册，小桌边上还摆着以前的坐垫，他的那个绣着
"乖"字的坐垫也还在，甚至靠墙的地方都还摆着那只很大的拉杆箱，宗城并没有
带走。

他看看脚底下蹦跶的汤姆，忽然觉得不太对，一边想一边掏出手机，对着狗盆
和汤姆拍了张照，点开字母 Z 的微信。

照片发出去了。发出去了才觉得宗城可能是故意的，让自己拍个照发给他，多
了个照顾狗的理由，好像昨晚的事儿没那么尴尬了。

林迁西不知道他到哪儿了，能不能看见，就连对着他微信的对话框都能想起昨
晚上包间里的情景，马上就要收起手机。

手心振了一下，消息进来了。林迁西把手机又拿到眼前，对话框里弹出宗城的
回复。

——等了你三个小时，现在才到？

林迁西对着这条消息，想象不出他现在是什么表情，原来居然等了自己那么久，
看宗城这么淡定，低头打字时，林迁西尽量也表现得像没事儿一样。

——是啊，错过见你最后一面了。

对话框里弹出一个醒目的问号。

紧接着通话的提示音就响了。林迁西看着他的头像在浮动，手指悬了悬，还是
点了接通，贴到耳边。

"谁跟你最后一面？"宗城的声音响在耳朵里。

林迁西笑了声，口气故意放得很轻快："什么意思，你不是要去顾阳那儿的吗？
我刚发现，你东西怎么都没带啊？"

"我好像没说过我不回来了。"

"……"林迁西又看一遍这屋子里的情形，卡壳了一秒，"啊？"

"顾阳太担心了，我跟他说好了，请假去看他，过两天就回来。"宗城声音低低
的，"明白了？"

"啊？"林迁西都变调了。他说过不回来吗？好像是没说过，就问能不能给他照顾
汤姆，说要去顾阳那儿。难怪说不是什么大事儿，不用告诉姜皓他们了。林迁西反应
过来了，又骂一句："靠！"那他前面都在干吗啊！"你怎么……"他抓一下头发，想
说你怎么不早说啊，仔细想想好像人家说得也没问题，明明就是自己理解错了。

太丢人了，还以为他就要转学走了，以后再也见不着了。那昨天在 KTV 里还那
样……林迁西手指按着太阳穴，说不出话来，贴着手机的耳根好像已经开始烫了。

听筒里响着刺耳的车喇叭声，"嘀嘀嘀"。好一会儿，宗城等他消化了这个消息，

才开口："我得转车了，其他事儿等我回来说。"

林迁西总算找回自己的声音："其他什么事儿？"

"你说呢？"宗城低低地反问。

林迁西回过味儿来了。

"挂了。"听筒里太吵了，宗城先挂了。

林迁西拿开手机，摸一下耳朵，真是烫了，不知道他什么意思，乱七八糟一堆情绪涌上来，不自觉又舔一下嘴唇，看了看汤姆，终于想起来还得去学校，匆匆转头出门。

宗城就带了一只行李包，坐上一辆颠簸的大巴，车开出去的时候，低头翻着手机，和林迁西的那几句对话还在，光是汤姆的照片就看了好几次。他要不是前面一直躲着自己，连个说话的机会都不给，也不至于以为自己一走就再也不回来了。是不是活该啊，林迁西，回头还得好好学学语文。宗城想到这儿，那条断眉都忍不住动了一下。

旁边坐着一个女生，小声跟他搭话："这是你养的狗吗？好可爱啊。"

宗城没回答，连对方长什么样子都没看清，手指点一下，退出了对话框。

大概过了一分钟，那位女生又拿着手机挨近了点儿，腼腆地说："能跟你加个微信吗？"

宗城还是跟没听见一样，手在脖子上摸一下，摸到挂着的耳机，戴起来，慢条斯理地把耳机连到手机上，点了播放音乐。

再热情的女孩子也经不住这么冷的对待，女生脸上挂不住，终于不来搭话了。

耳机里在放英文阅读文摘，宗城平时学习用的，听了两分钟，想起了什么，又低头，拿着手机搜了一下，搜出了那首《暗里着迷》，点了播放。

仿佛又听见了林迁西昨晚在那儿唱这首歌的声音，知道他唱歌好，声音确实好听，唱这首歌的时候可能根本没察觉到他当时的样子。从昨晚回去，到今天出门，那个画面都不停地在脑海里浮现。

一上午都要过去了，林迁西才到教室外面。

刚好一节课快结束了，他特地等了等，等到下课铃响了，物理老师夹着讲义从前门走了，才趁机溜进了教室。刚到座位上，前面几个人就目光炯炯地看了过来。

"西哥，"王肖黝黑的脸上挂着笑，"你酒量那么好，昨天怎么醉成那样了，今天睡得都起不来了？"

"那是醉吗？"林迁西更正，"顶多半醉。"

王肖不信："半醉你昨天从那包间里出来一声不吭的？"

林迁西不回答，他当时好像是一声不吭的，具体什么样记不清了。他装模作样地低头在桌肚子里找书。

"哎西哥，你嘴怎么了？"孙凯忽然发现了新大陆似的，凑近来看。

"闪开点儿，我喝多了摔的不行吗？"林迁西随口胡扯。

"你跟宗城当时在那包间里面干吗了？"姜皓忽然问。

林迁西发现他真会抓重点，抬了头，咧开嘴笑："你怎么不去问他啊？"

这句话挺有用，姜皓拿他这痞样没辙，转回头去，不好奇了。

"林迁西。"章晓江忽然走了过来，蚊子哼似的叫了一声。

林迁西刚找了下节课要讲的化学书出来，看他一眼："干吗？"

章晓江还是怕他，离他座位一大截："老周叫你过去一下。"说完就回自己座位去了。

"看他那尿样。"王肖瞧着章晓江嘲讽一句，回头对林迁西说，"城爷三天两头请假都没事儿，西哥你一迟到就被老周盯上了，早知道昨晚上就让你少喝点儿了。"

别再提昨晚了。林迁西心里想着，站起来，去办公室。

老周好久都没找过他了，可能真是因为迟到，难道进了前三十，老周终于开始关注他了？林迁西胡乱揣测了一通，进了办公室。"找我啊，老周？"

就老周一个人在办公室里，四平八稳地坐在办公桌后面，桌上摆着他送的那只杯子，从他进来就看着他了："你这回进前三十了。"

"嗯，"林迁西说，"不会吧，你特地叫我来表扬我？"

老周面前摆着张排名表，拿起来，脸上很严肃："你这次进步这么多，成绩是怎么来的？"

林迁西听出不对："什么叫怎么来的，考出来的。"

老周把排名表按桌上，看看他："我就直说了，宗城坐在你旁边，你有没有抄他的答案？"

林迁西顿时沉了脸："你说什么玩意儿？"

老周知道他脾气，就算做他班主任这么久了，也还是有点儿忌惮，托一下鼻梁上的眼镜："有人来举报了，作为班主任，我得处理。你先等着，我要联系你家长过来。"

"谁啊？"林迁西压着火，"凭什么就要联系我家长了？"

老周板起脸："这事儿教导处都知道了，你现在说这些没用，等着处理，别生事儿。"说完找了学生家长的通讯录出来，拿了桌上的电话，开始拨号。

王肖叫了薛盛一起偷摸去走廊拐角抽烟，老远地能看见办公室的门，想起林迁西在里面半天没出来，都要上课了，觉得奇怪，悄悄叫薛盛说："过去看看西哥被老周怎么了。"

两个人刚摸到办公室外面，就听见林迁西的声音："那就去教导处！我没抄宗城的，我就是自己学的，说一万遍也没抄！"

"哎，靠！"王肖赶紧推一下薛盛，两个人往回走。后面办公室的门"嘭"一声响，林迁西把门一下推到底，冷着脸出来，从另一头走了。

大巴"吱"一声重重刹住，到机场了，已经是下午。

宗城摘下耳机，拎了自己的行李包，下了车，余光瞥见邻座的那个女生还跟在后面看自己，转头从车后面绕过去走。手机响了一声，来微信的声音。他掏出来的时候以为又是林迁西，但不是，是姜皓发来的。

——听说林迁西抄了你的试卷，都被提去教导处了。

宗城停在路边上，一只手迅速打字。

——怎么回事儿？

姜皓回过来一大串字。

——挺复杂的，王肖他们偷偷跑去看好几回了，都叫家长了，好像说他证明不了没抄，不知道会不会受处分。

宗城看一眼时间，考虑几秒，一边往回走，一边拨了顾阳的号码，电话通了。"顾阳，"他已经在看路上的来车，"我下回再去看你，有点儿事儿。"

第 65 章

林迁西在教导处的办公室里站着。这地方不是第一次来，以前是常客。

头发花白的教导主任早认识他了，坐在他对面，挺着啤酒肚，国字脸一脸严肃，用力拍了两下桌子："林迁西，你还是说你没抄是吧？"

"我就是没抄。"林迁西冷着脸，忍到现在已经很给他们面子了，"谁举报的我，把他叫出来对质啊。"

教导主任说："这能叫来吗，叫来了你还能放过人家？我还不知道，这八中的学生谁不怕你，你肯定是要报复的。"

林迁西都气笑了："原来他还怕我报复啊，那他还敢诋毁我？"

"你不要说这些，人家勇于举报，我们是要保护的，咱们现在就说你抄没抄。"

"没抄！"林迁西手收在兜里，握成了拳，耐心就快没了，"你们就这么相信举报的，我说什么都不信？有种让我重考！"

"重考？有那时间你还不如直接承认！你看看你自己以前干了什么，谁能信你！"教导主任拿了桌上厚厚的一本记录册翻开，戳着上面，"这儿都是你的'光辉事迹'，高一第一学期，刚开学，在校门口跟七个人打群架，七个社会分子！把校门都给堵了，妨碍学校正常上课，记了大过。这儿，高二第一学期，旷课十五天，你自己说说，一个学生旷课半个月还叫学生吗？这前后都是你的事儿，打架、闹事儿，拒绝老师家访，上课期间翻墙逃课……什么抽烟、奇装异服这些都是小儿科了，你差一点儿就要被开除了，现在能有这成绩出来，你说谁能相信？"

林迁西知道自己以前很混蛋，不就是不想再像以前那样才拼了这么久吗？现在老账被翻出来，脸更冷了："那是以前，我现在高三了，这么久老老实实上课，教导处是没长眼睛？"

"你这什么态度？"教导主任来气了，"你不要把你那些流氓习气带到学校里来，我告诉你，教导处管教过这么多届学生，还镇不住你？"

林迁西忍到现在早就火冒三丈，强行收敛着的，结果半天下来人家就是不信他，是个人都要炸了。"我还没说什么呢，你镇什么啊？"

"林迁西！管好你的嘴！"教导主任气得站起来。

办公室外面有人走了进来，进门就说："不好意思老师，来迟了。"

林迁西回头，他妈果然还是被叫来了，后面跟着老周，是先跟老周谈完了才来的。

林慧丽穿着上班的长衣长裤，胸口带名字的工牌都没摘，跟教导主任打了招呼，拧眉看着他。

教导主任正来气，马上说："林迁西妈妈，你来得正好，我们也不是第一回见了，你来看看人家举报林迁西的内容。"

林迁西冷眼看着他在对面一样一样宣判似的说——

"林迁西考试期间一直张望，他旁边就是年级第一，一直看人家。我们把他的试卷都看过了，数学试卷上有题目没有解题过程，就一个答案，这很明显了，肯定是抄的……英语一下提高了三十多分，他上一次期末考试英语才考了四十几，这才多久就一下提高了这么多……"

林迁西刚想说"你知道我背了多久的单词"，一个字都还没出口，林慧丽回头说："你跟我出来一下。"他憋着一肚子火，扭头跟出办公室。

到了外面，林慧丽脸色不好，刚被教导主任那一通话弄得脸上一阵青一阵红，还没缓过来："为什么不承认？"

林迁西干笑一声："不好意思，又让你不省心了，但是我没抄，没抄我就不认！"

"你们老师都说成这样了，你还犟什么，去认个错，你至少得把高三上完。"林慧丽皱着眉说。

"我肯定把高三上完，不然你以为我这段时间在干什么？是我做的我认，没做过的就是摁我头我也不认！"林迁西都要气麻木了，"你要嫌烦就回去，这事儿我自己担。"

林慧丽绷着脸："你就是不认是吧？"

"……"林迁西指着自己眼睛，用力咬一下牙，咬得腮帮子都疼，"林女士，你能把我的话当话吗？我再说一遍，我！没！抄！"

林慧丽看他眼睛都气红了，还从没有哪次见过他这样，给震了一下，闭上了嘴没作声，走开几步，手从口袋里掏出了烟，站在走廊的角落里点了一支。只抽了几口，可能是觉得现在是在学校里，这样不好，她又把烟按灭了。

老周从办公室里出来："林迁西妈妈，请你再进来一下，谈一下处理的事儿。"

林迁西顿时朝办公室里看。

林慧丽走进去，看着里头的架势，又皱了眉，小声问："周老师，会闹到开除吗？"

老周看一眼里头气得够呛的教导主任："应该不至于，但是处分估计要留。"

林慧丽走过去，刚才抽烟的时候也想了一下，对教导主任说："林迁西是浑，要说他打架闹事儿我没什么好说的，但是说句实话，要说作弊，我还从没见他在考试分上撒过谎，他以前动不动就缺考零分，也没见去抄别人的。"

教导主任说："林妈妈你的心情我能理解，听着是这么回事儿，但是他旁边的那个可是年级第一，以前他旁边可没有个年级第一给他抄啊，而且你看看他到现在是个什么态度。"

林慧丽说："那你意思是他就是抄了？"

老周背着手，知道林慧丽说的是真的，林迁西以前的确是不在乎分数，这回倒是当着他跟徐进的面放了话说要进前三十，较真说动机也是有的，但想想林迁西那个脾气，就他那个瘪样，天不怕地不怕的，真干了估计也没什么不好承认的，现在死都不认，真不一定是抄了。

毕竟是自己班上闹出来的事儿，身为班主任，他脸上没光彩，把两边情况都考虑过了，才开口说："林迁西前阵子拿了台球比赛的冠军，也是给学校挣了荣誉的，这点主任您得考虑一下。"

林慧丽忽然朝门外看一眼："你说他台球赛拿了冠军，是正规比赛？"

老周点头："高中组的地区赛，咱们学校的体育老师吴川给他报的名。"

林慧丽没话了。

里面大概商量了有二十多分钟，林迁西就在外面站了二十多分钟，这一下午都站下来了，肺都要气炸了，也快要气冷了，现在一个字都不想说，就站走廊上吹风。

里面的人出来了，老周叫他："林迁西，回去写一份检查，明天早上当着全校的面做检讨，这事儿就算过了。"

"什么东西？"他又给气笑了，"我凭什么要做检讨啊？我哪儿错了？"

林慧丽跟后面，眉还没松开："就这样吧，比你记一次处分好。"

老周也说："你想留处分吗？留了处分你拿的荣誉也没了，你好不容易拿一回冠军，不想留着了？"

"……"林迁西没了声，台球赛的荣誉是他跟宗城两个人拿的，真要因为处分没了，算怎么回事儿。

"回去写一份检讨，诚恳点儿，别因为这个再耽误时间，闹到现在，都要放学了。"老周背着手走了。

林慧丽看看他："就这样吧，我得回去上班了。"

"回吧，下次他们再叫你，你就别理，我没错，凭什么叫你来！"林迁西转头走了。

放学了，最后两排的人都还没走。王肖鬼鬼祟祟从后门钻回班上，一到座位上就小声说："定了，要西哥当着全校的面做检讨。"

薛盛说："那西哥不得气死。"

正说着，林迁西回来了，脸本来就白花花的，现在冷着，看起来白得扎眼。

姜皓看他脸色："怎么样啊？"

林迁西拿了书包，往外走："我一定要写一份'诚恳'的检讨！"说完头也不回地出教室了。

现场几个人愣了好几秒，王肖忍不住骂："谁这么缺德啊，被我揪出来一定要抽丫的。"

薛盛提议："要不咱们去给西哥做个证吧。"

孙凯说："你傻吧，谁不知道咱们跟着西哥混的，去了别给西哥弄更严重了。"

薛盛一听有道理，不瞎提议了。

姜皓拿出手机："我跟宗城说一下吧，他好长时间没回我消息了，可能是上飞机关机了。"

林迁西带着气，晚上根本睡不着。

林女士被叫去学校一趟，现在回去补班了，肯定又嫌他惹麻烦事儿了。他一个人在家，灌了几大杯凉水，拿着笔坐床上洋洋洒洒写了几百字，随手在旁边一扔，一头倒床上。

要在以前，他绝对不会写半个字，大不了硬刚到底，就是退学又怎样？现在不行，他要学籍，得考大学，他要留着那个荣誉，那不是他一个人的荣誉，还有宗城的份儿。但是让他检讨自己作弊没可能，他明天就是上去也还是会说自己没作弊，去他的吧！写出来的字就没一个是检讨的。

林迁西长这么大还真没有过被人硬拗着低头的时候，越是要把他往泥里踩，他越是要站起来。

"去他的！"一连骂了好几声，他才平静下来。平静了才想起来时候不早了，他拿起手机滑开，点出宗城的微信，猜他现在可能已经到顾阳那儿了，但什么也没发，这会儿不知道该说什么，难道要去跟他诉苦吗？又把手机放下来了。

睡得不好，第二天却起得非常早。

林迁西很早就到了学校外面，但他故意在附近找了个早点摊，边吃边看书，待到很晚才进了校门。

王肖他们在教室里眼巴巴地等，终于看到他背着书包进来了。"差点儿以为西哥你气得不来了。"王肖一边说一边看他脸色。

林迁西看一圈儿班上，坐下来，问他："我到现在才来，有人问过吗？"

王肖说："好像没有，就老周早读的时候来看了一下。"

林迁西笑一声："还挺鸡贼啊，我还以为举报我的会关注我动向呢。"

"西哥你玩儿战术呢？"

"就别让我找出他。"林迁西气得把书包里的书一下扔桌上。

可能班上其他人也都听说他的事儿了，纷纷转头朝他这儿看。

课间出操的铃声响了，王肖和姜皓一致回头看着林迁西。

林迁西站起来，踢开凳子就往外走。

到了操场上，王肖追了上来："西哥，要不忍忍，先等风头过去，回头咱们再帮你把那缺德货给揪出来。"

"我够忍的了，"林迁西两手插在兜里，"要搁以前我还能站这儿？"

王肖一想也是，不说了，怕他更生气。

前面升了旗，早操的音乐还没起，教导主任拿着漏电流的话筒在前面喊："教导处通知，高三（8）班林迁西触犯校纪，马上到前面来做检讨！"

林迁西脸又冷了，紧紧闭着嘴，从队伍最后面走出去，一只手从裤兜里掏出自己写好的"检讨"。不像去做检讨的，像是去拆台的。

还没走出去几步，后面一阵很快的脚步声，林迁西回过头，一眼看到宗城，穿着黑色长袖衫、牛仔裤，风尘仆仆的，从操场外面走了过来，一把拿了他手里的检讨，低低地说："站着。"

"……"林迁西差点儿以为自己看错了，目光追着他的身影，一直看着他往前走到了旗杆下面的台子上，都没回过神来。

"城爷回来了？"王肖在旁边小声惊呼。

林迁西才确定真的是他。

宗城一只手拿着他的检讨，站在旗杆下面，垂眼看着，脸上没有表情，直接开始念："我，高三（8）班宗城，因为私自帮助林迁西制订学习计划，教他做题，以致他学习大幅进步，引起校方怀疑，现愿意接受处分，如果这也算违纪的话。"说完他把手里的检讨书一把捏成团，看了一眼还在队伍外面的林迁西，转头走去了教导主任那儿。

林迁西已经彻底蒙了。

"我天老爷！！！"王肖低低地喊，"这是真的吗，西哥？"

姜皓也吃惊地看着他："你俩……什么时候的事儿啊？"

"我的妈，原来是城爷教你学的？"孙凯都要喊了。

无数双眼睛在往他身上看，整个操场都沸腾了。

就连前面的教导主任都震惊了："你刚才说什么……"

林迁西终于动了脚，小跑去前面，刚到旗杆那儿，宗城已经跟着教导主任往办公室那儿走了。他想都没想，立即跟过去。

"林迁西。"半路正好撞上老周，挡了他的路，"宗城刚赶过来跟我说了情况，我已经给你妈打电话说明过了，你的检讨可以不用做了。"

林迁西说："你来晚了，检讨结束了，我也压根就没写检讨。"

"……"

趁老周无语，他从旁边小跑过去。一直跑到教导处的办公室外面才停，他没走太近，远远等着，可能是跑太快了，胸口里一下一下跳得飞快。手机在裤兜里振了一下，他掏出来，看到字母 Z 发来的一条微信。

——下课在学校后面的小街等我。

宗城在教导处待了至少两节课的时间，出来后直接从学校后门出去，到了学校后面的小街上。老远就看见林迁西站在拥挤的马路边上，背倚着墙，旁边是一个卖煎饼的小摊。刚走过去，他就看了过来，一双眼黑亮。

"跟教导主任说清楚了，你没事儿了。"宗城说。

林迁西在这儿等半天也没想起来要问这个，听他说了才问："他信？"说到这儿又笑笑，"对，他应该是信你的。"

"我把给你讲题的聊天记录给他看了。"

"啊？"他一下惊了。

宗城压低声："放心，没给他看你叫爸爸的部分。"

这还差不多。林迁西眉挑一下，松了口气。

宗城看了眼他的神情，扫过他的嘴唇，往前面走："去买点儿吃的，到现在还没吃东西。"

林迁西跟上他，听到这句就问："你怎么回来的？"

宗城说："昨天下午回程的车没了，一直等到晚上，手机也没电了，半夜到的家，就没联系你，早上来先去找了老周，听他说你要做检讨，就去操场了。"几句话就说完了，像这一路半点儿不费事儿似的。

林迁西看着他侧脸，轻声说："真有你的。"不知道是在说他这么麻烦地赶回来，还是说他那一场"检讨"，让他震惊得没话说了。他脚步快了点儿："我给你买吧。"

"报答我？"

"你要我的报答吗？"

宗城偏头看他一眼："不要。"谁要这样的报答。

林迁西被他这眼看得眼神晃一下，咧嘴笑笑："算了，不要拉倒。"

宗城又看他一眼，走到一家卖饮料的小店窗口，看着那窗口边摆放的两杯一起的饮料样品，掏钱说："要两杯。"

里面做饮料的姑娘探出头来说："帅哥，蓝杯和粉杯是情侣杯，是就要这两杯吗？"

宗城瞥一眼旁边的身影："那要两个蓝杯。"

"行。"姑娘把两杯饮料推出来。

宗城付了钱，自己拿了一杯，另一只手拿着一杯递给林迁西。

林迁西看他两眼，又看看那杯饮料，至少有两秒，才伸手接了，手指在杯身上摩挲一下，饮料冰冰凉凉的。

宗城转头走出去两步，站在没人的路牙子上，又停下来，回过头："林迁西。"

"啊？"林迁西跟到他面前，停下，端着饮料看他。

宗城盯着他，眼里沉着光。

好一会儿，林迁西看着他坚定的眼睛，嘴角勾了起来，手里的饮料杯伸出去，跟他手里的碰了一下："来啊，干了这杯！"

宗城那条断眉似乎往上扬了一下。

第66章

两个人一前一后进了教室，后排那几双熟悉的眼睛顿时就像探照灯一样，齐刷刷扭头看了过来。

林迁西走在前面，嘴角勾着，到了座位上，手里还端着那个饮料杯，扫一眼前面盯着自己的几个人，收敛起来不笑了，往旁边看一眼，悄悄把杯子放进桌肚子里。

宗城端着和他一样的饮料杯，和他目光一碰，在旁边坐下，杯子一样放桌肚子里。

"西哥，城爷，"王肖目光在俩人身上扫来扫去，忍不住说，"你俩瞒着我们呢。"

林迁西眼皮一跳，反应过来他说的是学习的事儿，才若无其事地说："干吗，还要敲锣打鼓告诉你们啊？"

"你俩走得快，是没看见啊，整个操场都炸了，都在说年级第一的城爷居然教西哥学习，这什么组合啊！"王肖到这会儿在感慨。

林迁西瞥旁边："啊？我俩什么组合啊？"

宗城接着他视线，嘴边轻轻扯了一下。

姜皓笃定地说："你俩肯定早就开始了。"说着看见宗城的嘴角，"你嘴角这儿怎么了，也是摔的啊？"

"上火。"宗城低下头找书。

"刚走多久就赶回来了，能不上火吗？"姜皓问，"是不是我跟你说的这事儿，你才回来的啊？"

"巧吧，"宗城说，"航班刚好取消了。"

"那可真是够巧的。"姜皓嘀咕。

"还好城爷回来得及时啊，"王肖说，"不然西哥冤死了。"

林迁西看着宗城胡扯，前面还只是猜测，现在听了姜皓的话算是确定了，他就是为了自己回来的，拿了笔，佯装看书，唇角又勾了起来，一只手拢在嘴边，遮了一下。

"班上的都在看你们呢。"王肖小声提醒。

林迁西扫一圈儿四周，回来的时候就发现了，都是看热闹的呗，就是不知道有没有人失望了。

王肖头刚转回去，又转回来问："西哥，可算洗脱冤屈了你，放学一起走啊，换换心情。"

林迁西还没说话，宗城拿着本书放桌上，看他一眼："放学你不是还有事儿吗？"

他心里一动，对王肖说："啊对，我还有事儿，就不跟你们一起了。"

"什么事儿啊……"王肖头转回去了。

宗城说完这句，又随手放下儿本书，像是就在旁边简单地整理了一下课桌，低低地说："我出去一下。"

林迁西看他从座位上站起来，才知道是跟自己说的，看过去时，他已经出了教室。

走到走廊尽头，往教务楼去的方向，宗城站了下来，等了一小会儿，等到了刚从教务楼那儿走回来的人。

那是刘心瑜，看到他，还大大方方打了声招呼："宗城，有事儿吗？"

"有，"宗城收着手在兜里，淡淡地说，"来叫你去向林迁西道歉。"

刘心瑜脸一僵："我对他有什么好道歉的？"

"教导主任不放心告诉林迁西，至少是放心告诉我的。"宗城眼往下看，有点儿冷，"你是班长，又是年级第二，去举报林迁西作弊，教导处当然相信你。"

刘心瑜脸都涨红了："他明明在考试的时候一直看你，我又没说错。"

"他想怎么看就怎么看。"宗城说，"你告白的事儿不是他传的，要是想拿这个报复，你该找丁杰。"

"……"刘心瑜从小学习好，长得又漂亮，在外人面前一直都是大方又自信，心高气傲惯了，什么时候被人当面拆穿过这些？又要求她去道歉，何况这个人还是自己告白过的对象，如果不是强撑着，早就挂不住脸了。

宗城只扫了她一眼，脸上没有表情，整个人比平常看着更冷，没有半点儿怜香惜玉的意思："林迁西是我用心教的，现在证明他没作弊，你就该去向他道歉。要是他今天检讨做出来了，我可能还会请你在全校面前道歉，现在很客气了，别让我找你第二次。"

林迁西偶尔扫一圈儿班上的人，很多人还是在看他，就是不知道有没有那个举报他的。

宗城回来了，在旁边坐下来："不用看了，不是他们。"

林迁西看他："你知道我在看什么啊？"

"还用说吗？"宗城知道他气着，怎么可能不替他出气。

下午放学的点儿，王肖从教室外面晃回来，好像是反应过来了似的，跑到林迁西座位前面来："西哥，我听着外面都在说什么八中的学霸在教校霸，给想起来了，你前头说放学有事儿，是不是打算去找那个缺德货啊？要不然我们留下来帮你？"

薛盛和孙凯听了也一起凑过来："要帮忙吗西哥？"

"不是，"林迁西马上说，"没你们事儿，放学别等我啊。"

"啊？不是啊？"王肖又问宗城，"那城爷你要一起走吗？"

宗城已经把书包收好了："我也有事儿。"

"你俩不会是又要学习吧……"王肖嘀嘀咕咕，放弃了。

林迁西和宗城对视一眼，心照不宣，各干各的事儿。

前两排有人在收拾东西，动静不小，好几个人围在那儿说话。林迁西收着书包，往那儿看了一眼，听见章晓江在那儿蚊子哼似的说："怎么了刘心瑜，你可是班长……"

刘心瑜在收拾东西，她把桌上的书都收进了书包里，满满的一书包，桌子都空了，也没跟身边围着的人说话，两只手提着书包，往后面走，走到最后一排来，看着林迁西，眼睛居然是红的，鼻子也是红的，看着像是哭过的，忽然生硬地开口说了句："林迁西，对不起。"说完她看着宗城，又憋着气声说，"我已经跟班主任申请转班了，够有诚意了吗？"

班上留着还没走的都看着这儿，刘心瑜扭头走出了教室。

林迁西看她走了才反应过来："是她？"他一向觉得看自己不顺眼的顶多是丁杰那种的搅屎棍，怎么想都没想到搞他事儿的居然是班长，还是个女生，但是紧接着就想起前面她告白的事儿了，八成还误以为是他传的在报复。

真服了，这都什么事儿啊。要不是他现在没事儿了，气也消了，这事儿还真不是一句对不起就能过的。

"居然是她啊？"姜皓也惊了，"难怪教导处这么绝。"

"这要怎么揍？"王肖小声说，"对着妹子我也下不了手啊。"

"看看她那俩哭肿的核桃眼，也够惨了，还挺要强，班长都不当了，就这么转班了。"孙凯"啧啧"两声，"幸好城爷当初没答应她。"

宗城打断他们："你们还不走？我先走了。"说完看一眼旁边的林迁西，站起来先走了。

林迁西收心，先不想了，拿上书包："我也走了。"

出教室，下了楼，他小跑着出了校门，后领被人扯了一下，一转头，宗城就在路边上等着。"还生气吗？"他往前走时问。

林迁西跟上他，看着他的侧脸，忽然笑了："不生气了，我忽然觉得爽了。刘心瑜要知道我现在是你什么人，得气死吧。"

"哦，你是我什么人？"宗城看过来。

林迁西觉得他就是故意的，半边身体歪过去，挨着他肩，低声说："就是你教的人吧，什么人啊？"

宗城的下巴被他凑近说话的气息一拂，看见他嘴边带着痞笑，已经往前小跑出去一截了，手摸了下下巴，林痞就是林痞。

远远地，还没到杨锐的杂货店，已经听见杨老板的声音在店门口唤了："酷哥这就回来了？我做了土豆烧肉，要不要在这儿吃饭啊？"

林迁西刚才耍了一下宗城，还故意走在前面，听到这话喊："你看不到我啊？"

宗城过来，抓着他背后的衣服往后拽一下，跟杨锐说："带一个。"

"来吧。"杨锐扭头进了杂货店。

林迁西被他拽得挨到他身边，低低地说："我成被带的了？"

"适应一下？"宗城松开他，先过去了。

"……"林迁西跟进去的时候，小折叠桌上已经摆了两个菜。

杨锐还真端了一大盆土豆烧肉出来，放桌上说："路峰跑长途去了，菜买多了，担心吃不掉呢，正好碰上你俩。"他一边说一边抬头，看到林迁西脸上，"你嘴怎么了？"

又来了！"没事儿……"林迁西扭头避开他目光。

宗城进来后站在侧面，杨锐倒是没注意到他嘴角的那一点儿紫，扭头又进了厨房，边走边说："你这痕迹很古怪啊，淤血了都。"

宗城看见，转头去了货架那儿，找了半天也没找到能用的，最后只找到一小盒清凉油。他低声说："过来。"

林迁西还以为什么事儿，刚走近，嘴角被抹了一下清凉油，刺激得嘴上一痛，"嘶"的一声，扭头就想回避，又被宗城拦住。

"可以吃了。"杨锐的脚步声从厨房里出来了。

林迁西从货架后面走出来，小心摸了摸火辣辣的下唇，在折叠桌旁边坐下来。为了不被杨锐看出来，先拿筷子夹了块肉塞嘴里，结果不小心舌头沾到了点儿唇上的清凉油，刺激得顿时捂住嘴。

"干吗呢你？"杨锐问。

林迁西捂着嘴说："菜，菜里有毒，杨老板，你好狠的心……"

"没想到被你发现了。"杨锐又进了厨房。

宗城在旁边坐下来，踢踢他脚。林迁西抬头，看见宗城指了一下自己的嘴角。

"涂上了，"宗城把那一小盒清凉油放在旁边，"满意了吗？一起中毒吧。"

林迁西咧起嘴角，怎么回事儿，就跟被哄了一下似的。

第 67 章

吃完了饭，天还没黑，看这时间，正好还能练一下球。宗城站起来，准备去隔壁："我去摆球。"

杨锐叫住他："别练了吧，你不是才回来，不累？"

林迁西这会儿觉得嘴上好受多了，没那么火辣辣的，是打算要一起练球的，听了杨锐的话，觉得也对，他是半夜回来的，肯定没睡好。"那还是别练了。"

宗城停在门口："我都可以，看你。"

"听我的，今天就别练了。"杨锐端了碗筷，"林迁西，来帮我收拾一下。"

"唉，杨老板不仅下毒，还会支使人。"林迁西故意说着站起来。

宗城走回来，杨锐不让他帮忙："让林迁西来就行了，歇会儿吧酷哥。"

林迁西看看宗城："坐着吧。"帮忙把桌上剩下的菜端了，给送进厨房里去。

杨锐进了厨房，把碗筷放进水池里，转头小声问林迁西："你小子，有情况？"

林迁西笑："我有什么情况啊？"

"你看你这表情，前阵子就跟失恋似的，现在都变了个脸，说没情况谁信？"杨锐指他嘴，"啧啧"两声，"年轻真好，我不问，什么都不知道。"

"……"林迁西把菜一放，不跟他一般见识，转头就要出去。

"等等，"杨锐叫住他，"今天真别练球了，早点儿回去吧，待会儿你那两百块养着的主儿就要来了。"

林迁西反应过来，难怪叫他们今天别练球，原来是秦一冬要来。"他跟你说的？"

"是啊，不只今天，明天他也要来，说是带同学一起玩儿，要用我这儿的场子，我可提前通知过你了啊。"

林迁西懂了，把他叫进厨房来就是为了说这事儿。也是应该的，不然好好的撞上又得难受，他跟秦一冬都难受。他点点头，往外走："行吧，我知道了。"

出了厨房，宗城站在门口，手里已经拿上他书包，递给他："真不练了？"

林迁西接过来，出门："不练了，走吧。"

宗城跟着走出去，快到那几栋老楼外面，手机响了一声，他掏出来看了眼，又收了起来。

林迁西瞥了一眼："顾阳？"

"嗯，"宗城说，"催我跟他视频通话，每周一回，约好了的。"

林迁西刚打算走去老楼里,停下了:"那你赶紧跟他通啊,不然我愧疚了,本来他这会儿可以见到你真人的。"

宗城问:"你呢?现在就回去了?"

"嗯,回去做题了。"林迁西刚要走,又回头,"顾阳不会又要劝你过去吧?"

宗城把玩着手机:"顾阳语文挺好的,我跟他说过一遍他就理解了,不像有的人,只会歪曲我话里的意思。"

"……"林迁西看着他,手里书包往他胸口一砸,"做个人不好吗你?"

宗城一把捞住他书包,提一下嘴角,不揭这茬了,怕他真急,站在他跟前说:"放心好了,我从来了就没打算走,迟早要把顾阳接过来,早定好的。"他朝里面的老楼偏一下头,"那屋子虽然不怎么样,却是我妈生前留在我名下的东西,据说是当初别人抵给她还债的,现在是我唯一的资本。在这小地方生活,又没有房租负担,能省一大笔开支,以后我就能尽量让顾阳读好一点儿的学校,所以干吗要走?"

林迁西真没想到是这样,他说得稀松平常,但是一听就知道计划得清清楚楚,好像也没怎么考虑自己,都是想着顾阳。心里莫名挺不是滋味的,就像顾志强在这儿闹腾那天的感受,可能是又心疼了,嘴角一勾,笑了:"我都没想到你居然是个有房的人,再不怎么样那也是个屋啊,我傍到款爷了!"

宗城嘴上的弧度深了点儿:"这就叫款爷?你要是早几年认识我,不得跪了?"

林迁西一顿,干笑:"早几年你可能不太想认识我,我自己都不想认识当初的我。"

宗城盯着他,心想那也未必,他怎么知道自己不想认识?手里捞着的书包按回他怀里:"你傍我了吗?没看出来,下次傍个我看看。"说完从他眼前过去,朝老楼里走了。

林迁西抱着自己的书包,看着他进了楼里看不见了,才回过头走人,嘴里轻笑一声:"闷骚……"

宗城回了家,先去关阳台的拉门,一边给顾阳拨了视频电话。这几天气候转变得很快,凉风开始往屋里钻。他把门拉上前,走出去,从阳台上往楼下看了两眼,没看到林迁西身影,肯定是走远了。

电话通了,浓妆红唇的脸在眼前跳出来,是季彩:"顾阳等你半天也没打来,刚离开一会儿,你就打来了,借我十分钟说个话,可以吧?"

宗城回头进屋,在椅子上坐下:"说吧,我听着呢。"

"听顾阳说你都出发到半路了,又有事儿回去了。"季彩的脸离屏幕近了点儿,"让我猜猜,是林迁西的事儿?"

"嗯。"宗城承认得很干脆。

"还真给我猜到了，"季彩的声音轻了不少，"以前从没见你这样过。"

"哥？"顾阳回来了，脸挤到屏幕里来。正好，季彩把手机交给他，从旁边走了。

早上六点半，林迁西和平常一样刷了牙洗了脸，照照镜子，果然嘴上好多了，那清凉油没白擦。他掏出手机看一眼，看完又收进裤兜里，自言自语："看什么呢，又不是学校里不见面了，嘿……"

他嘀咕着从洗手间里出来，进厨房，从冰箱里拿了几片面包做早饭，转头找了件外套，就要出门，看见他妈在阳台上，踮着脚撑着晾衣杆，正往上面晾一件湿淋淋的衣服，是他之前买回来送她的那条裙子。

林慧丽转头时看到了他，裙子晾好了，放下晾衣杆说："新衣服买回来要洗一下才能穿的。"

林迁西奇怪地看着她，她前面还不信他打的是正规比赛，要他把这件衣服退了，现在居然打算穿了？

林慧丽擦一下湿手，捋了捋耳朵旁边的碎头发，走进屋里来，忽然问："那个说是教了你的，就那个你们学校的年级第一，叫什么？"

林迁西想起老周说过已经打电话跟她说过这事儿，才回："宗城。"

林慧丽记了一下，点点头："不管什么原因，人家肯帮你，以后得找个机会谢谢他，你对人家客气点儿，别欺负他。"

"……谁欺负得了他啊。"林迁西说，"我自己记着呢。"说完叼了面包，拿上书包出了门。

快到杨锐店那儿，林迁西手里的面包也吃完了，拍了拍手去店门口，一边扭着头，眼睛往老楼那儿张望。等回过头，刚好杨锐从打台球那屋里出来，手里拿着他的鸡毛掸子，肩膀上还搭块抹布，像是做了一回卫生。

"记着我的话了吧？"见到他，杨锐就说，"今天去别处浪啊。"

林迁西闷头往屋里走："记着呢，现在才几点，我在这儿等一下人都不行啊？"

杨锐拿鸡毛掸子拦他，一只手推他肩："赶紧上学去吧你，上别处等去。"

林迁西人都要进门了，被他推了出去，眼睛朝里看，只来得及看到墙上挂着几只五颜六色的气球，屋里头像是装饰了一下，要有什么活动似的。

"行了，快走吧，别迟到了。"杨锐摆摆手。

林迁西又看一眼屋门，心想搞得古里古怪的，干脆不等了，先去学校。

进了教学楼，往上爬楼梯的时候，一只手从背后扯了下他的书包。林迁西回头，宗城刚到，就在后面一级台阶，右手收在裤兜里，身上加了件宽松的黑外套，耳朵里塞着耳机，衬着他短短的头发、轮廓分明的脸，显得更利落了。

"早啊。"林迁西特地看了眼他嘴角，很好，那点儿紫也要看不出来了。

宗城说："嗯，早。"

他笑："好正式。"

"你这么正式干什么？"宗城摘了离他近的左耳里的耳塞。

林迁西也觉得挺傻的，转头第一句还打起招呼来了，转移话题问："你听什么呢？"

"英语。"宗城把摘下的那只耳机递过去，"听吗？"

林迁西挑眉看他，还没回答，他那只手就迅速收了回去，微微歪下头，往上走了。

林迁西接到示意往上看，老周正好背着手踱着方步过来，还差两步就要到这儿了，镜片后面的眼睛已经瞧着自己了。林迁西眼睛一晃，马上也两手插进口袋，一本正经地朝教室走。

老周看着宗城从眼前走了，叫了声："宗城。"

林迁西听见，没停，继续去教室了。

宗城回头。

老周走过来，背着的手从身后拿出来，递给他一套试卷："这是高二班上订的试卷，这会儿用不着，等回头总复习的时候肯定是要用到的，你以前还没来，肯定没有，现在既然教林迁西，也带他用一下。"

宗城看他两眼，把试卷收进书包。

老周手又背起来："也不知道林迁西说要考大学是真话假话，希望是真的吧，你能帮就多帮帮他，其他人都怕他，学生里头敢教他的也没别人了，别影响自己的成绩就行。"

宗城说："不会的。"

老周点点头，去办公室了。

宗城去了教室，林迁西不在座位上，桌上压着本子，上面四个狗爬的字：去训练了。他把书包放下来，觉得好笑他又看了一眼。

刚好姜皓和王肖他们一起说着话进了班，宗城把那本子翻了个面，盖住了林迁西那四个狗爬的字。

"宗城，"姜皓走过来说，"咱们高二时坐你右手前面那个女生你还有没有印象？"

宗城看他一眼："谁？"

"我就知道你没印象，名字就不说了，刚进学校的时候碰到的，她居然来找我打听能不能找你教题，我直接就回了。"

"不教。"宗城说，"没那个时间。"

王肖一边到座位上一边笑："我就知道城爷不会答应别人，那咱们以后要有不会的能请你教吗？"

"看情况。"宗城回。

"就这样？"

"嗯。"宗城翻开书，"去问问你西哥答不答应。"林迁西喊爸爸才得来的机会，能随便教吗？

王肖转回头："唉，原来你这儿只教西哥啊。"

姜皓听了这话，不禁看了看宗城，才坐到了座位上。

下课铃响后，林迁西结束跑步训练，搭着外套跑进器材室里，熟门熟路地在球桌底下找出瓶水，拧开，仰着头灌。

一口气灌了半瓶，耳朵里突然被塞了个东西。他含着一大口水扭头，看见宗城站他旁边，刚给他塞上一只耳塞，自己捏着另一个，塞进了耳朵里："前面没听到，现在听。"

林迁西扶一下耳塞，嘴里的水咽了下去："等我的？"

"来陪你练球。"宗城靠坐在球桌上。

林迁西放下水，将就着耳机线的长度，朝他身旁挨过去，和他一起靠坐在球桌边。

耳朵里的英语半懂不懂，林迁西腿动一下，伸直点儿，不然紧贴着有点儿僵了，嘴里笑着说："听不太懂怎么办啊？"

宗城看向他："坐过来点儿，给你翻译。"

林迁西又靠近点儿，朝他歪头，肩抵住他肩："翻吧。"

宗城看他一眼，把手机按亮，递到他眼前给他看，稍微侧过身，挨着他的一只手搭在他腰后面的球桌上，在手机上按了重播："从头再听一遍，哪句不懂你说，我按暂停。"

林迁西感觉离得太近了，都能看清楚他那条断眉上一根一根的眉毛，悄悄看一眼门："会不会有人进来？"

宗城说："没有这句。"

"……我说真的。"

"练球了吗，林迁西！"姜皓的声音在门外响起来。

果然！林迁西摘下耳机，宗城的手从他腰后收回来。

姜皓已经进来了，看一眼宗城："你先到了啊，练不练？"

"练啊，"林迁西抓着桌上剩下的水又喝一口，"没几分钟了，快练吧。"

宗城在旁边收好了手机和耳机线，抬头看见林迁西拿了球杆，朝他比画了个口型：放学。他嘴角微提："先打球吧。"

"哎西……"放学的时候，铃声刚响过还没半分钟，王肖回头喊人，后面座位上已经空了。

姜皓看了一眼："一起走了，今天进器材室去练球的时候也看见他们俩早凑一起了。"

"又去学习了吧，城爷真就盯着西哥教啊，我服了。"

姜皓说："可能是吧，我也服了。"

沿着路，快到杨锐店外面了，林迁西左耳塞着耳机，跟宗城并肩走，一边问："倒装句？"

"嗯。"宗城塞着另一只耳机，一路走一路教他。

旁边有人骑着辆自行车一下冲了过去。林迁西余光扫见就往旁边回避，胳膊被宗城及时抓住拽了一下，耳机都被扯掉下来，往前看："怎么骑车的啊！"

那辆自行车已经骑到了杨锐的店门外面，停了下来，居然是个熟人，那个当初一起打过球的板寸头邹伟。

不止他一个，好几辆自行车都停那儿，门口站着好几个人，都是五中篮球队的，毕竟打过一回球，还有印象。那个板寸头邹伟瞧见林迁西了，打量他两眼，又看了看宗城，翻了个白眼，说了什么，几个人就一起进了那间打台球的屋子了。

宗城看了一眼："秦一冬今天要来？"

林迁西还记着这事儿呢，笑笑："对，杨锐跟我说过了。"

"那今天也不能练球了。"宗城把耳机线绕起来，"要去我那儿做题吗？"

"去，走。"林迁西不知道秦一冬现在在不在，经过的时候朝里面看了一眼，脚步一下停了。

宗城跟着停下，也朝里面看了一眼。屋里面挂着几只气球，还拉着彩带，上面写着"生日快乐"，好像是有人过生日。

林迁西一下想起什么："你先走，我去找一下杨锐。"

宗城看了看他，也没多说什么："嗯。"转身先往老楼走了。走出去一大截，又回头看，林迁西绕过隔壁那间屋的门，去了杂货店那间。他没再多看，继续往回走。

林迁西在杂货店的货架后面找到杨锐。杨老板正在理货，看到他愣一下："不是说好了你今天不来吗？"

林迁西问："今天谁生日啊？"

杨锐把手里的货放下来："你说呢，我都忍着没说了，还能是谁？冬子啊！他跟我说要把成年的这个生日提前过了，就提前到了今天，正主现在还没到，你要走还来得及，别到时候又惹出他的小媳妇儿脾气来。"

林迁西也猜到了，头一低："知道了，我马上走，就是来买东西的。"转头就出去了。

杨锐抻头，看他真在外面货架上拿了两罐啤酒、一包烟，应该是给宗城买的，听听隔壁动静，又理他的货去了。

林迁西拿着东西直直出了杂货店，没有往隔壁瞅一眼，往老楼的方向走，走到半路，停下来，腾出只手抹了抹脸。

秦一冬会提前过生日也应该，以前他过生日都会叫上林迁西一起海吃一顿，林迁西会玩儿，能带着他玩儿到大半夜才回家，现在都绝交了，大概越临近生日他越生气，当然要提前了。林迁西抱着手里的啤酒和烟，咧嘴笑了笑，还是让他好好过个生日吧……

宗城在家喂了汤姆，等了大概一个小时，天都要黑了，林迁西还没到。

他拿了钥匙和手机，开门出去。下了楼，还没走到马路上，像是有感应一样，停在几栋老楼前面，往那老旧的花坛那儿看，看到一道坐着的被拖长的影子，走过去。

林迁西果然又坐在那儿，旁边露了红砖块的花坛边上开着两罐啤酒，啤酒罐旁边点了支烟在那儿，他自己手里夹了一支，也没抽，就这么点着，忽然拿了一罐酒跟另一罐放着的碰一下："生日快乐啊冬子。"

碰完自己喝了一口，把手里的烟也伸过去，想跟那根点燃放着的也碰一下，手忽然一下缩回来，拿了那支烟就扔地上几下踩灭了，嘴里自言自语："干吗呢这是，不吉利！冬子你一定长命百岁，先过十八的生日，以后还有八十的生日，你一定能好好的！刚才那不算啊！我在干吗啊这是……"他把那罐放着的啤酒也拿了起来，往嘴里狠狠灌了一大口，眼睛忽然停在前面，不动了，"你什么时候来的？"

宗城走过来，站他跟前："今天是秦一冬生日？"

林迁西低低"啧"一声，觉得自己刚才那傻样肯定被他看到了，笑了笑："对，他提前过的，今天就算成年了。"

宗城说："你想去给他庆祝就去，一个人在这儿犯什么傻。"

林迁西抬头看他，指自己鼻子："我跟他不是绝交了吗？"

"不想绝交就和好。"

"别了，还是绝交的好。"林迁西低低地说，"他跟我扯一起没好处。"

"怎么没好处？"

林迁西晃一下手里的啤酒罐："算了，不说了。"

宗城看他一瞬，忽然劈手夺了他手里的啤酒罐捏扁一扔，抓着他胳膊就拽了起来。

林迁西被拽得往前一冲，额头撞他肩上，一手抓着他外套："我靠？"

宗城趁机两只手都拽住他，往眼前一扯："说。"

林迁西和他四目相对："你这是要逼供啊？"

"嗯。"宗城右手伸到他腰后面，紧紧箍着，一条腿的膝盖抵着他腿，"对我也不能说？"

林迁西对他这手法套路很熟悉了，又被他制住了，腿一抬就被他膝盖往下压，昏暗里对着他的脸，听着他没有情绪的语气，喘两口气，心想能吧，对他应该能说。

"牛，城爷，我说了。"

宗城声音低低的："说吧，我听着呢。"

林迁西笑了声："你可能听杨锐说了，秦一冬是我发小，不止吧，就相当于你跟顾阳，我一直当他是我亲兄弟的，可惜他太菜了，打架不行，还爱瞎冲前头给我挡事儿，我差点儿……对，差一点儿，就把他给害死了……所以能怎么办啊，我得让他离我远点儿，越远越好，不对吗？我不想看不见他过下个生日啊！"

虽然他笑了，语气也很轻快，但宗城还是看见了他眼睛在昏暗里的一丝亮，像浸了水光，制着他的腿松了。

林迁西吸一下鼻子，有心遮掩，又笑一声："说完了，可能你也不会信。"

宗城没接话，没说信，也没说不信，沉默了一会儿，才说："你没东西送给他？"

"没，"林迁西说，"没准备，我不知道他提前过。"

"那我替你去？"

林迁西抬头："啊？"

宗城松开他："去给他送声祝福应该没什么。"说完转头走了。

林迁西愣一下，忽然反应过来，跟了过去。

宗城走到杨锐的店那儿，隔壁那屋的灯全开了，还是不够亮，但是很热闹，里面吵吵闹闹的都是五中篮球队那些人。他走到门口时，里面的声音一下安静了，几双眼睛一起甩过来看着他。

秦一冬被两个男生起着哄推在中间，也没见笑，那个板寸头邹伟手里拿着个寿星的纸王冠，刚准备往他头上套，也停了下来。

"你来干吗？"邹伟把东西往桌上一扔。

宗城随便扫了一眼："我找秦一冬。"

秦一冬从里面走了出来。

宗城转头走出去两步，等他出来了，回头说："没什么，就祝你生日快乐。"

秦一冬发愣地看着他，有点儿怀疑："这是你自己的祝福，还是林迁西让你来的？"

宗城说："没区别，我的就是他的。"说完就转身走了。

"……"秦一冬看着他背影，这事儿要放别人身上挺正常的，放他这又冷又酷的人身上就特别诡异，根本不像是他会做的事情，什么叫他的就是林迁西的？

宗城往回走，一直到过了那个老旧的花坛，也没看见林迁西。等进了老楼里，到了家门口，看到他倚在门边上，肩膀上搭着书包，似笑非笑地盯着自己："行啊城爷，你还真跑去说了。"

宗城看着他还有点儿泛红的眼睛："总比你傻兮兮地躲起来喝酒强。"

"……"林迁西过去敲敲门，"别说了，硬茬！"

宗城拧钥匙开门，看他一眼："你叫我什么？"

林迁西一手推开门，冲他勾着嘴角笑："硬——茬！"

宗城笑了，都出了声。

第68章

进了门，宗城的目光和他碰一下，意思是还得做题，边想边弯腰，捡起了林迁西不小心掉地上的书包，走去小桌子那儿："现在知道乖了？"

林迁西慢慢晃悠过去，拖了自己的坐垫坐下，嘴角牵出抹笑："我不就是乖仔吗，不想让我叫你硬茬，那你以后得叫我乖仔。"

"你还有要求。"

"嗯，我不服。"林迁西打开书包，拿出要写的题册。

宗城看他一眼，转身进了厨房，心想不服也得服，迟早都要服。

林迁西嘴里还有点儿残留的啤酒味，他坐那儿翻开题册，思绪一晃，又瞥了眼厨房，忽然在想这人是不是故意的，因为刚才那一出，都要忘了秦一冬的事儿了，完全被带偏了。

门忽然被敲响了。林迁西的注意力一下被拉去门口，汤姆听见声音已经跑去门那儿蹦蹦跳跳。他站起来，不知道是谁，走到了门口，一只耳朵贴门上听了听动静，没急着开。

宗城走了过来，低声说："我来开。"

林迁西让开，站在门后面。

宗城一手打开门，外面站着搭着件褂子的杨锐，嘴里还叼根牙签。"哦，你是住这儿啊，我还以为弄错了。"

"怎么了？"宗城没想到是他。

杨锐手里端着个纸盘盛着的蛋糕，递给他："来给你送这个，人家寿星托我来的，说是受了你祝福得有点儿表示，毕竟人家今天最大，我就跑一趟吧，拿着。"

宗城伸手接了。

"林迁西不在？"杨老板状似不经意地抻头往里看。

林迁西就站门后面呢，正好跟他卡着个死角，根本没想到他会来，故意一声不吭。

宗城一手扶着门，拿自己挡了他："不在。"

"还以为他在你这儿学习呢，"杨锐说，"那我走了。"

杨老板的脚步声下楼了，宗城关上门，转头就把手里的蛋糕递给林迁西。蛋糕上一层白白的奶油，上面还带了切下来的半个字，可能是"生日快乐"的"生"。

"你知道我不吃甜食。"他说。

林迁西不接，扭头回小桌那儿。"你知道我也不吃。"

宗城端着那盘蛋糕，直接给他放小桌上："我是替你去的，这就是送来给你的。"

林迁西皱着眉抬头："不就一块蛋糕……"

"嗯，就一块蛋糕，那你回避什么？"宗城截断他的话。

林迁西咧了嘴，好像也没笑出来，其实以前秦一冬过生日根本不买蛋糕，他们俩都是瞎玩儿一整天，最后去吃一碗长寿面，就算过完了。秦一冬有时候也会抱怨："好无聊啊，明年一定不这么过了。"但是第二年还是一样来找他过生日。现在换了朋友，过生日的方式也变了。

"行吧，我吃。"他拿了纸盘上搁的塑料叉子，一下挖了一大块下来，叉着一口塞进了嘴里，嚼了嚼，咽下去。又甜又腻，奶油都像扒在喉咙里，吃完了，他在心里又说一遍："生日快乐。"

宗城拿了坐垫，在他旁边坐下来，看他吃完了这口，就没吃第二口了。之前一直没弄清楚林迁西为什么对秦一冬那么古怪，今天逼他说了才知道原因。原来秦一冬也是可以为他冲前面的。

林迁西当秦一冬是亲兄弟，秦一冬是不是也一样就不知道了，只能猜到感情一定是深的。宗城想起代替林迁西去说的那声"生日快乐"，觉得自己都有点儿受了影响，变得不像自己了，大概是占有欲在作祟。

他拿了支笔，又拿了自己的题册，翻开，想了一会儿，还是说："跟他和好吧。"

林迁西看他："嗯？"

"你还当他是兄弟，就跟他和好，别留遗憾。"宗城说的是心里话，不管秦一冬怎么想，林迁西只当他是兄弟就行，既然内心不想绝交，那就和好。

林迁西脸上挤出笑："说这干吗？"

宗城转一下笔："还不放心是吗？"

"……"林迁西觉得什么都被他看穿了，抓了笔，埋头做题，不知道该怎么说。

"还是你根本就没跟我说完全，其实事实比你说的还严重？"宗城又说。

林迁西又想起好几次出现在他梦里的场景，那条看不见尽头的长街、一路淋漓的血，猛地把笔一按，抬头苦笑："做不做题啊城爷，你再啰唆，我就把你嘴堵了。"

宗城盯着他："刚刚教训过你，老毛病又犯了？"

林迁西把题册一盖，上身往他那儿探，一只手撑着桌边，贴近他脸，过了好几秒，唇边忽然露出痞笑，鼻尖故意在他鼻尖上蹭一下，退开坐直了。"算了，我饿了，回去吃饭，今天就先到这儿。"他很快地收拾了书包，拎着就跑去了门口，开门时说，"剩下的蛋糕就留给你了。"

宗城看着他一阵风似的关门走了，手指摸了下鼻尖，喉结动了动。哪儿乖了？算他跑得快。想完掏出手机，点开"八中乖仔"的微信，本来想直接拨通话，想想还是按住，发了条语音："别躲了，乖仔。"

林迁西离开后没经过杨锐的店那儿，远远就看见那两间屋子依然灯火通明，肯定庆祝还没结束。

行了，祝福送了，蛋糕也吃了，自己就算是参与过庆祝了。他绕了个方向，回了家。

林女士去上夜班了，阳台上晾的那件裙子在昏暗中随风轻荡。林迁西进房间里放下书包，又想起宗城的话：跟他和好吧。

"难道我不想吗……"他自言自语一句，撇了撇嘴，去厨房给自己做饭吃。吃完了又回房间去做题，足足埋头专心做了俩小时。

直到睡觉前，林迁西收拾书包，在题册下面拿到手机，顺手按亮看了一眼，才发现宗城给他发过微信，赶紧滑开，点了一下。

"别躲了，乖仔。"还是那个巨冷淡的声音。

林迁西抄了抄额前的碎发，一只手拿着手机，按住语音键，对着嘴："你怎么还不放过我啊。"

对话框里"嗖"一声，宗城回了过来。林迁西点一下，听见他说："如果是别人，我一个字都不会问。"

对，差点儿忘了他是个多讨厌麻烦的人。林迁西心里像被什么撞了一下，所以自己不是别人，这样想，嘴角都勾了起来。

"我没躲，真的，我就是觉得……"他笑没了，停顿好一会儿，手指按着没松，时间过了十几秒，在床上一坐，才接着把后面的话说完，"就是觉得这样对他最保险吧。"

是吧，宗城其实说得都对，就是没完全说出来，就是不放心，就是一点儿险也不敢冒。路峰也说他身边不能有秦一冬那样太斯文的，都对，真不能再害他一回了。

那样鲜血淋漓的一幕是梦，但对他来说太真实了，一切就像是昨天刚刚发生过，只要想起，那天夜里的黑，淋到脖子里的黏腻的血，就又到了眼前，提醒他不能再冒一点儿险。他得学好，得跟以前彻底说再见。

又是"嗖"一声，宗城下一条语音过来了。林迁西轻轻拍一拍脸，打起精神，点开听——

"你已经不是以前的你了……"后面夹杂了狗盆"哐当"一声响，可能是被打断了一下，话到这儿就断了。

林迁西刚想再听一遍，下一条语音紧接着就跳了出来。他点开，又听见宗城淡淡的声音："而且现在不是还有我？"

林迁西盯着那条语音，明明没看见对面那人的脸，明明还是那样又低又淡的声音，耳朵居然感觉麻了一下，可能心里也是。他抬起一只手，用力按了一下胸口，低低地说："姓宗的……"太行了，要么不说，要说简直一招儿就击到他软肋。仿佛他现在已经有了靠山，过去那些事儿就都能去面对了。

他深吸口气，把手机举到耳边，又听一遍：现在不是还有我？

靠！心里还是麻的。

杂货店早上按时开门。宗城低着头走到店门口，杨锐刚好从隔壁那屋里出来，手里捧着几只扎破了的气球和一堆乱七八糟的彩带，跟他打了声招呼："上学去了啊？"

"嗯。"宗城看了眼他手里的东西，还是秦一冬过生日留下的，一边走了过去，一边低头摆弄手机。

"哎！"

宗城抬头。

马路上停着那辆熟悉的漆都花了的旧摩托，车上坐着瘦瘦高高的林迁西，身上穿着件洗得都快发白了的旧牛仔外套，绷直的腿撑着地，照旧帅得扎眼。

"又借王肖的车干什么？"宗城问。

林迁西笑，黑白分明的眼看着他。"说出来你可能不信，我特地跑去借了车来接你的。"他拍拍后座，"这位酷哥，要不要上来啊？"

宗城看他好几眼，断眉微微一扬，走过去，跨坐到车上："真是来接我的？"

"真的，本乖仔说话就没有虚的。"林迁西抛给他一个头盔。

宗城一手拿了，另一只手摆弄着的手机上开着"八中乖仔"的微信对话框，手指刚刚点出了相册，是正准备换掉对话框里的背景。

"走了？"林迁西打起撑脚。

"等等。"宗城低头找了找，翻到了相册里当初保存的那张合影，杨锐偷拍的那张他和林迁西的合影，对话框的背景现在成了他和林迁西。他收起手机，看一眼林迁西的背，无声笑笑，把头盔戴上，手按上他腰。

林迁西的腰他见过，不止一次，劲瘦又紧窄，现在隔着衣服，就在他的手掌底。宗城身体往前倾，手先是按着，手臂伸出去，又成了搂，低声说："走。"

林迁西重重踩下一脚："叫谁呢？"

宗城手臂在他腰上箍紧："走了，乖仔。"

林迁西低头看一眼自己腰侧，觉得他手臂搂在那儿真烫，背紧贴着他胸膛，外套摩擦声轻响，打个岔说："嘿，这还差不多。"手一抬，把头盔上的护目镜一拉，油门一轰，风驰电掣地带着他开出去了。

番外

过去

你要是真被开除了，

我也还当你是哥们儿，

要是以后你有什么事儿，

我也一定会替你出头……

番外 1

秦一冬以前跟林迁西有个不成文的约定，只要他去"老地方"的时候在手机上吱个声，林迁西就肯定会过来跟他碰头。

那是春末的一天，傍晚，他又和往常一样，蹬着自行车到杨锐的杂货店里找林迁西。

杨锐从货架后面绕出来，正好撞见他进门，先瞧见他卷上去的校服袖子，张口就问："你胳膊怎么了？"

秦一冬低头看看自己露出来的一截胳膊："没事儿，我不小心蹭的。"

杨锐早瞅见他小臂上青了一大片："都高二的人了，还这么大意？"

秦一冬不答，拉一下袖子，转着头问："他还没到？"

杨锐叼着牙签进了后头的厨房，见怪不怪地丢下一句："谁知道他今天又在什么地方鬼混。"

秦一冬又去隔壁找人，就这会儿工夫，听见时有时无的链子声响，出去一看，林迁西穿一身丁零当啷的牛仔衫牛仔裤，一头五颜六色扎眼的鸡毛头发，手插着裤兜，张扬地从马路上晃悠过来了。

"你今天又打篮球了？"他一走近就问。

"没啊。"秦一冬说，"问这干吗？"

林迁西瞥了眼他胳膊："那这不是打球打的？"

秦一冬又看看自己胳膊，是先前袖子没拉严实，还露了一截在外头，淤青的一条，他眼睛可真够尖的。秦一冬把刚才对杨锐说的话又说一遍："我蹭的。"

"你个傻子，刚会走路吧，蹭成这样？"林迁西嘲笑一声，转头就走。

"去哪儿啊？"秦一冬追出去两步，还以为他又找到了什么新的挥霍人生的方式，迫不及待就要跟上去玩儿了。

"我有个东西忘拿了，马上回来。"

他既没背书包，也没带别的，秦一冬一看就知道他不是从学校过来的，真不知道他能有什么东西忘了拿。但是谁叫自己好说话，真就这么在店门口拉张凳子一坐，好好等着了。

过了大半个小时，他玩儿了好一会儿手机，又听到了熟悉的铁链子声，抬头一看，林迁西和先前一样，两手插兜，痞里痞气地回来了。

"三个是吧？"他竖着三根手指，朝秦一冬摇了摇。

秦一冬莫名其妙："什么三个四个？"

"找你碴的人，"林迁西说，"一共三个是吧？我刚去你学校门口问了，妈的高三了不起啊，打个球还排挤你？还敢对你动手？搞定了。"

秦一冬一愣，反应过来，顿时从凳子上蹦起来："你刚才是去打架了啊！"

"嗯。"林迁西挑挑眉，口气跟吃饭喝水一样平常，浑身上下完好，一根五颜六色的头发都没掉似的，指他胳膊，"这种伤你糊弄我？那三个高三的把你揍成这样，你就忍了？是不是连你那些同学都没说？"

秦一冬皱眉："他们都要毕业了，跟他们闹什么啊，我们老师会管。你又打架，再这样又要被开除了，我听说八中都不想留你了，你都多久没去学校了？"

林迁西拨了拨自己的七彩头发，"啧"一声："不知道，上次被处分了就没去了。"

"那你还打！"秦一冬都替他急。

林迁西随便在杂货店门口的凳子上一坐："无所谓，没人欺负你就行了。"

"……"秦一冬心思细，所以林迁西跟杨锐才总取笑他小媳妇儿，现在听到这么一句，细线条又被触动，居然不知道该接什么了。

林迁西这人是浑，很多人都觉得他混蛋，不可救药，但秦一冬从不这么想。最早在幼儿园里俩人刚成朋友那会儿，他坐在一群小朋友围坐的长方桌边，崭新的作业本被旁边一个大块头的小子三下五除二撕掉了，其他小朋友都吓得不敢作声，只有对面的林迁西二话不说踩着桌子到了那小子跟前，一把拿了对方的本子也撕了个干净……

林迁西其实特别维护身边人，别人骂他，背后对他指指戳戳，他都不在意，但是如果欺负到秦一冬身上，他一定会出头，受人指摘，他也一定会出头。外人看到的只是他惹是生非和三天两头地打架，只有秦一冬知道，林迁西有多重情，从来都不是什么不可救药的人。如果真是，那就不会有杨锐和路峰他们还愿意跟他来往了。

杨锐很快从杂货店的厨房里转悠出来，看到了坐在凳子上的林迁西："你小子又好久不去学校了吧，准备好被开除了？"

林迁西还是那吊儿郎当的样子，手指扯了扯头发，站起来招呼秦一冬："走了，玩儿去，今天在外头打台球又找到个有意思的地方。"

杨锐不知道嘀咕了句什么，随他去，忙自己的去了。

林迁西走出去，回头催秦一冬："走啊，还杵着干吗？"

秦一冬跟上。"林迁西，你要是真被开除了……"他顿一下，换句话，"你要是以后有什么事儿……"

林迁西扭头看他："啊？"

秦一冬想了想，没往下说，伸手去推自行车："算了。"

"有毛病啊你。"林迁西笑着走到路上，身上依旧叮叮当当。

秦一冬是想说你要是真被开除了，我也还当你是哥们儿，要是以后你有什么事儿，我也一定会替你出头，你就放心好了。可是真到了要说出口的刹那，又觉得挺肉麻的，肯定会被林迁西嘲笑，干脆不说了。

那天他们确实玩儿了很久，在小城里晃荡了好几个地方，林迁西还是那个林迁西。

可就那天之后，秦一冬好长时间都没再见到林迁西，久到高二还剩一个月就要结束了，忽然听说他打架打进了医院。秦一冬匆匆跑去医院，没见到人，赶紧发消息找他，就收到了那条突如其来的回复：以后还是别联系了。

秦一冬从没想过，有一天林迁西忽然就变了，更没想过，他们俩居然会就这样绝交了……

番外 2

顾阳看着眼前的大包小包，全堆在客厅的玄关。

这是他第三次搬家，第一次是离开了自己的家，第二次是他哥找到他后在学校附近租了个屋子，这回是搬来了季彩住的地方。

带来的差不多都是他一个人的东西。顾阳从一堆包下面拖出只拉杆箱，就这是他哥的东西，里面除了衣服就是书，是一起拿来寄放在这儿的。当初他哥离开家的时候几乎什么都没带，走得干脆决然，直到今天行李依然简单。

屋门被推开，宗城短袖外面穿着件深灰的薄外套，手里拎着最后一只行李包进来，看他站着，扫来一眼："不习惯？"

顾阳松开拉杆箱，看看他，犹豫了一下才说："非得这样吗？"

"嗯。"

顾阳撇嘴："那我好长时间都见不着你了。"

"又不是一辈子见不着。"宗城把包放下，"我先过去安顿。"

"可是你都高二了，"顾阳老气横秋地拧着个眉，"这时候转校不好吧，你的学校是省重点，要去那么个小地方的学校，也太亏了……"

"还有东西没拿吗？"宗城打断他。

顾阳没好气："我话还没说完呢……"

"怎么样？"季彩刚好跟在宗城后面进门，"顾阳觉得我这儿还行吧？"

顾阳话又被打断，只好不说了："挺好的。"

"那就行。"季彩说，"你别担心，你哥现在没成年，那小地方也还没去过，带着你是不太方便，等他成年了再说，你先在我这儿住着，是比不上你们以前的房子，但至少也比租房好吧？改天我再给你把房间好好布置一下。"

顾阳闷闷地"嗯"一声。他知道他哥是因为他才决定转校的，除了他们那个爸，还有那些乱七八糟的人和事儿，一直缠着他哥，甩不掉挣不开，就没一件顺心的，据说现在他哥的省重点里都是一些风言风语。

那天他听见宗城在租住的屋子外面跟季彩打电话："还是换个地方吧，我妈生前在我名下留了个房，好像是以前别人抵债给她的，小地方，没那么麻烦，让顾阳也能安稳点儿……"

顾阳就想起以前他妈还在时开过的玩笑："将来让城儿随便挑学校，我已经想好他进常春藤的那天了。"口气要多骄傲就多骄傲。

可是现在他妈没了，他哥也要去一个小地方念书了，什么国外的常春藤名校都遥不可及了。

"城儿。"季彩忽然叫了声宗城，把屋门关上，回头冲顾阳笑笑，"我跟你哥说几句话。"

顾阳一脑子胡思乱想才停了："哦。"

宗城忙到现在，背后已经有汗，把外套脱下，搭在客厅的椅子上，和季彩一前一后去了厨房。

顾阳动手把自己的东西一样一样挪到季彩给他准备的小房间里去，好一会儿再出来的时候，听见季彩轻飘飘的声音从厨房传来："……我也没别的意思，你还是学生，该好好学习就好好学习，我就是想照顾你。"厨房门是关着的，顾阳也就听到这没头没尾的一句。

"你这其实就是同情，"宗城的声音更低，因为低，听着很沉，给人感觉有点儿不近人情，"对我现在的同情，加上我妈以前对你的恩情，不要跟别的搞混了。"

顾阳搞不清楚他们在说什么，后面没听见别的话了，走去玄关拿了自己剩下的两只包，回房间的时候才听见季彩笑着说了声："你哪像十七啊，二十七了吧，还胡扯些心理学来敷衍我，能死你得了。"

厨房门开了，宗城走了出来，看到顾阳，问："都放进去了？"

"就这两个了。"顾阳没看见季彩跟出来,"你们说什么呢?"

"没什么。"宗城脸上没什么表情,过来接了他手里的包,一手一只,送进了房间里。

顾阳趁机说:"哥,先说好,你到了那儿得经常跟我视频啊。"

"没空。"宗城打量着房间,嘴上冷漠,"少黏人。"

"哪儿算黏人啊,一周一回,就一回不行吗?"顾阳跟在他后头,"不然我不放心。我还要送你过去,不然我就不让你去了。"

宗城扭头看他一眼,断眉挤一下,出了房间:"多事儿。"

顾阳笑嘻嘻地回敬一句:"绝情。"知道他已经答应了,伸手进口袋,掏出手机,火急火燎地登录游戏。

从他哥决定转校去小地方的那什么八中时,他就跑去那小破学校的贴吧里搜了搜,结果那小贴吧可真寒碜,就没几个新帖活人,难得几个回复超过三条的还都是讨论游戏的。然后他特地去玩儿了那游戏,认识了个据说是八中高二的学生,叫薛盛,挺好说话。顾阳带他过了几回关,送了他几件装备,就混得很熟了,甚至都已经被他拉进他们的小亲友群里了。

其实顾阳就是不放心,他哥为他做了这么多,他总得替他做点儿事儿,那小地方人生地不熟的,多认识几个朋友不是多条路吗?

"回头你走的时候我送你过去吧。"房间外面,季彩应该是出了厨房,在跟宗城说话,音量恢复正常了。

"再说吧。"宗城回。

顾阳一听,连忙揣上手机出去,看见宗城低着头在翻手机,可能已经在看机票了。

结果他所说的"再说吧"是说走就走。

顶多过了两天,正好周末,顾阳没课。宗城有课,但也不去了,他退了租房,趁季彩加班,过来拿了自己寄放的行李,兄弟俩一起去了机场。

航站楼里,顾阳跟在宗城后面,看他穿着黑 T 恤又高又冷的背影,一手推着拉杆箱,在人群里穿梭,心里又有点儿不是滋味:"哥,我听说你们学校老师都不希望你走,你们班主任都急红眼了,要不然还是别走了。"

"再废话你别去了。"宗城头也不回地说。

顾阳只好乖乖闭嘴,快走两步跟上。其实他感觉得出来,他哥也没什么好心情,就像是一场自我放逐,如果有选择,谁愿意离开一个好学校,去一个什么都没有的小地方。

就快安检，趁着宗城去托运行李，顾阳面朝着楼外上空升升降降的飞机，悄悄嘀嘀咕咕。

宗城空着手回来了："你干什么？"

顾阳一本正经："许愿呢，你还记得我小时候胆小不敢坐飞机，妈就哄我说对着飞机许愿就行了吗？我刚才也许了。"

宗城手在他后脑勺上用力摁了一下："多大人了。"

顾阳"嗷"一声，揉着后脑勺："是我幼稚好了吧？"

"走了。"宗城转身。

顾阳临走又往外望了望，才赶紧跟上。也不知道那小城在哪个方向，其实他刚才许的愿是别的，希望他哥到了新地方能遇到个好人，那就够了。

图书在版编目（CIP）数据

学乖 / 幸闻著 . -- 长沙：湖南文艺出版社，2021.5

ISBN 978-7-5726-0157-6

Ⅰ.①学… Ⅱ.①幸… Ⅲ.①长篇小说—中国—当代

Ⅳ.① I247.5

中国版本图书馆 CIP 数据核字（2021）第 077604 号

上架建议：畅销·青春文学

XUE GUAI
学乖

作　　者：幸　闻
出 版 人：曾赛丰
责任编辑：吕苗莉
监　　制：邢越超
策划编辑：郭妙霞
营销支持：文刀刀　周　茜
封面设计：商块三
版式设计：梁秋晨
封面插图：凌家阿空
内文插图：绘　弦
内文排版：百朗文化
出　　版：湖南文艺出版社
　　　　　（长沙市雨花区东二环一段 508 号　邮编：410014）
网　　址：www.hnwy.net
印　　刷：三河市兴博印务有限公司
经　　销：新华书店
开　　本：680mm×955mm　1/16
字　　数：485 千字
印　　张：25.5
版　　次：2021 年 5 月第 1 版
印　　次：2021 年 5 月第 1 次印刷
书　　号：ISBN 978-7-5726-0157-6
定　　价：52.80 元

若有质量问题，请致电质量监督电话：010-59096394
团购电话：010-59320018